Jewell Parker Rhodes

Voodoo Queen

Jewell Parker Rhodes

Voodoo Queen

Roman

Aus dem Amerikanischen
von Sigrid Gent

Wolfgang Krüger Verlag

Innigen Dank an Edwardo, meinen Mann Brad
und das National Endowment for the Arts

Die Übernahme von Anrufungen in den Voodoozeremonien
erfolgt nach der Übersetzung von Isotta Meyer
aus dem Buch von Alfred Métraux *Voodoo in Haiti*
mit freundlicher Genehmigung des Merlin Verlages, Gifkendorf, 1994

Die amerikanische Originalausgabe erschien 1993
unter dem Titel *Voodoo Dreams: A Novel of Marie Laveau*
im Verlag St. Martin's Press, Inc., New York

Satz: Fotosatz Froitzheim, Bonn
Druck und Einband: Clausen & Bosse, Leck
Printed in Germany 1995
ISBN 3-8105-1512-4

Dieser Roman ist die fiktive Darstellung des Lebens und der Zeiten von Marie Laveau, einer Voodookönigin im neunzehnten Jahrhundert.

Viele Bewohner von New Orleans behaupten, daß Marie Laveau, die ›Witwe Paris‹, in einem Grab auf dem Ersten Friedhof von St. Louis liegt, an dem bis zum heutigen Tage die Gläubigen Opfergaben niederlegen und beten. Auf dem Zweiten Friedhof von St. Louis gibt es eine Gruft mit Kreuzen, die von Getreuen, die überzeugt sind, daß Marie dort ruht, in roten Backstein gekratzt wurden.

Andere behaupten, daß Marie Laveau nie gestorben ist.

DIE MITTE

1822

»Eine Geschichte sollte am Anfang beginnen. Doch bei dieser Geschichte ist die Mitte der Anfang. Alles schraubt sich von der Mitte nach außen. Lügen, Qualen und Verlust suchen die Zukunft ebenso heim wie die Vergangenheit. Der einzige Schutz ist, körperlos zu werden – das Ich als ein anderes zu betrachten. Unsterblich.

Grandmère, meine Mutter, meine Tochter und ich – alle wurden wir Marie genannt.

Dies ist unser aller Geschichte. Du mußt unbedingt alles niederschreiben, Louis. Voodoo ist es wert, überliefert zu werden.«

Marie Laveau, 12. Juni 1881, früher Abend
(Aus Louis DeLaviers Tagebuch)

Drei hohlklingende Schläge auf einen Kürbis zuckten durch die Nacht. Jeder Widerhall kündigte an, daß alles bereit, alles sicher war. Dann setzten die Trommeln ein, und bei jedem Schlag seufzte Marie, wiegte sich in den Hüften, was ihren gelben Rock sanft flattern ließ.

»Marie« hörte sie es aus unzähligen Richtungen, über Sümpfe, über schwüle Luft hinweg raunen. Nachtgeschöpfe, der Neumond und unter sandigem Boden eingeschlossene Wasserläufe verharrten reglos. Die einzige Bewegung war das unaufhörliche Rascheln ihrer Getreuen, die immer näher kamen, bis die Trommeln und Stimmen zu einem synkopierten Takt verschmolzen.

»Marie.«

Sie betrachtete den fackelbeleuchteten, niedrigen Schuppen.

Ribaud trommelte mit den Handflächen auf die Häute toter Katzen. Auf dem Boden hinter ihm lagen Ziegelstaub, menschenähnlich geschnitzte Kerzen, juwelenbesetzte Kruzifixe und ein Hahn, der seinen gesprenkelten Kopf durch die Gitterstäbe steckte. Weihrauch wirbelte zwischen *gris-gris*-Amuletten aus altbackenen Leckereien, plattgedrückten Insekten und schwärenden Knochen herum. Eine Statue des Jesuskindes, in die Arme der Jungfrau Maria gebettet, lächelte hold. Höher, auf einem kleinen Podest, stand eine mit Stroh ausgestopfte und mit Halbmonden, Kräutersamen und einem ungeschliffenen Rubin verzierte Kiste.

»Marie!« Sklaven, die Rücken von der Feldarbeit gekrümmt und von der Peitsche narbig, drängten auf sie zu. Mulatten, die Pralinen auf dem Market Square feilboten, streichelten sie. Verschleierte *aristo*-Frauen murmelten blasphemische Gebete. Huren neigten ihre frisierten Köpfe.

»Marie.« Ihre Anhänger flößten ihr Angst ein. Sie erwarteten mehr, als sie zu geben bereit war, und heute nacht war sie besonders ängstlich; heute nacht durfte sie sie nicht enttäuschen. Heute nacht würde sie ihre Seele verlieren.

»Marie.«

Sie zögerte. Selbst Christus hatte sich vor Seiner Marter am Kreuz Sorgen gemacht. Er bezweifelte, ob es Seiner Leiden bedurfte, um jene zu retten, die Ihm die Nägel in die Hände hämmerten und Dornen aufs Haupt drückten.

Marie berührte ihre Augen. Christus gab ... nein, *verlor* Seinen Leib, damit Seine Seele im Paradies leben konnte. Sie würde ihre Seele verlieren, damit ihr Leib sterben konnte. Sie würde sich in den Tod gleiten lassen, ohne sich darum zu kümmern, wie man sie beurteilte. Es gäbe keine Wiederauferstehung, und deshalb würde sie triumphieren.

Marie sah zu John. Er stand mit weit gespreizten Beinen und baumelnden Armen im Hintergrund. Früher hatte sein Blick sie beruhigt; als sie die Stimmen nicht mehr hörte, spendete sein Vertrauen Trost. Doch heute nacht fühlte sie sich, während sie in sein dunkles, abwesendes Gesicht starrte, in keiner Weise beruhigt.

»Marie!«

Ihr Publikum wartete.

Sie breitete die Arme aus, ließ den Hals vor- und zurückschnellen und schrie: »Je suis.« Ich bin. Und dann mit heisererer Stimme: »Je suis Marie Laveau.«

Münder – manche flach und breit, manche rot geschminkt, manche weiß und manche eine Regenbogenpalette von Brauntönen – brüllten: »Marie ... Marie est Voudon ... Voudon.«

Schweißnasse Leiber wiegten sich im Takt der Trommeln. Ein Mann geißelte seinen Körper, ließ die Peitsche durch die Luft knallen, während ihm Speichel über das Kinn schäumte. Eine Frau grub sich die Finger in den Hintern und schlug auf ihn ein. Ein Jugendlicher knallte mit dem Kopf gegen Wände.

John kam auf sie zu. Marie wandte den Blick ab. Die Menge sang:

»Marie est Voudon, Blessure Marie,
Marie est Voudon.«

Sie krümmte den Rücken. Die Anhänger stöhnten, während John *tafia*, Fässer mit Melasse und Rum, herumreichte. Maries Körper spaltete sich in verschiedene Rhythmen – ihre Füße scharrten, ihr Rumpf kreiste, und ihre Arme schwangen von einer Seite zur anderen, während ihr Kopf locker rollte. In solchen Augenblicken vertraute sie wieder fest der *Macht*, denn die Geister schienen wirklich herabzusteigen. *Besitz zu ergreifen.*

Die Anhänger fielen in den Tanz ein. Männer rissen sich die Hemden vom Leib und ließen sie in der schwülen Luft flattern. Frauen schleuderten ihre Kleider weg, und dicke Negermamis fächelten sich mit den Handflächen Luft zu. Marie behielt ihren Rock und ihre Bluse an. John war in seinen schwarzen Anzug mit dem weißen Spitzenkragen gekleidet. Sie trug ihre Kleider aus Schicklichkeit; John trug sie aus Starrsinn.

Marie öffnete einen Flakon. Brandy strömte in ihren Mund. Sie spuckte, und jene, die sie bespritzte, torkelten. Den restlichen Alkohol schüttete sie in eine Schale und entzündete ihn mit einem Feuerstein. Sie wirbelte dreimal herum und versprühte brennende Tröpfchen, die Haare, Haut und Kleider versengten. *Das Austeilen der Macht.* Aber der Jubel der Menge befriedigte sie nicht. Marie fühlte sich innerlich leer, als sie sich wie eine Indianerin hinhockte.

John, die Augen weit aufgerissen, zitterte. »Hee-jii«, brüllte er und rammte auf jeder Seite einen Stock in den Hahnenkäfig. Er hob den Vogel am Genick heraus. Der Vogel baumelte. John hatte sie einmal auf die gleiche Weise eingefangen und so lange Druck auf ihren Hals ausgeübt, bis sie wimmernd dahing.

Das Genick brach. Johns Zähne schlugen in Haut.

Er schlenderte auf sie zu – in der einen Hand hielt er das Herz des Tieres, mit der anderen Hand rieb er sich zwischen den Beinen – und rief: »Le roi. Der König.« John streckte die Hand aus, denn er wußte, daß sie diesen Teil des Rituals verabscheute.

Zum ersten Mal nahm Marie das Herz des Hahns. Es war kraftlos, warm. »Ich habe mich daran gewöhnt«, sagte sie. John runzelte die Stirn. Marie wandte sich ab, hielt die Opfergabe hoch und schrie: »La reine. Ehre sei der Königin«, bevor sie den Muskel in einem Stück hinunterschluckte.

Warum hatte sie bloß jemals Angst vor John gehabt? Er war doch nur ein Mann. Ein Karnevalsgaukler.

Marie wischte sich Blut vom Mund. Die Menge pries sie. John zog sich zurück. Eine Blondine ergriff seine Hände und beschmierte sich das Gesicht mit dem Blut. Marie beobachtete, wie John mit den Schultern zuckte und dann die Arme um das Mädchen warf. Ihr Entschluß festigte sich. Heute nacht würde es für John keine Mätresse geben.

Sie begann ihren Sprechgesang:

»Macht alle Platz für den Grand Zombi,
Macht Platz! Macht Platz!«

Die Ankündigung hallte im ganzen Raum wider. Selbst die Toten stellten ihre Wanderung ein, als der Grand Zombi eintraf. Sümpfe und Zikaden verstummten. Glühwürmchen schwebten, ohne zu blinken, in der Luft.

Die verzierte Kiste bewegte sich ein wenig. Marie schob das Stroh beiseite und hob den Python heraus. »Der Zombi kommt. Kommt, um Zaubersprüche zu spinnen.« Sie atmete aus, und die Menge atmete mit ihr aus, als sich Schuppen um ihre Taille und ihren Arm hinauf wanden. Schwingungen kräuselten sich am Rückgrat der Schlange entlang; sie roch nach trockenem Laub; ihr Kopf war wie ein flaches S geformt.

»Die Dahomener beteten die Schlange an«, sang sie. »Denn die ersten Lebewesen kamen blind zur Welt. Eine Schlange schenkte ihnen das Augenlicht.« Der Python leckte an ihrer Wange.

Die Anhänger wälzten sich auf der Erde – überzeugt, daß das Tier mit jedem Kuß ihren Glauben an sie, ihr Schicksal als Königin der Voudons besiegelte. Marie umklammerte die Hochzeitsbrosche, die Grandmère ihr geschenkt hatte. »Kommt, Gläubige, und empfangt auch ihr die Gabe des Sehens.«

Die Trommeln stockten.

Die Anhänger sahen schnell zu John. Verärgert nahm Marie zur Kenntnis, daß sie sogar in diesem Moment zum König und nicht zur Königin blickten. Obwohl doch Frauen die Seher waren und die Männer lediglich Heiler. Die Frauen, hätte sie am liebsten gerufen, haben die Gabe des Sehens von Generation zu Generation vererbt.

John packte sie am Arm. »Was für ein Trick ist das?«

Sie zuckte zusammen. »Kein Trick.«

»Der Zombi ist für die Königin.«

»Heute nacht ist es anders. Spürst du's nicht?«

Er ließ sie los, als der Kopf der Schlange herumfuhr. John war es gewesen, der darauf bestanden hatte, daß sie die Schlange einsetzte, ebenso wie er auf den Tieropfern, dem Bluttrinken bestand. »Man erwartet Theatralik«, hatte er gesagt; trotzdem fürchtete sich John vor der Schlange.

»Neue Götter warten ungeduldig darauf, herabsteigen zu können«, wisperte sie. »Würdest du sie zurückweisen?«

Marie genoß Johns Unsicherheit. In all diesen Jahren hatte er sie manipuliert, aber schließlich hatte sie seine Lektionen gründlich gelernt. »Bei den Schwachen verlangst du einfach«, hatte er sie belehrt. »Bei den Willensstarken ziehst du in die eine Richtung und zwingst sie, in die andere Richtung zu ziehen. Bei den Stolzen forderst du heraus.«

»Hast du Angst, John?« Ihr ganzes Leben war sie schwach gewesen. John würde eine Herausforderung von ihr als zweifache Beleidigung empfinden.

»Drohst du mir?«

»Weise Damballah nicht zurück, John.«

John nickte ihr zu und feuerte die Gläubigen an: »Unterwerft euch. Denn Marie Leveau ist Voudon.«

Ribaud verlangsamte seine Schläge.

John murmelte: »Es wird nicht klappen.«

Marie schloß die Augen, täuschte Trance vor.

»Egal, was du vorhast, ich sage dir, daß es nicht klappen wird.«

Die Schlange schraubte sich um sie herum; Marie bewegte sich nicht. »Geister machen *gris-gris*. Geister machen Zaubersprüche.« Heute nacht war es echt – doch wie viele würden vermuten, daß es *ihr* Geist war, der diesen Zauberspruch spann?

Als sie die Augen öffnete, sah Marie, daß ein bleiches Kind mit Zöpfen und Augen, die sein Gesicht zu verschlucken drohten, sie von draußen durch das Fenster beobachtete. Marie wünschte, das Kind wäre nicht dort, aber ihr Ritus hatte begonnen, und sie konnte es nicht wagen, den Mut noch einmal zu verlieren.

»Empfangt die Gabe des Sehens.« Marie mischte sich unter die Menge. »Wagt euer Leben für den Glauben.« Leiber zogen sich nervös zurück; dem Aberglauben zufolge war der Python giftig. »Wagt es und werdet zu einem Gefäß für den göttlichen Geist.«

»Wie?« fragte ein Kakaogesicht, das sie an ihre Grandmère erinnerte.

»Indem ihr den Kuß der Schlange empfangt.«

Ohne zu zögern, streichelte die alte Frau die Schlange. Eine leichte Berührung war die Antwort. Die Frau zitterte, als wäre sie vom Blitz getroffen, und stürzte zu Boden.

»Sie ist tot«, rief jemand. »Blessure mortelle.«

»Dummes Weib.« John grinste höhnisch. »Du hast uns ruiniert.«

»Nein. Sie lebt«, sagte Marie und ließ die Hand an der Schlange heruntergleiten. Mit jedem Streicheln schien sie die Menge zu beruhigen; nur John nicht; und nicht sich selbst.

Die Frau mußte sich in dem Glauben erheben, ein Gott hätte sie berührt; Maries Hoffnungen hingen davon ab. Sie lächelte ironisch. Die alte Frau brauchte mehr blindes Vertrauen, als sie, die große Voodookönigin, jemals besessen hatte.

Marie musterte den Oberkörper der Frau. Unter grober Baumwolle waren die Umrisse verwelkter Brüste zu erkennen. Der Brustkorb der Frau bewegte sich nicht. Vielleicht war sie zu schwer gestürzt.

Die Frau regte sich. »Je suis bénie. Je suis bénie«, stammelte sie verwundert. Mit glühendem Gesicht und strahlenden Augen wiegte sie den Oberkörper hin und her und wiederholte: »Ich bin gesegnet.« Sie klatschte in die Hände, Tränen schlängelten sich an ihrem Kinn herunter, und sie schrie freudig: »Ich bin gesegnet.«

»Durch mich«, jubelte Marie. »Durch mich gesegnet.« Die Falle war zugeschnappt. Johns Stolz würde ihm endgültig das Genick brechen.

»Heilige Marie«, rief die Menge, bettelte darum, von dem Geist erfüllt zu werden. »Heilige Marie.« Die Menschen drängten nach vorn, stolperten rücksichtslos übereinander, versuchten, Marie zu berühren und an dem Wunder teilzuhaben. Lautstark forderten sie, von der Schlange geküßt zu werden. Marie ergriff die alte Panik, das Verlangen, vor schweißriechenden Handflächen und empörter Armut zurückzuscheuen. Sie rief: »Genug«, und wandte sich ab. Daß sie kein Mitgefühl zeigte, nicht bereit war, noch eine »Segnung« zu gewähren, erfreute ihre Anhänger um so mehr.

Marie ging auf den Altar zu. Wäre Grandmère erfreut gewesen? Oder würde sie sie immer noch verleugnen? *Sie schloß die Augen und spürte Grandmères Anwesenheit wie einen schwachen Feuerschein, einen Kringel Rauch.*

»Marie.«

Mit halbgeschlossenen Augen beobachtete Marie, wie John auf sie zustolzierte.

Er packte sie an den Haaren, kippte dadurch ihr Kinn nach oben und hinten und küßte sie. »Wie fühlt man sich als Heilige?«

»Du kannst ja mein Partner werden.«

»Ich bin bereits dein Partner.«

Sie dachte an die Nuancen des Begriffs – Partner durch die Paarung mit ihr, durch die Ängste, die er weckte. Indem sie Johns Beispiel gefolgt war, hatte sie Voodoo zu einer Religion der Lügen und des Grauens gemacht.

»Ja«, sagte sie ernst.

»Warum sollte ich denn mehr wollen?«

»Nicht mehr.« Sie starrte auf die Narben in seinem Gesicht. »Soviel, wie dir gebührt.«

»Ich hätte lieber einen Kuß von dir.«

»Warum nicht zwei Küsse für meinen König?« Sie hielt ihm die Schlange entgegen.

John wich langsam zurück. »Du versuchst doch mich hereinzulegen?«

Lächelnd schnipste Marie mit den Fingern und rief damit einen Sklaven aus der Gruppe heraus.

Ehrfürchtig fiel er zu Boden. »Verhext«, sagte er. »Ich bin verzaubert.«

»Warum?«

»Weiß nich.«

»Von wem?«

»Weiß nich.«

»Dummkopf«, fluchte John und versetzte dem Mann einen

Stoß mit seinem Stiefel. »Für Unwissende gibt es keine Heilmittel.«

Der Sklave schützte seinen Kopf und stöhnte: »Weiß nich. Kann nich essen. Kann nich schlafen. Weiß nich warum oder wer.«

Marie hob den Sklaven auf. »Was weißt du denn?«

Respektvoll murmelte er: »Marie is alles. Alle Macht. Aller Geist.«

Sie blies ihm über das Gesicht. »Komm morgen zu mir; dann werde ich deinen Fluch aufheben.«

John wandte sich ihr zu. »Was du nicht weißt, kannst du nicht in Ordnung bringen. Morgen ist zu kurz –«, raunte er.

– zu kurz, um herauszufinden, wer dem Sklaven Angst machte, zu kurz, diejenigen zu zwingen, damit aufzuhören. »Ich werde es wissen«, sagte sie. *Früher war es die Wahrheit; früher hätte sie es gewußt.*

»Wie?«

»Dadurch, wie es aus dem Himmel fällt.«

»Unsinn.« Er streichelte ihre Wange. »Du glaubst zuviel.«

Sie ließ das Gewicht ihres Kopfes in seine Handfläche sinken. »Früher hast du an meine Visionen geglaubt.«

»Kinderphantasien.«

»Aber ich hatte sie, John.« Dann, leise. »Warum nicht noch einmal?«

»Es ist gefährlich, wenn die Zauberin glaubt, daß sie zaubert.«

»Vielleicht« – sie drückte die Schlange an sich – »haben mich die Götter aber auch mehr gelehrt, als du weißt.«

John dachte nach. »Ich glaube dir nicht.«

»Versuche es«, lockte sie und hielt ihm die Schlange entgegen.

Er breitete die Arme aus. »Ich habe keine Angst, Marie.« *Die Schlange glitt über ihre Arme zu seinen hinüber.* »Nicht davor. Nicht vor dir. Alle Macht, die du besitzt, kommt immer noch von mir.« *Der Schwanz der Schlange wanderte seine Brust hinunter.*

Marie holte tief Luft, hoffte, daß der Zombi sich gut daran

erinnerte, was er gelernt hatte – sich ebensogut daran erinnerte, wie sie sich an den Mord an Grandmère erinnerte, die Greueltat an Jacques.

John zitterte, kämpfte gegen seine eigene Nervosität an. Marie kannte sein Geheimnis nicht. Sie wußte nur, daß die Schlange ihn verfolgte, an den Narben irgendeines persönlichen Alptraums vorbeistrich und nagte.

»Ich habe dich geschaffen«, sagte John mit rauher Stimme, »Königin der Voudons.«

»Danke«, sagte sie, *als die Schlange zudrückte, ihn würgte.* Seine Nasenlöcher blähten sich vor Überraschung; seine Hände packten zu und ließen wieder los, als er versuchte, das Tier von seinem Spitzenkragen abzuwickeln. Mätressen starrten verwundert aus verborgenen Winkeln. Einige schlugen das Kreuz. Andere eilten John zu Hilfe, und Marie brüllte: »Laßt ihn in Ruhe. Das ist eine Glaubensprüfung für ihn«, und respektvoll, angstvoll tauchten sie wieder in der Menge unter. Selbst Ribauds Trommeln schwiegen.

Marie fiel ein, was John gesagt hatte: »Zaubersprüche wirken, weil die Leute daran glauben.« Glaubte John?

Sie wandte sich zu ihm um: Die Schlange, eine straffe, faustdicke Feder, war um seine Brust und Kehle gewunden. Sein rasselnder Atem erregte sie; Krämpfe peinigten seinen Körper; seine Arme klebten wie gefesselt an den Seiten.

Obwohl er nicht sprechen konnte, ahnte sie seine Frage. Mit einer Stimme, die nur er hören konnte, antwortete sie: »Für das, was du Maman angetan hast. Und Grandmère. Und was du mir angetan hast.«

Er stürzte zu Boden, ein Bein lag verdreht unter ihm, seine Zunge schwoll an, seine Augen traten weit aus den Höhlen.

Sie hob den Kopf und *sah das großäugige Gesicht des Kindes und Finger, die sich gegen die Fensterscheibe preßten.* Marie bedauerte, daß das Kind Johns Tod mitansah. Sie starrte genauer hin. *Das Gesicht des Kindes wirkte ungewöhnlich, gleichzeitig jung und alt, glatt und narbig. Das kleine Mädchen lachte und weinte zu-*

gleich. Fassungslos wurde Marie klar, daß sie einen Geist sah. Keine Mutter war gekommen und hatte Anspruch auf das Mädchen erhoben; Damballah sandte ihr ein Zeichen. Was hatte es zu bedeuten? War der Geist die Erscheinung jener Person, die sie selbst einmal gewesen war, oder ein kurzer Blick auf jene Person, die ihr Baby in zehn Jahren wäre? Beim Anblick des Geistes sah sie ihre Tochter; sie sah sich selbst, als sie zehn Jahre war.

Der Kindgeist öffnete den Mund und begann, mit hoher Stimme zu schreien. Marie hätte sich am liebsten die Ohren zugehalten, aber niemand sonst hörte, was sie so deutlich vernahm. Das Publikum war stumm. Marie sah, daß John sich nicht mehr wehrte.

Widerstrebend drehte sie sich zu ihrem Publikum um. Mit lauter, klarer Stimme stimmte sie erneut einen Sprechgesang an: »Die Dahomener priesen die Schlange. Denn Eva kam blind zur Welt. Eine Schlange verlieh ihr – eine Schlange verlieh mir die Gabe des Sehens. Ich bin«, fügte sie heftig hinzu, »Marie Laveau.«

Der Sklave und die alte Frau riefen: »Heilige Marie.« Wieder bildete ein Sprechchor den Gegenrhythmus zu den Trommeln. Marie blickte nach oben. *Grandmère schwebte mit abgewandtem Blick über die Decke.*

Die Anhänger verneigten sich vor Marie; einer nach dem anderen küßte scheu ihren Rocksaum. »Marie ... Marie est Voudon ... Voudon.« Sie hätte am liebsten geweint.

Marie legte die Fingernägel auf die Katzenhauttrommeln. »Hör auf, Ribaud. Heute nacht kommen keine Geister mehr.« Hochaufgerichtet beobachtete sie, wie die benommene Menschenmenge nacheinander den Schuppen verließ.

Morgen würde man sich neue Geschichten über ihre skandalöse Macht erzählen, neue Gespinste aus Halbwahrheiten und Lügen. Die Leute würden sagen, sie hätte eine Frau von den Toten erweckt, zwei Männer getötet, Gift aus dem Unterkiefer einer Schlange gesaugt und Unzucht mit dem Teufel getrieben.

In Wahrheit hatte sie etwas viel Schlimmeres getan; sie hatte sowohl Damballah als auch Christus verraten.

Welcher Gott würde ihr verzeihen, daß sie den Vater ihres Kindes getötet hatte? Gleichwohl hätte John, lebte er noch, ihre gemeinsame Tochter – die vierte Marie – mit gleicher Gewißheit zerstört, wie er alle anderen zerstört hatte.

»Das Blut lebt«, raunte Grandmère.

»Ja.« Marie schloß die Augen. Es war unmöglich, den Strom des Blutes aufzuhalten. Nur als Bestrafung könnte sie es versuchen. Hatte sie nicht selbst entschieden, sich aus freien Stücken dem Wolf hinzugeben? Kein Erlöser hatte den Wolf in ein Lamm verwandelt; John hatte sie verschlungen. Zum Teil hatte sie es zugelassen. Denn vielleicht blieb ihre Tochter ja doch am Leben. Marie kaute an ihren Mundwinkeln. Sie war so weit entfernt von Teché und den Kindheitswundern. In Teché war sie glücklich gewesen, bis sie zehn wurde.

Als ihre Getreuen sich zerstreut hatten und der Raum still war, hob Marie eine Kerze auf und ging zum Fenster hinüber. Rote Stechmücken knallten an die Scheibe; der entsetzte Kindgeist war verschwunden.

»Assassine.«

»Ja, Ribaud. Mörderin.«

Sie sah sein Spiegelbild grinsen.

Bald darauf hörte sie, wie er ein schweres Gewicht über den gestampften Erdboden schleifte, während sie in eine von Eulenschreien, Windraunen und ihrem eigenen Geflüster erfüllte Nacht hinausstarrte.

»Die Frauen haben die Gabe des Sehens von Generation zu Generation vererbt. Die Mutter an die Tochter.«

DER ANFANG

1812

»Ich bin die Tochter meiner Mutter.
Sie lebt in mir. Ich in ihr.«

»Ich bin immer eine gute Katholikin gewesen. Großmutter hat das nie verstanden.«

Marie Laveau, 13. Juni 1881, früher Morgen
(Aus Louis DeLaviers Tagebuch)

Marie konnte sich an eine Zeit erinnern, zu der nichts weiter von ihr verlangt wurde, als auf den Knien ihrer Grandmère zu sitzen. Da saß sie dann in ihren gelbgestreiften Pumphosen und ließ die Beine gegen Grandmères Rock schlagen. An heißen Sommerabenden, wenn milde, feuchte Brisen wehten, schaukelten sie gemeinsam auf der Veranda vor dem Haus. Amaryllis, Pfingstrosen und pastellfarbene Magnolien rahmten sie ein. Die Düfte vermischten sich zu einer penetranten Süße, die über ihre Nasenlöcher herfiel und ihre Haut einhüllte.

Das Land war bedrohlich und doch wunderschön. Kratzige Rinde stand im Kontrast zu geschmeidigen Jasminblättern. Rohrkolben säumten rauhe Felskanten; sägenähnliches Riedgras schwankte über wassergepolstertem Gras. Geräusche überschütteten sie: das träge, weitentfernte Planschen der Alligatoren, das Flügelschlagen der Fledermäuse, unterbrochen von Abendgewittern und dem vibrierenden Schrillen der Zikaden. Vor der Küste nährten sich gierige Wirbelstürme.

Efeu tarnte das Haus. Grandmère machte kein Hehl daraus, daß ihr das gefiel.

»Solitude est liberté«, sagte sie. Und Marie piepste ein Echo, obwohl sie nicht genau wußte, was die Wörter bedeuteten. Aber sie spürte eine wohltuende Einsamkeit, wenn sie und Grandmère an Flußkrebsen saugten, die wie Würmer aus ihren Mundwinkeln zappelten. Eine wohltuende Einsamkeit, wenn Grandmère schwermütige Weisen sang und Marie dann die Knie an die Brust zog und die Arme um die mageren Knöchel schlang.

Grandmère war riesengroß und dick. Jeden Sonntag klemmte sie sich Marie, die wie ein Ferkel quiekte, unter den Arm, trug sie zum Bach und ließ sie hineinplumpsen. Wenn Marie sauber war, sang Grandmère – vom Himmel und der Jungfrau Maria... von Blumen, die sich schlossen und starben, von Unschuld und Erlösung. Es waren ihre Lieder, die Marie am meisten liebte. Grandmère konnte normale Wörter formen, bis sie weinte. Konnte summen und sie zum Lachen bringen. Ihre Altstimme zauberte Träume herbei.

»Unser Zuhause ist Teché«, flüsterte Grandmère, »das Bayou der Schlangen.«

Und Marie lauschte allem, was ihre Grandmère sagte, sog es auf wie ein durstiger Meeresschwamm.

»Wir haben gemischtes Blut.« Die Stimme war melodisch, als Grandmère sich vorbeugte und ihr Gesicht an das von Marie preßte. »In den Adern der Kreolen fließt das Blut eines französischen Königsgeschlechts. In den Adern der Mulatten fließt das Blut aus dem Geschlecht einer afrikanischen Königin. Und in den Adern der Maskoki-Krieger fließt das Blut, das den Eintopf mit Kraft würzt.« Grandmère stand auf, die Arme in die Hüften gestemmt, die rundlichen Wangen zu einem Grinsen verzogen. »Herzlichen Glückwunsch, ma petite.«

Marie rutschte unbehaglich hin und her, denn außer dem Gesicht von Grandmère konnte sie gar keine Gesichter mit dem Blut in Verbindung bringen. Sie hatte noch nie eine afrikanische oder französische Königsfamilie gesehen. Indianer huschten gelegentlich vorbei, wenn sie auf der Jagd waren. Einmal in jedem Jahr empfand sie eine ungewöhnliche Einsamkeit.

»Was ist los, ma petite?« Grandmères buschige Augenbrauen berührten sich. »Fühlst du dich an diesem Geburtstagsmorgen nicht wohl?« Ihre Hand kam auf sie zu. »Hast du Fieber?«

Marie wich der rauhen Hand aus und glitt tiefer zwischen die Laken. »Geh weg«, murmelte sie. »Laß mich in Ruhe.«

Grandmère schnaubte ärgerlich. »Spürst du, wie die Sonne hereinströmt? Gottes Sonne. Weißt du denn nicht, wie einzigartig es ist, die Sonne zu spüren und frei zu sein?«

Marie verdrehte die Augen. Grandmère bestand immerzu darauf, daß sie für alles dankbar sein müßte. Trotzdem ärgerte es sie, daß das einzige Gesicht, das sie gut kannte, das von Grandmère war.

»Früher habe ich in der Küche des Herrn geschuftet. Sogar an Geburtstagen. Heiß. Zu wenig Luft. Arbeit. Schneiden, rühren, schleppen. Immerzu Arbeit.«

»Das hast du mir schon mal erzählt.«

»Ganz recht.« Ihre Blicke hielten sich gegenseitig fest. Grandmère hob den Rosenkranz, der an ihrem Rock befestigt war, hoch und kratzte mit dem Kruzifix über ihren Daumen. »Aber du scheinst ständig zu vergessen, daß du die erste aus der Familie bist, die frei in diesem Land lebt.« Ein dünner, blutiger Striemen, der größer wurde, war zu sehen. »Drei Generationen von Sklaven.«

Grandmère saugte den Saft vom Daumen. »Gemischtes Blut. Unsere Vergangenheit und unsere Macht.« Rot sprenkelte die Tagesdecke. »Das Blut lebt. Immer.«

Stundenlang hatte Marie die schnörkeligen Adern in ihren Händen angestarrt und sich vorzustellen versucht, was diese ganze Flickendecke aus Blut wohl darstellte. Im Spiegel konnte sie weder eine Kreolin noch eine Mulattin erkennen. Wenn sie sich in die Haut kniff, konnte sie nicht spüren, daß sich in ihren Adern Indianer regten. Geschichten über Sklaverei waren ebenso fern wie Grandmères Bibelgestalten.

»Warum bläst du Trübsal?« wollte Grandmère wissen. »Du solltest lachen und singen. Warum verdirbst du so einen schönen Feiertag?«

Marie wußte alles und doch nichts über sich selbst. ›Gemischtes Blut‹ zu haben, war nicht von Bedeutung; von Bedeutung war, was Grandmère nicht sagte. Ihre dringlichste Frage (die, derentwegen sie zur Jungfrau Maria betete) lauerte noch hinter ihren Augen. Die Vergangenheit hatte kein Gesicht.

An ihrem zehnten Geburtstag klapperte Grandmère mit den Töpfen, verkochte den Reis und verdarb die Bohnen, weil sie zuviel Pfeffer dazugab.

An ihrem zehnten Geburtstag wartete Marie auf ein Zeichen. Den ganzen Tag wartete sie darauf, daß etwas Wundersames geschah, und als es dann geschah, waren sie auf der Veranda vor dem Haus, der Mond leuchtete gelb, und Marie machte die Bemerkung, daß Glühwürmchen wie verrückte Laternen am Himmel schimmerten und blinkten.

»Sieh da, jetzt sprichst du. Das Dummerchen hat also doch eine Zunge.« Grandmère beugte sich vor und klatschte in die Luft. »Verdammte Glühwürmchen. Sie verbrennen ihr Lebensblut.«

»Oh« – sie atmete aus – »warum machen sie das denn, Grandmère? Wozu?«

»Haben keinen Verstand, weiter nichts.«

»Wie Maman?« fragte sie, und ihr Kopf schnellte dabei hoch. Doch es war mehr eine Feststellung als eine Frage. *Sie hatte das schon einmal gehört. Hatte es gehört, als sie eng zusammengerollt dalag, während Schatten über ihr Bett flatterten und zwei Frauen sich stritten. Sie stritten sich, bis die Haustür zuschlug und eine weg war.* Irgendwie wußte sie, daß die beiden Frauen, die sich stritten, Maman und Grandmère waren. Es war Maman, die keinen Verstand hatte. Maman, die ihr Lebensblut verbrannte. Aber anstatt zu fragen, warum Maman nicht da war, fragte sie, was sie immer fragen mußte.

»Sehe ich wie meine Maman aus?«

Grandmère hörte zu schaukeln auf. Ihre Hände und Lippen

zitterten; ihr Körper wurde starr wie der Stein der Medusa. Marie bekam es mit der Angst zu tun und hätte ihre Frage am liebsten zurückgenommen. Man hatte ihr gesagt, daß sie niemals Fragen über Maman stellen dürfte, und bis heute abend ... bis zu einem Glühwürmchen, hatte sie sich daran gehalten.

Sie schlich auf Grandmère zu, schnurrte an dem alten, weichen Busen. Grandmère nahm sie nicht in die Arme und streichelte sie auch nicht. Statt dessen sagte sie barsch: »Viele von Gottes Geschöpfen haben keinen Verstand.«

Marie sprang die Treppe hinunter und versuchte, Glühwürmchen zu fangen. Sie fing eines und stellte fest, daß das unstete Glühen überraschend kühl war.

»Marie. Komm sofort zurück.«

Sie knipste den leuchtenden Unterleib ab. Da war kein rotes Blut. Nachdem sie den Kopf und die Flügel weggeworfen hatte, klebte das Licht an ihrer Handfläche. Sie schnickte mit dem Handgelenk, schüttelte die Hand und weinte schließlich, als ihr Nagel wie ein Messer das zweifach gerippte Fleisch auf den Boden kratzte.

»Marie.« Grandmères schriller Ruf hallte wider.

Sie rannte, die Haare klatschten ihr an die Kniekehlen. Es war Vollmond. Sie zwängte sich durch Weidengestrüpp, hatte das Gefühl, als wollte ihr Kopf bersten, ihr von den Schultern purzeln und ins Gras rollen. Grandmère sprach über das Blut, das lebte, aber nie über Menschen. Floß Maman denn nicht unter ihrer Haut?

Sie ließ sich auf einen versteinerten Baumstumpf fallen. *An seinem Fuß lag eine Schlangenhaut, die Hülle war zusammengerollt, als lebte sie noch.* Sie legte die Hände vor das Gesicht.

Grandmère sagte, daß sie mit einer Glückshaube geboren worden wäre, einem Hautnetz, das sie fast erstickt hätte. Als sie ihren zweifach erwärmten Atem spürte, wußte sie, wie man sich als Säugling vorkam, der in seiner eigenen Luft ertrank.

Nach Luft schnappend riß sie die Hände herunter. *Regenbögen wirbelten in ihren Handflächen. Ein Kaleidoskop aus Blau, Rot und Gelb tanzte und verwandelte sich zu Gestalten. Sie sah sich selbst, blutverschmiert, als sie aus dem Leib ihrer Mutter glitt, und Grandmères fiebrige Finger, als sie die Glückshaube wegriß.* Mit einem Aufschrei klatschte sie in die Hände. Das war kein Traum. Das war etwas anderes. Hatte Grandmère die Gestalten auch gesehen? Sie hüpfte wie ein Geist die Böschung hinunter. Und Maman, über die sie nicht sprechen durfte – hatte sie sie auch gesehen? Luftlöcher bildeten Bläschen auf der Oberfläche des Sumpfes. Ihr Magen drückte sich gegen den feuchten Boden. *Sie konnte ihren eigenen Atem nicht spüren. Noch den durchdringenden Schrei der Eule hören.*

Marie legte die Hand aufs Wasser und riß sie sogleich wieder zurück. *Farbe sprühte aus ihren Fingerspitzen. Eine schlangenähnliche Figur kräuselte die Oberfläche.* Doch dann war sie sich nicht sicher, denn aus dem Wasser wurde ein Spiegel, und sie sah ihre eigenen geschürzten Lippen und ihren verblüfften Blick. Vorsichtig berührte sie den Bach noch einmal.

Die Oberfläche wurde glasig. *Drei Gestalten. Drei Frauen. Grandmère lag wie eine Tote ausgestreckt da. Eine andere Frau war an einem Baum gekreuzigt, Kopf und Brüste an das faulende Holz gepreßt; Narben überzogen ihren Rücken.* Maman? *Dann sah sie sich selbst – älter, wie sie aus dem See stieg, drei brennende Kerzen mit Wachs auf Kopf und Handflächen befestigt.* Die Vision blieb. Dann veränderte sie sich. *Ein kleines Mädchen saugte an ihrer Brustwarze, während pummelige Finger nach der Kerzenflamme griffen.*

Bilder und Geräusche überstürzten sich. Sie sah einen Aal in dem modrigen Wasser; eine einzelne Grille hörte sich an wie zehntausende. Marie spürte, wie Luft zischend durch ihre Lunge fuhr.

Ein knackender Zweig schreckte sie auf. Sie drehte sich um, weil sie glaubte, es wäre Grandmère.

»Grandmère, ich habe etwas gesehen. Etwas Seltsames.« Aber es war nicht Grandmère.

Marie sah einen Mann, der so schwarz war, daß er mit dem Horizont verschmolz. Er hatte etwas Wildes an sich, und seltsame Narben liefen von der Stirn zum Kinn. Sie versuchte zu schreien, als er sich zu ihr hinabbeugte und sie mit Narzissenblüten bestreute. *Er roch nach Asche und welken Blättern.*

Marie schloß die Augen, weil sie hoffte, daß auch diese Vision verschwinden würde. Aber seine Finger glätteten ihre geschlossenen Lider, streichelten ihre Wangen und neckten sanft die dunklen Kerne ihrer Brüste. Ihre Augen öffneten sich schnell. »Wer bist du?«

»Vater. Gatte. Sohn.«

Er wölbte die Hand über das Tal zwischen ihren Schenkeln und rieb sie mit langsamen, gleichmäßigen Bewegungen. Sie seufzte; eine klebrige Feuchtigkeit sickerte in ihre Pumphose. Er lachte, und ohne zu wissen, warum, schämte sie sich.

Seine Lippen bedeckten ihre und saugten die Luft aus ihrem Mund. Es war ein Gefühl wie damals, als der Sumpf sie aufsaugte. Grandmère hatte sie gerettet und ihr mit den Fingern den Schlamm aus Nase und Kehle geholt. Sie hatte sich schmerzlich lebendig gefühlt.

»Wachse, ma petite.«

Ihre Faust boxte ins Leere. Er packte sie. Wenn er wollte, könnte er ihr die Hand zertrümmern, ihr den mageren Arm entzweibrechen.

»Wachse schnell«, sagte er.

Niemals, schwor sie sich.

Dann war er fort; die Sterne bildeten neue Muster; ihr unruhiger Atem ging langsamer.

Als sie aufwachte, stellte Marie entsetzt fest, daß der Mond bereits unterging. Sie fegte die Blumen weg und jagte durch den Sumpfwald. *War etwas geschehen?* Irgendwo bellte ein Hund. *Oder war ihr ein Streich gespielt worden? Von Hirngespinsten? Schläfrigen Träumen?* Schweiß überzog ihre Haut.

Grandmère saß im Schaukelstuhl, ihre Kinnlade war herabgesunken. Marie wollte sich in ihre Arme werfen. Doch dann fiel ihr wieder ein, daß Grandmère böse auf sie war. War sie nicht weggelaufen, als Grandmère gerufen hatte? Hatte sie nicht Maman erwähnt? Darum hielt sie den Atem an und schlich wie ein Indianer. Die erste Stufe knackte. Grandmère rührte sich nicht.

Als ihre Hand am Türknauf drückte, wurde Grandmère wach und sagte: »Zwecklos, mich zum Narren halten zu wollen.«

»Hab ich ja gar nicht.«

»Lüg nicht«, sagte sie barsch. »Wo bist du gewesen?«

»Im Wald.«

»Was hast du gesehen?«

Marie sehnte sich danach, ihr alles zu erzählen. Aber während sie von einem Fuß auf den anderen trat, wußte sie mit der gleichen Sicherheit, mit der sie wußte, daß Glühwürmchen gar kein Blut vergossen, daß Grandmère die Antwort nicht hören wollte. »Nichts«, murmelte sie.

»Komm her, Kind.« Sie rannte los, und dicke Arme umschlangen sie. Grandmère glättete ihre Sommersprossennase. »Du riechst süß.«

»Blumen«, sagte sie hastig. »Ich habe sie für dich gepflückt.«

»Und wo sind sie, ma petite?«

»Ich habe sie vergessen.« Noch nie hatte sie derart gelogen. Aber daran war nur Grandmère schuld – denn Grandmère war es schließlich, der sie nichts von dem Mann erzählen durfte, die sie nicht nach Maman fragen durfte. Sie verzog schmollend den Mund.

Grandmère summte ein Lied, das Maries Innerstes berührte, ihr Schuldgefühl noch verstärkte. »Mußt nicht schnell wachsen«, sang Grandmère. Und auf einmal schaukelte sie nach vorn und fragte: »Hast du Hunger?«

Marie nickte und krabbelte auf den wartenden Schoß. Sie schmiegte den Kopf an die nach Rosen duftende Haut. Kichernd fügte Grandmère hinzu: »Mein Eintopf ist noch zu heiß. Der wird dir die Zunge wegbrennen. Was könnten wir denn sonst Gutes essen?«

»Schweinsohren, bitte?« quiekste ihre Stimme vor Aufregung darüber, kringelförmiges Gebäck kosten zu dürfen. Und Grandmère lächelte so liebevoll, daß Marie sich schwor, ihr zuliebe alles zu vergessen. Zu vergessen, daß sie zehn geworden war.

Im Haus war es kühl. Scheibenlose Fenster säumten drei Wände des quadratischen Einzimmerhauses. Ein Deckenfächer schwirrte von Seitenwinden bewegt. Wenn es stürmte, banden Marie und Grandmère Palmwedel an den Fenstern fest; trotzdem nieselte der Regen herein.

Ein Tisch mit Stühlen stand in der Mitte des Zimmers, und gegenüber dem Eingang war der Altar mit der in klarem Blau gekleideten Jungfrau Maria. Auf der linken Seite standen zwei Betten mit Federmatratzen. Auf der rechten Seite befanden sich Regale, auf denen Töpfe und Geschirr aufgereiht waren. Ein Scheuereimer lehnte in der Ecke. Grandmère kochte Wasser auf dem Holzofen.

»Ich bin froh, daß mein Mädelchen nicht traurig ist«, sagte Grandmère, während sie in dem kleinen Raum herumschlurfte. »Ich wär eine schlechte Grandmère, wenn mein Mädchen traurig wär.«

Grandmère wickelte Maries Leibgericht aus: Melasse und Nußgebäck, das den Korkenzieherwindungen eines Schweineohrs ähnelte. Gierig grapschte Marie nach den Süßigkeiten und legte sie ordentlich aufgereiht auf den Tisch. Grandmère riß eine davon weg.

»Drei. Nimm nie vier.«

»Warum?«

»Vier bringen Kummer.« Grandmère zog sie an den Haaren. »Lächle, Geburtstagskind. Du kannst noch mehr haben. Noch einmal drei.«

Aber Marie wollte nichts mehr. *Waren es nicht vier Kerzen in der Vision gewesen?* Als Grandmère sie ermahnte, das Tischgebet zu sprechen, hätte sie beinahe geweint.

Eine Porzellantasse wurde vor sie hingestellt. Teeblätter schwammen darin herum wie betäubte Würmer. Grandmère sagte stets: »Trink den Tee, wenn er dampft, wenn die Würmer bewußtlos sind, sonst –« Was? Sie nahm die Tasse fest in beide Hände und konzentrierte sich darauf, sich an den Rest der Lebensregel zu erinnern. Als sie spürte, wie ihr die Hitze die Arme hinaufkroch, hörte sie Grandmère schwatzen: »Sonst blähen sie dir das Gedärm.«

Die Tasse zerbröckelte in ihrem Griff. Heiße Blätter spritzten ihr auf den Schoß, und ein blutiger Schnitt zog sich quer über ihre Handfläche. »Marie«, gackerte Grandmère, während sie ihr den Schnitt verband und ihr die feuchten Kleider auszog. »Du bist zu müde.«

Sie war nicht müde, nur erschrocken, daß Grandmère ihre Gedanken lesen konnte. Sie starrte sie voller Staunen an. Die alte Frau schien keine Ähnlichkeit mit Grandmère zu haben; im Schein der Kerze, mit ihren wehenden weißen Haaren, schien ihr Gesicht voller Geheimnisse, ihr Schatten drei Meter hoch zu sein.

Marie schauderte. Sie begriff gar nichts. Ein Flanellhemd wurde ihr über den Kopf heruntergeschüttelt.

»Mon pítí bebe. Geh schlafen. Fais dodo.« Der singende kreolische Tonfall erschütterte die vier Wände. Marie war überzeugt, daß Grandmère mit ihrem Zauber einen Vogel aus seinem Nest locken, mit einem Wiegenlied einen Fisch an Land ziehen oder, wenn sie wollte, mit einer Melodie einen Leichnam wieder zum Leben erwecken konnte.

»Geh schlafen, mein Kätzchen. Wenn verflogen fünfzehn Jahr –«

Jemand anderes hatte ihr dieses Lied schon vorgesungen.

». . . mein Kätzchen geht zum Traualtar.«

Als Grandmère sich vorbeugte, um die Laterne auszulöschen, brüllte sie: »Sehe ich wie meine Maman aus?«

»Nein«, sagte Grandmère scharf. »Du siehst aus wie ich. Schlaf jetzt.«

Marie vergrub das Gesicht im Kissen.

Grandmère packte sie an den Schultern und drehte sie herum. »Wer ist mein Baby?« sang sie sanft und nahm ihr Gesicht in die Hände. »Mein ach-so-hübsches Baby?«

»Ich«, sagte Marie. Aber sie wußte, daß sie dieser traurigen, flachnasigen Gestalt nicht ähnelte. Sie war Mamans Baby, nicht Grandmères. Sie packte Grandmères Rock und bettelte: »Wann werde ich etwas über Maman erfahren?«

»Wenn du älter bist.« Das Licht ging aus.

»Dann werde ich wachsen«, rief sie.

Grandmère starrte sie an. Sie starrte zurück.

Wie ein Wächter stand Grandmère am Fenster und verdeckte den Mondschein. Sie zwirbelte den Rosenkranz aus schwarzen Perlen und begann ihre Litanei, bat ihre Jungfrau Maria um Vergebung, um Erlösung von dem Bösen.

Den Kopf und den Arm mit der pochenden Schnittwunde aus dem Bettlakenkokon gesteckt, beobachtete Marie sie in der Dunkelheit. Die Gebete klangen wie aufgescheuchte Bienen. Grandmère sagte, daß Gott über sie wachte, aber das glaubte Marie nicht. »Die Jungfrau Maria erhört jedes Gebet.« Außer ihrem, dachte sie grimmig.

Kurz vor Tagesanbruch sah sie, wie Großmutter erstarrte. *Der Mann hatte sich zwischen den Weiden und Blumen versteckt.* Grandmère kauerte sich hin und schlang die Arme um sich. Sie schlug das Kreuz.

»Was siehst du?« zischte Marie, die aufrecht in ihrem Bett saß.

»Nichts.« Ein dumpfer, qualvoller Ton.

Und als sie ›nichts‹ hörte, wußte Marie, daß ihr der Mann alles über Maman erzählen konnte. Warum sollte Grandmère sonst lügen?

Später, als Grandmère eingeschlafen war, ging Marie zum Fenster. Die Sonne schob sich langsam aus dem Erdboden. *Der Mann war schon weg.* Sie preßte die fiebrige Stirn an den kühlen Rahmen.

Also wuchs sie – die Hüften weich und gerundet; die Augen schräg und dunkel. Marie konnte nicht mit Bestimmtheit sagen, ob an jenem Sommerabend überhaupt etwas geschehen, ob sie tatsächlich zehn geworden war.

Die Visionen kamen nicht wieder.

Oft lag sie stundenlang mit geschlossenen Augen, zitternd und auf ein Wunder wartend, neben dem Sumpf. Sie hörte damit auf, als Grandmère sie ertappte.

»Kind, du spielst mit dem Teufel«, rief Grandmère. »Weißt du denn nicht, daß Augen zum Sehen da sind?«

Als sie das Wasser berührte, sah sie keine Regenbögen.

»Was ist los mit dir? Verschläfst du dein Leben?« Grandmère riß sie auf die Füße. »Verrücktes Kind.«

Doch an jenem Sommerabend *mußte* etwas geschehen sein. Grandmères Gesicht, normalerweise ruhig und sanft, verschloß sich wie ein Fensterladen. Wenn Marie auf ihren Schoß krabbeln wollte, wies Grandmère sie jammernd ab: »Du bist zu groß geworden.« Bald darauf, noch bevor es ihr bewußt wurde, war es wirklich soweit. Marie fühlte sich nicht wohl in ihrer neuen Haut, während Grandmère Tag und Nacht allein in ihrem Stuhl schaukelte. Marie trauerte, denn an jenem Sommerabend (Traum oder nicht) war etwas zwischen ihnen verlorengegangen. Grandmère war launischer, zuweilen niedergeschlagen; sie betete mit großer Inbrunst. Mitten in der Nacht wachte Grandmère schreiend auf; ihre Lieder am Tage waren unmelodisch.

Marie gab sich alle Mühe, ihr Freude zu bereiten, lernte alle Lektionen, von denen Grandmère beharrlich behauptete, daß kreolische Jungfrauen sie beherrschen müßten.

Mit zwölf lernte sie, einen Haushalt zu führen – wie man Feuer mit Asche abdeckte, bis Funken sprühten, wie man einem Huhn das Genick brach und seine Innereien siedete.

An jenem Geburtstag fragte sie: »Bin ich jetzt alt genug?« Grandmère packte sie an den Handgelenken und stieß schrille, messerscharfe Töne aus. Sie riß sich los, rannte davon und versteckte sich unter Gebüsch, um die noch lange nachklingende Tonfolge zu dämpfen.

Mit fünfzehn lernte sie, mit Heilkräutern umzugehen. Lorbeerblätter gegen Magenbeschwerden, Sarsaparilenwurzeln gegen Fieber. Sie fragte: »Bin ich jetzt alt genug?«

»Du bist alt genug, um zu wissen, daß Kindergebären die Hölle ist.« Grandmère schnalzte mit der Zunge. »Gott hat uns verflucht. Eine Frau hat dich geboren, genauso wie ich sie geboren habe, und meine Mama mich geboren hat. Die Linie reicht zurück bis zu Eva – eine Frau, die gesündigt hat.«

Marie schlich sich davon. Jedes Jahr hoffte sie, daß Grandmère ihr die einzige schlichte Wahrheit erzählen würde. Aber sie tat es nicht. Der Unterricht nahm zu. Marie war überrascht. Sie dachte, Grandmère wollte, daß sie langsamer lernte, langsamer wuchs. Trotzdem flocht sie Netze, bis ihr die Fingerspitzen bluteten, und fragte sich, ob sie Grandmère jemals kennen würde.

Maman, der Mann und ihre Visionen bildeten einen Kreis, und Grandmère lebte mittendrin, während sie draußen stand, ausgeschlossen, und hineinschaute.

Die Geschichte vom ›gemischten Blut‹ hörte sie nie wieder.

An ihrem sechzehnten Geburtstag entkam Marie ihrem Unterricht. Es gab keine Feier.

An jenem Morgen murmelte Grandmère: »Die einzige Geburt, die es wert ist, gefeiert zu werden, ist die Geburt von Jesus durch Maria. Hast du gehört? Warum hörst du mir nicht zu?«

Marie zog einen weiteren Katzenfisch aus dem Eimer.

»Ich sage viel mehr, als ich ausspreche. Ich rede die ganze Zeit. Mit meinen Händen, meinen Augen, meinen Liedern. Aber du hörst nie zu. Du hast keine Achtung vor mir. Nicht genug.« Grandmère ging ins Haus und schlug die Tür hinter sich zu.

Marie hörte auf, Welse zu schuppen und ihnen die Eingeweide herauszureißen, sie wanderte ziellos im Wald herum. Grandmère würde sie zwar schelten, daß sie eine Arbeit nicht zu Ende gebracht hatte. Aber sie haßte tote Tiere. Ein fetter, öliger Geruch zog hinter ihr her; die Fische blieben zurück und verfaulten in der Sonne.

Am Nachmittag fand Grandmère sie, wie sie mit gekreuzten Beinen unter einer Eiche hockte und einem Marienkäfer zuschaute, der zwischen ihren Armfalten herumkrabbelte.

»Marienkäfer sind gut für Wünsche.« Die Stimme klang heiter und gelassen; das Gesicht knitterte sich zu einem Grinsen. Dankbar, daß Grandmère sie nicht ausschimpfte, sprach Marie nicht aus, was sie sich wirklich wünschte, aber sie dachte es.

»Sag was, ma petite.«

»Ich habe keinen Wunsch.«

»Jeder von uns hat Wünsche«, neckte Grandmère und saugte an ihrem zahnlosen Gaumen. »Ich zum Beispiel, ich wünsche mir, daß mein Katzenfisch nicht verdorben wär.« Zum Spaß machte sie ein böses Gesicht. »Ich wünsche mir, daß ich zwei Tonnen dünner wär. So zierlich wie du. Aber ich war schon immer groß. Große Hände. Große Füße.« Sie wackelte mit den Zehen, seufzte theatralisch und drohte ihr dann mit dem Finger. »Vielleicht wünschst du dir, daß deine Grandmère manchmal nicht so garstig wär. Wünschst dir, daß sie so süß wie Geißblattwein wär.«

Marie errötete.

»Aha, ich hab's dir ja gesagt.« Grandmère lachte, ein tiefer, gurgelnder Laut. »Jeder von uns hat Wünsche. Sogar solche, die wir uns nicht eingestehen wollen.« Die Falten an ihrem Hals bebten.

»Ich wünsche mir, daß du ewig leben könntest.« Die Sonne versteckte sich hinter den Wolken, und Marie kam in den Sinn: Wenn sie auch nur einen Funken Verstand hätte, würde sie sich wünschen, neun zu sein.

Das Grinsen verschwand. »Nein, Geburtstagskind. Der Geist ist immer williger als das Fleisch. Und manchmal frage ich mich« – sie massierte sich den Bereich über dem Herzen – »wieviel länger ich wohl noch willig sein werde.«

»Was ist denn los?«

»Ich wünsche mir, daß Maria mich umsorgt«, sagte Grandmère nervös und berührte ihren Rosenkranz. »Ich wünsche mir, daß ich in derselben Wiege wie Jesus schaukeln kann. Wünsch dir was, ma petite.«

Der Marienkäfer kullerte auf Maries Finger.

»Wünsch dir was, solange du's noch kannst. Die Gelegenheit sollte man nicht ungenutzt verstreichen lassen.«

Marie konnte spüren, wie Grandmère abwartend über ihr stand, daß ihre gute Laune verflogen war. »Was soll ich mir denn wünschen?« Die rote und schwarze Zeichnung des Tieres verschwamm vor ihren Augen.

»Jemanden, der dich liebt. Du wirst mich nicht ewig haben. Du wirst mich nicht ewig lieben.«

»Gar nicht wahr.« Marie versuchte aufzustehen, doch Grandmère drückte ihre Schultern nieder. Der Marienkäfer krabbelte in ihre Handfläche.

»Wünsch dir, daß jemand dich beschützt, wenn ich es nicht kann.«

»Du wirst mich beschützen«, sagte Marie halsstarrig. »Deine Jungfrau Maria kann uns beide beschützen.«

»Wünsch dir einen Ehemann.«

»Ich brauche keinen –«

»Tu's«, befahl Grandmère. »Und dann puste den Marienkäfer in die Luft.«

Marie wünschte sich etwas. Als sie tief Luft holte, flog der Marienkäfer hoch hinauf und verschwand zwischen Ästen. Grandmère griff nach ihren grauen Haaren.

»Tut mir leid. Ich wollte nicht, daß er wegfliegt.«

»Blöd.« Eine Hand schwang zurück.

»Ich suche einen neuen und wünsch mir was.« Ein stechender Schmerz fuhr ihr durch den Kopf. Marie hielt sich die Wange und wimmerte. »Ich will keinen Ehemann.«

»Du wirst mich nicht mehr lange haben.«

»Doch. Ewig.« Wenn sie Grandmère nicht mehr hatte, wen hatte sie dann? Sie war ja nicht einmal sicher, ob Maman noch lebte.

Grandmères Rücken rutschte an der Eiche herunter. Sie sah wie eine Vogelscheuche aus.

»Ich bin glücklich, so wie es ist«, log sie. In ihrer Lunge staute sich die Luft. Selbst der Boden unter ihren Füßen war auf einmal weicher, rutschig vor Feuchtigkeit. Ihre Beine fühlten sich schwach an; Stechmücken saugten ihr das Blut aus. Marie wünschte, sie könnte die Zeit zurückdrehen. Doch ein Teil von ihr wollte die Zeit vorantreiben. Sie hatte sich zu sehr verändert, um im Bayou zu bleiben. Ihr Kopf sank müde nach vorn. Marie schloß die Augen und wünschte sich eine Vision über die Zukunft.

Grandmère rührte sich. Der Klang ihrer eigenen Stimme drang von weit her an ihr Ohr. »Ich kann mich kaum noch erinnern, wann ich einmal glücklich gewesen bin«, sagte sie und kniff sich in die Runzeln auf ihrer Stirn. »Ich habe getan, was ich tun mußte.« Ihre Tocher beschützt, ihre Enkelin beschützt. Ja, sie war immer stark gewesen.

Grandmère preßte die Finger an die Augen. Visionen aus der Vergangenheit stiegen empor wie tote Gestalten. So lange her. Ein Indianer. Groß, Maskoki-Krieger. Sachwaw hieß er. Sie konnte sich kaum noch erinnern, wie er aussah. Am besten erinnerte sie sich daran, wie es war, wenn er sie liebte. Was konnte sie Marie Besseres hinterlassen? Einen rechtmäßigen Ehemann. Sich nicht im Wald verstecken müssen, wie sie es getan hatte, um einem rachsüchtigen Herrn zu entkommen und den Blicken eifersüchtiger Sklaven, die sie lieber ausgepeitscht als geliebt gesehen hätten.

Sie wischte sich den Schweiß von der Stirn.

Eine alte Jungfer, dachte Grandmère voller Reue. Sie hätte keine nutzlose und vertrocknete alte Jungfrau werden müssen. Hatte ihr Körper denn nicht Gefallen an der Liebe gefunden? Sachwaw hatte sie immer im Freien geliebt – unter einer heißen Sonne oder einem kalten Mond, an einem Ufer. Sie hatten sich überall dort geliebt, wo sie das Verlangen danach verspürten.

Sachwaw hatte nie gesagt, daß er sie liebte. Aber er hatte ihr seine Liebe mit Liebkosungen, Küssen und leidenschaftlichem Streicheln zwischen ihren Schenkeln bewiesen. Und Grandmère hatte mit ihrer ganzen jugendlichen Leidenschaft darauf reagiert.

Ihr Benehmen damals trieb ihr noch heute die Schamröte ins Gesicht. Ihr Körper hatte auf Liebe, nicht auf Wollust reagiert. Ihr Körper hatte verstanden, was Sachwaw nicht aussprechen konnte.

Wer hatte es verraten? fragte sich Grandmère. Wer hatte den Herrn alarmiert? Es hätten beliebig viele Männer, die sie begehrten, sein können. Oder beliebig viele Frauen, die sie und ihre Mutter, die Mätresse des Herrn, beneideten. Vielleicht war es der Aufseher gewesen. Oder vielleicht hatte der Herr selbst es irgendwie erraten. Obwohl der Herr sie nie angefaßt hatte, konnte sich Grandmère noch heute entsinnen, wie sein prüfender Blick sie entmutigt hatte.

Wer hatte es verraten? Irgend jemand mußte es verraten haben. Sie hatte nie herausgefunden, wer. Sie war aus Liebesträumen erwacht, nur um zu entdecken, daß ihre Mutter sich über sie beugte, sie wie in Trance anstarrte und doch über sie hinwegstarrte, als sie sagte: »Tot. Er wird bald tot sein.«

Ihr Herz hatte beinahe ausgesetzt. Sachwaw, hatte sie gedacht. Ihre Mutter hatte genickt. Herausgerissen aus einem süßen Schlaf war sie losgerannt. Stolpernd, barfuß und weh ums Herz war sie durch Felder und Sümpfe gehetzt. Sie war zu spät gekommen.

Grandmère konnte immer noch die gemeinen Schreie hören. Sie konnte immer noch die Gruppe weißer Männer vor sich sehen, die Sachwaw verhöhnte und auf ihn einschlug, während der Herr gebieterisch auf seinem Pferd saß. Ihre flehentlichen Bitten waren völlig sinnlos. Ein Schwarzer war Eigentum, aber das Leben eines Indianers war wertlos.

Sie konnte immer noch vor sich sehen, wie Sachwaw starb: verrenkt, verheddert in der drängenden Menge – ein umgekehrter Moses. Ertränkt in nur ein paar Zentimeter tiefem Wasser. Als sie ihren Kummer herausgeschrien hatte, warfen die Männer Sachwaw herum und kastrierten ihn wie einen Hengst.

»Marie«, schrie Grandmère und schlug mit den Armen um sich. »Meine Augen erblinden. Meine Knochen ermüden. Marie! Ich bin blind.« Einen Augenblick lang verwandelte sich das Tageslicht in Dunkelheit. Die Erinnerungen verblaßten.

»Ich bin hier, Grandmère.«

»Es gibt so vieles, was ich nicht sehen will. Ich habe schon so viel Häßliches gesehen.« Grandmère schauderte und sank wieder an die Eiche. Sachwaw, Geliebter, schrie sie innerlich. Zu Marie sagte sie: »Bald werde ich stolpern und hinfallen.«

»Ich werde dir helfen, Grandmère. Immer.«

Sie schob Marie weg. »Hörst du es? Hörst du es denn nicht?« Grandmère stand auf und krallte die Finger in die Rinde; stöhnend hielt sie sich die Ohren zu.

Marie legte den Kopf schief. Sie sah, wie der Himmel sich verdunkelte, sah, wie ein Kaninchen in ein Loch hoppelte, und sah, wie Großmutter vor einem Laut floh, der gar nicht da war.

»Der Schrei einer Krähe. Mein Tod naht. Schnell.« Ihre geschwollenen Füße machten eine Kehrtwendung. Grandmère bildete sich ein, daß sie auf Sachwaw zulief. *Aber die Gestalt vor ihr war ein von einem Schwarm Krähen umringtes Gerippe.*

»Wohin willst du?« schrie Marie.

Grandmère blieb stehen und schwankte.

Auch Marie blieb stehen, fragte sich, ob Grandmères Gehör ihr wieder Streiche spielte, ob sie den Verstand verlor. »Nach Hause, Grandmère«, quengelte sie. »Laß uns nach Hause gehen.«

»Nein. Morgen gehen wir nach New Orleans.« Sie würde einen Ehemann für ihr Kind finden.

Marie betrachtete sie fassungslos. Grandmère hatte Geschichten von New Orleans erzählt, wo sich Männer gegenseitig die Kehle aufschlitzten, wo Frauen ihre Körper verkauften und Sklaven geschlagen wurden. Die sich entfernende massige Gestalt wurde kleiner. Regenschauer fielen. Palmen knarrten, und aus weiter Ferne hörte sie Grandmère wirres Zeug plappern.

»Marienkäfer, Marienkäfer, flieg nach Haus',
Dein Haus steht in Flammen, und deine Kinder sind aus.«

An diesem Abend schoß zum ersten Mal Blut aus Maries Schoß. Die fast schwarzen Gerinnsel waren elastisch, als Marie sie zwischen Zeigefinger und Daumen preßte. Der Geschmack erinnerte sie an Mangos.

Grandmère brachte ihr viereckige Leinentücher. *Woher wußte sie es?* Sie entkleidete Marie. »Das ist ein Zeichen. Ein gutes Zeichen«, sagte Grandmère, während sie Maries Körper mit Öl einrieb. Grandmères Berührungen fühlten sich wie zarte Seide an. »Jetzt bist du zum Heiraten bereit.« Die Feuchtigkeit zwischen ihren Schenkeln ließ Marie an den Mann denken. Grandmère raunte: »Ich bin zum Sterben bereit.«

Marie wollte nein sagen, aber ihr Mund wollte sich nicht öffnen. Grandmère massierte weiter und trällerte zwischendurch: »Manche sagen, die Blutströme sind schmutzig. Eingeweide, die weinen. Manche sagen, das Blut wird die Milch gerinnen lassen. Teufel verstecken sich in dem Blut. Manche sagen, daß ein Mann« – sie drückte Marie den Lappen zwischen die Schenkel – »von einem einzigen Schluck sterben könnte.«

Marie hatte entsetzliche Angst. Sie konnte spüren, wie das Blut in ihrem Körper nach unten und aus ihrem Körper heraus strömte. Es war ihr natürlich vorgekommen, doch jetzt wollte sie, daß es aufhörte.

»Eine Frau zu sein, ist ein Fluch, Kind.« Mühsam öffnete Marie die Augen. »Blutsbande – nicht das Blut selbst – verursachen den Schmerz.«

Marie konnte ihre Worte nicht hören. Sie starrte in ihre Augen. Grandmère weinte. *Marie starrte, bis sie jenseits von mattem Haselnußbraun Regenbögen sah. Schlangen krochen über Regenbögen, aus ihnen heraus, unter ihnen und durch sie hindurch.*

Sie war im Innern einer Kathedrale. Marie wußte das, weil Grandmère viele Male das Haus Gottes beschrieben hatte, vor allem den goldenen, im Licht kleiner Kerzen erstrahlenden Altar mit einer Statue des gekreuzigten Christus. Sie war verwirrt, weil sich die Schlangen langsam an den Gliedmaßen von Christus hinaufwanden. Grandmère hatte ihr von brennendem Weihrauch erzählt, von

Weihwasser, Rosenholzbänken und bunten Glasbildern, die so schön waren, daß man weinen mußte. Aber sie hatte niemals erwähnt, daß in Gottes Haus Schlangen brüteten.

Wo war Grandmère? Marie drehte sich um und sah niemanden. Sie drehte sich noch einmal um, und in einem Spiegel sah sie sich selbst in weiße Seide und Spitze gekleidet, als sie sich gerade eine Goldbrosche, die eine schlafende Schlange darstellte, an den Busen steckte. Ein Priester in schwarzer Kutte kam auf sie zu. Panik überfiel sie. Sie war nicht vorbereitet. Sie raffte die Haare im Nacken zu einem Knoten zusammen. Im Spiegel sah sie einen stattlichen jungen Mann neben sich stehen, der sie in der Seite kitzelte. Als sie sich zum Sprechen umwandte, war er verschwunden. Sein Bild blieb im Spiegel zurück. Er erschien wieder, als sie sich einen Schleier mit eingeflochtenen Rosen um den Kopf legte. Er lächelte liebevoll und hielt ihr einen Ring entgegen. Als sie die Hand ausstreckte, um den Ring zu berühren, verblaßte sein gelbhäutiges Gesicht und wurde durch schwarze Haut, Narben und ein Grinsen ersetzt. Ihr Hochzeitskleid verfärbte sich rot.

Christus fiel vom Kruzifix herunter. Zu ihren Füßen bildete sich eine Blutlache. Der Priester nahm seine Kapuze ab; Schlangen krochen aus seinem Schädel. Der Mann mit den Narben lachte. Er wirbelte sie herum. Der Spiegel zersplitterte, prasselte wie strahlende, funkelnde Sterne in ihr Menstruationsblut.

»Aber Blut ist auch Leben. Eine Verbindung zu allen Toten.«

»Grandmère?« Seit ihrer letzten Vision waren sechs Jahre vergangen, und diese, ebenso wie die anderen, machte ihr schreckliche Angst. »Ich sehe Dinge.« Marie konnte kaum atmen. »Merkwürdige Dinge.« Der Griff um ihre Hand verstärkte sich. Gleich würden die Knochen brechen. »Was geschieht mit mir?«

Grandmère ließ ihre Hand fallen. Über sie gebeugt, mit hervorquellenden Augen, sagte sie: »Zieh dich an. Heute nacht, solange das Wetter kühl ist, brechen wir nach New Orleans auf.«

»Warum, Grandmère?« bat Marie leise. »Sag mir, warum.« Grandmère drückte Marie an ihren Busen und murmelte: »Ich habe die Monde bis zu jenem Augenblick gezählt, in dem du eine Frau wirst, in dem dein Blut fließen würde. Wie lange es gedauert hat!« seufzte sie. »Ich habe das Blut an deinem zwölften ... dreizehnten ... vierzehnten Geburtstag erwartet. Dein Körper trotzte mir. Ich stellte mir vor, wie das Blut in deinem Körper zu einer Pfütze wurde, sich sammelte und sich mutwillig zurückhielt. Kinder, Marie.« Sie streichelte den dunklen Kopf. »Kein Mann würde dich heiraten, ohne zu wissen, daß du Samen für Kinder tragen kannst. Ohne Nachkommen würde kein Mann dich jemals behüten, nachdem ich weg bin. Die Sicherheit einer Frau ist das Blut ihres Schoßes. Sie quält sich für ein Kind. Ein Kind, das inmitten von Blut gemacht und geboren wird. Blut für einen rechtmäßigen Ehemann. Darin liegt der entscheidende Unterschied.«

Grandmère lehnte Marie an die Kissen. Marie sah immer noch wie ein Kind aus, unberührt von unglücklichen Träumen. Sie war wunderschön – mit ihrem feuchten Haar, das sich fächerförmig auf weißer Baumwolle ausbreitete, ihrer Brust, die sich leicht hob und senkte. Es war herrlich, eine Enkelin zu haben.

»Wer ist mein hübsches –?« Grandmère hielt inne. *Sie sah Schatten in Maries Augen wandern.* Die Finger der alten Frau krallten sich in die Bettlaken. Schatten, die in Augen gefangen waren, bedeuteten einen gewaltsamen Tod für den Betrachter. Ihre Tochter – Maries Maman – hatte über Schattengestalten geklagt, die sich an sie heranschlichen. Monate, bevor sie ermordet wurde, sagte Maries Maman, daß sie jedesmal, wenn sie in den Spiegel schaute, den Tod sah. Grandmère hatte nie etwas außer den braunen Augen ihrer Tochter gesehen.

»Grandmère, was ist los? Bist du krank, Grandmère?«

Grandmère griff über sie hinweg nach dem Spiegel. Er war klein, scharf um die Kanten herum. »Siehst du irgend etwas? Irgend etwas, egal was?«

Marie schaute zu Grandmère, zum Spiegel, dann wieder zu Grandmère. »Was sollte ich denn sehen?« fragte sie verwundert.

»Schau noch einmal hinein.« Sie stieß ihr den Spiegel entgegen. »Was siehst du?«

»Nichts.«

»Und in meinen Augen, was siehst du da?«

»Nichts, Grandmère. Gar nichts.«

Grandmère war erleichtert. Der Tod schlich sich nicht an Marie heran.

Doch der Tod schlich sich zweifellos an sie heran. Ja, ob ich gleich wandere durch das finstere Tal des Todes. Grandmères Schultern sackten herab; Luft entströmte ihrer Brust. Was für ein neues Zeichen war das? Ihre afrikanische Mutter hatte sie gelehrt, daß der Tod auf Zehenspitzen in Augen und Spiegeln herumwanderte und den Betrachter überraschte. Was hatte es zu bedeuten, daß Maries Augen ihren Tod widerspiegelten? Marie mußte mit der Gewalttat, die sie umbringen würde, zu tun haben. Wie ungerecht es doch war! Welches Böse könnte Marie veranlassen, ihr Leid zuzufügen?

»Grandmère. Geht es dir gut?«

Die Schatten waren verschwunden.

Böse Vorahnungen quälten, brauchten Monate, manchmal auch Jahre, bevor sie sich erfüllten. Sie hatte Leute gekannt, die von bösen Vorahnungen wahnsinnig geworden waren, manche hatten sich umgebracht, bevor die Warnungen wahr geworden waren. Sie würde dafür sorgen, daß Marie wohlbehütet verheiratet war; danach würde sie auf das Unvermeidliche warten. ›Nimm dein Kreuz auf dich und folge mir nach.‹ Jesus würde sie liebhaben. Und bevor sie ihren Leib niederlegte, gelobte sie, dafür zu sorgen, daß ihr Mädchen wohlbehütet war.

Marie fürchtete sich vor Grandmères Reglosigkeit. Es war, als ob ihre Seele davonflöge, sich von ihrem Körper löste. Ohne Seele erkannte Marie Grandmère nicht wieder. Sie wirkte geisterhaft und seltsam verletzlich.

»New Orleans.«

Vor Schreck machte Marie einen Ruck nach vorn.

»New Orleans«, jammerte Grandmère, und ihre Stimme senkte sich zu einem Raunen, als die Vokale durch ihren Mund rollten und aus ihm widerhallten. »New Orleans.« Aus den Worten sprachen

Freude und Schmerz, Versprechen und Verzweiflung, Hoffnung und Hoffnungslosigkeit. Marie wollte den Singsang nicht mehr hören. »New Orleans. New Orleans.« Und auf einmal, unfaßbar, kicherte Grandmère, ein gellender Ton. Mit vorgerecktem Gesicht und hervorquellenden Augen sagte Grandmère feierlich: »In Teché kann ich keinen Ehemann für dich finden. Kein Mann wagt sich hierher.«

Marie schob den Gedanken beiseite: *Außer einem.*

Sie stapelten ihr Hab und Gut auf ein Fuhrwerk. Grandmère überprüfte die Schnur, um sich zu vergewissern, daß ihr Schaukelstuhl sicher verstaut war. Marie stattete dem Haus einen letzten Besuch ab. Bald würde sie das einzige Heim verlassen, das sie je gekannt hatte, dachte Marie. Nein, das einzige Heim, an das sie sich erinnerte.

Ihr Unterleib schmerzte. Es war, als ob es dem Blut aus ihrem Schoß Spaß machte, ihrem Magen Krämpfe zu bereiten und zwischen ihren Beinen herauszuströmen. Wie viele Tage? Wieviel Blut konnte sie verlieren?

Sie wollte keinen Ehemann. New Orleans würde ihr nicht gefallen. Sie schloß die Augen, versuchte sich das Gesicht ihrer Mutter vorzustellen. Hatte Maman sie jemals im Arm gehalten, ihr Lieder vorgesungen oder ihr die Haare geflochten? Sie schlug mit der Faust gegen die kahlen Wände.

Marie trat ins Freie und blieb unter dem Vollmond stehen. Eine Fledermaus flog übers Dach. Sie hörte, wie eine Eule sich über sie lustig machte. Ob es in New Orleans Regenbögen geben würde? Sie riß einen Efeuzweig ab und zerrieb ihn. Sie holte tief Luft. Wenn Grandmère meinte, daß sie alt genug zum Heiraten sei, dann mußte sie auch alt genug sein, um über Maman Bescheid zu wissen. Aufgeregt rannte sie auf das Fuhrwerk zu.

Grandmère mühte sich ab, einen Knoten zu knüpfen. Marie berührte sie an der Schulter. Die alte Frau fuhr zusammen. »Kind, hast du mich erschreckt«, rief sie aus und griff sich ans Herz.

»Grandmère, ich bin alt genug.«

Grandmère beruhigte sich. Langsam, Gesicht und Augen im Dunkeln, wandte sie sich wieder ihrem Seil zu. »Ich schaffe es einfach nicht, diesen Schaukelstuhl zu sichern. Er ist zu sperrig und zu groß. Die Schnur ist zu dünn.« Sie rüttelte an dem Schaukelstuhl. »Siehst du, er hält immer noch nicht fest.«

»Grandmère, bitte, ich sagte, daß ich alt genug bin.«

»Ich habe dich gehört.« Grandmère wirbelte herum. Ihr Gesicht war eine Fratze. »Aber selbst wenn ich tot und nicht mehr da bin, wenn du eigene Enkelkinder hast, wirst du immer noch nicht alt genug sein, um über deine Maman Bescheid zu wissen. Sie war ein halsstarriges, ungehorsames Kind. Genau wie du. Mußte immer ihren Willen durchsetzen. Ein selbstsüchtiges Mädchen. Ihr Dickschädel hat nie zu etwas Gutem geführt. Sie hörte nie zu, auch nicht als ich sie gewarnt habe –« Grandmère hielt inne und drückte den Rosenkranz an die Lippen. Sie fing an, Gebete vor sich hin zu murmeln.

Außer sich vor Empörung hätte sich Marie am liebsten hingehockt und geweint. Sechs Jahre, und sie hatte überhaupt nichts erfahren. Sechs Jahre. Grandmères Versprechungen waren nichts wert.

»Du hast nie vorgehabt, mir etwas zu erzählen«, sagte Marie ungläubig. »Du hast mich angelogen, richtig? Richtig? Hast nur vorgehabt, weiterzulügen«, donnerte ihre Stimme mit zunehmender Lautstärke. »Du hast mich nie geliebt. Wenn du mich geliebt hättest, hättest du nicht gelogen.«

»Sei still, Kind.«

Marie stolperte vorwärts. »Du hast gelogen.« Nun würde sie nie herausfinden, wer sie war. Marie wollte Grandmère weh tun, wollte sie dafür bestrafen, daß sie Hoffnungen in ihr geweckt hatte. Es war nicht recht, daß sie den ganzen Schmerz allein spüren sollte. Sie hätte Grandmère am liebsten die Augen ausgekratzt. Grandmères Augen hatten mehr von Maman gesehen, als sie jemals sehen würde. Alles was sie besaß, waren verschwommene Erinnerungen. Träume.

»Ich hasse dich«, schrie Marie, und mit einem heftigen Stoß fegte sie Grandmères Schaukelstuhl vom Fuhrwerk herunter.

»Nein!« kreischte Grandmère.

Der Rücken des Schaukelstuhls zerbrach beim Aufprall. Eine Armlehne schlitterte in eine Weide. Grandmère fiel auf die Knie und jammerte über das zerbrochene, gesplitterte Holz.

»Es tut mir leid«, sagte Marie leise.

Grandmère blickte auf. Sie musterte Marie und erkannte, daß das schwer atmende Kind genau wie ihre Maman aussah. Das Leben war verdammt schändlich. Wie sollte sie erklären, daß sie Geheimnisse für sich behielt, weil es das beste war, sie für sich zu behalten? Das beste, um Marie zu schützen. Aber war es das auch? Grandmère schüttelte traurig den Kopf und sagte: »Vergiß deine Maman.«

»Du hast sie weggejagt, richtig?«

Grandmère ergriff Maries Rocksaum. »Wer ist mein Baby? Mein ach-so-hübsches Baby?«

»Dieser Mann wird's mir erzählen.«

Grandmère zuckte zurück. Sie mußte nicht fragen, welcher Mann. Maries Ahnung hatte sie nicht getrogen; in jener Nacht hatte Grandmère den Mann gesehen, und Grandmère, die sonst vor nichts Angst hatte, hatte Angst vor ihm.

»Wer hat dich großgezogen?« zeterte Grandmère und trommelte mit der Faust auf ihre Brust. »Wer ist deine Mutter gewesen, wenn nicht ich?«

»Ich werde ihn in New Orleans finden.«

»Mach das nur, und ›tut mir leid‹ wird nicht reichen. Ich werde dir nicht verzeihen.«

Grandmère steckte ein Stück vom Schaukelstuhl in ihre Tasche.

Marie schauderte. Wie sollte sie erklären, daß der Mann mit den Narben auch ihr Angst machte? Noch mehr Angst machte ihr aber, nicht zu wissen, wer sie war.

Sie bedauerte alles. Bedauerte, daß Grandmère sie für einen Ehemann großzog, während sie für Maman größer wurde. Als Marie auf das Fuhrwerk kletterte, fragte sie sich, warum es immer nur Bedauern war, was sie fühlte.

Marie klammerte sich an ihre Vision. *In New Orleans, an ihrem Hochzeitstag, würde der Mann kommen.*

Grandmère, die sich unerträglich alt fühlte, hatte die Hand in der Tasche und spürte die Qual in den rauhen Kanten des Holzes. Es besaß seine eigenen Erinnerungen: Es hatte sie und Marie auf der Veranda geschaukelt und davor sie selbst und das Kind in ihrem Leib, Maries Maman.

Ihre Sklavenmutter hatte sie gelehrt, daß in Dingen Leben steckte: afrikanische Geister in Holz, Eisen und im Meer. Doch heute betete sie zu Menschen. Zu weißen Heiligen. Zu Statuen mit Augen, Nasen und Mündern. Warum auch nicht? Weiße waren schon immer mächtiger gewesen – wie die groben, rachsüchtigen Männer, die sie in den Bayousumpf gejagt hatten, wie die weißen Männer, die ihrer Tochter Leid zugefügt hatten. Die gleiche Sorte Männer, die Sachwaw getötet hatte. Sie hielt das Holz fest umklammert.

Eine offene Wunde bohrte in ihrem Innern, wartete darauf, zu explodieren. Grandmère konnte diese Qual nicht singen. Sie sang um sie herum. Sie blickte zum Himmel. Die Dunkelheit war beängstigend, beinahe genauso beängstigend wie Marie.

Sie war nicht gut mit dem Kind umgegangen. Hatte sich im Bayou versteckt, während das Kind rastlos wurde. Marie brauchte einen Ehemann, der sie zur Ruhe brachte. Dann würden sie alle nach Teché zurückkehren. Wenn sie Glück hatte, würde sie noch die Geburt ihrer Großenkelin erleben. Erst dann würde sie wissen, daß die Kette zerbrochen war. Die Vergangenheit würde sich nicht wiederholen. Vielleicht hätte sie auch wieder schöne Träume. Schöne Lieder. Hätte nicht mehr das Gefühl, bestraft zu werden. Würde nicht mehr bedauern, geboren worden zu sein. Sie würde bequem im Bett liegend sterben, während Maria sie in Ihren Armen wiegte und Jesus abwartend daneben stand.

EIN ZWEITER ANFANG:
1819

»Nach unserer ersten Begegnung war es schwer, sich an dein Gesicht zu erinnern«, sagte sie.

»Ich habe mich sofort in dich verliebt. Ich habe versucht, deinen heißgeliebten Jacques zu retten, obwohl ich doch nur dich retten wollte.«

»Das hast du, Louis. Viele Male hintereinander.«

Marie Laveau, 13. Juni 1881, später Abend
(Aus Louis DeLaviers Tagebuch)

Die Reise dauerte fünf Tage und vier Nächte. Am ersten Tag sprachen Grandmère und Marie kein Wort. Sie ertrugen die quälende Hitze und die Stechmücken. Ihre Gedanken waren voller Groll.

Am zweiten Tag äußerte sich Grandmère nur in Prophezeiungen und Warnungen. Marie ereiferte sich über eine verletzte Krähe, die es trotzdem schaffte, zu fliegen. Grandmère antwortete auf der Stelle: »Ein Vogel mit einem verkrümmten Flügel bedeutet Kummer.« Als sie einen unbefestigten Weg umfuhren, wies Grandmère mit dem Finger nach vorn und sagte: »Ein zerbrochenes Tor bedeutet, daß du weggehen und niemals zurückkommen wirst.« Und als Marie von der Anmut und Schönheit einer riesigen alten Weide ergriffen war, meinte Grandmère abfällig: »Eine Weide weint um die Sünden der Frauen.«

Bei Einbruch der Nacht glaubte Marie, verrückt zu werden, wenn sie noch ein einziges Sprichwort zu hören bekam. Erleichtert legte sie sich zum Schlafen nieder. Die Augen geschlossen, den schmerzenden Kopf auf ein behelfsmäßiges Kissen gebettet, hörte sie Grandmère sagen: »Ein gelber Mond bedeutet den Tod.«

Marie biß die Zähne zusammen, als Grandmère die Jungfrau Maria mit zwanzig Gebeten pries. »Zwanzig«, sagte Grandmère, »ist eine gute Zahl.«

Am dritten Tag sah sie weitere Omen: Dung mitten auf der Straße, eine dreibeinige Katze. In dieser Nacht sang Grandmère: »Herr, erbarme dich. Christus, erbarme dich.«

Im Gegensatz zur Sonne am Tag hielt das abendliche Lagerfeuer sie kaum warm. Zwar waberte die Hitze immer noch in der Luft, doch der feuchte Boden ließ einen bis auf die Knochen frieren. Als Grandmère auf dem Rücken dalag und zu schlafen versuchte, kamen ihr ihre Knochen so alt vor wie die Welt. Hätte sich Marie unter ihren Busen gekuschelt, hätte ihr Grandmère alles erzählt. Hätte ihr von Wunden erzählt, die ebenso schmerzten wie die Schwielen an ihren Füßen. Hätte ihr von ihrer Maman erzählt, von dem Kummer, der sich einstellt, wenn man zu sehr liebt. Doch Marie starrte zum Wald, als könnte sie dort andere Geheimnisse sehen. Grandmère starrte zum Himmel. Und mit jeder Sternschnuppe (der Himmel schien voll davon zu sein) fühlte sie sich schuldiger.

Grandmère wußte, daß sie sich und Marie auf Schwierigkeiten zutrieb. Aber sie war noch zu aufgewühlt, um herauszufinden, *warum* sie das tat. Er würde auf sie warten; genauso, wie er auf sie und ihre Tochter, Maries Maman, gewartet hatte, als sie vor über dreißig Jahren in New Orleans angekommen waren. Versuchte sie irgendwie, sich nachträglich zu bestrafen? Marie zu bestrafen? Lohnte es sich, gleich um welchen Preis, Marie einen Ehemann zu besorgen? Grandmère wußte nur, daß sie es nicht leiden konnte, wenn man sie in die Enge trieb. Im Bayou zu bleiben, war keine Lösung, denn am Ende würde er Marie ja doch holen kommen. *John.* Warum nannte sie ihn nicht beim Namen? Wie Johannes der Prophet, Johannes der Täufer. Judas wäre ein passenderer Name gewesen. Ihre Ankunft in New Orleans würde ihm – *John* (sag es! denk es!) – zeigen, daß sie keine Angst hatte. Und wenn John glaubte, daß sie sich nicht vor ihm fürchtete, würde er es sich vielleicht zweimal überlegen, ob er ihnen etwas antat. Vielleicht würde sich John ja fragen, ob sie immer noch ihre Macht besaß.

Grandmère suchte nach dem Nordstern. Der Stern Christi.

An dem Tag, an dem ihre Tochter starb, hatte sie sich zum Katholizismus bekehrt. Vielleicht wollte sie durch ihre Reise nach New Orleans beweisen, daß Christus sie liebhatte. Beweisen, daß Er sie als Belohnung für ihren jahrelangen Glauben in New Orleans verteidigen würde. Und wenn Christus sie nicht rettete, dann gewiß seine Mutter, die Heilige Jungfrau Maria. Eine Frau hätte gewiß Verständnis und würde ihre unberührte Enkelin beschützen.

Pater Christophe hatte sie gewarnt, daß eine Bekehrung, um einer Katastrophe zu entkommen, keine wahre Bekehrung sei. Sie erinnerte sich, wie sie den dünnen Priester angestarrt und gedacht hatte, daß sie alles tun würde, um ihre Schwierigkeiten mit jemandem, der wirklich existierte, teilen zu können: nicht mit einem Voodoogeist, sondern mit einem Menschen aus Fleisch und Blut.

Als sie beichtete, meinte Pater Christophe, er wäre jetzt Christus – der weiße männliche Gott. Er sagte, daß Er die Kraft hätte, sie zu trösten und ihr zu vergeben, und einen Moment lang war es ihr tatsächlich besser gegangen; ein Licht hatte ihre Seele erleuchtet und von ihren Schmerzen erlöst. Sie hatte beschlossen, sich jenen anzuschließen, die sie nicht zerstören konnte.

Ihre Tochter war tot. Die Baumgeister mußten doch gespürt haben, daß ihr Mädchen langsam starb. Warum hatten die Geister sie nicht am Leben erhalten? Mit afrikanischen Göttern zu sprechen, half gar nichts. Schwarze Götter hatten ebenso wie schwarze Menschen keinerlei Macht. Du konntest sie nicht wie Pater Christophe anfassen. Du konntest nicht durch das Gitter eines Beichtstuhls mit ihnen sprechen. Du konntest sie nicht antworten hören: »Nomine spiritus sancti.« Du konntest nicht zuschauen, wie sie den Leichnam deiner Tochter für das Begräbnis tauften, reinigten und segneten. Wie behutsam Pater Christophe mit ihrem Mädchen umgegangen war!

Ob Pater Christophe wohl noch in New Orleans war? Würde er ihr erklären, warum das christliche Licht elf Jahre lang, obwohl sie beharrlich den katholischen Glauben praktiziert hatte, kein einziges Mal mehr ihre Seele erleuchtet hatte – das Licht, für das sie ihre Macht, ihre Magie aufgegeben hatte?

Grandmère stopfte sich eine Decke unter den Kopf. Sie *mußte* nach New Orleans, um Marie einen Ehemann zu besorgen. Ihr Gewissen sagte ihr, daß es auch anderswo auf der Welt Männer gab. Sie hatte von Kentucky, Virginia, Boston gehört. Grandmère schüttelte den Kopf und stopfte die Decke fester. New Orleans war ihre Heimat, sagte sie sich, während eine andere Stimme sagte, daß sie log. Sie hatte nie eine Heimat gehabt. Nicht, seitdem die Sklavenhändler Afrika entdeckt hatten.

Bevor sie die Augen schloß, spähte Grandmère zu Marie, die wie eine Statue dahockte. Der erlöschende, orange und gelb glühende Feuerschein ließ sie unversöhnlich wirken. Glühwürmchen umschwirrten ihre Haare. Das Kind war zu halsstarrig, um jemandem Freude zu machen.

Grandmère legte die Hand aufs Herz, als wieder eine Sternschnuppe aus dem schwarzen, schweigenden Himmel fiel.

Am vierten Tag der Reise glaubte Marie, daß weder das Pferd, dessen Flanken mit Schaum bedeckt waren, noch Grandmère, deren Haut fahl war, die Fahrt überleben würden. Mehrmals bot Marie an, die Zügel zu übernehmen. Doch jedesmal lamentierte Grandmère über Narren, die nicht wüßten wohin. »Narren«, schimpfte sie, »wandern wie Dummköpfe umher.« Die Räder drehten sich klappernd.

Wann war Grandmère so alt, so schwach geworden? fragte sich Marie.

Marie wußte nicht, wie sie Grandmère sagen sollte, daß sie sie noch liebhatte. Es war einfacher gewesen, es ihr zu zeigen, als sie jünger und glücklicher waren. Sie und Grandmère konnten stundenlang auf der Veranda schaukeln. Sie suchten Zweige und Wurzeln. Sie ahmte Grandmères Lieder nach. Selbst das gemeinsame Lustigmachen über eine wichtigtuerische Eule hatte Grandmère gezeigt, daß sie sie liebhatte.

Nun spürte Marie, daß Grandmère mit jeder Meile, die sie zurücklegten, rasch und unnatürlich alterte. Es war, als ob Grandmères Fleisch sie absichtlich im Stich ließ, absichtlich erschlaffte und sie und ihren Geist zu Boden zog. Marie kam sich hilflos war. Sie schien nichts tun zu können, um das Schweigen zwischen ihnen zu brechen. Und das einzige, was das Schweigen brechen konnte – nicht nach Maman suchen zu wollen –, das meinte Marie nicht tun zu können. Kummer türmte sich zwischen ihnen auf.

Vom Kutschbock, von jedem Blickwinkel aus sah Marie Weiden. Wie viele Weiden wohl weinten, weil sie nicht zu sagen vermochte: »Grandmère, ich hab dich lieb«? Alles würde besser werden, wenn sie Maman fanden, tröstete sich Marie. Alle wären glücklich. Sie würde Grandmère beweisen, daß die Freude darüber, wieder eine Familie zu sein – drei Frauen zusammen –, alle Qual aufwog. Marie verschränkte die Hände über der Taille und schaukelte vor und zurück.

Was, wenn Maman nicht auffindbar war? Was, wenn Maman sie nicht haben wollte? Marie schaukelte ihre Sorgen fort; ihre Gedanken waren zu niederschmetternd, um sich weiter damit zu beschäftigen. Doch die Sorge blieb wie ein rastloser Geist auf Maries Schultern hocken, bereit, sich ihrer ganz zu bemächtigen.

Gegen Mittag verwandelte sich Maries ungutes Gefühl in Erregung, als die heimatliche wilde Landschaft engen Straßen wich, die um Farmen und Plantagen mit Säulen herumführten. Entlang der Strecke sah Marie immer wieder Menschen: Dutzende von Reihen schwarzer Männer und Frauen, die auf baumwollgesprenkelten Feldern hackten und pflückten. Farmer riefen

Befehle, während sie Fuhrwerke manövrierten. Weiße Kinder kletterten auf Bäume, während schwarze Kinder Baumwolle zu Ballen rollten. Allmählich wurde Marie klar, wie einsam sie in Teché gewesen war. Ein schwacher Meersalzgeruch stieg ihr in die Nase.

Unbedarft, wie sie war, gefiel ihr der Anblick der auf den Feldern arbeitenden Menschen am besten. Ihr gefiel die Symmetrie der Baumwollreihen und der schwarzen Hände, die ungefärbtes Weiß pflückten. Ganz besonders gefiel ihr, wenn die Arbeiter ihre Stimmen zu einem schwermütigen Lied erhoben. Es war, als hörte sie Grandmères Stimme in einem hundertfachen Echo.

Wenn Marie gefragt hätte, hätte Grandmère ihr erzählt, daß die Arbeiter erschöpft waren, und daß das melodiöse Lied vom ›River Jordan‹ von der Sehnsucht nach Freiheit in Afrika und nach Frieden im Leben nach dem Tode handelte. Aber Marie und Grandmère, beide halsstarrig, behielten das quälende Schweigen zwischen ihnen bei. Der Meersalzgeruch wurde stechender.

Schließlich, am fünften Tag, endete ihre Reise. Bei Sonnenaufgang waren Marie und Grandmère auf der breiten Straße, die in die Stadt führte. Grandmère war ängstlich; die Stadt wirkte wie eine verlockende Falle, die nur darauf wartete, sie einzufangen. Für Marie entfaltete sich New Orleans wie das gestreifte Seidenpapier um ein Geschenk zu Allerheiligen. Die Menschen bewegten sich in wilden Mustern, tupften die Landschaft mit lebhaften Farben. Ein endlos weites, blaugrünes Meer umarmte die Küste. Marie konnte sich nicht entsinnen, jemals etwas so Wunderbares gesehen zu haben.

Frauenstimmen wurden laut, die wie eine Dampforgel klangen.

»Brocanter. Kauft. Orangenschalen. Les chandelles.
Kerzen. Kaffee. Pois de senteur. *Süße Erbsen.«*

Es gab Stände mit Bananen, Orangen; Körbe, die zum Bersten gefüllt waren mit Eis, kopflosen Shrimps, Welsen und summenden Fliegen; Wagen, auf denen sich Marigold, Pralinen und gezuckerte *beignets* häuften. Es war eine herbe und doch süße, abstoßende und doch verlockende Mischung, als schokoladenbraune Frauen mit Tüchern um den Kopf und klimpernden Goldreifen an den Ohren die Passanten zum Kaufen überredeten.

Als sie das Kaleidoskop von Röcken bewunderte, kam sich Marie in ihrem beigen Hemd und mit ihren gelösten Haaren langweilig vor. Der Stoff an der Innenseite ihrer Pumphose kratzte.

»Was ist das für ein Platz?«

»Der Market Square. Die Leute bestellen kein Land«, lamentierte Grandmère. »Fangen keinen Fisch. Kaufen und verkaufen nur.«

Eine Frau schob Grandmère eine Schale mit trockenem Reis und Kräutern unter die Nase. »Bitte kauf. Feinster kreolischer Reis.« Grandmère schlug nach ihr, doch die Frau wich geschickt aus.

Kichernd schwenkte Marie den Blick zum Golf. Schiffe, die Planken mit Algen überkrustet, die Takelage wie ein Spinnennetz, drängten sich im Mississippihafen. Frauen beherrschten den Marktplatz. Männer, die barfuß über Decks hasteten und Ballen gebauschter Baumwolle, Rum und quiekende Ferkel entluden, den Kai.

»Wenn Christus auf Erden wäre« – Grandmère lachte gakkernd – »würde Er New Orleans nicht besuchen.«

Marie kam sich gotteslästerlich vor, als sie sich fragte, ob es überhaupt jemand merken würde, wenn Christus New Orleans besuchte. Das geschäftige Treiben erstaunte sie. Marie schätzte, daß es über tausend Leute waren. Gestalten strömten aus den Boulevards, liefen zusammen und quollen auf den Market Square. Leiber vermengten sich so mühelos wie die Zutaten in einem Gumboeintopf.

Die Hautfarben versetzten sie in Erstaunen: dunkelhäutige Seeleute, olivfarbene Herren, die mit Spazierstöcken an die

Holzstege tippten, und weiße Frauen, die Sonnenschirme herumwirbelten, während schwarze Dienstboten mit Körben in den Händen hinter ihnen hertrotteten. Ein Dutzend uniformierte, mit Bajonetten bewaffnete Männer marschierten lustlos vor einer Garnison auf und ab. »Wer ist das?«

»Soldaten«, antwortete Grandmère. »New Orleans hat schon immer Soldaten gebraucht, um die Stadt regieren zu können. Wenn es Spanier wären, wären sie brauner und nicht so groß. Wenn es Franzosen wären, wären sie schmal und gutaussehend. Die da müssen Amerikaner sein. Sie sehen wie Maulesel aus.« Grandmère spuckte auf den Weg. »Barbaren.«

Barbaren oder nicht, Marie fand die blau berockten Männer faszinierend, als sie auf und um die Place d'Armes herum marschierten. Die ganze Welt segelte nach New Orleans hinein. Marie faßte neuen Mut; sie würde den Mann hier finden, vielleicht sogar ihre Maman.

Sie lockerte ihren Griff, als der Verkehr den Wagen neben einem Cayennestand zum Stehen brachte.

Ein kraushaariger Seemann kitzelte gerade ein Marktmädchen, seine Finger fuhren an den Kurven ihrer Brüste entlang. Marie runzelte die Stirn, als das Mädchen den Seemann wegstieß. Während er auf sie einredete, umschlangen seine Arme ihre mollige Taille. Jetzt ermunterte das Mädchen ihn, wobei es abwechselnd kicherte und mit den Wimpern klimperte. Er streichelte das Gesicht des Mädchens.

Marie rieb sich ihr eigenes gerötetes Gesicht. Der Seemann drehte sich zu ihr um. Marie riß die Hand herunter und klemmte sie sicher in ihren Schoß. Der junge Mann verbeugte sich schwungvoll. Marie wurde rot. Das Marktmädchen warf dem Seemann die Arme um den Hals, während sie leise »Jacques« flehte. Marie wandte den Blick ab, doch zuvor sah sie noch, daß das Mädchen sie finster anstarrte.

Der Wagen rumpelte vorwärts. Marie drehte sich um. Der Seemann winkte. Sie lächelte schüchtern und wandte sich wieder um. Er hieß Jacques.

Weiter vorn winkte ein dunkler Mann die Leute näher. Er trug ein zerlumptes Hemd und geflickte Hosen. Um seinen Hals hingen Knoblauch und Kampfer. Ein Hut, an den Papageienfedern und Vogelfutter genäht waren, bedeckte seinen Schädel. Neben ihm stand ein Korb, in dem sich Schlangen kringelten. Marie stupste Grandmère an.

»Heilmittel für die Seele. Kommt und kauft meine
Heilmittel für die Seele.
Besänftigt Teufel. Besänftigt Dämonen.
Ich hab die Zauberformeln. Mächtige Zauberformeln.
Zauberformeln vom Zauberer.
Kommt und kauft. Meine Heilmittel für die Seele.«

Sein heiserer Ruf schien für sie bestimmt zu sein – oder war er für Grandmère bestimmt?

»Wer ist das?«

»Niemand.« Grandmère peitschte rücksichtslos auf ihr Pferd ein. Frauen kreischten, und Männer fluchten laut, als das Fuhrwerk gefährlich durch den Verkehr schlingerte. Das Pferd galoppierte vorwärts. Grandmère kämpfte mit den Zügeln. Marie schrie. Das Pferd bäumte sich auf, und das Fuhrwerk neigte sich zur Seite. Maries Kopf schlug an die Holzverstrebung. Grandmère stöhnte. Der verängstigte Gaul hörte nicht auf zu stampfen, schlug unablässig mit den Hufen gegen die Seite einer Kutsche und das goldene Wappen, das dort aufgemalt war. Unter dem Wappen stand der Buchstabe D, verziert mit Weinreben und einer Rose mit Dornen.

»Verdammt.« Antoine DeLavier sprang aus der Kutsche und eilte nach vorn, um das Tier zu beruhigen. Seine Schultern und Oberschenkel waren muskulös. Sein Spitzenkragen fügte eine schräge feminine Note hinzu.

Er bewegte sich rasch und sicher, riß an der Kandare des Pferdes und täschelte ihm die schwer atmende Flanke. Er redete nicht sanft auf das Pferd ein, sondern befahl ihm vielmehr, stillzustehen. Als das Pferd nicht reagierte, riß er zusätzlich ein paarmal brutal an den Zügeln.

Antoine schwang die Kutschentür auf. »Brigette. Louis. Seid ihr in Ordnung?«

»Ja«, antwortete Brigette, die schwer an Louis' Schultern lehnte.

Marie staunte. Brigette war Grandmères lebendig gewordene Jungfrauenstatue. Hellblau gekleidet, mit blonden Locken, die auf ihre Schultern und Brüste herabfielen, wirkte sie außergewöhnlich schön. Sie wirkte auch verletzlich, eingezwängt zwischen zwei Männern – von denen der eine den Arm um sie gelegt hatte und der andere ihre Hand festhielt. Antoine küßte sanft ihre Fingerspitzen. Marie hätte gern gewußt, mit welchem von den beiden Männern sie verheiratet war.

»Louis, kümmere dich um sie«, sagte Antoine. Er drehte sich um und ließ seinen Blick über die Szene schweifen. Er rief den Zuschauern energisch zu: »Vite. Weg mit euch«, dann packte er Grandmères Arm.

»Wie kannst du es wagen, uns an der Durchfahrt zu hindern? Ist dir nicht klar, daß meine Schwester hätte verletzt werden können?«

Grandmère senkte den Kopf.

»Bist du taub?« herrschte Antoine sie an. »Antworte mir.«

»Ich bitte um Verzeihung«, sagte eine unterwürfige Grandmère.

»Wer ist dein Herr?«

»Wir sind frei.«

»Ich glaube dir nicht.« Antoines Stimme senkte sich. »Vielleicht sollte ich dich festhalten? Dich einsperren, bis dein Herr öffentlich eine Belohnung aussetzt? Oder vielleicht wärst du mit einer Tracht Prügel besser bedient.« Die Sonne und ein klarer Himmel zeichneten seine Reitgerte hart ab.

»Nein. Halt.« Marie streckte den Arm aus und biß die Zähne zusammen, als die Gerte ihre Hand traf.

Wütend langte Antoine nach oben und bekam Marie an der

Taille zu fassen. Er hob sie, die heftig strampelte, vom Wagen herunter.

»Laßt mich los«, schrie Marie. »So hilf mir doch jemand. Bitte.« Niemand wollte ihr helfen. Frauen lachten hinter Fächern, Männer feuerten ihre Zähmung mit rauhen Rufen an, während die Farbigen um sie herum die Köpfe gesenkt hielten. Grandmère betete.

»Grandmère, bitte. Hilf mir.«

Die alte Frau umklammerte ihren Rosenkranz und murmelte inbrünstig über ihren schwarzen Perlen.

Plötzlich packte Marie der Zorn. Als sie sich gegen Antoine zur Wehr setzte, kämpfte sie gegen allen Groll in den vergangenen fünf Jahren; als sie auf ihn einschlug, glaubte sie, Grandmères Gesicht vor sich zu sehen. Sie kratzte und schrammte ihn mit den Fingernägeln. Den Schwarzen in der Menge verschlug ihre kühne Torheit den Atem.

»Teufelin.« Antoine schob sie fort, und Marie stolperte rückwärts und fiel schluchzend zu Boden.

Antoine fuhr mit dem Finger über die Schramme an seinem Kinn und rieb das Blut zwischen Zeigefinger und Daumen. »Du hättest weglaufen sollen«, murmelte er.

Marie war übel vor Angst. Sie stand mühsam auf und wollte loslaufen, als Antoine auf sie zukam. Sie sprang blitzschnell nach rechts. Doch ebenso schnell packte Antoine sie an den Haaren und zog sie an seine Brust. Marie wand sich heftig.

»Es wird mir ein Vergnügen sein, dich zu zähmen.« Er drückte ihr Gesicht nahe an seines.

Marie starrte ihn wütend an. Antoine hatte die gleichen blauen Augen wie seine Schwester, die gleiche elfenbeinfarbene Haut. Aber die Gesichtszüge, die bei Brigette schön waren, waren bei ihm häßlich. Er riß sie erneut an den Haaren. Sie schrie auf.

Antoines freie Hand streichelte Maries Kehle und Brüste. »Farbige sind gewöhnlich nicht so dreist.« Er senkte den Kopf auf ihren Mund zu. Marie schrie.

Eine Stimme rief: »Maman, Schwester, was ist passiert? Es

hat doch keinen Unfall gegeben, oder?« Marie strebte auf den Seemann, Jacques, zu. Antoine hielt sie fest.

Jacques verbeugte sich. »DeLavier. Euer« – der Seemann zögerte – »Name ist stadtbekannt. Es tut mir leid, wenn Euch meine Familie irgendeinen Schaden zugefügt hat.« Seine Hand wedelte in Richtung Kutsche. »Es war keine Absicht.«

»Wer ist dieser Schwarze, der vorgibt, ein Herr zu sein?« Aus der Menge erhob sich Gelächter.

»Jacques Paris, zu Euern Diensten.« Der Seemann schlug zakkig die Hacken zusammen. »Vor kurzem aus Santo Domingo gekommen.«

»Ein verfluchter Terzerone.«

»Ich hätte meine Familie nicht alleine lassen dürfen. Sie ist neu in New Orleans. Aber« – Jacques drehte ausdrucksvoll die Handflächen nach außen – »die Geschäfte konnten nicht warten.«

»Dich von Mist zu ernähren, das sind deine Geschäfte.« Die Worte kamen fast beiläufig. »Mit deiner schönen Hure von Schwester und deiner Mutter zwischen Schweinen zu liegen.« Antoine schob Marie zu Jacques. »Würde mich nicht wundern, wenn sie beide deinen schwarzen Schwanz kennen.«

»Lauf«, raunte Jacques und zog Marie nach hinten auf das Fuhrwerk zu. »Macht, daß ihr schnell wegkommt, solange wir kämpfen.« Marie ließ zu, daß er sie hochhob und neben Grandmère setzte.

»Feigling«, rief Antoine hinter Jacques her.

Maries Hand lag an seiner Brust, Jacques' Hände waren knapp über ihrer Taille. Marie dachte flüchtig an das Marktmädchen. Aber jetzt war das Gesicht des Seemanns traurig. Er gab ihr einen Stups auf die Nase. »Mir wird schon nichts passieren. Ich bin wie eine Katze mit neun Leben.«

»Du kennst mich doch nicht einmal.«

»Schscht«, sagte Jacques und drückte ihre Hand. »Zwei Leben habe ich noch übrig.« Er grinste großspurig, und genau in diesem Moment wirbelte ihn Antoine herum. Jacques, aus dem Gleichgewicht gebracht, fiel mit dem Gesicht nach vorn in den

Schmutz. Bevor er sich wieder fangen konnte, trat DeLavier mehrmals auf ihn ein. Stöhnend, aus der Nase blutend, versuchte Jacques verzweifelt, seinen Kopf und Unterleib vor dem Hagel von Schlägen zu schützen.

»Grandmère, hilf ihm, bitte.«

»Es gibt Mittel, Kind«, sagte Grandmère leise und in Erinnerungen verloren. »Ein Schrei zu den Göttern, ein Fetisch aus Haaren, Leinsamen, Grabstaub ...« Es war ihr gelungen, dem Herrn, der Sachwaw getötet hatte, einen langsamen Tod zu bescheren. Sie könnte es ein zweites Mal tun: noch einen weißen Mann töten. Warum nicht? Falls sie ihre Macht noch besaß ...

Grandmère holte tief Atem. Kraftspendende Luft strömte durch den Mund in die Lungen. Ein Brummen rumpelte in der Tiefe ihrer Kehle. »Guédé, Guédé, Guédé ... kommt, erhört mein Flehen ... Guédé, Guédé, Guédé ... eure Dienerin braucht euch ...« Grandmère konzentrierte sich darauf, die Totengötter zu sehen. Ihre Sehergabe würde sie zum Leben erwecken.

Ihre Augen rollten nach innen.

Grandmère stand, die Arme ausgestreckt. Der Wind hörte auf, über den Golf hinweg auf den Platz zu blasen. Möwen stießen lautlos aus dem sich bewölkenden Himmel herab. Grandmère konnte spüren, wie sich die Geister von einst, hocherfreut über ihr Rufen, in der Nähe herumtrieben. Sie war überrascht, wie bereitwillig sie ihr nach all diesen Jahren antworteten. Zuversicht durchströmte sie.

Die Guédé lachten wie drei heisere Knaben. Grandmères Fingerspitzen juckten. Sie brauchte nur mit dem Finger zu zeigen. Die Guédé waren bereit. Ein Fingerzeig von ihr, und es nähme seinen Lauf. Die Guédé würden ihn vernichten.

»Tu es«, sagten die Guédé unisono. »Tu es jetzt.«

»Ich kann nicht. Ich kann nicht.« Grandmère sackte in sich zusammen. Sie drückte ihren Rosenkranz an die Augen, um die Sünde abzuwehren, und murmelte: »Du sollst nicht töten. Du sollst nicht töten.« Zu Marie sagte sie mit heiserer Stimme: »Zauberformeln. Ich traue mich nicht, sie zu benutzen. Es lastet zu schwer auf der Seele, wenn man einen Menschen tötet.«

Innerhalb von Sekunden war es vorüber. Marie blinzelte und sah eine Grandmère, die sie noch nie gesehen hatte. Auf dem Wagen stehend, das Gesicht eine Fratze, nur das Weiße ihrer Augen sichtbar, war Großmutter die Gewalttätigkeit in Person gewesen. Es war verrückt, das wußte Marie, aber einen Augenblick lang war sie überzeugt, daß Grandmère alles töten könnte. Jeden. Dann blinzelte sie erneut, und Grandmère saß wieder neben ihr – eine müde Frau mit traurigen Augen.

Antoine schlug immer noch auf Jacques ein. Aufrecht stehend hielten sich die beiden eng umschlungen. Jacques klammerte sich fest, um sich von seinen Schmerzen zu erholen. Antoine drängte Jacques weg und stieß ihn wirkungslos in die Rippen.

»Was vorbei ist, ist vorbei«, verkündete Grandmère. »Wir sollten besser wegfahren.« Sie packte die Zügel.

»Nein. Ich will nicht weg«, sagte Marie.

»Wir müssen.«

»Ich will aber nicht.«

Marie warf einen kurzen Blick in die Menge: Entzücken überschattete die weißen Gesichter, passives Entsetzen quälte die schwarzen.

Die beiden Männer waren getrennt. Jacques schwankte, seine Augen waren blau geschlagen und schwollen an, und sein Stoffhemd war zerrissen. Antoine sah untadelig gekleidet aus, ein Herr. Jacques wischte sich Blut vom Mund und grinste sonderbar. »Wenn Ihr erlaubt, Sir, können wir uns bei Sonnenuntergang duellieren.«

Der Schlag kam unerwartet. Jacques ging zu Boden und hielt sich den Unterleib.

»Ich duelliere mich nicht mit Schwarzen.«

Antoine stampfte vor und fluchte, daß Jacques aufstehen solle. Der Seemann kniete sich hin. Antoines Stiefel krachte in seinen Magen. Jacques stöhnte. Fluchend drehte sich Antoine zu seinem Sattel um und holte seine Peitsche. Es war eine lange, aus geschmeidigem und schneidendem Leder geknüpfte Kordel.

Marie schrie: »Steh auf. Steh auf, Jacques.«

Der Länge nach im Dreck ausgestreckt, murmelte Jacques: »Lauf weg. Geh weg.« Er versuchte aufzustehen, doch es gelang ihm nicht.

Louis DeLavier war außer sich. Sein Cousin Antoine verkörperte alles, was er am Süden haßte. Brutal, gefühllos und überheblich aufgrund seiner persönlichen Macht, der Inbegriff eines Südstaatlers der Oberschicht. Louis wußte, daß er sich körperlich nicht mit seinem Cousin messen konnte. Aber es mußte irgendeine Möglichkeit geben, wie er Antoine davon abhalten konnte, einen Menschen zum Spaß umzubringen. Er rief: »Antoine, ich bestehe darauf, daß du damit aufhörst.«

»Scher dich zum Teufel, Louis.«

Louis sprang aus der Kutsche und beeilte sich, Antoine den Weg zu verstellen. »Du weißt, daß er dich nicht schlagen kann.«

»Doch, wenn er nur ein bißchen Mumm hätte.«

»Für einen Schwarzen bedeutet es den Tod, wenn er einen Weißen schlägt. Das Gesetz verbietet das. Das weißt du. Du kannst ihn nicht einfach zu Tode peitschen.«

»Warum nicht?«

»Hast du denn gar keine Ehre?«

»Nicht deine Nordstaatenehre. Wir dulden keine Beleidigungen von Farbigen.« Antoine entrollte seine Peitschenkordel. »Geh mir aus dem Weg, sonst peitsche ich auch dich aus.« Er lächelte. »Glaube mir, es wäre mir ein Vergnügen.«

Sie starrten einander an. Louis war betroffen, als er soviel Haß sah. Er zweifelte nicht daran, daß Antoine ihn liebend gerne umbringen würde. »Es spielt wohl keine Rolle, daß wir Cousins und demnächst Schwäger sind, nicht wahr?«

»Nein. Wenn überhaupt, dann macht es das Ganze nur noch schlimmer.«

»Hol dich der Teufel«, sagte Louis und drehte sich beschämt über seine Unfähigkeit, einen unschuldigen Menschen zu retten, um.

Er hörte das Zischen und Knallen der Peitsche, als sie die Luft durchschnitt und auf Jacques' Rücken niedersauste. Jacques' Schrei war herzzerreißend. Viele in der Menge applaudierten.

Louis blickte auf und sah seine Cousine und Verlobte Brigette, die Brüste gegen die Kutschentür gepreßt und darüber quellend, aus dem Fenster starren. Ihr Mund stand offen, und in ihrem Gesicht spiegelte sich Vergnügen. Louis war angewidert. Die Peitsche sauste erneut nieder. Jacques schrie. Louis wußte, daß Brigette die einzige Person war, auf die Antoine jemals hörte. Sie mußte ihm helfen. Er trat schnell auf sie zu und legte beide Hände über die ihren. »Halte ihn auf. Du mußt ihn aufhalten, Brigette.«

Brigettes Augen flackerten. Es ärgerte sie, daß Louis so unmännlich war.

»Wenn du mich liebst, halte ihn auf.«

Brigette liebte Louis nicht, als sie jedoch Spuren von Abscheu in seinem Gesicht sah, hatte sie plötzlich Angst, daß Louis etwas an ihr entdeckt hatte, was sie weniger begehrenswert machte.

»Antoine.« Brigette warf sich im Fenster in Pose. Sie sah leicht gelangweilt aus. »Diese Sache regt mich auf.« Ihre kühle Stimme ließ Ruhe auf dem Schauplatz eintreten. Die Menge konzentrierte sich auf Brigette, als wäre sie eine heilige Jungfrau.

»Das läßt sich nicht ändern.« Antoines Gesicht war gereizt.

»Und ich sage, das läßt sich ändern.« Mit Hilfe des schwarzen Kutschers stieg Brigette anmutig aus der Kutsche. Sie spannte einen weißen Sonnenschirm gegen das grelle Sonnenlicht auf. »Es ist unhöflich, seinen zu Besuch weilenden Cousin zu erschrecken. Louis hält uns sowieso schon für Barbaren.«

»Er sollte sich nicht in die Lebensweise der Südstaaten einmischen.« Antoine produzierte sich wie ein Pfau vor seinem Publikum. Er ließ den Peitschenschwanz im Dreck knallen. Staub wirbelte auf. Das Publikum jubelte.

»Du solltest uns nicht vor dem gemeinen Volk in Verlegenheit bringen. Vater hätte das nicht gebilligt.« Ihren Sonnenschirm herumwirbelnd, den geschminkten Mund schmollend verzogen, starrte Brigette Antoine an. Ihr Blick war fest. »Tu, was ich dir sage, Antoine.«

Marie war verblüfft, daß Antoines Augen sich zuerst abwandten. Antoine schaute überall hin, nur nicht zu seiner Schwester. Als wäre er ein Knabe, den man ausgeschimpft hatte, scharrten seine Stiefel die Erde auf. Widerwillig schritt er auf Jacques zu.

Jacques lag mit dem Gesicht nach unten da, die Beine nach rechts ausgestreckt. Aus den tiefen Striemen auf seinem Rücken floß Blut.

Antoine war wütend, daß er das einmal Begonnene nicht zu Ende gebracht hatte. Er beugte sich vornüber und schwor: »Ein anderes Mal, Seemann. Deine Hure von Schwester auch.« Als er auf dem Rückweg an Louis vorbeikam, raunte er: »Das werde ich nicht vergessen, Louis.« Mit übertriebener Würde begleitete er seine Schwester zu ihrem Platz zurück. Louis half Jacques auf die Beine. Die Zuschauer hatten das Interesse verloren und zerstreuten sich.

Sobald er am Fuhrwerk war, ließ sich der erschöpfte Seemann aus Louis' Armen zu Boden gleiten. Vorsichtig lehnte er sich mit dem Rücken an das Wagenrad. Seine Schultern schmerzten. Seine Lungen kamen ihm wie zugeschnürt vor.

»Ganz ruhig«, tröstete Louis. »Atme langsam und ruhig.«

»Ich komme schon wieder in Ordnung.« Jacques krümmte sich in einem Hustenanfall.

»Es tut mir leid«, sagte Louis, der sich verlegen und hilflos fühlte.

Jacques machte eine abweisende Handbewegung. »Ich habe schon Schlimmeres überlebt.«

Louis schaute zum Unterkleid eines braunen Mädchens auf. Marie lächelte vom Wagenbock herunter und beugte sich zu ihm. Ihre dunklen Haare fielen in Kaskaden herab und rochen nach Hyazinthen. Louis war von ihrer Schönheit beeindruckt. Er beachtete die alte, mit Perlen beschäftigte Frau nicht und konzentrierte sich auf das Natürliche und Wunderbare von Maries Gesicht. Ihm war zumute, als ertränke er in Gefühlen. Marie schien die Erfüllung von Träumen zu sein, die ihm nie bewußt gewesen waren.

»Danke, Sir«, sagte Marie.

Louis strich sich über das vorzeitig dünner werdende Haar. »Nicht der Rede wert. Ich hätte gern mehr getan.«

Marie fiel der abgehackte, nasale Tonfall in seiner Stimme auf. Jemanden wie ihn hatte sie noch nie reden hören. »Und dieser schönen Frau. Dankt ihr auch von mir.«

Louis zuckte zusammen; dann schnellten seine Hände zu Maries Gesicht hoch. Sie versteifte sich. Sanft zog er ihren Kopf herunter, näher zu seinem. Er schloß die Augen. Wie ein Blinder zeichnete er Maries Kinn, Nase und Augenbrauen nach. Seine Finger hielten inne, prägten sich die Oberfläche ihrer Lippen ein.

Marie war zu überrascht, um sich zu bewegen. Seine Berührung war nicht bedrohlich; sie konnte spüren, wie sich ihr eigener Atem erwärmte und durch seine Finger entwich.

Louis' Augen öffneten sich. Sie waren braun und verträumt. Marie hatte den untrüglichen Eindruck, daß er, während er ihre Lippen berührte, mit seinen Gedanken woanders gewesen war. »Es tut mir leid«, sagte Louis und steckte die Hände in die Taschen. Mit raschen Schritten entfernte er sich.

Louis hatte keine Ahnung, was in ihn gefahren war. Seit seiner Ankunft in New Orleans war er verwirrt. Es kam ihm vor, als hätte er Amerika verlassen und besuchte irgendeine weitentfernte fremdländische Stadt. New Orleans löste Hemmungen, und ebenso wie die Stadt erregte das Mädchen seine Sinne. Er war fast betrunken von dem Duft, dem Anblick und der Berührung. Louis holte tief Luft und schwang sich in die Kutsche.

»Bist du jetzt beruhigt?« fragte Brigette schelmisch. »Mulattinnen sind schon immer bekannt dafür gewesen, daß sie selbst die standhaftesten Puritaner in Wallung bringen.«

»Mir geht es gut.« Wie immer fühlte sich Louis in Brigettes Gegenwart unbehaglich. Obwohl sie prüde wirkte, benahm sie sich nie prüde. Er fand sie seltsam erregend.

»Du hast unseren Cousin schon wieder schockiert«, sagte Antoine mit dem schleppenden Tonfall der Südstaatler. Er lehnte lässig an den Kissen, einen Stiefel am Fensterbrett abgestützt. »Was muß er wohl von den Südstaatenfrauen denken?«

»Oder den Südstaatenmännern?« konterte Louis.

»Zumindest bin ich kein feiger Puritaner«, erwiderte Antoine.

»Protestant, nicht Puritaner. Die DeLaviers aus dem Norden sind Protestanten. Aber ich habe euch ja schon erzählt«, sagte Louis, »daß ich mich zu keinerlei Glaubensrichtung bekenne.«

»Da hörst du's, Brigette«, höhnte Antoine. »Ein gottloser Cousin.«

»Nein. Ich denke schon, daß ich an Gott glaube. Es ist die religiöse Heuchelei, die mich entsetzt.«

»Dann trete doch zum Katholizismus über«, meinte Antoine und stieß Louis den Daumen in die Brust. »Vielleicht findest du ja dort dein Heil.«

»Und werde dann wie du?« bemerkte Louis halb spöttisch, halb ernst. »Könnte also die ganze Woche trinken, huren und spielen. Gehe am Samstag zur Beichte, bete zehn Ave Maria und werde so geläutert, daß ich am Montag mein sündhaftes Treiben ganz von vorn beginnen kann. Erstaunlich. Eure Religion wäre mir zu anstrengend.«

Brigette kicherte. Die Kutsche fuhr mit einem Ruck an.

Louis schaute aus dem Fenster. Marie beugte sich zu Jacques.

Louis spürte eine unerklärliche Eifersucht, als Maries Hand über den Kopf des Seemanns strich. Die Sonne ließ ihre braune Haut leuchten. Er hatte vergessen, sie nach ihrem Namen zu fragen.

Marie hob den Kopf. Die Augen mit der Hand abgeschirmt beobachtete sie, wie die Kutsche vorbeijagte. Sie sah das angespannte Gesicht im Fenster.

Louis dachte, daß nur ein Gott ein Gesicht erschaffen konnte, das so schön war wie das Maries. Eine Eva inmitten der Versuchungen von New Orleans, dem modernen Sodom und Gomorrha.

Es sollte fast ein Jahr dauern, bis Louis Marie wiedersah. Nahezu sechs Jahre, bis sie wieder so verletzlich, so liebreizend wirkte.

Marie war beeindruckt davon, wie normal der Market Square jetzt wirkte. Das geschäftige Treiben wurde wieder aufgenommen. Der Verkehr lief kreuz und quer über die Stelle, wo der Kampf stattgefunden hatte. Nichts veränderte sich. Alle fuhren mit dem, was sie vorher getan hatten, fort.

»Kannst du heraufklettern?« fragte Marie Jacques.

Der Seemann nickte und stand, sich an den Radrahmen klammernd, auf. »Bist du sicher?« fragte er mit einer Geste zu Grandmère.

»So sicher, wie ich bei jedem Mann sein sollte, der mir das Leben gerettet hat.«

Jacques, überraschend gehemmt, senkte den Kopf. Marie streckte den Arm aus und half ihm, sich auf den Wagenbock zu schwingen. Ihre Hüften und Beine berührten sich.

Grandmère saß links von Marie, nickte nervös mit dem Kopf und trommelte gelegentlich mit den Fingern. »Was vorbei ist, ist vorbei«, sagte sie. Ihr Brummen war zusammenhanglos, ihr Atem ging flach.

Marie wandte sich zu ihr um. »Grandmère, geht es dir gut?«

»Laß mich in Ruhe. Kümmere dich um deinen Mann, ich bin dir nicht von Nutzen.«

Marie ließ sanft die Zügel aus Grandmères geschundenen Händen gleiten. Die alte Frau schloß die Augen vor der Welt.

Marie fuhr sie zu einem Wassertrog am Rand. Jacques stieg ab und band das Pferd fest. Der Gaul trank gierig, während Marie einen Lappen aus dem Vorrat zog, den sie für ihr Menstruationsblut benutzte. Sie hob den Pumpenschwengel und ließ Wasser auf den Lappen sprudeln. Nachdem sie die überschüssige Flüssigkeit ausgewrungen hatte, preßte sie Jacques den Stoff an die Stirn.

»Du mußt das nicht machen«, sagte Jacques und hielt sie zurück.

»Du mußtest mich nicht beschützen.«

»Wozu sind Brüder denn da?« Als er grinste, ließ ihn der Schmerz in seinem Kiefer zusammenzucken.

Lächelnd betupfte Marie noch einmal seine Verletzungen. Jacques' Augen in seinem gelbhäutigen Gesicht waren braun mit grünen Tupfen. Sie wischte ihm das Blut aus den Mundwinkeln. Sie wandte sich seinem Rücken zu und reinigte die Wunden mit kaltem Wasser, um den Schmerz zu lindern. Jacques stöhnte ein wenig und wurde blaß.

»Ich brauche Heilsalbe, um dich zu verbinden. Du mußt uns begleiten.«

»Dürfte ich wohl den Namen meiner Schwester erfahren?«

»Marie. Und das ist Grandmère.« Sie deutete auf die zusammengesunkene Gestalt. »Nimm es ihr nicht übel. Aber Grandmère ist ... wir sind beide dankbar.« Sie senkte die Hand und ließ den rotgesprenkelten Lappen lustlos im Trog treiben.

Jacques berührte ihren Arm.

Marie blickte auf. »Du bist nett.«

»Nein. Du.« Er betrachtete sie prüfend, während seine Finger ihr Kinn streichelten. »Warum bist du nicht weggelaufen?«

»Warum hast du meinetwegen gekämpft?«

Marie, die sich plötzlich erschöpft fühlte, setzte sich neben Jacques auf die Trogkante. Die Szenerie, die an ihnen vorüberzog, wirkte hektisch. Verkäufer boten noch immer ihre Waren feil: »Süßkartoffeln. Yamswurzeln.« Kinder bettelten um Münzen: »Einen Penny, bitte. Einen Penny für eine Mahlzeit.« Frauen feilschten: »Süßkartoffeln. Fünf.« »Zu teuer.« »Wirsing und Yamswurzeln.«

Gegenüber von Marie und Jacques war ein Mietstall, wo ein stämmiger Schmied auf einem Amboß an Hufeisen herumhämmerte. Zwei Männer stritten sich lautstark darüber, ob ein Sattel von besserer Qualität war als das hohlkreuzige Pferd darunter. Seeleute, Soldaten, feine Herren und Damen, schwarze Leute, weiße Leute ritten, bummelten, lachten, kauften und verkauften auf dem Market Square. Einige unverfrorene Bürger liebten sich sogar auf der dreckigen, schlammbeschmierten Straße. Ein Soldat liebkoste sein Mädchen. Prostituierte warfen sich aufreizend in Positur. Marie kam sich einfältig und schlecht vorbereitet vor.

Sie hatte noch nie mehrstöckige Gebäude gesehen. Marie erschrak, als sich eine Tür öffnete und eine Frau von einem schmiedeeisernen Balkon kreischte: »Zwei Pfund. Katzenfische.« Die Stadt war wunderbar, aber Marie wußte, daß sie auch Gefahren barg. Sie musterte einige der weißen Herren und Damen und fragte sich, ob jeder von ihnen so brutal sein konnte wie Antoine DeLavier.

Grandmère, die durch den Mund atmete und deren Kopf schräg nach hinten gesunken war, schlief offensichtlich. Marie wußte jetzt, daß sie sich nicht auf Grandmères Schutz verlassen konnte. Doch im gleichen Augenblick, als sie dies dachte, erinnerte sie sich daran, wie grimmig und mächtig Grandmère ausgesehen hatte. Was war es noch, was Großmutter gesagt hatte? Sie könnte einen Menschen töten, wenn sie es wollte. Hatte sie schon einmal getötet? Marie schüttelte den Kopf. Sie mußte geträumt haben.

»Bist du immer so schweigsam?« fragte Jacques.

»Was? Nein, ich meine –«

»Ich bin es nicht gewohnt, daß mich Frauen links liegenlassen. Ich mag zwar nicht der schönste Mann sein –«

»Doch, das bist du. Der schönste, meine ich.«

Marie wurde rot vor Zorn, als Jacques lachte.

»Grandmère ... ich ... wir sind unbeholfen im Umgang mit Fremden. Dort, wo wir herkommen, gibt es nicht viele Menschen. Manchmal vergehen Monate, bis wir jemanden sehen. Und die Menschen, die wir sehen, sind gewöhnlich Indianer oder einsame Fallensteller. Meistens besuchen uns Vögel. Reiher, Scharen von Rotkehlchen, Kolibris und Krähen. Wir singen ihnen etwas vor; sie singen zurück. Du machst dir keine Sorgen, daß dir irgend jemand weh tun könnte. Solche wie DeLavier gibt es nicht.«

»Wo ist dieser Himmel?«

»Teché. Das Bayou der Schlangen.«

»Bedauerst du jetzt, daß du fortgegangen bist?«

»Ich bin mir nicht sicher.« Im Bayou wußte man im voraus,

was ein Tag brachte. Hier war es irgendwie nervenkitzelnd, Angst zu haben, sich unbehaglich zu fühlen. Marie starrte auf Jacques' grobe Hände. »Ich bin mir überhaupt nicht sicher.«

»Ich schon. Ich bin heilfroh, daß ich fortgegangen bin. New Orleans ist weitaus besser als Santo Domingo.« Jacques lehnte sich ans Geländer; der Gaul beschnupperte seinen Hals. »Heiße Inselsonne.« Er zeigte zum Himmel. »Viel heißer als die hier. Und feuchter. Ein Feld nach dem anderen, das gehackt werden muß. Du konntest den ganzen Tag arbeiten, ohne Fortschritte zu sehen. Wenn du nicht gepflanzt hast, hast du geerntet. Dein Rükken krümmte sich vor Schmerzen, die Baumwolle schien kein Ende zu nehmen. Immer nur Baumwolle. Die Herren dort waren tausendmal schlimmer als hier.« Bei der Erinnerung lächelte Jacques reuevoll. »DeLavier war nichts im Vergleich zu diesen Männern. Glücklicherweise bin ich heil davongekommen.«

»Heil davongekommen?«

»Ein Schiff hat mich aufgegabelt. Fast tot war ich, haben sie gesagt. Ich habe hart gearbeitet und mich später freigekauft.«

»Freigekauft?« sagte Marie. »Wir sind frei.« Ihre Stirn runzelte sich. »Dann hat DeLavier also geglaubt, wir wären Sklaven.« Einen Augenblick lang war Marie überwältigt vor Kummer, überwältigt von ihrer eigenen Unwissenheit. Grandmère hatte ihr von der Sklaverei erzählt, von Menschen, die wie Besitztümer behandelt wurden. »Ich habe noch nie einen Sklaven gesehen«, murmelte sie.

»Schau dorthin.« Jacques deutete auf eine schwarze Frau, die mit einem Korb dahintrottete. »Und dorthin.« Ein Junge in schlechtsitzenden Kleidern kauerte auf der Straße. »Und dorthin.« Ein Mann in Goldlivree half einem korpulenten Kind in eine Kutsche. »Die Mehrzahl der Schwarzen in New Orleans sind Sklaven. Ein paar sind frei. Je weniger schwarz du bist, um so wahrscheinlicher bist du frei – ein Seemann vielleicht, ein Marktmädchen ... oder eine Mätresse.«

»Eine Hure?« fragte Marie. Antoine hatte sie so genannt.

Jacques nickte und holte den Lappen aus dem Trog. »Je heller deine Haut, um so weniger hassen sie dich.« Er legte sich den Lappen an den Nacken. »Manche Herren setzen für die Freiheit eines hellhäutigen Schwarzen einen Preis nach Dienstjahren oder auch in Gold fest. Normalerweise, weil der Herr den Sklaven gezeugt hat. Der gute weiße Massa«, sagte Jacques mit schleppender Stimme, »fühlt sich schuldig, wenn er sieht, daß Weißes aus seinen schwarzen Kindern herausguckt. Es macht ihn nervös, wenn er sieht, daß seine Augen, seine Haare und Gesichtsfarbe, seine Gesichtszüge mit schwarzer Haut vermischt sind.« Jacques' Lider senkten sich, sein Ton wurde weniger scharf. »Oder seine weiße Gemahlin kann die Kinder nicht leiden und besteht darauf, daß sie weggeschickt werden. Wenn möglich verkauft, nicht freigelassen.«

»Wie können weiße Frauen so herzlos sein?«

»Nicht alle weißen Frauen sind herzlos«, sagte er aufrichtig.

»Wie Brigette DeLavier. Sie hat dem Kampf ein Ende gemacht.«

Jacques schüttelte den Kopf. »Mad'moiselle DeLavier und Leute ihres Schlags sind nur an ihrem Vergnügen interessiert. Ich habe Gerüchte über sie gehört. Sie hat Antoine aufgehalten, weil sie auf die Aufmerksamkeit, die er dir entgegenbrachte, eifersüchtig war. Unterschätze nie die Hartherzigkeit einer Frau«, fuhr Jacques fort. »Weiß oder schwarz.« Er berührte Maries Nasenspitze. »Nicht mehr, als du die eines Mannes unterschätzen würdest. Mad'moiselles verstorbener Vater war einer der grausamsten Sklavenhalter. Wenn ihn das Wort eines Sklaven beleidigte, schnitt er ihm die Zunge ab. Wenn die Augen Anstoß erregten, riß er sie heraus. Ich habe sogar gehört, daß er Sklaven in einem Keller einsperrte, um sie zu foltern. Er kaufte sie regelmäßig von den Sklavenschiffen. New Orleans respektiert die DeLaviers. Ich bezweifele, ob Mad'moiselle DeLavier wegen ihrer vorurteilslosen Güte geschätzt wird. Wie der Vater so die Tochter. Wie der Vater so der Sohn.«

Marie schauderte. Jacques sprach so nüchtern über schreckliche Dinge.

»Außerdem denken weiße Frauen, die auf dem Verkauf von Mischlingskindern bestehen, praktisch und wirtschaftlich. Hellhäutige Schwarze stehen hoch im Preis. Weiße halten sie für die idealen Haus- und Leibdiener. Dunklere Sklaven halten sie für die idealen Feldarbeiter.«

»Aber du warst doch auf den Feldern.«

»Mein weißer Vater schlug die entgegengesetzte Richtung ein. Er hatte Spaß daran, wenn er sah, daß seine Kinder ausgepeitscht wurden. Er vergewaltigte meine Großmutter und auch seine Tochter, meine Mutter.« Jacques lachte leise. »Er machte aus allen Sklaven, aus seinen ehelichen und seinen unehelichen Kindern. Seine Frau war völlig machtlos. Sie benutzte die Religion, um sich von der Untreue ihres Mannes abzulenken. Manchmal denke ich, daß sie die am meisten mißbrauchte Person auf der Plantage war.«

»Ich kann nicht glauben, daß soviel Grausamkeit möglich ist.«

»Was ist mit DeLavier?«

Marie runzelte die Stirn. »Ich weiß überhaupt nichts mehr.«

»Du mußt lernen, wie man in New Orleans überlebt.« Jacques griff nach Maries Hand. »Komm.«

»Besser nicht«, sagte sie mit einem aufkeimenden Gefühl von Nervosität. Grandmère hatte ihr Unterricht über Thymian, über Wurzeln des Fieberrindenbaums und die Mondphasen gegeben, doch nicht über Menschen. Vielleicht hatte Jacques ja selbst schändliche Motive.

»Es dauert nur einen Moment.«

»Aber Grandmère –«

»Vertrau mir«, sagte Jacques.

Grandmère rief: »Geh mit ihm, Kind. Seinetwegen sind wir hergekommen.«

»Ich dachte, du schläfst.«

Jacques lachte aus vollem Hals. »Vertrau mir. Deine Grandmère weiß Bescheid.«

»Lauf, Kind. Er wird dir nichts tun. Soviel weiß ich.«

Wie konnte sie das wissen?

Neugierig griff Marie nach Jacques' ausgestreckter Hand.

»Du wirst sowieso bald mit ihm gehen. Ein idealer Ehemann.«

Marie und Jacques umgingen den Verkehr; sie kamen immer näher an die Schiffe im Hafen heran. Der Geruch von Plankton, verwesendem Fisch und Köder überfiel Marie. Aber auch ein übler Gestank, den sie nicht einordnen konnte. Sie hatten eine Ecke umrundet und eine andere, weniger elegante Welt betreten. Männer in grober, schmutziger Baumwolle stolzierten auf dem Kai; ein paar schrien ihr etwas zu und machten dazu unanständige Gesten.

»Dort.«

Sie waren zu Hunderten – verdreckte schwarze Männer und Frauen, die Beine aneinandergekettet, die aus dem Schiffsbauch torkelten. Der üble Geruch von Exkrementen veranlaßte Marie, den Kopf tief nach unten zu senken.

Einige Körper, ausgezehrt und halbtot, wurden auf Tragen geschleppt. Andere liefen, schirmten mit der Hand die Augen ab und wimmerten im Sonnenschein. Peitschen trieben sie vorwärts.

Ein halbwüchsiges Mädchen, die Haare verfilzt und voller Läuse, weinte. Sie schien die Erde anzuflehen. Sie fiel auf die Knie, die Hände flehentlich aneinandergelegt. »Damballah«, jammerte sie.

War es Gott, den sie anrief? Aber Gott war doch im Himmel, nicht auf der Erde, dachte Marie. Sie probte den fremden Klang: *Damballah*. Marie spürte, wie der Boden erzitterte. Sie fühlte, wie sich in ihrem Innersten Mitgefühl regte.

Eine Peitsche knallte über den Rücken des nackten Mädchens. Sie krümmte sich und stieß einen Schrei aus. Marie hätte beinahe aufgeschrien.

»Afrikaner. Sie kommen von der anderen Seite des Ozeans.«

»Was?« Zum zweiten Mal hatte sie die Anwesenheit von Jacques vergessen. »Wohin werden sie gebracht?«

»Dorthin.«

Der Käfig stand ungeschützt in der sengenden Hitze. Nackte Körper lagen im Dreck. Manche erbrachen Schleim. Manche, zu schwach, um aufzustehen oder sich anders hinzulegen, hatten auf sich selbst und andere uriniert. Aufgedunsene Mägen, blutendes Zahnfleisch: Die Sklaven waren eingepfercht wie Krabben in einem Netz. Das halbwüchsige Mädchen stolperte vorwärts.

»Mittags werden sie verkauft. Um für Weiße zu arbeiten und die Dienstboten zu spielen.«

Marie begann zu verstehen. Grandmère hatte sich über die Schufterei in der Küche des Herrn beklagt, aber Marie hatte es sich nie recht vorstellen können. Ihre Vergangenheit hatte kein Gesicht. War von einem Schleier verhüllt. So wie in diesem Moment hatte Marie noch nie die Grausamkeit der Sklaverei empfunden. Bisher hatte sie das Elend weder gesehen noch gerochen oder gehört.

Aber Grandmère mußte mit Sklaven wie diesen gelitten und gelebt haben. Hatte sie jemals die Verzweiflung, die Einsamkeit, den Hunger empfunden, den diese Afrikaner empfanden? Auch Maman war Sklavin gewesen. Wie alt ihre Maman wohl gewesen sein mochte, bevor sie freigelassen wurde? So alt wie dieses afrikanische Mädchen?

»Macht die Hautfarbe sie zu Sklaven?« fragte Marie zaghaft.

»Die Hautfarbe ist die Ausrede. Ebenso wie die Hautfarbe für DeLavier die Ausrede war, dich anzugreifen.«

Während Marie sich in ihre hellbraune Hand kniff, wurden ihr noch mehr Geheimnisse bewußt, die ihr Grandmère nie verraten hatte. Die Hautfarbe, nicht nur das Blut, charakterisierten sie. »Werden sie denn nicht von Heiligen beschützt?«

»Hat dich ein Heiliger beschützt?«

Marie starrte auf das Gewühl von Körpern. Zwischen Holzlatten sahen Arme hervor.

»Ich habe mit der Religion nichts mehr im Sinn«, gestand Jacques. »Ich wurde katholisch getauft, weil meine Herrin katholisch war. Sie taufte die Sklaven, um sich einen Platz im Himmel zu verdienen. Das gab ihr das Gefühl, wichtig zu sein.«

Waren die weiße Haut der Jungfrau Maria, ihre blauen Augen der Grund, daß Schwarze Sklaven waren? War die Hautfarbe der Grund, daß sie noch immer nichts über Maman wußte? Marie spürte, daß sie beobachtet wurde.

»Sklaven haben ihre eigene Religion. Sie beten zu den *loas.*« Jacques rieb die Hand an der Brust. »Ich habe Dinge gesehen, Marie. Merkwürdige Dinge.«

Sie neigte den Kopf. Zwischen zwei Baumwollbehältern erblickte sie das Marktmädchen, das sie, die Arme über der Brust verschränkt, eifersüchtig anstarrte. »Ist sie deine Mätresse?«

Jacques' Haltung wurde starr, er flüsterte: »Ja.«

Also konnte eine Frau beides sein – Marktmädchen und Hure. Unerklärlicherweise war sie enttäuscht. »Bring mich zurück.« Marie hätte am liebsten gesagt: Zurück nach Teché.

Sie legten die Strecke in wenigen Minuten zurück. Marie spürte, wie alle möglichen seltsamen Gedanken und Gefühle sie durchjagten. Erst wenige Stunden in New Orleans, und schon herrschten Chaos und Verwirrung in ihrem Herzen und in ihrem Kopf. Sie konnte sich nicht vorstellen, wann sie wieder das Gefühl haben würde, in Frieden zu leben.

Der Zauberer, den sie zuvor mit dem Schlangenkorb gesehen hatten, fuchtelte wild vor Grandmère herum. Die beiden stritten sich.

»Voodoo«, murmelte Jacques. »Die Sklavenreligion.« Unwillkürlich schlug er das Kreuz.

Marie hastete weiter, ihre Brust verkrampfte sich vor Schuldbewußtsein. Sie hätte Grandmère nicht allein lassen dürfen.

»Komm nicht näher, Alter«, rief Marie. »Scher dich weg. Du wirst hier nicht gebraucht.«

»Hab doch gar nix gemacht«, jaulte er mit hoher Stimme. »Alle brauchen was. Ich will ja nur helfen.« Er fing an, von einem Fuß auf den anderen zu hüpfen und wie ein Verrückter zu tanzen.

Jacques gab dem alten Mann einen Schubs, der ihn der Länge nach hinfallen ließ. »Tanz woanders.«

»Ich werd auf deim Grab tanzen, tapfrer Krieger.« Der Zauberer kam behende wieder auf die Beine. »Die wern sagen, die Erde hat dich verschluckt. Aber ich werd wissen, wo deine Knochen verstreut sein wern« – seine spindeldürren Finger wedelten durch die Luft – »wo deine ruhelose Seele rumwandern tut.« *Du wirst eine prächtige Witwe zurücklassen. Die Witwe Paris.* Lippen spannten sich über Goldzähnen. Marie schauderte. »Fürchtet mich. Fürchtet Ribaud.« Seine Stimme füllte den Platz. »Ihr alle, fürchtet mich.«

Eine füllige Negermami kreischte. Ein Kind versteckte sich unter einem Fuhrwerk. Selbst unerschrockene Weiße gingen dem Spektakel, das der auffällig bunte Mann machte, aus dem Weg.

»Heut abend tu ich nen Zauber beschwörn.« Die Federn auf seinem Hut wippten, als er Jacques die Hand auf die Schulter legte. »Gib mirn Büschelchen Haare, en Stückchen Nagel. Ein Stück Stoff tut's auch.«

Der Seemann wurde bleich. Er hatte mehr Angst vor diesem Mann, als er vor Antoine gehabt hatte.

Grandmère richtete sich auf, ihre schwachen Glieder strahlten Kraft aus. »Möge Gott dich vernichten. Fort mit dir, sage ich. Weg hier.«

Der Zauberer gackerte hämisch. »Mit Vergnügen.« Er warf Staub nach ihr. »Aber ich werd auf deim Grab tanzen.«

»Wirst du auch auf meinem tanzen?« wollte Marie wissen. Der Zauberer scharrte mit den Füßen; Marie war überzeugt, daß sie nur in ihrer Phantasie sah, wie er sich duckte. Im nächsten Moment loderten seine Augen auf, und er bellte: »Ich vielleicht nich, Mademoiselle. Aber mein Herr, John.«

Würdevoll packte er seinen Schlangenkorb und entfernte sich von einer Seite zur anderen schwankend.

Jacques hob Marie auf den Wagen und schaute Grandmère erwartungsvoll an. Sie nickte, und er schwang sich zu ihnen hinauf. Die drei waren schweigsam. Die Sonne stand hoch. Die Marktgeschäfte florierten, während die Marktschreier riefen, Stimmen schnatterten und handelten und ein Sklavenhändler mit der Qualität seiner Ware prahlte. Kirchenglocken und das Horn eines Dampfschiffs harmonierten kontrapunktisch. Grandmères Summen schwang sich zu einem Lied empor.

»Lieber Gott, alt werd ich nun.
Voll unruhiger Träume bin ich.
Lieber Gott, Du allein gibst meiner Seele Ruh.«

»In der Nacht, in der sie starb, sang Grandmère für mich.

Ich erinnere mich nicht an das Lied. Ich erinnere mich nur noch, daß ich Grandmère zum ersten Mal als richtigen Menschen erlebt habe – eine Frau mit Leidenschaft, Sehnsucht und Kummer. In der Melodie spürte ich ihr Bedauern, daß sie kein gutes Leben geführt hatte.

Grandmères Herz war gebrochen. Ich habe dabei geholfen. Ich werde Grandmères letztes Lied niemals vergessen. Ich hörte, daß sie es für mich sang, obwohl wir meilenweit voneinander getrennt waren. Ich brachte mein Baby zur Welt, und Grandmère starb.«

Marie Laveau, 14. Juni 1881, morgens
(Aus Louis DeLaviers Tagebuch)

Marie gefiel ihr neues Zuhause nicht. Sie fühlte sich ausgeschlossen und unglücklich, weil die Welt außerhalb des Bayous so enttäuschend war.

Sie wohnte in Haben's Haven. Eigentlich hieß es Heaven's Haven, aber irgend jemand hatte den Namen auf dem Wegweiser falsch geschrieben. Niemand wechselte das Schild aus. Es war einfacher, sich mit dem Fehler abzufinden, so wie den Schwarzen beigebracht worden war, sich mit sehr vielen Dingen abzufinden – vor allem mit der Armut und ihrer geknechteten Lebensweise.

Haben's Haven war eine kleine Gemeinde außerhalb der Stadtgrenzen, an den Ufern des Mississippi, die von freien Farbigen bewohnt wurde. Eingewanderte Insulaner aus Haiti lebten dort, einige ehemalige Sklaven und einige Kreolen, französisch-schwarze Mischlinge, die von wohlwollenden Vätern freigelassen worden waren.

»Das ist deine Familie«, erklärte Grandmère täglich. »Ein Teil von deinem Erbe. Ein Teil von deiner Haut.«

Marie wußte mittlerweile, was es bedeutete, die gleiche Hautfarbe zu haben. Sie hatte gelernt, daß schwarze Haut einen zum Sklaven machen oder einen weißen Mann ermuntern konnte, tätlich zu werden. Trotzdem vermochte sie keinerlei Vertrautheit mit diesen Fremden zu empfinden. Sie besaß kein Talent, sich zu unterhalten. In Teché hatte sie ihre Zeit mit Pflanzen und Tieren verbracht, die sie anerkannt hatten und nie bedrohlich gewesen waren.

»Das ist deine Familie. Ein Teil von deinem Blut«, wiederholte Grandmère ständig.

Doch für Marie schien nur Mamans Blut von Bedeutung zu sein. Sie war überzeugt, daß sie nur Maman vertrauen konnte.

Alle waren freundlich. Ja, zuweilen brachten die Dorfbewohner Marie mit ihrer Freundlichkeit sogar in Verlegenheit. Shad, ein zahnloser Fischer, zwinkerte, erzählte Geschichten und schnitt Grimassen, die ihr ein Lächeln entlockten. Ziti, sechzehn wie sie, schenkte ihr Bänder und staunte, daß Maries Haare so fein waren wie die jeder weißen Frau. Kinder malten Geschichten in den Schlamm, banden ihr Girlanden und sangen vor ihrem Schlafzimmerfenster von einer boshaften Spinne namens Asanti. Junge Burschen führten Scheinkämpfe auf und begleiteten sie überallhin.

Die Dorfbewohner waren weder grausam wie Antoine DeLavier noch gleichgültig und zynisch wie die Stadtleute, die zugeschaut hatten, als sie sich gegen ihn zur Wehr setzte. Trotzdem wurde Marie das Gefühl nicht los, daß sich irgend etwas Düsteres und Geheimnisvolles hinter dem Lächeln der Dorfbewohner, irgendeine Absicht hinter ihren Geschenken und Gefälligkeiten verbarg. Sie wollten etwas, aber Marie konnte sich nicht vorstellen, was. Grandmère gegenüber benahmen sich die Dorfbewohner ehrerbietig; Marie gegenüber benahmen sie sich erwartungsvoll. Was erwarteten sie? Nachts lag Marie wach und grübelte. Eine ruhelose Energie ergriff sie. Eines Morgens gestand sie es Grandmère.

»Sie machen mir Angst.«

»Du redest Unsinn.«

»Ständig beobachten sie mich. Warten darauf, daß etwas geschieht, irgendeine Veränderung an mir. Als ob mir wie einer Raupe Flügel wachsen oder ich mich wie eine Schlange häuten würde.«

»Du weißt nichts über die Menschen.«

»Dann erzähl mir etwas über die Menschen. Warum beobachten sie mich aus den Augenwinkeln? Warum wenden sie die Köpfe ab, wenn ich vorübergehe? Warum schauen sie mich an, wenn sie glauben, daß ich nicht hinsehe?«

»Sie sind eben neugierig«, polterte Grandmère.

»Sie geben mir das Gefühl, als wäre ich ein Monster. Als ob mit mir etwas nicht in Ordnung wäre. Sie haben Böses im Sinn.«

»Du tust ihnen unrecht. Du bildest dir das nur ein.«

»Tu ich nicht«, sagte Marie. »Ich bilde mir überhaupt nichts ein.«

Grandmère drehte sich langsam um, und Marie glaubte, Mitleid zu sehen.

»Was wollen sie von mir?« fragte sie, die Arme um sich geschlungen.

»Du weißt nichts über die Menschen«, schalt Grandmère sanft. »Sie sind nur gut zu dir. Sie beachten dich, weil ihnen etwas an dir liegt. Du bist Teil von ihrem Blut.« Grandmère ließ Marie allein in ihrem Schlafzimmer zurück.

Marie seufzte und streckte sich bäuchlings auf dem Federbett aus. Warum wollte ihre Besorgnis nicht weichen?

Nattie, die behauptete, Grandmères Freundin zu sein, machte sie besonders nervös. Die Frau schien ständig herumzuschleichen, wenn Marie es am wenigsten erwartete oder wollte.

Marie warf sich herum. Vor dem Schlafzimmerfenster konnte sie blauen Himmel sehen und einen dünnen schlangenähnlichen Wolkenstreifen, der dem Horizont in die Quere kam.

Grandmère hatte recht. Sie kannte die Menschen nicht. Sie hatte kaum über die Welt außerhalb des Bayous nachgedacht; und wenn, dann hatte sie sich wunderbare, gottgleiche Menschen darin vorgestellt. Liebenswürdige, großzügige Menschen. Sie hatte erwartet, außerhalb des Bayous ein neues Paradies zu finden, in dem Maman geduldig auf sie wartete. Mittlerweile wußte Marie, daß die meisten Menschen ganz gewöhnlich und den gleichen Fehlern und Stimmungen unterworfen waren wie sie selbst. Manche, wie die Sklavenhändler und Antoine DeLavier, waren einfach brutal.

Auch schien es, als hätte Gott Haben's Haven aufgegeben. Das Leben war unerträglich hart. Trotz der Brise vom Golf fand Marie die Tage und Nächte glühend heiß. Die Menschen schwitzten Schmutz, während die Luftfeuchtigkeit Kleider und Bettlaken klamm werden ließ und das Holz verzog.

Der Mississippi war überwältigend. Und wenn sie an seinem Ufer stand, ließen seine Länge, seine Breite und seine erbarmungslosen Strömungen sie und die ganze Gemeinde unbedeutend erscheinen. Der Fluß war angriffslustig, spöttisch. Seine ruhige Oberfläche täuschte über eine braune Unterströmung hinweg, die einen Körper innerhalb von Minuten hinabziehen konnte. Ein Kind war bereits umgekommen. Wenn es stark regnete, war das Wasser eine Bedrohung, da es über die Uferlinie stieg. Eine wirbelnde Flut konnte ein Boot kieloben kentern oder an Steinen zerschellen lassen. Wenn Stürme vorüberzogen, wurden giftige Wasserschlangen an Land gespült. Haben's Haven war sicher nicht das Paradies.

Teché war gefährlich, doch da es menschenleer war, wirkte es irgendwie weniger bedrohlich und heiliger. Marie vermißte das saftige Gewirr der Reben, die kühlenden und beruhigenden Gräser, die aufgeschreckten und erschreckenden Tiere.

In Haven herrschten praktische Überlegungen vor; die Menschen hatten Bäume abgeholzt, Gebüsch in Brand gesetzt und die Uferlinie flach und ungeschützt gelassen. Haven bestand aus grobkörnigem Schlamm, der einem zwischen den Zehen saugte und Arme und Beine verkrustete. Kaninchen und Eichhörnchen, vor Fallen und Jägern auf der Hut, würden Marie nicht aus der Hand fressen.

Aber es war ihre Armut, die Marie am meisten schmerzte. Obwohl die Schwarzen in Haven frei waren, wirkten sie in vieler Hinsicht wie die Sklaven, die sie auf dem dreckigen Kai in New Orleans gesehen hatte.

Über ein Dutzend Hütten standen dicht zusammengedrängt eine Viertelmeile vom Ufer entfernt. In ihnen lebten Großfamilien mit acht bis zwölf Personen. Zwischen jedem Haus war ein Gartenbeet. Doch die Erde war nicht wie die Erde in Teché; die Mischung aus Stein, feuchtem Sand und Schlamm hemmte das Wachstum. Wirsing verwelkte, und Yamswurzeln waren pokkennarbig und mickrig. Selbst die Aaskrähen verschmähten das Gemüse. Anfangs wunderte sich Marie, warum die Frauen sich überhaupt die Mühe machten, Saatgut zu pflanzen, doch später wurde ihr klar, daß sogar diese Art Nahrung gebraucht wurde. Sie hatte schon oftmals Mütter gesehen, die eine zu kleine Süßkartoffel zwischen ihren Kindern aufteilten. Ziti, dürr und abergläubisch, sagte, das Land wäre verhext.

In Haven verdiente sich jeder seinen Lebensunterhalt, so gut es ging. Nachdem sie dem Wasser einen Fang abgetrotzt hatten, wetteiferten Männer und Halbwüchsige um den Verkauf von Aal, Shrimps und schnurrbärtigem Wels auf dem Markt. Manche stahlen; manche bettelten. Andere machten sich auf den weiten und mühseligen Weg zur Stadt und boten sich für einen Hungerlohn als Dienstboten an. Junge Frauen paarten sich spätnachts mit weißen Fremden.

Marie lernte, was Geld wert war. In Teché versorgte einen die Natur; in Haven brauchte jeder Silber und Gold aus New Orleans. Keiner hatte jemals genug Geld, und wenn sie meinten, sie hätten genug, stiegen in der Stadt die Preise.

»Alles Geld in Haven«, hatte Jacques erklärt, »würde nicht mal einem Zehntel des Reichtums der DeLaviers entsprechen.«

Jacques erzählte unaufhörlich Geschichten von reichen Weißen mit Häusern in der Stadt und auf dem Land. Während der Gelbfieberzeit zogen sich die Aristokraten auf ihre Plantagen zurück. »In diesem August«, hatte Jacques gesagt, »wird bestimmt die Hälfte der Leute in Haven an schwarzem Erbrochenen erstikken. Sie werden sich die Krankheit durch die harte Arbeit in der drückend heißen Stadt einfangen. Wenn du reich und weiß bist, wirst du dem Fieber höchstwahrscheinlich entkommen. Du wirst auf einer teuren Veranda schaukeln und Whiskey mit Eis und frischer Minze schlürfen, während du dich über die Hitze auf dem Land beklagst.« Marie fragte sich, ob Jacques in der Lage wäre, jemandem zu schaden, nur weil er weiß war. Seine Bitterkeit war größer als ihre.

»Wohin auf der Welt kann ein Schwarzer gehen und frei sein?« wollte Jacques ständig wissen.

Marie streckte sich und lehnte sich aus dem Fenster. Sie hörte das unzusammenhängende Geklimper eines Banjos. Irgend jemand briet trotz der Hitze Katzenfisch. Der scharfe, rußige Geruch von Fett und Fisch kratzte ihr in der Kehle. Der Mississippi war angestiegen, und nackte Kinder tanzten im Schlamm. Irgendwo weinte ein Säugling; wütende Schreie und Klagelaute drangen aus einer Hütte in der Nähe. Beinahe erwartete sie, daß Maman vorbeilief; doch Marie konnte nicht glauben, daß Maman einen so häßlichen Ort aufsuchen würde. Gott hatte Haven im Stich gelassen, und sie war traurig. Sie war auch niedergeschlagen, weil sie in einer Barackenstadt eingesperrt war und keine Möglichkeit hatte, den Menschen, den sie am meisten brauchte, zu finden.

Marie weinte. Ihre Welt war nicht größer geworden; sie war kleiner, häßlicher geworden. Grandmère würde nicht zulassen, daß sie New Orleans besuchte, und ohne jeden Zweifel wäre Maman dort.

»Was soll das denn, Kind?« Grandmère trat ein, einen Korb

mit Kräutern über dem Arm. Um den Kopf hatte sie ein rosarotes Tuch geschlungen. »Bist du krank? Oder bläst du Trübsal?«

Marie trocknete sich die Augen; sie könnte es nicht ertragen, wenn Grandmère sie wieder ausschimpfte, weil sie ihre Maman vermißte.

»Hier kann man gar nichts machen«, sagte sie leise. »Warum müssen wir hier leben?«

»Ist doch gar nicht so übel hier.«

»Die Stadt wäre besser.«

»Die Stadt ist teuer.«

»Ich könnte arbeiten.« Marie hatte nicht vorgehabt, ›arbeiten‹ zu sagen, aber sie *konnte* doch arbeiten, oder? Bestimmt gab es irgend etwas, das sie tun könnte. Sie könnte wie Ziti weißen Frauen die Haare kämmen.

»Ich habe dich nicht großgezogen, damit du arbeitest. Ich habe dich großgezogen, damit du eine gute Ehefrau wirst«, murrte Grandmère und schnalzte mit der Zunge. »Außerdem gefällt es mir hier.«

Marie mußte zugeben, daß Grandmère, seit sie nach Haven gezogen waren, glücklicher war als die Jahre zuvor. Sie machte wieder Späße. Sie war ständig damit beschäftigt, Medizin herzustellen und Wurzeleintöpfe für die Frauen zu kochen. Sie schwatzte in Küchen, am Ufer und in verkümmerten Gärten.

»Wir dürfen nicht undankbar sein«, sagte Grandmère und ließ sich auf einem Stuhl nieder. »Nattie hat uns die Zimmer überlassen. Sie hat uns aufgenommen.«

»Ich mag Nattie nicht.«

»Dann heirate und wohne, wo es dir gefällt.«

Marie streckte heimlich die Zunge heraus. Nattie war die einzige im Dorf, die den Luxus genoß, allein zu wohnen. Als Marie und Grandmère damals angekommen waren (mit dem zerschundenen Jacques im Schlepptau), hatte Nattie ihnen ihre beiden Schlafzimmer abgetreten. Grandmère nahm es als ganz selbstverständlich hin. Marie hatte protestiert: »Ich kann doch bei Grandmère schlafen.«

»Kommt überhaupt nich in Frage«, hatte Nattie erwidert und sie böse angestarrt. »Du beleidigst meine Freundschaft. Ich kenn deine Grandmère schon seit vor deiner Geburt. Oder hat die hübsche Miz Marie Angst, allein zu schlafen? Nix wie Torheit«, schnauzte Nattie. »Mädchen, die wo Angst haben, allein zu schlafen, sollten 'nen Ehemann haben. Mannsleute sind dazu da, Alpträume zu verscheuchen.«

Marie errötete.

»Du willst doch 'nen Ehemann, oder?« Nattie zeigte auf Jacques, der Grandmère eifrig half, Wasser für die abendlichen Bäder zu erhitzen.

»Nein, ich will keinen Ehemann«, sagte Marie schuldbewußt, die Sache mit den Schlafzimmern war erledigt.

Nattie schlief jetzt auf einer Pritsche in der Küche. Die Küche trennte die Schlafzimmer. Marie hätte gern gewußt, ob Nattie irgendeinen Grund hatte, sie und Grandmère zu trennen. Wenn sie nachts aufschrie, war Marie nicht sicher, ob Grandmère sie überhaupt hörte. Ebenso würde sie es wahrscheinlich nicht wissen, wenn Grandmère sie brauchte.

»Hör auf, vor dich hin zu träumen«, verlangte Grandmère.

Marie blinzelte und kam in die Gegenwart zurück.

»Ziti, Halo, Annette, sie alle bewundern dich. Du könntest Freundschaften schließen, wenn du nur wolltest. Nattie ist ganz besonders freundlich.«

Marie machte ein finsteres Gesicht. »Ich mag Nattie nicht.«

»Sei nicht halsstarrig, Kind. Geh aus dir heraus. Verbring die Tage nicht damit, dich in diesem Zimmer zu verkriechen. Niemand läßt dich allein, nur du dich selbst.«

Marie war allein, aber nicht aus dem Grund, den Grandmère sich einbildete. Mit gesenktem Kopf kniete Marie vor Grandmère nieder. Als sie die Hände in den Schoß der alten Frau legte, spürte sie die knorrigen Knochen unter Grandmères Baumwollrock.

»Ach, ma petite. Ich fühle, daß die Jungfrau Maria mich endlich gesegnet hat.« Die alte Frau strich Marie sanft übers Haar. »Ich bin wieder unter Freunden. Ich werde gebraucht.«

Marie hob den Kopf. »*Ich* brauche dich.«

»Ich weiß. Aber es ist schön, wenn auch andere mich brauchen. Ich kann hier viel Gutes tun, Krankheiten heilen, Wunden einsalben, ein oder zwei Babys auf die Welt bringen. Wenn wir nach Teché zurückkehren, habe ich schöne Erinnerungen. Sie werden mir die Knochen wärmen, wenn die Kälte sich heranschleicht.«

»Ich werde nie zurückkehren. Nicht, ohne Maman kennenzulernen.«

Grandmère zwang sich zu einem Lächeln.

»Jacques wird heute abend vorbeikommen«, sagte sie munter. »Den Schiffsrumpf zu säubern, wird drei Tage dauern, hat er gesagt. Am vierten Tag, so hat er versprochen, kommt er. Heute ist der vierte Tag.«

Marie stand auf und wandte sich von Grandmère ab.

»Er ist genau der Richtige für dich, ma petite.«

Marie schlang nervös die Finger ineinander.

»Unterschätze nicht die Liebe eines guten Mannes.«

Marie hatte ein schlechtes Gewissen, weil sie Jacques nicht entmutigte. Sie liebte ihn nicht. Er war zwar ganz nett, aber sie liebte ihn nicht. Schon oft hatte sie vorgehabt, ihm zu sagen, daß er sie in Ruhe lassen solle, doch jedesmal hatte er eine Geschichte über New Orleans, seine Reisen zu den Inseln oder über New York oder Boston erzählt. Seine Augen wurden ihre Augen, die nach Maman suchten. Einmal hatte sie gefragt: »Hast du mal eine Frau gesehen, die aussieht wie ich?« Er hatte geantwortet: »An eine Frau, die wie du aussah, würde ich mich erinnern.«

»Daß du ja nett bist zu Jacques.« Grandmère klatschte auf die Armlehne, um ihren Satz zu unterstreichen. »Hat dir das Leben gerettet, jawoll.« *Klatsch.* »Stattlich, wie der Tag lang ist.« *Klatsch.* »Verdient es nicht, daß man ihm weh tut.«

»Ja«, murmelte Marie.

»Nimm ihn, Kind.«

Sonnenlicht stach Marie in die Augen. Heute abend würde sie

Jacques auffordern zu gehen. Wenn sie in New Orleans arbeitete, würde sie Maman allein finden.

»Komm«, sagte Grandmère und stand, indem sie das Gewicht ihres Bauches nach vorn schob, vom Stuhl auf. »Ich muß zu Annette.« Grandmère packte Marie an den Schultern und drehte sie herum. »Welche Schönheit.« Grandmère strich und zog ihr die Haare vor die Brust. »Makellose schwarze Haare«, murmelte sie. »Schwer wie die beste Decke. Einem Mann und einem Kind würde es viel Vergnügen bereiten, solche Haare zu berühren.«

Marie zuckte zusammen. Soviel sie wußte, bedeutete Heiraten, bei einem Mann zu liegen und Babys zu machen. Sie wollte keine Kinder. Zuerst wollte sie wissen, wer sie war.

»Begleite mich. Und wenn auch nur für ein Weilchen«, redete Grandmère ihr zu. »Annettes Baby soll in einem Monat kommen. Du kannst Annette aufmuntern. Und Annette kann dich aufmuntern.«

Marie suchte Grandmères Blick. Sie wünschte, Grandmère würde ihre Gedanken lesen und versuchen, ihre Qual zu verstehen.

Marie wollte fragen: Wie hast du dich aus der Sklaverei befreit? War dein Herr streng oder freundlich? Hat Maman als Sklavin sehr gelitten? Es gab so vieles, was sie nicht wußte. Aber es wäre dumm, zu glauben, daß Grandmère diese Fragen eher beantworten würde als die: Sehe ich wie meine Maman aus?

»Es ist schwer, auf eine Geburt zu warten«, meinte Grandmère. »Aber jedes Kind ist es wohl wert, darauf zu warten.«

»Selbst so ein halsstarriges?« Marie lächelte zaghaft.

Grandmère nickte, und ihre Lippen dehnten sich über rosarotem Zahnfleisch. Sie drückte Maries Arm. »Vergiß nur ja nicht, daß du mein einzigartiges Kind bist. Mein größtes Glück. Wenn du fröhlich bist, bin ich es auch. Verstehst du?«

Marie verließ auf einmal aller Mut. Es war schon schlimm genug, für sich allein zu leben; Grandmère machte es noch viel schlimmer, indem sie unermüdlich beteuerte, daß sie für zwei lebte.

»Komm. Dann laß uns gehen«, sagte Grandmère.

Annettes Haus war das letzte auf der rechten Seite, das am nächsten zum Ufer gelegene. Als sie auf die Hütte zugingen, hüpften und sprangen ihnen Kinder über den Weg. Mit gespieltem Unmut scheuchte Grandmère sie weg: »Los. Schert euch fort. Ihr verrückten, verrückten Kinder. Geht mir aus dem Weg.«

Marie lachte, als ein Junge radschlug, ein anderer auf den Händen lief. Shad, der ein Loch in seinem Dingi flickte, brüllte: »Wie gehts'n so?«

Grandmère neigte huldvoll den Kopf.

»Is vielleicht heiß«, bemerkte Shad.

Zwei Frauen, die Wäsche im Mississippi wuschen, brachten ihn zum Schweigen. »Jeder Dummkopf weiß, daß es heiß is«, sagte die eine, ein langbeiniges Mädchen. »Madame Laveau mußte nicht erst sagen, daß es heiß is.«

»Bin nur höflich.«

»Dumm kommt eher hin«, sagte die andere Frau und klatschte ein Kleid mit aller Kraft auf den Stein.

Murrend machte sich Shad wieder daran, sein Boot zu flicken. Marie und Grandmère, die hinter vorgehaltener Hand lachten, gingen weiter. Sie traten auf eine verlassene Veranda.

»Klopf an die Tür, Marie.«

Marie trat vor, erstaunt darüber, daß die Tür trotz der Hitze geschlossen war. Sie hörten, wie eine scharfe Stimme schrie: »Shuey, laß sie rein.«

Ein Mädchen, nicht älter als acht, öffnete die Tür. Triefnaß betrachtete sie ihre dreckigen, wackelnden Zehen.

»Ist deine Mama zu Hause?« fragte Marie.

Das kleine Mädchen nickte und trat zurück, um Marie und Grandmère hereinzulassen. Hitze schlug ihnen entgegen. Das Haus war dunkel, kein Lüftchen regte sich; die Fenster waren geschlossen.

»Warum läßt Annette kein Licht herein? Keine Luft?« raunte Marie.

»Wenn eine Frau ein Kind erwartet, versuchen manche aus

ihrem Haus so etwas wie einen Mutterleib zu machen. Sie meinen, wenn das Haus dunkel ist, die Fenster geschlossen, können keine Todesgeister das Kind stehlen. Manche Frauen behaupten, daß Geister durch offene Fenster geflogen wären und ihnen ihre Babys aus dem Mutterleib gerissen hätten.« Grandmère zuckte mit den Schultern. »Ich habe Annette gesagt, daß das nicht stimmt. Sie wollte nicht hören.«

Marie kam es vor, als sei sie in einem Grab. Sie roch Kampfer und ranzigen Talg. Schweiß brach ihr aus allen Poren, und sie konnte kaum atmen. Mit angestrengtem Blick erkannte sie Shuey und vier andere kleine Mädchen, die Shuey wie verängstigte Vögel umringten. Annette lag nackt auf einem Strohbett in einer Ecke, ihr Bauch ragte grotesk vor.

»Madame Laveau, Miz Marie.«

Marie hatte noch nie eine Schwangere aus der Nähe gesehen. Vorsichtig berührte sie ihren eigenen Bauch. Sie konnte sich nicht vorstellen, daß ihr Leib ein Kind trug. Sie wollte weder Jacques noch irgendeinen anderen Mann, wenn das bedeutete, daß ihr Leib anschwoll und sich dehnte, bis er beinahe platzte.

»Ich und mein Mann, wir sind so dankbar, daß Sie kommen«, sagte Annette mit feierlicher Würde.

Ein dünner, grinsender Mann trat in den Lichtkreis, den die Kerze warf.

»Das ist Bébé.«

Marie stieß einen kleinen Schrei aus. Bébés Gesicht sah aus wie ein Totenschädel, die Augen waren unnatürlich weiß. Marie konnte ihn sich weder als Ehemann noch als Vater vorstellen. Er wirkte wie ein verirrtes Kind.

Bébés Kopf wippte auf und nieder, während er Annettes Bauch tätschelte. »Ihr geht's gut, nich? Ich werd mir den schönsten Sohn machen lassen.« Aufgeregt glucksend schaute Bébé Marie mit schiefgelegtem Kopf an. »Ich hab schon fünf Töchter. Brave, hübsche Mädchen. Aber ich sag zu Annette, mit Madame Laveau als Hebamme kriegen wir bestimmt 'nen Sohn. Geht nix über 'nen Sohn. Ein Sohn macht 'nen Mann stolz. Ich sag, Madame Laveau zaubert für uns. Sie ruft den großen Schlangengott an.«

Marie sah Grandmère fragend an.

»Sie macht Wunder. Sie ruft die Schlange an, li Zombi, Dambal –«

»Hör mit diesem gotteslästerlichen Gerede auf«, befahl Grandmère.

Bébé machte ein schuldbewußtes Gesicht, seine Augen wurden trübe. Er sah rasch zu seiner Frau, die ihren Unterleib umklammerte. »'tschuldigung«, sagte er weinerlich. »Bébé hat's nich so gemeint. Ich hab gar nix gemeint. Nix. Bébé hat nix gemeint. Ich hab vergessen, daß ich nix erzählen darf.«

Marie sah von Bébé zu Grandmère.

Grandmère starrte Bébé an, sah aus, als wolle sie ihn schlagen. »Du solltest besser zur Jungfrau Maria beten. In dieses Haus Luft und Sonne hineinlassen, wenn du einen gesunden Sohn willst.«

Bébé sah aus, als hätte er schreckliche Angst. »Ja, ja«, meinte er dienernd.

»Hinaus mit dir. Hier ist Frauenarbeit zu erledigen.«

»Bébé tut gehen.« Er raffte zwei der kleinen Kinder an sich, die, erschrocken durch Grandmères laute Stimme, zu weinen begonnen hatten, dann scheuchte er die anderen in eine Reihe vor sich. Er öffnete die Tür. Für einen Moment schien die Sonne in das Einzimmerhaus, und Marie konnte Annettes und Bébés bescheidene Habseligkeiten erkennen. Ein paar Stühle. Eine Reihe Strohbetten für die Kinder. An der einen Wand sah Marie etwas, das sie für einen Altar hielt. Eine Marien- oder Christusfigur sah sie nicht; statt dessen lehnten Schlangen aus Ton an nicht brennenden Kerzen und Weihrauchstangen. Die Tür ging zu, und der Raum wurde wieder dunkel.

Marie sah zu Grandmère, um eine Erklärung zu erhalten. Wer war der Schlangengott Damballah? Der gruselige Mann auf dem Market Square hatte einen Eimer mit Schlangen bei sich gehabt. Das Sklavenmädchen hatte zu Damballah gebetet. Bébé glaubte, daß Grandmère dafür sorgen konnte, daß er seinen Sohn bekam.

Annette versuchte mühsam, sich aufzusetzen. »Vergib uns. Bitte. Bébé wollt nich –«

»Ist schon gut, Annette«, sagte Grandmère. »Du hast ein Kind, um das du dir Sorgen machen mußt.«

»Du verletzt doch nich –?« Annette, zu ängstlich, um ihre Frage zu Ende zu bringen, verstummte.

Marie fragte sich, ob sich Annette mehr Sorgen über ihr Kind oder über ihren Mann machte. Auf jeden Fall war Angst töricht. Grandmère würde niemanden verletzen. Sie war doch die sanfteste, liebste Grandmère, oder nicht?

Grandmère legte das Ohr an Annettes Bauch. »Gutes, starkes Herz. Hör dir den Herzschlag an«, sagte sie zu Marie und winkte sie näher an den aufgeblähten Bauch heran.

Peinlich berührt taumelte Marie zurück. Annettes sanftmütiger Blick blieb auf ihr ruhen. »Is wunderbar«, sagte sie scheu lächelnd. »Eines Tages wirst du selbst ein Baby ham.«

Marie schlang die Arme um die Taille. Grandmère summte. Die Melodie hatte Marie noch nie zuvor gehört.

Marie konnte es sich nicht erklären, doch plötzlich wurde Annette schön. Als geschähe ein Wunder, konnte Marie spüren, wie eine wohlige Mattigkeit sie überkam. Annette, die zärtlich über ihren Unterleib strich, sah aus wie Grandmères Madonna, nur, daß sie braune Haut hatte und sehr viel schöner war. Ihr Lächeln, ihre sanften Augen vertrieben alle Fragen oder Ängste aus Maries Gedanken.

Wenn sie genau hinhörte, konnte Marie einen Text in Grandmères schlichter, eindringlicher Melodie erkennen. So, als wären in das Summen Worte eingebettet. Wie war das möglich? Entweder man sang ein Lied oder summte; beides zugleich war unmöglich. Die Melodie hallte in dem Raum wider. Marie kam es vor, als würde ein Zwang auf sie ausgeübt – irgendein kleiner Kampf war von Annette und Grandmère gewonnen worden.

In diesem Moment schienen Heiraten und Kinderkriegen beinahe etwas Schönes zu sein.

»He, guckt mal«, brüllte Nattie von der Veranda und zeigte auf den Mann neben sich. »Guckt mal, wer da gekommen is. Is Herr Jacques. Der stattliche Herr Jacques is gekommen.« Nattie legte die Hände auf ihre ausladenden Hüften. Ansonsten war sie eine dünne, drahtige Frau, doch ihre Hüften und ihr Hintern waren von Bohnen und Reis wohlgenährt.

Grandmère freute sich. »Jacques hat ja gesagt, daß er kommen wird.« Sie zog Marie am Arm.

Marie sträubte sich innerlich; sie wäre gern langsamer gegangen. Jacques grinste.

»Das Leben ist voll von Überraschungen. Jungfer Marie hat heut gesagt, daß sie ihren Mann Jacques vermißt. ›Wo is er?‹ wollt sie wissen.«

Marie hob heftig den Kopf.

»Is doch wahr«, sagte Nattie mit Nachdruck.

Jacques sah Marie liebevoll an.

Marie hätte Nattie gern eine Lügnerin genannt. Und sie hätte es auch getan, wenn es Jacques nicht verletzt, wenn Nattie sie deswegen nicht ausgelacht hätte. Eine Krähe. Genau daran erinnerte Nattie Marie, eine verrückte, schwarze Krähe.

»Herr Sonne geht jetzt ins Bett«, sagte Nattie, wobei sie Jacques auf den Rücken schlug und zum dunklen Horizont zeigte. »Das is gut. Fräulein Mond hat Liebespaare lieber. Hat's gern, wenn sie sich vor ihr ins« – sie drückte die Zunge nieder und stieß einen langgezogenen Laut aus – »B-e-t-t legen.«

»Nattie!« rief Marie.

»›Nattie!‹, sagt sie. Nix wie Torheit. Brauchst nich schüchtern sein. Nich, wenn du so 'nen stattlichen Mann hast. Er muß recht gut im Bett liegen.« Nattie zwinkerte. »In Haiti weiß jeder, daß der Mond liebestoll is. Der Mond hat das Leben gern, die Liebe. Wenn der Mond gelb is, dann leiden die Liebe und das Leben auf dieser Welt. Ich wette, daß es mit Jacques viel, viel Liebe gibt. Viele, viele weiße, schöne Monde.«

»Bitte, Nattie.«

»Nix wie Torheit. Ich sag nix, was nich wahr is.« Nattie

drehte sich um und ging mit schnell und heftig wackelndem Hinterteil ins Haus.

Marie errötete.

Grandmère brüllte: »Seid rechtzeitig zum Abendessen zurück.«

»Aber wir gehen doch gar nicht fort.«

»Doch«, sagte Jacques und nahm Marie an die Hand. Marie war nervös. Jacques' Hand war glühendheiß, rauh.

Grandmère hielt Jacques zurück. »Sei vorsichtig.«

»Ich würde ihr nicht weh tun.«

»Dir mißtraue ich auch nicht.« Grandmère schnalzte mit der Zunge und preßte die Lippen zusammen. Monatelang war sie sich in Haven sicher und zufrieden gewesen. Auf einmal, ohne jede Vorwarnung, fühlte sie sich unwohl, als ob ein übler Wind sie quälte. Alles war in Ordnung, redete sie sich ein. Zu sehen, wie Jacques Maries Hand ergriff, sollte sie doch ausreichend überzeugen, daß alles in Ordnung war. Ihr Plan funktionierte. Er mußte funktionieren.

»Madame Laveau?« Jacques' Hand schnellte vor, um sie zu stützen.

»Seid rechtzeitig zum Abendessen zurück«, sagte sie leise.

»Sobald Fräulein Mond uns angelächelt hat«, erwiderte Jacques lachend und zog Marie zum Ufer hin.

Grandmère konnte spüren, daß Nattie hinter ihr lauerte. »Sie sind ein gutes Paar«, sagte Grandmère energisch, als sie zusah, wie Jacques und Marie einander schubsend hin und her liefen.

»Wen versuchst du zu überzeugen?« gackerte Nattie. »Wer tut sich eigentlich Sorgen machen außer dir?«

Marie drückte die Füße tief in den Boden, denn sie hatte es nicht eilig. »Laß mich los.«

»Ich habe tagelang darauf gewartet, dich zu sehen.«

»Ist mir egal.« Marie riß ihren Arm weg. Jacques riß ihn wieder an sich.

»Ich denke nur noch an dich«, plusterte sich Jacques auf. »Ich esse nicht. Ich schlafe nicht. Alles deinetwegen.«

»Das gibt dir nicht das Recht –«

»Sei still«, sagte Jacques.

»Ich will nicht still sein.«

»Schöne Mädchen müssen nicht reden.«

Schlamm saugte an ihren schlurfenden Füßen, bespritzte ihre Beine. »Alle bestimmen über mein Leben, nur ich nicht.«

»Man muß auf dich aufpassen. Sieh nur«, sagte er, zeigte auf einen Stein und fegte ihn beiseite. »Du wärst beinahe gefallen.«

»Ich kann auf mich selbst aufpassen.«

»Wie ein Huhn beim Schlachter.«

»Oh!«

»Wie eine Elritze, die einem Wal ins Maul schwimmt.«

Marie stolperte und bespritzte sich das Kleid mit Schlamm.

»Wie ein kleines Kind.« Jacques half ihr von den Knien auf.

»Ich bin kein Kind!« schrie Marie. Sie entriß ihm ihre Hand und baute sich unvermittelt vor ihm auf.

Jacques betrachtete prüfend ihren Körper. Durchnäßt vom Schlamm betonte die Vorderseite ihres Kleides ihre Hüften und Schenkel. »Du hast recht. Du bist kein Kind.«

Ihre Faust schlug ins Leere. Lachend fing Jacques sie ein.

Es war gemein, daß Männer soviel Kraft hatten. Jacques könnte ihr die Hand zerquetschen, dachte Marie. Ganz egal, in welche Richtung sie zog, es würde *ihrem* Arm weh tun, nicht seinem. Vor lauter Enttäuschung hätte sie am liebsten geweint.

Jacques legte zärtlich ihre Hand an seine Brust. »Es tut mir leid.«

Marie holte tief Luft. Sie wußte, daß Jacques ihr niemals weh tun würde. Nicht mit Absicht.

Jacques zog sie näher zu sich und legte ihr den Arm um die Taille. Er küßte ihre Schläfe; seine Lippen wanderten zu ihrem Hals hinunter.

Sie bewegte sich nervös.

Er hielt ihr Gesicht mit beiden Händen umfaßt und streifte mit seinen Lippen über ihre. »Laß uns den Mond anschauen«, sagte er.

Marie wand sich aus seiner Umarmung. Ihre Gefühle waren völlig durcheinander. Als Jacques sie packte, hatte sie Leidenschaft verspürt, waren Erinnerungen an den Mann wachgeworden, der sie im Bayou gestreichelt hatte. Jacques war nicht bedrohlich, doch der Mann in den Sümpfen war es. Selbst als Kind hatte sie schon gewußt, daß sie nach einer Berührung von ihm bereit wäre, alles aufzugeben, sogar ihre Seele. Jacques war lieb; der Mann in den Sümpfen war Begierde.

»Mit mir den Mond anzuschauen, hat einen Vorteil«, sagte er.

Marie zog die Augenbrauen hoch.

»Du mußt der verrückten Nattie nicht mehr zuhören.«

»Sie ist verrückt, nicht wahr?«

Jacques grinste. »Zweifellos.«

Marie spürte, wie die Spannung nachließ. Wenn sie die Augen schloß, konnte sie vielleicht so tun, als ob Jacques der Fremde in den Sümpfen wäre.

»Marie«, murmelte Jacques. Er raffte ihre Haare zusammen, küßte sie und atmete den Duft von Hyazinthen ein.

Marie hätte am liebsten den Hals zurückgebogen und den Kopf an Jacques' Brust geschmiegt. Sie stolperte nach vorn. Was war los mit ihr? Eigentlich müßte sie Jacques sagen, daß sie ihn nicht mehr sehen wollte.

Es dämmerte. Der Mississippi war jetzt am schönsten. Marie kauerte sich hin und ließ die Hand im Wasser treiben. Kleine Wellen wirbelten den Sonnenuntergang, der sich im Wasser spiegelte, durcheinander. Am Himmel standen Sterne; der Mond ging auf. In den Hütten wurden Kerzen angezündet, Kinder zum Abendessen gerufen und Eintöpfe mit Zwiebeln und Pfeffer verrührt. Auf der anderen Seite des Wassers konnte Marie Glühwürmchen sehen, die am Weidenufer entlang flimmerten. Mücken stachen.

»Heirate mich.«

Marie war erregt und ängstlich zugleich.

»Du mußt mich heiraten.«

Marie kniff die Augen zusammen. In der untergehenden

Sonne sah Jacques, der immer noch stand, prächtig aus. In seiner Seemannskleidung erinnerte er entfernt an den Apostel Petrus. So rein und ehrlich.

»Ich liebe dich nicht.«

»Du magst mich. Reicht das nicht?« Er blieb neben ihr stehen und drückte ihre Hand auf sein Herz. Sein Ernst ließ ihn jung wirken, wie einen der Dorfjungen, die sich vor ihr zur Schau stellten und radschlugen.

Dann küßte Jacques sie. Seine Zunge bahnte sich gewaltsam einen Weg in ihren Mund. Er verlangte eine Antwort. Seine Hand glitt unter ihr Mieder, streichelte ihre Brust, ließ ihre Brustwarzen hart werden. Marie stöhnte. Jacques' andere Hand wanderte zu ihrem Schenkel.

»Heirate mich.« Er drückte Marie sanft auf den Rücken und legte sich auf sie.

Ihr eigener Körper kam ihr fremd vor. Zwischen ihren Beinen war es feucht, ihr Atem ging stoßweise, und Marie fragte sich: Ist das Liebe?

Der Mond stand halb über ihnen, und Marie wurde zwischen Verstand und Körper hin und her gerissen. Sie fragte sich, ob Fräulein Mond ihre Zwiespältigkeit spürte. Über Jacques' Schulter war der runde Mond zu sehen, und sie seufzte über seine schlichte Schönheit – weiß gegen den schwarzen Nachthimmel. Sie konnte sich von dem Anblick nicht losreißen. *Die Oberfläche des Mondes sah aus wie treibende Wolken.* Geistesabwesend hörte sie Jacques' Koseworte, geistesabwesend spürte sie seine Liebkosungen.

Fräulein Mond schien ihr zu winken, zu wachsen. Der Himmel floß über vor Mond.

Marie erkannte die Umrisse eines vertrauten und doch unvertrauten Gesichts. Augen, Nase, Mund. Drei schräg verlaufende Narben auf jeder Wange. Der schwarze Horizont blutete durch das Weiß. Der lachende Mann aus ihren Träumen schaute zu. Der Fremde aus dem Bayou.

Marie schrie auf, stieß Jacques mit hämmernden Händen weg.

»Marie. Marie.« Er packte ihre um sich schlagenden Hände. »Ich würde dir doch niemals weh tun.«

Mühsam setzte sie sich auf. Der Mond war wieder klar. Unschuldig hing er am Himmel; er war zu normaler Größe geschrumpft.

»Ich habe dich gekränkt.«

»Nein«, sagte Marie zitternd.

»Ich konnte nicht widerstehen –«

»Schon gut.«

»Du kannst ja nicht wissen, wie sehr ich dich brauche.«

»Halt den Mund. Halt bloß den Mund.« Marie hielt sich die Ohren zu.

Jacques hockte sich auf die Fersen. »Ich hab's nicht böse gemeint. Das weißt du doch.«

»Ich weiß überhaupt nichts mehr. Alles verwirrt mich. Ich kenne dich nicht. Du kennst mich nicht.«

»O doch, ich kenne dich. Seit Jahren schon kommst du in meinen Träumen zu mir.«

»Du glaubst an Träume? Visionen? Alpträume?« Ihre Stimme wurde schriller. »Quälende Zeichen, die dich nicht mehr loslassen, die den Wunsch in dir wecken, daß du dich in einen tiefen Schlaf treiben lassen und schlafen könntest, bis es dir egal ist, ob du wieder aufwachst?«

Jacques wickelte eine ihrer Locken um seinen Finger. »Ich habe noch nie schreckliche Dinge geträumt. Nur schöne. Und du bist mein schönster Traum.« Er machte eine Pause. »Deine Grandmère, sie möchte, daß du heiratest.«

»Spiel sie nicht gegen mich aus.«

»Ich würde alles ausspielen, um dich zu halten.«

»Du hast mich nicht.«

»Dann eben, um dich zu kriegen.« Jacques schlug sich mit der Handfläche an die Brust. »Ach, Marie. Sag's mir doch.« Sein Kopf fiel schlaff zur Seite. »Sag mir, was du möchtest.«

»Ich weiß es nicht. Ich weiß es einfach nicht.« Sie zuckte hilflos mit den Schultern. »Manchmal denke ich, daß ich nichts anderes möchte, als Grandmère zu gefallen. Ein anderes Mal denke ich, daß ich nur tun möchte, was mir gefällt.«

»Was würde dir denn gefallen?«

»Maman zu finden. Nein. Ich weiß es nicht.« Sie preßte die Finger an die Augen. Sie hatte das Gefühl, oben auf einer Klippe zu stehen und jeden Moment von der Kante herunterzurutschen. »Als ich noch ganz klein war, hat mich meine Maman verlassen.«

»Wohin ist sie?«

»Ich weiß es nicht.«

»Deine Grandmère weiß es bestimmt.«

»Ja, aber sie will es mir nicht erzählen.« Marie schlug aufs Wasser und fuhr dann rasch fort aus Angst, nie wieder die Wahrheit zu sagen, wenn sie jetzt aufhörte. »Ich möchte meine Maman finden und möchte es doch nicht. Manchmal bin ich froh, daß Grandmère mir verbietet, nach ihr zu suchen. Ich bin froh, daß ich nicht allein die Schuld dafür tragen muß, wenn ich sie nicht finde. Aber ich habe bei der Jungfrau Maria und allen Heiligen geschworen, daß ich sie unbedingt finden möchte. Ich möchte Maman fragen, warum sie weggegangen ist. Warum sie nie zurückgekommen ist. Aber was, wenn sie sagt, daß *ich* schuld war.« Entsetzt starrte Marie Jaques an. »Was, wenn Maman meinetwegen weggegangen ist?« Sie brach in Tränen aus und barg ihr Gesicht in Jacques' Schoß.

Jacques erlebte eine Marie, die all ihrer gespielten Tapferkeit beraubt war. Er konnte sich in ihren Kummer hineinversetzen, in ihre unaussprechliche Sehnsucht. Er verstand, wieso das Kind Marie sich selbst die Schuld daran geben konnte, daß es verlassen worden war. Er strich ihr übers Haar.

»Ich war sechs, vielleicht auch acht«, murmelte Jacques. »Ich weiß es nicht. Sklaven feiern keine Geburtstage.« Er holte tief Luft und begann von vorn. »Ich war sechs, vielleicht auch acht, als meine Mutter mich verließ. Jahrelang weinte ich nicht, ich haßte sie bloß. Ich war überzeugt, daß sie mich haßte. Warum sollte sie denn sonst weggehen?«

»Oh, Jacques.« Marie setzte sich seufzend auf und betrachtete sein trauriges Gesicht.

»Selbst heute denke ich noch, daß sie eine Möglichkeit zu bleiben gefunden hätte, wenn sie mich mehr geliebt hätte. Aber ich weiß, daß ihr nichts anderes übrigblieb.« Er hielt inne und sah Marie eindringlich an. »Deine Mutter wäre niemals deinetwegen weggegangen. Keine Mutter könnte derart grausam sein. Sie muß einen Grund gehabt haben.«

»Warum will sie dann nicht zurückkommen?«

»Vielleicht kann sie nicht. Schau mal«, sagte Jacques. »Im Wasser.«

Der Mississippi war ein Spiegel. Marie sah sich selbst, den Mond und Jacques, der ihr über die Schulter spähte.

»Schau, wie schön du bist. Ich bin sicher, daß deine Mutter sehr gerne bei dir sein möchte. Mindestens so gerne wie ich.«

Das Bild im Wasser war beunruhigend. Marie erkannte plötzlich, daß Jacques der andere Mann in ihren Träumen war. In Teché hatte sie Jacques' Gesicht gesehen, bevor sie ihn überhaupt kannte.

»Heirate mich. Wir werden deine Maman finden.«

»Werden wir in New Orleans suchen?«

»Wo immer du willst.«

Marie wußte, daß sie außer sich vor Freude sein sollte, doch die Freude wollte sich nicht einstellen. Die Welt war ihr völlig aus den Händen geglitten. Sie blinzelte und sah eine Vision im Wasser. *Sie war in einer Kathedrale, in weiße Seide und Spitze gekleidet, und steckte sich gerade eine goldene Brosche in Form einer schlafenden Schlange an den Busen.* Es mußte Maman sein, die sie lenkte. *Jacques stand neben ihr und kitzelte sie in der Seite.* Maman und der Fremde aus dem Bayou. *Jacques' Gesicht verblaßte und wurde durch schwarze Haut, Narben und ein Grinsen ersetzt. Ihr Hochzeitskleid verfärbte sich rot.*

In New Orleans, in ihrer Hochzeitsnacht, würde der Mann kommen.

Jacques strich ihr übers Haar. »Wenn wir heiraten, wirst du

ein weißes Kleid tragen. Und dein Haar wird hochgesteckt sein«, sagte er, hob ihre Locken hoch und ahmte einen Friseur nach, der Nadeln hineinsteckte. *Sie raffte ihre Haare zu einem Nackenknoten zusammen.*

Im Fluß sah sie das gleiche Bild, das sie in Grandmères Augen gesehen hatte. *Jacques wurde durch einen Mann mit drei Narben und einem Grinsen ersetzt. Ihr Hochzeitskleid verfärbte sich rot.*

»Ich habe noch nie jemanden so geliebt wie dich«, sagte Jacques.

Marie starrte ihn an. Konnte sie es ertragen, ihn zu betrügen? Daß Jacques da war, bestätigte ungewollt die Zeichen, auf die sie gewartet hatte. Was, wenn Jacques ihretwegen ein Leid geschah? *Du wirst eine schöne Witwe hinterlassen. Die Witwe Paris.* Unmöglich. Jacques würde nicht ihretwegen sterben. Marie war überzeugt, daß ihre Vision von Maman kam. Maman verkörperte alles Gute. Aber was, wenn die Prophezeiung sich nicht erfüllte? Was, wenn sie ein Leben lang mit Jacques verheiratet blieb? Sie würde Jahre damit zubringen, schwer und aufgedunsen ein Kind nach dem anderen zu tragen. Annette und Bébé, Marie und Jacques.

Marie wußte, wenn sie sich jetzt umdrehte und Jacques anschaute, würde sie aufschreien, könnte sie der Heirat nicht zustimmen. Wenn sie ihn jetzt anschaute, könnte sie es nicht ertragen, seine Liebe zu ihr zu sehen. Sie könnte es nicht ertragen, ihr Spiegelbild in seinen Augen zu sehen, zu sehen, daß sie seine Liebe nicht erwiderte.

Was für eine Närrin sie doch war!

Die Schultern zusammengedrückt, den Kopf in die Brust gegraben, versuchte Marie, sich klein zu quetschen.

»Willst du mich heiraten?«

»Ja«, sagte sie.

Sie hatte das Gefühl, als fiele sie über eine Klippe, in einen Fluß, in ein aus Bildern geformtes Schicksal. Bilder im Wasser, in einem Spiegel, in Grandmères Augen beherrschten sie. Aber sie schienen nie *sie* widerzuspiegeln – erlaubten ihr nie, sich klarer zu erkennen. Im Grunde machte sie einen Umweg. Indem sie dem Geheimnis von Maman nachjagte, hoffte sie, sich selbst zu entdecken. Warum sollte Maman sie denn sonst mit Visionen in Versuchung führen? Wer außer Maman sollte sie denn sonst schicken?

»Ja«, sagte sie noch einmal. »Ich will dich heiraten.«

Jacques hüpfte, jauchzte, brüllte und tanzte wie ein Indianer. Als sie den Lärm hörten, liefen eilig Leute vor ihren Hütten zusammen.

»Sie will mich heiraten«, rief Jacques und klatschte sich auf die Oberschenkel. »Sie will mich heiraten.«

Shad stellte seinen Teller Katzenfisch beiseite und hielt eine Kerze hoch, um ihnen Glück zu wünschen. Ziti, die gerade Damenkämme mit Draht zusammengebunden hatte, wirbelte und flatterte herum: »Ein Fest. Es wird ein Fest geben.« Frau Halo, die ihr Backen unterbrochen hatte, wischte sich mehlverkrustete Hände am Busen ab und wollte von Ziti wissen: »Wann wirst du wohl dran sein? Wann wird dich wohl ein Mann wollen?« Mutter und Tochter zankten sich wie verhungernde Hühner. Aus Ziti, so behauptete Halo ständig, würde ›eine vertrocknete alte Jungfer‹ werden.

Marie versuchte zu verschwinden, als die Dorfbewohner sie umringten und Bemerkungen über ihr Glück zu machen begannen.

Die zwei Frauen, die zuvor im Fluß Wäsche gewaschen hatten, steckten die Köpfe zusammen und schwatzten darüber, ›wie prächtig‹, ›wie stattlich‹ Herr Jacques doch wäre und ›wie schön‹, ›wie liebreizend‹ Jungfer Marie. Bébé hielt sich mit seiner Kinderschar im Hintergrund, obwohl er jedesmal, wenn er glaubte, daß Marie hinschaute, ein Lächeln aufblitzen ließ.

Die Dorfbewohner stürzten vor, um Hände zu schütteln, zu gratulieren und neidisch zu seufzen. Ziti gab sich alle Mühe, gelassen zu wirken. Die Gratulanten traten zur Seite und verstummten erwartungsvoll, als Grandmère und Nattie eintrafen. Marie, die sich wie eine Schwindlerin vorkam, sagte mit niedergeschlagenen Augen leise »Hallo«. Jacques hatte immer noch einen besitzergreifenden Arm um ihre Schulter liegen.

Grandmère hatte den Kopf zur Seite geneigt und sagte nichts.

Marie schaute sie verstohlen an. Ahnte Grandmère die Unehrlichkeit? Würde sie die Verwirrung und die Lügen in ihrem Herzen erraten?

Grandmère zögerte nur eine Sekunde; dann lächelte sie und breitete die Arme aus. Marie trat in das tröstliche Rund. Sie entspannte sich, als sie die innige Umarmung, die sie verschlang, spürte und Grandmère flüsterte: »Mein Mädchen. Gesegnet sei die Jungfrau Maria.«

Grandmère wandte sich zu Jacques und verkündete, während sie seine Hand emporhielt, jedem einzelnen in der Menge: »Mein einziger Sohn. Mein einzigartiger Sohn.«

Rufe ertönten, begeistertes Gebrüll. Viele der Dorfbewohner hatten Fackeln dabei. Die Nacht war tiefdunkel und hüllte sie wie eine Decke ein. Flammen und Schatten verstärkten den Eindruck von festlicher Unwirklichkeit. Der Mississippi strömte gelassen in der Dunkelheit dahin. Eulen begannen ihre Jagd auf Nagetiere.

»Singt, Madame Laveau«, rief jemand. Und der Ruf wurde von der Menge aufgegriffen. »Singt. Singt, Madame Laveau.«

»Singt ein Liebeslied«, rief Halo und stieß ihre einfältige Tochter Ziti in die Seite.

»Ja, sing, Grandmère«, drängte Marie. »Deine Stimme ist so schön.«

Grandmère schüttelte den Kopf.

»Tu's für mich.«

»Nein«, sagte Grandmère scharf, während Marie gekränkt zur Seite trat. »Ich singe nicht für viele Menschen. Das ist eine Sünde. Wider Gott.« Grandmère schritt entschlossen auf das Haus zu, ihre Rosenkranzperlen schlugen klickend an ihren Rock. Sie hatte Marie nicht kränken wollen. Doch die Bitte um ein Lied erinnerte sie an Zeiten, die sie lieber vergessen wollte. Gotteslästerliche Zuhörer hatten ihre Lieder einst verehrt. Und seit Sachwaws Tod hatte sie kein Liebeslied mehr gesungen.

»Was habe ich getan?« Marie rief vergeblich hinter Grandmère her. »Was habe ich falsch gemacht?«

Die Dorfbewohner schwiegen. Jacques hielt Maries Hand, und sie drückte sie dankbar.

Nattie, die die peinliche Situation überspielte, sang: »Ich kenn ein schönes Mädchen, das heißt Marie.« Ihre schrille Stimme wurde von den Bäumen geschluckt. Natti machte Shad ein Zeichen.

»Ich kenn ein schönes Mädchen, das heißt Marie.« Shads tiefer Baß ergänzte Natties Sopran. Shad spann das Lied weiter: »Einen hübschen Seemann will sie, der heißt Jacques, zum Mann.«

Jacques schlug sich auf die Brust und rief: »Das bin ich.«

Bébé sang aus voller Kehle: »Sie leben glücklich und zufrieden und werden schöne Babys kriegen.«

»Nein!« rief Marie. Doch niemand hörte sie. Es wurde begeistert geklatscht. Aus dem Stegreif fingen die Dorfbewohner an, um die Verlobten herum zu tanzen. Sie griffen die erfundene Melodie auf und dachten sich eine flotte Harmonie aus:

»Ich kenn ein schönes Mädchen,
das heißt Marie.
Einen hübschen Seemann will sie,
der heißt Jacques.
Sie leben glücklich und zufrieden
und werden schöne Babys kriegen.«

Bald tanzten und sangen alle Dorfbewohner, einschließlich der Kinder. »Ich kenn ein schönes Mädchen, das heißt Marie.« Jacques' Stimme klang am lautesten. »Einen hübschen Seemann will sie ...«

Marie beachtete die Fröhlichkeit nicht, sie schaute zu, wie Grandmère über den schlammigen Grund stapfte und das Haus betrat. Kein einziges Mal blickte Grandmère zurück. Wie kam es, fragte sich Marie, daß sie selbst dann, wenn sie gefallen wollte, Mißfallen erregte?

Marie starrte zur Hütte; im Kerzenschein konnte sie sehen, wie Grandmères Schatten sich hinter den vorhanglosen Fenstern bewegte. Plötzlich stieg ihr Galle in die Kehle. Warum konnte Grandmère nicht für sie singen? Grandmère hatte von der Heirat geträumt, nicht sie.

Nattie schlüpfte hinter Marie und raunte: »Ich bin überrascht. Ich hab nie gedacht, daß du heiratest.«

Marie war entsetzt. Sie glaubte, ein teuflischer Geist hätte sie in die Enge getrieben. Sie versuchte, sich umzudrehen, doch Natties fester Griff machte sie reglos.

»Du mußt Angst haben, allein zu schlafen«, keuchte Nattie. »Es heißt, daß Mannsleute dazu da sind, Alpträume zu verscheuchen. Ich hoff, daß das stimmt. Weil manche Alpträume nämlich am hellichten Tag rumlaufen. Manche Alpträume haben sogar 'nen Namen.«

Bis Marie sich umgedreht hatte, um zu fragen, was sie damit meinte, hatte sich Nattie in der ausgelassenen Menge verloren. Und bevor Marie nach ihr suchen konnte, schlenderte Jacques heran und verlangte seinen Tanz und Kuß zur Verlobung.

Marie erwachte aus einem Alptraum. Schlangen liefen auf zwei Beinen und jagten sie durch schmale Gassen hinter dem Market Square. Die Sonne stand hoch, doch auf den Boulevards waren keine Kunden und keine Marktschreier mehr. Schwarze Schlangen, grüne Schlangen, Nattern und Giftschlangen verfolgten sie.

Marie fühlte sich körperlich und seelisch völlig erschöpft. Daran war Nattie schuld, Nattie mit ihrem albernen Gerede von Alpträumen, die herumlaufen. Das Zimmer war dunkel. Marie war verwirrt und fühlte sich schwach. Sie konnte das gespenstische Brausen leichter Winde in den Bäumen hören, die wirbelnden, tosenden Strömungen des Mississippi.

Unter der Tür sah sie Licht. Irgend jemand war noch wach und saß in der Küche. Grandmère und Jacques? Schlaf senkte sich wieder über ihre Augen. Marie fühlte sich schwer, ins Bett niedergedrückt. Sie gab sich alle Mühe, wach zu bleiben.

»Teché«, hörte sie Jacques sagen. »Ich werde sie hinbringen und gut auf sie aufpassen.«

»Sie darf nicht erfahren, was wir vereinbart haben.«

»Sie wird es nie erfahren.«

Irgend etwas stimmte nicht. Jacques hatte ihr New Orleans versprochen. Maries Kopf sank auf das Kissen zurück. Sie fühlte sich benommen, ungewöhnlich schläfrig, wie damals, als sie zu lange an einer Holunderwurzel gelutscht hatte. Ihr verwirrter Körper schien außerhalb des Bettes zu schweben. Neue Träume riefen. Eine riesige Schlange lag zusammengerollt mitten auf ihrem Weg. Ganz gleich, in welche Richtung sie sich wandte, die Schlange tauchte auf – hinter ihr, links und rechts von ihr, über und unter ihr.

Marie mußte Maman selbst finden. Sie ließ sich in den Schlaf treiben. Jacques würde doch nicht lügen, oder? Es war sinnlos zu heiraten, wenn sie sich nicht auf die Suche nach Maman machten. Maries letzter Gedanke war, daß sie sich immer noch in den Klauen eines Alptraums befand. *Die Schlange zischte ihren Namen. Eine singende Grandmère war kaum noch am Leben, und Jacques' Zunge war gespalten und blutete.* Jacques war zu aufrichtig, um zu lügen. Oder?

Sie sank tiefer in den Schlaf.

Es ist die Pflicht eines Journalisten, objektiv zu sein, Wahrheiten aufzuspüren, ohne sich von Gefühlen daran hindern zu lassen.

Und was tue ich? Bin besessen von dem Gesicht und der Gestalt eines jungen Mädchens, verliebt in einen Geist.

Wenn sie wirklich existierte, hätte ich sie gefunden. Ich habe mehr Tage nach ihr gesucht, als ich zu zählen gewillt bin. Ich habe immer wieder schmale Gassen durchstreift, den Kai, den Market Square. Ich habe die schäbigsten Schindelhütten der freien Farbigen aufgesucht. Vergeblich. Ich glaube nicht mehr, daß es sie wirklich gibt. Selbst Dante konnte seiner Beatrice ansichtig werden.

Welcher Wahrheit jage ich nach?

Louis DeLavier, 30. Juni 1819, nachmittags
(Aus Louis DeLaviers Tagebuch)

Louis, du hast keinem einzigen Wort zugehört, das ich gesagt habe.«

»Wie bitte?« Louis blickte von seinem Schreibtisch auf, die Augenbrauen durch ein Stirnrunzeln zusammengekniffen. Unwillkürlich schlug er sein Tagebuch zu.

»Siehst du. Du hörst nicht zu. Willst du mich kränken?«

Schmollend glitt Brigette auf seinen Schoß und kuschelte die Arme um seinen Hals. Ihre Brüste drückten sich flach an ihn.

Louis wurde nicht erregt. Brigette sah aus wie kühles Porzellan und fühlte sich auch so an; ihr Duft nach Rosenpuder war berauschend. Früher hatten ihn Brigettes blonde Reize angezogen, doch das war, bevor er einem braunen Mädchen begegnet war, das warmherzig und einladend war und nach Hyazinthen duftete. Und die Lippen, zart, weich und natürlich rosarot. Brigettes Lippen waren stets rot geschminkt. Sie flirteten und gaben Versprechungen, aber letztlich zogen sie es vor, unbehelligt zu bleiben.

»Louis, hör mir zu!« Brigette zog an seiner Krawatte.

Louis sah sie geistesabwesend an.

Brigette war verblüfft. Bisher war Louis aufmerksam und nachgiebig gewesen, doch seit der Auseinandersetzung auf dem Market Square hatte er sich angewöhnt, in den Straßen der Stadt herumzuwandern, nur, um dann verschlossen und gedankenverloren nach Hause zu kommen. Brigette brachte ihn einfach nicht dazu, zu beichten, wohin er auf seinen nächtlichen Ausflügen ging. Hätte sie es nicht besser gewußt, wäre ihr der Verdacht gekommen, daß irgendein schwarzes Muttchen ihn mit einer Liebeskummermagie bearbeitet, ihn mit einem Voodoozauber verhext hatte.

»Du hast versprochen, daß du mich zu Madame Bijou begleitest«, flötete Brigette, die sich schon auf den Ausflug zu der teuren Modistin freute, da Louis bezahlte. »Ich muß mich für die Reise einkleiden lassen. Der cremefarbene Satin mit Brüsseler Spitze, gelben Rosetten –«

»Tut mir leid, das habe ich vergessen. Für heute abend habe ich schon etwas anderes vor.«

»Wie konntest du nur?« Ungraziös kletterte sie von seinem Schoß herunter. »Wie konntest du das vergessen? Du weißt doch, wie wichtig es mir ist.«

Brigette schritt auf und ab, ihr weiter Rock rauschte dabei von einer Seite zur anderen und entblößte ein zierliches Stück Knöchel. Sie schüttelte ihre Locken und fächelte sich heftig Luft zu. Ihre Wangen verfärbten sich tiefer. Es stand ihr ausgezeichnet, wenn sie sich so wütend aufführte. Das hatten ihr schon Dutzende von Männern gesagt. Dutzende von Männern hatten sich ihren Wünschen gefügt. Außerdem trug sie eines ihrer aufreizenderen Kleider: rosarote Seide mit tiefem, rechteckig ausgeschnittenem Mieder und weißen Satinbändern, die von der Mitte ihres Busens herunterrieselten. Bis zum Abend würden ihre Brüste von dem unnatürlich festen Druck nach oben schmerzen. Aber ein paar dreiste Herren hatten einmal geflüstert, daß sie gespannt auf den Moment warteten, wo sie aus ihrem Kleid herausquoll. Manche sagten, daß sie versucht wären, ihre Brüste wie Pfirsiche zu pflücken. Die letzte Bemerkung war besonders anstößig gewesen, aber sie hatte sie mit Vergnügen gehört. Ihr neues farbiges Mädchen, Clara, sagte ihr, daß sie heute besonders begehrenswert aussähe. Aber Louis schien es gleichgültig zu sein, dachte Brigette; Antoine hätte es bestimmt bemerkt.

Louis kam der Gedanke, daß Brigette in seinem Arbeitszimmer fehl am Platze wirkte. Für seinen in Brauntönen gehaltenen Raum waren ihre Farben zu strahlend, zu unkultiviert für seine Bibliothek. Brigettes Lieblingslektüre bestand aus illustrierten Pariser Modejournalen. Er fragte sich, ob sie selbst im Schulzimmer etwas anderes gelesen hatte als die Gesellschaftskolumnen, Klatsch- und Modegeschichten. Aber warum sollte er ihr Vorwürfe machen? Sie unterschied sich in keiner Weise von jedem anderen privilegierten Fräulein in New Orleans.

»Du hast all meine Versuche, dich in unsere Hochzeitsvorbereitungen einzubeziehen, ignoriert. Man könnte meinen, daß es dich nicht interessiert, daß wir im nächsten Monat heiraten.«

Louis strich sich über das gelichtete Haar. »Und ob es mich interessiert.«

»Dann verstehe ich nicht, warum du mich nicht zu dieser Anprobe begleitest. Madame Bijou hat neue Seidenstoffe aus Paris. Du hast versprochen, daß du mitkommst.« Brigette beugte sich vor, was ihm gestattete, den berauschenden Rosenduft, den sie sich auf die Brüste gerieben hatte, einzuatmen. »Ist es dir denn gleichgültig, wie ich in unseren Flitterwochen aussehe?«

»Keineswegs.« Louis dachte, daß seine Verlobte auf ordinäre Weise kokett war. Aber alle Frauen, die ihm bisher begegnet waren, hatten gelernt, kokett zu sein. Nervös trommelte er auf sein Tagebuch. Südstaatenfrauen entwickelten die Koketterie zu einer Kunst. Brigette verstand es, mit einem Ballfächer ein Dutzend verschiedener Botschaften auszusenden. Sie hatte ihm den Code einmal erklärt: Ein nach rechts geneigter Fächer bedeutete ›ja‹ sowohl zu einem Tanz als auch zu einem Kuß; ein leichter Schlag auf das Handgelenk eines Galans bedeutete ›später‹ zu einem Tanz, wenn er jedoch von einem seelenvollen Blick begleitet wurde, bedeutete es ›später‹ zu einem Rendezvous im Garten. Sein Tagebuch war voll von bissigen Kommentaren über solcherlei weiblichen Unsinn. Und doch waren auch seine Gefühle nicht dagegen gefeit gewesen. Plötzlich und mit bemerkenswerter Geschwindigkeit war er mit Brigette verlobt gewesen.

»Manchmal glaube ich, daß dieses Tagebuch«, sagte Brigette und deutete darauf, »das einzige ist, was für dich zählt. Wenn du nicht draußen herumläufst, kritzelst du darin herum.«

»Ich bin Journalist.«

Brigette kam näher. »Zeig es mir. Ich möchte wissen, was du so interessant findest, daß du darüber schreibst.«

»Nein!« Seine Heftigkeit erschreckte sie beide. »Tut mir leid. Ich wollte nicht schreien.« Louis starrte auf die Schreibtischplatte und räusperte sich. »Ich finde es besser, wenn meine Aufzeichnungen vertraulich bleiben.«

»Mir ist noch nie in den Sinn gekommen, daß eine Veröffentlichung in der Zeitung vertraulich ist«, fauchte Brigette sarkastisch. »Die *Daily Picayune* würde deine Anwürfe gegen ihre Auflage übelnehmen. Oder war dein letzter Artikel gegen die Sklaverei vertraulich? Wenn er so vertraulich war, dann hätte ich mir ja keine Sorgen machen müssen, was meine Freunde darüber denken. Noch nie war mir etwas so peinlich.«

»Einige. Ich finde es besser, wenn *einige* meiner Aufzeichnungen vertraulich bleiben. Stellt dich das zufrieden?« Louis ließ das Tagebuch in seine Schreibtischschublade gleiten und schloß sie ab. »Und es ist mir vollkommen gleichgültig, was deine Freunde denken. Außerdem habe ich keine Lust, mit dir über Politik zu diskutieren. Sklaverei ist eine barbarische Sitte.«

Brigette zwang sich ein zweifelndes Lächeln ins Gesicht. Sie änderte ihre Strategie; Honigtöpfe zogen mehr Fliegen an. »Es tut mir leid«, sagte sie, betupfte sich mit einem Spitzentuch die Augen und ging mit zögernden Schritten auf den Kamin zu. »Wenn Vater noch hier wäre, würde ich bestimmt nicht so selbstsüchtig all deine Aufmerksamkeit einfordern. Vater war ungemein aufmerksam. Er war so gut.«

»Ja, ja«, seufzte Louis und strich sich erneut über das gelichtete Haar. Brigette konnte Stunden damit zubringen, über ihr Waisendasein zu jammern und über ihren toten, aber ›charmanten und gutaussehenden‹ Vater zu reden. Er ging zu ihr und umarmte sie unbeholfen. »Ich bin es, der selbstsüchtig gewesen ist. Ich habe deinen Bedürfnissen zu wenig Aufmerksamkeit geschenkt.« Er hielt sie auf Distanz. »Nun, habe ich recht?«

Brigette nickte. Ihr Gesicht war tränenverschmiert.

Louis hatte ein schlechtes Gewissen. Es war nicht Brigettes Schuld, daß er sie nicht mehr liebte. Dennoch war er moralisch verpflichtet, sie zu heiraten. Der Kodex eines Ehrenmannes war streng. War einmal ein Antrag gemacht, mußte auch geheiratet werden. Nur die zukünftige Braut konnte ihre Meinung ändern.

An der Situation war ganz allein er schuld. Er war vor einem winterlich kalten Norden und einem sogar noch kälteren Vater geflohen.

Sein Vater, Henri DeLavier III., hatte eine überzeugte Puritanerin wegen ihres Familienvermögens geheiratet. Konnte Louis ihm Vorwürfe machen? Als jüngerer Sohn einer reichen Familie aus Louisiana hatte sein Vater nichts geerbt, da die Plantage samt Sklaven an den älteren Sohn, Brigettes Vater, fielen. Südstaatenschönheiten wollten Henri nicht heiraten, weil sie wußten, daß seine Aussichten so trüb waren. Folglich mußte er nach Norden gehen, um sein Glück zu suchen.

Glück hatte bedeutet, die Vorbehalte einer reizlosen, unerfahrenen Frau zu überwinden. Als sie schwanger wurde, mußte sich ihre Familie zwischen einem Skandal oder der Heirat mit einem mittellosen Außenseiter entscheiden.

Louis' Mutter, von Schuld und Höllenfeuerängsten geplagt, hatte sich nach der Heirat für Enthaltsamkeit und Gebete entschieden. Sein Vater verbrachte die Tage damit, Geld zu beschaffen, und die Nächte damit, sich Mätressen zu beschaffen. Louis, ein Einzelkind, war von einer inbrünstigen, fanatischen Mutter gegängelt worden.

Licht und Lachen hatte es im Haus nie gegeben, nur Bußfertigkeit und Kniefälle vor einer strengen, fordernden Religion. Louis' Mutter hatte ihr einziges Kind, ihren Sohn, als Beweis für ihre lasterhaften Sünden betrachtet. Sie hatte ständig gefordert, daß er gesäubert und gewaschen wurde.

Louis' Vater hatte von niemandem etwas gefordert. Nicht einmal Liebe von seinem Sohn. Henri DeLavier geriet nur dann in Begeisterung, wenn er in Erinnerungen an New Orleans schwelgte. New Orleans reizte Louis, weil er eifersüchtig auf die Gefühle war, die diese Stadt in seinem Vater weckte. Er hatte New Orleans besucht, weil er wußte, daß sein Vater dies offiziell zwar mißbilligen, sich insgeheim jedoch darüber freuen würde. Nachdem Henri die Stadt einmal abgeschrieben hatte, war er nie wieder zurückgekehrt, vielleicht, weil er fürchtete, daß die Wirklichkeit seinen Erinnerungen widersprechen könnte.

Anfänglich hatte New Orleans Louis nicht enttäuscht. Die Sinnesfreude dort überwältigte ihn. Sie hatte dem nach Wärme hungernden Kind in ihm mit offenen Armen gewunken. Sonnenuntergänge über dem Golf, Bourbon mit Minze und Musik, die durch die Straßen der Stadt sickerte, hatten ihn eingelullt, breit und freundlich lächelnde Gesichter und die unverhohlene Vergnügungssucht seine unterdrückten Bedürfnisse freigesetzt. Einen Sommer lang wurde er zum Inbegriff des feinen Herrn – ein betrunkener, unverbesserlicher Spieler, der Arbeit verschmähte. Doch die alles überbietende Verlockung von New Orleans war die Südstaatenschöne – eine aristokratische weiße Frau, die die Rituale des Flirts beherrschte.

Louis war von Brigette fasziniert gewesen. Attraktiv und köstlich fremdartig war sie, und ihr schleppendes Kreolisch-

Französisch hatte ihn aufgereizt, während ihre Seufzer, ihre nackten Schultern und fast entblößten Brüste ihn erregt hatten.

Brigette hatte sich ihre Verwandtschaft zunutze gemacht, indem sie ihn zu einer offiziellen Verlobung trieb. Er hätte darauf bestehen sollen, daß sie warteten. Mittlerweile haßte er Brigette die Hälfte der Zeit, während er ihre Freunde und deren Kultur die ganze Zeit haßte. New Orleans' Schönheit war oberflächlich; Fäulnis und Verfall schwärten darin. Die Sklaverei war nur eines von vielen Beispielen.

Die Erinnerung an das erste Mal, als er das Entladen eines Sklavenschiffes erlebt hatte, suchte seine Träume immer noch heim. Es war frühmorgens gewesen, er und Brigette waren gerade auf dem Heimweg von einem Ball. Ein Paar, mit dem sie verkehrten, hatte sie begleitet. An ihre Namen konnte er sich nicht mehr erinnern. Aber an diesem Morgen waren sie alle gute Freunde und sehr betrunken, sehr fröhlich gewesen. Sie hatten den Weg über den Hafen genommen, weil Brigette ihn für romantischer hielt. Und so war es auch. Brigette hatte niemals schöner ausgesehen. Sie hatte geglitzert wie der schimmernde neue Morgen an der Bucht.

Der Mann hatte dem Kutscher zugerufen, daß er anhalten solle. Mit einer offenen Magnumflasche Champagner wollte er auf das Entladen einer Schiffsfracht trinken. Er hatte darin Geld investiert und würde wohl ein kleines Vermögen damit verdienen.

»Selbstverständlich«, hatte Louis, der großspurig in seinem Abendanzug in der offenen Kutsche stand und aus der Flasche trank, als er an der Reihe war, zugestimmt. Doch als das Entladen begann, hatte ihn der Ekel gepackt. Er hatte schmutzige, kranke, geschwächte und sterbende Körper gesehen. Er konnte sie sich nicht einmal als Menschen vorstellen, so gründlich waren sie aller Menschlichkeit beraubt worden. Aber er wußte, daß die Fracht *menschlich* war. Die christlichen Lehren seiner Mutter drängten sich vor. Bis zu diesem Moment hatte er die Begründung der Südstaaten akzeptiert, daß Schwarze als Sklaven glücklich wären. Er hatte nie etwas erlebt, was das Gegenteil bewiesen hätte. Aber an diesem Morgen konnte er einen flüchtigen Blick auf das gramverzerrte Gesicht des schwarzen Kutschers werfen. Der arme Mann, elegant gekleidet mit Hut und Uniform aus Seide, war gezwungen worden, die Erniedrigung seines Volkes mitanzusehen. Brigettes unbekümmerte Bemerkung, daß Schwarze an schwere Arbeit, heiße Sonne gewöhnt wären und ›nicht so empfinden wie wir Weißen‹, hatte Louis' Abscheu die Krone aufgesetzt. Danach hatte er wieder zu schreiben begonnen – glühende Prosa gegen die Sklaverei. Doch selbst wenn Louis New Orleans nun in einem klareren Licht sah, konnte er seinem Bedürfnis, an ihrer Dekadenz teilzuhaben, nicht widerstehen. Seiner Illusionen beraubt, wollte er trotzdem nirgendwo anders leben als in New Orleans. Er haßte diesen Zug seines Charakters. Haßte seinen Charakter, der sich an einer leidenschaftlichen, verführerischen und doch zerstörerischen Welt laben mußte.

Bei Brigette hatte er seine Illusionen langsamer verloren. Wie die Stadt selbst hatte auch sie ihn mit seinen Leidenschaften konfrontiert. Sie hatte ihn unverfroren angelockt, und er hatte ebenso unverfroren reagiert. Früher war er zu aufgetakelten Prostituierten gegangen, doch jetzt waren ihm diese Ausflüge zuwider. Brigette spielte die Hure, war jedoch auch Dame. Und weil sie eine Dame war, hatte er den Antrag gemacht. Er hatte sich erlaubt, sexuelle Begierde mit romantischer Liebe zu verwechseln. Während der Verlobungszeit mußte er entdecken, daß Brigette kalt war, eine verlogene und elegante Kokette. Aber sie war nur das, was ihre Kultur aus ihr gemacht hatte. Und da er das alles über sie wußte, konnte er sich nicht recht verzeihen, daß er sie wie eine Hure behandeln wollte. Gelegentlich ertappte er sich immer noch dabei, wie er davon träumte, sie zu deflorieren und ihren Körper wie den einer Prostituierten zu benutzen. Nur seine Erinnerung an das braune Mädchen auf dem Market Square hatte ihn davon abgehalten, dieser plötzlichen Eingebung nachzugeben. Wann immer er an das braune Mädchen dachte, stellte er sich als rettender Ritter vor. Er konnte immer noch ihre unter seinen Fingerspitzen bebenden Lippen spüren. Angezogen von ihrer Unschuld hatte er geglaubt, daß seine Ehre wiederhergestellt wäre. Ironischerweise war es die Ehre, die ihn weiterhin an Brigette fesselte und sein Verlangen nach einem braunen Mädchen abscheulich unehrenhaft erscheinen ließ.

Louis verstärkte seinen Griff um Brigettes schmale Taille. Ihr allzu berauschendes Rosenparfüm ärgerte ihn.

Brigette war unruhig. Sie versuchte, sich zu entspannen. Sie starrte auf Louis' Kragen, auf die Seitenpartie seines Halses, auf die Bartstoppeln an seinem Kinn. Es war Antoines Schuld, daß sie in den Armen eines Gegners der Sklaverei lag. Befreit die Sklaven. Was für ein törichter und naiver Gedanke! Jeder wußte doch, daß Schwarze eher Affen als Menschen waren. Das sei wissenschaftlich erwiesen, hatte ihr Vater einmal gesagt. Brigette seufzte. Ihr verschwenderischer Bruder Antoine. Wegen seiner Prunksucht lag sie in Louis' Armen.

Doch eigentlich war es ihre Schuld. Antoine hatte sie nicht gebeten, sich zu opfern. Ganz im Gegenteil. Antoine haßte Louis. Aber seit das Fieber ihnen die Eltern genommen hatte, fühlte sich Brigette für Antoine verantwortlich. Seine Bequemlichkeit war ihre. Ihr Reichtum würde seiner sein. Was war verkehrt daran, Louis zu heiraten? Einen reichen, fügsamen Cousin.

Brigette glaubte nicht, daß Louis es merken oder es ihn überhaupt interessieren würde, daß sie keine Jungfrau mehr war. Sie hatte gehört, im Norden würden Männer von Stand dies nicht so genau nehmen. Im Süden dagegen wollten Männer von Stand ihre Ehefrauen unberührt. Die meisten von ihnen hatten auch ihre Mätressen lieber unberührt. Sie gaben Tausende dafür aus, den Quadroon Ball finanziell zu unterstützen, um Jungfrauen anzulocken. Doch sobald sie sie im Bett hatten, wurde von den farbigen Mätressen Leidenschaft erwartet, von der armen weißen Ehefrau hingegen Zurückhaltung.

Brigette hatte vor, sich in Louis' Bett kühl zu verhalten. Das heißt, wenn sie jemals hineingelangte. Sie war beunruhigt wegen der Hochzeit, beunruhigt, daß Louis weniger gefügig schien, als sie erwartet hatte. Er hatte bereits erreicht, daß die Hochzeit um sechs Monate verschoben wurde. Der Haushalt der DeLaviers war in einem hoffnungslosen Zustand. Seide kostete astronomische Summen, und die Preise für Bienenwachs stiegen unaufhörlich. Antoine hatte den ganzen Sommer über auf kein einziges Siegerpferd gesetzt. Es wurde heiß und beklemmend in Louis' Armen.

»Liebster, war ich denn nicht einverstanden, die Hochzeit bis August zu verschieben?« fragte Brigette mit ihrer sanftesten Stimme. »Obwohl der Himmel weiß, warum. Meine Freunde werden die Stadt verlassen haben, um dem Fieber zu entkommen. Siehst du, wie folgsam ich bin? Ich bemühe mich, dir jeden Wunsch zu erfüllen, während du mir keinen erfüllst. Was ist so wichtig, daß du bei meiner Anprobe nicht dabeisein kannst? Was ist so wichtig, daß es dir gleichgültig ist, wie ich mich an unserem Hochzeitstag anziehe oder wie ich aussehe?«

Louis hörte sie nur halb. Er betrachtete sie weiter und hoffte, dadurch das Bild eines anderen Gesichts aus seinem Kopf zu vertreiben. »Küß mich, Brigette.«

»Warum sollte ich?«

»Küß mich.«

Brigette bog ihr Gesicht leicht zur Seite; sein Kuß streifte ihren Mundwinkel. Louis drehte ihr Gesicht herum und küßte sie heftig. Er spürte ihren Widerstand. Er küßte sie weiter in der Hoffnung, daß Begierde in ihm aufstieg. Warum war er, als seine Fingerspitzen kaum den Mund des braunen Mädchens berührt hatten, so über alle Maßen bewegt gewesen?

Brigette glaubte, jeden Moment in Ohnmacht zu fallen. Louis' Mund auf ihrem, seine Handflächen, die ihren Rücken und Hals streichelten, waren ekelerregend.

Sie riß sich los, als die Tür zum Arbeitszimmer geöffnet wurde.

Antoine blieb an der Türschwelle stehen. Brigette, unfähig, sich zu beherrschen, lief zu ihrem Bruder. Louis wandte sich verlegen seinem Schreibtisch zu.

»Wie reizend, Cousin«, sagte Antoine, der Brigette fest in den

Armen hielt. »Ich wußte gar nicht, daß Nordstaatler die Gewohnheit haben, jungen Damen Angst einzujagen.«

»Sie wird demnächst meine Frau.«

»Aber noch ist sie es nicht.«

»Antoine, bitte.« Brigette war wütend über ihre mangelnde Beherrschung. Sie benahm sich wie ein Schulmädchen, nicht wie eine junge Frau von dreiundzwanzig.

»Ich werde mich bemühen, Brigettes Nerven nicht noch einmal zu zerrütten.« Louis versuchte, sich zu beruhigen, indem er die Schreibutensilien auf seinem Schreibtisch berührte: sein Tintenfaß, seine Lederunterlage.

»Sorge dafür, Cousin. Andernfalls könnte ich die Heiratserlaubnis widerrufen.«

Louis drückte seinen Federkiel nach hinten und brach ihn entzwei. Er hatte Kopfschmerzen. Seine Probleme wären gelöst, wenn Antoine die Heirat untersagte.

»Seit Vaters Tod bin ich der inoffizielle Vormund meiner Schwester gewesen. Ich möchte auf keinen Fall meine Pflichten vernachlässigen. Der Ruf einer Frau ist heilig. Verstehst du mich, Louis?«

Louis glaubte, sich nicht mehr beherrschen zu können. Er würde alles dafür geben, wenn Antoine die Heiratserlaubnis verweigerte.

»Hast du mich verstanden?« Antoine führte seine Schwester aus dem Zimmer.

Antoine und Brigette blieben im Flur stehen, weit genug von der Tür zum Arbeitszimmer entfernt. Antoine bedeckte Brigettes Gesicht mit federleichten Küssen. Atemlos und erwartungsvoll hielten sie einander fest. Keiner von ihnen kümmerte sich um die beiden schwarzen Lakaien, die groß und reglos an beiden Enden des Flurs standen. Was Brigette und Antoine betraf, waren die Sklaven blind und gefühllos. Trotzdem war ihr beider Benehmen unbesonnen. Antoine schob seine Schwester ein wenig beiseite.

»Du mußt ihn nicht heiraten, das weißt du.«

»Wovon wollen wir denn leben, wenn ich's nicht tue?«

Antoine verzog mißmutig das Gesicht.

»Wir brauchen Geld.«

»Dann heirate einen anderen. Es stehen doch bestimmt genügend Männer von Stand auf Abruf bereit. Was ist mit Claude Montrachet? Oder Duclair? Armand wäre froh, wenn er dich bekäme. Er wäre nicht übermäßig anspruchsvoll. Er hat bereits mehr Huren und Knaben, als er verkraften kann.«

»Wie lange dauerte es wohl, bis Armand oder Claude uns verdächtigen würden? Was hielten sie wohl von der Zeit, geschweige denn von den Nächten, die wir miteinander verbringen?«

»Verdammt.« Antoine packte sie brutal am Arm. »Du sollst doch nie darüber sprechen. Ich habe dir doch gesagt, daß du nie darüber sprechen darfst.«

»Aber es ist wahr, Antoine«, sagte sie, wobei sie die Stimme zu einem gedämpften Flüstern hob. »Im Moment werden wir nicht verdächtigt, weil ich verlobt bin. Wenn du doch bloß diese Anne-Marie geheiratet hättest –«

»Ich hab's nicht über mich gebracht«, tobte Antoine. »Die war einfach zu erpicht darauf. Irgend etwas Verdächtiges war an ihr. Sie hat die Stadt verlassen, oder? Bestimmt hat sie einen hellhäutigen Nigger zur Welt gebracht.« Ein ungewöhnliches Schuldgefühl ließ Antoine rot werden. Anne-Marie hatte zugegeben, daß sie ihn liebte, und das jagte ihm mehr Angst ein als alles andere. Er hatte sie entjungfert und ihr dann gesagt, daß er sie nie mehr wiedersehen wollte.

»Es bleibt uns nichts anderes übrig. Einer von uns muß heiraten.« Brigette strich ihrem Bruder übers Kinn. Manchmal konnte Antoine wie ein kleines Kind sein. Bei ihm mußte sie die Praktische, die Verantwortliche sein. Manchmal dachte sie, es wäre besser gewesen, wenn sie als Junge und er als Mädchen geboren worden wäre. In Wahrheit war sie der inoffizielle Vormund.

»Antoine, hör mir zu«, schmeichelte Brigette. »Louis wird der fügsamste Ehemann sein. Er gehört zur Familie. Er wird unseren Wunsch, zusammenzusein, verstehen. Hat er sich nicht damit abgefunden, in New Orleans zu leben? Er wird uns nicht trennen. Er hat Mitleid mit uns armen Waisenkindern.«

»Ich brauche sein Mitleid nicht.«

»Denk nach, Antoine. Einer von deinen ehrenwerten Freunden würde uns sicherlich ruinieren.«

Antoines Körper schien zu schrumpfen. Dieses Problem konnte er nicht mit physischer Kraft bewältigen. Es schien keine Möglichkeit zu geben, wie er seine Schwester beschützen konnte. Ebenso wie es keine Möglichkeit zu geben schien, ihr Bedürfnis, zusammenzusein, zu leugnen.

»Antoine.« Brigette entwaffnete ihn mit Liebkosungen und einem innigen Lächeln. »Schau her.«

Sie drehten sich um und sahen ihr Bild in den goldgerahmten Spiegeln, die nebeneinander an den Flurwänden hingen.

»Nichts zählt, nur dies«, murmelte Brigette.

Wie sie da Arm in Arm standen, waren sie ein vollkommenes, einander ergänzendes Paar: Zwillinge. Gleiche Größe. Gleiche Augen. Männlich, weiblich. Einer dunkel, der andere hell. Die Spiegel reflektierten ihr Bild von allen Seiten. Ihre Ebenbilder wurden den ganzen Flur entlang zurückgeworfen.

Antoine stieß einen Schrei aus. Entzückt von ihrer Schönheit umarmten sich Bruder und Schwester.

Die beiden Sklaven wechselten Blicke. Mit einem Augenzwinkern kommentierten sie die Launen der Weißen.

Sobald sich die breite Eichentür schloß, hätte Louis am liebsten Antoine zurückgerufen. Er wollte einen Hagel von Flüchen auf seinen verschwenderischen Onkel und auf seinen Cousin Antoine niederprasseln lassen, weil sie das Erbe durch Glücksspiele zum Bankrott getrieben hatten. Antoine und Brigette würden es sich gut überlegen, bevor sie ihn zurückwiesen. Louis kam es vor, als ob sein verstorbener Onkel, der schon das Leben seines

Vaters verändert hatte, weil nicht er der Erbe wurde, nun die Hand aus dem Grab streckte und sein Leben ebenso veränderte. Nur weil Louis mehr als genug Geld hatte, das die DeLaviers nun ausgeben konnten.

Er sank mutlos in seinen Stuhl. Sein Blick war glasig, und er sah nichts mehr. Aber in ihm war auch Haß auf sich selbst, Zynismus. Er ekelte sich vor sich selbst, weil er ein Mann war, der eine Frau brauchte. Nicht einfach irgendeine Frau, sondern eine farbige.

Louis verachtete weiße Aristokraten, die nach braunhäutigen Mätressen süchtig zu sein schienen, und perverse Männer von Stand, denen es Spaß machte, es mit schwarzen Knaben zu treiben. Doch er war ja selbst nicht viel besser. Er dachte schon jetzt an Ehebruch und Verrat an seiner zukünftigen Frau.

Er berührte die Schublade, in der sein Tagebuch lag. Wann immer er an das braune Mädchen dachte, tauchte das Bild des edlen Ritters wieder vor ihm auf. Seine Liebste war liebreizend, gut und ehrenhaft. Wenn er daran glauben würde, müßte er sagen, daß er sich auf den ersten Blick in sie verliebt hatte. Hätte sie helle Haut und die blauesten Augen und das goldenste Haar, er hätte sie dennoch geliebt. Nicht ihre Hautfarbe liebte er, sondern dieses Staunende und Unschuldige, das sie an sich hatte.

Louis blieb an seinem Schreibtisch sitzen. Er holte sein Tagebuch hervor, wählte einen neuen Federkiel und versuchte, das braune Mädchen in unzulänglichen Worten heraufzubeschwören.

Marie hörte Trommeln. Sie warf sich unruhig hin und her, doch der Klang kroch in sie hinein, und ihr Herz schlug im gleichen Rhythmus wie die Trommeln. Mit einem Ruck wachte sie auf, dann lachte sie nervös, denn sie hörte nichts. Stille.

Als ihr Kopf das Kissen wieder berührte, hörte sie die Trommeln erneut. Irgend jemand rief.

»Marie.«

Sie schleuderte ihre Decken von sich. Am Fenster sah sie einen unheimlichen mondbeschienenen Strand, Wellen klatschten unablässig gegen das Ufer, und in der Nähe einer kleinen, durch einen Flußarm gebildeten Bucht stieg Rauch auf.

»Marie.«

Der Mann rief sie. Wie eine Schlafwandlerin lief sie auf Zehenspitzen durch das Haus, an Grandmères geschlossener Tür vorbei (Natties Pritsche war leer) und zur Vordertür hinaus.

Leichte Brisen kräuselten den Saum ihres Kleides, und als sie über den Sand schwebte, wurden ihr Frösteln und ihre Angst von der Gewißheit abgelöst, daß sie auf dem Weg nach Hause war. Stimmen, körperlos, wirbelten um sie herum. Sie blieb stehen. In ihrem Kopf hörte sie klar und deutlich: »Wir warten.« Selbst wenn sie es gewollt hätte, sie hätte nicht umkehren können.

Trommeln lockten sie, bis sie eine in feierliches Weiß gekleidete Menschenmenge sah, die um ein Feuer herumschwankte und mit gefalteten Händen immer wieder einen einzigen Ton sang: »Voudon.« Es war der schönste Laut, den sie jemals gehört hatte. Von Frieden erfüllt, eingehüllt in Dunkelheit, gab sich ihr Körper der Bewegung hin.

Er hob sich als Silhouette gegen das Wasser ab, als sie ihn sah.

Seine Brust über den weißen Hosen war muskulös und breit. Am liebsten wäre sie in seinen Armen ertrunken. Hinter ihm erkannte sie den Zauberer, dessen Federkappe im Takt mit seinen Händen auf den Trommeln wippte.

Nattie war da und führte gerade eine Ziege in die Mitte des Kreises. Sie erkannte weitere Gesichter – Männer, Frauen und Kinder aus dem Dorf. Ziti. Shad. Bébé. Alle drehten sich erwartungsvoll zu dem Mann um, der die Arme erhoben hatte, eine Klinge in den Händen.

Gebannt beobachtete sie, wie er sich langsam umdrehte, Regenbögen spiegelten sich in der Klinge, und sie sah seine drei Narben – es war der Mann aus dem Bayou, der Mann in ihren Visionen.

Geister stiegen herab, schwebten durch ihren Kopf herunter. Sie fühlte sich wie betäubt; ohne Seele. Die Klinge sauste immer wieder auf und nieder, wobei sie jedesmal knapp das Fell der Ziege verfehlte und die Menge zum Rasen brachte. Irgend etwas drängte sie auf die Mitte des Kreises zu. Die Menge teilte sich und bildete eine Gasse. Der Mann sah sie triumphierend an; dann hob er die Klinge erneut und trennte den Kopf der Ziege ab.

»Marie.« Grandmère schlug mit einem Stock auf sie ein. »Zur Hölle mit dir. Zur Hölle mit dir.« Alle sahen zu. Der Zauberer legte den Kopf auf die Trommeln. Nattie streichelte die Ziege. Der Mann stand da, zornig und herausfordernd, von der Klingenspitze tropfte Blut. Sie spürte gar nichts.

Grandmère stieß sie vorwärts, der Stock schlug über ihre Schulterblätter. Sie blickte zurück. Die Menge, Nattie und der Trommler waren Skelette. Stöcke aus Knochen. Der Mann ein Dämon. Sie schrie, und Geister, graue Rauchkringel, stoben aus ihrem Mund.

Am nächsten Morgen wachte Marie verschwitzt und mit Kopfschmerzen auf. Striemen überzogen ihren Rücken. Die Dorfbewohner waren schweigsam, murmelten hastig guten Morgen. Als sie Nattie über die Nacht ausfragte, erwiderte diese: »Nix is passiert. Warum soll ich nachts rumschleichen? Ich hab die ganze Nacht in meinem Bett geschlafen.«

Aber Marie wußte, daß etwas Wirkliches, nicht etwas Eingebildetes, passiert war. Ihre Haut war wund von Grandmères Stock. Sie erinnerte sich lebhaft an den Mann, der sie wie durch Zwang vorwärtsgetrieben hatte. Nattie log.

Am Nachmittag wurde ein Hahn mit schwarzem Hut, schwarzer Krawatte und schwarzen Schwanzfedern auf der Verandatreppe gefunden. Grandmère sang eine peinigende Melodie. Sie riß den Hahn mit bloßen Händen auseinander.

Gegen Abend behauptete Grandmère, sie wäre blind. Sie stolperte in Stühle. Zweimal stürzte sie.

Marie fragte: »Warum, Grandmère?«

Grandmère antwortete: »Ein ungehorsames Kind hat mir das Augenlicht gestohlen. Ich will nicht sehen.«

Zuerst glaubte Marie ihr nicht, doch als Grandmère in der Hütte herumstolperte, glaubte Marie schließlich doch, daß sie ihr tatsächlich das Augenlicht gestohlen hatte.

Marie flößte Grandmère das Abendessen mit dem Löffel ein, zog sie aus und steckte ihren müden Leib ins Bett. Danach kuschelte sich Marie zwischen die Laken und betete zur Jungfrau Maria, daß die liebe Grandmère, wenn sie aufwachte, ihr Augenlicht wieder besitzen und sie, eine nichtsnutzige Enkelin, bis zum Morgen sterben möge.

Aber sie starb nicht. Marie glaubte etwas zu hören, das wie ein spöttischer Kinderreim in der Luft nachklang: »Gehorsame Kinder fragen nicht warum. Gehorsame Kinder gehorchen oder sterben. Gehorsame Kinder bleiben im Bett. Gehorsame Kinder hören niemals Geister!«

»Marie, komm weg vom Fenster, sofort, hörst du?« Nattie stützte die Hände auf die ausladenden Hüften.

Marie schüttelte den Kopf, versuchte, sich von den Erinnerungen an den Spuk zu befreien. *Sie hatte Begeisterung empfunden, als die Ziege tot war, Verwunderung und Schönheit. Warum konnten Trommeln sie so verführen? Warum konnten Geister aus ihrem Körper stieben?* In den Wochen seit der Zeremonie hatte sie gelernt, ihre Geheimnisse für sich zu behalten. Nattie würde sie töricht nennen, Grandmère gotteslästerlich.

»Davon geht sie auch nich schneller unter, wenn du in die Sonne starrst.«

»Ich weiß«, sagte Marie und wandte sich vom Fenster ab. »Is nix wie Torheit.«

»Genau. Nix wie Torheit.« Die schwarze Frau blickte von ihrer Näharbeit auf. »Machst du dich über mich lustig, Kleine?«

»Nein, Nattie«, meinte Marie müde. Zwischen ihnen knisterte ständig Spannung. »Es ist bloß, daß für dich alles ›nix wie Torheit‹ ist. Wenn ich Blumen pflücke, sagst du –«

»Nix wie Torheit. Sie sollten in der guten Erde bleiben, wo sie hingehören. Wenn du eine Blume pflückst, weint ein braves Kind.«

»Wenn ich ausgekämmte Haare nicht verbrenne –«

»Torheit. Wenn ein Vogel sie findet, sie für sein Nest benutzt, fallen dir die Haare aus.«

»Wenn ich mit dem Gesicht zur Wand schlafe –«

»Stirbt jemand.« Nattie stach die Nadel in den Stoff. »Nix wie lauter Torheit.«

»Woher weißt du, daß solche Dinge wahr sind? Woher weißt du, wer stirbt?«

»Ist egal wer, zählt nur, daß es so is. Wenn du's versuchst, dann is das –«

»Nix wie Torheit.« Marie seufzte. Nattie und Grandmère waren sich ähnlich: Steckten voller seltsamer Sprichwörter und beantworteten nie Fragen. Aber Natties Blick war verschlagen. Ihre Worte waren eingezwängt zwischen Beleidigung und Aufrichtigkeit. Marie wußte nie, ob Nattie sie haßte oder seltsamerweise liebte.

Maries Nägel kratzten an dem morschen Holz des Fensterbretts. Sie war jetzt schon seit Monaten in Haven, nur drei Meilen von New Orleans entfernt, und hatte noch nichts über ihre Maman herausgefunden. Grandmères Blindheit lähmte sie wie

Ketten. Stimmen in ihrem Kopf ersetzten ihre Visionen, und manchmal glaubte sie, wahnsinnig zu sein.

»Und hier bist du nix als Torheit wegen diesem Mann, Jacques.«

»Jacques ist ein guter Mann«, verteidigte sich Marie. Sie konnte nicht zugeben, daß sie ihn heiratete, um eine Vision zu erfüllen.

»Das bestreit ich ja gar nich. Die ganze Stadt weiß, wie er dich zum Zwitschern bringt. ›Piep, piep.‹ Sogar in deinen Träumen müssen dich seine Arme halten. Also, Torheit wird dich nich umbringen, bringt dich aber bestimmt ins Schwitzen. Heut nacht wirst du's rausfinden.«

»Nattie!«

»›Nattie!‹ sagt sie.« Die schwarze Frau zuckte mit den Schultern. »Ich sag nix, was nich wahr is. Uuu«, rief sie aus. »Ich sollt das verstecken. Offene Scheren während einer Hochzeit bedeuten, daß der Bräutigam seinen prächtigen Knüppel nich hochkriegt. Kann Alpträume nich wegstreicheln. Kann keine prächtigen fetten Babys machen. Will ja nich«, sagte sie boshaft, »daß Jacques so ein Problem hat. Sonst is die Heirat nich gut.«

Verärgert und verlegen drehte sich Marie wieder zum Fenster.

Heute abend würden alle ihre Hochzeit feiern. Shad war in der Bucht und versuchte, mit dem Netz Riesengarnelen zu fangen. Die Kinder banden Blumen zu Girlanden. Die Frauen schälten Erbsen und schlachteten Hühner.

4. August 1819. Es war der Beginn der Gelbfieberzeit. Einige Leute in der Stadt waren bereits gestorben. Es schien nicht recht, in einem Monat zu heiraten, der für Tod und Krankheit berüchtigt war.

Seltsam: Trotz des Glühwürmchens hatte Grandmère bekommen, was sie wollte. Doch Marie kam sich verlogen vor. Sie nahm Jacques, damit der dunkle Mann an ihrem Hochzeitstag käme. Er war der Geist, der sie in Teché verfolgt hatte. Er würde ihr sagen, wer sie war. Würde ihr von Maman, Voudon und den Stimmen erzählen. Als ihr Menstruationsblut zum ersten Mal floß, war er derjenige, der in ihrer Vision an die Stelle des Bräutigams getreten war. Sie betete, daß ihre Vision nicht falsch war. Doch wenn sie falsch war, dann würde sie Jacques zwingen, sie nach New Orleans zu bringen. Er hatte es versprochen.

»Große Feiern sind für große Köpfe da.«

»Warum tun sie das, Nattie?« Unten am Strand rührten Halo und ihre Tochter Ziti einen Gumboeintopf.

»Ein Fest planen? Einfache Frage. Die meisten Leute brauchen eine Ausrede zum Feiern.« Sie klatschte sich auf die Hüften. »Dich. Gute Ausrede.«

»Aber Halo müßte doch auf dem Platz arbeiten. Ziti ihren feinen Damen die Haare kämmen. Sogar Shad –«

»Faulpelz«, schimpfte Nattie über ihren leidgeprüften Kavalier. »Bei Mondschein wacht er auf.«

»– ist nicht zur Morgenarbeit gegangen. Schon seit fünf Tagen nähst du an meinem Kleid.«

»Is nun mal so. Probier's mal an.«

Marie streifte rasch ihr Hemdkleid ab. Auf Grandmères Wunsch waren um den Saum herum goldene Kreuze gestickt worden. ›Um sie‹, hatte Grandmère gesagt, ›vor dem Bösen zu bewahren.‹

»Es ist wunderschön.« Marie tanzte im Zimmer umher und sah zu, wie sich der Stoff bauschte. *Das Kleid war genauso, wie sie es in ihrer Vision gesehen hatte.* Sie hielt inne.

»Ich habe soviel Ehre nicht verdient. Dieses Kleid. Dieses Fest. Es ist nicht für mich. Es ist für Grandmère, nicht wahr?«

»Ja«, sagte Nattie rundheraus. »Eine gute Frau.«

Marie sah sie scharf an. Irgend etwas an Natties Ton war falsch. *Marie preßte die Finger an die Schläfen. Sie hielt den Atem an, um die Flüsterstimmen besser zu hören. Sie brauchte nur still genug zu sein, dann würde sie sie verstehen.*

»Sie ehren sie ständig«, rief Nattie.

Das Gemurmel hörte auf. »Aber es ist mehr als das. So was wie –«

»– Achtung«, vollendete Nattie. »Und warum sollten sie auch nich? Ihre Nachbarn ehren? Die Alten ehren?«

Marie kam in den Sinn, wie seltsam es war, daß Grandmère in New Orleans genau gewußt hatte, wohin sie wollte. Seltsam, beinahe magisch, wie eine Ansammlung von Menschen sie bei der Hütte in Haben's Haven begrüßte hatte. Die Leute hatten sich verbeugt, Geschenke gebracht, und als Grandmère sie entgegennahm, hatten alle freudig reagiert, so, als wären sie gesegnet worden.

»Alle verehren Grandmère. Wie eine Göttin. Oder eine Heilige.« Die Dorfbewohner legten Gaben auf die Türschwelle: ein Stück Schnur, einen Zweig, eine Haarlocke. Wenn sie krank waren, baten sie Grandmère, ihre Hände auf die Wunden oder Entzündungen zu legen. Sie schworen, daß sie in den Fingerspitzen heilende Kräfte besaß. »Warum, Nattie? Warum verehren sie sie? Menschen machen doch so etwas nicht.«

»Was weißten du von Menschen?« Die Heftigkeit war verblüffend. »Was leben denn für Menschen in Teché? Tiere und Vögel leben in Teché. Manchmal glaub ich, du bist selbst einer. ›Piep‹ singst du für deinen Liebsten. Aber wenn du was verstehen sollst, bist du 'ne Ziege. Is deine Grandmère etwa keine gute Frau?« Nattie marschierte auf und ab und wackelte dabei zornig mit den Hüften. »Also, die Leute bezahlen Schulden. Is immer so, sonst gibt's keine Würde.« Sie blieb stehen und klopfte Marie mit dem Finger auf die Brust. »Is deine Grandmère etwa keine gute Frau? Wer geht denn zu ihnen und heilt? Wenn eine Krankheit kommt, wer erhält denn ihre Lebensgeister? Und Annettes ungeborenes Kind, wer bringten dieses Leben auf diese Welt?«

»Grandmère.«

»Jawoll.« Ihr Zorn verrauchte. »Is nur recht und billig, sie zu achten. Sie is 'ne Frau von großer Macht. Nur recht und billig, daß die Leute Schulden bezahlen.« Nattie setzte sich. Ihre Lungen rasselten.

Jetzt waren keine drohenden Untertöne in Natties Worten, nur Liebe zu Grandmère. Marie war verwirrt. Sie hatte Nattie falsch eingeschätzt. Beschämt zupfte sie nicht vorhandene Fäden von ihrem Mieder.

»Was hat Grandmère für dich getan?«

»Ach, Marie.« Natties Stimme klang verzweifelt. »Wenn ich dir bloß alles erzählen könnt, was sie getan hat. Dann weißte, wie großartig sie is.« Nattie starrte auf ihre schwieligen Hände. »Als ich auf der Reise von Haiti war, hat sie sich um mich gekümmert. Hat mich gefüttert, angezogen. Hat mir wunderbare Geheimnisse beigebracht.«

Welche Macht besaß Grandmère? Warum sollten Nattie und die Dorfbewohner sie ehren, eine müde, alte Frau? Wenn sie Grandmère anschauten, sahen sie jemand anderen. Wenn Marie doch nur sehen könnte, was sie sahen, vielleicht würde sie dann einen Teil von sich selbst sehen.

Marie kam Schritt für Schritt näher. Nattie hob warnend die Hand. »Nee. Keine Fragen mehr. Nich die richtige Zeit für dich, die Antworten zu erfahren.«

»Wann wird die richtige Zeit sein? Wann werden endlich alle aufhören, mich wie ein Kind zu behandeln?« wollte sie wissen. »Ich verdiene es zu erfahren, wer ich bin.« Mit einem Gefühl der Hilflosigkeit brach sie vor Natties Stuhl zusammen.

Das Schweigen war tröstlicher gewesen, dachte Marie. Wenn das Glühwürmchen sie doch bloß nicht dazu getrieben hätte, zu fragen: ›Sehe ich wie meine Maman aus?‹ Verbrannte sie ihr Lebensblut? Wie Maman? Ja, und sie schien nichts dagegen tun zu können. Marie hatte das ungute Gefühl, daß ihr keine glückliche Zukunft bevorstand.

»Für mich warst du immer auch mein Kind.«

Marie erwachte aus ihren Träumereien.

»Als du klein warst, nich mehr als vier, biste wie ein Dämon durch die Straßen getollt. Ja«, antwortete Nattie in das hochgewandte Gesicht, »damals warste ein Dorfmädchen. Du hast in diesem Haus gelebt. Ein Haus voll von Frauen.«

Dann hatten sich Maman und Grandmère also hier gestritten.

»Wenn du Ärger gehabt hast, haste dich unter meine Röcke

gehockt. Niemand«, betonte sie, »niemand hat dich da gefunden. Deine Grandmère nich, deine Maman nich. Ich war gekränkt, als du dich nich an mich erinnert hast. Gekränkt, als du mich mißtrauisch angeguckt hast.«

»Ich hab's nicht gewußt.«

»Weißt 'ne Menge nich«, sagte Nattie grob, dann murmelte sie: »Ich war 'ne Freundin von deiner Maman. Wenn sie und deine Grandmère auf Reisen warn, ihre Arbeit in New Orleans gemacht ham, hab ich auf dich aufgepaßt.«

»Welche Arbeit?«

Nattie zuckte mit den Schultern. »Selbe Arbeit, die deine Grandmère jetzt macht«, sagte sie betont lässig. »Wurzeln, Kräuter und so was. Babys zur Welt bringen, Tier oder Mensch. Krankheit verhüten. Deine Maman und Grandmère waren gut bekannt in New Orleans. Sie ham viele Leute geheilt.«

»Erzähl mir davon, Nattie.« Sie streichelte Natties Fingerspitzen. »Erzähl mir von Maman. Grandmère. Von Voudon.« Sie beobachtete Natties Mienenspiel: Erst huschten Zorn und Zweifel und dann Entschlossenheit über ihr Gesicht. Gespannt hielt Marie die Luft an. In der Stille konnte sie beinahe hören, wie Nattie nachdachte. Nattie würde ihr alles erzählen.

Grandmère kam über die Türschwelle.

Nattie riß ihre Hand weg, als wäre sie verbrannt worden.

Grandmère hatte einen Kräuterkorb in der einen Hand; ihre andere klopfte mit einem Stock. »Annette geht es gut. Wirklich gut. Die Wehen sind langsam, aber gut.« Grandmère sah sich mit leerem, blindem Blick im Zimmer um.

Fünf Minuten mehr, und Nattie hätte ihr alles erzählt. Marie hätte Grandmère am liebsten angeschrien: Ich hasse dich, und den Blindenstock entzweigebrochen. Aber sie liebte Grandmère. Mehr als alles andere. Sie rannte zu ihr und brach in Tränen aus.

»Kind, warum weinst du? Schsch, laß mich dein Gesicht sehen.« Grandmère drückte Maries Kopf langsam aus der Mulde ihrer Schulter, ihre Finger erkundeten, wischten Tränen fort. »Was? Kein Lächeln für mich?«

Marie starrte ihr in die Augen. Manchmal flackerten sie, und dann war sie sicher, daß Grandmère sehen konnte. Ein andermal, so wie jetzt, sah sie nur Dunkelheit.

»Ich habe ein Geschenk für dich.«

Marie sah die Brosche kaum an. »Grandmère, ich flehe dich an. Sag mir, wer ich bin. Erzähl mir von Maman. Erzähle.« Sie packte Grandmères Ärmel. »Bitte. Ich muß wissen, wer ich bin. Ich muß über Maman Bescheid wissen.« Ihre Stimme senkte sich zu einem Flüstern. »Erzähl mir von dir.«

Nur der Atem von drei Frauen war zu hören. Nattie umklammerte ihre Hüften; Grandmère wiegte ihren Körper. Marie konzentrierte sich auf den Punkt, wo Grandmères Stock in die Erde eintauchte. Grandmère sagte kein Wort.

Schließlich sprach Nattie: »Kein langes Gesicht mehr.« Dann fügte sie herzlicher hinzu: »Heut is ein großer Festtag. Jetzt zieh dieses Kleid aus. Bringt Jacques Unglück, wenn er dich so überrascht.«

Als Marie wieder ihr altes Hemdkleid anhatte, schlüpfte sie leise aus dem Haus und betrachtete sich die Brosche genau. *Schon bevor sie sie sah, wußte sie, daß es diejenige war, die an ihr Hochzeitskleid gesteckt werden sollte.* Eine Schlange wand sich um die Dornen einer Rose. Der Verschluß hatte sich geöffnet. Blut sickerte ihr über die Handfläche. »Hol sie der Teufel«, rief Marie aus. Grandmère sollte diejenige sein, die ihr von Maman erzählte, nicht Nattie – auch nicht ein Fremder, bei dem sie nicht sicher war, ob er Gutes oder Schlechtes wünschte.

War Maman denn so schrecklich? Hatte sie getötet? Was war bloß los mit ihr, mit ihnen allen, daß es Grandmère so schwerfiel, darüber zu sprechen?

Drei Generationen. Drei Frauen. Verbargen sich Ungeheuer in ihnen? Marie schauderte. Grandmère hatte recht. Es mußte etwas Entsetzliches geschehen sein.

Vor lauter Enttäuschung warf sie die Brosche ins Unkraut und machte sich auf den Weg zum Strand. *Ein hartnäckiges Tosen in ihrem Kopf sagte: »Hör zu.«* »Nein«, schrie sie. Irgend etwas drückte schwer gegen ihre Brust, ließ sie rückwärts taumeln und gegen die Hauswand sinken. *»Hör zu.«*

Als sie dann doch dem Gespräch lauschte, war Marie sich nicht sicher, ob sie überhaupt irgendwelche Antworten hören wollte.

»Du bringst sie um.«

»Besser sie stirbt, ohne etwas zu wissen, als daß sie wie ihre Maman wird.«

»Aber was passiert, wenn sie die Anworten herausfindet? Was passiert, wenn sie herausfindet, daß ihre Grandmère lügt?«

»Sie weiß alles, was sie wissen muß.«

»Weiß sie, wer du bist? Weiß sie, welche Traditionen ihre Familie prägen? Nix, das sag ich dir. Sie weiß nix. Versteckst du die Wahrheit, weil Marie es nicht ertragen kann, sie zu sehen? Oder weil du's nicht kannst?«

»Droh mir nicht, Nattie.«

»Sie weiß ja nich mal über Voudon Bescheid.« *Das Wort wühlte Marie auf. Sie spürte eine Verwandtschaft, die sie nicht ergründen konnte.* »Sie hält die Schlangennadel fürn Schmuckstück. Sie sieht nich den Gott, den Geist ihrer Mutter drin.« *Marie hätte am liebsten geweint; sie schwor, nach der Brosche zu suchen.* »Denkst du, Damballah, der Schlangengott, nimmt das freundlich auf?«

»Ich muß mich ausruhen, Nattie.«

»Aber du ruhst dich nich aus.«

»Ich muß Marie auf meine Art großziehen.«

»Aber du vergißt deine Art. Die Sitten und Gebräuche deines Volks.«

»Wie kannst du es wagen, so etwas zu sagen?«

»Warum praktizierst du sie dann nich? Alle warten drauf, daß du Voudon preist. Wir warten am Strand auf dich. ›Marie‹, rufen wir.« *Marie hatte ganz vergessen, daß Grandmère ja auch Marie hieß.* »Aber du hörst nich hin. John ruft deine Enkelin. Sie hat hingehört. Und du bist gekommen und hast sie mit 'nem Stock geschlagen.«

»Dieser Mann ist schlecht.«

»Ich versteh dich nich. Du läßt zu, daß John unser Führer im Glauben is, wo das doch von Rechts wegen eine Frau sein sollte. Du solltest das sein. Aber du widmest dich deinem Volk nich mehr.«

»Ich habe ihm mein ganzes Leben gewidmet.«

»Es is Maries Bestimmung, Voudon zu dienen«, fuhr Nattie erbarmungslos fort. »Eine Priesterin zu sein wie ihre Mutter und davor die Mutter ihrer Mutter.«

Marie legte den Kopf auf den Fenstersims.

Nattie und Grandmère hockten zusammengesunken auf dem Boden. Nattie schien die Mutter, Grandmère das Kind in ihren Armen zu sein.

»Wer hat deine Tochter genauso geliebt wie du? Wer würd alles tun, um ihr Kummer zu ersparen? Doch das *fa* deiner Tochter, ihre Bestimmung war's, Voudon auszuüben. Du kannst nich verhindern, daß Marie es erfährt. Drei Generationen von Frauen. Drei Generationen von Voodooiennes, alle Marie genannt.«

»Ich bin alt, Nattie. Ich kann nicht sterben, wenn ich weiß, daß Marie in Gefahr ist.« Grandmères Augen waren erschrekkend groß. »Hast du die Zeichen gesehen, Nattie? Gesehen, wie mein Tod durch das Zimmer schleicht? An drei Freitagen war der Mond gelb gefärbt.«

»Damballah is unruhig«, sagte Nattie und wiegte sie in ihren Armen. »Annettes Wehen sind zu langsam.«

»Ja, ja, meine Freundin.« Grandmère streichelte Natties Knie. »Ich mache mir auch große Sorgen. Es könnten Zwillinge sein.«

»Dann is es besser, sie zu töten. Zwillinge sind verfluchte, wiedergeborene Geister.«

»Aber obendrein hat Damballah auch Maries Blut zu langsam fließen lassen. Sechzehn Jahre, und sie ist erst jetzt zum Heiraten bereit. Aber Jacques kann ich vertrauen. Er ist gottesfürchtig. Er hat versprochen, sie nach Teché zurückzubringen. Er wird sie behüten.«

Nattie stand voller Empörung auf. »In Haiti gab's auch so 'ne Frau wie dich. Sie hat ihre Götter vernachlässigt. Erst hamse sie zur Warnung krank werden lassen; dann starben ihre Hühner, und sie mußte auf dem Markt betteln. Trotzdem hat sie nich gehört. Zum Schluß wurd sie wahnsinnig, hat sich die Kleider und die Haut vom Leib gerissen.« Unbarmherzig beugte sie sich nieder und zog Grandmère hoch. »Aus dir is diese Frau geworden. Wegen dir sterben die Pflanzen im Dorf. Wegen dir dauern Annettes Wehen zu lang. Wegen dir geht der Glaube zugrunde.«

Grandmère stöhnte, wand sich in ihren Armen.

»Du hast Marie nix gestohlen.« Natties Stimme verspottete Grandmère. »Das wagst du zu sagen? Du, die ihr die Glückshaube vom Gesicht gerissen hat. Du, die es besser weiß als alle andern. Du, die gesündigt hat, weil du sie katholisch getauft hast. Du, die weiß, daß Damballah sie braucht, verurteilst sie zu was, zum Glauben an weiße Heilige? Dieselben Heiligen, die ihre Mutter gefoltert ham?«

Sie packte Grandmères Rosenkranz, er zerriß, und die Perlen kullerten wie Murmeln herum.

»Marie wird niemals nach Teché zurückgehn. Die Berufung gilt ihr. Sie hat Visionen, weißte das? Oder bist du«, fügte sie höhnisch hinzu, »zu blind gewesen?« Sie schob die alte Frau weg. »Mich hältst du nich so zum Narren wie dieses Kind.«

Grandmères Kopf, der kaum noch Halt hatte, fiel nach hinten auf ihre Schulter.

Nattie entdeckte Maries entsetztes Gesicht im Fensterrahmen. »Wenn ich mich nich irre«, sagte Nattie leise, »hört Marie die Stimmen auch. Warum würd sie sonst noch dableiben und zuhörn?«

Grandmère wirbelte herum. Marie und Grandmère schrien beide, als der Blick der alten Frau klar wurde. *Sie konnte sehen.* Grandmère sang einen Ton, der Wunden beschwor. Sie zischte Nattie an: »Du hast mich verraten.« Sie stürzte vor und schlug mit den Fäusten auf Nattie ein.

Marie eilte durch die Tür und zog und zerrte von hinten an Grandmère. »Laß sie in Ruhe. Laß Nattie in Ruhe.«

»Du hast mich verraten.« Grandmère sank auf die Knie und krabbelte hinter den rosaroten Rosenkranzperlen her. Wenn sie den Kranz wiederherstellte, meinte Grandmère, würde sie auch die Macht der Jungfrau Maria wiederherstellen. Die Jungfrau Maria würde sie vor diesem Bösen bewahren.

Nattie berührte ihre Wangen, spürte, wie sie blau anschwollen. »Ich wollt dir einen Gefallen tun. Du boshaftes, verrücktes Weib. Wollt dich zur Vernunft bringen. Aber was ich dir schulde, is bezahlt. Du kannst ein Kind schlagen. Aber mich nich.«

»Du hast mich verraten.«

»Du hast dich selbst verraten.«

»Die Jungfrau Maria wird dich bestrafen«, rief Grandmère.

»Deine Jungfrau ist nix verglichen mit Damballah. Ich dien ihm treu, und nach heut abend dien ich auch Marie.« Nattie sah Marie an. »Marie, die nach ihrer Maman, der Voodoopriesterin benannt is.«

Ehrfürchtig griff Marie nach ihrer ausgestreckten Hand.

»Marie«, jammerte Grandmère, »laß mich doch erklären.« Der flehende Klageruf überschlug sich und schwebte in der Luft.

»Nein. Maman wird es erklären.«

Grandmère wollte rufen: Deine Maman ist tot. Mein Baby ist tot. Aber sie konnte es nicht. Sie sah den zerschmetterten, an den Baum gefesselten Körper ihrer Tochter immer noch vor sich. Sie konnte die Lügen und die falschen Hoffnungen, die sie in Marie wachgerufen hatte, nicht ungeschehen machen. Sie konnte nicht zugeben, daß sie selbst schuldig war, da sie den Tod ihrer Tochter nicht verhindert hatte. Außerdem würde Marie ihr nicht mehr zuhören.

Als sie zurückblickte, sah Marie eine wehrlose alte Frau. Sie hatte Mitleid, doch dann kamen ihr Grandmères Sünden und ihre Lügen wieder in den Sinn. Auf dem Fußboden versperrte ihr der Stock den Weg. Er hatte als Waffe der Schuld gedient. Marie hob den dünnen weißen Stock auf und zersplitterte ihn an der Tür.

Grandmères Lied war verstummt.

Marie hätte die Hochzeit am liebsten abgesagt. Doch Nattie drängte sie, die Sache zu Ende zu führen, die Vision zu erfüllen. »Damballah möchte, daß du als verheiratete Frau blutest.« Danach, versprach Nattie, würde John, der Anführer des Voodookults, kommen.

Marie war froh, daß Grandmère nicht in die Kirche kam. Annettes Wehen waren stärker geworden. Sie war auch froh, daß der weiße Priester, Pater Christophe, ihr und Jacques vor der Hochzeitsmesse keine Ratschläge erteilte. Als sie die Kathedrale betrat, kam es ihr vor, als fielen Reliquien und Symbole über sie her. Dutzende goldener Kreuze, mit Perlen eingelegt, hingen an den Wänden. Weihwasserbecken flankierten die Eingänge, und in jeder Ecke brannte Weihrauch. Hunderte von Kerzen flackerten vor lebensgroßen Statuen von Johannes dem Täufer, Sankt Petrus, der Jungfrau Maria und Christus. Samt bedeckte die Kirchenbänke und Gänge, die zu dem riesigen, mit Gold, Rubinen und Diamanten überzogenen Marmoraltar führten, wo die Kommunionshostie vorbereitet war. Die Atmosphäre war gedämpft, und Marie spürte eindringlich die Macht und den Reichtum der katholischen Kirche.

Sowohl Grandmère als auch Jacques hatten darauf bestanden, daß die Hochzeit in der St. Louis Cathedral stattfand. Sie wollten, daß ›der lebende Heilige‹, Pater Christophe, die Zeremonie vollzog. New Orleans bejubelte den Priester als Heiler. Es hieß, daß er tausend Fieberopfer geheilt hätte und kein einziges Mal krank geworden wäre.

Als Marie vor dem Altar niederkniete, starrte eine Christusstatue zu ihr nieder. Rote Flecken markierten, wo die Nägel in Seine Hände und Füße geschlagen, die Dornen auf Sein Haupt gedrückt worden waren. Maries Gelübde, zu lieben, zu ehren und zu gehorchen, waren Todsünden. Der Alabasterchristus wußte, daß sie log.

Sie hatte eine Dorfhochzeit gewollt. Um, wie viele Sklaven und ehemalige Sklaven auch, ›über den Besen zu springen‹, damit sie und Jacques sich zu Mann und Frau erklären konnten.

Doch Grandmère hatte gesagt, daß eine solche Verbindung sündhaft wäre, ›heidnisch‹. Nach Maries Meinung war ihre Heirat in der Kirche die größere Sünde – das heißt, falls man an Gott glaubte; sie war sich nicht sicher, ob sie es noch tat. Sie war eingeschüchtert und nervös, aber eine überwältigende Gläubigkeit regte sich nicht in ihr. Daß weiße Heilige mächtig sein mußten, wußte sie; Grandmère verehrte sie bestimmt nicht ohne Grund. Aber Marie interessierte sich für Geister anderer Art – Geister, die den inständigen Bitten eines schwarzen Mädchens, das seine Maman brauchte, vielleicht zuhörten.

Die Kathedrale war so gut wie leer. Ein paar Gemeindemitglieder beteten im Hintergrund. Ein anderer Priester nahm die Beichte ab. Ein Betrunkener lag ausgestreckt auf einer Bank.

Keiner der Dorfbewohner hatte Marie und Jacques begleitet. Es war Gelbfieberzeit, und die Dorfbewohner mieden die Stadt, solange es nicht erforderlich war, einen Dollar zu verdienen. Obwohl der August gerade erst begonnen hatte, konnte Marie nicht übersehen, daß bereits mehrere Türen in der Stadt mit schwarzen Schärpen drapiert waren. Sie hätte Grandmère am liebsten verflucht, weil sie es mit der Heirat so eilig hatte. Wahrscheinlich würde sie sich an ihrem Hochzeitstag mit dem Fieber anstecken und sterben.

Es war eine einsame Hochzeit. Maries Kleid schien sie zu erdrücken. Es war heiß. Jacques ging ihr auf die Nerven. Ihr Schleier bot keinen Schutz vor seinem triumphierenden Blick.

Marie sah teilnahmslos zu, wie Pater Christophes feingliedrige Hände die heilige Kommunion vorbereiteten. Er glaubte, daß ihre Seele rein, unbefleckt von Sünden wäre. Sie zitterte, als ihr der Pater die Kommunionshostie reichte. Sie blieb ihr am Gaumen kleben. Der Blutwein wollte sie nicht herunterspülen.

Pater Christophe erklärte sie zu Mann und Frau. Jacques küßte sie jungenhaft. »J'taime«, sagte er. »Ich liebe dich sehr.«

Schuldbewußt murmelte Marie: »J'taime«, und wandte sich zum Gehen.

»Madame Paris.«

Marie, durch den Klang ihres neuen Namens aus dem Gleichgewicht gebracht, stolperte.

»Einen Augenblick. Bitte.«

Jacques blieb gleichzeitig stehen, seine Hand stützte ihren Ellbogen.

»Ich hätte gerne ein paar Worte mit Euch gesprochen. Allein«, sagte der Priester.

Marie geriet in Panik. Sie konnte spüren, wie ihr Herz raste, ihre Lippen trocken wurden.

Jacques, der von der knisternden Spannung zwischen seiner Frau und dem Priester nichts bemerkte, lächelte. »Ich werde schon mal das Pferd losbinden.«

Marie hätte Jacques am liebsten angefleht, nicht zu gehen. Hatte der weiße Priester ihre Pläne erahnt? Hatten seine Götter über ihre Abtrünnigkeit geflüstert? Marie faltete die Hände und zwang sich, Pater Christophe anzusehen.

Seine Hände – dieselben Hände, die Gelbfieberopfer trösteten – waren ausgestreckt.

»Von meinen Händen wirst du dir kein Fieber holen. Von meiner Berührung wirst du nicht krank.«

Marie errötete.

»Höre auf den Glauben Christi. Es gibt nur eine einzige Wahrheit. Ein einziges Licht. Deine Grandmère hat dies vor nahezu elf Jahren herausgefunden.«

»Aber zuerst hat sie doch an etwas anderes geglaubt, nicht wahr?« Die Worte des Priesters konnten Marie nicht erschüttern. Sie wußte jetzt, daß Grandmère Geheimnisse, ein anderes Leben hatte. New Orleans war der Beweis, daß noch vieles unausgesprochen geblieben war.

»Wenn du danach trachtest, etwas über die Dunkelheit, über das Böse, zu erfahren, könnte es dich zerstören.«

Der Priester schien voller Mitgefühl zu sein, und Marie verspürte das Bedürfnis, ihre Sorgen abzuladen. Sie wollte, daß er ihr die Welt erklärte. Sie fragte: »Wie kann die Dunkelheit böse sein, wenn Euer Gott das Universum erschaffen hat? Hat er denn nicht auch die Dunkelheit erschaffen?«

»Er vertrieb die Dunkelheit mit dem Licht.«

»Aber es gibt die Dunkelheit doch. Er muß sie erschaffen haben. Genauso wie er mich erschaffen hat.« Marie hielt inne, feuchtete die Lippen an, versuchte in Worte zu fassen, was sie wissen mußte. »Halten mich die Weißen denn nicht für böse, nur weil ich dunkel bin? Gibt es denn nicht deswegen Sklaven?«

»Du bist verwirrt.«

»Dann erklärt es mir.«

Pater Christophe seufzte. Marie sah tiefe Spuren von Müdigkeit in seinem Gesicht; Falten gruben sich um seine Augen und seinen Mund.

»Es ist nicht leicht, die Weisheit Gottes zu akzeptieren. Er schickt uns allen Prüfungen, damit wir die Wahrheit letztlich vielleicht deutlicher erkennen.« Der Priester schaute Marie unverwandt an. »Die kranken, verdammten, zum Tode durch den Strang verurteilten Männer und Frauen, alle verfluchten Kinder Gottes, haben die gleiche Möglichkeit, einen noch nie erlebten Frieden zu finden. Die Verfluchten, die Verfolgten gelangen am einfachsten in den Himmel. Leid wird zum Segen.«

»Das verstehe ich nicht.«

»Dunkelhäutig zu sein, ist nichts anderes. Die Farbigen sind die Kinder von Ham, der vor langer Zeit verflucht wurde.«

Marie zog ungläubig die Augenbrauen hoch.

»Ham, Noahs jüngster Sohn, sah seines Vaters Blöße«, zitierte der Priester aus der Schrift. »Als Noah erwachte, erfuhr er von der Sünde seines Sohnes. Noah verfluchte Ham, den Vater von Kanaan, und alle Nachkommen seines Blutes. Er sagte: ›Verflucht sei Kanaan und sei seinen Brüdern ein Knecht aller Knechte.‹ Schwarze Menschen tragen die Last von Hams Fluch mit sich. Doch die Last ist begrenzt durch die große Möglichkeit, Gottes Segnungen zu erkennen und zu erfahren. Sklaverei und Knechtschaft sind Werkzeuge Gottes.«

Marie erinnerte sich dumpf an Grandmères Erzählungen von

Noahs Arche und der Verheißung des Regenbogens, aber sie hatte noch nie von Ham oder Kanaan gehört. Sie sprach freiheraus. »Warum sollte ich mich vor einem Gott verneigen, der mich und andere wie mich verflucht hat? Es muß einen Glauben geben, wo die Dunkelheit nicht böse ist. Ich weiß, daß es andere Götter gibt.«

Pater Christophe schüttelte den Kopf. »Es gibt nur einen Glauben. Und nur einen wahren Gott.«

»An wen hat Grandmère geglaubt, bevor sie an Christus glaubte?«

»Darüber zu sprechen, ist Gotteslästerung.« Der Priester schritt auf den Altar zu. Er beugte das Knie und schlug das Kreuz.

»Hat Grandmère Euch gebeten, mit mir zu sprechen?«

»Nein«, sagte er und drehte sich um. Das in Gold geschmiedete Kruzifix ragte drohend hinter ihm auf. »Ich befürchte, daß du deine unsterbliche Seele verlieren wirst.«

Marie fürchtete sich. Der Priester in seiner schwarzen Kutte, umgeben von dem überladenen und mit Edelsteinen besetzten Altar, schien allwissend, allmächtig zu sein.

Würde sie in die Hölle kommen? Als sie ein kleines Kind war, hatte Grandmère sie den katholischen Katechismus und die Zehn Gebote gelehrt. »Ich bin der Herr dein Gott. Du sollst nicht andere Götter haben neben mir.« Marie zitterte. Die auf ihren Saum gestickten Goldkreuze glühten, oder war es das Kerzenlicht, das sie lebendig aussehen ließ?

Sie sah sich Pater Christophe genau an. Blasse Haut, einen rasierten Kranz auf dem Kopf, eine grobe Tunika. Er war überhaupt nicht einschüchternd. Es war die Umgebung von gemalten Heiligen und Goldfiligran, von Brauch und Ritual, die ihn mächtiger wirken ließ. Aber er ist nichts weiter als ein Mann, dachte Marie. Ein Mann wie DeLavier. Wie Jacques. Warum sollte er oder ein beliebiger Mann die Macht haben, sie zu verurteilen? Selbst Christus war einmal ein Mann gewesen.

»Es ist die Bestimmung einer Frau, ihrem Ehemann zu gehorchen. Sei gut und barmherzig, Marie. Ehre deinen Mann. Habe Kinder.«

»Ich will keine Kinder.« Das stimmte. Sie wollte die Liebe einer Mutter empfangen, nicht geben. Zumindest noch nicht, nicht jetzt.

»Dann trachtest du nach Zerstörung.«

»Ich trachte danach, mich selbst zu finden.«

»Christus sagte, verliere dich, und du wirst Vollkommenheit finden. Es ist der einzige Weg, um in den Himmel zu gelangen.«

Sie waren in eine Sackgasse geraten. Priester und Sünderin. Vielleicht, dachte Marie, hätten sie sich gemocht, wenn sie den katholischen Glauben weniger in Frage stellte.

»Geh mit Gott«, sagte Pater Christophe bekümmert. Seine Hände segneten sie. »Wenn du möchtest, hilf mir bei meiner Arbeit. Ich betreue und pflege Fieberopfer, sogar Gefangene, die auf den Tod warten. Man kann viel von ihnen lernen. Du könntest lernen, warum das Leid statt der Gesundheit, der Arme statt des Reichen die besseren Aussichten haben, gerettet zu werden. Außerdem«, sagte er mit einem zögerlichen Lächeln, »ist es eine nützliche, gute, ehrliche Arbeit.«

Marie erwiderte das Lächeln. Auch der Priester war – wie Jacques – ein guter Mann, der ihr helfen wollte. Aber sie mußte ihren eigenen Weg finden. Marie bedauerte es, als sie ›nein‹ zu ihm sagte. Den Sterbenden beizustehen, wäre ein einfacher Weg zur Rettung, wenn sie überhaupt nach Rettung suchte.

»Auf Wiedersehen, Pater«, sagte sie und bog in den Mittelgang ein. Die Schleppe ihres Hochzeitskleides rauschte um ihre Knöchel, so daß sie nur langsam vorankam.

»Wenn du mich brauchst«, rief der Priester, »werde ich hier sein.«

Zu beiden Seiten von ihr sah Marie Wandgemälde von den Stationen des Kreuzweges. Die Prüfungen von Christus waren dargestellt: Seine Verurteilung vor Pilatus, Seine Dornenkrönung, die Beschimpfungen, als Er das Kreuz durch die Straßen der Stadt schleppte, und schließlich Seine Kreuzigung.

Warum mußte Glaube auf Schmerz gegründet sein? Eigentlich interessierte sie der Glaube nicht. Sie interessierte sich nur für Maman. Aber Maman war Voudon. Sie fragte sich: War mit Voudon mehr Freude und weniger Schmerz verbunden?

In der Nähe des Kirchenausgangs sah sie ein handgeschriebenes Schild: SCHWARZE UND FARBIGE NACH OBEN. Marie lächelte grimmig und trat in die Nacht hinaus. Pater Christophe hatte sie offensichtlich Grandmère zuliebe unten getraut.

Jacques lächelte breit. Während er auf Marie wartete, hatte er sich Hirngespinste über ihr zukünftiges Leben ausgedacht. Er hatte sich vorgestellt, wie Marie ihn zwischen seinen Segelreisen zur Begrüßung und zum Abschied küßte. Sie wäre es wert, nach Hause zu kommen ... Sie wäre all seiner Liebe wert. Jacques wurde klar, daß er es bis heute nie zugelassen hatte, sich ernsthaft zu verlieben. Das Sklavenleben hatte bewiesen, daß es zusätzlichen Schmerz, zusätzliche Qual bedeutete, wenn man jemanden liebte. Doch nun, da er Marie hatte, war es ihm recht, wieder verwundbar zu sein. Er durfte nicht vergessen, daß sie nicht verkauft werden konnte. Sie würde ihn niemals verlassen. Er küßte sie zärtlich.

»Dann wollen wir mal fort von hier«, sagte er und schnalzte dem Pferd mit der Zunge zu. »Hüjaa.«

Marie fühlte sich schuldbewußt und elend. Sie würde Jacques weh tun.

Der Wagen fuhr mit hohem Tempo durch die bevölkerten Straßen. Überall im French Quarter verteilt standen moderne Gaslaternen. Die Straßen waren in künstliches Tageslicht getaucht. Die hell erleuchteten Wunder fesselten Marie. Sie konnte sich nicht vorstellen, wie das Feuer in die Glasbehälter kam. Würden tausend in einem Glas gefangene Glühwürmchen genausoviel Licht abgeben? Wie lange würde es wohl dauern, bis sie sich selbst verbrannt hatten?

Jacques lenkte den Wagen zwischen Huren, Betrunkenen, elegant gekleideten Herren und Sklaven, die Botengänge machten, hindurch. Nachts brachte New Orleans heftige Leidenschaften ans Licht. Vom Kutschbock des Fuhrwerks aus konnte Marie durch die Fenster eines Saloons einen Faustkampf sehen, zwei barbusige Frauen, die Hand in Hand spazierengingen, und einen Seemann, der am Straßenrand urinierte. In einer Gasse sah sie die Abfälle eines Marktschreiers – faulige Köpfe und Fischgräten –, die von einer Horde Katzen durchstöbert wurden.

»Was ist das?« Marie deutete auf einen Wagen, der hoch mit schweren, in schwarzes Tuch gewickelten Paketen beladen war. Der Fuhrmann trug ein Halstuch vor dem Gesicht. Nachtbummler gingen ihm eilig aus dem Weg, einige riefen Obszönitäten, andere schrien: »Gott schütze mich!« Andere bekreuzigten sich.

»Fieberopfer«, sagte Jacques. »Das da sind Weiße, die es sich nicht leisten konnten, die Stadt zu verlassen oder törichterweise lieber in der Stadt geblieben sind. Sie werden in einem Massengrab beerdigt.«

»Woher willst du wissen, daß es Weiße sind?«

»Wenn die Opfer schwarz wären, wären sie auf Haufen geworfen, mit Kalk überschüttet und an den Stadtrand zum Verbrennen gekarrt worden.«

Marie schauderte. Im Geiste sah sie einen Berg von Leibern vor sich, die zu einem heißen, weißen Licht aufloderten.

Jacques küßte sie aufs Ohr. »Keine Trübsal. Dies ist unsere Hochzeitsnacht.«

»Ja.« Als sie aus der Stadt herausfuhren, reihten sich in Maries Kopf Bilder von toten Leibern und Flammen, von der Kirche mit ihren weißen Gipsheiligen und von Pater Christophes prüfenden, lichterfüllten blauen Augen aneinander.

Sobald Marie wieder unter ihresgleichen, unter schwarzen Gesichtern war, als sie die Hochzeit am Strand feierten, fühlte sie sich mit jedem Mann, jeder Frau und jedem Kind durch Voodoogeheimnisse verbunden. Sie war überzeugt, daß alle Dorfbewohner wußten, was sich später in dieser Nacht ereignen würde. Das scheue Lächeln, das gelegentliche Berühren ihrer Schulter, die gemurmelten Glückwünsche.

In ihrer Hochzeitsnacht würde der Mann kommen. Nur Jacques, der gute Jacques, merkte nichts und amüsierte sich.

»Wo ist Grandmère?« fragte Marie Halo. Die alte Frau hatte sie bei ihrer Rückkehr aus der Kirche nicht empfangen.

»Bringt Annettes Baby auf die Welt«, antwortete eine Kreolin.

Marie machte ein überraschtes Gesicht. »Sollte das Kind nicht längst geboren sein?«

»Eine schwere Geburt. Äußerst seltsam. Nach fünf Kindern sollte eins mehr eigentlich nur so rausflutschen.« Achselzuckend kratzte sich Halo an ihren rundlichen Armen. »Ein Neugeborenes ist ein gutes Zeichen für eine neue Ehe.« Halo zwinkerte. »Wenn Ziti doch bloß heiraten würde«, brummelte sie, während sie in einem Topf mit schwarzen Bohnen und Reis rührte. »Das Mädchen wird bestimmt noch wie ich als Hure enden.«

Marie murmelte ein paar Worte und starrte zu Annettes und Bébés Hütte hinüber. Sie schüttelte ihre Besorgnis ab, als zwei Männer anfingen, auf Trommeln einzuschlagen, die sie zwischen ihren Beinen und Füßen festhielten. Der heutige Abend war zum Feiern da. Bald würde sie zu sich selbst finden.

Die unverheirateten Männer umringten Marie, zogen ihr die Schuhe aus und streiften ihr den Kopfschmuck und den Schleier ab. Sie verbanden ihr die Augen mit einer Seidenquaste. Die jungen Frauen, wußte Marie, tanzten und stahlen sich dabei an Jacques heran, der auch die Augen verbunden hatte, gaben ihm hastig einen Kuß und sausten dann davon, bevor er die Möglichkeit hatte, sie einzufangen. Marie wehrte die Männer ab.

Sie würde eine Voodoopriesterin sein. Sie würde Maman stolz machen. Maman würde sagen: »Du siehst aus ... Du *bist* wie ich.«

Marie und Jacques wurden unaufhörlich und mit schwindelerregendem Tempo herumgewirbelt und aufeinander zugeschoben. Wie torkelnde Betrunkene klammerten sie sich aneinander, fielen hin und wälzten sich im Sand.

Marie konnte es beinahe vor sich sehen, wie ihre Mutter lächelte und ihr zuwinkte. Sie legte den Kopf zurück und lachte. Die Dorfbewohner klatschten Beifall und lächelten wohlwollend. Marie lachte wieder. Sie konnte einfach nicht glauben, daß die Dorfbewohner ihr jemals Angst gemacht hatten. Sie waren Teil ihrer Haut, Teil ihres Blutes.

»Kommt essen«, brüllte Halo. Die Dorfbewohner eilten auf die Töpfe mit Gumbowurzeln, schwarzen Bohnen und Reis zu.

Alle außer Marie lagen stöhnend von zu reichlichem Essen auf dem Boden. Jacques bettete seinen Kopf behaglich in Maries Schoß. Die Trommeln schwiegen, der Mond strahlte gelb, Wellen klatschten an den Strand. Jetzt war die rechte Zeit, um Märchen zu erzählen. Alle wandten sich Shad zu, dem früheren Dockarbeiter. Sein trübes Gesicht hellte sich auf, als er begann: »Es war einmal ein Hase, der begegnete einer Löwin, deren Fell goldener als die Sonne war. Er verliebte sich auf der Stelle.«

Jacques streichelte Maries Wange. »Genau wie ich«, sagte er. »Ich habe mich auch auf der Stelle verliebt.« Marie hatte Mitleid mit ihm. Kam sich wie eine Betrügerin vor, als Shad von ›süßen Flitterwochen‹ sprach.

»Hört auf. Hört auf. Geht alle nach Hause.« Es war Grandmère, die über den Strand kam. Ihre Stimme war rauh, ihre weißen Haare flatterten. »Keine Feier mehr«, kreischte Grandmère, riß an ihren Haaren und schlug sich mit der Faust gegen die Brust. »Geht alle nach Hause.« Hinter ihr stapfte Nattie mit einem dunklen Bündel in den Händen. »Geht nach Hause, sage ich. Los. Macht schon.«

Marie beobachtete Grandmère, die wie eine Besessene versuchte, die Dorfbewohner wegzuscheuchen.

Nattie lachte meckernd, das Feuer ließ ihr schwarzes Gesicht funkeln. »Ihr wollt Märchen hören? Ich erzähl euch eins. Grandmère hat Damballah vernachlässigt. Voodoo und die schwarzen Götter. Seht euch den Fluch an, den sie über uns gebracht hat.«

Schreie zerrissen die Luft. Die Dorfbewohner rannten wie

tollwütige Hunde. Grandmère brüllte. Jacques segnete sich mit einem Kreuz. Ein mißgebildeter Säugling – keine Zwillinge – baumelte von Natties Hand. Sein Herz war außerhalb des Körpers gewachsen; sein Kopf hatte weder Mund noch Nase; seine Gliedmaßen waren verschrumpelt und blau. Nattie legte Grandmère den Säugling vor die Füße.

Schreckenslaute wurden ausgestoßen, Schreie, und dann herrschte eisiges Schweigen, als die Dorfbewohner das verwachsene Baby bemitleideten.

Über den Platz hinweg schauend, als ob außer Marie niemand existierte, fragte Grandmère: »Verurteilst du mich auch?«

Marie sah Grandmère an und zählte all den Schaden zusammen, den sie angerichtet hatte. Sie hatte ihre Maman vertrieben und sie dann aufgezogen, ohne daß sie etwas über Maman oder Voodoo erfuhr. Grandmère hatte sich mit Hams Fluch abgefunden und weiße Heilige vorgezogen. Nun hatte sie Annettes Baby mit ihren Sünden, ihren Gotteslästerungen wider Voodoo, wider das schwarze Volk verflucht. Grandmères Selbstsüchtigkeit hatte einen neugeborenen Knaben verkrüppelt.

Marie ging mit großen Schritten auf das Haus zu. Jacques folgte ihr. Er hatte Mitleid mit Grandmère, doch Marie war seine Frau, und er wagte es nicht, die Zeichen der Voodoomacht in Frage zu stellen.

Das Hochzeitsbett war mit Blumen bestreut. Überall weinten brave Kinder.

Marie zog sich aus und legte sich nieder. Jacques streichelte ihre Arme und Schenkel und fegte die Blumen weg. Erst, nachdem er ihren Hals und ihre Schultern geküßt, erst, nachdem sie seine Haare gepackt hatte, während sein Mund an ihren Brüsten saugte, drang er ein. Marie weinte. Aus welchem Grund wußte sie nicht. Unschuld? Jacques murmelte: »Ist ja gut. Alles ist Gottes Wille.«

Doch welcher Gott? Der Voodoogott? »Damballah«, hatte das Sklavenmädchen gefleht. »Damballah«, hatte sie Grandmère und Nattie sagen hören.

Marie wand sich unter Jacques' Armen hervor. Er schnarchte leise, sein Rückgrat war wie eine Schlange gekrümmt. Jacques hatte sie liebevoll umworben, hatte ihr englischen Tee und Orangen angeboten. Sie liebte ihn nach wie vor wie einen Bruder oder Freund.

Auf dem Laken sah sie den Fleck von ihrem Jungfernblut. Ihr Hochzeitskleid lag achtlos auf dem Boden. Leise schlüpfte Marie hinein. Ohne sich noch einmal nach Jacques umzusehen, lief sie aus dem Haus. *John ... und jemand anderes ... riefen.* Sie lief leichtfüßig, die Salzluft peitschte ihre Haare. Sie hatte das sichere Gefühl, daß Maman in der Nähe war.

Sie sah drei Gestalten, die sich als Silhouette gegen die Küste abhoben – eine mächtige Dreieinigkeit.

»Marie«, sagte Nattie. »Das is Ribaud.« Der Zauberer nahm seinen Federhut ab und verbeugte sich mit einem spöttischen Grinsen. »Und das is John.«

Johns Augen waren schiefergrau. Er lächelte, und die Narben auf seinen Wangen reichten bis an die Augenwinkel. Marie zögerte. *Es ging etwas Altes von ihm aus – uralte Geheimnisse und Tod.*

»Du bist schöner geworden, als ich glaubte. Du siehst deiner Maman ähnlich.« Seine Stimme war rauh und klang, in Maries Ohren, beruhigend und sanft. John wirkte nicht so furchterregend wie damals im Bayou. Er breitete die Arme aus. Sie ging zu ihm, fühlte sich mehr als seine Frau denn als Jacques'. Vor der Küste peitschte der Wind einen Sturm auf. Seine Hände schlossen sich um sie.

Sie flüsterte: »Ich weiß, wer ich bin.«

»Wirklich, Kind?« Grandmère trat aus dem Dunkel hervor.

John versteifte sich, sein Griff um Maries Taille wurde fester. Marie bemerkte, daß Grandmères Rosenkranz verschwunden war.

»Guten Abend, John. Es ist lange her, nicht wahr? Zwölf Jahre.« Grandmère war ruhig und würdevoll. »Jeden Morgen, wenn ich im Bayou aufwachte, wußte ich, daß du wartest. Darauf wartest, daß Marie größer wurde. Darauf wartest, sie mir zu entreißen. Du denkst, daß du gewonnen hast, nicht wahr?«

»Marie hat gewonnen.«

»Ja«, sagte Grandmère leise. »Sie ist jetzt eine Frau.« Marie zuckte zurück, als Grandmère sie anstarrte. »Es war mein sehnlichster Wunsch, daß du ein Kind bleibst. Kannst du mir verzeihen?«

Als sie nicht antwortete, kam Grandmère langsam näher, und Marie spürte, wie Nattie und Ribaud sich hinter John wie hinter einem Schild verkrochen. Grandmères Gebrechlichkeit war verschwunden.

»Ich warne dich, John. Noch bin ich nicht tot. Ich bin auch nicht so dumm, daß ich nicht merke, wenn eine schwangere Frau vergiftet wurde. Wenn ihr Kind verhext wurde.« Sie legte den Kopf zur Seite. »Ich hatte Angst vor dir. Aber ich glaube, daß du mehr Angst hast. Warum würdest du mich wohl sonst mit einem Hahn verfluchen? Ich habe seine Macht gebrochen, indem ich sein Herz hinunterschluckte. Hat dir Nattie das nicht erzählt?«

»Hast du deine Heiligen runtergeschluckt?« höhnte Nattie.

»Halt den Mund«, sagte John.

»Aber du wirst bezahlen«, rief Grandmère. »Heute nacht werde ich dich bei Gott *und* Damballah verfluchen. Meine Zauberkraft habe ich nicht verloren.« Die alte Frau schaukelte auf den Absätzen nach hinten, befriedigt, daß sie ihn noch immer ängstigen konnte. Sie breitete die Arme aus. »Komm nach Hause, Marie. Du wirst Jacques fehlen. Du wirst mir fehlen.« Sie sang leise ein Wiegenlied.

Marie hielt sich die Ohren zu. Das Lied würde ihr das Herz brechen. Daher konzentrierte sie sich darauf, wie gemein es von Grandmère gewesen war, den Hahn zu töten. Sie, nicht Grandmère, hatte die verstreuten Überreste des Hahns weggefegt. Als sie merkte, daß das Herz fehlte, hatte sie den Fußboden und die Wände geschrubbt.

John packte Maries Hände und drückte ernst einen Kuß auf

ihre Handflächen. »Wie deine Maman. Ich werde dich deinen Glauben lehren. Ich werde aus dir die Königin der Voudons machen.« Sie ließ sich von ihm wegführen.

»Er lügt, Marie. Es gibt Dinge, die er dir nie erzählen wird. Wenn du mit ihm gehst, wirst du ihn eines Tages so sehr hassen, daß du ihn tötest.«

Wie dumm Grandmère doch war. Sie fühlte sich in Johns Armen geborgen. Er würde ihr von Maman erzählen.

»Marie!«

Als sie den Strand entlangwanderten, träumte Marie von einer Opferziege, die ihr Hochzeitskleid rot sprenkelte.

»Als ich ihn sah, kam mir der Gedanke, daß ich nur darauf gewartet hatte, daß mein Leben begann. Ich brauchte nichts weiter zu tun, als über ein Sandloch zu treten, mein Vertrauen in ihn zu setzen, und schon wäre ich neu geboren.

Die Geschichte wiederholt sich.

Von dem Moment an, in dem ich mich in seine Arme begab, begann ich zu sterben. Genau wie meine Maman.«

Marie Laveau, 14. Juni 1881, abends
(Aus Louis DeLaviers Tagebuch)

Die Luft stank vor Weihrauch und Talkpuder. John beharrte darauf, daß die Türen und Fenster geschlossen gehalten wurden. Dunst vernebelte den Raum, und Marie, die sittsam, die Hände im Schoß gefaltet, dasaß, wartete. Man würde sie aus der Ecke hervorrufen, um eine Rolle zu spielen, die ihr unbekannt war. Die Menschenmenge ängstigte sie: durchtriebene Frauen, die John mit den Hüften streiften; anzüglich grinsende Männer, die sie nicht berührten, doch so aussahen, als könnten sie es.

Wochenlang hatte John sie in dem kleinen Stadthaus festgehalten, sie vorbereitet, sich wie eine zweite Grandmère ihrem Unterricht gewidmet. »Sei ruhig«, hatte er gesagt, und wenn er sie ansah, dann überkam sie Ruhe. Die gleiche tiefe Ruhe, die ihr im Bayou Seufzer entlockt hatte. Bei John kam sie sich schmerzlich lebendig vor. Ihre Sinne waren geschärft. Wie damals, als der Sumpf sie beinahe verschlungen hatte. Sie war zwischen Leben und Leblosigkeit gefangen gewesen. Als Grandmère sie aus der dunklen, einladenden Erde herausgezogen hatte, hatte sie es fast bedauert. »Wenn der richtige Augenblick gekommen ist, werde ich dich rufen«, hatte John gesagt und die Finger leicht über ihre Brust tanzen lassen. »Damballah wird uns beiden ein Zeichen senden.«

Damballah, der beliebteste und mächtigste der Geister. Damballah, der langsam über die Erde schritt und den ersten Kreaturen Leben einzischte. Ein Fruchtbarkeitsgott: Herrscher über Land und Wasser. Ein Gott, der sich selbst gebar und wiedergebar.

Auf dem Altar, zwischen Kerzen, Sechsecken und einem Kreis war die grobe Zeichnung einer Schlange. Über der Schlange wölbte sich ein Regenbogen. Am Fuß des Altars stand eine Kiste voller Kleider und Schmuck der Götter; die Besessenen zogen sie an, damit sich die Götter heimischer fühlten. Ezili trug ein rotes Seidenkleid. Ogu hatte seinen Speer und seinen Schild.

John trug sein Kostüm, einen maßgeschneiderten schwarzen Anzug mit Kragen und Manschetten aus Spitze. Majestätisch hob er die Hand. Nattie schüttelte die Kürbisrassel, und Ribaud beugte sich zu seinen Trommeln.

Heute nacht würde sie herausfinden, ob Damaballah es wert war, Jacques und Grandmère zu verlassen. Es verging kein Augenblick, ohne daß Marie sich Sorgen um Grandmère machte. Ging es ihr gut? Aß sie genug, schlief sie genug? Und Jacques, war er zur See gefahren? Hatte er sie schon vergessen?

Es war nicht gerecht, daß sie zwischen Maman und Grandmère wählen mußte; es war nicht gerecht, zwischen Jacques und John zu wählen.

John hatte gesagt, daß Damballah ihre Maman zurückschickte, wenn sie zu Damballah zurückkehrte. Marie war erfreut und bestürzt zugleich gewesen. Sie hatte nie gewußt, daß sie zu Damballah gehörte. Nie gewußt, daß ihre Visionen und Einbildungen mit einem Schlangengott verbunden waren.

»Dein Zuhause ist Teché«, flüsterte Grandmère, »das Bayou der Schlangen.« Hatte Grandmère insgeheim gehofft, daß ihre Suche sie hierher führte? Grandmère hatte ihr die Schlangenbrosche geschenkt, die sie so leichtsinnig verloren und zwischen dem Unkraut nicht wiedergefunden hatte. Grandmère mußte gewußt haben, daß Mamans Leben mit einer Schlange verflochten war.

Maman! dachte Marie voller Freude. Sie stellte sich vor, wie Maman mit strahlendem Lächeln durch die Tür kam und rief, wie hübsch Marie doch sei ... und erklärte, wieso sie ihre Tochter niemals vergessen hatte. Dann würde Maman sie in die Arme schließen und mit überschäumender Liebe einhüllen. Ihre Wiedervereinigung würde Grandmère überzeugen, daß sie zusammengehörten. Und von da an würden sie allzeit ein glückliches Leben führen – Maman, Marie, Grandmère.

»Ja«, würde Maman sagen, »du siehst genau wie ich aus.«

Es kam Marie nie in den Sinn, daß sie nur sich selbst *gleichen* und nur sie selbst *sein* konnte. Eine prickelnde Vorfreude erfaßte sie; aus ihrer Besorgnis wurden Geburtswehen. Sie spürte, daß sie heute nacht, bei Maman, neu geboren werden würde.

Dreißig Anhänger bildeten einen Kreis; die Männer waren barbrüstig und trugen weiße Hosen; die Frauen trugen Kopftücher und Kleider. Sie wiegten sich im Gleichschritt. Ribaud spielte ein dumpfes, sich wiederholendes Motiv. Marie rief sich ins Gedächtnis, daß dies ganz normale Menschen waren. Sie sah Leute aus Haven: Shad, den Fischer und Märchenerzähler; Ziti, die sich blaue Bänder in die Haare geflochten hatte. Da waren andere, deren Namen sie nicht kannte. Ganz normale Menschen. Doch in ihrem Tanz spürte Marie Eleganz und Schönheit, in John eine makabere Würde. Sie schloß die Augen und schaukelte sanft hin und her. Der Rhythmus war hypnotisierend.

Legba, öffne mir die Schranke
Damit ich eintrete in die Geisterwelt.
Öffne die Schranke
Ich werde den loa *besuchen.*

Legba war ein gebrechlicher alter Mann in Lumpen, der sich auf eine Krücke stützte.

John hatte sie gelehrt, daß in jedem lebendigen und nicht lebendigen Ding Leben steckte. Geister, die beschworen werden mußten. Jeder Gott hatte seine eigene Persönlichkeit und Aufgabe. Legba bewachte das Tor der Geister.

»Legba, öffne mir das Tor. Laß mich eintreten.« John leitete den Singsang. Mit Staub zeichnete er Symbole am Fuße des Altars.

Die Trommeln wechselten den Rhythmus. Meisterlich heizte Ribaud die Spannung auf, überredete die Geister, zu erscheinen. Nattie reichte mit Rum gefüllte Humpen herum. Sie preßte Marie einen an die Lippen und zwang sie zu nippen. Auf der anderen Seite des Raumes lächelte John und machte ihr Mut. Marie konnte seine Aufforderung, sich zu entspannen, beinahe hören. Sie nahm einen tieferen Schluck, obwohl ihr der Alkohol in der Kehle brannte.

Die Zeit brach zusammen.

Plötzlich waren überall Geister. Legba steckte in einem jungen Knaben; er zog an einer Pfeife und lief beschwerlich. Agwé saß rittlings auf einem kräftigen Sklaven, der unablässig rief: »Agwé bläst, der Sturm tobt. Agwé, er bläst. Er tobt.« Sein Körper zuckte; seine Lippen pusteten und stießen die Geräusche eines Sturms aus. Ezili, Göttin der Anmut und Schönheit, schwenkte die Hüften einer jungen Mulattin und hielt von Zeit zu Zeit für einen Kuß inne. Ezili war eine kokette Frau. John streichelte sie. Ezili stöhnte und ging weiter.

Damballah würde nur in eine Priesterin eindringen.

John ragte über ihr empor. Er schien außer Atem zu sein. Marie versuchte zu sprechen. *Tiefe, gurgelnde Laute fingen sich in ihrer Kehle. Sie konnte sich nicht erinnern, wie lange sie schon dagesessen hatte. Sie spürte, wie ihre Arme mit ihren Knien und ihre Beine zu einem verschmolzen. Sie hatte das Gefühl, schwerer und zu Boden gezogen zu werden.*

Schlange, Schlange – Oh
Damballah-wèdo Papa
Du bist eine Schlange
Schlange, Schlange – Oh

»Wir werden die Schlange rufen. Die Schlange spricht nicht.«

Marie rutschte von ihrem Stuhl herunter. Sie bewegte sich durch Wälder, kroch, spürte, wie die Erde unter ihrem Bauch bebte. Sie war so kühl. Sie lebte ... schon ewig. Hundertmillionen von Jahren. Sie sah, wie Menschen geboren wurden. Sie würde zuschauen, wenn sie starben. Damballah lebte weiter, hütete Geheimnisse ... sah über alle zukünftigen Zeiten hinaus.

Sie war der Mittelpunkt des Naturuniversums. Wind, Wasser, Himmel und Sonne bezeugten Ihm ihre Ehrerbietung. Sie war die Samenspenderin, befruchtete das Universum mit Leben. Marie spürte, wie eine Harmonie, die so weit und so tief wie endlose Träume war, ihre Seele erfüllte. Es war wie Grandmères Gesang. Manchmal, wenn sie Grandmères Lied lauschte, war die Schönheit so überwältigend, daß Marie zu Boden sank und weinte. In Damballahs Welt herrschte eine so friedliche Stimmung, daß Marie das Gefühl hatte, diese Ruhe besäße die Macht, sie um den Verstand zu bringen. Doch sie tat es nicht; das war das Erregende daran. Es war tröstlich zu wissen, daß Damballah Gefühle wecken konnte, die zu empfinden sie kaum fähig war.

Marie schauderte und fiel schlaff und bewußtlos zu Boden. John half ihr aufzustehen. Ihr Kleid war grau vor Staub. Ihr Mund war mit Schmutz besprenkelt. »Du warst wunderbar«, sagte er.

Sie zitterte; ihre Glieder brannten. Fassungslose Gesichter beobachteten sie.

»Du warst eine Schlange.«

Marie versuchte sich vorzustellen, wie sie in Damballahs Gewalt aussah. Sie hatte sich königlich gefühlt, erhoben, doch nun war ihr Kleid vom Kriechen auf dem Bauch mit Schmutz besudelt. Sie wollte nicht, daß jemand sie unsauber und ohne Selbstbeherrschung sah.

Anhänger umzingelten sie. »Berühre mich, Miz Marie.« »Nein, berühre mich«, verlangte jeder und griff nach ihrer Haut. Sie wollten gesegnet werden.

»Sag ihnen, sie sollen sich fortscheren«, schrie sie, »mich in Ruhe lassen!« Marie kauerte sich an John.

»Gewöhn dich dran.« Nattie, die Hände auf die Hüften gestemmt, die Füße fest auf dem Boden, triefte vor Verachtung. »Ich hab Damballah schon deine Grandmère, deine Maman besteigen sehn und jetzt dich.«

Hinter der Verachtung spürte Marie eine Drohung. Warum war Nattie wütend?

»Laß sie ein bißchen katzbuckeln.« Nattie war ein Ungeheuer; wie Wasser um einen Stein bahnten sich wedelnde Arme einen Weg um sie herum.

Die Rufe: »Berühr mich; nein berühr mich« wollten nicht verstummen. Ribauds Gelächter kontrapunktierte seine Schläge. Sie war einer Ohnmacht nahe.

»Nattie hat recht, Marie. Du mußt dich damit abfinden. Stell dich gerade hin.«

Weil John es verlangte, tat Marie, wie ihr gesagt.

Hände strichen über ihren ganzen Körper. Finger verstrickten sich in ihren Haaren. Beringte und bereifte Hände, schwielige und stumpfspitzige Hände tasteten ihre Brüste, Taille und Schenkel ab. Sie hielt still. Jeder Anhänger wollte sein Stückchen Haut, um es mit nach Hause zu nehmen. Sie war ihr Talisman. Manche wagten es, ihre Nase und ihren Mund zu streicheln. Sie war kurz davor zu ersticken. Wie hatte Maman das nur ausgehalten?

John sang.

Siehst du eine Schlange
Siehst du Marie Laveau,
Siehst du eine Schlange
Siehst du Damballah;
Marie Laveau ist eine Schlange.

Leiber drohten, sie zu Boden zu werfen. Sie versuchte zu entkommen. John fing sie ein. »Rufe die Götter an, Marie. Sie werden dir helfen.« Er schüttelte sie. »Du mußt das hinter dich bringen. Sonst wird alles verdorben.«

Sie schluckte Luft.

»Marie. Ruf Damballah an.«

»Damballah.« Sie hörte ein Zischen und zitterte.

»Gut, ma petite.«

Sie kam sich wehrlos, verloren vor. »Damballah.« Schleim klumpte sich in ihrer Kehle zusammen. Sie wimmerte. »Schick mir meine Mutter. Ich muß sie spüren, bitte.« In Johns Arme gekauert, erinnerte sie sich an eine Frau, die Verstecken mit ihr gespielt und ihr geholfen hatte, Tierschatten an die Wand zu werfen. Sie starrte auf die Tür; bestimmt war Maman dahinter. Maman würde durch die Tür treten und sie festhalten. »Maman.« *Ein Regenbogen waberte.* »Ich muß sie sehen ... brauche sie jetzt.«

Sie war Marie. Damballah segnete sie.

Die Tür öffnete sich nicht. *Statt dessen sah sie eine über dem Meer von Händen schwebende Gestalt, die ein zitronenfarbenes Kleid trug. Der Rücken des Baumwollkleides war zerfetzt, und Striemen liefen kreuz und quer über ihre nackte Haut. Der Geist wandte sich um. »Je suis Marie.«*

Sowohl Panik als auch Schrecken erfaßten Marie. Sie konnte nicht recht begreifen, warum Maman wie ein verwundeter Engel in der Luft erschien ... warum sie nicht durch die Tür getreten war, warum sie schwebte und so unkörperlich wirkte. Trotzdem breitete Marie die Arme aus.

Maman tauchte in sie ein, ergriff Besitz von ihr, paßte sich fein säuberlich in Sehnen, Knochen und Blut ein. Maman ließ sich bewundern, während Marie nicht dazu imstande war. So also, staunte Marie, fühlte sich Maman an.

»Ich bin Marie.« *Meine wiedergeborene Mutter.* Wie umgewandelt schlenderte Marie durch den Raum und berührte Köpfe.

»Miz Marie, berühre mich.«

»Ja, ich werde dich berühen.« *Maman lachte.* Und Marie

lachte auch und wirbelte auf den Fußballen herum. Ohne Angst fühlte sich Marie John ebenbürtig.

Maman bewegte sich anmutig, hocherhobenen Hauptes, und blieb vor Nattie stehen. Maman zeigte auf den Humpen und murmelte: »Daran kann ich mich sehr gut gewöhnen.« An das Atmen, das Fühlen, das Schmecken. Gelassen schluckte sie den Rum herunter.

»Marie.« John packte sie an der Taille.

»Ich bin zurückgekehrt.« *Zwei Seelen in einem Körper.* Beiden kam John wunderschön vor. Seine dunkle Gestalt war ein Zufluchtsort. Marie ließ die Finger durch die Furchen auf seinen Wangen gleiten. Er biß ihr ins Ohr.

Als er sich der Menge zuwandte, umklammerte er ihre Hand. »Dies ist unsere neue Königin.« John stellte sich vor, wie er diese Tatsache vor sechzig, neunzig, tausend Anhängern verkündete. »Damballah hat sie nach Hause gebracht.«

»Du«, sagte Marie erstaunt über ihre Kühnheit. »Du hast mich nach Hause gebracht.«

Nattie sank gegen die Wand. Wie ein Frettchen schoß Ribauds Blick blitzschnell zwischen Marie und John hin und her.

Dreimal umrundeten sie den Raum. Während sie über die ausgestreckten Hände strich, war sich Marie bewußt, daß John sie beobachtete. Marie lächelte. *Maman nahm die ihr gebührende Ehrerbietung huldvoll entgegen.* Sie strich leicht über die Schlangenzeichnung.

»Maman-*loa* Marie«, intonierte die Menge. »Maman Marie.«

John schlitzte eine Ziege auf; ihre Eingeweide purzelten heraus. Die Anhänger färbten ihre Münder mit Blut. John hielt Marie fest und barg das Gesicht in ihrem Haar. Marie frohlockte. Verglichen mit ihnen beiden wirkten die anderen im Raum gebrechlich, menschlich. *Maman hielt sie für unwürdig.*

John hob sie hoch, ihr Rock fiel in Kaskaden über seine Arme herab. Die Zeremonie ging zu Ende. Die erste Aufnahmezeremonie war abgeschlossen. Als er sie trug, hörte Marie die Melodie:

Legba, öffne mir die Schranke
Damit ich zurückkehre zur Erde.
Wenn ich zurückkehre, werde ich den loa *ehren.*

Ihre Füße berührten kein einziges Mal den Boden.

Marie löste seinen Spitzenkragen, er die Kordel an ihrer Bluse.

Sie saugte an der Mulde unter seiner Kehle und bog sich zurück, als er ihre Brüste und ihren Rumpf küßte. *Maman stöhnte.* Seine Hand glitt zwischen ihre Schenkel. Sie glühte schon.

»Gemeinsam werden wir berühmt sein.« Er stieß seine Hand in sie hinein; sie wand sich. »Ganz New Orleans wird an unserer Tür betteln. Liebe Marie.« Er schnupperte an ihrem Hals. »Wir werden zu Ende führen, was wir begonnen haben.«

Maman kannte seine Konturen schon, wo sein Gesäß über Schenkeln aufragte. John lagerte sie auf Knie und Hände und drang von hinten in sie ein. Sie schrie auf. Sanft schaukelnd zog er sie seinem Schoß entgegen. Bei Jacques hatte sie nicht so empfunden.

Marie weinte. Sie drehte sich um und fuhr mit der Zunge an seiner entlang, während sie über die Rückseiten seiner Beine strich. John saugte an ihren Brüsten, und sie fühlte, wie etwas in ihr explodierte. Wenn sie ihn liebte, spürte sie, wie die alten Wunden heilten. Ihr Mund schloß sich um seine Hoden. Wenn sie ihn liebte, ließ sie die Frau aus sich heraus. Alles Sinnliche.

Marie lag oben und zitterte, als sie miteinander verschmolzen. *Maman zog es vor, ihn zu besteigen.* Marie versuchte, die Gefühle auseinanderzuhalten. Etwas in Maman wollte verletzen. *Maman grub ihm die Nägel in die Seiten. Sie schlug auf seine Brust ein. Maman spielte die Kokette, bäumte sich auf.* Marie zog den sanfteren Liebesakt vor. *Maman zwang ihn, sich unter ihr zu bewegen, während ihre Hüften bewegungslos blieben.*

Er schnellte herum und legte sich auf sie. Marie stöhnte seinen Namen. Als sie die Augen öffnete, spürte sie, daß er kam; seine Augen waren geschlossen, und seine Gesichtsnarben verzogen sich zu einer grotesken Grimasse.

»Marie«, schrie er, und sie konnte Kontraktionen spüren, tiefe, dunkle Wellen, die ihm entgegenstürmten.

Maman entfloh. Marie schob langsam die Hand unter dem Kissen hervor und griff nach seiner.

Mit verschränkten Armen schaute er auf sie herab. Marie war gehemmt, verwirrt darüber, daß sie einen Teil ihrer selbst verloren hatte. Sie streckte die Hand zu ihm hoch. Sie wollte festgehalten werden; sie wollte Erinnerungen, die nur zwei sich teilten, nicht drei.

John glitt aus ihr heraus. Er spürte, daß sie allein war. Enttäuscht drehte er sich zur Seite.

Die Besessenheit war zu Ende.

Ihr Kopf wandte sich zum Fenster. Ein voller Mond hing an einem wolkenlosen Himmel. *Nach welcher Marie hatte er gerufen? Wer war sie? Was war sie?*

Sie war verliebt.

Sie schlief nicht. Vor dem Fenster heulte der Wind. Marie konnte nicht begreifen, warum sie das Gefühl hatte – nein, warum sie tatsächlich von ihm zurückgestoßen worden war, als Maman fort war.

Als Ribaud sie morgens fand, lag sie eng zusammengerollt da. Er platzte ins Zimmer und tippte sich an den Federhut, als er sie nackt sah. Im Traum hatte sich John wie ein Toter in die Laken gewickelt. Marie hätte sich am liebsten in Luft aufgelöst.

»Master John.« Ribaud schob sich langsam um das Bett herum. »Master John. Mademoiselle Brigette will dich sehen.«

Seine Lider flatterten nicht; seine Augen öffneten sich und waren sofort hellwach. »Sag ihr, daß ich komme. Und jetzt verschwinde.«

Ribaud wich dem Schlag geschickt aus. Er grinste sie an, und Marie dachte: Verschwörer. Warum dachte sie das? Woher wollte sie wissen, daß Ribaud von ihrer Nacktheit nicht bewegt war? Ribaud fühlte sich mit ihr verwandt, das konnte sie spüren. Für einen kurzen Augenblick während der Zeremonie, als sie seine

Trommeln gehört hatte, hatte sie geglaubt, daß er und nicht sie für Damballahs Erscheinen verantwortlich war.

»Verschwinde«, sagte John und schwang die Beine auf den Boden. Der Zauberer zuckte mit den Schultern, ließ noch ein schnelles Grinsen aufblitzen und huschte zur Tür hinaus.

John, der sich den Kopf hielt, wirkte älter. Er erinnert sich nicht, daß sie da war, dachte Marie. Seine Haare waren ohne Glanz; sein Gesicht wirkte aschfahl. Als er zur Frisierkommode ging, dachte Marie, daß seine Haut schlaff und nicht mehr so fest wie in der vergangenen Nacht aussah.

Er klappte seinen Kasten mit *gris-gris*-Zaubermitteln auf und maß Pulver, Algen und Öl ab. Er trank die Mischung dreimal täglich. Als ob das Licht täuschte, strömte Farbe in sein Gesicht. Sein Atem wurde gleichmäßiger. Marie beobachtete, wie seine morgendliche Müdigkeit verflog. Als er sich vor dem Spiegel zurechtmachte, entdeckte er sie. Er war nicht erfreut.

John hatte es lieber, wenn seine Frauen reifer waren. Maries Bild im Spiegel war immer noch zu eckig. In der vergangenen Nacht hatte er die Mutter, nicht das unbedarfte Kind geliebt. Er fuhr sich mit den Fingern über das Gesicht, drehte sich um und lächelte freundlich. »Guten Morgen, ma petite.«

»Ich bin jetzt eine Frau.«

»O ja, das hatte ich vergessen. Wenn du so alt bist wie ich, kommt dir jeder jung vor.« Beschwingten Schrittes kam er auf sie zu.

Marie hätte am liebsten die Arme um ihn geworfen.

Er berührte ihren Bauch, doch ohne Verlangen. »Du warst gut gestern nacht. Und beim nächsten Mal wirst du noch besser sein. Damballahs Ritt wird länger dauern. Er wird dir neue Kräfte einflößen.«

Marie ließ die Hand zu Johns Schritt heruntergleiten. Er hob sie sanft weg. »Ich muß fort.«

»Wohin?«

»Ist das wichtig?«

»Brigette?«

»Eifersüchtig?« Er schlüpfte mit beiden Beinen in seine Hose und zog sie hoch. Er spritzte sich Wasser über das Gesicht und unter die Arme. »Wenn du Einfluß haben willst, buhlst du darum. Das ist eine der Voraussetzungen für unseren Beruf.«

»Beruf?« murmelte sie.

John zögerte. Er durfte nicht vergessen, daß das Kind an Zauberei glaubte. Sie hatte noch nicht gelernt, daß Voodoo ein Geschäft war. Profit. Manipulation. Macht. Auch ihre Grandmère hatte das nie verstanden. Die Tochter Marie hatte es verstanden: Deshalb waren sie auch die besten Verbündeten gewesen. Liebende.

Während er sich mit vorsichtig zusammengekniffenen Augen abtrocknete, sagte er: »Ich werde den ganzen Tag fort sein. Nattie wird dir deinen Unterricht erteilen.«

»Ich will Nattie nicht.«

»Du tust, was ich dir sage«, sagte John barsch. Mit ihren zu einem V ausgestreckten Beinen und ihren wie ein Fächer über dem Kissen ausgebreiteten Haaren erinnerte ihn Marie schon mehr an ihre Maman.

John könnte die Vergangenheit verfluchen, das *fa*, das ihn hergebracht hatte. Warum mußte er sich auf ein dummes Kind verlassen, um zu Macht zu kommen? Zu dem Reichtum, der ihm zustand? Es blieb nicht mehr viel Zeit. Die Mittel für die Miete dieses Hauses, für Kleidung und Essen waren knapp.

Er massierte sich die Stirn. Ständig war er Träumen nachgejagt. Als er einer alternden Voodookönigin und ihrer schönen Tochter begegnete, hatte er geglaubt, gewonnen zu haben. Nicht im Traum hätte er daran gedacht, daß die Tochter, Marie, sich umbringen lassen würde.

Zwölf Jahre hatte er auf diese Marie gewartet – hatte überall im Süden Medizin und Zauberformeln verkauft, doch war er immer wieder nach New Orleans zurückgekehrt. Herrliches, kostspieliges New Orleans. Er hatte Spione nach Teché gesandt, um seine Zukunft zu überwachen. Die Berichte waren stets die gleichen gewesen: »Das Mädchen wächst heran. Die alte Frau hat keinen Verdacht, daß wir sie beobachten.«

Es war erniedrigend gewesen, billiges Pulver an primitive Sklaven zu verkaufen. Nur seine Träume hielten ihn am Leben. Nun war seine Zukunft wieder rosig, doch hing alles ab von diesem ... *Mädchen*. John blickte finster drein. Er konnte Damballah nicht recht vergeben, daß er die Gunst Seiner Kräfte nur Frauen gewährte.

Er starrte Marie an. Mit ihren langen Fohlenbeinen war sie ein entzückender Köder. Im Bett zeigte sie keine falsche Bescheidenheit. Oder war das vielleicht der Einfluß der Mutter? Vielleicht nicht. Marie war entwaffnend aufrichtig. Er wollte sie nicht lieben. Er wollte nicht den gleichen Fehler machen wie bei ihrer Mutter. Er warf ihr das Laken zu.

»Bedecke dich das nächste Mal. Ich will nicht, daß Ribaud sich falsche Hoffnungen macht. Was mir gehört, teile ich nicht.« Zur Versöhnung und als Entschädigung für seine Strenge erlaubte er Marie, ihn zu küssen.

Marie konnte spüren, wie Johns Erregung wuchs. Es war ihr ein Rätsel, warum er einen Teil von sich ausklammerte. Oder warum schien er sie nicht so sehr zu begehren wie sie ihn. John weckte heftige sinnliche Bedürfnisse in ihr – schmecken, berühren, riechen. Sein Anblick wühlte sie auf.

Ihre Hände streichelten seinen Rücken, während sie ihn auf ihren Körper herunterzog. Sie rieb die Hüften an seinen. Zu lieben bedeutete doch, sich auszuliefern, nicht wahr?

Marie übte, seinen Mund mit ihrer Zunge zu erforschen.

Wurde von einer Frau denn nicht erwartet, sich vollkommen hinzugeben? Ein Gefäß für den Samen des Mannes zu sein, so wie die Jungfrau Maria es für den Heiligen Geist gewesen war? So wie sie ein Gefäß für Damballah war. Und wenn sie sich auslieferte, alles von sich aufgab, was war dann mit ihm? Wenn ein Mann inbrünstig geliebt wurde, erwiderte er dann die Liebe mit gleicher Inbrunst?

Es klopfte.

John löste sich aus ihren Armen und schlüpfte rasch in sein Hemd. »Ja. Herein.«

Mit einem Gesicht wie eine Maske musterte Nattie das unordentliche Zimmer und einen unordentlichen John. »Brigette will dich sehen.«

»Ich weiß. Ich breche gleich auf.«

Entblößt lag Marie bäuchlings auf dem Bett, ihre Hand baumelte von der Kante.

»Sei ein braves Mädchen, Marie.« John kniff sie in die Pobakken. Sowohl Nattie als auch Marie zuckten zusammen. John blieb in der Tür stehen und drehte sich um. Das Zimmer roch nach Kräutern, Sperma, der Leidenschaft einer Frau und Spannungen. Er wußte, daß Nattie wütend auf ihn war. Er lächelte.

»Nattie, kümmere dich an meiner Stelle um die Kleine. Sieh zu, daß sie ihre Lektionen gründlich lernt.« Er lachte leise in sich hinein. »Vielleicht wird sie ja mal so geschickt wie ihre Maman. Oder vielleicht so geschickt wie du«, sagte er leiser zu Nattie.

»Du nichtsnutzige männliche Hure«, fluchte die schwarze Frau. »Fall in ein Mistbeet. Fall rückwärts 'ne Treppe runter. Du Herzensdieb.« John stieß einen Triumphschrei aus und schloß die Tür. »Zur Hölle mit diesem Mann.« Nattie stemmte die Hände auf die ausladenden Hüften. »Nich mehr Verstand als ein brünstiger Eber. Auf daß ihm der Schwanz vor Überanstrengung abfalle.«

»Halt den Mund«, rief Marie. »Du ziehst es in den Schmutz.«

»Biste die Jungfer Unschuld?« Nattie eilte auf sie zu. »Deine Grandmère wär entsetzt, wenn sie dich so sehen würd. Nackt und schamlos.«

»Halt den Mund.« Marie hielt sich die Ohren zu.

»Haste ihm denn alles geben müssen? Man verschenkt seine Blume nich an jeden Mann, der darum bittet. Man hält was zurück. Konnste nich was zurückhalten? Ein ganz klein bißchen was?«

»Nein.«

Nattie klatschte sich auf die Hüften und seufzte. Mit krummem Rücken und zusammengepreßten Lippen ließ sie sich auf dem Bett nieder. »Niemand wird John jemals festhalten«, sagte sie dumpf. »Er is 'ne Biene, die nich nur einen Honig mag. Er saugt, kostet ein bißchen hier, ein bißchen da. Aber er is nie zufrieden. Nie bereit, 'ne ganze Weile zu bleiben.«

Natties Gesicht war faszinierend. Seltsamerweise ließ die Traurigkeit sie beinahe schön aussehen.

Marie kam ein eigenartiger Gedanke. Nattie war in John verliebt. Aber das war Unsinn. Jeder wußte doch, daß Shad, der Fischer, Natties Kavalier war. Außerdem war Nattie genauso alt wie Grandmère.

»Ham schon so viele andere versucht, ihn festzuhalten.« Nattie massierte sich die Arme. »Schwarze Haut, weiße Haut. Ganz egal. So viele hoffen immer noch. Nix als Torheit. Niemand hält John fest. Nich mal deine Maman.«

Maman? Gestern nacht hatte Maman John festgehalten – John hatte Maman festgehalten. Sie hatten sich ihres Körpers bedient, um sich zu lieben. Maman war ein Geist! Maries Verstand sträubte sich. Wenn sie ein Geist war, dann war Maman tot.

»Maman«, schrie Marie auf. Nun würde sie nie erfahren, ob sie wie ihre Maman aussah, nie erfahren, wer sie war. Wollte sie es denn überhaupt erfahren? Mamans Geist war grausam, rücksichtslos gewesen und hatte keinen Gedanken an ihre Tochter verschwendet. Wäre Maman, wenn sie noch lebte, anders gewesen?

»Maman ist tot.«

»Natürlich«, sagte Nattie. »Können ja schlecht Mutter und Tochter auf denselben Mann scharf sein. Wär 'ne Katastrophe. Sich denselben Schwanz teilen. Deine Maman hätt dich umgebracht.«

Tief aus ihrem Innern löste sich ein Schrei. Marie taumelte vornüber. Nattie stürzte vor, um sie aufzufangen, doch Marie schlug mit der Schläfe gegen den Bettpfosten. Nattie und Marie fielen zu Boden.

»Marie«, jammerte Nattie.

Marie verlor das Bewußtsein, stürzte in ein Chaos. Maman hatte sie nie geliebt. Sie war es nicht wert, geliebt zu werden.

Kein Wunder, daß John sie verschmähte. Wie häßlich und abscheulich sie doch war! Hatte sie denn nicht die ganze Nacht hindurch zu beweisen versucht, daß sie ihren eigenen Körper besser einzusetzen verstand als der Geist, der sich ihrer bemächtigt hatte. Es war egal, daß Maman tot war. Sie war eifersüchtig, daß Maman durch sie in Johns Armen lag und seine Lippen, seine Brust, seine Arme fühlen konnte. Schlimmer noch, John liebte ihre Maman mehr als sie.

Ob sie Maman wohl gern hätte, wenn sie noch lebte?

Sie würde sie hassen.

Maries Schuldgefühle waren qualvoll. Als John in sie eingedrungen war, hatte sie sich wieder wie neu gefühlt. Jungfräulich. Sein Sex hatte sie wie eine Droge aufgeputscht. Aber es war nicht recht von Maman, ihre Empfindungen zu teilen. Die Toten sollten tot bleiben. Es war nicht recht, daß eine Mutter durch ihre Tochter liebte. Und wenn sie die Wahl hätte, dann, das wußte Marie, würde sie alles tun, um Maman zu betrügen und Johns Liebe zu behalten. Sie war nicht minder selbstsüchtig und niederträchtig. Wie die Mutter, so die Tochter. Sie fiel tiefer in den Schlaf.

Sie konnte hören, wie Nattie nach ihr rief, verlangte, daß sie aufwachte, doch Marie weigerte sich. Sie verdiente Strafe. Sie verdiente es, in Alpträume zu stolpern.

In ihren Träumen sah sie sich im Alter von neun Jahren, als sie einen endlosen, mit Türen gesäumten Flur entlangwanderte. Hinter jeder Tür waren Ungeheuer – Kreaturen, die sich von Schwäche ernährten, riesige Insekten, die danach gierten, ihr das Blut aus den Venen zu saugen, und Pflanzen, die ihre Knochen zum Brechen bringen konnten. Maman erschien, schwebte an der Decke entlang und hatte einen Trank dabei, der die Türen und Ungeheuer verschwinden lassen konnte. Die neunjährige Marie weinte. Maman starrte sie ausdruckslos an, dann lachte sie kurz auf, bevor sie sie verließ und mit dem kostbaren Fläschchen verschwand.

Bei der nächsten Zeremonie geschah nichts. Keine Visionen. Keine Regenbögen. Marie wehrte sich gegen alles, was von ihr Besitz ergreifen könnte, aus Angst, daß Maman sich ihrer bediente, um zu John zu kommen.

John war enttäuscht. »Gib dir Mühe«, drängte er.

»Sie braucht mehr Zeit«, sagte Nattie.

»Wir haben keine.« Mit angespanntem Kiefer konzentrierte sich John darauf, seine Gefühle unter Kontrolle zu halten. »Sie wird zerstören, was ich begonnen habe.«

Marie kam sich verlassen vor, weinte sich allein in den Schlaf. Haß auf sich selbst fraß sie auf.

Wenn sie wach war, ließ der Gedanke sie nicht los, daß Grandmère immer gewußt hatte, daß Maman tot war. Und wenn Grandmère es gewußt hatte, warum hatte sie dann zugelassen, daß sie sich auf die Suche machte? Marie wäre die Zurückweisung durch ihre Mutter erspart geblieben. Aber vielleicht lag darin ja gerade der Sinn. Solange sie noch auf der Suche war, konnte sie die Lüge glauben, daß Maman sie geliebt hatte, und daß sie es wert war, geliebt zu werden. Als sie Maman gefunden hatte, war sie ihrem eigenen erbärmlichen Ich, ihrem eigenen Spiegelbild in einem Geisterwesen von Angesicht zu Angesicht gegenübergetreten. Zwischen ihr und Maman war kaum ein Unterschied. »Zwei Frauen, die auf denselben Mann scharf sind.« Sie hatten beide die Zurückweisung verdient. Aber sie war schlechter, noch abscheulicher als ihre Mutter; sie hatte Jacques und Grandmère wegen eines Traums verlassen, wo doch alles um sie herum ein Alptraum war.

Es gab keine wahre Marie Laveau.

Ich kann sie nicht finden. Ich kann die Frau, die von Antoine angepöbelt wurde, auf dem Market Square nicht finden. Ich schwöre, daß ich jeden Sklaven, jeden Diener gefragt habe – sogar Fremde auf der Straße. Niemand kennt die Farbige, die ich beschreibe. Aus einem zu heißen Sommer ist ein für die Jahreszeit ungewöhnlich kühler Herbst geworden. Ist es möglich, daß schon fast ein Jahr vergangen ist, seit ich meinem braunen Mädchen im Frühjahr begegnet bin?

Mein Butler Charles sagt, daß Voodoo mir helfen kann, einen ›Verlorenen‹ zu finden. Natürlich ist das Unsinn. Voodoo ist eine primitive Religion. Und doch bin ich versucht, es auszuprobieren.

Durch ein Guckloch habe ich beobachtet, wie die Haussklaven ein bescheidenes Ritual vollzogen. Es war wenig interessant: zu Trommeln tanzen, ein bißchen zur Ader lassen, Gallonen von Wein trinken. Ich war nicht beeindruckt. Die Sklaven kamen mir vor wie heisere Kinder, die Besessenheit spielten. Charles sagt, sie hätten »keine Anführerin, keine Königin. Also nicht wichtig, daß Götter zu Besuch kommen.«

Vielleicht ist es meine persönliche Engstirnigkeit, die Voodoo als primitiv abstempelt. (Ich bin allen Religionen gegenüber argwöhnisch. Ich glaube, daß sie alle von Heuchelei zerfressen sind.) Aber unterscheiden sich die Trancezustände einer Voodooienne denn von einem wiedergeborenen Christen, der ekstatisches Kauderwelsch von sich gibt? Entspricht der Voodootanz nicht dem Gesang in einer protestantischen Kirche?

Mit Sicherheit klingt Voodoo weniger kompliziert als ein katholisches Ritual. Ich gebe zu, daß ich ein besonderes Vorurteil gegen den päpstlichen Glauben hege. Ich finde das Bedürfnis meiner Frau, zur Beichte zu gehen, erstaunlich. Auch finde ich es interessant, daß sie sich mit einem Voodooarzt namens John berät. Wie sie beide Religionen miteinander in Einklang bringt, ist mir schleierhaft.

»Jeder Louisianer ist Katholik«, sagt Charles, »und jeder Katholik glaubt an Voodoozauber.«

Eine Artikelserie über Voodoo zu schreiben, könnte sich als interessant erweisen. Wurde Amerika nicht aus religiöser Toleranz gegründet?

Charles erzählt mir, daß es Gerüchte von einer Voodookönigin gibt. Eine, die so mächtig ist, daß sie Damballah – einen Schlangengott von beträchtlicher Weisheit, wie ich höre – anrufen und von ihm heimgesucht werden kann.

Ich glaube an keinen anderen Gott außer an die Lehre der Vernunft.

Ich frage mich – ist es vernünftig, was ich jetzt tue?

Ist es vernünftig, eine Katholikin zu heiraten, die ich nicht liebe, in einer Stadt der Südstaaten zu leben, wo die Mehrzahl der Bevölkerung versklavt ist, und nach einer Ausrede zu suchen, damit ich mit einer Voodookönigin sprechen kann, um eine andere Frau zu finden, die ich zwar nicht kenne, aber liebe?

Meine Suche ist sicherlich von Anfang an zum Scheitern verurteilt.

Louis DeLavier, Oktober 1819, Mitternacht
(Aus Louis DeLaviers Tagebuch)

Marie bemühte sich stillzuhalten, während Nattie ihren Rock säumte. Sie war besorgt. Warten war schwer. Es schien, als wartete sie ständig. Darauf, daß die Zeremonien begannen, darauf, daß sie John wieder enttäuschte.

Selbst jetzt, während John, Nattie und Ribaud hastig die Vorbereitungen für die kommende Nacht trafen, wußte Marie, daß es sinnlos war. Sie würde sich abseits halten, verschlossen gegen alles, was von ihr Besitz ergreifen könnte, und die Zeremonie bliebe ohne Höhepunkt. Kein Wunder. Damballah würde nicht kommen. Aber auch ihre Maman nicht, und genau das wollte sie.

John mischte Pulver für Glück, Gesundheit und Liebe. Ribaud schnitt Würmer durch und füllte sie zusammen mit Sand in Flaschen.

Marie war kurz davor, hysterisch zu kichern. Es regnete. Donner grollte. Blitze durchzuckten den Himmel. Der spärlich eingerichtete Salon, in dem sie sich alle aufhielten, war gespenstisch, ohne Wärme.

»Das ist dein Zuhause«, hatte John gesagt. »Maison Blanche.« Das weiße Haus an der St.-Anne-Straße, knapp einen Block vom French Quarter entfernt. Doch Marie fühlte sich nie zu Hause. Sie war zu aufgewühlt. Sie dachte über Fragen nach, die sie lieber auf sich beruhen lassen sollte; sie fragte sich, ob John sie liebte.

Der Salon war mit ein paar bunt zusammengewürfelten Stühlen, einem Tisch und einem Altar eingerichtet. Während der Zeremonie wurde er Versammlungsort, und die Türen zum Eßzimmer und zur Diele standen weit offen, um Platz für die vielen Menschen zu schaffen. Das Haus war größer als das in Haven. Sie hatte ein kleines Schlafzimmer, alles in Rosa und Grün gehalten; John ein zweites. Nattie schlief auf einer Pritsche in der Küche, Ribaud auf dem Fußboden.

Sie war jetzt ein Stadtmädchen. Aber New Orleans war wenig reizvoll, seit sie herausgefunden hatte, daß Maman tot war. Ihre Welt war so klein wie immer. John und Nattie ermunterten sie nie, auszugehen. Wenn sie hätte ausgehen wollen, hätten sie es wahrscheinlich verboten. Sie lebte beinahe wie eine Einsiedlerin. Doch die Welt kam unablässig zu ihr. Leute baten um Gefälligkeiten oder Gebete. Sie ließen Geld und Geschenke zurück.

Heute nacht würden alle kommen. John würde ihre wunderbaren Kräfte verkünden, sie zur Hoffnung des Voodookults erklären. Und die Menschen wären enttäuscht.

»Hör auf, rumzuzappeln«, fuhr Nattie sie an und zerrte an dem gelben Stoff.

»Tut mir leid.«

John blickte mißbilligend auf. Er mischte gerade seinen persönlichen Spezialtrunk: Algen, Schwarzpulver und Öl. Er wollte weder Marie noch sonst jemandem verraten, was das war oder was es heilte.

»Ich werde mich bemühen, gut zu sein«, stammelte Marie.

»Das will ich hoffen«, sagte John. Marie zuckte zusammen. Bevor er sein *gris-gris*-Elixier getrunken hatte, war John stets launisch, gereizt und müde. Doch in letzter Zeit war es schlimmer geworden. Gestern nacht war er auf und ab gewandert und hatte zwischen kleinen Schlucken die Götter verflucht, die nicht kamen. Er ging nicht soweit, sie und Damballah zu verdammen.

»Nattie, ich habe Angst« wisperte Marie. »Was, wenn nichts passiert?«

Sie wollte jemandem – einer Frau – beichten, warum sie Mamans Geist in Schach hielt und wieso sie keinen Weg sah, Maman abzuwehren, ohne gleichzeitig auch Damballah auszuschließen.

»Wird schon was passiern. Tut's immer früher oder später.«

»Was, wenn wir einen Fehler gemacht haben. Was, wenn ich die Falsche bin?« Marie warf John einen verstohlenen Blick zu. Die körnige Mischung rutschte seine Kehle hinunter.

»Wenn du kein Vertrauen hast, wern die Götter auch nich kommen.« Nattie, die mit blitzender Schere am Saum herumfuchtelte, grummelte: »Beim ersten Mal haste Glück gehabt. Damaballah hat dich sanft bestiegen. Aber beim nächsten Mal kann er dich vielleicht soweit bringen, daß du dir die Kleider vom Leib reißt, dich mit Dreck vollstopfst und dich um 'nen Pfahl wickelst. Er kann dich mit dem Hintern voran langsam auf die Straße schieben. Dich als Warnung für Ungläubige von 'nem Baum baumeln lassen.«

»Hör auf damit, Nattie.«

»Aber wenn die Guédé, die Totengötter, dich besteigen, dann wern sie dich reiten, bis du 'nen Buckel machst wie eine Katze... bis dein Herz zu platzen droht.« Die Schere schnitt durch die Luft. »Bis du vor Macht wirbelst, schreist und taumelst.«

Marie stellte sich schaudernd vor, wie sie wie eine Marionette tanzte.

»Die Guédé lassen Leben wie Tod erscheinen, lassen aus Hölle und Himmel eins wern, und die arme Marie in dir is für immer verloren. Zu ihrer Zeit war Grandmère die Königin mit der größten Macht«, sagte Nattie, und in ihrer Stimme schwang eine Spur von Gier mit.

Marie gelang es nicht, die katholische Grandmère mit einer gotteslästerlichen Voodooienne in Einklang zu bringen.

»Du solltest mehr wie sie sein«, fuhr Nattie sie an. »Nich so ein nervöses, gackerndes Huhn.«

Warum hatte Grandmère ihr nicht diese, *ihre* Geschichte von den Religionen, die sich ebenso vermischen wie Blut, erzählt?

»Grandmères Visionen dauerten von Sonnenuntergang bis Sonnenaufgang. Die Götter drangen sehr gern in sie ein. Aus der ganzen Umgebung kamen die Leute, um das zu erleben. Sie ham erlebt, wie sie auf dem Wasser gewandelt is. Erlebt, wie sie die Wolken berührt hat. Nachdem deine Maman gestorben war, ließ deine Grandmère Damballah im Stich und fing zu singen an. Die Leute kamen auch deswegen.« Nattie runzelte die Stirn. »Sünde. Kamen, um sich ihre fehlgeleitete Magie anzuhören. Sie wird's mir nich danken, daß ich dir das erzähl, aber deine Grandmère«, sagte Nattie verschlagen, »hat John auf die Sprünge geholfen.« Ribaud jaulte. »Ohne deine Grandmère wüßt John nich mal das bißchen, das er weiß.«

Ribaud jaulte wieder und bekam einen scharfen Schlag auf den Kopf.

»Raus mit dir«, rief John. »Entferne dein stinkendes Ich. Sind die Kerzen geschnitzt? Raus mit dir«, schrie er wieder. »Erledige die restlichen Vorbereitungen für heute nacht.«

Von der Tür starrte der Zauberer finster auf Johns Rücken.

Nattie lachte. »Ribaud is zu langsam, um verschont zu bleiben.« Nattie lächelte John zu süß an.

Zwischen den dreien herrschte eine unterschwellige Spannung: starke, leidenschaftliche Gefühle, die Marie verunsicherten. Beim Hinausgehen rieb sich Ribaud seinen melonenförmigen Schädel.

»Was hat Grandmère dir beigebracht?« murmelte Marie zu John. Sie war nicht sicher, ob er sie gehört hatte. John, der mit schlaff herunterhängendem Unterkiefer dastand, schien durch sie hindurchzustarren. Sie trat unruhig von einem Fuß auf den anderen.

»Komm her, Marie«, sagte er in gemäßigterem Ton. »Nein, ich werde dich nicht anschreien.« Seine Narben verengten sich, als er lächelte. »Im Gegensatz zu Nattie enttäuschst du mich nicht mit dummem Geschwätz.«

»Haha«, rief Nattie aus.

Marie verspürte einen Anflug von Ekel. Außer nach Kräutern mit Lakritzgeschmack roch Johns Atem sauer nach Rum.

John setzte Marie auf seinen Schoß. »Weißt du, Nattie ist eine Krähe. Pickt Märchenbröckchen, als wäre es Reis.«

»Dann bin ich aber die hübscheste Krähe, die du kennst«, sagte Nattie mit den Hüften wackelnd.

John lachte schallend. Zögernd berührte Marie seine Brust. Alles an ihm war übergroß. Gleich, was er trug, wie er sich benahm oder sprach, alles strahlte eine anziehende Erhabenheit aus, die Marie zwang, seine Autorität anzuerkennen. Wenn er liebevoll und charmant war, war er unwiderstehlich. Unwiderstehlich, weil sie sich nicht vorstellen konnte, wie jemand, der so erhaben war, sich ausgerechnet um sie kümmerte.

»Nun, ma petite« – John küßte ihre Fingerspitzen – »ich mache keine Fehler. Du bist kein Fehler.« Seine Zunge strich über ihre Handfläche. »Was deine Grandmère war oder nicht war, hat mit dir nichts zu tun. Wenn ihr auch nur ein bißchen an dir läge, wäre sie hier. Wenn Nattie etwas an dir läge, würde sie aufhören, dich zu ängstigen. Aber Nattie ist eine eifersüchtige alte Krähe.«

Marie vergrub das Gesicht in seinen Haaren, die dichten Kringellocken waren wie ein Daunenkissen.

»Vertrau mir«, beruhigte er sie. »Heute nacht werden die *loas* kommen. Du und die Schlange werden die Seelen tauschen. Glaube Nattie nicht. Nichts, was du tust, wenn du besessen bist, ist schändlich.«

»War die Schlange schon einmal in dir?« platzte Marie heraus. Johns Kiefer spannte sich; seine Hände, mit denen er sie umfaßte, drückten zu. Marie versagte es sich, aufzuschreien.

»Sag's ihr«, drängte Nattie.

»Nein«, sagte er. »Die Schlange ist nie in mir gewesen.« Mit schneidendem Hohn fügte er hinzu: »Aber in dir ist Damballah auch noch nie gewesen, was, liebste Nattie?«

Nattie stach mit ihrem Besen auf die gelben Stoffreste ein.

»Wie alt bist du?« John hob ihr Kinn hoch. Marie, die sich der Wärme seiner Hand, seiner Beine unter ihrem Gesäß und der Anwesenheit von Nattie, die immer wieder ihr Kehren unterbrach, um zuzuhören, bewußt war, wand sich vor Verlegenheit.

»Sechzehn.«

»Genauso alt wie deine Mutter, als Damballah Besitz von ihr ergriff. Sie war wunderschön damals.« John zog sich in sich selbst zurück, sein Atem wurde flach, sein Blick senkte sich auf seine Brust. Marie spürte Eifersucht in sich aufkeimen. Sie strich über seine Krawatte. »Deine Maman wollte gar nichts anderes sein, verstehst du mich? Nichts anderes, nur eine Voodoopriesterin.«

»Ja.« Sie verstand. Nur John konnte ihr die Vergangenheit erklären, ihr alles beibringen, was sie wissen mußte. Sie war eine Voodooienne geworden, weil John das am meisten an ihrer Maman geliebt hatte. Doch wie konnte sie ihre Eifersucht auf Maman erklären – daß sie nicht besessen sein wollte aus Angst, daß Maman in ihr wäre und ihre Hand nach John ausstreckte? Ihre Erinnerung an Damballahs Ritt war mit Frieden, Freiheit verbunden. Aber Maman gab ihr das Gefühl, ungeliebt und abscheulich zu sein.

»John meint, daß er alles über Voodoo weiß«, höhnte Nattie.

»Grandmère kann's dir besser beibringen, Marie, zehnmal besser.«

Mit einer einzigen, fließenden Bewegung hob John Marie von seinem Schoß herunter, stand auf und zerbrach Natties Besenstiel. »Ich werde dir die Zunge herausreißen. Lerne zu schweigen, Nattie.«

»Ich schweig schon genug.«

Marie fand es obszön, wie die breithüftige Frau mit John flirtete und ihn unterhalb der Taille berührte.

»Ich hüt deine Geheimnisse recht gut.«

John verdrehte Nattie den Arm, verrenkte ihr den Ellbogen und die Schultergelenke. Da sie nicht flehte, sie loszulassen, schien er enttäuscht zu sein.

»Wenn du mir zu sehr weh tust, werd ich alles verraten. Vergiß nich, daß ich mehr weiß, als du Jungfer Marie wissen lassen willst.«

John schob sie abrupt weg und stürmte hinter Ribaud her aus der Haustür.

Marie lief bis zur Tür hinter ihm her, starrte sie an, dann wirbelte sie herum und wollte wissen: »Warum forderst du ihn heraus?«

Nattie zuckte mit den Schultern. »Manchmal is er zu sehr von sich eingenommen.«

»Du weißt doch, daß Grandmère mir nichts beibringen will.«

»Ich weiß auch, daß John ohne dich nix is.« Sie rieb sich vorsichtig den Arm. »Warum regste dich so auf? Er macht nur 'nen Spaziergang. Damit sein dämlicher Kopf wieder klar wird.« Spöttisch fügte sie hinzu: »Bei Gemahl Jacques haste dich nie so aufgeführt. Den haste nie angefleht zu bleiben.«

Marie preßte abweisend die Lippen aufeinander. Nattie packte sie an den Armen. »Visionen kommen zu besonderen Frauen. Die Macht wird von Generation zu Generation vererbt. *Du* bist diejenige, die mit einer Glückshaube geboren wurde, nich er. Er kann nich mehr, als ein bißchen zaubern.« Nattie spuckte das Wort aus. »Ein bißchen heilen. *Er* is es, der dich braucht.«

Marie riß sich los und stieß das Fenster auf. Regen und Schlammbäche schlingerten über das Kopfsteinpflaster.

»Du solltest auf mich hören.«

Nattie war grausam. Niederträchtig.

»Du weißt ja, was passiert is, als deine Grandmère nich auf mich gehört hat.«

Marie schaute in beide Richtungen, die Straße hinauf und hinunter.

Nattie schlich sich hinter sie. »Mach dir keine Sorgen um John. Wie ich ihn kenn – und ich kenn ihn –, is er weg, um sich trösten zu lassen. Ich hoff, er ersäuft«, sagte sie verbittert, »in den Armen seiner blonden Liebsten.« Nattie spuckte in die Ecke. »Brigette DeLavier.«

Marie setzte sich hin, sah dem Regen zu und wartete auf Johns Rückkehr.

Alle ihre Zeremonien mißglückten.

John tobte. Er zerbrach Stühle und zerschlug Geschirr. Seine Augen waren umschattet. Er trank zuviel Rum.

Marie fragte sich, warum er sie nie mehr als Liebhaber berührte – warum sie ihren Wunsch zu gefallen so ohne weiteres von Grandmère auf ihn übertragen hatte. Sie war bekümmert und schuldbewußt, weil sie ihn enttäuschte. In den Nächten, in denen er nicht nach Hause kam, stellte sie sich vor, wie er Brigette liebte.

Die Tage dehnten sich zu Wochen.

Maries Persönlichkeit war mit John verknüpft. Doch bis jetzt hatte er ihr weder die Augen geöffnet noch Trost gespendet. War das ihr *fa*? Hatte sie denn die Wahl gehabt, Grandmère *nicht* zu verlassen – Grandmère, die sie immer auf ihrem Schoß geschaukelt, sie ins Bett gepackt und ›ich hab dich lieb‹ geflüstert hatte?

Wenn Maman rief, von ihr Besitz ergreifen wollte, wich Marie ihr aus.

Manchmal dachte Marie, daß sie aufgeben, Damballah – und

ihrer Maman – erlauben sollte, in sie einzudringen. Sie wünschte sich so sehr, John zu gefallen, ihn stolz auf sie zu machen. Aber es reichte schon, daß sie mit Brigette DeLavier konkurrieren mußte. Sie wollte nicht auch noch mit einem Geist konkurrieren. Es war schon schwer genug, Johns Liebe zu behalten.

Allmählich hatte sie das Gefühl, daß sogar die Wände des Hauses warteten, darauf warteten, daß sie etwas Wundersames tat, daß sie Johns Liebe errang, die Große Voodookönigin wurde.

Aber sie wußte nicht wie.

Sie wartete immer noch darauf, herauszufinden, wer sie war. Zuerst hatte sie darauf gewartet, daß Grandmère es ihr sagte, dann hatte sie gehofft, daß Maman es ihr sagte. Jetzt war John ihre letzte Hoffnung – und er sagte ihr nie etwas.

Er hätte als Frau geboren werden sollen, dachte John. Er stellte gerade ein *gris-gris* her, eine Lumpenpuppe mit eingekratzten Schlangen und strähnigen Haaren. Eine Anhängerin wollte ihre Nebenbuhlerin aus dem Weg räumen. Das Zaubermittel würde Schlaf, Appetit und Durst töten. In zwei Wochen würde die verzauberte Person sterben.

In einer Stunde sollte eine neue Zeremonie beginnen.

»Hoffentlich geht alles gut heut nacht«, sagte Nattie und schlenderte auf ihn zu.

»Das will ich hoffen. Beim ersten Mal war sie perfekt. Die Leute haben sie für eine Schlange gehalten. Aber seitdem nichts – schlaff wie eine Puppe.«

»Götter haben ihre eigene Zeit, wie du weißt«, sagte Nattie und ließ ihre Hüften auf einen Stuhl plumpsen. »Das schützt vor Überheblichkeit. Schützt uns davor, uns zu sicher zu fühlen.«

»Erzähl mir nichts von den Göttern, Nattie. Ich habe die Nase voll von Frauen, die alle Antworten wissen.«

John dachte an Grandmères Fluch. Grimmig wie eine schlangenhaarige Hexe hatte Grandmère geschworen, sowohl Gott als auch Damballah zu beeinflussen, damit sie ihn vernichteten. Wenn niemand zusah, fertigte er Schutzamulette aus Rinde, Seetang, Grabstaub und gereinigtem Wasser. Grandmère war ein gefährlicher Gegner. Aber jetzt war sie alt, und er zweifelte nicht daran, daß er sie töten konnte, wenn er wollte. Aber er brauchte sie lebend für den Fall, daß er sie gegen Marie einsetzen mußte.

»Hast du auch die Nase voll von Frauen, die *nich* alle Antworten wissen?« Nattie deutete mit dem Kopf auf Marie.

John starrte durch den Raum. Sein Herz jagte. Marie saß, die

Hände im Schoß gefaltet, in einer Ecke auf ihrem Treppchen. Sie war verängstigt wie ein Präriervogel. Wäre er eine Frau geworden, dann würde jetzt er auf Damballahs Ruf warten.

»Der heutige Abend könnte meinen Ruin bedeuten«, sagte John.

»Stimmt. Die Jünger wern dir keine Gelegenheit mehr geben.«

John erinnerte sich an höhnisches Gelächter, erinnerte sich, wie die Menschenmengen trotzdem von Woche zu Woche anwuchsen. Sie kamen, um seinen Versager zu sehen: seine Marie, die Voodookönigin. Wäre er eine Frau gewesen, hätte er nicht versagt. Er hätte Macht vorgetäuscht. Meisterhaft. Bereitwillig.

John senkte den Kopf auf die Brust. Er war hilflos. Er mochte es nicht, wenn er sich so bloßgestellt fühlte.

Auf Nattie wirkte John niedergeschlagen, aber zugleich so energiegeladen wie damals bei ihrer ersten Begegnung. Sie erinnerte sich, wie er das erste Mal zum Essen gekommen war. Er war zu dünn gewesen, unterernährt und trotzdem stattlich in seinen zerschlissenen Kleidern.

Bevor der Abend zu Ende ging, war Marie vor Liebe und übersprudelnder Torheit zwischen den Möbeln herumgetanzt. »Ihr John«, sagte sie wohl tausendmal an diesem Abend. Alle mußten ›ihren John‹ kennenlernen. War ›ihr John‹ nicht attraktiv? Charmant? Marie schwärmte, daß ›ihr John‹ ein afrikanischer Prinz wäre. Marie war verliebt.

Doch auf Nattie hatte John nie den Eindruck gemacht, in Marie verliebt zu sein. Sein Blick schweifte zu häufig über ihre gemeinsame bequeme Hütte, über die anständigen Kleider guter Qualität, die sie alle trugen. Sie war der Meinung gewesen, daß er von den drei schwarzen Frauen, denen es so gutging, beeindruckt war. Beeindruckt, daß sie Dienstleistungen verkauften, ausgenommen ihre Körper.

Das waren noch Zeiten gewesen! Die Hütte in Haben's Haven war in gutem Zustand und überfüllt mit Geschenken von Leuten, die Grandmère mit ihren Voodoogebeten geheilt und beraten hatte. Da war Leben gewesen, es hatte geschmorte Hähnchen gegeben, geräuchertes Schweinefleisch, Flußkrebse, solide gefertigte Tische und Stühle, Steppdecken zu feierlichen Anlässen und Säcke mit Mehl und Reis.

Als Nattie John kennenlernte, hatte ihr Instinkt ihr zur Zurückhaltung geraten. Sie mißtraute Männern. Seit jeher. Aber John hatte, selbst für sie, eine verführerische Macht besessen. Sie erinnerte sich daran, wie John an diesem Abend ihre haitianischen schwarzen Bohnen mit Reis probiert und sie hoch gelobt hatte. Und sie hatte wie eine Idiotin gelächelt. Sogar heruntergekommen und armselig war er stark gewesen; sie hätte alles darum gegeben, wenn sie etwas von dieser Stärke besessen hätte.

Was Johns Alter betraf, war Nattie nicht sicher (vielleicht war er dreißig gewesen, als sie sich vor zwanzig Jahren kennengelernt hatten); sie war nur sicher, daß John vorteilhafter gealtert war als sie. Ihre Haut war schlaff und schwammig geworden. Falten beherrschten ihre Augen und ihren Mund. Ihre Haare hatten graue Strähnen bekommen. Sie wußte, daß sie auf John so alt wie Grandmère wirkte. Sie war erst achtundvierzig.

John war doch bestimmt so alt wie sie, oder? Trotzdem sah er wie ein Jüngling aus.

Heute nacht war Nattie, gerührt von Johns Traurigkeit, so liebevoll und nachgiebig wie eine Mutter. John, dachte sie wehmütig, hatte sie nie für etwas anderes gehalten. O ja, er hatte mit ihr geschlafen. Genauso wie ein brünstiger Eber nach einem Ventil, einem Loch für seine ungehemmte Leidenschaft suchte. John hatte sich ihr gegenüber niemals zärtlich gezeigt. Doch da sie nicht verwöhnt wurde, hatte Nattie das, was sie kriegen konnte, schätzen gelernt.

Und das, was sie bekam, waren die Abschiede. Wenn John sich mit Maries Maman gestritten hatte, trieb ihn der Trotz in ihre Arme. Manchmal machte es Nattie Spaß, sich selbst zum Narren zu halten und mit offenen Augen davon zu träumen, was geschehen wäre, wenn sein Zorn auf jene Marie angehalten hätte. Sie wären für alle Zeiten Partner, ein Liebespaar gewesen. Schonungslos rief sich Nattie ins Gedächtnis, daß John weiße Frauen oder Frauen mit dem Namen Marie vorzog. Daß er sie geliebt hatte, war nichts weiter als Rache gewesen.

Nattie zuckte mit den Schultern. Was geschehen war, war geschehen, also sinnlos, über Kränkungen zu jammern, die merkwürdigerweise selbst noch nach zwanzig Jahren an ihr nagten. Als John zu ihr gekommen war und sie um Hilfe gebeten hatte, um die Enkelin Marie von ihrer Grandmère wegzulocken, war ein so großes und tiefes sexuelles Verlangen in ihr wiedererwacht, daß sie es nicht mit Tränen hätte füllen können, und wenn sie hundert Jahre geweint hätte. Dennoch, eines Tages würde sie Vergeltung von John fordern. Denn nach zwanzig Jahren hielt John ihre Zustimmung für selbstverständlich. Er hatte es nicht einmal für nötig gehalten, mit ihr zu schlafen.

»Wohin wirst du heut nacht gehn, wenn Marie versagt?« murmelte Nattie.

»Nach Norden.«

»Gibt's da oben im Norden genug Dummköpfe?«

John grinste. »Du warst schon immer ein aufsässiges Weib. Frech. Viel schlauer, als dir guttut. Ich habe dich immer gern gehabt, Nattie.« Sein Blick wurde glasig. Er holte fröstelnd Luft, dann krümmten sich seine Schultern und fielen schlaff herab. »Ich kann im Norden von vorn beginnen. Zauberelixiere und Wurzeln zubereiten. Amulette machen. Voodoopuppen basteln, damit enttäuschte Liebhaber an meine Tür hämmern. Die Hälfte von dem hier« – John deutete auf den Altar, die eingesperrten Tiere; er schüttelte die schlaffe Puppe in seiner Hand – »ist Hokuspokus.«

»Das haste schon oft genug gesagt.«

»Der Schwache braucht etwas, woran er glauben kann. Ich liefere Symbole.«

»Wie erklärste dir dann die andere Hälfte? Marie is kein Trick.«

John blickte ausdruckslos zur anderen Seite des Raumes hinüber. Marie war dabei, ihren Rock wie ein Akkordeon zu falten. Kinderspiele, dachte er. Alles, worauf er ungeduldig wartete, hing von ihr ab.

»Ich bin auch eifersüchtig.«

John warf Nattie einen schnellen Blick zu.

Sie lächelte reumütig. »Und im Gegensatz zu dir bin ich ’ne wahre Gläubige. Manchmal frag ich mich, warum Damballah sie erwählt hat. Abgesehen von ihrer Vergangenheit, ihrer familiären Herkunft spricht so wenig für sie. Damballah is ausgesprochen rätselhaft. Wie kann Er in ihr was Bedeutendes sehn?«

»Aber in dir selbst siehst du es?«

»Ja. Genau wie du.«

John machte ein finsteres Gesicht. Nattie setzte sich für Voodoo um jeden Preis ein, während er sich nur für sich selbst einsetzte. Nattie war eine Närrin.

»Für die Chance, Damballah in dir zu haben, würdest du sogar herumhuren«, sagte er verächtlich.

»Is das, was du tust, vielleicht was andres?«

John stieß eine Nadel in die Lumpenpuppe. »Ich wünschte, ihre Mutter wäre hier.«

»Wem seine Schuld is es denn, daß sie nich da is?«

»Zur Hölle mit dir. Du hast mitgeholfen.«

»Ganz recht.« Nattie schloß die Augen. Sie bedauerte eine Menge in ihrem Leben, aber am meisten bedauerte sie, daß sie der zweiten Marie zu ihrem Tod verholfen hatte. Sie und John hatten Marie dazu angestachelt, die Voodoozeremonie auf dem Market Square zu vollziehen. Bei jemandem, der so ungestüm, so leichtsinnig wie Marie war, war das nicht schwer gewesen. Sie hatten dafür gesorgt, daß Grandmère nichts von der Zeremonie erfuhr. Grandmère wäre dagegen gewesen mit der Begründung, daß es zu gefährlich sei. Es machte die Sache nicht besser, daß John falsch eingeschätzt hatte, wie bedroht sich die Weißen fühlen würden. Die arme Marie war gestorben, weil eine Horde frommer Christen, die Angst vor dem Höllenfeuer hatten, sie zu Tode peitschten. Sie hatten sie mitten in ihrem

Tanz unterbrochen, mitten in ihrem Ruf ›Damballah‹. Nattie erinnerte sich immer noch an den überraschten Ausdruck auf Maries Gesicht. Sie war jung genug gewesen, um zu glauben, daß Voodooköniginnen unbesiegbar und unsterblich seien. Sie hatte den Unterschied zwischen reinen und kirchlichen Wahrheiten nicht begriffen.

»Ja, ich hab mitgeholfen.« Nattie seufzte. Sie konnte immer noch Maries Schreie hören, als man sie an einen Baum fesselte. »Haste dich eigentlich jemals nach dem Grund gefragt?«

John fuhr sich mit der Hand durchs Haar. Er hatte die Frauen satt, ihren abgenutzten Charme und ihr stillschweigendes Dulden. Hatte großäugige Unschuld satt. »Es war ein lohnenswertes Risiko«, wehrte er ab.

»Was war ich doch für 'ne Törin, daß ich dir geglaubt hab. *An* dich geglaubt hab.«

»Aber wenn es funktioniert hätte, Nattie –«

»Leise. Willste etwa, daß das Kind uns hört?«

John blickte zur anderen Seite des Raumes hinüber und redete dann heftig weiter. »Überlege doch, wie mächtig wir gewesen wären, wenn Marie ihre Zeremonie zu Ende gebracht hätte. Überlege doch, wie mächtig Voodoo gewesen wäre. Sich nicht mehr in irgendwelchen Ecken verstecken zu müssen. Sich nicht für unsere Überzeugungen schämen zu müssen.«

»*Unsere* Überzeugungen?« fragte sie höhnisch.

»Wir hätten Kirchen wie jeder Katholik. Freiheit und Geld, um unseren Glauben zu praktizieren. Marie ist das Risiko gerne eingegangen«, sagte John halsstarrig.

»Weil sie dich zu sehr geliebt hat. Weil du ihr so lang zugesetzt hast, bis sie es getan hat.«

»Das ist eine Lüge. Marie wünschte sich genauso sehr wie ich, Macht zu haben. Es war Grandmère, der es an Phantasie fehlte. Ich konnte mir die Zukunft besser vorstellen, als sie das jemals konnte. Sie und ihre Tochter hätten den Reichtum dieser Stadt ausbeuten können. Sie brauchten Weiße – einflußreiche Weiße –, die an sie glaubten, nicht bloß Sklaven. Ja, das habe ich falsch eingeschätzt. Aber ich bin überzeugt, daß an meinen Träumen etwas Wahres ist.«

»Aber du hast doch gewußt, daß Grandmère mehr am Glauben als am Geld interessiert war, oder?«

»Selbst eine Gesundbeterin hat Anspruch auf Geld.«

»Marie und Grandmère hatten alles, was sie brauchten. Sie hatten zu essen. Sie schliefen in sauberen Betten. Du bist unbescheidener gewesen. Unbescheiden und habgierig.«

»Du etwa nicht?« John packte sie am Arm.

»Aber nich nach etwas, John«, flüsterte Nattie verächtlich. »Nach jemandem. Ich war habgierig nach jemandem.« Sie riß den Arm aus seinem Griff. »Sag mir ja nich, daß du das nicht weißt.«

John bedeckte die Augen. Nattie sah zu, wie er nachdachte. Er streichelte ihren Schenkel. »Nattie, ich –«

Sie schlug seine Hand weg. »Lüg mich nich an, John. Heut bin ich nur noch am Glauben interessiert. Ich will den Glauben erneuern. Hätt ich Grandmère davon überzeugen können, daß sie Voodoo wieder praktiziert, hätt ich sie niemals an dich verraten. Es wär töricht, wenn ich dir noch mal Gelegenheit geben würd, mir weh zu tun. Ich will, daß unser Volk wieder eine Voodookönigin hat, John. Sehr bald werden wir alle Afrika vergessen haben.«

»Was weißt denn *du* von Afrika?«

»Mehr, als du zu wissen behauptest. Im Geiste bin ich afrikanischer als du in deinen Knochen«, sagte Nattie trotzig.

John lümmelte sich in seinem Stuhl. Er haßte Frauen. Er ließ die *gris-gris*-Puppe fallen und setzte eine Flasche Rum an den Mund. Er nahm einen tiefen Schluck. Als er die Flasche senkte, starrte er zu Marie. Er würde ihr die Eingeweide aus dem Leib reißen, wenn er sich dadurch von ihr befreien könnte.

»Sie is immer noch Damballahs Auserwählte«, sagte Nattie kühl. »Behandle sie ja nich schlecht, John. Ich helf nich noch einmal. Zwei Tote werd ich nich auf mein Gewissen laden.«

John, der unbehaglich auf seinem Stuhl hin und her rutschte, bemitleidete sich selbst.

»Marie liebt dich.«

Nur eine einzige Frau hatte ihn jemals verstanden, und die war tot.

Sie hätte als Mann geboren werden sollen, dachte Marie. Maman hat das falsche Geschlecht auf die Welt gebracht. Oder war Grandmère schuld? Wäre sie richtig nach ihrem Glauben großgezogen worden, hätte sie dann jetzt so schreckliche Angst?

John mit seiner Selbstsicherheit sollte derjenige sein, der Damballahs Ruf erwartete.

Marie verstand ihren neuen Glauben überhaupt nicht. Warum sollte Damballah zu einer widerwilligen Priesterin kommen? Was war so besonders an ihr? Man hatte sie gelehrt, daß Frauen nichts Besonderes waren. Christus und Gott waren etwas Besonderes. Die Jungfrau Maria war etwas Besonderes, weil sie Christus geboren hatte. Aber könnte es Gott, den Vater, denn geben, wenn Ihn nicht auch eine Frau geboren hätte?

Und trotzdem empfand Marie die Ungerechtigkeit des Lebens. Die Ungerechtigkeit, daß Frauen als geringer galten als Männer. Frauen konnten mächtig sein. Sie wußte noch, wie Grandmère behauptet hatte, einen Mann umgebracht zu haben.

Marie war sich nie mächtig vorgekommen, außer, als Damballah sie erfüllt hatte. Damballah ehrte Frauen als Schöpferinnen. »Damballah, der Lebensspender.« Marie nahm an, daß es schmerzhaft und sehr blutig sein mußte, ein Kind zu gebären. Sie hatte gesehen, wie Schlangen ihre Nasen an einem Stein rieben und sich aus ihrer harten, toten Haut schälten. Wie einfach es doch wäre, wenn sie sich wie eine Schlange selbst aufs neue gebären könnte, anstatt ein neues Kind zur Welt zu bringen. Grandmère hatte gesagt: »Blutsbande verbinden.« Sie hatte Maman geboren, genauso wie Maman sie geboren hatte. Tochter zu Mutter. Zwei Maries. Wie eine Schlange hatte sie eine zweite Schicht ihrer eigenen Haut entblößt. Vielleicht war das ja das Geheimnis. Damballah bevorzugte Frauen, weil sie das tun konnten, was Männer nicht konnten. Sie brachten sich selbst zur

Welt – Frau zu Frau – in einer Kette, die so alt war wie die Schöpfung. Die Linie reichte vor und zurück bis zu Eva. Die Schlange selbst war ein endloser Kreis.

Marie schloß die Augen. Sie mochte ja Damballahs Priesterin sein, doch war es John, nicht Damballah, der im Mittelpunkt ihrer Welt stand. John war es, den sie jeden Tag sehen konnte, John, der die Macht besaß, sich mit ihr zu vereinigen, sie in Ekstase zu versetzen und ihr eine andere Art von Frieden zu schenken.

Marie blickte zur anderen Seite des Raumes hinüber. Nattie, fett und frech, war dabei, Unruhe zu stiften. John machte ein zorniges und düsteres Gesicht. Marie wünschte, sie könnte ihn in die Arme nehmen und trösten.

John und Nattie hatten die Köpfe zusammengesteckt. Was flüsterten sie? John zog sich zurück und trank. Nattie stand auf und schlitterte auf den Altar zu.

War Nattie eifersüchtig, weil Damballah zu ihr gekommen war? Oder weil John zu ihr gekommen war? Marie wußte nur, daß sie als Kind Nattie niemals hätte lieben können.

Sie sah, wie John tief Luft holte und aufstand. Er kam auf sie zu. Sie versuchte, sich ihre Nervosität nicht anmerken zu lassen.

»Bist du fertig, ma petite?«

Marie hätte so gern die Narben in seinem Gesicht geglättet. Sie wagte es nicht. »Ich glaube schon.«

»Du solltest es aber wissen«, sagte John, der seinen Ärger zügelte und sich weiterhin herablassend ruhig gab. »Du bist Marie Laveau. Die Tochter deiner Mutter. Die Götter haben dich auserwählt.«

Sie zupfte an ihrem Rock. Um die Götter zu ermuntern und John zu gefallen, hatte sich Marie gereinigt. Eine Woche lang hatte sie in kalkhaltiger Milch gebadet und außer Reis nichts gegessen. Damballah mochte weiße Nahrungsmittel. John hatte auf Enthaltsamkeit bestanden, und sie hatte ihre Enttäuschung unterdrückt. Sie unterdrückte auch ihren Verdacht, daß er sie im

Grunde nicht berühren wollte, ohne zugleich auch ihre Maman zu berühren.

Warum konnte sie John nicht gestehen, daß sie sich jedesmal, wenn sie merkte, daß Damballah von ihr Besitz ergreifen wollte, gesträubt hatte? Sie hatte Angst, daß sie in Damballahs oder, schlimmer noch, in Mamans Besitz wie ein Glühwürmchen sterben, unkontrollierbar verbrennen würde. Sie wollte, wenn sie liebte und von John geliebt wurde, einen Kontrollmaßstab nur für sich allein finden. Nicht für Geister, die ihren Körper kontrollieren und Anteil an ihrer Seele haben konnten. Sollte Maman sich noch einmal ihrer bemächtigen, glaubte sie, verrückt zu werden.

John ging vor ihr in die Hocke und legte die Hände über ihre Knie. Er hätte Marie gern gebeten, vorzutäuschen, zu heucheln, daß Damballah heute nacht von ihr Besitz ergriff. Er bettete seinen Kopf in ihren Schoß. Sie würde es nicht verstehen.

Marie massierte seinen Nacken.

John kam sich alt vor. Maries Mutter hätte über seine Qualen gelacht; sie hatte es lieber gehabt, wenn er nicht so sicher war. Ihre Mutter war aber auch nicht so unbedarft gewesen. Sein Magen verkrampfte sich, und auf seinem Rücken brach kalter Schweiß aus. Er hatte hart gearbeitet, um sich seinen Ruf aufzubauen, und in zwei Monaten hatte Marie ihn nahezu zerstört. Heute nacht war seine letzte Chance, sein Voodoogeschäft und seine Träume von Macht zu retten. Er versuchte es anders. »Hast du mich gern?«

»O ja.«

John zuckte zusammen. Maries Unschuld war entwaffnend.

»Deine Maman hat ihren Tod vorausgeahnt.«

Marie atmete ein. »Wie ist sie gestorben?«

John hielt ihre Hand. »Deine Maman war leichtsinnig. Sie wollte die Beste sein, die berühmteste Voodookönigin. Sie redete sich ein, daß eine Zeremonie auf dem Cathedral Square sie berühmt machen würde. Ich warnte sie. Nattie auch. Sie wollte nicht, daß wir sie begleiteten. Deine Grandmère hat sie angestachelt. Daher . . .« Seine Stimme verlor sich. »Deine Maman war immer bemüht, Grandmère zu gefallen.«

»Ich glaube, ich habe Mamans Tod gesehen.«

»Das ist unmöglich.«

»Als ich jünger war, habe ich Visionen im Wasser gesehen. Wurde Maman an einen Baum gefesselt und ausgepeitscht?«

»Ja.«

»Von wem?«

»Von weißen Männern. Katholiken. *Aristos.* Deine Maman wollte sich in letzter Minute von der Zeremonie zurückziehen. Doch deine Grandmère hat darauf bestanden, daß sie zu Ende führte, was sie einmal begonnen hatte.«

»Ja, das klingt nach Grandmère. Grandmère mag es nicht, wenn Arbeiten unerledigt bleiben.« Marie konnte nicht recht glauben, daß Grandmère ihre Tochter in Gefahr gebracht hätte. Aber vielleicht war das die Erklärung dafür, daß Grandmère nie von Maman sprach. Sie fühlte sich schuldig.

»Ich wurde bewußtlos zu Boden geschlagen. Ich weiß nicht genau, was mit Marie passierte. Die Menge hielt sie für einen Teufel. Ich weiß nur, daß ich sie nicht retten konnte.« John prüfte die Wirkung seiner Geschichte. Marie schien sie zu glauben. Zwischen ihren Augenbrauen hatte sich eine kleine Furche gebildet, ihre Lippen bebten leicht, doch ansonsten nahm sie es gelassen hin.

»Vor der Zeremonie trug mir deine Maman auf, mich um dich zu kümmern. Für den Fall, daß etwas schieflief, sagte sie. Sie hatte wohl angenommen, daß deine Grandmère irgendwelchen Unsinn machen könnte. Ich versprach, mich um dich zu kümmern. Eine Pflicht wurde mein Gnadenakt. Aber Grandmère hat dich nach Teché weggezaubert. Ich habe aus der Ferne beobachtet, wie du groß wurdest, immer heimlich. Erinnere dich, einmal haben sich unsere Wege gekreuzt. Das war an deinem Geburtstag. Du warst gerade zehn geworden.«

Marie errötete heftig. Es kam ihr nicht in den Sinn zu fragen, warum ein Mann ein Kind so intim berührte. Sie hatte ihre nachgiebige Reaktion nicht vergessen.

»Es war ein Vergnügen, dich wachsen zu sehen.« John versetzte seiner Beute den Todesstoß. »Liebst du mich?«

Marie, die völlig verwirrt war, konnte ihn nur anstarren.

»Ich bin immer bei dir gewesen. Selbst im Bayou habe ich jedes Stück, das du gewachsen bist, beobachtet.« Johns Hand glitt unter ihren Rock. Marie verspannte sich, doch dann öffneten sich ihre Beine ein wenig. »Ob du es gewußt hast oder nicht, ich war immer da.« Er streichelte die Innenseite ihrer Oberschenkel. »Du mußt noch ein Stück wachsen. Mein Leben hängt davon ab.« Er haßte seine Abhängigkeit. Haßte Marie. »Meine Liebste, erlaube den Göttern, in dich einzudringen.«

»Nattie sagt«, platzte sie heraus, »daß Damballah entscheidet, wann er kommt, nicht ich.«

Marie war halsstarrig. Verstockt. John lächelte charmant. »Du willst doch nicht, daß ich versage?«

»Nein, ich –« Sie war durcheinander. Wieso war ihr Versagen seines?

»Ich habe ein Geschenk für dich.« Er zog ein kleines Medaillon aus der Tasche. »Das hier bist du.«

Die Haut auf dem Porträt war braun gefärbt mit Spuren von Gold. Dunkle Haare umrahmten ein schmales Gesicht. Weiche, rosige Lippen. Sommersprossen liefen über eine Stupsnase. Schräggestellte Augen, leuchtend und gefühllos geworden. Diese Augen wußten alles. Sie beurteilten sie mit einem Wimpernzucken; sie dienten als Warnung.

»Deine Maman hat kurz vor ihrem Tod dafür Modell gesessen.«

Marie wollte es sich nicht ansehen.

»Ich kann aus dir genau das machen, was sie war. Und ich kann dich größer machen. In fünf Jahren, das verspreche ich dir, wird jeder wissen, wer du bist. Aber du mußt« – er schloß Maries Finger um das Medaillon – »du mußt zulassen, daß Damballah von dir Besitz ergreift.«

John war ein Magier. Er konnte sie in etwas verwandeln, von dem sie nicht genau wußte, ob sie es sein sollte oder wollte. »Wer bist du?«

»Wer soll ich denn sein?«

Sie wich zurück.

»Ach, ma petite.« Seine Arme umfingen ihre Taille.

Von der anderen Seite des Raumes, unweit des Altars, starrte Nattie wie eine hungrige Krähe zu ihnen herüber.

»Ich hätte ein König sein sollen. Ich hätte über Hunderte, Tausende herrschen sollen. Mein Vater verlor einen Stammeskrieg.« Sein Gesicht verfiel. »Ich wurde gefangengenommen. An Weiße verkauft. Mit acht wurde ich mit dem Schiff zu den Westindischen Inseln gebracht.«

»Hast du dich freigekauft?«

»Nein, ich habe gekämpft. Ich wartete, bis ich alt genug war, um mit den Händen zu töten.«

Marie stellte sich John als schwarzen, rächenden Dämon vor.

»Ich habe dich geliebt«, sagte er.

Sie rief sich ihre einzige Liebesnacht ins Gedächtnis, aber auch die anderen Tage und Nächte, als er sie nicht beachtet, sie wie ein Kind behandelt hatte.

John besaß die phantastische Fähigkeit, seine eigenen Lügen zu glauben. Er starrte Maries liebreizendes Gesicht an und wiederholte: »Ich habe dich geliebt.«

»Oh, John«, murmelte sie. Er übersäte ihr Gesicht mit Küssen. Marie liebte ihn mehr als Maman. Sie hielten sich umschlungen. Außer ihnen schien niemand im Zimmer zu sein. Außer ihm niemand in ihrem Körper.

»Wenn du heute nacht Erfolg hast, werden wir Pläne schmieden.«

»Damballah macht mir Angst«, log sie.

»Nur du und ich. Wenn du Erfolg hast, werde ich dich mehr lieben als irgend jemanden sonst.«

»Das bin nicht ich«, flüsterte sie. »Nichts ist von mir.« Wie konnte sie John erklären, daß Maman nicht sie war?

»Wenn du keinen Erfolg hast, wirst du meine Hoffnungen zerstören.«

»Das ist ungerecht.«

»Nichts ist gerecht«, erwiderte John schroff. »Ich sollte nicht hier sein. Die Welt ist nicht gerecht. Ich sollte über mein Königreich herrschen, nicht in einem Land leben, in dem meine Hautfarbe aus mir einen minderwertigeren Menschen macht. Hilf mir, meine Rechte zurückzufordern. Mich selbst.«

Marie stellte sich vor, wie John, der Knabe, litt. Hätte er sie damals gebraucht? Brauchte er sie jetzt wirklich? Sie war halsstarrig. Verstockt.

»Das bist du mir schuldig«, sagte er.

Wirklich? überlegte sie. »In Teché könnten wir glücklich sein.«

»Während wir auf einer Veranda schaukeln? Zuschauen, wie der Mond sein Gesicht verändert?« John schüttelte den Kopf. »So kann ich nicht leben. Und du auch nicht. Du hast eine einzigartige Gabe. Ich kann dir zeigen, wie du sie nutzen kannst. Wie du uns eine Zukunft aufbauen kannst.«

Ihr dröhnte der Kopf.

»Wenn du heute nacht Erfolg hast, werde ich sehr gut für dich sorgen.« Er wickelte sich ihre Haare um die Finger.

»Verstehst du mich?«

Marie verstand. Um John zu haben, mußte sie sich selbst aufgeben, das wenige aufgeben, das sie wußte. Marie schlug beschämt die Augen nieder. Warum sollten Johns Bedürfnisse wichtiger sein als ihre? Trotzdem war sie bei dem einzigen Mal, als John mit ihr geschlafen hatte, von einer beängstigenden und berauschenden Leidenschaft durchströmt worden. Sie hatte sich selbst als Frau erkannt. Es gab Stellen an ihrem Körper, deren Berührung sie vor überschäumender Lust aufschreien ließ. Marie war über sich selbst empört. Ging es also darum? Sie würde tun, was er wollte, um seine Berührung zu spüren? Er hatte ihr auch weh getan. Woher wollte sie überhaupt wissen, daß das, was sie gefühlt hatte, ihre Gefühle, ihre Lust und nicht die von Maman gewesen waren? Sie schauderte.

Jede Faser ihres Körpers schrie: Halt mich fest. John hielt sie fest. Seine Hände erforschten die Falten zwischen ihrem Schlüpfer und ihren Oberschenkeln. Sie würde tun, was er wollte. Sie würde sich Damballah hingeben. Aber nicht Maman, nie wieder. Nicht, wenn sie es verhindern konnte.

Später ging John zum Fenster und pfiff. Seine schrillen Töne wurden von einem Jungen in der Gasse wiederholt; dann wurden die abgehackten Laute von einem Sklaven im Garten seines Herrn weitergegeben, dann von einem Kutscher, einem Küchenmädchen – bis alle Farbigen in New Orleans wußten, daß die Zeremonie gleich begann.

John wandte sich lächelnd vom Fenster um. Er spürte neue Hoffnung, neue Selbstsicherheit. Ribaud gratulierte ihm, indem er einmal leicht auf die Trommeln schlug. Nattie bezeugte ihre Ehrerbietung schweigend mit einem Schluck Rum.

Marie beruhigte sich. Um der Liebe willen konnte sie alles schaffen.

»In gewisser Hinsicht hatte meine Suche nie etwas damit zu tun, Maman zu finden; eher damit, Liebe, Hoffnung, Wärme zu finden.

Als mir klar wurde, daß ich mich über Maman ärgerte, als mir klar wurde, daß ich sie und sie mich haßte, verlor ich das wenige Selbstvertrauen, das ich besessen hatte. Ich wurde wieder ein Kind und John der strafende Vater. Wenn er mich tröstete, war ich gerne seine Sklavin. Und wenn er mir weh tat, nahm ich es als Beweis hin, daß ich es verdiente, wenn man mir weh tat. Für ihn ergab es einen irrwitzigen Sinn, das Kind zu bestrafen, das die Mutter abgelehnt hatte.

Ebenso merkwürdig war, daß ich in Johns Bett lernte, eine Frau zu sein. Ich war von einer Leidenschaft erfüllt, die aller Vernunft zuwiderlief. Sie schien gefährlich. Und gut.«

»Hast du denn nie geliebt, Marie?«

»Was heißt Liebe?«

»Die Selbstsüchtigkeit besiegen. Für jemanden das Beste wollen, einfach nur, weil es zu seinem Wohl ist.«

»Nein. Nie geliebt. John war eine Abwechslung von der harten Arbeit, mich selbst zu finden.«

»War . . . ist *Voodoo böse?«*

»Als ich jünger war und es noch nicht besser wußte, hätte ich mit Ja geantwortet. Aber Voodoo spiegelt wider, was ist. *Maman war böse . . . daher zeigte Voodoo sie, wie sie wirklich war. Voodoo hat niemals den Tod von Maman gefordert. Aber Voodoo, durchdrungen von Ahnenkult, war es, der mir Maman in all ihrer Häßlichkeit, mit all ihrer Boshaftigkeit zurückgab.«*

»Was war mit John, Marie? Er war Voodoo.«

»Eine Religion kann für ihre Scharlatane nicht verantwortlich sein. Ich war selbst ein Scharlatan.«

»Immer?«

»Ich werde müde, Louis. Ich glaube nicht, daß ich die Nacht überleben werde.«

»Warst du immer ein Scharlatan?«

»Nein. Manchmal besaß ich die größte Gabe. Ich war eine Frau mit Macht.«

Marie Laveau, 15. Juni 1881, am Tag vor ihrem Tod
(Aus Louis DeLaviers Tagebuch)

Die Zeremonie hatte endlich begonnen.

Skeptisch und mit finsteren Gesichtern stolzierte das Publikum herein und um Marie herum.

Sie huschten nah an ihr Ohr und schimpften sie ›Hure‹, ›blinde Seherin‹ und ›Schänderin‹.

Die Frauen wollten wissen, mit welchen Listen Marie John irregeführt und eingefangen hatte. Die Männer wurden deutlicher. Welche Stellungen John überzeugt hätten, daß sie eine Prophetin war? Sie starrte auf die Kohlezeichnung von Damballah. Die Anhänger hatten das eine Mal, als sie sich langsam wie eine Schlange gewunden hatte, bereits vergessen. Stumm flehte sie Damballah an, zu kommen.

John schritt durch die Menge und murmelte: »Geduld.« Den jungen Männern redete er gut zu; mit den Frauen flirtete er. Ribaud verführte die Anhänger mit dem Klang seiner Trommeln. Nattie schenkte noch mehr Rum aus.

Bei jedem Atemzug konzentrierte sich Marie darauf, Gedanken und Gefühle auszuatmen. Damballah würde sie vollkommen ausfüllen.

Tänzer wiegten sich mit langsamen Bewegungen. Sie riefen nach Legba. Kerzen flackerten. Eine Schwangere schlotterte und schrie.

Ogu, der Gott der Krieger, brach hervor. Nattie entzündete

mit einer Fackel eine Schale Rum. Der besessene Mann tauchte die Hände in das Feuer; seine Haut blieb unversehrt. Er band sich eine Schärpe um den Kopf und schwang einen Säbel, womit er die anderen erschreckte. Er fluchte und stampfte. Er trank einen Krug Rum.

»Ogu trinkt, er trinkt, aber er ist nie betrunken.« Ogu grapschte eine Frau am Po und küßte sie. Die Menge sang.

Ogu trinkt, er ißt nicht
Er legt das Geld zur Seite
Um bei einer schönen Frau zu schlafen
Gestern abend ist sein Mädchen
Ohne Essen schlafen gegangen
Ogu kämpft
Ogu ißt nicht
Er hat ein schönes Kleid gekauft um es seinem Mädchen zu schenken
Gestern abend hat Ogu ohne Essen geschlafen

Der Mann schnitt sich mit dem Säbel in die Haut. Er saugte sein Blut aus.

Geister kamen und gingen, wirbelten um John herum. Würde er an die Götter glauben, müßte er sagen, daß sie ihn heute abend segneten. Aber für John war Besessenheit Schauspielerei – abgestumpfte Menschen, die Szenen spielten, von denen sie träumten. Das Gedächtnis zu verlieren, war bequem. Marie, ihre Maman und Grandmère waren die einzigen, die seinen Unglauben gestört hatten. Er glaubte wirklich, daß er mit einem toten Geist geschlafen hatte. Er erinnerte sich nur zu gut daran, wie er sie gerochen, geschmeckt und berührt hatte – Maries Maman.

Marie sah aus, als wäre sie tot. Er fuhr mit den Händen einmal, dann zweimal über ihr Gesicht. Ihre Augen blinzelten kein einziges Mal.

Marie hatte das Gefühl, als tobte in ihrem Innern ein Krieg – ihr Herz sehnte sich danach, in Besitz genommen zu werden, ihr Ver-

stand fürchtete sich, die Kontrolle zu verlieren. Um Damballah zufriedenzustellen, mußte sie sich ganz hingeben. Habe Vertrauen, daß Er dir niemals weh tun wird. Doch am Rande des Bewußtseins konnte sie Mamans Gegenwart spüren. Sie konnte den ganzen enttäuschten Zorn einer Frau spüren, die zu früh gestorben war. Maman wollte weh tun.

Die Guédé, die Totengötter, erschienen. Sie waren zu dritt: Baron Samedi, Baron Cimetière und Baron La Croix. Die Besessenen, zwei Männer und eine Frau, stürzten sich auf ihre Kostüme. Alle drei wählten einen Zylinder, eine dunkle Jacke und eine Brille. Die Guédé waren brutal und obszön.

Samedi, der mit nasalem Tonfall sprach, erzählte schmutzige Witze und brachte die Frauen zum Lachen. Cimetière verlangte etwas zu essen. Nattie reichte Cimetière einen schwarzen Hahn. Cimetière rupfte das aufgeregt gackernde Geschöpf, kaute daran herum, dann schlenderte er, den blutigen Kadaver an seine Brust gedrückt, durch den Raum.

La Croix warf sich vor dem Altar nieder. Er schlug auf den Boden ein und jammerte: »Die Welt ist ungerecht. Ich bin zu früh gestorben.«

In ihrem Kopf konnte Marie hören, wie Maman wiederholte: »Ich bin zu früh gestorben. Ich bin zu früh gestorben.«

La Croix schlug Cimetière, stahl den Vogel und warf ihn auf den Erdboden.

Maman versuchte, einzudringen. Wie weh das tat. Ein gewaltiger Druck bildete sich in ihrem Innern; Maman kämpfte, versuchte, sich hineinzukratzen.

»Nein.« Unablässig wiederholte Marie stumm das Wort. »Nein. Du wirst nicht hereinkommen. Du wirst mich nicht vernichten. Du wirst nicht durch mich leben.«

Marie konnte spüren, wie eine Seele weinte.

Sie hätte am liebsten auch geweint. Welche Ironie, daß ihre Suche damit enden sollte, daß sie Maman verbannte. Doch selbst im Tod war Mamans eifersüchtiges Verlangen nach John so stark wie ihr eigenes.

»Ich bin zu früh gestorben.«

Maries Herz verkrampfte sich. Maman machte ihre Autorität wieder geltend, flehte, bettelte, eingelassen zu werden.

»Nein.« Unbarmherzig stieß Marie Maman zurück, so wie sie zurückgestoßen worden war. Denn Mamans Verlangen, wieder ein Wesen, ein Körper zu sein, war zu stark. Sie würde immer wieder von Marie Besitz ergreifen, bis sie beide kein Leben mehr in sich hatten. Das Schlachtfeld wäre John, und Marie würde schließlich verbrennen, vernichtet werden wie ein Glühwürmchen.

Ihre Herzen berührten sich: zwei Maries. »Ich muß mein eigenes Leben leben.« Sie konnte Mamans Zorn spüren und unter dem Zorn eine widerwillige Bewunderung, eine Einsicht, daß zwischen ihnen Freude, nicht Haß hätte herrschen sollen.

»Geh.«

Mamans Seele entfloh.

Die Frau, die von La Croix besessen war, schrie und sackte zu Boden. Die Guédé verschwanden. Ein heftig schwitzender Mann steckte den Kopf zwischen die Knie. Ein kleines Mädchen jammerte. Die Zeremonie ging dem Ende zu. John geriet in Panik. Vor lauter Enttäuschung hätte er am liebsten den Altar zertrümmert. Marie, dachte John, war immer noch in einem ereignislosen Trancezustand.

Nattie bedeckte das Gesicht. John hatte recht. Ihre Religion war Zauberei. Illusion.

Nur Ribaud verlor sein Vertrauen zu Marie nicht. Er liebkoste seine Trommeln und umwarb damit sowohl sie als auch die Schlange.

Damballah eroberte die Hauptbühne. Marie glitt von ihrem Stuhl.

John hätte am liebsten geschrien und gesungen. Nattie stürzte vor. *Von Damballah besessen, warfen Maries Nägel Erdbrocken in die Luft.* Die Anhänger wichen zurück. *Sie grub eine flache Mulde und rollte sich in ihr zusammen, während ihre Zunge zwischen ihren Zähnen hin und her schnellte.*

John streichelte sie. »Damballah. Oh, meine Damballahkönigin.«

»Ja«, jubelte sie. Damballah erfüllte sie ganz, entfaltete ihre Persönlichkeit, unterdrückte sie nicht. Es war eine symbiotische Verbindung. Damballah war der Weise, der ihr ein Gefühl der Macht gab, die Geheimnisse der Schöpfung mit ihr teilte, sie ermunterte, alte Vorstellungen von ihrem Ich abzulegen und zu glauben, daß ein Kind recht daran tat, sich von seiner Mutter zu trennen. Alles bewegte sich in einem Zyklus. Zeit, Erde und Himmel würden heilen. Alle und alles würden neu geboren werden.

Die Anhänger krümmten ihre Rücken, ahmten die Anmut einer Schlange nach. Nattie reichte eine Schale Milch. *Marie leckte sie sauber.* »Maman Marie«, sangen die Anhänger.

Als wäre John ein Baum, wickelte sich Marie um ihn herum. John hob sie hoch, überzeugt, daß ihr Triumph der seine war. *Marie hing mit geschlossenen Augen schlaff in seinen Armen.* Er hielt sie eng an sich gedrückt.

»Papa John. Maman Marie«, sangen die Anhänger.

»Wagt ihr es jetzt, mich zu verachten und zu verspotten?« rief John der Menge zu. »Diejenigen unter euch, die nicht glauben, hinaus mit euch. Verschwindet, oder ich werde euch« – er küßte Marie auf die Stirn – »bei Damballah verfluchen.«

Marie öffnete die Augen. *»Glaubst du?«*

Vor Schreck hätte er sie beinahe fallen lassen. John hatte zwei Stimmen gehört, die zu einer Stimme verschmolzen. Da war einmal Maries Sopran und dann ein heisereres Timbre, das ihn *Damballah* denken ließ. Aber das war Unsinn. Nichts von alledem war echt. Und doch war er nicht frei von Furcht.

Marie schlängelte sich von seinen Armen herunter. Damballah ermunterte sie, zu heilen. Sie wich John, der nach ihr greifen wollte, aus, und tippte einem jungen Mädchen auf die Schulter. »Wie heißt du?«

»Clotide.«

»Dein Problem?«

Das Mädchen errötete und blickte von einer Seite zur anderen. »Ich bin verliebt.«

»Er liebt dich nicht«, murmelte Marie traurig.

»Wie kannst du das wissen?«

Marie strich dem Mädchen über den Kopf. »Ich kann die Traurigkeit in deinem Herzen spüren.« Und sie konnte es wirklich spüren. Damballah zeigte ihr die empfindsame Schönheit der menschlichen Seele.

»Sag ihr eine Zauberformel«, raunte John. »Laß sie Zucker zusammen mit einer Haarlocke ihres Geliebten verbrennen.«

Marie legte dem Mädchen die Hand auf die Brust. »Ein anderer ist dazu bestimmt, dich zu lieben. Du mußt dir dein Herz bewahren. Entzünde Kerzen für Damballah. Ein neuer Liebhaber ist nah.«

»Maman Marie.« Das Mädchen wischte sich die Tränen an Maries Rocksaum ab.

Marie konnte spüren, wie der Kummer nachließ. Die junge Frau wollte nur glauben, daß eines Tages einer kam, der all das, was sie zu geben hatte, zu schätzen wußte.

»Sei gesegnet, Marie.«

Marie neigte den Kopf; sie blieb vor einem arthritischen Mann stehen. »Du magst deinen Herrn nicht.«

»Er schlägt mich.« Er zeigte die Blutergüsse auf seiner Brust. »Ich bin zu alt, um geschlagen zu werden.«

»Gift. Das ist die einzige Antwort.«

»Still, John. Es gibt einen besseren Weg. Lege den Namen deines Herrn in eine leere Kokosnuß. Brenne eine schwarze Kerze in einem der Augen ab. Laß die Flamme nie ausgehen. In zwei Tagen wird er für jeden Peitschenhieb, den er dir gegeben hat, Schmerzen bekommen. Danach wird er schreien, selbst wenn er nur davon träumt, dir weh zu tun.«

»Sei gesegnet, Maman Marie. Sei gesegnet.«

Marie hörte sich, einer nach dem anderen, Probleme an und erteilte Rat. Ihre Energie war unerschöpflich.

John stand herum, wütend, daß Marie ihn zum Schweigen gebracht hatte, wütend, daß die Menge ihre Aufmerksamkeit von ihm abgewandt und ihr zugewandt hatte. Was für Dummköpfe sie doch alle waren, wie sie sich anstrengten, die leise Stimme zu hören, und nickend Maries Klugheit bestätigten. Selbst Nattie war der Kiefer heruntergefallen, sie drängte sich wie hypnotisiert vor. War es denn nicht das, was er wollte? Seine Voodookönigin war ein Erfolg. Aber es war kränkend, daß Marie ihn bei ihrem Erfolg nicht zu brauchen schien. Das blasse, liebeshungrige Mädchen war jetzt eine selbstbewußte Frau. Damballah? Er glaubte es nicht. Marie spielte Theater und ließ ihn bei ihrem Spiel klein erscheinen, genau wie ihre Grandmère es getan hatte – genau wie ihre Mutter es getan hatte.

Marie jubelte. Damballah schenkte ihr eine neue Vision von sich selbst. Sie half jenen, die hilflos waren. Ihre Seele war getröstet. Ausnahmsweise einmal machte sie niemandem Kummer.

Marie fühlte sich leicht, gestaltlos. Plötzlich stieg ihr Körper empor, schwebte. Vor Erstaunen lachte Marie wie ein Kind, fröhlich und herzhaft.

Die Menge verstummte, als sie über ihnen aufstieg. Einige wichen ängtlich zurück. Einige fielen auf die Knie. Doch alle sangen kaum hörbar: »Damballahkönigin. Maman Marie, unsere Damballahkönigin.«

John, die Arme fest um sich geschlungen, schüttelte unaufhörlich den Kopf. Maries Füße waren nur ein paar Zentimeter vom Boden entfernt, aber es hätten ebensogut Kilometer sein können. Neid schmeckte wie bittere Galle. Es war ein Trick. Es mußte ein Trick dabeisein.

Marie wirbelte herum, bis ihr gelbes Kleid vor Regenbögen sprühte. Flink und sanft wie ein Engel landete sie wieder auf dem Boden. Damballah war fort.

Die Trommeln verstummten jäh.

Marie sah zu John. Sie wußte nicht, was er dachte, und es machte sie nervös, wie seine Augen starrten, als würde sie etwas verbergen. Doch dann lächelte sie: Wie dumm sie doch war. Kaum war Damballah fort, kehrte sie wieder zu ihrem alten, ängstlichen Ich zurück. Natürlich mußte John zufrieden sein. Hatte sie denn nicht getan, was er wollte? Aus Liebe zu ihm hatte sie gegen Maman gekämpft – ihre Seele dabei riskiert – und sich Damballah geöffnet. Sie hatte einen Schritt auf ein neues Leben, ein neues Ich zu gemacht. Jetzt würde John sie bestimmt lieben.

Ohne zu der entzückten Menge zurückzublicken, betrat Marie Johns Schlafzimmer, und er folgte ihr und schloß leise die Tür.

Als Marie aufwachte, war sie allein. Sonnenlicht verzierte die Wände mit einem Prismenmuster. Das Zimmer war in heißer, feuchter Luft gebadet. Sie versuchte, sich aufzusetzen, fiel jedoch, die Hand auf den Unterleib gepreßt, zurück. Blutergüsse bedeckten ihren Körper. Ihr Gesicht fühlte sich geborsten an.

Sie lag schwer wie Blei auf dem Bett.

Nach der Zeremonie hatte John sie zunächst sanft geliebt. Seine Zärtlichkeit war ihre Belohnung. Doch dann, ohne ersichtlichen Grund, hatte er ihren Kopf gegen das Kopfbrett geknallt.

»Warum? Was habe ich getan?« jammerte sie.

»Ich bin kein Dummkopf. Alles, was du bist, verdankst du mir. Alles, was du tust, tust du für mich.« Er saß rittlings auf ihr und unterstrich seine Worte mit kleinen Schlägen.

»Damballah ist in mich eingedrungen. Hast du das denn nicht gewollt?« Ihre Lippen bluteten.

»Tricks. Alles Tricks.« Er biß ihr in die Brust und stieß in sie hinein. »Vergiß nicht – ich bin der König.« Marie dachte, er hätte ihren Unterleib durchbohrt. »Alle Freuden beginnen und enden mit mir.«

»Und ich bin die Königin«, brüllte Marie, wütend, daß er sie so behandelte, wütend auf sich selbst, daß sie jemals geglaubt hatte, ihn zu lieben.

John warf sie herum und drang in ihren After ein. Marie schrie. John raunte ihr ins Ohr: »Ich könnte dich töten.«

»Tu's doch. Besorge dir doch eine andere Voodookönigin.« Sie wollte nur noch sterben. John packte ihre Haare und stieß ihren Kopf tiefer ins Kissen. Sie war kurz davor, zu ersticken. Marie konnte spüren, wie sie sich ergab. Nicht nach Atem rang.

John drehte ihren Kopf zur Seite. »Du wirst leben, und du wirst tun, was ich dir sage.«

»Dann wirst du mich töten müssen.«

»Statt dessen werde ich Grandmère töten.«

»Nein!« schrie sie und bündelte, hilflos mit Armen und Beinen um sich schlagend, ihre Kraft, als John sein Gewicht und sein Glied immer wieder in sie hineinstieß. »Nein!«

Sie verlor das Bewußtsein und erinnerte sich an nichts anderes mehr.

Marie wälzte sich zur Bettkante und übergab sich. Sie schleppte sich zur Waschschüssel und tauchte ihr Gesicht in Wasser. Als sie sich das Gesicht abtrocknete, sah sie ihr Spiegelbild: bleich und geschwollen. Sie konnte nicht weinen.

In wilder Hast suchte sie nach ihrem Rock. In der Seitentasche fand sie das Medaillon. Das Porträtgesicht war glatt und unberührt. Ihr Gesicht war häßlich vor Blutergüssen. Trotzdem war die Ähnlichkeit verblüffend.

»Wie ich seh, hat er dich ganz schön rangenommen.«

Marie glaubte, in dem abgehärmten Gesicht Mitleid zu erkennen. »Laß mich in Ruhe, Nattie.«

Alles war still, bis auf die Geräusche der Lappen, als Nattie das Erbrochene aufwischte. Als die Waschschüssel schmutzig war, schüttete Nattie das Wasser aus dem Fenster und duschte das Kopfsteinpflaster.

Marie starrte auf Natties Rücken und fragte sich, ob sie gekommen war, um sich an ihrem Anblick zu weiden.

»Deine Maman hat dich gehaßt.«

»Hat sie dich auch gehaßt, Nattie?«

Nattie wandte sich, ihren Ärger verbergend, um. »Du bist aufgebracht.« Sie streckte die Hand aus, um sie zu besänftigen.

»Laß mich in Ruhe, Nattie.«

Nattie legte den Kopf schief. »Du bist hart, Marie.« Nattie schwenkte die Hüften und nahm das Medaillon vom Frisiertisch. »Deine Maman war auch hart. Und so selbstsüchtig, wie der Tag lang is. Hat immer bekommen müssen, was sie wollte. Und sie wollte John. Deine Grandmère hat deine Maman geliebt. Niemand durfte auch nur ein Wort gegen ihre Tochter sagen. Grandmère war blind bis ganz zum Schluß. Hart geworden durch ihre eigene Halsstarrigkeit.«

Maries ausdruckslose Miene war unverändert geblieben.

»Ich glaub, daß du so hart bist, weil du zu sehr liebst.«

»Nun mach schon, Nattie. Sag, was du zu sagen hast.«

»Es war deine Maman, die John auflas, als er hungrig und wie ein Wasserfall quasselnd rumlief. Du hättst ihn damals erleben müssen – wie er vor jedem, der zuhörte, behauptete, daß die Narben in seinem Gesicht einen Prinzen aus ihm gemacht hätten. Deine Maman überredete Grandmère, John aufzunehmen, ihm die Voodoobräuche beizubringen. Deine Maman liebte John, wie ein Kätzchen Milch liebt.«

Ein trockener Brechreiz quälte Maries Körper.

»Aber John war nich treu. Am Anfang hat er versucht, es zu verbergen. Deine Maman war schlau und fand's trotzdem raus. Aus reiner Boshaftigkeit schlief sie mit einem Weißen. Als du größer geworden bist, wurden auch Johns Begierden größer. Seine Interessen außerhalb. Verstehste mich? Er gab sich keine Mühe mehr, seine Frauen zu verstecken. Grandmère mußte deine Maman fesseln, damit sie dich nich aus ihrem Leib rausriß. Ich kochte ihr Essen, paßte immer auf, daß sie nich ein Pulver reintat, damit du tot auf die Welt kamst.« Nattie sprach zu Maries Spiegelbild.

Marie täuschte Gelassenheit vor. Nattie sollte nicht sehen, daß sie verwundbar war. »Ist das alles, Nattie?«

»›Ist das alles?‹ Is das alles, was du sagen kannst. Nix als Torheit.« Nattie packte Marie am Ellbogen und schüttelte sie. »Wer bist du? Du bist nich mehr meine liebe Marie? Ich bin die einzige, die dir helfen kann. Schließ mich nich aus.«

Nattie klatschte sich enttäuscht auf die Hüften.

»Meinste vielleicht, mir gefällt's, wenn du geschlagen wirst? Meinste vielleicht, mir gefällt der Gedanke, daß John dich anfaßt? Er benutzt dich genauso, wie er deine Maman benutzt hat.« Sie wanderte mit vorgerecktem Kinn auf und ab. »John will, daß du Erfolg hast, damit er wichtiger wird. Ein Prinz. Deine Maman will wegen John noch einmal leben. Du bist ihr völlig egal. Das warst du schon immer.«

Marie sank aufs Bett.

»Eine schwarze Frau hat keine Macht. Aber du hast sie. Ich bin nich besonders begabt. Aber ich kenn Zaubersprüche, Marie. Ich kann Elixiere mischen. Zusammen können wir deine Maman und John loswerden. Du und ich können die Gemeinde wieder aufbauen. Es tut mir leid, daß ich deine Grandmère verraten hab. Aber ich mußt es. Damballah steht über allen. Selbst über deiner Grandmère. Alles, was ich mir wünsch, is, wieder an der Voodoowelt teilhaben zu dürfen«, flehte Nattie. »Alles, worum ich bitt, is, an deiner Gnade teilhaben zu dürfen. Ich möcht Damballahs Kuß spüren.« Nattie schloß die Augen und stellte sich vor, wie Damballah sie mit Macht erfüllte.

»Als Grandmère den Glauben im Stich ließ, gab es weniger und schäbigere Zeremonien. Grandmère war das Herz, das uns zusammenhielt; ohne Grandmère und deine Maman gab's keine würdigen Priesterinnen mehr, die ihnen hätten nachfolgen können. Keinen afrikanischen Glauben mehr, auf den man sich berufen konnte.«

Nattie sprach mit heiserer Stimme. »Du und ich, Marie. Zwei Frauen werden sich die Macht teilen.«

Marie atmete tief aus. Genau wie jeder andere wollte auch Nattie einen Teil ihrer Seele. Plötzlich mißtrauisch geworden, fragte Marie: »Wie ist Maman gestorben?«

Nattie verkniff das Gesicht. Welche Version der Wahrheit sollte sie erzählen? Vor langer Zeit hatte sie gelernt, daß Halbwahrheiten besser waren als Lügen.

»Weiße Männer«, sagte sie langsam, »ham sie getötet.« Warum erzählte sie Marie nicht, daß John Mamans Tod verursacht hatte?

Doch Nattie konnte John nicht verraten, denn er und sie waren sich ähnlich – beide strebten sie nach Macht, opferten jeden, um sie zu erlangen. Nur ihre Rechtfertigungen unterschieden sich. Nattie war der Meinung, daß der Glaube, mehr als Geld oder Ruhm, den besseren Grund dafür lieferte, unverzeihliche Sünden zu begehen. Außerdem liebte Nattie John. Schon immer, für immer. Die Qual, ihn zu lieben, schnürte ihr die Kehle zu. Sie umfaßte zärtlich Maries Gesicht. »Wenn du John liebst, wird er dir ganz sicher weh tun.«

Marie wimmerte.

Nattie strich ihr übers Haar. »Schscht, Kind«, sagte sie. »Schscht.«

Marie drückte das Gesicht nach oben an den schwarzen Busen. Nach und nach entspannte sie sich. Natties Trost war Balsam. Natties Trost bestärkte das Selbstmitleid.

»Ich werd deine Maman sein.«

Marie explodierte. »Raus! Laß mich in Ruhe!« Sie schlug Nattie in ihr Krähengesicht. »Du – die Götter – alle – laßt mich in Ruhe!«

»Was is denn los mit dir? Biste verrückt?« Nattie sah komisch aus, wie sie mit aufgesperrtem Mund und die Hand ums Kinn gelegt dastand. Zu jedem anderen Zeitpunkt hätte Marie gelacht, aber sie wollte verletzen. Nattie war im Moment gar nicht frech, gar nicht sarkastisch.

»Ich will keine andere Mutter. Oder einen Vater. Oder irgend jemanden«, brüllte Marie.

»Ich laß mich von dir ebensowenig schlagen wie von deiner Grandmère. Du bist nix«, sagte Nattie gehässig. »Überhaupt nix.«

»Raus, du häßliche Krähe. Häßliche, alte Krähe.« Die Tür knallte zu. Maries Glieder schlotterten unkontrollierbar. Ihr Körper war kalt. Der Schock forderte seinen Tribut von ihr. Marie schwankte.

Grandmère war die beste Maman gewesen.

Marie lag in Johns unaufgeräumtem Zimmer und sah dem Sonnenuntergang zu. Grandmère hatte ihr erzählt, daß alle guten

Dinge ihre Ruhe brauchten, auch die rot sinkende Sonne. Die Schatten erinnerten sie an Bäume im Bayou, die sich in den Schlaf zitterten. Draußen ging ein Sommerschauer nieder. Dunst waberte durch die Fenster herein. Jetzt würden sich die Eulen im Bayou hinhocken und die Fledermäuse mit dem Kopf nach unten hin und her schwingen.

Maries Körper schmerzte.

Wenn sie wegging, wohin sollte sie dann gehen? Wenn sie wegging, wie sollte sie dann Grandmère vor John schützen?

Im Bayou würde sich nichts verändert haben, und sie hatte sich zu sehr verändert. Sie hatte sich jemanden gewünscht, der sie liebte. Zweimal hatte sie sich den Falschen ausgesucht: zuerst eine leibliche Mutter, dann den begehrten Mann. Wie ein Fremder, der durch den Sumpf wandert, war sie mit Haut und Haaren verschlungen worden.

Niemand wollte sie lieben.

Das Zimmer war dunkel. *Sie hörte Grandmère singen. Die Klänge schenkten ihr Frieden.*

Sie setzte sich auf, der Geruch von Schweiß und feuchter Baumwolle stieg ihr in die Nase. »John?«

Er zündete ein Streichholz an. Die Flamme bekränzte sein Gesicht mit einem Heiligenschein. Sein Blick war weinerlich und matt. Sein Kragen war gegen den Regen hochgestellt. Wassertropfen perlten von seinem Gesicht und seinem Hals. Wie er da so stand, Handflächen nach außen gekehrt, wirkte John zaghaft, seiner selbst nicht sicher.

Er streckte sich auf dem Bett aus und kuschelte sich in ihre Arme. Marie strich ihm über den feuchten Kopf. Das Opfer tröstete.

Ihr einziger Gedanke war, daß Grandmère Leid zugefügt würde, wenn sie nicht tat, was John wollte, nicht so war, wie er wollte. Und bei ihm zu sein, war zweifellos ihre Strafe für den Verrat an Grandmères Liebe.

»Ich hatte nicht vor –«

»Schscht.« Sie drückte ihn enger an sich.

»Armer Liebling«, sagte er und küßte die dunklen Schwellungen unter Maries Augen.

Sie nahm allen Mut zusammen, um nicht zurückzuzucken. Doch als er sie streichelte, spürte sie, wie ihr Körper reagierte. Benutzte John Zaubersprüche? Oder war Liebe stets so töricht und tief? John begann, sie zu lieben. Seine Sanftheit erinnerte sie an Jacques in ihrer Hochzeitsnacht. Sie wandte die Lippen zu seiner Kehle. Sehnte sie sich wirklich so verzweifelt nach Liebe? Wie pathetisch sie doch war. Er bewegte sich in ihr, und es war wie bei ihrem ersten Mal. Ihre Seele öffnete sich, ergab sich.

Ein Ton stieg aus ihrem Inneren empor.

»Grandmère«, stöhnte Marie.

»Marie ist ein Sklavenname. Maman wurde Marie genannt. Grandmère wurde Marie genannt. Ich fragte Grandmère, warum wir alle Marie hießen.

Sie sagte: ›Meine Mutter, Membe, brachte mich zur Welt, doch unser Herr gab mir seinen Nachnamen, Laveau, und den Vornamen Marie. Ich habe meinen Namen nicht aus Treue zur Jungfrau Maria behalten. Mein Übertritt zum Katholizismus kam später. Ich behielt den Namen Marie, um nicht zu vergessen, was wir verloren haben, wir alle, die das schwere Schicksal erlitten hatten, in dieser Neuen Welt versklavt zu werden. Wir alle sind Maries.

Manchmal glaube ich, daß die afrikanischen Geister durch diese Entwurzelung verwirrt sind. Vielleicht wußten sie nicht, welchen Namen sie rufen sollten – meinen Sklavennamen Marie Laveau oder den unbekannten afrikanischen Namen, den ich eigentlich hätte haben sollen. Was ist, wenn die Geister bei meinem Tod den falschen Namen rufen? Was, wenn sie einen Namen rufen, den ich noch nie gehört habe? Wohin wird dann meine Seele wandern?‹

Grandmère tat mir leid, Louis. Sie hatte Angst vor dem Tod. Ich frage mich oft: Haben die Geister, als sie starb, den richtigen Namen gerufen, hat Grandmère ihn gehört?«

Marie Laveau, 15. Juni 1881, mittags
(Aus Louis DeLaviers Tagebuch)

Mach auf, Grandmère. Bitte laß mich herein. Maries Fäuste waren vom Klopfen geschwollen. Die Hütte schien verlassen.

Aber Grandmère war da. Hin und wieder sah Marie, wie sich Fensterläden bewegten.

Es war ein kalter Tag, der erste Tag im Dezember. Der Mississippi klatschte träge ans Ufer. Krähen hielten im Flug inne, Feldmäuse suchten nach Ritzen in den Holzschuppen. Marie wickelte ihr Cape enger um sich. Ein abscheulicher Wind strich über ihre Brust. »Grandmère«, rief sie.

Nachbarn aus Haben's Haven machten eine Pause, damit ihren Augen und Ohren nichts entging. Sie spähten hinter Türen hervor, streckten ihre Köpfe aus den Fenstern oder standen auf Veranden, Tücher und Schals um ihre Köpfe und Kehlen raffend. Sie schnalzten mit den Zungen und schüttelten die Köpfe. Marie kam sich wie eine Verbrecherin vor. Shad, der früher immer seine Kappe gezogen hatte, ging wortlos vorüber. Halo murmelte laut von sündigen, undankbaren Kindern. Ziti lächelte nur; doch das Lächeln erinnerte Marie an eine verbitterte, aufsässige Ziege. Was für Heuchler sie doch waren, dachte Marie. Alle nahmen sie an ihren Zeremonien teil. Sie priesen sie, weil sie Damballah anbetete, aber verurteilten sie, weil sie Grandmère im Stich gelassen hatte. Wußten sie denn nicht, daß sie nicht beide ehren konnte? Gleich, welche Wahl sie traf, sie versündigte sich entweder gegen den Glauben oder gegen die Familie.

»Grandmère, bitte.« Marie klopfte heftiger.

Als sie nach links blickte, bemerkte sie einen kleinen, schwarzen Würfel auf den Stufen. Sie beugte sich tief und öffnete ihn. In der Schachtel war weißer Satin und ein mit Minze umlegter Kupferstich von einem Herzen. Marie hatte keine Ahnung, was das bedeutete. War das ein böser Fetisch oder ein Fetisch, um Böses abzuwehren? Sie schloß die Schachtel sorgfältig und stellte sie wieder auf die Veranda.

Die starren Blicke der Dorfbewohner machten sie nervös. Marie schaute sich um und sah Bébé mit seinen Töchtern. Sie hatte das Gerücht gehört, daß Annette wieder schwanger und im Haus eingeschlossen war. Ihre älteste Tochter, Shuey, war im September an Gelbfieber gestorben.

Marie wußte nicht recht, warum sie wieder in Haven war. In den letzten Wochen war sie glücklich gewesen. Ihre Zeremonien liefen gut. Damballah segnete sie. John war großzügig und liebevoll. Nachts hatte sie in seinen Armen sonderbare Dinge geträumt: von einer Hochzeit, von Tauffeiern für eine Horde Kinder. Einmal hatte sie geträumt, daß sie vom Kai in New Orleans absegelten. Sie waren als König und Königin auf dem Rückweg zur afrikanischen Küste, als ein Sturm ausbrach. Die Mannschaft starb auf rätselhafte Weise, doch dann stand sie von den Toten wieder auf, und sie rissen John die Gliedmaßen aus. Sie hielt sie nicht davon ab. Als sie Land sah, steuerte sie das Ruder auf das weite Meer hinaus. Marie wachte auf und begriff, wie leicht sie sich selbst täuschte, weil sie es Liebe nannte, wenn John sie zärtlich berührte, und ihn doch verzweifelt haßte, um so mehr, weil er der Grund dafür war, daß sie ihre eigenen Gefühle durcheinanderbrachte.

Mit Nattie hatte sie einen unsicheren Waffenstillstand geschlossen. Gegen Ende der Woche hatte Nattie Anspruch auf ihr Schlafzimmer erhoben. Ribaud verlegte seinen Schlafplatz vom Küchenfußboden auf die Küchenpritsche. Marie fand sich dauerhaft in Johns Zimmer und Bett verfrachtet. Sie hörte immer noch Grandmères Lied, schwermütige Töne, die aus dem Bayou aufstiegen.

Sie klopfte noch einmal. »Grandmère, ich brauche dich. Bitte.«

Die Tür ging auf. Marie atmete tief ein.

»Marie, bist du's?«

Sie stürzte sich in Grandmères Arme. Die Haut der alten Frau war trocken; sie verdeckte kaum ihre Knochen. Marie wich zurück. Grandmères Rock war urinbefleckt, ihre Bluse mit Reisresten besprenkelt. Ihre Haare hingen wie verheddertes Garn herunter, und ihre Nägel hatten sich nach unten und innen gebogen. Grandmère sah wie eine Hexe aus.

»Marie, bist du's?« Die Stimme war schrill. »Ich habe dir doch gesagt, daß es eine Sünde ist, ein Kind töten zu wollen. Dein Leib wurde für das Leben geschaffen.«

Mit angehaltenem Atem betrachtete Marie die Unordnung. Der Tisch war übersät mit verfaultem Essen. Möbel waren umgekippt. Fliegen schwirrten über Exkrementen. Monatelang hatte Grandmère den Nachttopf gemieden und sich hingehockt, wo sie gerade stand. Nur der Altar war makellos sauber. Die Jungfrau Maria blickte auf menschliche Abfälle.

Die alte Frau saß auf dem gradlehnigen Stuhl und schaukelte. »Macht doch keinen Sinn«, murmelte sie vor sich hin, »ein Kind zu töten, das nichts getan hat. Mir ist egal, was John tut, was für Frauen er aufsucht. Das Kind in dir meint es nicht böse.«

Marie war fassungslos. Grandmère dachte, sie wäre ihre Mutter; sie hatte vergessen, daß ihre einzige Tochter tot war.

»Preise die Mutter Gottes. Sie kümmert sich um kleine Kinder.«

Marie weinte. In all diesen Monaten hatte sie sich darauf verlassen, daß die weiße Jungfrau Maria sich um Grandmère kümmerte. Grandmère sprach Rosenkranzgebete. Müßten weiße Götter nicht Mitleid mit einem Menschen haben, der so gut war? Marie fiel auf die Knie. Die alten Schuldgefühle regten sich wieder. Sie war es doch, die Grandmère am meisten geschadet, am meisten verletzt hatte. Man konnte von den weißen Göttern nicht erwarten, daß sie sich um eine alte, schwarze Frau kümmerten, wenn es schon ihre eigene Enkelin nicht tat. Warum sollte irgend jemand in Haven – Ziti, Halo oder Shad – für Grandmère sorgen? Machten die Dorfbewohner Grandmère nicht für Annettes mißgebildetes Kind verantwortlich? Marie wurde vor Schuldgefühlen beinahe ohnmächtig. Was für eine jämmerliche Törin sie doch gewesen war.

»Ich werde dich wegbringen«, sagte Marie.

»Wohin, Kind?« Grandmère blickte ins Leere. »Kann nirgendwo hin.« Töne perlten aus ihrem Mund, kostbar und lieblich. »Alles wird besser, wenn das Kind geboren ist. Wirst schon sehen. Blutsbande verbinden.«

»Kannst du mir vergeben?«

»Mon pítí bebe. Fais dodo.«

»Vergib mir.«

Das Lied brach ab. Einen kurzen Augenblick lang war Grandmère bei klarem Verstand. Sie streichelte Maries Handfläche. »In der Familie, zwischen drei Maries, braucht man sich nichts zu vergeben.«

Marie legte den Kopf in Grandmères Schoß.

»Geh schlafen. In fünfzehn Jahren wird mein Kätzchen sich vermählen.«

Grandmères Stimme klang immer noch wie früher. Ihr Lied wühlte tiefe Gefühle auf. Sie hätten in Teché sein können. Marie glaubte, Rosen zu riechen. Doch dann sickerten die üblen Gerüche des Raumes durch die Fasern ihrer Kleider.

Marie stand auf.

Grandmère sang leise: »Heilige Maria, Mutter Gottes, vergib dieser Tochter von dir, dieser Tochter, die gesündigt hat ...«

Marie legte ihren Umhang ab, drehte ihre Haare zu einem Knoten und krempelte die Ärmel ihres Kleides hoch. Der Wascheimer stand noch in der Speisekammer, aber er war voll mit schimmeligem Essen. Marie packte den Griff, ging aus dem Haus (Grandmère bemerkte überhaupt nicht, daß sie fort war) und schleuderte das verdorbene Essen für die Krähen und die Aas fressenden Opossums hinters Haus. Als sie sich etwas beruhigt hatte, wurde Marie klar, daß irgend jemand Grandmère etwas zu essen gekauft haben mußte. Wer konnte das gewesen sein? Shad? Sie stapfte zum Brunnen, der Eimer klatschte schmerzhaft an ihre Beine. Blicke folgten ihr. Einige Dorfbewohner lehnten glotzend über Verandabrüstungen; andere schlichen zaghaft hinter ihr her. Mütter gaben acht, daß ihre Kinder sich an ihren Röcken festhielten. Irgend jemand, irgendwo, sagte: »Sei gegrüßt, Marie. Marie est Voudon.« Marie kam in den Sinn: Würden ihr die Dorfbewohner mehr vertrauen, hätten sie sich mehr um Grandmère gekümmert.

Sobald sie im Haus war, schrubbte und putzte Marie und schrubbte und putzte noch einmal. Sie bestrafte sich selbst. Die Sonne ging unter. Marie konnte spüren, wie der aufgewirbelte

Staub und Dreck langsam nach unten sank und sich schichtweise auf ihre Haare und Kleider legte. Sie säuberte den Fußboden, den Tisch und die Tellerborde, während Grandmère genug Rosenkränze betete, um tausend Seelen zu retten.

Als die Sonne untergegangen war, brach Grandmères Litanei jäh ab. Den Mund wie ein Fisch gespitzt, starrte sie an Marie vorbei.

Marie drehte sich um und sah Jacques, der in seiner dünnen Baumwolluniform in der Tür stand. Seine Haut sah frisch und gebräunt aus. Es erstaunte sie, wie seine Haut zwischen den Reisen gelblich wurde. Grandmère summte. Marie schlug die Augen nieder, um Jacques' Blick auszuweichen.

Jacques war wie vor den Kopf geschlagen. Er legte sein Paket auf den Tisch und nahm Bananen, Gumbokohl und Reis heraus. Es war nicht gerecht. Anfangs war er darauf gefaßt gewesen, Marie zu begegnen. Doch statt dessen hatte er Grandmère ungepflegt und allein vorgefunden. Er war wütend auf Marie gewesen. Nicht einmal ein Tier hätte er in Grandmères Zustand zurückgelassen. Er hatte gehofft, Marie vergessen zu können, hatte seine Wut dazu benutzt, ihr genauso rücksichtslos den Laufpaß zu geben, wie sie ihm, seinem Herzen und seinen Gefühlen den Laufpaß gegeben hatte. Und jetzt, mit ihren züchtig auf dem Kopf zusammengedrehten Haaren, mit Dreck an ihren Händen und auf ihrem Gesicht, sah Marie noch schöner aus, als er sie in Erinnerung hatte. Darauf war er nicht vorbereitet.

»Ich hab' mir gedacht, daß Grandmère gerne etwas Frisches essen möchte«, sagte Jacques. »Hier in der Gegend wächst nichts ordentlich. Ich bin in die Stadt gegangen.«

»Wie lange ist sie schon –?« Marie verstummte.

»Weißt du das denn nicht?« Jacques schlug sich auf die Brust.

»Ich habe sie schon seit Monaten nicht mehr gesehen. John will nicht, daß ich herkomme.«

»Zur Hölle mit John.« Jacques schüttelte die Faust und spürte Hitze in sich aufwallen, wie bei einem Hahn vor dem Kampf. Er atmete tief ein. Nervös kniff er sich ins Ohr.

»Ich bin auch erst heute angekommen«, murmelte er. »Heute morgen.« Er fuhr mit dem Finger an der Rippe eines Gumbos entlang. »Nachdem du weg warst, bin ich zu den Westindischen Inseln gesegelt. Massachusetts Bay.« Sein Blick blieb auf ihr ruhen. »Ich bin zurückgekommen, um dich ausfindig zu machen.«

Marie stand hinter Grandmère und hielt die Schultern der Frau fest, um sie am Schaukeln zu hindern. Selbst in einem geraden Stuhl machte die Bewegung sie nervös; sie wühlte zu viele Erinnerungen an gemütliche Abende auf der Veranda im Bayou auf. Sie war ein dummes Kind gewesen.

»Warum?« wollte Jacques wissen. »Warum hast du sie im Stich gelassen?«

Marie zuckte mit den Schultern. »Warum geschieht etwas so, wie es geschieht? Ich glaube nicht, daß ich alles in meinem Leben fest im Griff hatte. Ich wünschte, ich könnte lügen und etwas anderes sagen.«

»Marienkäfer«, murmelte Grandmère, »Marienkäfer. Flieg nach Haus. Wünsch dir einen Ehemann. Du wirst mich nicht ewig lieben.«

»Schsch, Grandmère. Bitte.« Marie nahm eine Banane aus Jacques' Einkäufen, schälte sie und reichte sie Grandmère. Die alte Frau stopfte sie in den Mund und schaukelte.

Als sie zum Fenster ging, sah Marie in weiter Ferne das friedliche Stück Strand, wo die Hochzeit gefeiert worden war, wo der abscheuliche Säugling zu Grandmères Füßen gelegen hatte und wo Nattie sie John vorgestellt hatte. Jacques stand abwartend in ihrer Nähe. »Du mußt mich gehaßt haben«, sagte sie.

Sein Kopf fiel nach vorn. »Ja. Und jetzt, da ich dich gesehen habe, geht's mir auch nicht viel besser. Hier.« Er streckte ihr den Gumbokohl entgegen. »Das kannst du besser kochen als ich.« Leise fügte er hinzu: »Ich bin noch nie zuvor verlassen worden, Marie. Noch nie.«

Nachts an Bord des Schiffes hatte Jacques geglaubt, verrückt zu werden. Seine Gedanken waren immer wieder um ihre Hochzeitsnacht gekreist, um das Entzücken, sie zu lieben. Er konnte

Marie nichts von seiner Qual erzählen – von seiner törichten Arroganz, mit der er angenommen hatte, daß sie sich schon in ihn verlieben würde, wenn er sie nur innig genug liebte. Er konnte ihr nicht erzählen, wie er aus ihrer Liebesnacht aufgewacht war und ihren Namen gerufen hatte, und wie verwirrt er gewesen war, als sie nicht antwortete. Er konnte ihr nicht erzählen, wie er sie, immer wieder ›Marie!‹ rufend, im ganzen Haus und am Strand verzweifelt gesucht hatte. Als seine Verzweiflung den Höhepunkt erreicht hatte, war er zu Boden gefallen und hatte sich daran erinnert, wie er und Marie sich erst wenige Stunden zuvor umschlungen gehalten und im Sand gewälzt hatten. Ziti, das Friseurmädchen, hatte ihm schadenfroh erzählt, daß Marie fort war. Seine Welt war für immer eine andere geworden.

Marie hatte mit dem Abendessen begonnen. Während sie die grünen Stiele in Stücke schnitt und den Reis dünstete, fragte sie sich, warum Jacques ihr nicht mehr Vorwürfe machte. Mit den brennenden Kerzen war das Haus behaglich, strotzte vor Familie. Würde ein Fremder durchs Fenster spähen, er hätte sie für glücklich gehalten. Grandmère sang zusammen mit Jacques eine alte Weise von den Docks. Das Lied von einer Möwe, die dem Hafenmeister die Perücke stahl, ergab keinen Sinn. Doch Grandmère liebte es. Ihre volle Stimme war Labsal. Als sie sangen, Jacques falsch, überkam Marie ein Gefühl der Ruhe. Er war immer ein guter Mann gewesen.

»Ich bin überrascht, daß niemand ihr geholfen hat.« Kaum hatte sie es ausgesprochen, tat es ihr auch schon leid. Für Grandmère war nur sie verantwortlich. Sie stellte die Teller auf den Tisch.

»Der Fetisch auf der Treppe hält die Nachbarn fern«, sagte Jacques. »Es ist ein Todesfluch. Ich habe solche Fetische häufig in Domingo gesehen.«

»Und du hast keine Angst?« fragte Marie abfällig und sarkastisch.

»Doch.« Er bekreuzigte sich hastig. »Doch, doch, und ob.«

Marie schämte sich. Sie sollte Jacques keine Vorwürfe machen. Ihr war klar, daß John für den Fluch verantwortlich sein mußte. Auch sie war verantwortlich. Der Fetisch war eine von Johns Methoden, sie unter Kontrolle zu halten.

»Ich habe ein bißchen Angst vor dir.« Jacques starrte auf seine Stiefel. »Ich habe Geschichten gehört. Aber es fällt mir schwer, mir vorzustellen, daß du, meine Frau, Schlangen anbetest und drei Meter über dem Boden schwebst.« Er strich sich nervös übers Haar. »Du bist immer noch meine Frau.«

»Dabei hast du so etwas doch schon erlebt. In Domingo. In Haiti.«

»Das bist nicht du«, sagte Jacques mit Nachdruck.

Marie war mit dem Abendessen fertig. Sie verteilte Bohnen und Reis auf den Tellern. Sie schwieg, während Jacques Grandmère, die sich zwischen den Bissen das Zahnfleisch leckte, liebevoll fütterte.

»Würmer, nichts als betäubte Würmer«, seufzte Grandmère, als Marie ihr Tee anbot.

»Bist du es?« fragte Jacques.

Marie schüttelte den Kopf, und Jacques, der langsam nickte, schien zufriedengestellt.

»Als ich dich heiratete, dachte ich, daß ich nun meine eigene Familie hätte. Meine Mutter habe ich nie richtig gekannt. Meinen Vater auch nicht. In Domingo trennen sie Sklavenfamilien. Irgendwo, wenn sie noch lebt, habe ich eine Schwester. Vielleicht eine Horde Nichten. Neffen.« Er machte ein wehmütiges Gesicht.

»Es gibt so vieles von dir, was ich nicht weiß.« Was erwartete sie denn? dachte sie. Sie hatten sich kennengelernt. Sie hatten geheiratet – er aus Liebe, sie, um Grandmère und Damballah eine Freude zu machen.

Jacques warf den Kopf zurück und lachte. »Erinnerst du dich noch, als wir zum Angeln gingen?« Sein Lockenkopf wippte. »Ich war so überrascht, daß du, ein Mädchen vom Land, dich in der Schnur verheddertest. Grandmère, du hättest sie sehen sollen. Ich mußte die Schnur zerschneiden.« Er stopfte erneut Reis in den offenen Mund. Grandmère gluckste. »Du warst so wunderschön, Marie. Hast gezappelt wie ein gestrandeter Fisch. Ich konnte es kaum erwarten, bis wir selbst ein kleines Mädchen hatten.«

»Marie mal vier«, kreischte Grandmère.

Marie wich in eine Ecke zurück.

»Warum redest du nicht?« rief Jacques wütend. »Sag etwas. Ich habe dich seit Monaten nicht mehr gesehen, und du redest nicht. Rede mit mir, Marie.«

Sie drehte sich heftig um. »Was soll ich denn sagen? Es tut mir leid. Es tut mir leid. Reden. Ist das genug geredet?«

»Nein, das ist nicht genug.«

Grandmères Augen waren weit aufgerissen. Die lauten Töne erschreckten sie.

Jacques wischte Eintopf von den faltigen Lippen. »Ich hätte unsere Tochter zum Angeln mitgenommen«, sagte er störrisch.

Marie erledigte ihre häuslichen Pflichten. Sie schützte sich dadurch vor dem Schmerz, der in ihrer eigenen Brust aufstieg. Sie erwärmte Wasser über dem offenen Feuer, um die riesige Metallwanne füllen zu können. Sie zog Grandmère aus. Grandmères ausgemergelter Körper glich dem eines Kindes.

Jacques' Gesicht war angespannt. Er saß auf der Stuhlkante, als wäre er auf dem Sprung. »Ich will dich nicht mehr lieben.« Er wartete darauf, daß Marie redete und ihm antwortete. Schließlich sammelte er Grandmères schmutzige Kleider auf und brachte sie nach draußen.

»Ich bin so müde«, jammerte die alte Frau, während sie mit den Zehen im Badewasser planschte und wackelte.

»Ich auch, Grandmère.« Marie wusch die schlaffen Brüste. »Ich habe Angst, wenn ich einmal zu reden anfange, höre ich nie wieder auf.«

Grandmère jauchzte und tunkte den Kopf unter Wasser. Marie konnte von draußen riechen, wie Jacques Grandmères Kleidungsstücke verbrannte.

Als Grandmère sauber und trocken war, war Marie voller Seifenflecken und naß. Sie packte Grandmère in der Gewißheit ins

Bett, daß eine Stufe übersprungen worden war. Grandmère war das Kind. Die Augenlider wurden schwer, und Grandmère schlief ein. Von Zeit zu Zeit flatterten ihre Wimpern; sie wimmerte wie ein träumendes Hündchen.

Marie ließ die Schlafzimmertür einen Spalt offen.

Sie blieb stehen und beobachtete Jacques, der die Stirn auf die Tischplatte legte. Er atmete tief ein. Und atmete wieder aus, während er die Ärmel an die feuchten Augen drückte.

Marie ging auf ihn zu.

»Du hast mich erschreckt.« Er stand hastig auf. »Geht es Grandmère gut?«

Marie nickte.

»Du siehst müde aus«, sagte Jacques. »Du siehst aus, als hätte man dich in den Mississippi getunkt.« Er zog eine Decke aus der Zedernholztruhe. »Es wird dir bessergehen, wenn du dich darin einwickelst. Wenn du deine Kleider trocknen läßt.«

Marie starrte Jacques verständnislos an. Sie konnte nicht begreifen, was er sagte, was er hier machte, warum er versuchte, freundlich zu sein.

»Marie –« Er hielt ihr die Decke entgegen.

Müdigkeit lähmte sie. Ihr Körper und ihre Seele schienen nicht mehr in der Mitte zu sein. Sie starrte in die Feuerstelle und murmelte: »Nicht.« Jacques war dabei, den Rücken ihres Kleides aufzuknöpfen.

»Was ist schiefgelaufen, Marie?«

»Nichts.«

»Ich muß irgend etwas getan haben.« Seine Hand fuhr an ihrem Rückgrat entlang. »Zur Hölle mit dir. Was ist schiefgelaufen?« Er drückte hart auf ihr Schlüsselbein. Er küßte leicht den Flaum auf ihrem Nacken.

Marie war zu müde, um sich zu streiten, zu verblüfft, daß Jacques sie immer noch begehrte. Sie trat aus ihrem Hemdkleid. Jacques wickelte sie in die Wolldecke.

»Zur Hölle mit dir. Ich gebe mir alle Mühe, dir nicht weh zu tun.« Jacques' Kopf lehnte an Maries Hinterkopf, seine Arme verschränkten sich um ihre Taille. »Ich glaube nicht, daß du es bist.«

Marie hätte ihm am liebsten gesagt, daß sie es wirklich war. Alles, was sie tat oder nicht tat, war sie. Sie war eine Voodooienne.

Er drehte sie herum.

»Hast du Grandmère versprochen, daß du mich nach Teché zurückbringen würdest?«

»Woher weißt du das?«

»Ich weiß es.«

»Verzeih mir.« Seine Hände glitten an ihren Armen herunter, über ihren Rücken und ihr Gesäß. Wortlos stellte er seine Frage.

»Ich bin deine Frau«, sagte Marie schlicht.

Jacques zog sich systematisch aus, um Marie die Gelegenheit zu geben, ihre Meinung zu ändern.

Alles, woran Marie denken konnte, war, daß Jacques so viel unkomplizierter war als John. Im Herd knisterte das Feuer. Jacques wäre gekränkt, wenn sie ihm sagte, daß die Flammen sie an Glühwürmchen erinnerten ... sie daran erinnerten, daß sie verbrannt wurde ... sie daran erinnerten, daß sie zu verdammt eigensinnig war, um den richtigen Mann zu lieben.

Jacques, der in seiner Nacktheit verletzlich, beinahe kindlich wirkte, meinte trotzig: »Du mußt mir für meine Hilfe nicht dankbar sein.«

Seine Haut roch gut, holzig. Marie stellte sich auf die Zehenspitzen und küßte seine Nase. Kichernd kniff sie ihn ins Gesäß.

»Marie.« Er hob sie ohne Federlesens vom Boden hoch. Ihre Lippen drückten sich aufeinander. »Wir werden ein so hübsches Mädchen bekommen, wie du eines bist.«

»Nein.« Sie würde bei ihm ebenso unfruchtbar sein wie in all den Monaten bei John. »Ein Kind wird mich nicht halten.«

Jacques zog sie grob auf die Decke nieder. Marie starrte ins Feuer, spürte, wie seine Wut sie überflutete. Schließlich beruhigte sich Jacques. Sie drehte sich in seinen Armen und sah ihn an. »Alles in Ordnung mit dir?« fragte sie.

»Ja.«

Sie liebten sich so zärtlich, wie es ihnen möglich war.

»Komm wieder.« In Jacques' Ohren klang seine Stimme ausdruckslos, aber ihm fiel nicht viel zu sagen ein, nachdem er das zweite Mal mit seiner Frau geschlafen hatte. Seit über einem Jahr verheiratet, hätte es schon Hunderte solcher Vereinigungen zwischen ihnen geben müssen. Wann immer er sich ihre Hochzeitsnacht ins Gedächtnis rief, spürte er sofort einen dumpfen Schmerz in den Lenden. Alkohol und schier endlose Meere hatten seine Qual kaum gelindert. Er strich über sein Glied und ergötzte sich an der nachbebenden Lust.

Marie achtete darauf, Jacques den Rücken zuzukehren, während sie sich ankleidete. Sie zog ihr Kleid hoch über die weichen Schultern und winkelte die Ellbogen und Hände ab, um die winzigen Knöpfe zu schließen.

»Komm zurück, wenn du kannst, Marie. Ich werde hier sein.«

Sie schüttelte den Kopf, damit ihre Haare nach hinten, von Gesicht und Brust weg schwangen.

Jacques fand, daß Marie ungeduldig wie eine Hafendirne war, die nach getaner Arbeit nicht schnell genug wegkommen konnte. Auch ihr Körper hatte sich anders angefühlt. Erfahren und doch reizvoller, weil sie es besser verstand, das was er brauchte, zurückzugeben. Er wollte nicht länger darüber nachdenken, wo und bei wem sie die Erfahrung gesammelt hatte. In den hintersten Winkel seines Kopfes gedrängt, schlummerte der Traum, daß er sie vielleicht zurückgewinnen konnte. »Ich werde zwei Monate an Land bleiben.«

Marie, deren Hand schon über dem Türknauf schwebte, schaute zurück. Jacques, auf einen angewinkelten Ellbogen gestützt, die Decke über den Unterleib gezogen, sah gedemütigt aus. Ein Opfer. Marie errötete schuldbewußt.

Jacques versuchte, sich etwas einfallen zu lassen, was er sagen konnte, etwas, das sie davon abhielt, aus der Tür zu gehen. Er hatte Angst, daß er Marie aus seinem Leben vertrieb, wenn er etwas forderte. Sie ab und zu bei sich zu haben, war besser, als sie gar nicht zu haben. Er sagte leise: »Ich werde mich um Grandmère kümmern.«

Marie lächelte aufrichtig. »Ich bin froh«, sagte sie und war fort.

Vor dem Haus stieß sie den Miniatursarg mit dem Fuß zur Seite. Sie war wütend auf sich selbst, wütend, daß gute Menschen immer verletzt wurden. Das Kästchen brach auf der Treppe auseinander.

»Du kannst jetzt herauskommen.«

Aus den Schatten der Hütte trat eine Gestalt. Ribaud zog seine Mütze vom Kopf und lächelte sein Goldzahngrinsen. Marie hatte gesehen, wie er sich versteckte, als sie das erste Mal zum Brunnen gegangen war. Sie war froh, daß Ribaud ihre Wiedervereinigung mit Grandmère nicht unterbrochen hatte. Oder die mit Jacques. Wieviel hatte der Zauberer gesehen? Auch bei einem zweiten Mal würde sie trotzdem wieder mit Jacques schlafen, ohne sich darum zu scheren, daß Ribaud zuschaute.

Marie eilte voraus, und Ribaud trabte im Gleichschritt hinter ihr her. Es war spät.

Als sie die Stadtgrenze überschritten, kamen sie an einer Bar im French Quarter vorbei. Jemand spielte Harmonika. Kreischende und jaulende Töne durchschnitten die kühle Nachtluft. »Ein farbiges Mädchen ist Freiwild«, hatte Shad einmal gesagt. »Weiße Männer haben kein Verständnis für ein ›Nein‹.« Marie war froh, daß Ribaud bei ihr war. Fackellichter höhlten die Augen von Prostituierten aus; *aristos* legten ihnen Geld in die Hände. Marie starrte mit niedergeschlagenen Augen auf den Holzsteg. »Männer, schwarze wie weiße, werden dich in Ruhe lassen, wenn sie erst einmal deinen Namen wissen«, hatte John gesagt. »Sie werden dich fürchten.« Doch sie war überzeugt, daß niemand ihren Namen kannte. »Marie Laveau, die Voodookönigin.«

Sie hörte eine Abendandacht. Sie blieb stehen und betrachtete die St. Louis Cathedral, den in Nebel gehüllten Kirchturm mit dem Kreuz auf der Spitze. Das war der Platz, wo man Maman ermordet hatte. Es ließ sie seltsam kalt. Pater Christophe wäre überwältigt von ihren Sünden. Ehebruch, Gotteslästerung, eine Tochter, die ihre Mutter nicht ehrte. Ob er ihr Absolution erteilen könnte?

»Miz Marie, wir müssen uns beeilen.«

Wenn ihre Religion Furcht einflößte, dann war die katholische Kirche unversöhnlich. Gotteslästerung war eine Todsünde. Marie dachte, daß es ihr persönliches Pech war, daß sie nicht von afrikanischen Göttern in Holz, Eisen und aus dem Meer getröstet worden war.

»Miz Marie. Master John wird verärgert sein.«

»Wer ist John?« rief sie mit zornrotem Gesicht und blitzenden Augen. »Sag mir das. Wer ist John? Damballah lebt durch mich.« Sie schlug sich an die Brust. »Ohne mich ist John nichts. Verstehst du?« schwoll ihre Stimme an, während sie sich mit stampfenden Füßen und zu Fäusten geballten Händen vorwärtstrieb. »Nichts.« Passanten drehten sich um und glotzten. Eine Frau schrie auf und stolperte aus dem Weg. Wenn sie wütend war, war Marie großartig.

Der Zauberer zitterte. Er kauerte an einer Mauer, den Mund vor entsetztem Staunen weit aufgerissen.

Marie lächelte. Furcht hatte etwas Tröstliches.

Sie neigte den Kopf und stellte sich vor, daß sie sich mit ihrem aufgeblähten Kleid und Cape wie ein aufs Meer auslaufender Großmastsegler drehte. Ribaud trottete hüpfend und springend, um mit ihr Schritt zu halten, hinterdrein.

Sie hasteten die Rue Royale entlang, an den Krämerläden und Musikbars vorbei, und bogen an der St.-Anne-Straße nach links ab. Marie war ernüchtert. Die kleinen Schindelhäuser kamen ihr unscheinbar und nichtssagend vor. Ihr Jähzorn verflog wie ein plötzlicher Windstoß.

Sie machte ein zerknirschtes Gesicht. »Tut mir leid, Ribaud.« Er drückte ihr beruhigend die Hand, und sie gingen noch ein paar Schritte, diesmal in gemächlicherem Tempo.

»Ribaud, warum bleibst du? John scheint dich zu hassen.«

»Wo sollte ich denn sonst hin?« Sein Gesicht wurde runzlig wie eine Walnußschale.

Sie war zu Hause. Das weiße Haus sah auf einmal wie ein mißgebildeter Schädel aus; seine Fenster waren grimmige Augen. Sie drehte sich heftig um. »Nichts verraten, Ribaud.«

Er strich zärtlich über den getrockneten Knoblauch, der ihm um den Hals hing.

»Verrate John nicht, wo ich gewesen bin.«

Marie hielt den Atem an, während Ribaud überlegte. Er ruckte mit dem Kopf, und Marie beugte sich vor, um ihn rasch zu umarmen. Sein zierlicher, vogelähnlicher Körper, der für einen Augenblick an ihrem lehnte, gab ihr neue Hoffnung. Sie betraten das Haus in kameradschaftlichem Schweigen und mit kameradschaftlicher Furcht. Marie wußte, daß sie Schritt für Schritt ihre Kräfte sammeln mußte. Sie mußte vorsichtig sein. Sie mußte lernen, um Grandmère schützen zu können.

An diesem Abend lernte sie, geschickt zu lügen.

»Wo bist du gewesen?«

Sie antwortete artig. »Ich habe mir die Docks angesehen.« Sie gurrte und rief seinen Namen. »John. Unterrichte mich, John. Unterrichte mich in Voodoo.«

Als John den Zauberer am Genick packte und Ribaud antwortete: »Spaziergang. Sie ist nur spazierengegangen«, entspannte sich Marie. Vorläufig war sie in Sicherheit.

Als sie allein waren, massierte Marie John. Er hatte etwas Gewalttätiges an sich, das sie anzog. Sie malte kreisförmige Muster auf seinen Rücken. Sie begehrte und fürchtete ihn.

»Du machst dir doch keine Sorgen um deinen Seemann, oder?« fragte er.

Marie versteifte sich und sagte: »Nein«, erstaunt darüber, daß es stimmte. Jacques konnte auf sich selbst aufpassen.

»Ich mache mir Sorgen um dich.«

Marie fühlte sich zwischen Träumen und Wirklichkeit hin und

her gerissen. Sie war John gleichgültig. Er warf sich auf dem Bett herum. Marie schaute in seine Mundhöhle. Grandmère hatte ihr von Jonas erzählt, der verschlungen wurde. Der arme Jonas, verschwunden im Bauch eines Wals.

»Lüge mich ja nie an«, sagte John. »Es macht zu viel Spaß, dich zu schlagen.«

Marie schauderte, denn sie wußte, daß jedes seiner Worte wahr war.

John berührte ihre Wangen, ihre seit kurzem schwarz umrahmten Augen. »Du bist wieder gesund. Du wirst ohne Verletzungsspuren spielen können.«

»Spielen? Ist das, was ich mache, denn nicht echt?«

John seufzte und gab ihr einen Klaps aufs Gesäß. »Doch, es ist echt. Aber ich sage dir, die Ängste und Wünsche der Menschen sind noch echter. Überzeuge einen Sterbenden, daß es ihm gutgeht, und er wird hundert Jahre alt. Sprich eine Zauberformel für eine häßliche Frau, und am nächsten Tag wird sie wunderschön sein. Selbst du wirst stärker, schöner sein, wenn du erst einmal mehr Vertrauen hast. Wenn du dich erst einmal selbst in eine mächtige Frau verzaubert hast.«

Johns Philosophie war verführerisch. Sie konnte sich neu erfinden, indem sie einfach an sich glaubte. Sie würde so mächtig werden wie er.

»Und was bin ich?«

»Ein Gefäß.«

Marie hätte ihre Enttäuschung am liebsten herausgeschrien. Als Voodoopriesterin war sie eine Sache, ein ›Es‹, ein Medium für die Träume und Wünsche anderer Menschen.

John stand auf. Marie beobachtete, wie er sein Elixier mit dem Löffel abmaß. Sie wußte inzwischen genug, um sich die Zutaten einzuprägen. »Ist das echt?«

Er glitt auf sie zu und sagte: »Ich mache nichts Unechtes.« Er trank sein Elixier und leckte sich die Reste des Safts von den Lippen.

Marie schauderte. Sie war an John gebunden, weil sie sich ihm mit Leib und Seele versprochen hatte. In wen war sie verliebt, in ihn oder in sich selbst?

Marie legte den Kopf an seine Brust.

Wenn überhaupt jemand, dann konnte nur John sie in Voodoo unterrichten. Er war das unvollkommene Bindeglied. Der Mann, den sie haßte und begehrte, der Mann, der sie mit einem Erbe in Verbindung bringen konnte, das sie gefühlt, aber nie gekannt hatte. Wen hatte sie denn sonst außer ihm und Nattie?

John liebte sie ohne Hast. Einmal tat er ihr absichtlich weh, um sie daran zu erinnern, wer die Macht hatte. Und als Marie spürte, wie der Schmerz tief aus der Mitte ihres Körpers ausstrahlte, schwor sie sich, daß sie jeden einzelnen Schmerz, der ihr zugefügt wurde, sammeln würde, bis sich genügend Schmerzen wie ein Scheiterhaufen aufgetürmt hatten, der John vernichtete. Die Rache für Grandmères Schmerz würde als Anmachholz dienen, damit die Flamme heller brannte.

So, das war's dann wohl«, sagte Louis gespielt gleichgültig, als er sich umdrehte und die Füße auf den Boden stellte. Das Kinn auf der Brust, die Hände auf den Knien blieb er einen Moment sitzen.

»Wir können es doch noch einmal versuchen«, sagte Brigette und lehnte den Kopf an seinen Rücken. Ihre Finger zogen Kreise auf seiner Brust. »Wir müssen einfach mehr Geduld haben.« Eine Hand glitt nach unten zwischen seine Beine. »Bitte, laß es uns noch einmal versuchen.«

»Ich verstehe das nicht«, sagte Louis. Aber er verstand sehr wohl. Sex mit seiner Frau hatte keinen Reiz. Er streifte Brigettes Wange mit den Lippen. »Schlaf gut, meine Liebe.«

»Nein«, sagte sie heftig. »Ich will nicht, daß du gehst.« Sie hatte den ganzen Tag damit zugebracht, sich auf eine erfolgreiche Verführung vorzubereiten. War ihr Körper nicht parfümiert, eingeölt gewesen? Hatte ihr Mädchen nicht gesagt, daß sie bezaubernd aussähe? Jeder Mann würde sie begehren.

Louis sah seine Frau an. Irgend etwas war anders an ihr. Ihre Ausstrahlung war sinnlicher. Sie sah verletzlich aus. Ein wenig verzweifelt vielleicht.

»Bitte, geh nicht.« Ihr Lippen waren geöffnet. Helle Locken fielen ihr in Kaskaden über den Rücken.

Louis hegte zärtliche Gefühle für Brigette. Fürsorgliche. Doch mehr nicht. »Es ist nicht deine Schuld«, sagte er.

Brigette legte sich aufgewühlt in ihr Bett zurück. Ihre Laken waren aus Satin, weich und glatt, wenn man sie berührte. Das Schlafzimmer war blau und feminin. Das oberste Laken lag über ihrem Unterleib, entblößte weiße Schultern, weiße Brüste.

Louis zog gerade seinen seidenen Morgenmantel an. Sein Körper war schmal und schlank, fast zu blaß in dem burgunderroten Mantel; dagegen wirkte sein schlaffes Glied blutunterlaufen.

Brigette konnte einfach nicht glauben, daß sie versagt hatte. Die Brise vom Golf strömte durch die französischen Fenster herein. Jenseits des Balkons konnte sie Sterne sehen, doch ihr Funkeln war kein Trost. Sie hätte nie für möglich gehalten, daß es schwierig wäre, Louis in ihr Bett zu locken. John, der Voodoodoktor, hatte ihr gezeigt, wie man das Reißen des Jungfernhäutchens simulierte. Trotzdem waren die Flitterwochen eine Katastrophe gewesen. Sieben aufregende Nächte mit Louis' Impotenz. Daß sie keine Jungfrau mehr war, war nie ein Problem. Louis schien kaum daran interessiert.

Sie verbrachten ihre Flitterwochen in Désire, der verwahrlosten und zerfallenden Familienplantage. Am Anfang war Brigette froh gewesen, in Désire zu sein, froh, vom Ansturm der Gelbfieberzeit verschont zu bleiben. Nur ein Nordstaatler würde eine Hochzeit planen, wenn das Wetter glühend heiß war und sich die Krankheit ausbreitete. Doch mit der Zeit langweilte sie sich. Es gab keine Partys, keine Picknicks, keine geistreichen Dinnergespräche. Mit der Zeit war sie die malerischen Sklaven, die sangen und Baumwolle pflückten, leid. War die schimmeligen Zimmer leid und ein undichtes Dach. War ungeduldig mit Louis, der sich ständig für seine Impotenz entschuldigte. Sie vermißte Antoine.

Nach einer Woche hatte sie Louis gebeten, nach Hause zurückzukehren. Wie hatten sie und Antoine gelacht, weil sie lieber das Fieber riskierte, als noch eine Flitterwochennacht in den Armen ihres lustlosen Mannes zu ertragen. Louis hatte es kein einziges Mal fertiggebracht, in sie einzudringen. Jetzt wünschte sie, er hätte. Bis vor zwei Monaten war die Ehe zufriedenstellend verlaufen. Eigentlich sogar erfolgreich, da Louis großzügig mit seinem Geld war, ohne die Erfüllung ehelicher Pflichten als Belohnung zu fordern. Es war bequem gewesen, daß sie unterschiedlichen Interessen nachgingen; Ehebruch fand diskret statt.

Brigette zweifelte nicht daran, daß Louis sie betrog, und eine ›Ehe aus Bequemlichkeit‹ war ihr mehr als recht gewesen. Wie die meisten seines Schlags hatte er eine farbige Mätresse. Es war ihr nicht entgangen, wie die Sklavin Lil ihn ansah. Aber jetzt war alles anders. Brigette schlang die Arme um ihren Unterleib, fühlte sich aufgebläht, verzweifelt.

Schon über ein Jahr, und Louis war immer noch nicht fähig (oder nicht willens), die Ehe zu vollziehen. Heute abend hatte sie ihn wie eine notleidende Prostituierte gebeten, zu ihr zu kommen. Sie hatte sich innerlich gewappnet, damit sie seine Berührung ertrug, alles umsonst und alles nur, weil sie seinen Samen brauchte, um ihre Schande zu verbergen.

Brigette konnte sich im Spiegel des Frisiertisches auf der anderen Seite des Zimmers sehen. Dichte blonde Haare. Blaue Augen. Eine reife und verführerische Figur. Wurde sie nicht als Traum eines jeden Mannes, weiß oder schwarz, angesehen? Schon seit ihrem dreizehnten Lebensjahr war sie sich der abschätzenden Blicke der Männer bewußt. Sie hätte sich nie träumen lassen, daß ihr eigener Mann ihr nicht den Hof machen wollte.

Louis beugte sich zerknirscht über sie. »Es tut mir leid.« Er wollte einen Gutenachtkuß gewähren. Sein Morgenrock öffnete sich und entblößte ihn.

Als sie auf sein schlaffes Glied starrte, packte Brigette die Wut. Sein Penis schien sie zu verspotten und zu demütigen. »Raus.« Sie setzte sich kerzengerade auf und schrie. »Raus hier. Ich will nicht, daß du mich berührst.« Ihre Nägel hackten nach ihm. »Du Schwein. Du dreckiges Schwein.«

»Brigette!«

»Raus hier.« Sie trommelte mit den Fäusten auf ihn ein. »Ich habe noch nie gewollt, daß du mich berührst. Noch nie.«

Louis fing ihre Arme ab und hielt sie fest, lähmte ihre Fäuste an seiner Brust. Brigette war außer sich.

Louis konnte ihren rauhen Atem spüren und ihren Rosenölduft riechen. »Es tut mir leid. Ich wollte dir nicht weh tun.« Er übersäte ihren Nacken mit leichten Küssen.

Über Louis' Schulter konnte Brigette die Mutter Gottes sehen. Blonde Haare. Blaue Augen. Die Statue hing an der Wand. Ein Schrei stieg ihr in die Kehle. Sie würde in die Hölle kommen. Ihre Sünden wurden immer schlimmer.

»Verzeih mir«, wimmerte Brigette, hoffte, die Statue würde lebendig werden und sie trösten. »Verzeih mir.«

Louis war am Boden zerstört. Es war ihm gelungen, seine Impotenz in die hinterste Ecke seines Bewußtseins zu drängen, doch jetzt, als er die verzweifelte Brigette tröstete, fühlte er sich schuldig, weil er Brigette weh getan hatte. »Brigette, hör mir zu. Bitte, hör zu. Es gibt nichts zu verzeihen.«

Nein, schüttelte sie hysterisch den Kopf. Nur die Mutter Gottes hatte die Kraft, sie zu trösten.

»Du bist nicht schuld.« Als er sie wieder in die Kissen drückte, bedeckte Louis seine Blöße. »Ich bin schuld. Ich bin es, der unvollkommen ist. Ich bin es, der unfähig zur Liebe ist.« Er legte das Laken behutsam um ihren Hals. »Soll ich dein Mädchen rufen?« fragte er leise.

Brigette war krank. Angeekelt. Die Mutter Gottes war grausam. Hatte sie nicht ihre Gebete überhört? Hatte sie nicht böse gestarrt, als Brigette sie um Hilfe anflehte?

Es war schon Jahre her, daß Brigettes Gewissen rein genug war, um zur Kommunion zu gehen. Sie war außerstande, einem Priester zu beichten. Wie konnte ein Mann verstehen, daß eine Frau Zuneigung brauchte? Romantik? Wie konnte ein Mann das Verlangen einer Frau verstehen, festgehalten, getröstet zu werden? Trost zu finden, führte oftmals zum Sex. Was nichts anderes bedeutete, als daß man seinen Körper den primitiven Begierden eines Mannes hingab. Wie konnte ein Priester all das verstehen? Aber Brigette hoffte, daß die Mutter Gottes es wußte und verstand. Sie mußte Joseph doch auch eine Ehefrau gewesen sein.

»Es wäre schön, wenn man alles ungeschehen machen könnte«, sinnierte Brigette. Dann hätte sie keine schlechten Erinnerungen. Ihre Eltern wären noch am Leben. Das Gut würde prosperieren.

Sie wäre unverheiratet, würde auf einem Ball flirten, nach heimlichen Küssen jagen und wäre ohne alle Verpflichtung.

»Hier. Trink das.« Louis reichte ihr Wasser aus der Karaffe neben dem Bett.

»Du siehst beinahe gut aus«, sagte Brigette träumerisch. »Aber nicht annähernd so gut wie Antoine.«

»Brigette, hast du mich gehört? Soll ich dein Mädchen rufen?«

Wenn sie die Vergangenheit ungeschehen machen könnte, dann wäre sie wieder das ›süße Töchterchen‹ ihres Vaters. Vater war der charmanteste Mann gewesen, den sie je gekannt hatte. An manchen Tagen hatte er ihr Sträuße mit Veilchen, Kallas, Rittersporn mitgebracht. Daß er von ihr weggegangen war, hatte sie ihm noch immer nicht ganz verziehen. Als er tagelang Fieber hatte, hatte sie an seinem Bett gewacht, zusammen mit einem Leibsklaven, der ihn jede halbe Stunde in kalte, feuchte Tücher wickelte. Jede Sekunde hatte sie gehofft, daß ihr Vater aufstehen und gesund sein würde. Sein Tod war eine mutwillige Zurückweisung gewesen. Papa hätte sie gerettet. »Er hielte Antoine von mir fern.«

»Was hast du gesagt?« Louis packte sie an den Schultern. »Was hast du gesagt?«

Sie hatte mit offenen Augen geträumt. Sie hatte sich eingebildet, wieder ein Kind zu sein. Brigette riß sich zusammen. Louis beobachtete sie eindringlich. »Ich habe nichts gesagt.«

»Doch. Du hast gesagt: ›Halte Antoine von mir fern.‹ Das hast du wirklich gesagt.«

Brigettes Miene war ausdruckslos. Sie hatte doch nichts gesagt, oder?

»Was hast du damit gemeint?« Louis konnte seinen Zorn kaum bändigen. Seinem Schwager machte es mehr Spaß, weh zu tun, als freundlich zu sein. Louis könnte es nicht ertragen, wenn Antoine seiner Frau weh getan hätte. »Was hast du damit gemeint?«

»Nichts. Wirklich nichts«, sagte sie und wand sich aus seinem Griff.

»Wenn Antoine dir irgendwie weh getan hat –«

»Du bist ja verrückt.« Sie riß sich los und stieß dabei das Wasserglas vom Nachttisch.

»Es ist mir ernst, Brigette. Niemand darf sich an dem vergreifen, was mir gehört.« Er hatte nicht vergessen, wie Antoine über sein braunes Mädchen auf dem Market Square hergefallen war.

»Dir gehört gar nichts«, schrie sie zurück. »Antoine hat mir nicht weh getan. Du bist derjenige, der mir weh tut. Denkst du etwa, du könntest mich links liegenlassen, während du jede Nacht deine Huren und Schlampen bedienst?«

»Wovon redest du?«

»Was machen die, was ich nicht machen will, Louis?« Sie ließ nicht locker. »Wenn du's mir sagst, könnte ich dich vielleicht erregen. Vielleicht könnte ich deinen empfindlichen Schwanz ja hochbringen.«

»Du redest unflätig.«

»Ach, wirklich?« Sie schnellte auf ihn zu. Brüste und Bauch bebten, als sie gehässig flüsterte: »Du hast eine schwarze Hure in diesem Haus.«

»Halt den Mund.«

»Denkst du etwa, ich weiß nichts von Lil? Mir ist nicht entgangen, wie sie dich ansieht. Wo beschläfst du sie, Louis? In den Sklavenquartieren oder in deinem eigenen Bett? Wie viele gibt's von denen, Louis? Eine, drei, fünf?«

»Du widerst mich an.«

»Du hast eine schwarze Straßenhure. Warum bleibst du denn sonst die ganze Nacht weg? Du weißt doch gar nicht, wie man eine anständige Frau anfassen muß«, geiferte sie. »Eine richtige und rein weiße Frau. Du brauchst schwarze Haut, um deine lüsternen Schweinereien zu treiben.«

Louis hob die Hand. Er wollte sie schlagen und sie etwas von der Qual, die sie ihm bereitete, fühlen lassen.

Sie starrte ihn herausfordernd an. »Beweise, wie männlich du bist, Louis. Beweise, daß niemand sich an deinem Eigentum vergreifen darf«, murmelte sie sarkastisch.

Louis senkte die Hand. Er hätte wissen müssen, daß sein Mitleid für sie verschwendet war. Brigette benahm sich wie die selbstsüchtige, zänkische Megäre, die er geheiratet hatte. Sie war nur an ihrer persönlichen Eitelkeit interessiert.

»Warum hast du mich geheiratet?«

»Du warst der einzige, der so dumm war, mich zu fragen.«

»Geld?«

»Deine starke sexuelle Ausstrahlung war es bestimmt nicht«, sagte Brigette gedehnt.

Louis faßte sich an den Kopf. Was für ein Narr er doch gewesen war. Er hatte nicht nur sein eigenes, sondern auch Brigettes Leben ruiniert. Und das alles nur, weil er zu ehrenhaft war, um ihre Verlobung zu lösen.

»Hast du lieber freie Farbige oder Sklavinnen, Louis? Welche kommen deiner fleischlichen Begierde mehr entgegen? Hast du dieses Mädchen gefunden, das du auf dem Market Square retten wolltest? Nicht einmal das hast du geschafft, stimmt's? Ihr Bruder hat sie gerettet. Hast du sie aufgespürt, bevor Antoine sich an sie heranmachte? Er vergnügt sich gern mit Schwarzen. Ihr beiden könntet euch das Mädchen ja teilen. Wie heißt sie, Louis? Oder hast du vergessen zu fragen? Ich wette, daß Antoine weiß, wie sie heißt. Ich wette, daß er jeden Zentimeter von ihr kennt.«

Louis drehte ihrer Boshaftigkeit den Rücken zu. Völlig aus dem Gleichgewicht geraten, lehnte er sich an die Wand. Er hatte Ehre immer für ein erstrebenswertes edles Ziel gehalten. Nun schien es nutzlos zu sein. Zerstörerisch.

Brigette lachte ihn aus.

Er verdiente ihren Hohn. Er würde für den Rest seines Lebens einsam sein. Er hatte sich immer geschworen, eine andere Ehe zu führen als seine Eltern. Er wollte aus Liebe und Kameradschaft heiraten. Daß er sich einmal so närrisch verlieben würde, darauf war er nicht gefaßt gewesen. Das Mädchen, das er meinte, lieben zu können, konnte er nicht finden. Und selbst wenn er sie fände, wäre es ungesetzlich, eine Farbige zu heiraten. Er wußte ja nicht einmal, wie sie hieß.

»Schlaf gut, Brigette.« Louis sah sie nicht an. Er ging, ohne anzuhalten, auf die Tür, sein Schlafzimmer und seine Zuflucht zu. »Vielleicht können wir uns morgen zivilisierter benehmen.« Aber heute nacht würde er ausgehen; er würde trinken, bis er alles vergessen hatte. Er würde sich davor hüten, sich auszumalen, wie Antoine in sein braunes Mädchen eindrang.

»Louis, laß mich nicht so zurück.« Brigettes Faust schlug auf das Bett. »Das lasse ich mir nicht gefallen, verstanden? Du kannst nicht einfach hinausgehen. Das lasse ich mir nicht gefallen. Auf keinen Fall, verstanden?«

»Da gibt's nichts zu verstehen«, antwortete er. »Du magst mich ebensowenig wie ich dich.« Er schloß leise die Verbindungstür zwischen ihren Wohnungen.

»Verdammt seist du.« Brigette warf sich quer übers Bett. »Verdammt. Verdammt. Verdammt.« Sie schlug auf das Kissen ein, zerrte an den Bettlaken und warf den Wasserkrug an die Wand, wo er zerbrach. Sie hatte sich selbst besiegt. Louis würde nie mit ihr schlafen, solange sie ihn beschimpfte.

Links von ihr ging eine zweite Tür auf.

Brigette warf sich herum. Ihre Beine spreizten sich breit. »Was willst du?«

Antoine sah seine Schwester bewundernd an. Blonde Ringellocken hoben die Lücke zwischen ihren Beinen hervor.

»Hat deine Verführung geklappt? Hatte Louis einen romantischen Erfolg?« Antoine, der betrunken war, lehnte sich an die Tür. Seine Haare waren verschwitzt, klebten ihm an der Stirn.

»Was interessiert dich das?«

»Mich interessiert, daß meine Schwester glücklich ist. Daß sie im ehelichen Bett sexuell befriedigt wird«, sagte er spöttisch. »Wurdest du heute befriedigt?« Er trat ins Zimmer und zog die Augenbrauen hoch, als er die Glasscherben auf der rechten Seite des Bettes sah.

Brigette machte ein mißmutiges Gesicht. »Ich glaube, du bist aus purer Schadenfreude gekommen.«

Antoine zuckte mit den Schultern. »Nenn es, wie du willst.«

Zwei Verbindungstüren grenzten an Brigettes Zimmer an: Eine führte zum Schlafzimmer ihres Mannes, die andere zu dem ihres Bruders. Brigette fand die Belastung, zwischen den beiden zu vermitteln, oft unerträglich.

Antoine setzte sich aufs Bett. Besitzergreifend verankerte er die Arme zu beiden Seiten von ihr. »Hast du etwa gedacht, ich bemerke deine keineswegs raffinierten Liebesvorbereitungen nicht? Rosenparfüm.« Er schnupperte an ihrem Hals, dann hob er einen hauchdünnen Morgenmantel vom Boden auf. »Ein zartes Negligé. Hat es Louis Spaß gemacht, es auszuziehen?« Seine Finger glitten von ihren Brüsten ab. »Dein Mädchen dürfte sich darüber geärgert haben, daß sie Wasser für dein Bad erhitzen und einlassen mußte. Es ist doch noch nicht Sonntag.«

»Ich glaube, du bist eifersüchtig.«

»Wie käme ich dazu, einem Ehemann seine Rechte vorzuenthalten?« Er küßte sie auf die Wange. Seine Krawatte war verrutscht. Brigette roch Whiskey.

»Du siehst gräßlich aus.«

»Du auch.« Er grinste verschmitzt. »Mir war, als hörte ich dich wie ein Fischweib kreischen. Hätte ja sein können, daß du unseren Cousin aus dem Norden ermordet hast. War seine Leistung nicht zufriedenstellend?«

Brigette ging nicht darauf ein. »Wo bist du gewesen?«

»Beim Ball der Terzeronen.« Antoine errötete, als er an die blassen, fast weißen schwarzen Mädchen dachte, die sich vor ihm zur Schau gestellt hatten. Manche waren so hellhäutig und blond wie seine Schwester gewesen. Aber keine auch nur annähernd so schön.

Der Ball war ein sittsamer Hurenmarkt, ein Widerspruch in sich, aber ein Ereignis, das in der Gesellschaft von New Orleans anerkannt war. Hübsche, hellhäutige Mädchen hofften, ihr Leben zu verbessern, indem sie sich an einen weißen Mann von Stand hängten. Als Gegenleistung für Sex wurde von einem Mann von Stand erwartet, daß er ein Häuschen bot, Unterhalt für Kinder und eine lebenslange Rente.

»Du warst ja anderweitig beschäftigt«, verteidigte sich Antoine. »Dachte, ich sollte mir von Louis' Geld mal eine Mätresse kaufen. Deswegen hast du ihn doch geheiratet, oder? Damit ich alle Privilegien eines weißen Ehrenmannes aus dem Süden genießen kann?«

»Ihr seid doch alle gleich. Ihr gottverdammten Männer seid doch alle gleich. Können schwarzem Blut nicht widerstehen. Man sollte meinen, es wäre Gold. Wozu brauchst du eine schwarze Mätresse? Jede Menge weißer Frauen begehren dich.«

»Begehrst du mich auch?«

Brigette sprang aus dem Bett. »Ich werde mich betrinken.« Sie riß an dem Samtband, das nach ihrem Mädchen klingelte.

»Wenn du so nackt herumrennst, könnte man meinen, du wärst eine von der Straße. Mit ein bißchen Sonnenbräune könnte dein Ehemann dich vielleicht begehren.«

»Du Ekel.« Sie warf ihre Haarbürste nach ihm. Antoine duckte sich. Geschwisterliche Rivalität hatte ihre Auseinandersetzungen grausam und intim werden lassen.

»Darf ich dich daran erinnern, daß ich dich nicht gebeten habe, ihn zu heiraten«, sagte Antoine. »Du hättest überhaupt niemanden heiraten müssen.«

Brigettes Augen funkelten zornig. »Wovon sollten wir denn sonst leben?«

»Wir wären schon zurechtgekommen. Besser, als du mit Louis zurechtkommst. ›Oh, man kann mit ihm zurechtkommen‹, hast du gesagt.« Antoine lehnte sich unflätig lachend zurück und legte seine schmutzigen Stiefel auf die blauen Satinlaken. »Also, ich kann mir kaum vorstellen, daß du sehr gut mit ihm zurechtkommst, Schwesterherz. Du vergißt zu oft deinen honigsüßen Charme. Louis vermißt die liebreizende Schöne, in die er sich verliebt hat. Wenn er mich gefragt hätte, hätte ich ihm sagen können, daß sie nicht existiert.«

Brigette streckte die Zunge heraus. »Ich hasse dich.« Sie riß die Tür zum Flur auf. »Clara. Du schwarze Hexe«, brüllte sie durchs Treppenhaus. »Ich will meinen Brandy. Bring irgendwas. Whiskey. Gin. Clara!« brüllte sie. »Mach, daß du heraufkommst!«

»Ja, Mam«, sagte eine weit entfernte Stimme am Fuß der Treppe. Clara war Brigettes neueste Sklavin. Sie hatte sich noch nicht auf Brigettes impulsives Naturell eingestellt. Vor sich hin brabbelnd schoß das schwarze Mädchen wie ein Terrier den Korridor entlang.

»Wenn du mich fragst«, sagte Antoine, der lässig auf dem Bett ruhte, den Kopf auf einen Ellbogen gestützt, »ich glaube, daß du Louis deinetwegen geheiratet hast. Auf keinen Fall meinetwegen.«

»Und so was nennt man Dankbarkeit.«

»Märtyrertum scheint ein Beruf für Frauen zu sein. Du verbringst viel Zeit damit, mir von deinen Opfern zu erzählen. Du verlangst ständig, daß ich dir danke.«

»Du Dreckskerl.« Brigette ging mit erhobener Hand auf ihn los. Antoine hatte Strafe verdient; in seinen Worten war mehr als nur ein Quentchen Wahrheit.

Antoine riß sie auf seinen Schoß. »Nicht schlagen, Schwesterherz. Oder treten. Oder beißen. Weißt du denn nicht, daß Männer stärker sind?« murmelte er und hielt sie eng und intim umschlungen. Eine Hand lag über ihrer Scham.

»Hier is es, Madame Brigette. Hier is es.« Das Sklavenmädchen starrte die beiden auf dem Bett mit offenem Mund an: Antoine in Abendkleidung, Brigette nackt und strampelnd auf seinem Schoß.

»Stell den Brandy hier hin. Auf den Nachttisch.« Antoine grinste dümmlich. »Ich werde dich schon nicht beißen, Clara. Tu, was man dir gesagt hat.«

Brigette quiekte vor Verdruß und Verlegenheit. Aber als sie versuchte, sich aus Antoines Armen zu winden, verschlimmerte sie ihre Situation nur noch.

Clara ging langsam und starrte mit abgewandtem Blick auf die in den Teppich gewebten Farben. Sie stellte das Tablett ab; ihre Hände zitterten. Kein farbiges Mädchen würde freiwillig zulassen, daß sein Bruder es nackt sah. Geschweige denn, daß er es da unten berührte.

»Deine Herrin dankt dir«, sagte Antoine. Er amüsierte sich. »Nicht wahr, Brigette?«

Clara warf ihnen noch einen verstohlenen Blick zu. Sie konnte nicht gegen ihre Neugier an. Sie hatte schon mal nackte weiße Frauen gesehen, aber keine, die so jung und so schön war wie Madame Brigette. Ihre Haut sah so glatt aus wie die von einem Baby.

Mißmutig, wütend auf Antoine, brüllte Brigette: »Mach, daß du rauskommst, du schwarze Hexe. Raus!«

»Ja, Mam. Ich geh ja schon. Ja, Mam.« Clara ging rückwärts, hypnotisiert von Antoines Hand, die eine volle, rundliche Brust streichelte. Sie war ein anständiges Mädchen gewesen; jawoll. Sie hatte auf den Küchenklatsch über sündhafte Vorgänge im Haus nie geachtet. Doch jetzt hatte sie es mit eigenen Augen gesehen. Mit ihren ureigensten Augen.

Brigette, die sich aus Antoines Griff freistrampelte, warf beide Kissen nach Clara. Die Säume platzten, und Gänsedaunen wirbelten in der Luft herum. »Du schwarze Hexe.«

Clara kreischte und verließ das Zimmer.

Brigette kauerte sich hin und versuchte, zu Atem zu kommen. »Nichtsnutzige schwarze Hexe. Antoine, ich könnte dich umbringen. Hörst du? Heute abend wird sie im Sklavenquartier tratschen.« Brigette keuchte, preßte die Hand an die Brust. »Sie wird schreckliche Dinge sagen. Sie wird übertreiben. Sie wird sagen, daß wir Unzucht treiben.«

»Haben wir das denn nicht?« Antoine zog sie wieder in die Wiege, die seine Arme und seine Brust formten.

Brigette schlug spielerisch nach ihm. »Hast du ihr Gesicht gesehen, Antoine?« Brigette äffte sie nach, indem sie die Augen weit aufriß und das Kinn schlaff herunterhängen ließ. »Clara war ja so schockiert. Was für ein groteskes Gesicht.« Brigette brach in Gelächter aus.

»Hervorquellende Augen. Wulstige Lippen. Sie wird uns nie

wieder gegenübertreten können, ohne deinen nackten Hintern auf meinem Schoß zu sehen.«

»Oder deine Hand auf meiner Brust.«

Antoine kniff sie in die Seite. »Clara hat eine überschäumende Phantasie.«

»Das ist alles deine Schuld.«

Antoine umarmte seine Schwester, dann warf er sich auf sie und spreizte ihre Beine mit seinen. »Haßt du mich? Sag ja.«

»Nein.«

Er kitzelte sie und löste damit einen schmerzhaften Krampf in Brigettes Seite aus. »Sag, daß du mich haßt, Schwesterherz.«

Sie lachte unbändig.

»Sag, daß du mich haßt.«

Antoine sah gut und begehrenswert aus. »Nein, ich hasse dich nicht.«

Er senkte den Kopf, bis ihre Lippen sich sanft berührten. »Du hast den süßesten Atem«, murmelte er. Er küßte sie sanft ein zweites Mal.

Es war ein kostbarer Augenblick. Brigette schwelgte; sie tauschten ihren Atem aus, waren im Einklang. Als Zwillinge waren sie immer wie eine Insel gewesen, hatten nie andere Freunde oder Vertraute gebraucht. Doch als sie älter wurden, hatte sich die Welt zunehmend aufgedrängt. Papa starb. Die beiden mußten eine Rolle in der Gesellschaft spielen. Sie mußte heiraten.

Außerdem mußte Brigette Antoine erzählen, was sie beunruhigte. Obwohl er nichts davon wußte, war ihr Geheimnis auch das seine. »Antoine, ich –«

Er schwang zurück und langte nach dem Brandy. Leichter Alkoholschweiß befeuchtete sein Hemd. »Clara wird sich wahrscheinlich ein Voodookindermädchen suchen, das ihr einen Zauberspruch singt. Sie wird schwören, daß man sie verflucht hat, weil sie deinen nackten Po auf meinem Schoß gesehen hat. Und dazu noch auf einem Bett. Sie wird schwören, daß sie das Böse gesehen hat.«

»Es ist doch böse, nicht wahr?« flüsterte Brigette, die jetzt ganz kleinlaut geworden war.

»Ich habe dir befohlen, das nicht zu sagen«, explodierte Antoine. Er trank hastig einen Schluck Brandy. »Hier«, sagte er und reichte ihr die Flasche. »Du wolltest dich doch betrinken.«

»Ich würde lieber beichten.«

»Zur Hölle mit dir. Warum stellt du dich so an? Du hast doch immer dagegen gewettert. Wieder und wieder.«

»Ich muß beichten.«

Antoine stutzte. »Irgend so einem abartigen, knabenlüsternen Priester?« Er holte sich die Flasche zurück und schluckte. »Ein DeLavier sollte ja wohl in der Lage sein, Gott direkt zu beichten. Schrei einfach ›Heiliger Vater!‹ und erhoffe Absolution. Im Himmel gibt es bestimmt ein Plätzchen, das für dekadente, aber ansonsten vornehme Aristokraten reserviert ist.«

»Du bist betrunken.«

»Na und?« Er legte sein Jackett ab. »Höllisch heiß hier drin.« Er küßte Brigette sanft. »Betrunken oder nicht, das heißt noch lange nicht, daß irgend so ein dämlicher Priester ein Urteil über dich fällen kann.« Er trank. »Oder über mich.« Er hielt inne, Stirn und Gesicht in Falten gelegt. »Niemand nennt meine Schwester eine Sünderin.«

Brigette legte den Kopf an seine Brust. Warum war alles nicht einfacher? Sie kuschelte sich an ihn, wie sie es damals getan hatte, als sie noch Kinder waren. Stundenlang hatten sie beide hinter verschlossenen Türen zusammengesessen, sich gegenseitig geneckt und getröstet. Es war der Trost, der sündig war. Die zarten Erkundungen, die ihnen beiden Vergnügen bereitet hatten.

»Hast du schon von der Voodookönigin gehört?« Brigette sprach schneller, da sie wußte, daß Antoine sonst ungehalten wäre. »John sagte, daß es eine neue Voodookönigin gibt. Daß sie Wunder vollbringen könnte. Daß sie uns aufhalten könnte.«

Er griff nach ihrem Kinn und sagte trügerisch sanft: »Glaubst du etwa, daß irgend so eine Voodoohexe mich von dir fernhalten kann?«

»Es ist unrecht.«

»Vorher hast du nicht so gedacht.«

»Das war, bevor ich wußte –«

»Was wußte?«

»Nein. Ich weiß nicht«, sagte Brigette, unfähig, es auszusprechen.

Antoine küßte sie. Was nützte es, wenn sie ihm ihr Geheimnis verriet? Er küßte ihre Halsmulde. Er küßte ihre Augenlider. Seine Hand fuhr über und zwischen ihre Schenkel. Vielleicht würde er denken, daß sie schon wieder die Märtyrerin spielte. Vielleicht würde er sogar aufhören, sie zu lieben.

»Keine Voodoohexe und kein Priester wird mich von dir fernhalten. Du sagst diesem John, daß *er* sich tunlichst fernhalten soll.«

Brigette stieß ihn mit den Ellbogen weg. »John hilft mir, daß ich schlafen kann.« Sie lehnte sich über ihn, langte über ihn hinweg und nahm einen kleinen Schluck Brandy aus der Flasche. »Er kennt Mittel gegen Krankheiten. Rheumatismus. Gegen alle möglichen Schmerzen – ob im Kopf oder in der Seele. Die Sklaven lieben ihn.«

»Da habe ich meine Zweifel«, sagte Antoine trocken, wand ihr die Flasche aus der Hand und führte sie hoch zu ihrem Mund.

»Er ist ein Mann mit Geschmack.«

»Und genau das beunruhigt mich. Schwesterherz, ich will nicht, daß er Geschmack an dir findet. Wenn er wieder herkommt, sag ihm, daß ich ihn mit Freuden umbringen werde.«

»Ich brauche ihn«, sagte Brigette und starrte auf die flackernden Kerzen.

Wie konnte sie Antoine erklären, daß sie jemanden brauchte, dem sie beichten konnte? Wenn sie einem Schwarzen beichtete, schienen ihre Verbrechen nicht mehr so wirklich zu sein. Außerdem hatte John Hoffnung anzubieten: Fetische und Zauberformeln und eine Voodookönigin. Pater Christophe würde sie verdammen. Bei Todsünden war die beste Erlösung, die ein Priester anbieten konnte, die Hölle auf Erden in Form steter Reue und christlicher Taten. Wenn man Glück hatte, kam danach das Fegefeuer. Der Himmel wurde immer verwehrt.

»Laß nicht zu, daß dieser Voodoodoktor dich verhext.« Antoine nahm noch einen Schluck. »Wie hat er sich eigentlich in unser Leben eingeschmeichelt?«

»Er sagte, daß er Vater gekannt hätte.«

»Das glaube ich gern. Unser verehrter Vater war immer auf der Suche nach dem Ungewöhnlichen. Ich habe gehört, daß er sich mehr als nur einen Vorgeschmack auf eine hübsche Voodooienne geholt hat.« Antoine johlte höhnisch. »Die Affäre hat Mutter und Tante Louisa einen Heidenschrecken eingejagt. Sie zogen sich für einen Monat ins Bett zurück.«

»Du lügst. Vater war nicht untreu.«

»Es heißt, diese Voodooienne hätte das Familienvermögen verhext. Sie hätte gemerkt, daß unserem lieben Vater Geld mehr bedeutete als Leben.«

»Das ist eine Lüge. Nichts als ein schmutziges Gerücht«, sagte Brigette und trommelte auf seine Brust ein.

»Woher willst du das wissen? Glaubst du etwa nicht, daß wir verflucht sind? Arm wie Sumpfratten.«

»Du betrunkener Säufer. Das habe ich überhaupt nicht gemeint.« Sie versuchte, aus dem Bett zu klettern. »Vater war nicht untreu.«

»Komm zurück, Schwesterherz. Wenigstens dieses eine Mal wirst du dir die Wahrheit über unseren reizenden Vater anhören.«

Antoine war betrunken. Er konnte die Schwere in seinem Kopf, das Zittern hinter seinen Bewegungen spüren. Der eine Arm hielt Brigette aufs Bett niedergedrückt. Sie strampelte vergeblich. Mein Gott, war sie schön. Ihre Schenkel, ihre Brüste und ihr Mund waren sinnlich und hoheitsvoll zugleich. Am besten gefiel ihm, wie sich die Kurven von ihrem Brustkorb zu ihrem Unterleib neigten. Antoine konnte den Gedanken nicht ertragen, daß Louis seine Schwester berührte. Noch schlimmer war es, sich mit Brigettes Loyalität gegenüber ihrem Vater abzufinden. Das war der einzige Bereich, wo sie naiv war.

Er verspottete sie. »Du weißt ja, wie man das macht. Heirate eine weiße Frau, nimm dir eine schwarze Frau als Mätresse. Warum sollte Vater da anders gewesen sein?«

»Weil er eben Vater war, verdammt noch mal. Mutter war ihm treu. Er wollte ihr keine Schande machen.«

»Auch noch, nachdem sie tot war? Du wirst doch nicht glauben, daß er wie ein Mönch gelebt hat, oder?«

»Er hat Mutter vergöttert. Er hätte ihr Andenken nicht in den Schmutz gezogen. Dazu hat er sie zu sehr geliebt.«

Antoine schüttelte Brigette unbarmherzig. »Vater hatte eine Menge Mätressen vor und nach seiner Ehe. Tante Louisa hat gesagt, daß er Mamans Bett verließ, sobald sie schwanger war. Ihr Tod hat ihn nur weniger diskret werden lassen.«

»Das ist nicht wahr.«

»Du warst sein Goldmädchen. Seine Schöne. Vater bewahrte dir deine Unschuld, weil es seinem Ego schmeichelte, dir deine Unschuld zu bewahren. Unerfahrene kleine Mädchen hatte er besonders gern.«

Brigette errötete. »Du hast eine schmutzige Phantasie.«

»Ich dagegen mußte lernen, wie sich ein Südstaatler anständig benimmt.« Antoine klang verbittert. Er sprach abgehackt und heftig. »Vater war ein großer Lehrer der gesellschaftlichen Künste, des Ehrenkodex der edlen Herren aus dem Süden.«

»Was spricht dagegen?«

»Es war an unserem zwölften Geburtstag«, sagte er leise, fast zu sich selbst. »Zwei Jahre vor dem Tod unseres lieben Vaters. Wie sehr ich mir wünsche, er wäre früher gestorben. Erinnerst du dich nicht an die Party?«

»Ich begreife nicht.«

»Der Ballsaal war so hergerichtet, daß er wie ein Garten aussah: überall Rosen, Lilien. Unsere Geburtstagsparty war *das* gesellschaftliche Ereignis der Saison. Erinnerst du dich nicht? Sag, daß du dich erinnerst.« Antoine, der immer noch rittlings auf Brigette saß, starrte mit leerem Blick auf den Bettpfosten.

Brigette war heiß, unbehaglich. Antoine benahm sich wie ein

Wahnsinniger, ein Fremder. Ihr Instinkt sagte ihr, daß sie ihm nicht zuhören sollte. Doch es faszinierte sie, zu sehen, daß irgendein ganz persönliches Gefühl Antoine aufwühlte. Sie hatte immer geglaubt, daß sie alles teilten; offensichtlich war ihr da etwas entgangen.

»Es gab Miniaturspringbrunnen und Torbögen aus Glyzinien und Magnolien. Die Nacht war ausnahmsweise einmal kühl. Sanfte, weiche Brisen. Ich trug meine ersten Abendhosen. Ich war so stolz.«

»Ich trug mein erstes Abendkleid. Es hatte eine Satinschleppe und Satinbänder am Hals«, erinnerte sich Brigette.

»Ja. Du warst wunderschön. Ich sah, wie du die Quadrille getanzt hast, während Vater mich die Treppe hinunterführte. Ich wollte, daß du auch mitkommst. Ich wollte, daß wir immer zusammen sind. Vater sagte nein. Vater sagte, daß du deine eigenen Überraschungen hättest. Daß er für mich besondere Erinnerungen vorgesehen hätte.« Antoine schluckte. Im Rückblick sah er immer wieder vor sich, wie es geschah. Er konnte noch seine Besorgnis spüren, die feuchte Angst schmecken.

»Das gelbe Gästezimmer war voller Menschen. Ich fragte Vater, was da vor sich ging. Aber er antwortete nicht. Das Zimmer war voller Zigarrenrauch und mit Nelken gewürztem Schnupftabak. Gewürznelkenschnupftabak war damals sehr beliebt.«

»Männer und, wie ich mich erinnere, eine oder zwei Frauen standen oder liefen herum. Sie waren wegen irgend etwas in der Mitte des Zimmers erregt. Ich konnte nichts sehen. Damals war ich noch nicht groß genug. Es waren zu viele Leute da.

Als sie jedoch merkten, daß Vater und ich da waren, traten die Leute zur Seite, und Vater warf mich mit drei schwarzen Huren aufs Bett. Eines der Mädchen war ungefähr zwölf, wie ich, ein anderes achtzehn oder so, die dritte muß etwa Ende Zwanzig gewesen sein. Vielleicht auch älter. Sie waren nackt, und ihre Körper schimmerten von parfümiertem Öl. Das älteste Mädchen, das hellste von allen, zog mich auf sich drauf und entkleidete mich. Sie machte ein großes Theater wegen meiner langen

Unterhosen. Stellte Vergleiche an zwischen ihnen und meinem Schwanz. Ich war zu Tode erschrocken. Ich erinnere mich, daß ich schrie und Vater mich anbrüllte: ›Sei ein Mann.‹« Er senkte die Augen. »Ich mußte mit allen intim werden.«

»Antoine, nein.«

Antoines Gesicht war wie versteinert; seine Hände zitterten. Mit grimmiger Stimme fuhr er fort. »Zuerst war ich wie betäubt und konnte mich der Lage nicht gewachsen zeigen. Die zwei Frauen spielten mit mir, hielten mich fest und rieben mich an dem jüngsten Mädchen. Mit ihr sollte ich zuerst schlafen. Ich glaube, sie stand unter Drogen, denn sie lag da, als hätte sie überhaupt keine Ahnung, was da passiert. Ich hatte überhaupt keine Ahnung. Alles, was ich über Sex wußte, war Knabengerede. Sie drängten meinen Mund zwischen ihre Beine.« Antoine schloß die Augen und verstummte. Er konnte immer noch hören, wie sein Vater grölte und Wetten über seine Potenz abschloß. Brigette wandte hilflos den Blick von seinem Gesicht ab.

»Vater und seine Freunde sahen zu. Damals haßte ich Vater. Seitdem haßte ich ihn. Als ich plötzlich mein Sperma herausspritzte, lachten diese schwarzen Huren mich aus. Alle lachten. Wann immer ich kann, zahle ich es jeder schwarzen Schlampe für diese beiden, die gelacht haben, heim.« Er brach über Brigette zusammen und preßte das Gesicht ins Kissen.

Er hatte alles noch in lebhafter Erinnerung. Sobald er gekommen war, warfen ihn die beiden älteren Huren auf den Rücken und lachten ihn ununterbrochen dabei aus. Die Achtzehnjährige setzte sich rittlings auf ihn, reckte ihr Hinterteil in die Höhe und steckte ihn tief in sich hinein. Die ältere Frau senkte ihr Geschlecht über seinen Mund und stachelte ihn an. Die Klaustrophobie war überwältigend gewesen. Krause Locken und feuchte Haut füllten seinen Mund. Die Frau lachte ununterbrochen. Sein Vater lachte ununterbrochen. Nur einmal, bevor die älteste Frau ihn in sich hineindrängte, verstummte das Gelächter, und Antoine meinte, in den Augen der Frau Angst um sich selbst und Mitleid für ihn zu erkennen. Ihr Mitleid ärgerte ihn. Er biß ihr in die Brust und saugte Blut. Und da er der weiße Herr und sie die schwarze Sklavin war, konnte sie sich nicht beschweren. Sie mußte weiterlachen.

Antoine fröstelte, stopfte sich das Kissen in den Mund, um nicht aufzuschreien. Er konnte nicht zugeben, wie maßlos fasziniert er von der schwarzen Frau gewesen war; er konnte nicht zugeben, daß die Angst, das Geheimnisvolle und die Freuden an diesem Abend seitdem nie wieder ihresgleichen gefunden hatten. Außer, wenn er mit seiner Schwester schlief.

»Wußte Tante Louisa davon?«

»Natürlich«, sagte er barsch und drehte sich auf den Rücken. »Sie hat mich ja gerufen. ›Komm her, Schatz‹, sagte sie, ›dein Vater hat eine Überraschung.‹ Du und deine Freundinnen haben Kuchen und kleine Präsente bekommen. Ihr habt eure Geschenke geöffnet, während ich oben in der Falle saß und meine Vorstellung gab.«

Ja, sie erinnerte sich. Sie erinnerte sich, daß sie nach ihrem Bruder gesucht hatte, weil sie ihm ihre Perlenkette zeigen wollte. Eine wertvolle, einreihige Kette mit einem blaßrosa Elfenbeinschimmer. Sie bedeutete, daß sie jetzt ein Mädchen war, dem man den Hof machen konnte.

»Tante hätte dem ein Ende setzen sollen.«

»Nur eine arme Verwandte. Sie hatte keine Ansprüche an Vater zu stellen. Sie war mitleiderregend dankbar, als Vater sie nach Mutters Tod bat, dazubleiben. Die Südstaatengesellschaft ist nicht freundlich zu unverheirateten Frauen.«

Brigette erinnerte sich an ihre verhuschte, untaugliche Tante, genauso langweilig und unansehnlich, wie Mutter schön war. Selbst nach dem Tod ihrer Schwester war Tante Louisa allen Vergleichen mit dem lebendigen, leuchtenden Porträt von Mutter im Salon sorgfältig aus dem Weg gegangen. Sie saß stets in der hinteresten Ecke, bei einer einzigen Kerze, die ihren wild strikkenden Fingern Licht spenden sollte. Abgesehen von Dinnerpartys und unumgänglichen gesellschaftlichen Verpflichtungen war Tante in ihrem abgedunkelten Zimmer geblieben. Empfindliche

Nerven hielten sie fern, sie blieb mit in Lavendelwasser getauchten Taschentüchern, die sie sich an die Schläfen preßte, allein. Es war Vater, der den Haushalt mit seinem Charme verzauberte. So wie er sie mit seinem Charme verzaubert hatte. Vielleicht war das der Grund, warum sie Antoine liebte; er war Vaters Ebenbild ebenso wie das ihre. Wenn es Antoine nicht gegeben hätte, wäre sie zwischen den seltenen Malen, in denen Vater hereinschneite, einsam gewesen. Vater genehmigte ihr stets nur eine halbe Stunde, um sich mit ihm zu unterhalten. Sie wußte nie, wie sie ihn zum Bleiben bewegen konnte. Sie probierte jeden kindlichen Trick aus, den sie kannte. Doch Tränen, Herumalbern oder Betteln hatten nichts geändert. Antoine tröstete sie. Wie hätte sie das Blut und die Einsamkeit, die sie mit Antoine verband, leugnen können?

Tante starb zuerst am Fieber. Dann starb Vater, und alles Licht im Haus verlöschte. Vierzehn, gerade erst Waisen geworden, suchten sie und Antoine Trost. Was war daran unrecht? Jetzt war etwas unrecht. Sie mußte dem ein Ende setzen.

Antoine versuchte, seine sentimentale Stimmung abzuschütteln. Er war jetzt erwachsen. Zeit, vernünftig zu werden. Er kippte einen weiteren Schluck Brandy hinunter.

»Tante – und vermutlich auch Mutter – waren langweilig. Konventionell. Genauso wie du geworden wärst, wenn ich dich nicht gerettet hätte.«

»Gerettet? So nennst du das?« Brigette funkelte ihn wütend an. Sie sah Antoine in einem neuen Licht.

»Ich habe dich immer schwarzen Mädchen vorgezogen.«

Sie konnte Antoines Nonchalance, den selbstgefälligen Ton nicht ertragen. »Du hast gewußt, was du tatest, ja? Du hast mich absichtlich verführt.«

»Ja.« Er packte ihre Hand, bevor sie ihn schlagen konnte. »Schon mit vierzehn hatte ich viele Frauen. Vater hat mich gut vorbereitet. Erinnerst du dich an dein Mädchen Sal? Genauso alt wie du. Vierzehn. Haselnußbraune Augen.«

»Ja«, sagte sie kurz angebunden. Von all ihren Mädchen war

Sal am meisten wie eine Freundin gewesen. Sal, mit ihrem heiteren, sonnigen Wesen, verstand es am besten, ihre Launen zu mäßigen. Sal gab ihr das Gefühl, fröhlich und menschlich zu sein.

»Warum wurde sie wohl weggeschickt? Warum hat Vater sie wohl an diesen Rübenfarmer im North County verkauft? Sie hat Walton schon immer gefallen. Hielt sie für ein großartiges Zuchttier.«

Brigette zuckte zusammen. Wie naiv sie doch gewesen war. Sal hatte ihr nie gesagt, wer der Vater des Babys war. Sie hatte angenommen, es wäre ein anderer Sklave. Erst einen Monat, bevor er das Fieber bekam, hatte Vater Sal verkauft.

Sie hatte nie protestiert. Sie war gekränkt gewesen, daß Sal ihr nicht genügend vertraute und den Namen des Vaters verriet. Sie hatte Sal immer darum beneidet, schon eine Frau zu sein, während sie immer noch ein Mädchen war. Wie hatte sie Sal gequält, als sie von ihr wissen wollte, ob sie es genossen hätte, das Baby zu machen. Sal hatte nur geweint. Sie vermißte Sal schmerzlich. Sie hatte nie eine andere Freundin.

»Ich habe dich immer begehrt.«

Ekel überkam sie. Sie hatte romantische Vorstellungen gehabt. Sie hatte geglaubt, es wäre ein Versehen gewesen, als Antoine sie zum ersten Mal liebte. Mutter war tot, Sal war fort. Tante Louisa und Vater waren beide gestorben. Nach Vaters Begräbnis versteckte sich Brigette auf dem Dachboden. Die Schrankkoffer mit alten Ballkleidseiden und Kinderspielsachen empfand sie als tröstlich. Der Dachboden war ein zweites Spielzimmer gewesen. Sie und Antoine hatten unzählige Stunden dort verbracht und Geschichten über Phantasiewelten und Rittertum erfunden.

Antoine hatte sie gefunden. Er hatte immer noch seine Trauerkleidung angehabt. In ihren bewundernden Augen hatte er gut, heldenhaft und geheimnisvoll ausgesehen. Er hatte sie sanft berührt. Sie hatte sich an ihn gedrückt und die Liebkosungen auf ihrem Gesicht und Haar genossen. Zuerst war sie bestürzt gewissen, als Antoine sie zwischen den Beinen berührte. Aber sie hatte soviel Freude dabei empfunden. Sie hatte Angst gehabt, daß, wenn sie ihn bat, damit aufzuhören, er auch aufgehört hätte, sie zu lieben. Wer wäre ihr dann noch geblieben? Weder Sal. Noch Vater. Noch Mutter. Noch Antoine.

»Du bist ein Unmensch«, sagte sie.

Brigette erinnerte sich. Beim ersten Mal hatte es weh getan. Antoine hatte sie so lange bedrängt, bis sie blutete. Danach, als sie Gebete sprechen, ihren Rosenkranz beten und einem Priester beichten wollte, hatte er sie gehänselt. Indem er ihr drohte, sie zu verlassen, hatte er sie ein zweites Mal verführt.

»Sei nicht so puritanisch.« Antoine küßte sie auf die Schulter. »Du bist eine DeLavier. Vater war alles andere als puritanisch. Manchmal denke ich, daß er es gebilligt hätte, daß ich mich um dich kümmere. Meine einzige, nachträgliche Geburtstagsüberraschung.«

Brigette fragte sich, ob Antoine sie liebte. Sie wirklich liebte. Oder hatte er nur seine persönliche Rache an Vaters ›Mädchen‹ gefordert? Den Lohn für den Verlust seiner eigenen Unschuld gefordert.

Sie hatte Kopfschmerzen. Fünf Jahre hatte sie sich etwas vorgemacht. Hatte geglaubt, daß ihre Verbindung etwas Besonderes und in ihrer Sexualität seltsam keusch gewesen wäre. Da sie Zwillinge waren, war es doch eher ein Fall von Eigenliebe, oder? Ihre Unfruchtbarkeit schien die Bestätigung dafür zu sein. Fünf Jahre und keine Schwangerschaft. Brigette hatte dies als ein Zeichen Gottes angesehen, daß ihre Beziehung anderer, weniger sündhafter Natur war. Aber das hatte sich jetzt geändert. Ihr Blick schweifte über ihren Leib.

»Mit wem hast du außer mir noch herumgehurt?«

»Sei nicht eifersüchtig.« Antoine erinnerte sich an das schmerzliche Gefühl, als sein Vater und die Gäste gegangen waren. Die beiden älteren Huren waren fort und belegten andere Gefährten mit Beschlag. Er lag in dem Bett, allein und doch nicht ganz allein, denn das jüngste Mädchen rang in ihrem drogenbenebelten Schlaf mühsam nach Luft. Nach einer Weile hatte sich einer von Vaters betrunkenen Gästen über sie hergemacht. Während er sich über den Knaben Antoine amüsierte, der an einem Scherz beteiligt gewesen war, saugte er an den Brüsten des Mädchens. Später hatte der Mann sich Antoine angeboten.

Antoine schüttelte den Kopf. »Wenn du immer mir gehören würdest, würde ich immer nur dir gehören. Glaubst du vielleicht, daß mir der Gedanke Spaß macht, daß Louis dich betatscht? Mir wird übel, wenn ich daran denke, daß Louis ein verbrieftes Recht hat, dich zu berühren. Könnte sein, daß ich ihn eines schönen Tages einfach umbringe.« Antoine streichelte ihren Bauch, wärend sie still dalag.

Brigette hatte das Gefühl, tot zu sein, vertrieben aus ihrem Körper. Sie konnte das Gewicht von Antoines Hand nicht spüren. John sagte, daß die Voodookönigin für vierhundert Dollar alles tun könnte: das Baby beseitigen, Antoine beseitigen und Louis dazu bringen, sie wieder zu lieben.

Antoine knabberte an ihrer Brust.

Sie blinzelte. Sein Gesicht wirkte grotesk. »Ich kenne dich überhaupt nicht.«

»Warum auch?« sagte er verblüfft hochschauend. »Wir sind Zwillinge. Zwei Erbsen in einem Topf, ja. Aber nicht dieselbe Person.«

»Wir müssen aufhören. Du darfst mich nicht wieder berühren.«

»Wenn Gott uns erschaffen hat, dann hat Er auch mein Verlangen nach dir erschaffen. Laß Ihn doch die Last unserer Sünden tragen.« Geschickt, methodisch wandte sich Antoine der Routine, mit ihr zu schlafen, zu. Er wußte, welche Stellen er streicheln, reizen und küssen mußte. Er wußte auch, wie er ihren Widerstand überwand.

Hinterher war sich Brigette nicht sicher, warum sie ihm erlaubt hatte, sie zu berühren. Vielleicht hatte es mit ihrem Entschluß zu tun, ihn aufzugeben und eine gute Frau und Ehefrau zu sein. Wenn sie sich nicht irrte, dann war dies ihre letzte gemeinsame Nacht. Was schadete es da schon, wenn sie stillhielt und seinen Launen nachgab?

»Blas das Licht aus, Brigette. Ich bin müde. Bitte, laß mich in deinem Bett schlafen.«

Da sprach der Junge. Derselbe Junge, der nach Vaters Begräbnis zu ihr gekommen war. Er erwartete, daß er seinen Willen bekam.

»Bitte, laß mich in deinem Zimmer schlafen.« Seine Lust war aufgebraucht. Träge zog Antoine die Knie an die Brust und ballte die Faust auf dem Kissen.

Brigette stand auf. Mit dem Kerzenlöscher ging sie im Zimmer umher, löschte die Lichter. Sie blieb stehen und lauschte an der Tür, die in Louis' Zimmer führte. Sie hörte keinen einzigen Laut.

»Ich bin müde, Brigette«, quengelte Antoine schon halb eingeschlafen.

Sie kletterte ins Bett und streifte die Laken glatt.

»So müde.«

Sie schaute über die französischen Fenster und den Balkon hinweg zum Himmel. Sternschnuppen fielen; ein Sternschnuppenregen funkelte quer über den Himmel. Die betrunkenen Schnarchgeräusche von Antoine trieben zur Decke. Brigette setzte sich aufrecht hin; ihre Hände bedeckten ihren Bauch und das abscheuliche Baby in ihm. Morgen würde sie die Voodookönigin aufsuchen.

»Warum ich nicht nach meinem Vater gesucht habe? Was für eine dumme Frage.«

»Nein, es ist mir Ernst damit, Marie. Niemand war da, der dich liebte. Deine Mutter nicht. John nicht. Jacques war ständig weg. Deine Grandmère sah Gespenster. Ich bekam nie Gelegenheit, dich richtig zu lieben, obwohl ich dich immer geliebt habe.«

»Woher nimmst du diese Illusionen? Du hast mich nie geliebt. Du hast immer nur den Gedanken an die Liebe, den Gedanken an meine Rettung geliebt. Du hast nie die Frau in mir geliebt.«

»Das stimmt nicht.«

»Ich bin es, die stirbt, also sage ich, daß es stimmt. Ich kann nicht glauben, daß du meinst, ich hätte meinen Vater suchen müssen. Was hätte ich dadurch gewonnen? Was hätte es genützt, noch einen Elternteil zu haben, der mich zurückstößt? Was hätte es genützt zu sagen: ›Vater, ich brauche dich. Deine Anerkennung. Deine Wärme.‹

Louis, du bist ein solcher Narr. Ich bin immer noch zerrissen vor Kummer. Ich bin fast achtzig, und ich erinnere mich immer noch deutlich an den Schmerz, als ich erfuhr, daß meine Mutter mich nicht geliebt hat. Sie hat mich benutzt. Sie hat mich manipuliert. Und John, der mich auf unzählige Arten ›bevatert‹ hat, gab sich alle Mühe, mich zu vernichten. Verdammt noch mal, Louis, begreifst du eigentlich irgend etwas? Was sollte ich denn machen? Den weißen Mann finden, mit dem meine Mutter herumgehurt hat, und sagen: ›Ich bin gekommen, um mein Erbe einzufordern?‹ Er hätte mich nur ansehen müssen, um mich zurückzustoßen. Meine Hautfarbe würde alles entscheiden. Und mein lieber Vater hätte mich versklaven ... verführen ... schlagen können ... und als weißer Mann aus New Orleans wäre das auch noch sein gutes Recht gewesen.

Mittlerweile bin ich sicher, daß mein Vater tot ist. Ich denke: ›Wie wunderbar.‹ Wie schlau ich doch war, nicht zuzulassen, daß noch ein Elternteil mich zurückstößt.«

»Ich wünschte, ich hätte bei dir sein können, Marie. Ich wünschte, ich hätte dich trösten können.«

»Ich wünschte, ich hätte mich damit zufriedengeben können, daß meine Großmutter mich großzieht. Ich wußte nicht, wie gut es mir ging, als ich neun war. Denk bloß, siebzig vergeudete Jahre.«

Marie Laveau, 15. Juni 1881, früher Nachmittag
(Aus Louis DeLaviers Tagebuch)

Wie zählt man die Tage, wenn einem jeder wie ein Monat und jeder Monat wie ein Jahr vorkommt? Es war wieder Frühling.

Marie grübelte. Das warme Wetter berührte sie nicht. Eigentlich sollte sie sich für eine neue Zeremonie ankleiden. John bestand darauf, daß sie kunstvolle Gewänder trug, Kajal auf die Augen und Rouge auf die Wangen und Lippen schminkte. Wenn sie in den Spiegel schaute, sah Marie eine andere Person. Mit jedem Tag, der vorüberging, veränderten sich ihr Gesicht und ihre Gestalt ein wenig. Sie wurde häßlicher, theatralischer.

Marie griff nach ihrem Rum. Meistens hatte sie ein Glas neben sich stehen. Sie hatte das Vergessen, das er manchmal schenkte, schätzen gelernt. Sie brauchte jemanden. Sie war einsam. Grandmère konnte sie nicht mehr besuchen. Es war zu gefährlich. Statt dessen besuchte der tapfere Ribaud Grandmère und brachte Geschichten mit zurück.

»Grandmère geht's schlecht.« »Ihre Füße tun weh.« »Sie is zu traurig.« »Sie vermißt dich immerzu.« »Sie wäscht sich überhaupt nich.«

Die knappen Schilderungen Ribauds sprachen Bände. Marie war dem Zauberer immer inniger zugetan. Er spendete ihr mehr

Trost, als man sich vorstellen konnte. Jede Woche bespitzelte er Grandmère durch das Küchenfenster. Einmal hatte Grandmère ihn ertappt und ihm einen Eimer an den Kopf geworfen. Die Narbe hatte er noch immer.

Ribaud steckte den Dorfkindern Geld zu, die es wiederum ihren Eltern gaben, und die Eltern begriffen, daß sie bestochen wurden, damit sie Grandmère versorgten. Das Geld half Marie, ihr schlechtes Gewissen zu beruhigen. Bei jedem Besuch ließ sie durch Ribaud ausrichten, daß Grandmère aufs beste versorgt werden sollte.

Marie spielte häufig mit dem Gedanken, Grandmère selbst zu besuchen. Sie entwarf ausgeklügelte Strategien, wie sie der Stadt und Johns Bespitzelung entkommen konnte, aber sie handelte nie danach. Sie wußte, wenn sie ertappt wurde, würde John nicht zögern, Grandmère umzubringen. Also bediente sich Marie des Rums, um ihre Sorgen zu unterdrücken. Sie wollte es nie genauer wissen, wenn Ribaud zweideutig sagte: »Geld reicht nich.«

John nahm ihr jeden persönlichen Freiraum, indem er ihr zu trauriger Berühmtheit verhalf. Das gesamte städtische Geflecht aus Sklaven und freien Farbigen schien zu wissen, wer sie war. John war ihr Förderer und, wie es sich für einen guten Förderer geziemte, führte er sie in den Straßen spazieren und verbreitete Gerüchte über ihre Fähigkeiten. Schwarze flüsterten, wann immer sie vorüberging: »Das ist Marie. Maman Marie.« Es war erstaunlich, wie verrufen und wie anerkannt sie war. Sie konnte nirgendwo hingehen, ohne daß jemand sie kannte, sie sah und es John später erzählte. John brauchte Ribaud nicht mehr, um sie zu bespitzeln. Selbst einige weiße Bürger wußten allmählich, wer sie war. Es hatte Beschwerden gegeben.

John bestand auf zwei Zeremonien pro Woche am Congo Square, in der Nähe der Rampart-Straße, im Bürgerviertel. Ein Karnevalsspektakel in dem Distrikt, in dem Kaufleute und ihre Familien wohnten, war für die städtischen *aristos* nicht bedrohlich. Außerdem lag eine neue Toleranz in der Luft. Die *Daily*

Picayune veröffentlichte eine Artikelserie über Voodoo, geschrieben von Louis DeLavier. Die Bürger brüsteten sich damit, daß sie in der aufgeschlossensten Stadt der Neuen Welt lebten. *Aristos* machte es Spaß, sich unter das gemeine Volk zu mischen, und was war schon dabei, wenn nach einer Zeremonie ihre Goldmünzen zu Geschäftsleuten wanderten, die Bars und vornehme Bordelle besaßen? »Geld«, sagte John, »schafft seltsame Freunde.« Wollust, dachte Marie, schafft noch seltsamere Freunde. Sie wußte nur zu gut, daß Weiße wie Schwarze die Nachtluft, den beschwingten Rhythmus der Trommeln, die Schlangenbewegungen ihres Tanzes für sinnlich und sexuell erregend hielten. Sie hatte die Begierde in Männeraugen gesehen, und ihre Blicke gaben ihr das Gefühl, unrein zu sein. Entweder bemerkte John es nie oder es interessierte ihn nicht, zu welchen Gefühlen sie gezwungen wurde.

Marie raffte ihre Haare aus dem Gesicht nach hinten. Die Schatten, die die Kerzen warfen, hoben die dunklen Ringe unter ihren Augen hervor. Sie war dünn. Die Geister nutzten ihren Körper erbarmungslos aus. Wenn sie keine Zeremonie am Congo Square leitete, wurde im Haus an der St.-Anne-Straße über sie verfügt. Nur sonntags konnte sie ausruhen. Manchmal wünschte sich Marie zu sterben, genau wie ihre Maman.

John versprach, wenn der richtige Zeitpunkt gekommen wäre, würde sie in der St. Louis Cathedral auftreten. Marie warf den Kopf zurück und lachte. Warum nicht? Die Weißen würden sie dafür umbringen. Sich die Nachsicht der Gesellschaft auf dem Congo Square zunutze zu machen, war eine Sache, Gott auf den Stufen der katholischen Kirche zu lästern, jedoch eine ganz andere. Das war Mamans Fehler vor fünfzehn Jahren gewesen, und Marie bezweifelte, daß die Zeit irgend etwas verändert hatte. Sie trug noch mehr Rouge auf ihre Wangen auf. Was konnte ironischer sein, als wie Maman zu sterben? Sie verdiente es. Sie hatte Jacques wieder zur See fahren lassen, ohne sich zu verabschieden.

Maries Schultern sackten herunter; sie unterdrückte die Tränen. Sie weinte zu oft und zu lang. Und immer, wenn sie an ihre

Grausamkeit gegenüber Jacques dachte, erfüllte sie Abscheu vor sich selbst. Es schien keine Möglichkeit zu geben, ihre Selbstachtung zurückzugewinnen. Es war unmöglich, John wegen Jacques zu verlassen, und daß sie es auch nicht wollte, war Teil ihrer Schmach.

»Marie. Schau her. Das ist genau das Richtige für heute abend.«

John stand in der Tür. Er trug eine Kiste, die für seine Arme fast zu groß war. In den Deckel waren grobe Löcher geschlagen. Durch die Latten drängte sich Stroh. »Das wird unseren Erfolg sichern. Wir werden New Orleans im Sturm erobern.«

John sah erstaunlich attraktiv aus: knochig, hager, brutal. Weil sie John begehrte, lernte Marie, sich selbst zu hassen. Ihre Logik drehte sich im Kreis: John war böse – sie mußte auch böse sein. Wenn sie wirklich gut wäre, würde sie einen so bösen Menschen nicht mehr begehren.

Marie starrte Johns Spiegelbild im Frisiertisch an. Er sprach erregt, balancierte dabei seine Kiste. Irgend etwas in ihr mußte seine Bösartigkeit nötig haben. Marie wußte nur, daß sie durch ihre Liebe zu John ihr Herz verhärtet hatte. Es war schwer, freundlich und versöhnlich zu sein. Sie mißtraute Freundlichkeit. Sie konnte sich nicht einmal mit sich selbst versöhnen.

»Wer zuviel liebt, wird hart.« Wer hatte das gesagt?

John bückte sich unbeholfen und stellte die Kiste ab. »Ich habe viel Geld dafür bezahlt.« Er sprach schnell, beinahe undeutlich. »Unsere Kunden werden dafür sorgen, daß es sich lohnt. Hier. Im Haus. Wir werden es heute abend einsetzen. Wenn es heute abend gut läuft, werden wir es am Congo Square einsetzen. Das nächste Mal Cathedral Square. Alle werden deinen Namen kennen.«

Marie zog ihren Morgenrock eng um sich. »Ich bin müde, John. Das Rouge kann nicht verbergen, wie müde ich bin.« Sie trank einen Schluck Rum. »Zu viele Zeremonien. Ich werde krank. Ich habe ständig Kopfschmerzen.«

»Den Göttern sind deine Krankheiten gleichgültig. Mir dagegen ist das Geld absolut nicht gleichgültig«, sagte er, ohne sie anzusehen. »Das Geschäft ist unbeständig. Wir verdienen, was wir können, wenn wir können.« Er klopfte vorsichtig auf eines der Löcher in der Kiste. Er schaute hindurch, wobei er ein Auge schloß und das andere zusammenkniff. »Ich hoffe, es ist nicht tot. Sonst will ich mein Geld zurückhaben.«

Marie ließ sich auf den Stuhl vor dem Frisiertisch fallen. Sie beobachtete, wie John die Kiste umkreiste. Sie war alt, stellenweise verfault. Das Holz roch nach Sumpf, Schimmel und Knochen. John, der normalerweise an allem herumdrückte, riß und zerrte, umkreiste unaufhörlich die Kiste, zögerte, die Holzlatten anzufassen. Vor allem wegen seiner Vorsicht wollte Marie wissen, was in der Kiste war.

John holte entschlossen Luft und zog an den Latten. Sie fielen mühelos ab. Marie schnappte nach Luft. In der Kiste war eine zweite, von feuchtem Stroh umgebene Kiste. Auch diese Kiste hatte Luftlöcher. John strich sich mit einer schweißnassen Handfläche über die Stirn. Er atmete rauh, mühsam.

Ein Geist rührte sich.

»Es ist nicht tot. Was auch immer du da hast, es ist nicht tot.« Marie fröstelte. »Was ist das, John?«

»Unser Vermögen.«

Johns Augen waren unnatürlich hell; sein ganzes Sein war auf die Kiste konzentriert. Er streckte die Handfläche aus und spürte einen dünnen, kühlen Luftzug aus der Kiste strömen. Er weckte beunruhigende Erinnerungen. John konnte Afrika fühlen, riechen und spüren, sich an willkürliche Grausamkeiten erinnern.

John war sich nicht ganz sicher, warum er das Tier unbedingt hatte haben wollen. Es war ein Impuls gewesen. Als es noch jenseits des Ozeans, tief in einem abgelegenen Dschungel war und darauf wartete, in eine Falle gelockt und gefangen zu werden, hatte er sich nicht vor ihm gefürchtet. Bis gestern, als er erfuhr, daß es angekommen war, hatte er das Tier ganz vergessen. Er war völlig überrumpelt worden. Der bullige Kapitän hatte ein zusätzliches Entgelt gefordert, da ein Mann bei der Verfolgung gestorben war. »Hitzschlag«, hatte er gesagt.

John hatte dem Kapitän befohlen, ihm die Kiste im stickigen Laderaum des Schiffes zu zeigen. Johns Herz hatte warnend ein paar Schläge ausgesetzt, was er mit einem Achselzucken abgetan hatte.

Jetzt, wo er über der Kiste stand, fürchtete sich John. Das Ding in der Kiste und Mißerfolg waren das einzige, was ihm Angst machte. »Öffne sie, Marie. Los. Öffne sie.«

»Warum nicht du?«

»Nein, es ist dein Geschenk.«

»Ich will es nicht.«

»Es ist gut fürs Geschäft. Es wird uns ein Vermögen einbringen.«

»Dein Geschäft, nicht meines. Es ist deine Entscheidung, Geld zu verlangen.«

»Die katholische Kirche sammelt auch Geld.«

»Was nicht heißt, daß es recht ist.«

»Öffne die Kiste, Marie.« Er stand neben ihr, seine Stimme war unnatürlich ruhig. Sein leiser Ton warnte vor Schlägen. »Du versuchst mich hereinzulegen.«

Marie war einer Ohnmacht nahe. Ein blitzartiger Anflug von Irrsinn verzerrte Johns Gesicht. Er schob sie vorwärts. Die Kiste bewegte sich auf sie zu. John trat einige Schritte zurück.

Etwas Lebendiges war in der Kiste.

Marie fürchtete sich vor dem, was sie vielleicht fand: ein wildes Tier, einen gepeinigten Geist, ein Geschöpf aus einer Unterwelt. John könnte alles mögliche Böse gefangen und zu ihr gebracht haben. Hysterie stieg in ihr auf.

Etwas Tödliches war in der Kiste.

Sie wirbelte herum. »John, ich kann nicht –«

»Öffne die Kiste.«

»Verdammt.«

John schlug sie.

Marie wimmerte. »Bitte.«

John beachtete sie nicht; dünne Schweißbäche sammelten sich in den Vertiefungen seines Nackens und im Rücken. »Öffne sie.«

Marie legte nervös die Hände auf die Kiste. Ein Seil hielt den Deckel fest.

»Öffne sie«, flüsterte John.

»Verdammt. Verdammt. Verdammt.« Marie riß an dem Seil, ihre Nägel brachen an dem Hanf ab.

Sie konnte spüren, wie das Ding sich bewegte, das Seil sich von selbst löste.

»Öffne sie«, zischte John.

Marie hob den Deckel hoch und schrie, als das Ding seinen Kopf vorschnellen ließ. »Hilf mir. Mein Gott, hilf mir.« Sie fiel hin und kroch auf den Knien rückwärts.

John frohlockte. »Das ist dein Damballahgott.« Er lachte wie besessen, schlug mit der Hand an die Wand. »Dein großer Damballah.« Seine Augen tränten vor Lachen. Marie, die sich zu einer Kugel zusammengerollt hatte, murmelte: »Mein Gott. Mein Gott.«

Es wurde an die Tür gehämmert. »Marie? John? Seid ihr in Ordnung?« Es waren Nattie und Ribaud. »Macht die Tür auf. Alles in Ordnung?«

»Geht weg«, rief John. »Nur eine Überraschung.« Laut und schallend lachend warf er sich mit seinem Gewicht gegen die Tür. »Nichts ist los. Nur eine angenehme Überraschung.« Seine Rippen schmerzten vom Lachen und von der plötzlich gelösten Spannung. Es war eine Schlange, nur eine dämliche, hundsgewöhnliche Schlange. Als er sah, wie Marie wie ein aufgescheuchtes Kaninchen hoppelte, hatten sich seine Ängste in Luft aufgelöst.

»Woher hast du das?« Marie bebte vor Zorn und Beschämung. Als sie in die Kiste hinunterschaute, sah sie eine riesige Spirale auf verfilztem Stroh. Ein Kopf, flach und breit, streckte sich in die Höhe. Das Tier zischte; seine Zunge war gespalten.

»Marie, sag Damballah guten Tag. Damballah, sag Marie guten Tag.«

»Das ist eine Schlange«, sagte sie verärgert. »Nicht Damballah.« Damballah war mehr als das – wie Christus, wie Gott.

»Wer will das wissen?«

»Woher hast du sie?« Eine solche Schlange hatte sie noch nie gesehen. Aschfarben starrte sie sie an. Sie sah wie eine Mokassinschlange aus, war jedoch viel länger, breiter und, wie Marie befürchtete, tödlicher. »Woher hast du sie?«

»Sklavenhändler. Das ist ein afrikanischer Python.«

»Du machst mit Sklavenhändlern Geschäfte?«

John zuckte mit den Schultern. »Sie können mich ja nicht zweimal einfangen, oder? Ich habe Freilassungspapiere. Gefälscht, aber wirksam.«

»Du widerst mich an.«

John lehnte sich mit seinen breiten Schultern an die Wand und erwiderte: »Ich dachte, es wäre brillant von mir, daß ich mich an den Schlangengott des Dorfes erinnert habe. Eine lebende Ikone ist viel besser als eine Gipsstatue. Vielleicht können wir die Katholiken ja aus dem Geschäft werfen.«

»Ich weiß zwar nicht viel über Voudon« – Marie sprach über die Schulter, während sie in die Kiste starrte – »aber ich weiß genau, daß Damballah mehr als das ist.«

»Aber weiß das sonst noch jemand?«

Marie starrte den Python an. Die Schlange, den Kopf in die Höhe gereckt, war reglos. Argwöhnisch. Wachsam. Vielleicht irrte sie sich. Vielleicht war Voodoo ja wirklich diese Schlange: uralt, urzeitlich. Marie konnte sich nicht auf das, was John ihr über Voodoo erzählte, verlassen. Er war mehr an Effekthaschereien interessiert. Er leitete eine Schaubude; sie war die Schauspielerin. Nattie war noch weniger bereit, über Voodoo zu sprechen. Während der Zeremonien kamen die *loas* nie zu Nattie oder John. Selbst der geringste Sklave oder Diener hatte seine persönlichen Augenblicke der Besessenheit. Nattie dagegen verlor nie die Beherrschung, gehörte nie einem Geist, sondern nur sich selbst. John hatte noch nie die Gnade Gottes verspürt.

Marie schob sich langsam näher an die Schlange heran. Sie

legte eine Hand auf die Kiste und musterte den Python. Sie war eine merkwürdige Priesterin – unbewandert in ihrer Religion, doch trotzdem ihr Leitbild. Sie konnte nicht einmal sagen, ob diese Schlange ein Zeichen oder ein bedeutungsvolles Symbol war. Oder war sie Teil ihres *fa*?

Die Schlange reckte den Hals vor. Ihr kühles Fleisch streifte ihre Hand. Marie empfand Ehrfurcht, das gleiche Wunder, das sie als Kind im Bayou empfunden hatte. Das Tier lebte, pulsierte, war ein Teil der Natur. Alles in Teché wurde von der Natur beherrscht, einer willkürlichen und wiederum doch nicht so willkürlichen Macht. Was, wenn Natur nichts anderes war, als die Gemeinschaft der Geister von Pflanzen und Tieren? Was, wenn diese Geister die *loas* waren? John hatte einmal gesagt, daß in jedem lebenden und nicht lebenden Ding Geister wären, die man beschwören konnte. Vielleicht war diese Schlange wie all die anderen normalen Bestandteile der Natur ein Gott, ein besonderer, außergewöhnlicher.

»Sie wird so stark werden, daß sie einen Menschen töten kann.« John war in düsterer Stimmung.

»Das bezweifele ich«, sagte Marie leise. Damballah war nicht diese Schlange, aber diese Schlange hatte zweifellos Macht. Marie spürte sie genauso, wie sie die Anwesenheit eines Geistes spürte. Sie streckte beide Arme aus. *Sie brachten sich Verständnis entgegen. Marie hörte die Schlange seufzen.*

»Hast du keine Angst, daß sie dich vergiften könnte?«

Marie fiel auf, daß John sich nicht aus der hintersten Ecke des Zimmers herausbewegt hatte, während sie und die Schlange die Mitte belegten. Sie drehte sich um die eigene Achse. Die Schlange lag ausgestreckt über ihren Armen.

»Leg sie hin. Willst du, daß sie dir weh tut? Leg sie hin.« John schluckte schwer.

»Sie wird mir nicht weh tun. Hast du Angst?«

»Nein, warum sollte ich?« Sein Ton war angriffslustig. John kauerte sich hin, mit dem Rücken an der Wand, die Hände zwischen den Knien baumelnd.

Marie wunderte sich. John hatte seine herablassende Ruhe, seine überwältigende Selbstsicherheit eingebüßt. Er war nervös wie ein Hahn, bevor ihm der Kopf abgeschlagen wird. Langsam strich sie der Länge nach über die Schlange.

»Hast du keine Angst, daß sie dich beißen könnte?« fragte John abermals. »Dich vergiften könnte?«

»Sie hat weder eine Klapper noch Giftzähne. Im Bayou lernt man die Unterschiede zwischen Schlangen.«

»Ich hoffe, daß das sonst niemand weiß.«

»Hast du es denn nicht gewußt?«

John sah Marie an. »Doch, natürlich. Denk dran, du bist mir nicht überlegen.«

Marie errötete verärgert. Die Schlange war kalt an ihrer Brust. Ihr wurde klar, daß sie ihr als Schutzschild diente. Intuitiv wußte sie, daß John ihr nie weh tun würde, solange sie die Schlange im Arm hatte. »Unsere Anhänger werden nur sehen, was sie sehen sollen. Sie werden glauben, daß die Schlange giftig ist, weil es sie erregt, das zu glauben. Ist es nicht so, John? Hast du mir das nicht beigebracht?«

John sah wie gebannt auf das Maul der Schlange.

»Warum brauchst du mich, John? Warum kannst du mich nicht in Ruhe lassen?«

John starrte sie kühl an. »Du bist wie der Python. Du lockst zahlende Kundschaft an.«

»Mit meinen Aufführungen?«

»Ja.«

»Glaubst du denn nicht, daß etwas Besonderes mit mir geschieht? Etwas Unfaßbares?«

»Hirngespinste.«

»Du behauptest doch, Afrikaner zu sein.«

»Das behaupte ich nicht.« John kam näher, doch Marie sah, wie er sich geschickt zurückhielt, als sie die Schlange verlagerte. »Ich *bin* Afrikaner. Ich sollte König werden –«

»– und über Hunderte, Tausende herrschen«, murmelte Marie, denn die Schlange machte sie mutig. »Erinnerst du dich nicht an den Voodoo deiner Väter? Deiner Vorfahren, John? Erzähl mir davon. Er muß heiliger gewesen sein als der, mit dem wir uns abgeben.« Die Schlange glitt an ihrem Arm herunter.

John hielt die Augen sorgfältig bedeckt. Wie konnte er erklären, daß er an keinen Gott, ob schwarz oder weiß, glaubte? Das Leben war zu hart, um eine Religion zu rechtfertigen. Er war nicht als Sklave gefangengenommen worden, er war von anderen Schwarzen verkauft worden. Stammesfeinde, die eine unangebrachte Barmherzigkeit an den Tag legten, hatten sein Leben verschont. Doch seine Erinnerungen waren schrecklicher als jeder gewöhnliche Tod. Er wußte, wie es war, wenn man kurz vor dem Verhungern war, im Rumpf eines Schiffes segelte, an Hunderte anderer armer Seelen gekettet, die alle in verschiedenen Sprachen brabbelten. Über hundert Tage hatte er in schwärender Dunkelheit zugebracht, hatte in seinem und dem Unrat anderer gelegen.

Wie hatten seine Vorfahren, die beschützenden *loas* seiner Familie das zulassen können? Was war mit all diesen Jahren, in denen seine Familie den Göttern und Vorfahren Ehrerbietung bezeugte und Opfer darbrachte? Die alten Könige, seine Urgroßväter, hätten seinen Vater, den König, und ihn selbst als den Erben beschützen sollen. Im Frachtraum hatte John unzählige Male darüber nachgedacht, nur, um immer wieder zur gleichen Antwort zu gelangen. Die *loas* waren machtlos. Es gab kein Recht. Und keine Gerechtigkeit. Und keinen Glauben. Jedesmal, wenn er die Wellen an den Frachtraum klatschten hörte, jedesmal, wenn Urin an seinen Schenkeln heruntergelaufen war, jedesmal, wenn eine vom Kot angezogene Fliege auf einer Stelle gelandet war, wo er sich nicht kratzen konnte, war seine Verbitterung gewachsen. Die *loas*, die Familiengeister, waren ein Phantasiegebilde. Die Vorfahren waren in Erde vergrabene Knochen und verwesendes Fleisch. Nichts weiter. Die anderen Gefangenen hatten unzählige Götter angerufen: Ogu, Damballah, Legba, Agwé. Er war fast verrückt geworden von dem unablässigen flehentlichen Gemurmel. Schreie in der Nacht. Schreie am Tag, der in der erdrückenden Dunkelheit als Nacht vorübergegangen waren. Schreie, die mit dem letzten Atemzug sterbender Leiber ausgestoßen wurden. Nichts änderte sich. Das Schiff war weitergesegelt zum Auktionsblock und in die Sklaverei.

Marie wünschte, sie könnte Johns Gedanken lesen. Auf seinem Gesicht waren Kummer und Verletzbarkeit zu sehen, er wirkte quälend menschlich. Es gab so vieles an ihm, was sie nicht wußte. Nur, daß sie ihn in den seltenen Augenblicken, in denen er unsicher war, um so mehr liebte. Die Schlange wickelte sich um ihre Taille. Die Schlange wußte, daß sie ihr niemals weh tun würde, und Marie vertraute der Schlange, daß auch sie es nie tun würde.

Der Python verspottete ihn, dachte John. Arglos und gelassen erkundete er Maries Körper. Wenn er es nicht besser wüßte, hätte John ihn für zahm gehalten. Neugierig verfolgte er, wie er sich langsam weiter nach oben wand. Damballah, dachte er sarkastisch. Warum sollte er irgend jemandem oder irgend etwas Loyalität schulden? Überlegenheit war doch so viel besser. Herrsche selbst über das Universum. Er herrschte über seine Welt. Über die Frauen, die darin lebten, über die religiösen Anhänger. Er verdiente Geld damit. Was sonst sollte ihn befriedigen?

»Erzähl's mir, John. Was hast du von Afrika in Erinnerung?«

»Laß mich in Ruhe«, brüllte er Marie mit schmerzerfüllter Miene an. John schaukelte nach hinten, bis er auf dem Fußboden saß, die Beine wie ein müder Hausierer vor sich ausgestreckt. Er konnte den Blick nicht von den hypnotisierenden Bewegungen lassen, mit denen sich die Schlange vorwärtsschob. Unsicherheit packte ihn. Sein Magen verkrampfte sich.

Er erinnerte sich an einen Todesfall in seiner Kindheit: Ein junger Mann war von einem Python erwürgt worden. Damballah. Die beiden waren ineinander verschlungen. John glaubte und doch auch wieder nicht an Geister. Er war sieben, vielleicht acht, gewesen, und die träge Brutalität der Schlange, mit der sie den Mann erstickte, hatte ihn beeindruckt. An die Missetat des Mannes konnte er sich nicht mehr erinnern – vielleicht hatte er einem anderen einen Keiler, ein Huhn oder die Frau gestohlen. Doch er erinnerte sich noch lebhaft daran, daß der Mann nicht kämpfen wollte. Jahrelang hatte er die Erinnerung in einen dunklen Winkel seines Hirns gedrängt. Doch als er heute die Schlange gekauft hatte, mit ihr durch die Stadt spaziert war, ihre Bewegungen gespürt und vertraute Gerüche eines afrikanischen Waldes gerochen hatte, war die Erinnerung wieder lebendig geworden.

Warum der Mann nicht gekämpft hatte, blieb ihm schleierhaft. Vielleicht war die Übermacht zu überwältigend gewesen. Als Kind hatte John geglaubt, gegen alles kämpfen und gewinnen zu können. Er war schließlich ein Prinz. Aber er hatte nie gewußt, ob es die unnatürliche Kraft Damballahs war, die den Mann tötete, oder der Glaube des Mannes an Damballah. Die Versklavung hatte ihn dazu gebracht, an letzteres zu glauben. Er hatte erlebt, wie Unterdrückung aus Menschen Feiglinge machte, ihnen die Kraft und Willensstärke raubte. Aber er war nicht sicher. Sein Verstand spielte ihm Streiche. Afrikanische Erinnerungen forderten ihn heraus.

John rieb sich die Augen.

Marie und die Schlange waren wie erstarrt.

Marie saß mit lose hängenden Haaren und gekreuzten Beinen wie eine Indianerin da. Die Schlange verdeckte fast ihren ganzen Körper. Sie wickelte sich um ihre Schenkel und Taille, und ihr flacher Kopf schwebte dicht an ihrem Gesicht. Er blinzelte. John dachte: Die beiden sind tot. *Nicht tot, irgendwo jenseits dieser Zimmerwände.*

Es gab Augenblicke, in denen John überzeugt war, daß Marie nicht sie selbst war – dann nämlich, wenn ein Geist von ihr Besitz ergriffen hatte. Doch seine Arroganz ließ es nicht zu, daß er etwas glaubte, was er nicht selbst erlebt hatte. Daß die drei Maries – Grandmère, Maries Maman und jetzt Marie – ihn seit jeher beunruhigt hatten, war nebensächlich. Sein Verstand sagte ihm, daß ihr Wille ihn mit einem Trick dazu brachte, zu glauben, sie wären besessen. Ebenso wie sein Hirn ihm Illusionen vorgaukelte, wenn er müde oder ein bißchen betrunken war.

Meistens gelang es John, sich selbst davon zu überzeugen, daß es keine Voodoogeheimnisse oder Voodoowunder gab. Doch heute abend brachten ihn der Alptraum eines Kindes und lang unterdrückte afrikanische Erinnerungen aus der Fassung. Er erinnerte sich, wie der Dorfpriester, geschmückt mit Perlen, Federn und einer Maske, um die bösen Geister abzuwehren, befohlen hatte, daß der Körper des erwürgten Mannes der Verwesung überlassen werden sollte. Sein Vater, der Dorfhäuptling, hatte zugestimmt. In diesem Moment war dem jungen John klargeworden, daß sich der Mann eines ernsten Verbrechens oder Frevels schuldig gemacht haben mußte. Denn ohne ein ordentliches Begräbnis würde seine Seele, verstoßen von seinem Stamm und seinen Vorfahren, ruhelos umherwandern. Später hatte er die Bussarde beobachtet, die das getrocknete Blut auf den Lippen des Mannes tranken und das Fleisch aus seinen Schenkeln rissen. Den zerfetzten Körper konnte er nicht vergessen. John hatte allein dem Python die Schuld gegeben. Nur der erste Todesfall war von Bedeutung. Fünf Nächte später hatten Hyänen den Körper gefordert.

John starrte Marie und die Schlange an und sagte mit Überzeugung: »Sie wird stark genug werden, um einen Mann zu töten.« Sein Kopf nickte heftig. »Sie wird einen Mann töten.«

»Ein kleines Tier. Vielleicht ein Kind. Eine Frau. Aber ein Mann müßte sie überwältigen können.«

John hämmerte erregt mit der Faust auf den Boden. »Du weißt ja nicht, was du redest. Ich sage dir, sie könnte einen Mann töten.«

»Unmöglich.«

»Ich habe es selbst erlebt.« Er stand hastig auf. Das Zimmer drehte sich. Er rieb sich die Stirn und tigerte erregt und in Möbel stolpernd auf und ab. Sein Schicksal war mit der Schlange verknüpft. Damballah. Er bedauerte, daß er sie gekauft hatte. Es gab keinen Gott. Keine Wunder. Keine Geister. Nur die harte, schmerzliche Wirklichkeit. »Bring sie hier raus. Ich will sie nicht mehr sehen. Stell sie in den Hof. Ribaud kann sie morgen früh wegschaffen.«

»Was meinst du damit?«

»Töten, verdammt noch mal. Ich will, daß sie getötet wird.«

»Sie ist mein Geschenk.« Marie geriet in Panik. Sie wußte zwar nicht warum, aber es war wichtig, daß sie das Tier behielt. Wenn sie die Schlange verlor, würde sie etwas Kostbares verlieren. »Du hast sie mir geschenkt.«

»Ich nehme sie zurück.«

»Nein.« Marie war aufgestanden, die Schlange hing wie ein Tuch um ihren Hals. »Überleg doch mal, John. Es ist von Vorteil, wenn man die Götter sichtbar macht. Das hast du selbst gesagt. Heute abend wirst du viel Geld einnehmen. Das Doppelte von dem, was üblich ist. Ich werde mit ihr tanzen, ihr etwas vorsingen. Denk doch mal an die Wirkung.«

John zögerte, leckte sich über die Lippen. Er benahm sich unvernünftig. Er hatte zuviel getrunken. Er sah die um Maries Hals gewickelte Schlange an. Sie war vielleicht zweieinhalb Meter lang und dick wie eine Faust. Vielleicht würde sie ja nicht mehr wachsen. Noch konnte ihr ein Messer die Kehle aufschlitzen. Ja. Ein Mann konnte gegen sie kämpfen.

Marie hielt den Atem an.

John ging zum Frisiertisch und leerte Maries halb gefülltes Glas Rum. »Du kannst sie behalten«, sagte er und fügte mit heiserer Stimme hinzu: »Aber ich will viel Gold, Marie. Viel Geld. Andernfalls verschwindet sie.«

Sie nickte.

John musterte sie von oben bis unten. Ihr Morgenmantel stand offen, franste am Saum aus. Die Schlange, die gerade ihre entblößten Brüste berührte, schien sich bei Marie wohlzufühlen.

»Leg sie weg und zieh dich an. Ich will sie erst wieder sehen, wenn ich muß. Wir haben heute abend einen Gast.«

»Wen?« fragte Marie gleichgültig, um ihre Freude zu verbergen. Sie war froh, daß sie den Python gewonnen hatte. Behutsam nahm sie ihn vom Hals ab und legte ihn in die Kiste zurück.

»Eine *aristo*. Wenn Voodoo Krankheiten heilt, Kummer und seelische Erschütterungen behebt, dann wäre es unvernünftig, Unterschiede zu machen. Reiche und Arme haben Anspruch auf deine Dienste. Weiße ebenso wie Schwarze.«

»Ja, du hast recht, John.« Ihre Hände umspannten seine Taille.

»Wie das? Bisher hast du mir doch noch nie zugestimmt.«

»Manchmal bekomme ich Angst. Ich werde müde.« Sie barg das Gesicht in seinem Hemd. Sie konnte seine Furcht fühlen und schmecken. Ihre Hände begannen, die Verkrampfung in seinen Schultern und seinem Nacken wegzumassieren. Sie sagte: »Ich liebe dich«, erstaunt darüber, daß sie lügen und zugleich die Wahrheit sagen konnte.

John schloß sie in die Arme. Marie seufzte. Sie war erregt, überwältigt von einer Fülle von Gefühlen.

Sie hob den Kopf für einen Kuß, als John sie schlug. Sie schrie, und John packte ihren Kiefer und verdrehte ihr den Mund. »Manipuliere mich nicht. Tu einfach, was ich dir sage. Wann immer ich will, wird diese Schlange verschwinden. Hast du mich verstanden?«

Marie nickte, und John warf sie rückwärts aufs Bett. »Zieh dich an. Ich möchte, daß du heute abend besonders gut bist.«

»Ich hasse dich.«

John lachte und schlug Marie leicht über Gesicht und Kopf. Marie schlug um sich, versuchte seine Hände abzuwehren. Als John sie erneut küßte, lag sie reglos da. Ein Stöhnen blieb in ihrer Kehle stecken. John tätschelte ihren Hintern, dann verließ er das Zimmer, ohne die Schlangenkiste eines Blickes zu würdigen.

Marie hämmerte auf das Bett ein. Sie könnte ihn umbringen. Ihm die Kehle zerreißen. Ihn erdolchen.

»Wer zuviel liebt, wird hart.« Marie wiederholte die Worte. Sie schienen zu stimmen – so, wie die Vokale schmeckten, sich in ihrem Mund anfühlten. Nattie hatte es gesagt. Es war die Wahrheit.

Marie hielt Johns Kissen umschlungen und rieb ihre Wange daran. Sein Geruch, der in den Daunen haftete, wirkte männlich. Sie hatte den Altersgeruch, den sie mit John verband, nie verstanden. Er stieß sie ab und zog sie zugleich an. Er erinnerte sie an Pflanzen, die im Winter absterben, und an ein Kaninchen, das im Maul einer Schlange gefangen ist.

Marie rollte sich auf den Rücken, hielt das Kissen eng umschlungen und rieb es über ihren Unterleib. In diesem Bett fühlte sie sich geliebt, auch wenn sie wußte, daß es nicht stimmte. Sich einzureden, daß John sie liebte, machte den Verlust von Maman wett. Und der Verlust der Liebe ihrer Mutter verunsicherte sie so, daß sie sich Johns Brutalität und seine geheuchelte Liebe gefallen ließ. Sie war immer noch außerhalb des Kreises – ausgeschlossen, einsam, sie schaute hinein und sah sich selbst.

Marie drehte den Kopf nach der Schlange um. Sie war halb in und halb aus der Kiste. Ihre Zeichnung glich ungegerbtem Leder. Marie lächelte. Die Schlange war häßlich und doch schön.

»Was soll ich dir zu fressen geben? John? Obwohl er wahrscheinlich schwer zu verdauen sein wird. Wie wär's statt dessen mit einem Kaninchen?«

Die Schlange sah aus, als amüsierte sie sich. Marie lachte. Eine Schlange war als Freund genausogut wie jeder andere. Als sie aus ihrem Morgenrock schlüpfte und nackt auf ihre Frisierkommode zuschlenderte, beschloß Marie vergnügt, der Schlange das Sprechen beizubringen. Ein leises Geräusch ließ sie auffahren, und Marie betrachtete das Spiegelbild der Schlange. Durch eine optische und räumliche Täuschung schien es, als läge die Schlange wie eine Spirale auf ihrer Schulter. Als sie sich umschaute, lag die echte Schlange in ihrer Kiste, ihr Kopf war kaum zu sehen. Doch als sie wieder in den Spiegel schaute, war das Spiegelbild der Schlange wie eine Aura der Macht um ihre Schultern drapiert. Ihr wurde klar, daß die Schlange ein Zeichen von Damballah war. Sie sollte ihre Hoffnung gegen John sein, ein entscheidender Schlüssel, um die Macht zwischen ihnen auszugleichen. Sie brauchte nur den Willen und das Wissen, wie man ihn benutzte.

Ribaud ließ seine Trommeln zu Marie sprechen. Die Zeremonie hatte begonnen. Zweimal, als John nicht hinschaute, als er wie ein Hahn in der Menge herumstolzierte, hatte Marie Ribaud zugelächelt. Ribaud hatte in sich hinein gelacht und leicht auf die große Trommel geschlagen.

Die Schlange ruhte in ihrer Kiste neben dem Altar. Ribaud hatte ihr eine Maus zu fressen gegeben.

Die Anhänger waren erregt, wiegten ihre Körper im Takt mit den Trommeln. Sie waren neugierig auf die Kiste, so wie Kinder auf versprochene Vergnügungen neugierig waren. Für viele war Voodoo eine Flucht aus der täglichen Brutalität ihres Lebens. Marie war ihre Theaterkönigin, die sie ins Reich der Phantasie führte. Für andere war Voodoo Erlösung. Es beruhigte sie zu wissen, daß Geister überlebensgroß und doch anfällig für Begierden waren, Haß und kleinliche Eifersüchteleien. Bei Göttern, die sich wie Menschen benahmen, spürten die Leute weniger Distanz. Bei Göttern, die auch Bestandteile der Schöpfung waren, konnten sich die Anhänger einen Teil der Zufälligkeit, der Unbeständigkeit ihres Schicksals erklären. Es war verständlich, daß Ezili mit ihren vielen Liebhabern auf jüngere Frauen eifersüchtig war und den Tod oder die Vergewaltigung eines hübschen Mädchens bewirken konnte. Wie es ebenso verständlich war, daß Agwé eine Magenverstimmung haben und turmhohe Wellen machen konnte, in denen Seeleute ertranken. Alles war Teil deines Schicksals, deines *fa*. Manchmal konntest du dich selbst retten, manchmal nicht. Wenn du dich selbst retten konntest, bedeutete dies, daß du *loas* oder Vorfahren hattest, die dir dank deiner fortwährenden Gebete und Geschenke wohlgesonnen waren. Oder dir wurden besondere Segnungen zuteil, weil du dem höchsten Gott Damballah Opfer gebracht hattest.

Das andächtige Publikum hatte zu Recht entsetzliche Angst vor John. Gleich, wieviel Geld, gleich, wie viele Gebete, nichts sicherte sein Wohlwollen. Sie erkannten die kaum unterdrückte Grausamkeit in ihm, weil sie sie schon bei ihren Herren gesehen hatten. Manche respektierten Johns Recht, genauso gemein zu sein wie jeder beliebige Sklavenhalter, wie jeder beliebige weiße Mann. Maman Marie verkörperte Wärme und Schönheit. Sie war das Licht gegen Johns Düsternis.

Heute abend lechzten die Anhänger danach, ihrer Erregung freien Lauf zu lassen. John servierte eine neue Zutat – eine verschleierte Frau mit graziösen weißen Händen. Zwischen den schwitzenden Schwarzen war sie fehl am Platz. Doch für manche Schwarze erhöhte die Frau die Spannung. Sie erkannten eine *aristo* in ihr. Ihre Gegenwart gab der bevorstehenden Zeremonie den fazinierenden Anschein von etwas Verbotenem.

Marie wünschte, sie könnte das Gesicht der Frau sehen. Wie stand die Frau zu John? Eifersucht nagte. John führte die verschleierte *aristo* vor wie einen preisgekrönten Besitz.

Marie spürte eine tödliche, bewußte Ohnmacht. Sie hatte sich auf einen Stuhl in der Nähe des Altars fallen lassen.

Sie konzentrierte sich auf ihre Gefühle.

John stimmte den Sprechchor an.

»Papa Legba, öffne mir die Schranke
Damit ich eintrete in die Geisterwelt.
Öffne die Schranke
Ich werde den loa *besuchen.«*

»Biste in Ordnung?«

»Ja, Nattie.« Marie blickte auf. Auch Nattie hatte ein grelles Kostüm an. Bunte Perlen. Bunte Farben. In ihrem kurzen Kraushaar war sogar ein rotes Band. Sie sah abstoßend damit aus, wie ein Hanswurst am Mardi Gras.

»Weißte, wer das is?« Nattie deutete auf die verschleierte Frau.

Marie sah zur anderen Seite des Raumes. Der Schleier der Frau flatterte. John streichelte die weiße Hand. Die Schwarzen waren in fröhliches Weiß gekleidet; die Frau trug Trauerkleidung.

»Das is Miz Brigette. Sie teilt Johns Bett. Wenn er dich satt hat, geht er zu ihr.«

Marie spürte einen scharfen, stechenden Schmerz. »Mach, daß du rauskommst. Du sagst nie etwas Nettes.«

»Was gibt's denn da Nettes zu sagen, wenn John weiße Haut lieber hat als schwarze?«

»Du bist eine eifersüchtige Frau, die sich ständig einmischt. Ohne deine Lügen wären wir viel glücklicher.«

»Wer wär glücklicher? Du und John? Torheit. Ich bin's nich, die lügt. Du belügst dich ständig selbst. Zähl doch mal, wie oft John die lange Nacht über bei dir im Bett bleibt? Wie oft im Monat? Eine Nacht? Zwei? Er geht irgendwo hin, wenn er nich bei dir is.« Ihre Pantalons blähten sich, als Nattie davonstolzierte.

Marie senkte den Kopf. Es war schwer, Freude zu finden. Früher war das Leben einfacher und friedfertiger gewesen. Heute bestand es aus Verrat und mangelndem Vertrauen. Sie beobachtete, wie John sich näherte. Er behandelte die weiße Frau fürsorglich, lenkte sie mühelos durch den überfüllten Raum. Marie konnte nicht übersehen, daß John mit Brigette weitaus zärtlicher umging als mit ihr. Sie zweifelte nicht an Johns Untreue.

Marie beschwor eine Vision von Miz Brigette und John im Bett herauf. Solche Gegensätze mußten etwas Schönes in sich bergen. Schwarz auf Weiß. Blondes, seidiges Haar an krausem Schwarz. Weiche, nachgiebige Gliedmaßen unter Johns hartem, strafendem Körper.

Ob John Mademoiselle Brigette schon einmal geschlagen hatte? Marie bezweifelte es.

Maries Hand streifte die Kiste. Die Schlange war ihr Freund.

»Damballah«, schrie jemand aus der Menge. »Damballah.«

Fröhlich singende Stimmen wirbelten wie ein Tornado durch die Menge. Ribaud steigerte seinen Rhythmus. Ein Mann mittleren Alters lag auf den Knien und zitterte vor religiöser Besessenheit. »Maman-*loa*. Papa-*loa*. Der einzig wahre Gott.« Sein rechtes Bein schien lahm zu werden, und sein Rücken krümmte sich vor Arthritis und Alter. Marie erkannte in dem Mann den Geist Legba wieder. Einer stürzte mit Legbas Stock und Pfeife vor. Legba stand auf, schaute sich im Raum um und hinkte dann mit klopfendem Stock in die hinterste Ecke.

Marie trank noch einen Schluck Rum. Sie wußte nie, wann es den Göttern gelang, in sie einzudringen. Heute abend kam sie sich ausgeschlossen vor. Die weiße Frau saß an der rechten Wand, seltsam züchtig und fehl am Platz.

John war dabei, einem Huhn den Hals umzudrehen, um ein Opfer darzubringen. Als er in seinen Körper schnitt, schrie Brigette. Blutstropfen vermischten sich mit ihrem schwarzen Rock. Marie lachte. Mademoiselle mußte sich keine Sorgen darüber machen, daß sie unrein wirken könnte.

Alle waren erregt. Der Raum war heiß. Geister fielen wie Regen herab. Ezili tanzte und zog den Rock über den Kopf. Ogu stampfte und hieb mit seinem Säbel durch die Luft. Agwé durchlebte noch einmal längst vergangene Seeschlachten. La Croix jammerte: »Warum wurde ich verraten? Ich bin zu früh gestorben.«

Marie fühlte sich alt. Alles in ihr war so schwach wie das Kerzenlicht. Sie küßte die Kohlezeichnung der Schlange; die grobe Skizze rutschte auf dem Altar hin und her.

»Maman Marie, Voodookönigin«, hallte der Sprechchor wider.

Marie hörte Stimmen, tote und auch lebendige.

»Maman Marie.«

Menschliche und unmenschliche Stimmen.

Marie krümmte sich zusammen. »Damballah.«

»Maman Marie, Voodookönigin.«

Marie legte den Kopf auf die Schlangenkiste. Sie konnte spüren, daß die Schlange darin sie rief.

Sie öffnete die Kiste und nahm die Schlange in die Arme. Einige der Anhänger schrien und wichen zurück. Andere brüllten ›Tod‹ und fielen betend auf die Knie. Einige vergaßen, wo sie waren, und riefen die Jungfrau Maria und Christus an. Die

Mehrheit schrie voller Mitgefühl für die schöne Voodookönigin auf, weil sie fürchteten, daß die Schlange beißen und ihr Gift in sie spritzen würde.

Die Schlange, halb in der Kiste, halb draußen, wirkte seltsam zufrieden. Marie drückte ihre kühle Haut eng an sich und murmelte: »Ist schon gut. Alles ist gut.« Die andere Hand griff nach der Kohlezeichnung von Damballah. Damballah besaß die Macht, die ihr fehlte. Marie konzentrierte sich, indem sie die Finger an der kühlen, wirbellosen Gestalt der Schlange rieb.

»Damballah, ich bin jetzt bereit.« Marie spürte Hitze – von den Kerzen, von John, vom Rhythmus ihres eigenen Herzens. »Komm.«

Damballah sprach zu ihr und durch sie. Alles war still, wie die Sekunden nach einem Sturm. Marie wurde in eine andere Welt befördert. *Sie wurde zur großen Schlange.*

Für das Publikum wand sich Marie wie eine Schlange, der man den Kopf abgeschlagen hatte. Gutturales Kauderwelsch blubberte aus ihrem Mund. Die Schlange lag zusammengerollt zu ihren Füßen und ließ ihren Kopf und ihre Zunge zu jedem schnellen, der es wagte, in die Nähe zu kommen.

Hinter dem Schleier schmeckte Brigette Blut in ihrem Mund. Sie hätte nicht hierherkommen sollen. Die Erregung der Schwarzen nahm sie zu sehr mit. Die Voodookönigin kam ihr wie ein Ungeheuer vor, das winkend an den Pforten zur Hölle lauerte. Doch zugleich war sie überzeugt, daß sie ein Wunder hörte und sah. In Maries Gebrabbel hörte sie die Stimme ihres Vaters und spürte die Erinnerung an ihn. Er versprach seinem Mädchen, daß alles wieder gut würde. Sie hatte es bitter nötig, daß alles wieder gut wurde.

John fummelte an seiner Krawatte herum; er glaubte nicht an Wunder. Ribaud war in Ekstase, Nattie zwiespältig. Später schworen Zyniker, sie hätten Marie sagen hören: »Die Welt wird untergehen.« Andere hörten Wärme und Liebe. Jeder Getreue bezog ihre Laute auf seine persönliche Situation: Leid, Hoffnung, Verzweiflung, Gerechtigkeit. Manche weinten; manche grinsten. Ihr unharmonisches Gebrabbel ließ sich in tausend Botschaften übersetzen.

Marie hörte Geräusche aus dem Bayou: das Schweigen der Glühwürmchen, das Krächzen der Krähen. Sie sah den lichterfüllten Sumpf, sah sich selbst, wie sie schwamm. Ein sandfarbener Damballah glitt neben ihr her.

»Ich werde dir ein Märchen zeigen«, sagte Damballah. Kurze Szenen von ihr und Grandmère, wie sie schaukelten; Grandmère, wie sie über den zerbrochenen Schaukelstuhl jammerte; Maman, wie sie Regenbögen spann; Maman und sie selbst, wie sie von John angegriffen und geschlagen wurden; sie selbst, geborgen in Johns Armen; John, wie er lachte: »Ich mache nichts Unechtes.« Keine Freude ohne Schmerz, kein Glück ohne Leid, keine Liebe ohne Haß. »Ich erschaffe und erschaffe aufs neue«, sagte Damballah. Sie schwammen in Kreisen, die immer enger wurden.

Marie durchlebte erneut ihre Träume, sogar einige ungeträumte.

Marie sah etwas, von dem sie wußte, daß sie schon immer darauf gewartet hatte, es einmal zu sehen – die Schlange gebar sich selbst . . . Sie schrie, der Ton stürmte aus ihrem Bauch nach oben. Die Trommeln verstummten. *Abgestreifte Haut und die neu zum Leben erweckte Schlange lösten sich im Sumpf auf.*

Was Marie tat, erschreckte John. Er weigerte sich, an irgendein Wunder zu glauben. Vielmehr glaubte er, daß Marie aufsässig versuchte, ihn durch die Schlange zu manipulieren.

Ihr Schrei ließ Marie aus der Trance aufwachen. Sie war so müde. Immer noch auf den Knien kriechend, legte sie die Schlange in ihre Kiste zurück. Jetzt wußte sie, daß auch Tiere besessen sein konnten. Sie hatte gespürt, wie Damballah ebenso in den Körper der Schlange wie in ihren gefahren war. Damballah konnte an zwei Orten, in zwei Köpfen, zwei Körpern zugleich sein. Damballah war allgegenwärtig. Sie blickte hoch. Alle – John, Nattie, Ribaud, Brigette – starrten sie an. Mehrere Getreue hatten sich an die Wand gedrückt; andere wiederum standen in kleinen Gruppen zusammen, klammerten sich ehrfürchtig aneinander. Marie ruhte sich mit gekreuzten Beinen auf dem Boden aus. Hühnerfedern, Fleischfetzen und Blut waren über sie verstreut. Jemand hatte vier Hühner geopfert, während sie besessen war.

»Geht nach Haus. Geht alle nach Haus.« Nattie scheuchte die Leute zur Tür hinaus. »Gibt nix mehr zu sehn. Geht.«

Nachdenklich brachte Nattie Marie einen Becher Rum.

Mit geschwollenen Lidern und matter Seele sagte sie: »Danke.«

»Ich hab den großen Gott erkennen können.«

»Wirklich, Nattie?« Marie haßte die Selbstsicherheit der Frau. Marie sah sich im Raum um. Ein paar Nachzügler gingen gerade. Es war, als ob alle ihre Anhänger gleichzeitig gespürt hätten, daß ihre Kräfte erschöpft waren und nichts mehr vollbracht werden konnte. Kein Götterbesuch mehr, keine Gebetswünsche. Also waren alle gegangen. Es fehlten nur noch wenige Stunden bis zum Morgengrauen.

John ging ihr aus dem Weg.

Marie fragte sich, wieviel Gold John heute nacht wohl zählte. Es interessierte ihn nie, woher das Gold stammte. Viele Sklaven stahlen Münzen und riskierten den Tod, und diejenigen, die keine Münzen stehlen konnten, stahlen kostbaren Schmuck – diamantene Krawattennadeln, mit Silber und Gold bemalte und eingefaßte Schnupftabakdosen. Manche waren sogar so einfallsreich, ihrer Herrschaft Bestecke, Goldteller und französisches Leinen und Kristall zu stehlen.

Marie versuchte, aufzustehen, doch ihre Beine waren zu müde. Sie setzte sich wieder hin und starrte die wie zu einem Begräbnis gekleidete Gestalt mit den schlanken weißen Händen an. War das wirklich Brigette? Johns Geliebte? Als ob sie ihre Frage beantworten wollte, legte die Frau ihren Schleier ab. Marie zog scharf die Luft ein. Die Jungfrau Maria vom Markt. Nattie hatte nicht gelogen. Kein Wunder, daß John Brigette den Vorzug gab. Sie war golden und schöner als sonst irgend jemand auf der Welt. Marie wußte, wenn sie in den Spiegel schaute, würde es sie mit Abscheu erfüllen, wie müde, schmutzig und erschöpft sie war. Marie fragte sich: Hatte Brigette DeLavier sie wiedererkannt?

Vorsichtig raffte Brigette ihren Rock, kam heran und beugte sich vor, bis ihr Gesicht auf gleicher Höhe mit Maries war. Brigette fürchtete sich vor dem braunen Mädchen, aber ihre Furcht brachte sie nicht von der Hoffnung ab, daß die Voodookönigin sie retten konnte.

Marie kniff in die weiße Wange, so daß das Blut hineinschoß. In der Spalte zwischen Brigettes schneeweißen Brüsten hing ein Kruzifix. Marie war zwischen Sympathie und Haß hin und her gerissen. Dies war die Frau, die sie und Jacques gerettet hatte, aber sich mit John in ihrem Bett vergnügte. Marie überkam Eifersucht. Nein, nicht Eifersucht, sondern Abscheu, denn sie beide teilten sich John.

»Kannst du mir helfen?«

»Je suis Marie.«

Brigette schaute nervös zu John. Mit einer Geste der Hand drängte er sie, fortzufahren.

»Kannst du mir helfen, Maman Marie?«

Marie nahm Brigettes Kruzifix in die Hand. Es war ein mit kostbarem Perlmutt überzogenes Elfenbeinkreuz.

»Warum seid Ihr hier? Die katholische Kirche lehrt, daß die Schlange böse ist.« Marie zerriß die Kette. Brigette zuckte zusammen. An ihrem Hals bildete sich ein Striemen; eine dünne Blutspur war zu sehen. Marie ließ das Kreuz in ihren Schoß fallen.

»Bitte. Die Kirche kann mir nicht helfen. Ich bin zu dir gekommen.«

»Eure Haare sind wunderschön.« Marie berührte sie und stellte sich dabei Johns dunklen, in dem Gelb vergrabenen Kopf vor. Sie schnüffelte an den Haaren und roch süße Rosen. Der Rosenduft verwandelte sich in übelriechendes Goldgelb. Brigette war für Marie, was Marie für die Jungfrau Maria war. Eine andere Welt. Gegensätze. Und doch teilten sich Brigette und Marie John.

Brigette holte tief Luft, murmelte Gebete, versuchte, ihrem Zittern Einhalt zu gebieten. Sie schwor, daß sie bereuen, alles tun würde, was notwendig war, um ihre Qual zu beenden. »Bitte«, sagte sie. »Es gibt jemanden, der mich begehrt.«

Marie riß sie an den Haaren.

Brigette schnappte nach Luft, fiel auf ihre Hüfte. Ihre Hand rutschte auf Hühnerblut aus. Sie schrie.

John unterbrach fluchend sein Goldzählen.

Nattie wollte Brigette verscheuchen. »Maman Marie is müd«, sagte sie gehässig und wedelte mit den Händen. »Für heut abend hat sie genug.«

»Halt den Mund, Nattie«, antwortete John.

Kriechend umklammerte und küßte Brigette Maries Handfläche. »Alles, was du willst. Geld. Schmuck. Alles. Nur hilf mir.«

Ihre Augen hielten sich gegenseitig fest: helles Blau und sanftes Braun. Marie dachte: Sie erkennt mich überhaupt nicht. Warum es so wichtig war, erkannt zu werden, wußte Marie nicht. Sie wußte nur, daß es weh tat, daß Brigette so wenig Notiz von ihr genommen hatte. Brigette hatte sie nicht vor Antoine gerettet oder sich um Jacques' Leben gesorgt; nein, Brigette hatte sich vor der Langeweile und einer unerfreulichen Szene auf dem Market Square gerettet. Enttäuscht zog Marie ihre Hand aus Brigettes Umklammerung.

Brigette lehnte sich auf ihren Absätzen zurück und legte die Hände übereinander in die Falten ihres Kleides und in den Spalt zwischen ihren Schenkeln. Die arrogante, selbstsichere Frau vom Market Square war verschwunden. »Ich habe versucht, ihn abzuweisen. Er ist unerbittlich.« Beschämt schlug sie die Augen nieder. »Manchmal ermuntere ich ihn auch. Ich kann nichts dagegen tun«, verteidigte sie sich, dann stöhnte sie: »Ich begehre ihn.«

»Eure Probleme sind gelöst. Heiratet ihn«, sagte Marie patzig. »Das tun brave katholische Mädchen doch, oder? Heiraten. Kinder kriegen. Eine Familie gründen.«

»Ich bin eine Ehebrecherin.« Obwohl leise ausgesprochen, klangen die Worte laut und unangenehm.

Ehebrecherin. Marie hätte beinahe gelächelt.

»Marie.« John machte ihr Zeichen. Sie beachtete ihn nicht. Brigette war zart. Schön. Alles, was John sich jemals wünschen konnte. Sie fragte sich, wie John wohl zumute war, daß seine Mätresse um einen Zauberspruch bat, um ihn loszuwerden. Oder vielleicht meinte Brigette einen anderen Liebhaber, einen weißen Liebhaber. Wahrscheinlich. Eine weiße Frau würde eine Liebelei mit einem schwarzen Mann nicht als Ehebruch einstufen. Es wäre mehr so etwas wie ein Experiment. Marie hätte am liebsten gelacht. John ein Experiment. Eine lüsterne Bestie für eine reiche, gelangweilte Frau.

»Mein Geliebter und ich stehen uns zu nahe«, gestand Brigette. »Viel zu nahe. Wir haben unaussprechliche Taten begangen.«

Marie musterte die Stupsnase, die seidige Haut. Es war nicht gerecht, daß Brigette so schön und unschuldig wie eine Jungfrau aussah. Marie hatte das Gefühl, daß sie im Vergleich zu Brigettes Madonnengesicht wie ein Dämon aussah. Trotzdem waren sie beide Sünderinnen.

Brigette blickte auf. Tränen hafteten an ihren Wimpernspitzen. Die Südstaatenschöne war hinreißend, wenn sie weinte. »Maman Marie, was soll ich tun? Bitte hilf mir.«

Die Eifersucht setzte sich gegen das Mitleid durch. »Ich könnte Euch die Haare grau färben, Euch Falten um die Augen machen«, sagte Marie boshaft. »Ich könnte Eure Nase in einen Rüssel verwandeln. Eure Haut in die eines Alligators. Dann wird Euch nie wieder jemand begehren.« Marie spürte, daß Nattie sie anstachelte. »Ich könnte Euch um zwanzig Jahre älter machen, als Ihr seid.«

Brigette wich schreiend zurück. Ihr Kleid verfing sich in dem Dreck, den Federn und dem Hühnerblut, die den Altar umgaben. Sie kreischte.

»Wir wollen die Sünde aus Euch herausreißen. Sie aus Eurem Herzen ziehen.«

»Nein, bitte. Verschone mich. Alles andere, was du willst.«

Brigette war hysterisch. Blut sickerte durch ihre Hände, tropfte vom Saum ihres Schleiers.

»Was ist los mit dir?« fuhr John Marie an.

»Ich mag sie nicht. Bring deine Mätresse –«

»Das ist sie nicht.«

»Lüg nicht. Bring sie hier weg.«

»Oh, bitte, John. Ich möchte weg. Bitte hilf mir.«

John begleitete die tränenüberströmte Brigette. Einen Arm hatte er als Stütze um ihre Taille geschlungen. Brigette sah wie ein altes, verwitwetes Mütterchen aus.

»Kann ich dich zurückerwarten?« keifte Marie.

John nickte. Um Brigettes guten Namen und sein eigenes Überleben besorgt, warf John Brigettes Schleier nach vorn, als die beiden in die Morgendämmerung hinaustraten.

Obwohl Marie bestürzt war, verspürte sie ein grimmiges Triumphgefühl. Heute nacht würde John sie schlagen, doch Blutergüsse verblaßten wieder. Sie lernte von Damballah, was Macht bedeutete.

Marie war schon halb eingeschlafen, als John ins Schlafzimmer eindrang. Er sah furchterregend aus, wie er da im Türrahmen stand. Nackt und obszön. Er legte seine Kleider nicht ab. Er ließ sich auf Maries Körper fallen und machte seinen Anspruch auf sie geltend. Marie wehrte sich nicht, doch John benahm sich, als täte sie es. Er ritt sie hart, und sie packte die Bettpfosten, um sich abzustützen. Sie wandte den Blick nicht von der Kiste, stellte sich vor, wie die Schlange schlief, stellte sich Damballahs Macht vor. Sie wollte nicht, daß ihr diese Paarung Befriedigung verschaffte. Normalerweise hatte sie ein schlechtes Gewissen, daß sie sowohl Befriedigung als auch Schmerz empfand. Doch dieses Mal war es anders. Keine Erregung, keine wachsende Spannung, die um Erlösung bettelte. Als sie schon glaubte, er würde niemals aufhören, hatte John seinen Orgasmus. Marie konnte spüren, wie sein Sperma sich ergoß und in die Spalten ihres Leibes hinaufschlängelte.

Sie konnte nicht erklären, woher sie es wußte, doch sie war sicher, daß ihr Samen sich teilte. Ein Kind würde zur Welt kommen. Vier Generationen von Marie.

Ihr letzter Gedanke, bevor sie in tiefen Schlaf fiel, war, daß das Wissen der Schlange die Seelen im Gleichgewicht hielt. Sie fühlte sich irgendwie getröstet.

Die Schlange hielt die Welt im Gleichgewicht.

Sklaven, die von der westafrikanischen Küste verschleppt wurden, brachten ihren Glauben mit. Hierarchisch geordnete Götter, mit göttlicher Besessenheit verbundene Tänze und Musik. Es sind vorwiegend Frauen, die den Gottheiten dienen; sie tanzen für sie, sie werden von ihnen besessen, und sie reinigen die Heiligtümer der Götter.

Damballah ist der Vater aller Götter. Er dringt in seine auserwählte Priesterin ein: »Sie wird unruhig, ihr ganzer Körper wird von Krämpfen geschüttelt. Eine Ziege wird geopfert und das Blut in einer Schale aufgefangen.« Das Blut wird den Gläubigen auf die Lippen geschmiert als Schwur, daß sie nichts verraten.

Geschichte der Voodookulte

Um Voodooausbrüche in New Orleans zu verhindern, müssen alle Sklaven, insbesondere Dahomener und Haitianer, getauft und im katholischen Glauben unterrichtet werden.

Code Noir
(Aus Louis DeLaviers Tagebuch)

Nee, Marie, nich so. Hier, so.«

Marie schrie auf, als die Brennschere ihr die Finger versengte. Ziti und sie waren im Haus an der St.-Anne-Straße. Ziti unterrichtete sie in der feinen Kunst des Frisierens.

»Warum treiben die Leute solchen Raubbau mit ihren Haaren?« Marie schlug auf die angesengte Perücke. »Wenn Haare sich locken wollten, dann würden sie sich natürlich locken.«

»Alle reichen weißen Damen tragen ihre Haare zu Locken aufgetürmt«, gurrte Ziti. »Damit sehn sie elegant aus.«

Marie kicherte, als Ziti ihren Rock raffte, ihr dichtes Haar nach vorn schob und herumstolzierte.

John wollte, daß Marie in die Häuser von Weißen ging. »Du wirst Geheimnisse erfahren«, sagte er. »Während du ihnen die Haare lockst, werden sich die Frauen dir anvertrauen. Du bekommst Macht über sie.« Der Trick war einfach: Marie würde Zauberformeln gegen die Mißgeschicke weißer Frauen erfinden – Feinde, Kummer, Geldprobleme. Sie würde alles erfahren, was John brauchte, um ihre Ehemänner und Liebhaber zu erpressen.

Erst gestern hatten sie und John in der Nähe des Altars gesessen. Die Feuchtigkeit erschwerte das Atmen; der träge Wind drang nicht ins Haus. Marie, die den Kopf auf die Knie gestützt hatte und sich erbärmlich vorkam, sah zu, wie John aus Holz eine Voodoopuppe schnitzte.

»In einem Jahr werden wir für den Cathedral Square bereit sein. Stell dir mal vor, Marie, Cathedral Square!«

»Was, wenn Damballah mich nicht beschützt?«

John schnitt traurige Augen in das Pinienholz. »Das hier ist ein Geschäft. Es ist egal, was Damballah will oder nicht will. Deine Macht ist mehr in den Köpfen der Leute als in deinem.« Er beugte sich vor, ließ die Zunge über ihre Zähne gleiten und küßte sie. »Du brauchst nichts weiter zu tun, als die Angst der Leute ständig zu schüren. Deine Mutter hat das gut gemacht.«

Das war eine Lüge. Maman hatte ihr Publikum gehaßt. Maman war brutal und zu jung gestorben.

Zwei Monate lang hatten Marie und John einen unsicheren Waffenstillstand eingehalten. John liebkoste sie noch und schlief mit ihr, doch die Leidenschaft war einseitig. Wenn er ihren Körper erforschte, schien er nach Maman zu suchen. Er war stets enttäuscht, wenn er sie nicht fand.

Die Wahrheit war ebenfalls einseitig. Marie schüttelte den Kopf und fuhr über die Adern in ihrer Handfläche. In ihrem Blut lebten Schlangen. Schlangen und die Erinnerung an Grandmère. Und in ihrem Leib ihre heranwachsende Tochter – die andere Marie.

Mit einer schwungvollen Bewegung überreichte John ihr die Voodoopuppe.

Marie schüttelte die Erinnerung aus ihrem Kopf. Sie genoß Zitis Gesellschaft. Sie waren beide achtzehn. Es war ein heller, heiterer Nachmittag. Die Sonne gab ein seltenes Gastspiel im Haus. Während sie Zitis Geplapper zuhörte, dachte Marie nicht mehr an Religion, dachte nicht an Maman und John. Sie dachte nicht mehr an das Kind, das in ihr wuchs.

Ziti stolzierte immer noch herum und bildete sich ein, weiß und schön zu sein.

»Ich kann mir einfach nicht vorstellen, daß alle diese weißen Frauen so schön sind«, erklärte Marie, während sie an ihrem verbrannten Daumen lutschte.

»Heute abend wirstes sehn. Reiche weiße Frauen liegen den ganzen Tag faul in Milchbädern rum. Sie nehmen Honig, damit sie süß wern, und stecken getrockneten Lavendel in ihre Unterhosen. Ihre Haare sind glatt und fein. Nich so wie meine Filzlokken.« Mit einem Stirnrunzeln ließ Ziti ihre Haare fallen.

»Deine Haare sind wunderschön.«

»Nee. Sie müßten in Wellen bis zu meiner Taille runterfallen. Oder wie deine sein.« Sie strich neidisch über Maries seidige Wolle.

»Oder noch besser, meine Haare müßten blond sein. Dann wär ich die wunderschönste Frau von New Orleans.« Ziti drehte ihre Haare über der Schulter zusammen und steckte das Gesicht in den Spiegel. »Nee«, jammerte sie, »ich brauch auch blaue Augen.«

»Jetzt siehst du hübsch aus«, sagte Marie.

Zitis braune Augen blickten finster und rollten. »Nee. Ich

bin zu kurz. Meine Nase is zu flach. Mein Busen is zu klein.« Sie berührte jeden beleidigenden Teil ihres Körpers, dann warf sie die Hände in die Luft. »Und zu schwarz bin ich auch!«

»Wie kannst du so etwas sagen?«

»Weil's wahr is. Kein weißer Mann will mich als Mätresse. Ich hab meiner Mama gesagt, mein Papa hätt weiß sein müssen. Dann könnt ich so 'ne hübsche Mulattin wie du sein.«

Marie war erstaunt. War ihr Vater weiß gewesen?

»Statt dessen war mein Papa ein Hausnigger oder ein Seemann. Maman weiß nich genau, welcher.« Ziti stieß die Brennschere in die Glut.

Marie machte sich an Zitis Tablett zu schaffen, berührte die vielerlei Salben für die Kopfhaut, die Federn, die bunten Perlen und Bänder. Im Spiegel sah sie, daß ihr Gesicht karamelfarben war.

»Stört es dich, daß du deinen Vater nicht kennst?« fragte sie, erstaunt darüber, warum es sie selbst nie gestört hatte.

»Nee, stört mich nich. Mama hat erklärt, wie sie die Lust überkommt. ›Sie is flink wie ein Schluck.‹« Ziti flatterte mit den Armen. »›Wie Blut, das flußabwärts rauscht.‹« Sie wedelte mit den Händen. »›Wie grüne Keime, die aus der Erde drängen.‹« Sie steckte einen Finger durch die Öffnung ihrer Faust. Sie zuckte mit den Schultern. »Darum schläft Mama mit Männern, bis die Lust vorbei is. Mama sagt, daß es unwichtig is, daß ich meinen Papa nich kenn. Wichtig is nur, daß ich ein Kind der Liebe bin.«

Marie überlegte – war sie ein Kind der Liebe?

»Jedesmal, wenn sie's tut, sagt Mama, is sie verliebt.« Ziti fauchte das Wort. »Weißte, was ich sag? Ich sag, weniger Liebe is das beste, wenn dein Papa weiß is. Ständig läßt meine Mama ihren Bauch dick wern. Wir wohnen immer noch in dieser alten Hütte.«

›Lust‹ erklärte, was sie empfunden hatte, als sie John kennenlernte. Er brauchte sie nur anzuschauen, und schon überkam sie das Verlangen. Eine heftige, anhaltende Lust. »Ist die Lust schon mal über dich gekommen, Ziti?«

»Na ja, schon. Aber ich zerquetsch sie wie Hühnerknochen. Denkst du, ich verschwend meine Lust an armselige Schwarze? Wie meine Mama? Ich spar mir meine Lust für weiße Männer auf. Die bezahlen 'ne schöne Stange Geld für Jungfrauen.« Ziti leckte sich die Amorpfeillippen.

»Warum weiß? Welchen Unterschied macht die Hautfarbe?«

»Wer hat denn sonst das Geld, um mir ein schönes Haus zu kaufen? Mir Pumps, einen Sonnenschirm und Fliederparfüm zu kaufen? Der weiße Mann. Ich will keine Heirat. Kein weißer Mann würd mich jemals heiraten. Mätresse sein reicht schon.« Ziti drehte den Kopf zur Perücke. »Marie, alles aus dem Handgelenk. Du ziehst nur ganz vorsichtig, so.«

Ziti zufolge hatte sie alles falsch gemacht. Marie verriegelte die Fensterläden; der Himmel war flammendrot, eine Brise wirbelte Staub auf. Die Mätresse eines schwarzen Mannes zu sein, war ein Fehler. Aber es war nicht Johns Hautfarbe, die ihn zu einem Fehler machte. Es war ihre eigene Unsicherheit, daß sie nicht wußte, was sie brauchte.

»Weiße Männer sind komische Wesen.« Zitis Brennschere schwebte in der Luft. »Wenn sie Gelüste kriegen, scheinen sie nie ihre eigenen Frauen zu belästigen. Sie glauben nich, daß ihre Frauen Gelüste ham. Manche weißen Frauen sagen ja auch: ›Ich bin zu zart.‹« Ziti stöhnte und setzte eine erschöpfte Miene auf. »Andere sagen: ›Kinderkriegen geht über meine Kraft.‹ Aber die meisten weißen Frauen begehren ihre Männer. Das weiß ich. Weiße Frauen sagen alle möglichen Sachen, wenn ich ihnen die Haare mach. Weiße Frauen wollen den gleichen Spaß haben wie eine Mulattenhure. Komische Sache. Zuerst denk ich, weiße Männer haben schöne schwarze Haut lieber. Aber wenn du schwarz und häßlich wie die Sünde bist, dann nimmt dich der weiße Mann einfach. Sie nehmen eine schwarze Frau auf den Feldern, auf dem Marktplatz, wo sie grad is. Aber dann is das kein gerechter Tausch. Schwarzen Frauen geben sie nie Geld. Befriedigen bloß ihre Lust und nennen die Frau Abschaum. Aber wenn du helle Haut und ein feines Gesicht hast, dann nennen sie dich Mätresse und schenken dir allerlei Sachen.« Ziti warf ihre kräftigen Hände in die Luft.

»Also sag ich mir: ›Ziti, sei schlau.‹ Weißte, was ich glaub? Ich glaub, weiße Männer haben ihre eigenen Frauen wirklich lieber. Aber sie denken, ihre Frauen halten's nich für anständig« – sie rümpfte die Nase – »wenn die Männer Gelüste ham. Darum nehmen sie Huren – Farbige, die fast weiß sind. Komische Sache. Die ganze Welt wär schöner, wenn weiße Männer und weiße Frauen zusammen Lust hätten.« Erschöpft von ihrer Philosophiererei ließ sich Ziti auf den Boden plumpsen, wobei die kühle Brennschere ihr das Knie aufschürfte. »Rätselhafte Sache!«

Marie lehnte den Kopf an die Perücke. Beide Mädchen starrten ins Leere: Marie vor Melancholie, Ziti vor Enttäuschung. Marie meinte, Donnergrollen über dem Golf zu hören.

»Die ganze Welt wär schöner, wenn ich weiß wär«, murrte Ziti.

Wenn sie weiß wäre, dachte Marie, wäre sie eine gute Katholikin. Sie hätte Grandmère Freude gemacht. Sie hätte ihren Rosenkranz beten können, ohne sich zu fragen, ob afrikanische Götter versuchen würden, in ihre Seele einzudringen.

»Einige von uns ham nich genug Glück, um gemischtes Blut wie du zu ham.«

Marie erstarrte, überrascht über Zitis Eifersucht.

»Dein Vater muß weiß gewesen sein«, sagte Ziti und stach mit dem Finger nach Marie. »Dein Großvater auch. Du bist keine Mulattin. Du bist 'ne Terzerone. Du mußt dreiviertel weiß sein. Wie sind deine Haare und deine Haut denn sonst zu erklären? Manche Leute ham zuviel Glück.«

»Glück? Du weißt gar nichts«, sagte Marie zornig, deren Perücke ins Wanken geriet.

»Ich weiß, daß du Johns Mätresse bist«, geiferte Ziti. »Und außerdem hast du auch noch 'nen gutaussehenden Ehemann. Du wohnst in diesem Haus, aber ein weißer Mann hat dich noch nie berührt. Du trägst schöne Kleider, aber du bist keine Hure.«

»Ziti, du bist doch meine Freundin«, flehte Marie. Warum

wandten sich Frauen stets gegen sie? Nattie. Grandmère. Maman. Oder war sie es, die sie im Stich gelassen hatte?

»Weißte, was meine Mama über dich sagt? Sie sagt, du bist ein undankbares Kind. Eine undankbare Ehefrau.« Ziti nickte heftig mit dem Kopf. »Du hast deine liebe Grandmère verlassen. Du hast deinen Ehemann in eurer Hochzeitsnacht verlassen.«

»Ich mußte«, stöhnte Marie. Damballah hatte sie geführt.

»Aber du wirst nie bestraft. Du bezahlst nie für deine Sünden.«

Sie hatte Teché verloren. Sie hatte ihre Unschuld verloren.

»Du hast's immer leicht gehabt«, sagte Ziti.

»Das ist nicht wahr.«

»Du hast dieses Haus. Zwei Männer, die dich lieben.«

»John liebt mich nicht.«

»Du hättst ich sein solln. Ich hätt du sein solln.« Ziti schwenkte die Brennschere wie einen Stock. »Du weißt ja nich, wie schwer mein Leben is. Verdammten weißen Frauen die Haare machen. ›Ja, Ma'am‹, sagen, ›nein, Ma'am‹, ›ganz wie die weiße Ma'am meinen, Ma'am.‹ Ich bring dir alles, was ich über Haare weiß, bei, und wofür? Du brauchst kein Geld. Du bist schön, Miz Marie. Du bist das Mulattenmädchen, du bist die Mätressen-Ehefrau, du bist die« – Angst breitete sich wie Schlamm auf ihrem Gesicht aus – »Voodookönigin.«

»Ganz recht. Die Voodookönigin«, sagte John. »Das solltest du nicht vergessen, Ziti.« John hatte sich unbemerkt ins Zimmer geschlichen.

Marie fragte sich, ob John den peitschenden Wind draußen heraufbeschworen hatte. Der Himmel hatte sein Licht verloren. Marie stellte sich in eine Ecke und rieb die Schultern zwischen den Wänden.

»Tut mir leid, Master John.« Ziti knickste und verbeugte sich. »Tut mir leid. So leid.«

»Du solltest Marie sagen, daß es dir leid tut.«

»Tut mir leid, Maman Marie.« Zitis Gesicht sah gequält aus. Aber in ihren Augen war keine Reue – Angst, ja, vor Zaubersprüchen, die ihre Kopfhaut austrocknen und ihre Haare ausfallen lassen könnten, vor Zaubersprüchen, die ihre Hände verkrüppeln oder sie bei Einbruch der Dunkelheit erblinden lassen könnten.

Marie tat es leid. »John, Ziti und ich haben nur gescherzt«, sagte Marie, bemüht, es wiedergutzumachen. »Ziti hat Spaß gemacht. Das ist alles.«

John starrte sie böse an. Zitis braune Augen trübten sich zu Haß.

»Ich hol dich heut abend ab«, sagte Ziti schroff, als sie ihre Schere, ihr Tablett und ihre Perücke einsammelte. »Um sechs. In Ordnung, Maman Marie?«

»Ja«, sagte Marie matt und schloß die Augen. »In Ordnung.« In eine Ecke gedrängt, fragte sie sich: Könnte sie mit dem Gips und Holz verschmelzen? Ziti eilte zur Tür hinaus.

Marie hörte, wie John auf und ab ging und sich umdrehte.

»Wann wirst du es endlich lernen?«

»Ziti ist meine Freundin.«

»Du hast keine Freunde«, sagte er scharf; dann massierte er sich die Stirn und seufzte. »Du bist kein Kind. Du bist nicht einmal eine normale Frau. Du bist Marie, die Voodookönigin. Warum kannst du dir das nicht merken?«

Marie fing zu weinen an. Sie wollte normal sein.

»Du hast nur mich.«

»Dich?«

»Ja, mich.«

»Ich hasse dich«, flüsterte sie und hob den Kopf.

»Ich weiß«, sagte er und umschloß ihr Kinn. »Ich zwinge dich, das zu sein, was du nicht sein willst. Ich habe dir nicht genug Zeit gelassen, erwachsen zu werden. Aber ich konnte nicht länger warten.«

»Du benutzt mich.«

John zögerte einen kurzen Moment. »Ja.« Er hob sie hoch und packte sie auf seinen Schoß. »Manchmal, fürchte ich«, gab er widerwillig zu.

Marie kuschelte sich in die Mulde seiner Arme und seiner Brust.

»Ich schärfe mir ein, daß das Leben besser werden wird.« John zog sie enger an sich und schaukelte ruhig hin und her. »Ich lebe. Also wird alles besser.«

Marie seufzte. Sie spürte eine innige Nähe, so anheimelnd wie früher, als Grandmère sie schaukelte. John schien so gar nicht der kalte, arrogante Mann wie sonst zu sein. Jetzt war der richtige Zeitpunkt gekommen, ihm von dem Kind zu erzählen.

»Ich liebe dich, Marie.«

Sie starrte ihn an. War an dem, was er sagte, etwas Wahres? Seine Miene war entspannt.

John setzte sie ab. »Jetzt leg dich hin und ruh dich aus. Heute abend mußt du arrogant sein.«

»Ich?« Sie lächelte unsicher.

Er schnipste mit dem Daumen gegen ihre Wange. »Gleich, was passiert, beherrsche dich.«

Sie schauderte, als sie sich ein Leben für sich, John und das Kind vorzustellen versuchte. »John, ich möchte dir sagen –«

Marie verstummte – *die Guédé spähten John über die Schulter.* Er fuhr fort, sein Elixier zu mischen: Algen, Pulver und Öl. *Die Totengötter wackelten mit ihren Penissen und ließen Urin niederprasseln.* Ohne etwas zu bemerken, kostete John seine Droge. »Du hast dir Ziti zum Feind gemacht«, sagte er.

Baron Samedi zwinkerte. Eine Vorahnung, bitter wie Löwenzahn, sagte Marie, daß sie John nichts von ihrem Kind erzählen sollte.

»Was wolltest du mir erzählen?« John wischte sich mit einem Spitzentaschentuch den Mund ab und lächelte freundlich.

Galle und Worte blieben ihr in der Kehle stecken. »Nichts. Gar nichts.«

Die eleganten Guédé warfen ihr Kußhändchen zu.

Marie stolperte zum Bett.

Nach dem Regen roch die Stadt muffig. Marie ging nicht gerne allein auf den Straßen der Stadt spazieren. Heute abend war sie nicht allein, aber sie hätte es ebensogut sein können. Ziti schwieg mit steinernem Gesicht.

Marie hörte den stotternden Schrei eines Kindes. Straßen führten von den gasbeleuchteten Boulevards ab und verzweigten sich zu engen Gassen, dunklen Durchgängen, Sackgassen. In den Nebenstraßen stand die Luft noch mehr. Während sie lief und nach rechts und links schaute, sah Marie Zigarrenrauch, der sich über das Gesicht eines weißen Mannes kräuselte, als seine Mätresse ihm Luft zufächelte; einen hustenden und schwankenden Mann in verdreckter Unterwäsche; eine auf einem Fensterbrett sitzende schwarze Frau, die sich mit offenem Mund in die Nachtluft hinauslehnte.

Marie bekam nie genug Luft. Manchmal klopfte ihr Herz so heftig, daß sie das Gefühl hatte, zu ersticken oder zu ertrinken. Vielleicht war die Glückshaube, mit der sie geboren wurde, daran schuld. Sie fragte sich: Wenn Glühwürmchen verbrannten, verzehrten sie dann ihre eigene Luft? War das Kind in ihrem Leib weniger lebendig, da es gar keine Luft atmete?

»Sind weiße Frauen so gut, wie sie schön sind?« platzte Marie heraus. Sie konnte ihre eigenen Gedanken nicht ertragen. Sie sah, wie Ziti die Unterlippe kräuselte. »Sind weiße Männer gut?«

»Weiße Menschen brauchen nich gut sein.«

»Warum dann die Mätresse eines weißen Mannes werden?« stichelte Marie. »Wollen schwarze Frauen denn nicht gut behandelt werden?«

»Schwarze Frauen wollen glücklich wern.« Ziti lächelte boshaft. Sie schritt flott voran. »Sie glauben alle, daß das Gerücht stimmt.«

»Welches Gerücht?«

»Geh mit 'nem weißen Mann ins Bett, dann wirste weiß aufwachen.« Ziti lachte grölend.

Marie stockte der Atem. *Sie sah die Guédé traurig winken.* Irgend jemand würde bald sterben.

»Hier gehn wir rein«, sagte Ziti. Sie traten durch ein geöffnetes schmiedeeisernes Tor in einen Stadtgarten. »Denk dran, tu nix, bis man's dir sagt. Setz dich nich mal hin. Weiße Leute benehmen sich verrückt.« Eine Quelle gurgelte am Fuß einer elfenbeinfarbenen Nymphe. Überall standen Rosen und Geißblattsträucher. Marie berührte Dornen; sie erinnerte sich, wie Grandmère ihr beigebracht hatte, eine Geißblattblüte abzubrechen und ihren Tau aufzusaugen.

»Denk dran. Tu gar nix. Sprich nich. Hör nix. Diese weißen Frauen meinen, daß ein schwarzes Mädchen nich besser is als ein Holzstock. Sie sagen, was ihnen grad so einfällt. Aber wenn se dich dabei erwischen, daß du zuhörst, mußte das höllisch büßen.« Ziti schritt flott um die Ecke zum Dienstboteneingang.

Marie trödelte hinterher. Da war ein Duft, den die Blumen nicht überdecken konnten. Vielleicht machte das Baby sie empfindlicher: verdarb das Süße, ließ es sauer werden.

»Meine Herrin hat schon gewartet«, sagte ein gereizter Butler. »Sie ist außer sich, daß du zu spät kommst.« Er trug eine blaugoldene Livree. Er hielt den Kopf steif; seine Augenbrauen gingen in die Höhe und stießen zusammen. Aus seiner Hosentasche baumelte ein Rosenkranz.

»Na, jetzt bin ich ja da. Deine Herrin sollt auf mich warten. Ich bin die beste Friseuse in New Orleans.« Ziti reichte ihm ihr Tuch. »Das hier is Marie.«

Marie hatte den Mann schon gesehen, als er von Ogu besessen war. In betrunkenem Zustand hatte er sein Bein zwanzigmal mit einem Säbel eingekerbt. Seine Name war Jem.

»Maman Marie.« Der Butler sah sich um aus Angst, daß seine Herrin oder ein anderer Sklave lauschen könnten. »Segne mich.«

Marie wich zurück. Der Mann war ein Heuchler. Unter Schwarzen glaubte er an Damballah; unter Weißen glaubte er an Christus. John hatte gesagt, es gehörte ein Katholik, kein Atheist, dazu, um an Damballah zu glauben.

»Segne mich«, beharrte der Butler.

»Nee, keine Zeit für so was.« Ziti stieß ihm die Faust in die

Rippen. »Bring mich zu deiner Herrin. Sonst sag ich, daß du mich aufgehalten hast.«

Jem fluchte. »Du nutzlose, schlampige Hure.«

»Wenigstens bin ich 'ne freie Farbige«, fauchte Ziti. »Kein Haussklave wie du.«

Jem hob die Hand, und Ziti kreischte. »Ich schrei zum Himmel, wennste mich schlägst.«

Jem wandte ihr den Rücken zu. Hintereinander marschierten die drei durch den Dienstbotenflur, dann in eine prachtvolle Eingangshalle mit kristallenen Kronleuchtern, Marmorsäulen und italienischen Fliesen. Die Wände waren mit Goldbrokat bespannt. Marie hatte noch nie eine solche Zurschaustellung von Reichtum gesehen. Sie blieb am Fuß der riesigen, geschwungenen Treppe stehen und fragte sich, ob die schier endlosen Stufen in den Himmel führten. Der üble Geruch war jetzt ausgeprägter; er war gelb; er trieb die steile Treppe hinunter. Der Butler und Ziti rochen ihn nicht. Sie hörten auch nicht das Raunen der Wände. Ziti und Jem gingen streitend voran. Kandelaber beleuchteten den Weg.

In diesem Haus herrschte Unglück, Generationen um Generationen aufeinandergeschichtet. Eine leichte Berührung, da war Marie sicher, und die Wände würden einstürzen. Vielleicht gab es gar keinen Himmel. Sie hörte menschliche Stimmen, die eine schrill, die andere gedämpft, die sich in dem Zimmer am Ende der Treppe stritten. Das Kind schärfte ihre Sinne. Marie verlangsamte ihre Schritte. Sie spürte, wie das Kind, nicht größer als eine Kaulquappe, in ihrem Leib schwamm.

Der Butler klopfte. Durch die Tür waren hastige Geräusche zu hören.

»Ein Liebhaber«, murmelte Ziti. »Sie hat sich 'nen Liebhaber genommen. Sie kann mich nich allzu sehr vermißt ham.«

Die Tür öffnete sich. Ein fauliger Geruch schlug Marie entgegen. Sie sah das verschwindende Männerprofil – dichte schwarze Locken, ein grobschlächtiges Kinn – und erkannte Antoine DeLavier wieder. Sie betete, daß er sie nicht gesehen hatte.

Die Laken auf dem Himmelbett waren zerwühlt. Marie bemerkte ein kleines verschnörkeltes, in eine weiße, dornige Rose verschlungenes D, das in die Laken gestickt war.

»Es wurde aber auch Zeit, daß du kommst.«

»Ich hab nix dafür gekonnt«, protestierte Ziti.

Marie hielt den Atem an, als ihr klar wurde, wessen Haus dies war. Brigette, in blauen Satin gewandet, war schrecklich schön. Marie senkte den Kopf. Warum hatte Ziti sie ausgerechnet hierher mitgenommen? Brigette durfte sie nicht erkennen. Sie schluckte Flüche hinunter. John wollte sie demütigen. Er bestrafte sie erneut dafür, daß sie Brigette zurückgewiesen hatte. Sie gab alle Hoffnung auf. Sie würde nie von John loskommen. Er würde ständig Komplotte schmieden, um weiter Macht über sie zu haben. Sie hatte Grandmère und Jacques umsonst geopfert. Johns Rache war noch süßer, als er wußte. Sie hatte ihm nie erzählt, daß sie sowohl Brigette als auch ihrem Bruder auf dem Market Square begegnet war.

»Ich habe Besseres zu tun, als auf dich zu warten«, nörgelte Brigette.

Ziti riß in gespielter Unschuld die Augen auf. »Ja, ich weiß. Mistress Brigette hat immer Besseres zu tun.«

Die weiße Frau starrte Ziti an.

»Ich konnt nix dafür, ich mußt einfach zu spät kommen«, fuhr Ziti hastig fort. »Ich bin beinahe von einem Alligator gefressen worn.«

Ohne auf das Stirnrunzeln ihrer Arbeitgeberin und Maries Unbehagen zu achten, fing Ziti an, ihr Handwerkszeug zurechtzulegen. Die Brennscheren legte sie in den Kamin.

»Dieser Alligator kam aus dem Sumpf und brüllte: ›Ziti, Ziti, wo bist du?‹ ›Na‹, sag ich, ›dieser Alligator wird dich bestimmt auffressen.‹ Wissen Se, was ich getan hab? Ich hab ’nen großen, fetten Säufer gefunden. Ich hab gesagt: ›Herr Alligator, dieser Mann is in Rum gesotten. Der wird besser schmecken, als die dürre Ziti.‹ Dann bin ich gerannt. Das letzte, was ich gesehn hab, war, daß der Säufer mit seinen Stummelbeinen vor dem

Maul des Alligators rumzappelte.« Begeistert von ihrem eigenen Märchen, klatschte Ziti in die Hände.

Brigette lachte. »Oh, sehr gut. Die beste Lüge.« Sie ließ sich auf dem Stuhl vor ihrem Frisiertisch nieder und warf ihre blonden Haare nach hinten. »Wenn du noch einmal zu spät kommst, bestelle ich Celeste.«

Marie stand im Dunkeln an der Wand unter dem Porträt der Jungfrau Maria. Sie war wütend. John hatte gewußt, daß sie Brigette antreffen würde. ›Beherrsche dich‹, hatte er sie gewarnt. Wahrscheinlich lachte er jetzt über sie.

»Celeste is 'ne gräßliche Lockendreherin.«

»Celeste kommt nicht zu spät«, sagte Brigette grob. »Wen hast du da mitgebracht?«

»Meine Gehilfin«, grummelte Ziti und legte das heiße Eisen an.

Brigette starrte auf die Gestalt, die sie im Spiegel sah. »Bist du auch Alligatoren begegnet?«

Ehe Marie antworten konnte, sagte Ziti: »Ja«, und schnipste eine Lockenspirale weg.

»Laß das Mädchen selbst sprechen.«

»Kann nich. Is stumm.«

»Armes Kind.«

Marie wußte, daß sie still sein mußte. Trotzdem konnte sie es nicht ertragen, daß diese weiße Frau sie ›Mädchen‹ und ›armes Kind‹ nannte. Was hatte sie denn in all diesen Jahren anderes gemacht, als schleunigst erwachsen zu werden? Ziti war selbstgefällig. Marie war nicht dumm. War es ihre Schuld, daß niemand antwortete, wenn sie wissen wollte: »Sag mir, wer ich bin.«

»Ja, armes Kind stimmt«, sagte Ziti schadenfroh. »Ihre schwangere Mutter hat 'nen Geist gesehn, drum kam sie ohne Zunge auf die Welt.«

»Ich bin nicht stumm«, schrie Marie erbost. »Ich bin kein armes Kind.«

Brigette wandte sich um und zog nervös ihren Morgenmantel enger um den Hals.

Die Schatten ließen Maries violettes Kleid schwarz, ihre Augen hohl erscheinen.

»Ist das irgendeine Art Trick?«

Marie trat in den Lichtkreis einer Kerze.

Brigette schlug Ziti. »Wofür haltet ihr schwarzen Mädchen euch eigentlich?«

Ziti heulte auf. Das heiße Eisen fiel herunter und versengte ihr die Wade.

»Heb das auf. Hörst du?« Brigette schlug sie erneut.

»Laßt sie in Ruhe«, sagte Marie. Der Teppich war versengt. »Ziti hat keine Ahnung. Ich bin es, die Ihr am liebsten schlagen würdet.«

Wimmernd kauerte Ziti neben dem Bett, in der einen Hand hielt sie das Eisen, während sie die andere Hand abwechselnd über ihre Brandwunde und ihre heiße Wange legte.

Brigette seufzte. »Ihr wolltet mich zum Narren halten.«

»Das wollte jemand anderes.«

»Ich wollt gar nix, Miss Brigette«, jammerte Ziti.

»Halt den Mund«, herrschte Brigette sie an, ohne Marie aus den Augen zu lassen.

»Ich hab keine Ahnung, von was Marie redet.« Ziti kroch, das verletzte Bein hinter sich herziehend, weg. »Sie is gerissen. Jawoll. Marie is gerissen. Fragt sie doch mal nach ihrer Grandmère. Fragt sie doch mal nach ihrem Mann.«

»Halt den Mund«, sagte Marie. »Sonst verhexe ich dich, verlaß dich drauf. Ich werde machen, daß dir die Zunge herausfällt. Los. Scher dich hier weg.« Marie ging auf Ziti los. »Ich werde machen, daß dir die Augen im Kopf steckenbleiben. Ich werde machen, daß du bis morgen tot bist.«

»Oh, Maman Marie«, jammerte Ziti. Sie rappelte sich auf und floh.

»Oh, Maman Marie«, kreischte Brigette. Hysterisch lachend fiel sie quer über das Bett. »Oh, Maman Marie.« Ihr Morgenmantel öffnete sich. Marie stellte fest, daß Brigettes Brüste ungewöhnlich voll, rosa an den Spitzen, wahrscheinlich entzündet, waren. Ihr Bauch stand ein wenig vor. Ihr Teint war schlaff von zu wenig Schlaf und zu viel Alkohol. Marie dachte: Weiße Frauen gehen sorglos mit ihren Körpern um. Dann stutzte Marie und betrachtete Brigette noch einmal. Beim zweiten Mal sah ihre Seele, was ihre Augen nicht gesehen hatten. Brigette und sie trugen beide ein Kind unter dem Herzen.

Brigette hickste zweimal und holte tief Luft. »Du hast bei der Zeremonie einen Narren aus mir gemacht.«

Das *fa* hatte aus ihnen beiden Narren gemacht. Marie hätte am liebsten ihren Kopf auf die goldbehaarte Scham gelegt und geweint. Jetzt verstand sie, warum die Guédé gewunken hatten. Es gab keine guten Frauen. Außer Grandmère.

»Ich wußte damals nicht, was Ihr wolltet«, sagte Marie.

»Und jetzt weißt du es?«

Ja. Marie legte schützend eine Hand auf ihren Leib. »Ihr wollt Euer Kind loswerden.«

Brigette lehnte sich mit glanzlosen Augen an die Daunenkissen. »Ja. Ich möchte, daß du es herausschneidest.«

Marie vermutete, daß das Kind von John war. Sie erwartete nicht, daß Brigette sich damit abfand, ein Mulattenkind auszutragen. Mit zwölf hatte Marie ein Glühwürmchen in der Nähe des Wassereimers blinken sehen. Sie hatte versucht, es zu verscheuchen. Aber das dumme Glühwürmchen hatte sich ertränkt.

»Ich kann keine Wunder vollbringen«, sagte sie.

»Wirklich nicht?«

Marie, die rot geworden war, legte sich neben Brigette auf das zerwühlte Bett. In diesem Moment schien es natürlich. Gelb parfümierte die Laken.

»Ich habe gebetet. Gefastet. Nichts hat geholfen«, murmelte Brigette. Die beiden Frauen lagen mit dem Gesicht zur Wand wie ein Liebespaar, das sich entfremdet hatte.

»Ich bin zu dir gekommen. Du und dein Voodoo habt nicht geholfen.« Brigette wirkte betrunken. Sie sprach unartikuliert.

Marie zwang sich, zuzuhören. Warum lag sie hier und spürte, wie sich die Brust einer anderen Frau hob und senkte?

»Wie könnte ich mich dagegen sträuben, ihn zu lieben? Er ist mir doch so ähnlich.«

»Ich verstehe nicht.«

»Meine Mutter ist unseretwegen gestorben. Der Arzt schnitt und holte uns beide aus ihrem Leib. Selbst damals haben wir uns schon umarmt.«

Marie preßte den Mund in das Kissen. Sie war zu blind gewesen, um zu sehen. Nattie – Nattie hatte ihr eingeredet, John und Brigette wären ein Liebespaar.

»Zwillinge. Antoine und ich.«

Zwillinge.

Brigette schob sich an Marie heran, ihr Engelsgesicht war verzweifelt. »Hilf mir.«

Könnte die Göttin Ezili ihr sagen, wie man ein Kind abtrieb? Was brauchte man wohl dazu? Kräuter? Einen besonderen Gesang?

»Es ist eine Sünde, ein Kind zu töten«, sagte Marie.

»Es wäre kein Kind. Es wäre ein ›Es‹. Ist Inzest nicht gerade deswegen verboten?«

Inzest war das Gelbe, was sie gerochen hatte. »Abtreibung ist eine Sünde«, sagte Marie.

»Ich habe schon einen Ehemann.«

Jetzt war es an Marie, zu lachen – ein leises, krampfhaftes Gelächter, das sie schüttelte. Brigette war eine weiße Ausgabe von ihr. Ein Geist hielt Maries Sünden einen Spiegel vor.

»Verdammt noch mal.« Brigette wich zurück. Sie schob die Finger in ihre Vagina, versuchte, an das Kind heranzukommen und es herauszureißen. Marie kämpfte mit ihr, packte sie an den Armen und hielt Brigette davon ab, auf ihren Unterleib einzutrommeln.

»Macht Ihr Euch denn keine Sorgen um Eure Seele?«

»Du etwa?« schrie Brigette. »John hat mir von dir erzählt.«

Zornig schwang Marie die Füße auf den Boden. Brigettes Nägel gruben sich in ihre Schultern.

»Nein, bitte. Geh nicht.«

Marie spürte, wie ein nackter Leib und nackte Brüste ihren Rücken streiften. Am liebsten hätte sie sich umgedreht und sich in den warmen Körper gehüllt.

»Was kümmert einen Schlangengott ein anderes Kind?« flüsterte Brigette eindringlich. »Inzest? Ehebruch?«

»Mich schon«, antwortete Marie leise. Sie konnte sich vorstellen, daß jemand versuchte, ihr das Kind aus dem Leib zu reißen; im Geiste sah sie vor sich, wie ihre eigene Tochter kämpfte, um nicht von ihrer Mutter getrennt zu werden.

»Wenn der Himmel christlich ist, dann sind wir beide verdammt, Maman Marie.«

Marie stand auf. Sie hatte den Himmel Christi verloren, ohne es zu wissen. Hatte sie auch Damballah verloren? Voodoo verzieh einen Ehebruch eher als der Katholizismus. War Mistress Ezili nicht die Kokotte in höchster Vollendung? Doch Inzest war ein Verstoß gegen die Natur. Unverzeihlich in jeder Religion.

»Es tut mir leid. Vergib mir«, flehte Brigette und packte Maries violetten Rock. »Ich weiß, daß du Macht hast. Ich habe es gesehen und gehört. Du könntest mich verfluchen. Was würde das ändern? Ich habe ja schon schreckliche Angst. Ich bin ja schon verflucht.«

»Ich auch.«

»Habe Mitleid.«

»Um unser beider Sünden noch zu verschlimmern?« Marie stand da und betrachtete Brigette, die wie ein verwirrtes Kind auf dem Bett saß. »Warum sollte ich mit Euch Mitleid haben, wenn ich es nicht einmal mit mir habe?« Sie küßte Brigettes entblößten Hals, ihre bleichen Lippen. »Keine Religion sollte den Tod eines Kindes dulden.«

»Verdammt noch mal. Für wen hältst du dich eigentlich, daß du mir Ratschläge erteilst? Was ist mit deiner Grandmère? Deinem Ehemann? Wie lautet deine Geschichte? Was macht dich so überheblich, Maman Marie?«

Marie ging zur Tür. Eine Vase mit Geißblatt knallte dagegen.

Marie drehte sich um. »Wir werden beide zur Hölle fahren,

das ist gewiß. Vielleicht brachte uns das Schicksal zusammen. Ich weiß es nicht. Aber ich weiß, daß es unmenschlich ist, ein unschuldiges Leben zu zerstören.«

Marie schloß die Tür und dämpfte damit Brigettes Schreie. Wie in Trance stieg sie die Treppe hinab. Louis DeLavier rannte sie gerade hinauf. Er blieb stehen, in seinem Kopf drehte sich alles. Ein Wunder war geschehen. Als Marie eine Stufe an ihm vorbei war, streckte Louis die Hand aus und berührte ihre Haare. Schwarze, seidige Wolle.

»Geht es ihr gut? Brigette? Ich hörte Schreie.« Er zog seine Hand nicht fort. Eine Haarsträhne von Marie dort gefangenzuhalten, beglückte ihn. »Jem sagte mir, daß eine der Farbigen – Ziti, richtig? – eines der Mädchen aus dem Haus gerannt wäre.«

»Ja, Brigette geht es gut.«

»Ich –« Louis schaute erst die Treppe hinunter, dann wieder zu Marie. Er konnte es nicht fassen, daß sein braunes Mädchen hier war. In seinem Haus. »Du erinnerst dich nicht an mich.«

Marie war todmüde. Sie sah ihn kurz an. »Nein.«

Seine Hände sanken entmutigt herab. Er hatte so wenig Eindruck gemacht, während sie sein Leben geworden war.

Marie war zerknirscht. Sie enttäuschte jeden. Es war jetzt leicht zu sagen: »Ja, schon möglich, daß ich mich an Euch erinnere.«

Louis lächelte strahlend. Dann sagte er eindringlich: »Paß auf, warte hier. Ich muß nachsehen, ob es Brigette gutgeht.«

Marie setzte sich auf die Marmortreppe. Wohin sollte sie denn sonst? Ihre Beine waren schwach und nicht in der Lage, sie zu John zurückzutragen. Sie raffte ihren Rock zwischen den Knien zusammen und dachte über die Zahl neun nach. Unwissenheit war etwas Wunderbares gewesen. An ihrem zehnten Geburtstag hatte das Unheil begonnen.

Louis kam wieder die Treppe heruntergerannt. Er zuckte mit den Schultern. »Sie will mich nicht sehen.« Sein Grinsen war schief, weil er sich nicht anmerken lassen wollte, wie glücklich er war, sein braunes Mädchen gefunden zu haben. Er strich sich über das gelichtete Haar. »Wie heißt du?«

»Marie.«

Marie – das letzte Detail. Sie war nun kein Geist mehr, nicht mehr bloß eine Erinnerung.

»Auf dem Market Square. Du erinnerst dich doch. Ich habe versucht, dich zu retten.«

»Könntet Ihr mich jetzt retten?« fragte Marie freiheraus. »Ich möchte neun sein. Wieder ein Kind.« Aus dem oberen Stockwerk hörte Marie, wie Brigette stolperte, fluchte. Im Geiste konnte sie Brigette vor sich sehen, wie sie sich in den Bettlaken verkrallte, versuchte, das Gelbe zu entfernen. Vielleicht gelang es Brigette sogar, das Baby aus ihrem Körper herauszukratzen. Marie sank gegen die Wand; sie und auch die Wand zitterten.

»Du bist krank.« Behutsam half er ihr, aufzustehen. »Komm.«

Louis stützte Maries zierliche Gestalt und führte sie die Treppe hinunter, durch die riesige Diele und in eine Bibliothek, die nach Pfeifentabak und Holz roch. In Brigettes Zimmer wirkte alles neu, strahlend blau, gold und gelb. Hier war alles abgenutzt und mattschwarz, beige und braun. Ein durchgescheuerter Sessel, ein Sofa, ein mit Federkielen, Büchern und Briefen übersäter Eichenschreibtisch. Sogar die Kameenporträts auf dem Kaminsims wirkten verblaßt, steif. Im Kamin prasselte ein Feuer, das attraktiv aussah, aber eine enorme Hitze erzeugte.

»Nein. Der Sessel am Kamin ist bequemer.« Louis rannte geschäftig hin und her. »Es ist doch nicht zu warm, oder? Brigette beklagt sich immer, daß meine Bibliothek zu warm sei.«

Marie sank in das Leder, ohne sich bewußt zu sein, wie es sie einhüllte, sie noch verwundbarer wirken ließ. Das Zimmer war erdrückend. Das Feuer verzehrte ihre Luft.

»Trink das.« Louis' Stimme hatte keinen Südstaatenakzent, sondern den weichen, singenden Tonfall Neuenglands. Trotzdem gehorchte ihm Marie wie eine brave Negerin. Er war ein weißer Mann in einer Welt, in der weiß und männlich zu sein, Macht bedeutete. Der Alkohol brannte. Marie hätte am liebsten getrunken, bis sie alles vergaß.

Louis stand über ihr. Obwohl er zierlich gebaut war, ließ ihn seine Intensität sehr männlich wirken. Sein Mund und seine Nase waren etwas zu groß, seine Augenbrauen buschig vor Haaren, die, wenngleich unfreiwillig, von seinem kahl werdenden Schädel gestohlen waren.

Louis kehrte abrupt zu dem Bord zurück, auf dem die Karaffen standen. Unsicher, wie er beginnen sollte, starrte er auf die bernsteinfarbenen und klaren Flüssigkeiten. »Bitte vergib ihr. Manchmal faßt sie Sklaven, Farbige, etwas zu hart an.«

»Was?«

»Vergib ihr. Brigette.«

Unerklärlicherweise empfand Marie Bedauern. Sie war nicht sicher, ob Louis Brigette verdiente. In ihr war zuviel Zorn, Haß und Kränkung.

Die Augen niedergeschlagen, das Glas fest in beiden Händen, betrachtete Louis seinen herumschwappenden Brandy. »Ich trete für die Freiheit der Sklaven ein. Meine Frau – nein, es ist ihre Kultur – ist anderer Meinung. Es tut mir leid. Ich bin nur anders, weil ich im Norden aufgewachsen bin.« Er nahm einen kleinen Schluck, wobei seine Augen wie die eines Kindes über den Glasrand spähten. »Es tut mir leid.«

Louis' Schultern waren gebeugt. Marie vermutete, daß jahrelanges ›Es tut mir leid‹-Sagen daran schuld war. Warum starrte er so? Die Hitze machte sie benommen. Sie nahm noch einen kleinen Schluck Brandy und spürte, wie eine ungewohnte Wärme nach außen strahlte. »Auf dem Market Square sagtet Ihr auch: ›Es tut mir leid.‹«

»Dann erinnerst du dich ja doch an mich.« Die Erregung ließ ihn jungenhaft, charmant wirken. »Du bist dasselbe Mädchen geblieben.«

Das Zimmer wurde nur von dem lodernden Feuer und Louis' strahlendem Gesicht beleuchtet. *Eine Stimme flüsterte warnend.* »Ich muß gehen.« Marie brachte die Kraft nicht auf.

»Ich habe nach dir gesucht.« Louis lief wie ein in der Falle sitzendes Tier hin und her. »Ich habe überall Ausschau nach dir gehalten. Ich wollte mich vergewissern, daß es dir gutgeht.«

Um Beherrschung bemüht, strich er sich über den Kopf und streckte die Finger dem Feuer entgegen. »Niemand hatte von dir gehört. Ich kannte deinen Namen nicht.«

»Ich war neu in der Stadt. Ich habe damals am Stadtrand gelebt, in Haben's Haven.«

»Das erklärt es.« Er strich über den Kaminsims. »Ich habe dich nie vergessen. Ich fand dich so schön. Du hast dich nicht verändert.«

»Und ob ich mich verändert habe«, sagte sie leise und mit gesenktem Kopf, so daß die Worte von ihrer Brust abprallten.

»Immer noch so schön.« Louis kniete sich neben sie. Seine welligen Haare ragten nur knapp über ihre Knie.

Marie verspürte ein unglaubliches Verlangen, sein gelichtetes Haar zu berühren. Grandmère hatte einmal gesagt: »Einen kahl werdenden Kopf zu reiben, bringt Glück.« Sie könnte ein bißchen Glück gebrauchen, wenn sie ihr Leben ordnete. Ein wenig Liebe.

Marie starrte ihn an. Louis' Augen waren groß und braun, seine Wimpern dichter als die einer Frau. Vielleicht war ihr eigenes ›Es tut mir leid‹ die Erklärung für ihren Wunsch, zu bleiben. Ihre eigene unerfreuliche Einsamkeit. Widerwillig sagte sie: »Ich muß gehen. Es tut mir leid.«

»Nein. Geh, wenn du mußt, wenn es dir lieber ist. Aber ich möchte, daß du bleibst. Bitte bleibe hier. Erzähle mir von dir.«

Noch nie zuvor hatte sich jemand nach ihr erkundigt. Niemand schien es zu interessieren. John gewiß nicht. Auch Nattie nicht.

Marie holte tief Luft; und plötzlich schlüpften Töne aus ihrem Mund. Sie erzählte Louis vom Bayou: heiter, erwartungsvoll, wenn der Morgen anbrach; geheimnisvoll, beunruhigend, wenn es Nacht wurde. Sie erzählte ihm, wie Grandmère Kräutern gut zuredete, damit sie heilten, und sie besser singen konnte als eine Nachtigall. Wie Maman gestorben war, als sie noch klein war.

Schließlich atmete Marie tief aus und sagte: »Ich bin eine Ehebrecherin.«

Louis' Gesicht war ausdruckslos.

Sie fragte: »Wann habt Ihr geheiratet?«

»Im August.«

»Ich auch.«

»Vor zwei Jahren.«

»Ja.« Warum hatte sie das Gefühl, daß, wenn überhaupt irgend jemand, nur er sie verstehen könnte? Er hatte sie im April zu retten versucht, lange bevor die Sommerhitze den Golf grau riechen ließ. Sie schürzte die Lippen.

»Ist es die Hölle, die dir Angst macht?«

»Die Hölle ist nicht irgendwo. Sie ist hier.«

»Ehebruch kann vergeben werden.« Louis drängte stärker. »Beichte. Möglicherweise kann dir ein Priester Absolution erteilen. Dich heilen.« Im Kamin verschob sich ein Scheit.

»Ich kenne einen Voodoomann, der Fetische verkauft, um Seelen zu heilen.« Sie lächelte ironisch. John würde sie wahrscheinlich eher vergiften als heilen. Der arme Ribaud hatte außer dem Ruf seiner Trommeln keine Macht.

»Ich mache mir Sorgen um dich.« Louis fegte Maries Haare nach vorn vor ihre Schultern.

Marie schauderte. Seine Hände hatten sanft ihre Brüste berührt.

»Voodoo ist gefährlich. Die Sklaven reden über eine Voodoofrau. Sie sagen, sie kann alles heilen. Ich habe schon einmal daran gedacht, sie aufzusuchen. Sie nennen sie Marie, diese Voodookönigin.«

»Habt Ihr sie schon aufgesucht?«

»Ich hatte vor, sie aufzusuchen, um dich zu finden. Mein Butler, Jem, wollte das arrangieren. Ich zögerte. Ich bin Journalist; ich habe die Aufgabe, objektiv zu sein. Außerdem hat mich der Protestantismus meiner Familie daran gehindert. All diese endlosen Stunden, in denen man schrillen Strafpredigten über Teufelsanbeterei und die vielfältigen Teufelsgestalten zuhören mußte, haben sich festgesetzt. Ich habe noch nicht genug Mut gefaßt, um Voodoo direkt gegenüberzutreten. Darum bin ich ihm indirekt gegenübergetreten. Ich habe alles über die Geschichte von New Orleans gelesen. In der Literatur wird größtenteils unterstellt, daß Voodoo nichts weiter als eine primitive, ausbeutende Religion sei. Es gibt eine oder zwei Ausnahmen, aber nichts Bemerkenswertes. Nachdem ich von Voodooverbrechen, Morden, Besessenheit und Unzucht gelesen hatte, verlor ich den Mut, mit solchen Leuten zu verkehren. Geschweige denn, mir von ihnen dabei helfen zu lassen, dich zu finden.« Nervös und leicht beschämt befeuchtete Louis seine Lippen und strich sich übers Haar. Er hatte nicht damit gerechnet, daß seine puritanische Ader so stark war.

»Diese Geschichten, die ich gehört habe. Sie zerstückelt lebende Tiere. Quält die Ungläubigen. Und unterstützt die Vergewaltigung von Töchtern durch ihre Väter.«

»Und Ihr habt ihnen geglaubt?«

»Wem?«

»Den Geschichten. Habt Ihr ihnen geglaubt?«

»Ja. Ich hatte gehofft, daß Voodoo etwas kultivierter wäre. Erhaben. Wie die Geschichten über die Indianer im Großen Westen. Aber alle Religionen scheinen heuchlerisch zu sein.« Er wandte das Gesicht von ihr ab. »Ich bin so etwas wie ein Atheist. Oder zumindest, soweit es meine christliche Erziehung erlaubt. Ich glaube, daß die Vernunft, nicht der Aberglaube der Schlüssel zu unserer Zukunft ist. Aber ich befürworte die christliche Taufe aller Sklaven. Ich bin zwar nicht sicher, daß der christliche Glaube alle Antworten hat, aber er liefert Verhaltensregeln. Er zivilisiert Menschen, die nicht in der der Lage sind, selbst vernünftig zu denken.« Er streifte die Spitzen von Maries schwarzen Haaren.

»Ehebruch ist ein Vergehen«, fuhr Louis fort, »aber nur ein Priester und nicht ein Teufelsanbeter kann die Sünde aus der Welt schaffen. Geh zu Pater Christophe. Er scheint ein wirklich guter Mensch zu sein. Sag ihm, daß ich dich geschickt habe.«

Marie schauderte und schloß die Augen. Louis' Worte hatten sie verletzt. Einerseits erkannte sie, daß er schwach war, unfähig, sich an seine eigenen Überzeugungen zu halten. Aber andererseits wußte sie auch, daß er herablassend war. Gab es Aufzeichnungen über Voodoo, die Schwarze geschrieben hatten? Sie glaubte es nicht. Sklaven war Lesen und Schreiben gesetzlich verboten. Während der feuchten Winter im Bayou hatte Grandmère ihr beigebracht, wie man die Bibel las. Sie wußte, daß die freien Farbigen in New Orleans Schulen hatten, aber sie hatte noch nie von Büchern gehört, die von Farbigen geschrieben worden waren. Und wenn sie geschrieben worden waren, wer würde sie veröffentlichen?

Was wußte Louis schon über die Welt, abgesehen von dem, was er aus der Sicht eines Weißen sah? Am liebsten hätte sie gewettert, daß er nichts von Sklaverei wüßte, nichts von den Masken, die freie Farbige trugen, nichts von der Demütigung, die sie erduldeten, um neben Weißen bestehen zu können.

In Haven hatte sie Armut gesehen. Sie hatte Nachbarn gesehen, die für wenig Lohn viele Meilen in die Stadt zurücklegten. Und wenn sie betrogen wurden, wagten sie nicht, sich zu beschweren aus Angst, die paar Münzen, die sie besaßen, zu verlieren. Wußte Louis, daß Indianer abgeschlachtet, versklavt worden waren? Wußte er, daß jeden Tag Tausende von Schwarzen gefangen, gefesselt und in die Sklaverei geschleppt wurden? Aber Louis sah so sanft aus, so lieb. Er versuchte, ihr zu helfen. War er etwa weniger verwirrt als sie? Weniger naiv dem Leben gegenüber?

Marie schloß die Augen. Warum dachte sie, daß Louis wünschte, Ehebruch wäre keine Sünde? War es wegen der Neigung seines Kopfes, dem Zittern in seiner Stimme oder der Art, wie er die Hand ausstreckte, um ihre Haare zu berühren? »Sünde.« Das Wort verriet, daß er Christ war. Aus dem Kamin sprühten Funken wie Sternschnuppen. »Kann ein Priester Gotteslästerung aus der Welt schaffen?« murmelte Marie.

»Was meinst du?«

»Ich bin die Voodooienne. Ich bin Marie.«

Fassungslos hockte sich Louis auf seine Absätze. »Voodoogläubige kochen Katzen, bis ihr Fleisch vom Knochen fällt.«

»Katzenknochen schützen vor Unglück.«

»Und ›Ziegen ohne Hörner‹, ist das wahr?«

»Nein. Wir ermorden keine weißen Babys.«

»Ihr bringt Opfer.«

»Ja. Ein Huhn. Eine Taube. Manchmal eine Ziege. Auch Christen haben es nicht an Opfern fehlen lassen.«

»Das ist nicht das gleiche.«

»Warum nicht?«

»Ihr betet Schlangen an.«

»Damballah.«

»Schlangen sind der Teufel.«

»Warum?« bohrte Marie. »Weil eine Schlange Eva den Unterschied zwischen Gut und Böse gelehrt hat? Wie gut ist das Gute, wenn man nicht wählen kann? Voodoogötter sind wie Ihr und ich – sie kämpfen, sie lieben, sie versuchen, den Tod zu besiegen. Sie sind nicht so vollkommen und unnahbar wie der weiße Gott und die Jungfrau Maria.«

»Das glaubst du doch nicht wirklich?«

Sie rutschte unbehaglich hin und her. »Manchmal. Und manchmal stelle ich mir vor, wie mich die Jungfrau Maria auslacht, während meine Seele in die Hölle wandert und dort verrottet.«

Louis stand auf, wobei er es vermied, seine düsteren Vorfahren anzustarren, die gemalt und gerahmt auf dem Kaminsims standen. Das Familienwappen hing über den Porträts. Um sich zu beruhigen, starrte er auf das D und die Rose. Die weiße Rose symbolisierte Reinheit, immerwährenden Glauben, etwas, was die DeLaviers nie geschafft hatten. Wer war er, daß er sich ein Urteil erlaubte? Er sollte nicht enttäuscht sein, daß seine Liebste nicht seinen Vorstellungen entsprach. Wenn er ehrlich war, mußte er zugeben, daß er sich außer ihrer Schönheit wenig Vorstellungen von ihr gemacht hatte.

Das Mitternachtsgeläut war unerträglich laut. Marie barg den Kopf in den Händen. Sie hatte mehr als genug gesagt, damit Louis sie verdammen konnte. Warum hatte sie bloß so viel Wahres erzählen müssen?

»Ihr glaubt doch nicht alles, was Ihr sagt?« fragte Marie vorsichtig. »Ich meine, Ihr habt doch kein absolutes Vertrauen zu Eurem Gott, oder?«

Louis drehte sich leise lächelnd um. »Nein. Bekenntnisse zum Christentum fallen leicht. Ich benutze es wie eine Krücke. Oft weiß ich nicht, was ich glauben soll. Ich habe sogar schon daran gedacht, zum Voodoo überzutreten, wenn es dich und mich zusammenbringen würde. Ich glaube, ich sollte übertreten, weil du jetzt bei mir bist, nicht wahr?« Er sah sie sehnsüchtig an, breitete die Arme aus und zuckte bedauernd mit den Schultern.

Marie hielt den Atem an. Am liebsten wäre sie zu ihm gerannt und hätte ihn in die Arme genommen. Sie würde den Kopf an seine Brust lehnen und Trost finden.

»Ehre«, murmelte Louis vor sich hin, um gegen die Versuchung anzukämpfen. Er wollte Marie spüren – sie in seinen Armen halten und das Gewicht und die Form ihres Körpers spüren. Aber er konnte Marie nicht bitten, noch einmal zu sündigen. Er konnte sie nicht bitten, zweimal Ehebruch zu begehen.

Er strich sich über die Haare und wechselte das Thema. »Ich nehme an, dein Bruder Jacques hat dich zum Altar geführt.«

»Ich habe ihn geheiratet.« Rasch fügte sie hinzu. »Er war nicht mein Bruder. Nur ein Retter wie Ihr.«

Er lockerte seinen Griff am Kaminsims. »Ich hätte mehr getan, wenn es mir möglich gewesen wäre.«

»Ich glaube Euch.«

Es war immer noch etwas Unschuldiges an Marie, dachte Louis, eine widerwillige Reinheit. »Voodoo. Du sagst, es sei nichts Böses?«

»Nein. Es gibt böse Voodooanbeter. Und böse Christen. Aber Voodoo ist so natürlich wie das Leben. Wenn Ihr erst einmal Eure Befürchtungen abgelegt habt, könnt Ihr die Schönheit darin erkennen.«

»Kannst du mir das beweisen?«

»Nehmt an einer Zeremonie teil. Damballah wird Euch genauso erschrecken wie mich.«

Er war wieder neben ihr und legte den Kopf in ihren Schoß. Marie strich ihm übers Haar. Das Gewicht seines Kopfes drückte durch ihren Wollrock. Es war, als ob sie ihn schon eine Ewigkeit kannte – um seine Ängste, seine Beflissenheit zu gefallen, wußte, darum wußte, daß er, genau wie sie, schon jahrelang ›Es tut mir leid‹ sagte.

»Marie«, flüsterte Louis. *Ihr Name hallte nach.* Er fuhr mit dem Finger an ihrer Wade entlang.

Ihr Griff am Glas lockerte sich; Brandy tröpfelte auf den Teppich und befleckte ihn, als wäre es Blut. Ihr Kopf fiel zur Seite. Hatte Louis denn nicht alles? Ein schönes Haus, Reichtum und eine Familie? Sie war sicher, daß er nichts von Brigettes Ehebruch wußte. Warum wollte er dann den Kopf in den Schoß eines braunhäutigen Mädchens legen und mit solch bitterer Süße ›Marie‹ flüstern?

»Ich kann einfach nicht glauben, daß du lügen würdest«, sagte er. »Lügen ist die schlimmste Sünde.«

Warum hatte sie es nicht bemerkt, als sein Kopf sich hob? Warum schien es, als wäre sein Kopf schon immer dort gewesen und hätte die Entfernung zwischen ihren Schenkeln überbrückt? Warum kam es ihr vor, als wäre sein Kopf noch immer dort und hinterließe einen Abruck auf ihrer Haut?

»Wer ist dein Liebhaber?«

»John, der Voodoopriester.«

Louis legte die Hand über ihre; keine Hautfarbe gegen Hautfarbe, Weiß an Schwarz.

Worte kamen ihr plötzlich wieder in den Sinn. »Weiße Männer befriedigen ihre Lust und nennen die schwarze Frau eine Schlampe«, hatte Ziti gesagt. »Sie haben schöne Mädchen zu gern«, sagte Jacques. »Weiße Männer verschwenden keinen Gedanken daran, wenn eine schwarze Frau nein sagt«, hatte Shud gewarnt. Und zu alledem, dachte Marie, hatte der weiße Mann auch noch die Macht, sie zur Sklavin zu machen.

Louis beugte sich vor, um sie zu küssen. Marie wünschte, er würde die ganze Luft aus ihr heraussaugen. Louis schreckte zurück und erstickte damit den Kuß im Keim, dann ging er und legte Hände und Kopf auf den kühlen Kaminsims.

Marie wußte, daß er ihr niemals weh tun würde. *Aber was, wenn du ihm weh tust?* John würde Louis als eine neue Möglichkeit benutzen, sie in seiner Gewalt zu behalten. »Ich muß gehen«, flüsterte sie.

»War es etwas, was ich gesagt habe? Etwas, was ich getan habe?«

»Nein.« Etwas, was du nicht getan hast, dachte sie. Du hast nicht gesündigt. Noch nicht. Ein perfekter Ehrenmann. Sie weinte.

Louis streckte die Arme aus. Er würde Marie für immer festhalten, wenn es half, daß sie nicht mehr weinte.

»Laßt mich in Ruhe. Versteht Ihr denn nicht? Alles um mich herum verkommt. Grandmère. Jacques. Maman.«

Er hielt sie fest umschlungen, Wange an Wange. »Ganz ruhig. Es wird ja alles gut.«

»Laßt mich in Ruhe.«

»Ganz ruhig.«

Marie konnte spüren, wie die Stille anschwoll, verlangte, daß sie nachgab. Stille kannte keine Schlangen, keine Schuld, nur die Berührung dieses Mannes.

Louis bewegte sich an ihr, streichelte zärtlich ihren Rücken.

Dann kam das Donnern, erfüllt von ihren Sünden, verschlungen wie Weinreben im Bayou. Sie schrie heraus: »Ich will Euch nicht weh tun.« Ihre Worte überschlugen sich.

Sie befreite sich hastig aus seinen Armen, glaubte, nie wieder Stille zu haben. Nur den Donner aus Schuld und Verlust. Sie hastete aus der Tür, durch die Diele und in den Garten. Schwer atmend klammerte sie sich an das schmiedeeiserne Tor. Wie konnte sie sich retten? Marie fiel keine Antwort ein.

In der Nähe spürte sie einen Schatten. »Louis? Ribaud?«

Kirchenglocken schlugen ein Uhr. John würde zornig sein, daß sie so spät kam. Weiß der Himmel, was Ziti ihm erzählt hatte. Der dreispurige Boulevard war menschenleer. Blätter wirbelten umher, flatterten im Golfwind. Der Mond war gespenstisch. Sie begann, ihre Schritte zu zählen; sie schätzte, daß sie fünfhundert brauchte, um zum Haus in der St.-Anne-Straße zu gelangen. Linker Fuß, rechter Fuß. Millionen von Schritten, wenn ihr Zuhause noch Teché wäre. Während sie zählte, versuchte sie ihre Angst in Schach zu halten. Schritt 216, 217, 218. Sie glaubte, ein Geräusch hinter sich zu hören. Sie drehte sich um und schrie: »Verdammt noch mal, Ribaud. Zeig dich, wenn du da bist. Ich weiß, daß John dich geschickt hat, um mir nachzuspionieren.« Was war los mit ihr? Ribaud war ihr Freund. Er spionierte sie nicht mehr aus. Die Angst ließ sie verrückt werden. Straßenlaternen formten böse, schnörkelige Figuren. Sie schlichen sich alle an sie heran.

Schritt 401. Eine Hand schloß sich um ihre Taille; eine andere Hand legte sich über ihren Mund. Sie roch Gelb, überwältigend in seinem Gestank. Die Hand glitt von ihrem Mund zwischen ihre Beine. Ihre Schreie wurden über Dächer hinweg getragen. Alte Frauen und träumende Kinder erschauerten in ihren Betten.

Als Marie sich umdrehte und sein Gesicht sah, schnappte sie nach Luft.

»Ich bin froh, daß du mich gefunden hast«, sagte Antoine, bevor er ihr mit der flachen Hand an die Kopfseite schlug und sie in einen Durchgang zerrte.

Antoine zerriß ihr Mieder und warf sie zu Boden. »Du stehst in meiner Schuld«, sagte er.

Sie sackte in sich zusammen. Ein Teil von ihr dachte, daß sie diese Bestrafung verdiente. Es würde mehr als ein Jahr dauern, um ihre Schulden, ihre Sünden zusammenzuzählen. Schreie donnerten durch ihre Adern. Doch Marie blieb stumm.

Sie war außerhalb ihres Körpers und sah zu, wie Antoine ihre Beine mit seinen Knien auseinanderschob, sie in die Brüste biß. Ihre Haare breiteten sich wie ein schöner Fächer in der feuchten Erde aus; ihre Handflächen waren gebogen und ungeschützt wie bei der Kreuzigung. »Heilige Mutter Gottes. Damballah.« Die Unterhose wurde ihr weggerissen.

Er stieß zu wie ein brünstiger Eber.

Marie lachte, hysterisch.

Seine Faust sauste auf ihren Unterleib nieder. Sie schnappte nach Luft.

»Farbige Hure. Nutzlose farbige Hure.« Er hob seine Faust gerade aufs neue, als Louis angerannt kam. Antoine wirbelte brüllend herum, während er Louis die linke Faust in den Bauch rammte. Louis fiel nach hinten, fassungslos, atemlos.

»Du.« Antoine stand schwankend auf und brüllte, beide Hände an den Schädel gepreßt: »Du.« Die Bewegungen wurden langsamer. Antoines Körper geriet ins Wanken und krachte wie ein gefällter Baum auf Louis nieder. Marie legte schützend die Hand vor die Augen. Louis stöhnte. Louis' Kopf flog nach rechts, als Antoine ihn am Kinn traf.

Auf dem Boden liegend, zog Louis das Knie an und jagte es Antoine in den Schritt. Antoine schnappte vor Schmerz nach Luft und rollte von Louis herunter. Louis stürzte sich auf Antoine. Ineinander verkeilt, rollten die beiden Männer ein paar Meter. Dreck, Schweiß und Blut vermischten sich. Louis, der obenauf lag, ließ die Faust niedersausen und spürte, wie ein Bakkenknochen anbrach.

Antoine bohrte Louis die Daumen in die Augen. Tränen sikkerten aus verschlossenen Lidern, als Louis wegzukriechen versuchte. Antoine trat ihm in die Rippen, warf ihn herum und packte ihn an der Gurgel. »Laß meine Schwester in Ruhe. Laß sie in Ruhe.« Antoine drückte auf seinen Kehlkopf.

Louis war am Ersticken.

Marie hätte am liebsten still dagelegen und geweint. Sie hätte am liebsten gebetet. Statt dessen suchte sie im Dreck nach etwas Schwerem, Solidem. Während sie sich vorwärtsschob, beobachtete sie Antoine, der wie ein Wahnsinniger das Gewicht seines Körpers durch die Arme nach unten in die Hände pumpte, die Louis' Hals umklammerten.

»Laß Brigette in Ruhe«, brüllte Antoine, wahnsinnig vor Wut, daß Brigette mit einem Mann verheiratet war, den er haßte.

Marie sah zu, wie Louis langsam starb – seine Haut war wie weißes Pergament, seine Augen traten aus den Höhlen. Stöhnend hob sie einen Stein über den Kopf. *Aus Antoines Haaren wurden schwarze, zappelnde Würmer; in den dicken Wurzeln erkannte sie Ziti, Maman und John.* Mit unnatürlicher Kraft zermalmte sie ihm die Schädeldecke. *Blut überschwemmte die Würmer und Gesichter.* Antoine sackte nach vorn. Der Stein sprang ihr aus den Händen. Die beiden Männer lagen da wie ein schlafendes, gesättigtes Liebespaar.

Louis fing zu husten an, sein Brustkorb hob sich mühsam. Tränen trübten ihm die Augen. Er wälzte sich unter Antoine hervor.

»Ist er tot?« Marie wußte, daß er tot war, fragte aber trotzdem.

Louis stand zusammengekrümmt da, Schleim sabberte ihm aus dem Mund.

Sie sah, wie eine Ratte hinter eine Treppe huschte, sah, wie sich ein Fensterladen schloß. Mit gespielter Ruhe bückte sie sich und fühlte Antoine den Puls.

»Warum?« krächzte Louis. Schuld hatte sich in sein Gesicht eingegraben, als wäre er und nicht sie das Ungeheuer.

Marie wollte ihn in die Arme nehmen. Er wich zurück, bösartig und geifernd: »Was bist du bloß für eine Frau?« Louis konnte nicht entkommen. Marie und Antoine versperrten ihm den Weg aus dem Gäßchen. »Warum?« brüllte er, stolpernd, wirr im Kopf. »Warum?«

»Er hätte dich getötet.«

»Er war betrunken«, schrie Louis zurück. »Hast du das nicht gerochen? Man ermordet keinen Betrunkenen.« Er fiel nach vorn auf die Knie. »O Gott, wenn es einen Gott gibt, bitte vergib mir. Ich habe ihm den Tod gewünscht. Die ganze Zeit habe ich ihm den Tod gewünscht. Ich habe den Dreckskerl gehaßt. Er hat mir das Gefühl gegeben, klein und schwach zu sein. Unbedeutend.«

»Still.« Marie wiegte ihn wie eine Mutter. Sie küßte die Spuren an Louis' Hals. Sie konnte ihm nicht sagen, warum sie Gelb gerochen oder warum Antoine seinen Haß wirklich verdient hatte. Wenn Louis von Brigettes Kind wüßte, was würde er dann empfinden? »Still«, sagte sie.

»Meine Schuld«, schluchzte er. »Meine Schuld.«

Hinter Louis drängten sich vergnügt lächelnd die Todesgötter zusammen. Eines von Grandmères Wiegenliedern stieg ihr in die Kehle. »Still.«

»Was soll ich Brigette sagen?«

Marie zuckte vor der Liebe, die sich in seinem Gesicht spiegelte, zurück. War es Liebe zu seiner Frau oder zu ihr?

»Hier. Setz dich hier hin«, sagte sie und führte Louis rückwärts zu der Treppe.

»Du hast mir das Leben gerettet«, murmelte Louis und klappte nach vorne. Sein schmerzender Kopf baumelte zwischen den Beinen. Er gab sich alle Mühe, zu vergessen, eine Entschuldigung zu finden, um sein eigenes Gewissen zu beruhigen. Nichts in seinem Leben hatte ihn auf einen Mord vorbereitet.

Marie sah sich um. Das Gäßchen war feucht und schmutzig. Antoines Körper schien in der Dunkelheit, die ihn umgab, gespenstisch zu leuchten. Unter seinen Verletzungen bildete sich eine Blutlache. Marie beneidete Antoine. Seine Seele würde sicherlich für einen Augenblick Frieden finden, ehe sie von der Hölle verschluckt wurde. Der Tod mußte Kummer und Sorgen für eine Weile außer Kraft setzen.

Marie entdeckte ihre Waffe. Der Stein war gezackt und rauh. Nie würde sie vergessen, wie er sich angefühlt hatte, als er Antoines Schädeldecke traf. Da war Widerstand gewesen, ein Zögern, bevor er einer weicher werdenden Vertiefung Platz machte. Sie legte den blutigen Stein auf Antoines Kreuz. Sie wußte, was sie zu tun hatte.

Auf Händen und Knien kriechend, zog Marie mit der Kante ihres Schuhs einen Kreis um Antoines Leiche. Unter den Kreis malte sie eine Schlange.

»Was machst du da?«

Sie zerriß ihren Unterrock und wickelte ihn um ein Bündel Zweige.

»Was machst du da?« Louis stand über ihr, seine Hände fuhren durch seine Haare, sein Gesicht war schweißnaß, mit Schmutz und Blut beschmiert.

»Sorge dafür, daß jeder weiß, daß ich dieses Verbrechen begangen habe.«

»Du bist wahnsinnig.« Er riß ihr die Zweige aus der Hand.

»Alles um mich herum verkommt«, brüllte Marie. »Mord ist nichts Außergewöhnliches. Er wird von einer Voodookönigin erwartet. ›Ziegen ohne Hörner‹«, höhnte sie. »Hast du das nicht geglaubt? Daß ich weiße Babys ermorde. ›Ziegen ohne Hörner‹.«

»Antoine und ich sind schon seit langer Zeit verfeindet. Verstehst du denn nicht? Es hat nichts mit dir zu tun.«

Marie starrte entschlossen auf ihren verdreckten Schoß. Ihre Augen folgten einer Blutspur, die sich in Antoines Mund sammelte.

»Verdammt noch mal. Das ist nicht nötig.« Louis trat wild um sich, als er den Kreis verwischte. »Ich will dein Opfer nicht.«

»Nein«, schrie sie, schlug krabbelnd nach seinen Beinen, legte sich flach auf den Boden, um ihren groben Kreis zu erhalten. »Du wirst es nur noch schlimmer machen.« Da sie wußte, daß sie sich nicht retten konnte, wollte sie wenigstens Louis retten. Er sollte nicht verurteilt werden, weil er sie verteidigt hatte. Sie wollte nicht, daß man einem anderen Menschen auf ihre Kosten weh tat. Zudem spürte sie, wie ein seltsames Gefühl des Stolzes in ihr aufkeimte. Sie hatte etwas getan. Hatte Rache an einem Mann geübt, der zu sterben verdiente. Das war einer der Wege, um zu sich selbst zu finden, und sie hatte es allein getan, ohne daß John oder Nattie sie beeinflußte.

»Hör doch.« Louis war auf den Knien, zog Marie hoch, hielt sie fest an seine Brust gedrückt und übersäte ihr Gesicht mit federleichten Küssen. »Wir werden zu den Behörden gehen. Die

Geschworenen werden Verständnis haben. Du hast mir das Leben gerettet.«

Marie wünschte, sie könnte sich in seinen Armen ausruhen, ihre Sorgen preisgeben. Es wäre Wahnsinn. Sie riß sich von ihm los. »Denk an das Gerücht. Die *Picayune* könnte eine Sonderausgabe bringen: ›DeLavier in Mord verwickelt‹, ›Journalist zerstört Familie‹, ›Christ mit heidnischer Voodookönigin aufgefunden‹. Du könntest die Schädigung deines Rufes nicht ertragen.«

»Das ist nicht wahr.« Er rieb sich die Adern, die an seiner Stirn hervorquollen. »So wird es nicht geschehen. Wir werden beide auf freien Fuß gesetzt. Die Menschen sind gut.«

»War Antoine gut?«

»Spotte nicht. Das paßt nicht zu dir.«

»Du weißt gar nichts über mich.«

»Ich weiß ... ich weiß, daß du –« Er wollte sagen, daß sie ›süß‹ und ›unschuldig‹ sei. Aber das stimmte nicht. »O Gott, ich weiß überhaupt nichts mehr.« Louis hockte sich auf seine Absätze, seine Hände rieben wie rasend auf seinen Oberschenkeln herum. »Aber es muß das Gute geben. Irgend jemand, der Verständnis hat.«

»Weiße Menschen brauchen nicht gut zu sein«, fauchte Marie. »Wenn ein Weißer eine Schwarze vergewaltigt, dann ist das kein Verbrechen. Du würdest wegen Einmischung verurteilt. Ich bin keine Frau. Nur nicht anerkanntes weißes Eigentum. Für die Geschworenen wärst du genauso verantwortlich für Antoines Tod. Nicht, weil du versucht hast, mir zu helfen, sondern weil du Antoines Eigentum gefährdet hast, sein Recht, lieber zu nehmen, als zu geben, lieber zu zerstören, als aufzubauen.« Marie begann methodisch ihre Zweige wieder einzusammeln. »Geh nach Hause, Louis.« Louis war der tiefen Kluft zwischen ihren Kulturen nicht gewachsen. Marie hatte recht. Er war der naive Nordstaatler. Er sollte einfach davonlaufen vor all seinen Qualen und Problemen. Davonlaufen vor enttäuschter Liebe und fehlgeschlagenem Idealismus. Aber könnte er denn allein leben, wenn es bedeutete, daß er ihr weh tat?

»Ich lasse dich nicht allein.«

»Was ist mit deiner schönen Brigette? Sie ist doch deine Frau, oder? Willst du, daß sie einen Bruder und auch noch einen Ehemann verliert?« Marie wischte sich zornig die Tränen weg. »Verdammt noch mal. Geh nach Hause.«

»Hör mir zu.« Er packte ihre Schultern. »Wir gehen beide fort. Die Behörden werden alle möglichen Personen verdächtigen. Antoine war nicht sehr beliebt. Viele hätten bezahlt, um ihn tot zu sehen.«

»Nein«, schrie sie. »Man kann es nicht verheimlichen. Bei einem Verbrechen gibt es immer irgendeinen Zeugen.« Marie rief leidenschaftlich: »Ich habe dieses Verbrechen begangen.« Sie schlug, klopfte, trat an Türen in der Gasse und rief: »Ihr da drin. Ihr habt mich doch gesehen, ja? Ich habe dieses Verbrechen begangen.« Sie schlug gegen einen halb geschlossenen Fensterladen. »Du hast mich gesehen. Marie, die Voodookönigin.«

Louis faßte sie an der Taille. »Sei still«, sagte er. »Sei still.«

Marie kämpfte. Sie kämpfte um seinetwillen und um ihretwillen gegen die Versuchung an. »Laß mich los. Laß mich los!« Er hielt sie fest.

»Warum mußt du dich so schlecht machen? Du brauchst nicht alle Schuld auf dich zu nehmen.« Louis roch Hyazinthen in ihren Haaren. »Es muß doch einen Ort geben, wo wir hin können.«

Teché. Sie atmete tief ein. »Du weißt ja nicht, was du sagst.«

Louis hob sie vom Boden hoch. Er küßte sie, weich und intim, erforschte sanft ihren Mund.

Marie spürte, wie Zorn in ihr aufwallte. Vier Männer hatten sie geküßt. Antoine brutal. John mit grober Leidenschaft. Jacques zärtlich. Doch Louis' Kuß gab ihr das Gefühl, wieder unschuldig und heil zu sein.

Er zog ihren Kopf zu seiner Brust hinunter. »Ich muß zurück ins Haus. Ich habe Geld im Haus. Wir werden eine Eisenbahnfahrkarte kaufen. Wo auch immer der Zug hinfährt, da fahren auch wir hin.«

»Sie werden uns aufspüren.«

»Du hast recht. Dann also irgendein ausgefallener Ort. Sie werden in Städten, im Norden, nach mir suchen. Vielleicht könnten wir nach Westen fahren. Jenseits der Prärien und Berge. Irgendwohin, wo sie uns nicht vermuten würden.«

Teché. Warum konnte sie es nicht aussprechen? »Du bist wahnsinnig.« Marie spürte die Anspannung in seinen Gliedern, hörte die Anstrengung in seiner Stimme.

»Wir könnten es tun, Marie.« Er zwang sich, daran zu glauben.

»Wie lange würde es dauern, bis du zu einem Priester rennst und beichtest? Wie lange, bis dir klar wird, daß du verdammt bist?«

»Wenn ich dich halten könnte, wäre es gleichgültig.« Louis meinte, was er sagte. »Vielleicht gibt es ja keinen Gott.«

»Wenn du das glaubtest, hättest du keine Angst vor Voodoo. Wenn du an die eine Geisterwelt glaubst, mußt du auch an eine andere glauben. Voodoo ist böse; Christus ist gut. Sind das nicht deine Gedanken und Gefühle?«

»Und was, wenn ich das wirklich glaube? Ich weiß nicht, was ich glaube. Ich glaube, ich liebe dich.« Er schüttelte sie. »Das muß doch etwas wert sein.« Er schüttelte sie noch einmal. »Seit ich dir begegnet bin, habe ich nur noch geträumt. Ich liebe dich, Marie. Ich liebe dich.«

Sie drehte den Kopf weg. Wenn sie sich auf seine Augen konzentrierte, würde sie nachgeben. Marie hatte den unsicheren Unterton in seiner Stimme lauern hören. Louis hatte entsetzliche Angst. Sie zweifelte nicht daran, daß er alles für sie opfern würde, aber sie zweifelte auch nicht daran, daß er es noch bereuen würde. Doch was machte das schon? Sie wäre in Teché. Vielleicht wäre ihnen ein Jahr vergönnt, vielleicht auch zwei oder drei. Die Verdrossenheit würde sich zunächst langsam, behutsam und unmerklich einstellen; dann würde sie sich ausdehnen, bis eines Tages keine Freude mehr übrig wäre. Aber sie wäre von John befreit. Sie brauchte nur Louis' Leben zu zerstören, um sich ihre eigene Freiheit zu erkaufen.

Was war mit ihrem Kind? Konnte sie Louis die Verantwortung übernehmen lassen, das Kind aufzuziehen? Was war mit Grandmère? Könnte sie sich, wenn sie auf der Flucht war, mit der Möglichkeit abfinden, sie niemals wiederzusehen? Würde John sie nicht töten, wenn Marie fortging? Was war mit ihr selbst? Konnte sie auf Liebe verzichten, ganz gleich, wie zögernd sie angeboten wurde? Marie schüttelte den Kopf. Louis war schwach. Eines Tages würde er seinen labilen Atheismus abstreifen und als rechtschaffener Christ erwachen. Er würde sie beschuldigen, ihn verführt zu haben.

Ohne aufzusehen, löste sich Marie aus Louis' Umarmung. »Ich habe bereits einen Ehemann und einen Liebhaber. Außerdem schadet Mord einer Voodooienne nie«, sagte sie in bissigem Ton, als sie das gerinnende Blut auf Antoine berührte. »Wenn ich einen Weißen töte, verleiht mir das noch mehr Macht. Die Geschworenen würden mich nicht hängen. Sie hätten zuviel Angst. Voodoo ist kriminell. Ausbeutung. Hast du das nicht gesagt? Nun, hier ist eine frische Leiche, die ausgebeutet werden kann.«

»Das kannst du nicht tun.«

»Ich tue, was ich will.« Sie legte Antoine die Zweige in die Hand.

Louis griff sich eine Handvoll Dreck und warf ihn nach ihr. »Du hast mich belogen. Du hast gesagt, Voodoo sei schön, echt. Du hast gesagt, du wärst nicht böse. Aber du bist böse. Du hast gesagt, du wärst unschuldig. Aber an dir ist überhaupt nichts Unschuldiges. Ich habe eine Lüge geliebt.«

»Du hast dich selbst belogen. Louis DeLavier, berühmter Journalist, der seinen Glauben in einem Wandschrank versteckt. Ein wehleidiger Atheist, aber ein treuer Christ, wenn es ihm gerade in den Kram paßt, wenn er über andere ein Urteil fällt. Du verurteilst, was du nicht verstehst. Dein Vorurteil ist genauso schlimm wie das eines jeden Südstaatlers. Es ist nur anders, religiös statt rassisch. Aber vielleicht ist es auch rassisch. Vielleicht wolltest du mich, weil ich eine schwarze Hautfarbe habe.«

Louis ging drohend auf sie zu, um sie am Weitersprechen zu

hindern. Er beherrschte sich. Er verlor gerade einen Traum. Er hatte nach einer Jungfrau gesucht, die er retten konnte, nach einer, die so hold und naiv war, daß sie seine Liebe zu schätzen wußte und ihn zum Mittelpunkt ihres Lebens erkor. Louis kam sich einsam und verlassen vor. »Ich dachte, du wärst anders«, murmelte er.

»Geh nach Hause, Louis. Hast du etwa geglaubt, weil du weiß bist, hätte ich dich begehrt?« Sie spuckte ihn an. »Du bist nicht besser als Antoine.«

»Man wird dich hängen.«

»Wenn du bleibst, werden wir zusammen hängen. Vielleicht werde ich dich auch verhexen, damit du einen noch schlimmeren Tod erleidest. Feuer. Langsames Gift. Vielleicht werde ich Brigette verhexen.«

»Rühr sie nicht an.« Er schlug sie. Seine Hand klatschte gegen ihren Kiefer. Marie schmeckte Blut in ihrem Mund. Erschöpft, all seiner Kraft beraubt, bedeckte Louis die Augen und weinte. »Es tut mir leid. Ich weiß nicht, was in mich gefahren ist. Es tut mir leid.« Louis ekelte sich vor sich selbst. Er besaß keinerlei Ehre. Er hatte eine Frau geschlagen, nicht, weil sie die Wahrheit gesagt, sondern weil er zuviel Angst hatte und sich deswegen hinter ihren Röcken versteckte. Er wußte, daß Marie ihn rettete, weil er nicht die Kraft hatte, sich selbst zu retten.

Marie starrte zum Himmel. Streifen aus Lavendelblau, Orange und Rot. Die Sonne ging auf. Ein weiterer Tag ohne Hoffnung. Louis mußte Brigette gegenübertreten. Sie mußte John gegenübertreten. Sie bedauerte Louis. Bedauerte, daß sie der Versuchung widerstanden hatte.

Sie streichelte seine Schultern, glättete seine zerzausten Haare.

»War's das?« Seine Augen waren glänzend und traurig.

»Ja, das war's.«

Seine Hand hob sich zu ihrem Gesicht.

»Ich habe zu tun«, sagte sie.

Seine Hand fiel herunter. »Ich glaube, ich werde dich lange Zeit hassen.«

Marie zuckte mit den Schultern, um ihm zu zeigen, daß es ihr egal war. Wieder auf den Knien begann sie, ihren Kreis zu verbessern. Sie hörte das leise Knirschen von Schmutz. Louis ging verzweifelt auf die Straßenlaternen zu. Ein Nachtwächter hatte ihre Glühstrümpfe bereits gelöscht. Wann hatte er das getan? Als sie gerade Antoine ermordete? Oder Louis' törichte Liebe ermordete?

Von allen Augenblicken in ihrem Leben war dies der Augenblick zum Weinen. Sie weinte nicht. Ein Hahn krähte. Nebel zog mit der Golfflut herauf.

»Ich bin Marie. Die dritte in einer Reihe von Voodooköniginnen.« *Kummer kommt mit der vierten.* Sie streifte Antoines Leiche mit dem Fuß.

»Schreib Gutes über mich«, rief sie. Doch Louis war schon um die Ecke gebogen; er hatte es nicht gehört.

Sie stand auf und massierte sich den Bauch. »Mein armes kleines Mädchen. Du möchtest doch nicht sterben, oder?«

Seufzend, von einer Seite zur anderen schwankend, verließ Marie den toten Antoine.

Sie stellte sich vor, daß Antoine sich aufsetzte, sich über sie lustig machte, sie verhöhnte. Er konnte ihr oder anderen nicht mehr weh tun.

Ein Wiegenlied vor sich hin summend, wanderte Marie umher. Tränen fielen zu Boden. Sie würde alles tun und sein, wenn sie noch einmal neun sein dürfte. Ihr Herz verhärtete sich; ihre Kehle schloß sich über Tränen.

Der Himmel war ein rosafarbenes Laken. Rastlos kreisten und kreischten Möwen. Sie stießen herab und stahlen nach Luft schnappende Fische aus den Fischernetzen. Marie hörte Flüche und das Ächzen von Betrunkenen und Spielern, die nach und nach aus den Bars kamen. Einige erbrachen sich auf der Straße. Eine Prostituierte bewegte und drehte sich in ihrem Rinnsteinbett. Ein Hund jaulte, nachdem man ihn getreten hatte. Mitleiderregende Kinder erbettelten Münzen von Flußdampferkapitänen, die das Ausrüsten ihrer Schiffe überwachten. Hafenarbeiter fluchten und mühten sich mit zerschundenen, schmerzenden Händen mit ihren Lasten ab. Straßenhändler retteten verfaultes Obst, um es wiederzuverkaufen. Ein Schwindsüchtiger hustete und versprühte Schleim und Blut.

Der Mord nahm Marie die Angst, allein in den Straßen der Stadt herumzulaufen. Der neue Morgen war so denkwürdig wie die alte Nacht.

Marie war überzeugt: Niemand, nirgendwo, wußte irgend etwas über den Glauben.

Diejenigen, die Marie sahen – ein schwarzes Mädchen, das hinter einem Fensterladen hervorlugte, ein betrunkener Seemann, der zu seinem Schiff zurücktorkelte, ein Straßenhändler, der Bananenbeignets für den Morgenmarkt zubereitete –, sagten, daß sie wild und bemitleidenswert ausgesehen hätte.

»Mir ist fast das Herz stehengeblieben«, sagte das Mädchen. »Die ganze Nacht hab ich Kampfgeräusche, Schreie gehört. Ich hab's für einen Traum gehalten. Dann hörte ich, wie sie, so unverfroren wie nur was, an meinen Fensterladen hämmerte und sagte: ›Ich habe dieses Verbrechen begangen.‹ Als ich mutig genug war, um nachzuschauen, sah ich nur sie und diesen toten Mann. Überall war Blut. Sie glühte geradezu davon. Sie tat mir mehr leid als er. Sie wirkte wie ein . . . ein Kind. Lieb. Verwirrt. Ja, genau. Ein verletztes Kind.«

»Sie hat mir einen solchen Schrecken eingejagt, daß ich nüchtern wurde«, sagte der Seemann. »Verrückt, einfach vollkommen verrückt wirkte sie. Wie eine Hexe. Als ob sie alles, was ihr über den Weg lief, töten würde. Sie hatte eine schwarze Katze auf dem Arm. Ich bin ja kein Schwächling. Aber von verrückten Weibern halt ich mich fern. Besonders von solchen, die blutrünstig sind und Geistern was vorsingen.«

»Ich wußte sofort, wer sie war. Sie bat um ein Beignet. Sie hatte kein Geld, also schenkte ich ihr eins. Sie hat mich verhext. Ich hab den ganzen Tag kein einziges Beignet verkauft. War mir egal. Weil ich sie nämlich gesehen hab, wie sonst noch nie jemand sie gesehen hat. Sie sah aus, als hätt man sie mit Füßen getreten. Haare wild durcheinander. Kleider zerrissen. Fast nackt. Das Gesicht grün und blau. Wie 'ne verprügelte Sklavin. Aber sie war auch prachtvoll. Wie 'ne Königin. Prachtvoll und wunderschön. Ich schätze, daß ich mehr von ihren Brüsten und Schenkeln gesehen hab, als ich sollte. Das Blut hat sie verschönert wie Schmuck. Ich schätze, daß sie mich verhext hat, weil ich zwei Seiten von ihr gesehen hab. Die kaputte und die schöne.«

Die halbe Bevölkerung von New Orleans behauptete, Marie Laveau am Morgen, nachdem sie Antoine DeLavier getötet hatte, gesehen zu haben.

»Louis, manchmal denke ich, daß Reue ein elementarer Bestandteil des Alters ist. Ich habe so viele Fehler gemacht, so viele Dinge getan, die ich gerne ungeschehen machen würde.«

»Wir bereuen alle.«

»Was ich jedoch am meisten bereue, mehr als meine Tollheit, mehr als das Unrecht, das ich zugefügt habe, ist, daß ich nie die wahre Liebe gefunden habe. Grandmère hat sie gefunden, obwohl sie nicht lange währte. Aber ich habe nie zu spüren bekommen, wie sie ist.«

»Sie ist so bitter wie eine Aniswurzel, so süß wie ein Sommerregen.«

Marie Laveau, 15. Juni 1881, Sonnenuntergang
(Aus Louis DeLaviers Tagebuch)

Hätte sie jemand anderen ermordet, wäre vielleicht alles anders gekommen. Aber da sie Antoine DeLavier ermordet hatte, einen Mann, der von Weißen wie auch von Schwarzen gehaßt wurde – einen Mann, der es verdient hatte zu sterben –, entfachte Marie zwei Nächte voller Unruhen und Plünderungen.

Sie verstand nie ganz, was geschehen war und warum. Sie erinnerte sich, daß sie wie betäubt durch die Stadt gelaufen war, als die Sonne aus dem Golf emporstieg und sich über den Hafen hängte. Sie war hungrig gewesen und hatte um ein Bananenbeignet gebeten. Ein Straßenhändler hatte ihr eins gegeben, obwohl sie kein Geld hatte. Sie hatte ihm danken wollen, doch Antoines Blut an ihren Händen verwirrte sie. Sie lief meilenweit und starrte immerzu auf ihre beschmierten Hände, versuchte herauszufinden, wie sie sie waschen konnte, ohne ihr Beignet loslassen zu müssen.

Irgend jemand schrie sie an. Sie war auf der Straße und hielt den Verkehr auf. Vielleicht war es die Sonne, die wie ein Fächer hinter dem Rücken des Reiters stand, oder die schweißnasse Schwärze des Pferdes, die sie an ihre erste Begegnung mit Antoine erinnerte. Sie streckte ihre blutigen Hände in die Höhe und schrie: »Ich habe dieses Verbrechen begangen. Ich habe ihn ermordet. Ich habe dieses Verbrechen begangen.« Das Pferd bäumte sich auf. Das Beignet fiel in den Schmutz. Sie jagte die Straße hinunter, an den Stegstraßen entlang, fuchtelte wild mit den Armen, stieß mit den Händen nach Gesichtern und geiferte: »Ich habe dieses Verbrechen begangen. Ich habe dieses Verbrechen begangen. Ich habe ihn ermordet. DeLavier ist tot.« Sie fühlte sich reiner, weniger schuldig, als sich auf den Gesichtern Entsetzen breitmachte. Sie wollte Verantwortung übernehmen. Sie hatte etwas getan; es war nicht gut, aber trotzdem kam sie sich stark vor. Sie war nicht jedermanns Opfer. Stundenlang schrie sie die Leute an – »Ich habe dieses Verbrechen begangen, ich habe dieses Verbrechen begangen, ich habe ihn getötet« –, bis sie heiser wurde. Wirr im Kopf und müde stolperte sie zum Haus in der St.-Anne-Straße. Sie wußte noch, daß Nattie sagte, John und Ribaud wären weg, um in den Straßen nach ihr zu suchen. Sie hatte genickt, war ins Bett gekrochen und hatte, die Arme um das Kind in ihrem Leib geschlungen, traumlos geschlafen.

Doch während sie schlief, explodierte die Welt.

Den ganzen Tag über verbreiteten Sklaven und freie Farbige die Nachricht, daß Marie Laveau mit Hilfe von Voodoo Antoine DeLavier ermordet hätte. Wie sonst könnte eine Frau denn einen so starken Mann überwältigen? Wie sonst könnte ein so böser Mann wie DeLavier verletzt und getötet werden? Und wenn er getötet werden konnte, überlegten die Sklaven, dann konnten andere Weiße, die sie quälten und zu Sklaven machten, auch getötet werden. Die schwarzen Götter schickten ihnen ein Zeichen. Freiheit war möglich.

Weiße Männer von Stand verbreiteten die Nachricht, daß einer der ihren getötet worden war. Die Weißen kratzten an der Oberfläche ihrer eigenen Ängste, indem sie sich daran erinnerten, daß selbst die Wohlwollendsten unter ihnen gehaßt wurden ... ermordet werden konnten. Verhext von schwarzen Göttern. Gefoltert von wahnsinnigen Schwarzen.

Daher bewaffneten sich die weißen Männer. Ein schief gelegter Kopf, kurze Tagträumereien, eine geflüsterte Bemerkung, all das war Grund genug, daß ein Schwarzer wegen Aufsässigkeit ausgepeitscht wurde. Einige Dienstherren weigerten sich, ihre Sklaven zu verpflegen, und sperrten sie in Kellern ein. Andere fesselten und prügelten Sklaven mit Lust und Heimtücke für Vergehen, die sie noch gar nicht begangen hatten. Manche Besitzer waren einfach nur auf der Hut, bestanden auf uneingeschränktem Respekt gegenüber ihrer Autorität, von der kleinsten Verbeugung bis zu sofortigem Gehorsam. Selbstgerechte Männer beteten mit ihrer Familie und meinten, daß die Bibel ihr Recht unterstützte, über Menschen zu herrschen und sie zu Sklaven zu machen. Andere verbarrikadierten sich mit Vorräten an Nahrungsmitteln und Wasser hinter ihren Türen. Doch weit mehr zogen durch die Straßen auf der Suche nach Schwarzen, die eine Lektion brauchten.

Einige freie Schwarze gingen nach Hause und ließen ihre Liebste erbeben in dem Glauben, es gäbe Hoffnung auf ein Morgen – einen Streiter für freie Farbige. Manche fielen in Trance, überzeugt, daß es kein Morgen gäbe. Ein Sklave schlug seiner Herrin einen Knüppel über den Kopf; ein Küchenmädchen erstach eine Familie in ihren Betten. Ein junges Mädchen gab ihrem Besitzer einen Schuß Arsen in den gesüßten Kaffee. Eine alte Frau sang und rezitierte Geschichten, die sie noch aus Afrika kannte, und rief damit Erinnerungen wach, die sie gewaltsam verdrängt hatte, als der Herr vor vierzig Jahren ihr letztes Baby verkaufte. Schwarze Väter, Sklaven und Freie, küßten ihre Kinder, steckten sie ins Bett und wappneten sich mit primitiven Waffen, um das Ende der explosiven Unruhen abzuwarten. Banden von Sklaven und freien Schwarzen, erregt und stolz, daß ein weißer Mann weniger am Leben war, zogen Steine werfend und plündernd durchs French Quarter.

Weiße und Schwarze kämpften. Viele wurden entstellt und verstümmelt. Soldaten mit Gewehren und Bajonetten verwundeten und töteten fast einhundert schwarze Männer, Frauen und Kinder. Dutzende andere wurden überwältigt und ins Gefängnis gekarrt. Viele dieser Gefangenen schworen beim Verhör: ›Maman Marie. Die Voodookönigin hat mich angespornt.‹

Marie erwachte zu einem neuen Tag und zu einer neuen Welt, in der alle glaubten, sie hätte einen Aufruhr angezettelt, um die Schwarzen zu befreien.

»Ich wurde vor einen Richter gebracht, Louis. Er trug eine weiße Lockenperücke. Der bis auf den letzten Platz gefüllte Gerichtssaal kam mir wie ein Traum vor. Der Richter schilderte Morde – zerquetschte Kehlen, aufgeschlitzte Bäuche. Er beschuldigte mich dieser Verbrechen. Ich stritt sie ab. Doch sah ich sie ebenso deutlich, wie ich dich jetzt sehe, Bäche von Blut, glitschig und voller Schmerzen.

›Wieso bin ich verantwortlich?‹ sagte ich zu dem Richter. ›Ich war doch gar nicht dabei, oder?‹ Das weiße Publikum auf den Bänken scharrte mit den Füßen. Der Richter nannte mich ›böse‹.

›Was hat sie verbrochen?‹ verlangte John zu wissen. ›Wie lauten die Anklagen gegen Marie Laveau?‹

Ich sah die Gefangenen an. Die Gefangenen sahen mich an. Dutzende von Männern und Frauen waren aneinandergekettet, eine dicke, schwere Kette, die um und zwischen ihre Füße gewunden war. Vermutlich waren dies die schlimmsten Übeltäter: Frauenschänder, Mörder, bewaffnete Diebe. Noch weit mehr waren wegen geringfügigerer Verbrechen in Zellen eingesperrt. Einige der Gefangenen erkannte ich als Männer und Frauen wieder, die Wochen zuvor für Damballah getanzt hatten ... für mich. Andere wiederum waren mir vollkommen fremd. Doch jeder von ihnen sah mich um Rettung flehend an.

Der Richter rief: ›Diese Leute haben in deinem Namen getötet.‹

Ich schrie: ›Niemand tötet in meinem Namen.‹

›Fordern schwarze Götter etwa keine Opfer?‹ fragte der Richter.

›Fordert Christus etwa keine?‹ Ogu, der Kriegergott, schlüpfte in mich hinein. ›Opfern Weiße denn nicht jeden Tag Schwarze?‹ Ogu und ich stampften und schrien. ›Sklavenschiffe töten. Weiße foltern

Sklaven.‹ Ogu ließ mich drei Meter hoch werden. ›Weiße zwingen Sklavenmütter, Baumwolle auf den Feldern zu pflücken. Schwarze Babys schrumpfen in ihren Leibern. Weiße töten unsere Götter ... löschen Damballah aus unserem Gedächtnis.‹ Mit einer Hand zersplitterten Ogu und ich einen Stuhl.

Der Richter hatte entsetzliche Angst. Er schlug wild mit seinem Hammer auf den Tisch ein. ›Schafft sie weg von hier. Schafft sie weg von hier!‹

Ein weißer Mann frohlockte: ›Ziegen ohne Hörner. So nennt Voodoo den Mord an weißen Babys. Ziegen ohne Hörner. Sie ermorden unsere Babys.‹ Ogu und ich wirbelten herum und sahen ihn an; der Mann setzte sich.

›Schafft sie weg von hier!‹

Die Gefangenen riefen im Sprechchor: ›Marie Laveau. Maman Marie. Marie Laveau, die Voodookönigin.‹ Weiße riefen: ›Hängt sie, hängt sie!‹

Acht Wächter waren nötig, um mich zu überwältigen, Ogu zu überwältigen. Sie schleppten mich aus dem Gerichtssaal und steckten mich in eine Zelle, die so heiß und dreckig war, wie ich mir die Hölle vorstelle. Als ich aus der Besessenheit erwachte, lag ich auf schmutzigem Stroh und sah einer Prozession von Ameisen zu, die meinen Arm entlangkrabbelte.

John besuchte mich und versprach: ›Ich werde dich retten. Ich werde dich retten. Du wirst schon sehen.‹ Er war erregt, sogar froh, mich im Gefängnis zu sehen. ›Ganz New Orleans. Jeder kennt deinen Namen.‹

Ich war ein Werkzeug für ihn. Nichts weiter als ein Werkzeug.

Als John ging, starrte ich stumpfsinnig auf meine übel zugerichteten Hände. Ich weiß noch, daß ich dachte, ich wäre zu Gewalt nicht fähig, Louis. Ich wollte nie glauben, daß die Schuld meiner Anhänger allein meine war.«

»Ganz ruhig, Marie.«

»Aber es war wirklich meine. Ich ließ es zu, daß John mich benutzte. Er benutzte mich für das Böse, nie für das Gute. All diesen armen Menschen, die an mich glaubten, kam nie der Verdacht, daß

ich weniger über den Voodooglauben wußte als sie. Von wem sollte ich ihn denn gelernt haben?«

»Weine nicht, Marie«, sagte ich.

»Ja, zum Weinen bin ich zu alt. Wo ist der Glaube meiner Vorfahren? Ich war schlechter als ein Scharlatan. Ich vergeudete mein Talent. Ich brachte andere dazu, an eine Religion zu glauben, die auf Lügen, auf Theatralik begründet war.

Als der Richter mich böse nannte, habe ich ihm absurderweise geglaubt.

Ich war es, die ein Kruzifix neben eine Voodoopuppe stellte. Ich, die die Jungfrau Maria neben ein Porträt von Ezili stellte. Ich, die Gläubige anstiftete zu denken, Legba wäre eine zweite Menschwerdung des Heiligen Petrus.

Voodoo und Katholizismus vermischten sich, und mein Ruhm breitete sich aus. Ich habe mit zwei Glauben Frevel getrieben.«

»Aber vielleicht ist das alles das gleiche, Marie. Vielleicht haben sich alle Religionen zu einem einzigen Muster verwoben. Ein Glaube ist nicht ›richtiger‹ als der andere. Zwei Glauben zu dienen, getrennt oder zusammen, heißt immer noch, Gott zu dienen.«

»Louis, du solltest eine Sterbende nicht belügen.«

Marie Laveau, 15. Juni 1881, Abend

(Aus Louis DeLaviers Tagebuch)

Marie kam es seltsam vor, daß sie schon sieben Tage im Gefängnis war und noch niemand sie des Verbrechens beschuldigt hatte, dessen sie wirklich schuldig war – des Todes von Antoine DeLavier. Sie konnte immer noch spüren, wie es war, seine Schädeldecke zu zertrümmern.

Wenn sie nachts wach lag und durch ihr Zellenfenster zum Nachthimmel und den Sternen starrte, stellte sie Vermutungen darüber an, wie Louis die Mordermittlungen wohl unterbunden und Brigette zum Schweigen gebracht hatte. Hatte er Beamte bestochen und dann seine Frau nach Norden gebracht? Wußte er schon, daß er Vater werden würde? Oder wurde Antoine bloß vergessen, weil er Mißbrauch und Rachsucht hinterlassen hatte? Marie kam es komisch vor, daß sich Weiße durch Schwarze, die kurz den Traum von Freiheit geträumt hatten, mehr aus der Fassung bringen ließen als durch den Tod von einem der ihren. Antoines Leben war im Grunde genommen weniger wert als die aufsässige Tat eines schwarzen Jungen, ohne Erlaubnis seines Herrn mit Stöcken zu werfen.

Immer und immer wieder wiederholte sie: »Ich habe dieses Verbrechen begangen. Ich habe ihn ermordet.« Aber niemand schien sie zu hören oder sich dafür zu interessieren. Daß man sie hängte, damit konnte sie sich abfinden, aber es machte ihr Angst, wenn sie an ihr Kind dachte, ob der Richter erst das Baby zur Welt kommen lassen würde, ehe sie gehängt wurde.

Das Warten drohte sie umzubringen. Nacht für Nacht und Tag für Tag saßen schwarze Anhänger draußen unter ihrem Zellenfenster auf dem rauhen Kopfsteinpflaster. Soldaten umstellten sie. Doch es gab keine Aufstände, keine Zusammenstöße. Nur stummen Protest. Sie protestierten nicht, weil Hunderte von Schwarzen eingesperrt waren, sie protestierten, weil *sie* es war, und das verblüffte sie. Nicht einen Augenblick bildete sie sich ein, jedermanns Heldin zu sein. Jeder andere, Mann, Frau oder Kind im Gefängnis war nach ihrer Meinung heldenhafter, als sie es jemals gewesen war. Sie glaubten an etwas, und es war Ironie, daß sie, die zur Heldin erklärt wurde, an nichts glaubte.

In den endlosen Stunden, die sie in einer kleinen Zelle ohne Bett, Stuhl oder fließendes Wasser, nur mit einem Loch in der Ecke, um die Ausscheidungen ihres Körpers zu sammeln, verbrachte, glaubte sie, wahnsinnig zu werden. Sie war unsagbar einsam, ihrer selbst unsicher. Und doch genoß sie Privilegien. Sie hatte ein Fenster, eine Einzelzelle. Die Wärter behandelten sie mit Respekt, aus Furcht, sie würde sie verhexen oder töten, wenn sie besessen war. Marie lernte schnell, die Furcht zu schüren. Sie brabbelte gräßlichen Unsinn und zuckte mit Beinen und

Armen, wenn Wärter in der Nähe waren. Sie bestand auf Milch und frischen Nahrungsmitteln, einer Decke und einem Kissen für den Kopf. Aber die Furcht der Wächter übertrug sich nie auf ihre Bitten für andere Schwarze. Sie hatte nicht die Macht, das Elend anderer zu lindern. Und weil dies so war, glaubte sie, auch nicht das Recht zu haben, sich zu beschweren.

Insgesamt gab es acht Zellen: zwei einzelne an den schräg gegenüberliegenden Stirnseiten. Die andere Einzelzelle wurde für Prügelstrafen und Vergewaltigungen benutzt. Über hundert Menschen waren in den anderen sechs Zellen zusammengepfercht. Kaum genügend Luft: drückende Hitze bei Tag, Kälte in der Nacht. Die größeren Zellen maßen vier mal vier Meter, ohne Fenster und mit einem Fußboden aus gestampfter Erde und Brettern. Die Leiber waren ineinander verschlungen, die Lebenden lagen auf den Verwundeten und Kranken. Wie auf einem Sklavenschiff, nur, daß ihnen eine andere Todesart bevorstand. Anstatt auf See zu sterben oder lebenslänglich als Sklaven geschunden zu werden, würde ihnen ein Seil so mühelos das Genick brechen, wie Grandmère Hühnern den Hals umdrehte. Wer Glück hatte, starb früher, machte sich im Schlaf davon.

Manchmal träumte Marie, sie wäre in die Vergangenheit zu blauem Wasser und einem Schiff zurückgekehrt, das, aus seiner Verankerung gelöst und stolz auf seine sich blähenden Segel, schwarzes Gold transportierte. Grandmère sagte, sie wäre als Sklavin geboren worden. *Blut, das aus dem Geschlecht einer afrikanischen Königin stammte.* Grandmères Mutter hatte die Seereise gemacht. Wie hatte sie die Fahrt überlebt? Marie, gegen ihren Willen eingesperrt, hatte Mitleid mit der Frau, die gezwungen worden war, das Wasser zu überqueren. Wenn Marie die Furcht vor ihrem eigenen Tod am heftigsten überkam, rief sie sich die Freiheiten ins Gedächtnis, die sie besessen hatte (selbst, den falschen Mann zu lieben), und daß sich der Tod durch Erhängen nicht mit der tödlichen und abtötenden Seereise ihrer Urgroßmutter vergleichen ließ.

Jeder mußte einmal sterben. Aber Marie hatte nicht erwartet, daß ihr Weg zum Tod so furchterregend und die Bedingungen so ekelhaft wären. Manchmal träumte sie, daß sie auf dem Wasser wandelte – der geheime Wunsch eines jeden Sklaven, der einmal im Laderaum eines Schiffes gefesselt war. Wenn sie erwachte und ihre Träume noch lebendig waren, konnte sie ebenso wie jeder Christ Meersalz schmecken und die Feuchtigkeit an ihren Knöcheln spüren. Sie wünschte sich verzweifelt, für ihre Mitgefangenen Wunder vollbringen zu können. Ein jeder von ihnen stammte von Afrikanern ab, die das Meer überlebt hatten; ein jeder von ihnen würde wahrscheinlich eines sonnendurchfluteten Morgens mit in der Luft baumelnden Füßen sterben.

Doch Damballah sandte keine Wunder.

Nachts war sie dankbar, daß es keine Kerzen gab. Wenn die Wärter sich hinter der Tür niederließen, um zu trinken und Karten zu spielen, hatten die Gefangenen in der tiefen, stinkenden Dunkelheit so etwas wie ein Privatleben. Wie in gegenseitigem Einverständnis schliefen alle tagsüber, wenn durch jedes noch so geringe Licht Grauenvolles enthüllt wurde: tote Sklaven, Insekten, Erbrochenes an den Wänden. Während der Tagesstunden wurden die Schwarzen am häufigsten zu der Einzelzelle in der Nähe des Wachraums gebracht und geprügelt. Wenn Marie Glück hatte, war sie so erschöpft, daß sie die Schreie nicht hörte.

Nachts wachten die Gefangenen auf und flüsterten untereinander, vertraulich und vertrauensvoll. In der Dunkelheit kannst du deine eigene Seele deutlich erkennen. Manche beichteten ihre früheren Sünden, andere ihre geheimsten Wünsche. Stunden vor ihrem Tod murmelten manche ihre Lebensgeschichte, baten Zuhörer, zu bezeugen, daß sie gelebt hatten. Sehr wenige beklagten sich über ihre Gefangenschaft. Zeit war zu wertvoll, als sie mit etwas zu vergeuden, was jeder wußte.

»Ich wollt, ich hätt meine Frau mehr geliebt. Sie hat so schwer gearbeitet. Kinder ausgetragen, Spitzen an Damenkleider genäht. Sie hat für mich gekocht und saubergemacht. Mir in meiner Tischlerei geholfen. Ich hatt nie ein freundliches Wort für sie. Sie war eine gute Frau. Eine gute Mutter. Sie starb am Fieber, als ich zur Arbeit war. Sie schloß die Kinder im Schlafzimmer ein – das älteste noch nich mal vier – und legte sich vors Feuer und starb.«

»Wie ein Hund«, wisperte irgendwo ein anderer.

»Ja. Seitdem hab ich getrunken, konnt nicht vergessen und mir auch nich verzeihen.«

Eine brüchige Flüsterstimme redete. »Er hielt mich an sein Bett gekettet und benutzte mich wie einen Hund. Ich liebte ihn. Das hab ich ihm immer wieder gesagt. Aber er war überzeugt, daß Schwarze Tiere wärn, daß sie keine zarteren Gefühle hätten. In der Nacht, nachdem Maman Laveau DeLavier getötet hatte, hab ich ihn getötet. Ich hab ihm wie ein Hund in die Kehle gebissen.«

»Ich glaub, ich bin achtundvierzig«, verkündete jemand in der nächstgelegenen Zelle. Die Stimme war krächzend, wurde von trockenem Husten unterbrochen. »Ich bin schon ein Sklave, solang ich denken kann. Meine Besitzer waren in Ordnung. Sie hätten schlimmer sein können. Ich hab mir selbst das Klavierspielen beigebracht. Dafür hab ich gelebt. Nachts hab ich mich davongestohlen, um mir Klavierspieler in den Bars oder Ballsälen vornehmer Häuser anzuhören. So hab ich neue Lieder gelernt. Während der Kämpfe fanden mich Soldaten und brachten mich hierher. Jetzt werd ich sterben, und ich hör ständig eine süße Melodie. Ich würd alles für Tasten hergeben, auf denen ich spielen könnt.« Er summte, sein Bariton schwoll an, schnitt durch die Verzweiflung der Nacht, bis er einen Hustenanfall bekam.

Nacht für Nacht weinte Marie, die das Privileg hatte, die Geschichten zu hören.

Und ob es ihr paßte oder nicht, glaubte sie mittlerweile, daß es keinen Aufstand gegeben hätte, daß niemand gelitten hätte oder getötet worden wäre, wenn sie nicht gewesen wäre. Sie hatte den Richter belogen. Einige hatten in ihrem Namen getötet.

Daher kümmerte sie sich um die anderen Gefangenen. Dies hier war ihr Volk: loyal, seinem Traum treu und ihrer bedürftig. Sie wurde auf eine Weise geliebt, wie sie es sich niemals vorgestellt hatte. Und weil sie sich geliebt fühlte, erzählte sie großartige und notwendige Lügen. Sie erzählte ihnen, daß sie sie retten könnte. Sie sagte zu allem, was sie hören wollten, ja.

»Ich mach mir Sorgen um meine Babys. Geht's ihnen gut? Wird man sich um sie kümmern, wenn ich nicht zurückkomme?«

»Ja, ja«, sagte sie zu den einsamen und weinenden Müttern.

»Wer wird sich um meine Kinder kümmern?« wollte eine verwirrte Seele wissen.

»Jemand, der dich sehr liebt.« Und Maries Herz wurde froh, als sie einen leisen Seufzer hörte.

Eine Stimme rief: »Wenn ich sterbe, flieg ich dann nach Afrika?«

»Ja.«

»Mein Pa hat Geschichten von einem wunderschönen schwarzen Afrikaner erzählt, der singen und Erinnerungen ans *Zuhause* in dir wecken konnt. Er hat gesungen, und dir sind Flügel gewachsen. Pa hat gesagt, daß er ihn gesehen hat. Als er einem jungen Mädchen sein Lied ins Ohr gesungen hat. Als ihr Flügel gewachsen sind. Wenn deine Zeit gekommen is, laß deine Hacke in den Feldern fallen, die Bratpfanne in der Küche und –«

»Flieg. Ja, du wirst aus diesem Gefängnis fliegen und geschwind wie der Wind übers Meer.«

»Nach Haus.«

»Du wirst nach Hause fliegen.« Noch viele Nächte danach wartete sie auf die warme, ehrfürchtig sanfte Stimme, aber sie hörte sie nie wieder. Sie stellte sich vor, daß er seinen Weg nach Hause, über das Meer gefunden hatte.

In den meisten Nächten hörte sie Angst vor dem Sterben, vor dem Leben danach, wenn es denn eines gab. Jeder hatte Angst davor, nicht erlöst zu werden.

»Der Schlangengott is nich wie der Christusgott. Er wird meine schwarze Haut lieben. Er wird mir meine Sünden vergeben.«

»Ja. Damballah liebt deine schwarze Haut.«

»Die Jungfrau Maria glaubt an mich. Sie wird mich erretten.«

»Ja.«

»Ich bet zu allen – weißen wie schwarzen Heiligen.«

»Damballah ist kein eifersüchtiger Gott«, beschwichtigte Marie die klagende Stimme.

»Ich bet zu gar keinem Gott.«

»Damballah glaubt trotzdem an dich.«

»Werd ich errettet werden? Ich hab Angst davor, durch Erhängen zu sterben. Wird man mich verschonen?«

»Ja.«

Wenn sie ›ja‹ schwor, waren alle glücklich. Sie betete sogar einen Rosenkranz – »Sei gegrüßt Maria, voller Gnaden« – für jene, die es wünschten. Und sie ließ sie, was sie noch bei keinem getan hatte, an dem Gefühl teilhaben, wenn Damballah in ihr war. Sie flüsterte durch die Dunkelheit: »Es ist süßer Frieden. Nichts stirbt. Nichts ist für immer fort. Alles in der Natur strotzt vor Leben. Starrt auf ein Blatt, und ihr seht es. Selbst der todbringende Sumpf hat Leben. Schlamm und Erde, die vor Kreaturen, Insekten wimmeln. Alles ist wiederbelebt. Ein Wunder.«

»Wie Lazarus, der sich erhebt.«

»Wie Christus, der übers Wasser wandelt.«

»Ja, aber Damballah ist mehr. Anders. Christus wandelt und triumphiert über das Wasser. Damballah läßt dich daran teilhaben. Du bist im Wasser und innerhalb des Wassers.«

»Wunder.«

»Ja. Alle beide. Jedes anders. Aber Damballah gibt mir das Gefühl, an dem Wunder teilzuhaben. Wie zum Beispiel im Innern des Wassers zu sein, Teil von etwas zu sein, das zu groß ist, um es sich vorstellen zu können. Mit allem verbunden zu sein, mit dem kleinsten Ding, der Beschaffenheit eines fallenden Blattes, dem von der Flut aufgewühlten Sand.«

»Gelobt seist du.« Irgendwer summte, und die Melodie klang wie ein Klagelied. Irgendwer fing an zu klatschen. Zuerst nur ein einziges Paar Hände, dann zehn, zwanzig, eine Menge Hände, die klatschten und die Botschaft in eine Botschaft inbrünstiger Freude verwandelten. Harmonien kamen hinzu, und Schreie einer Sopranstimme, wie ›Ja, Herr‹ und ›Gelobt seist du!‹, schienen die Decke zu heben, selbst jene Menschen einzuschließen, die vor den Gefängnismauern Wache hielten. Der Gesang kam als Echo zurück. Ein herrlicher Gesang drängte sich in Steinritzen, in warme Herzen. Ein dröhnender und anschwellender Baß nahm es mit den rhythmischen Händen auf: »Damballah, Damballah.« Und Marie rief: »Ja, Damballah. Ja!« Sie ließen die heilenden Gesänge eines Dorfes nach der Katastrophe erschallen.

Wärter stürmten herein und riefen: »Haltet Ruhe, Ruhe«, und schlugen mit ihren Stöcken an die Zellentüren. »Ruhe. Ihr verdammten Nigger. Haltet den Mund.« Der Rhythmus wurde dichter, schneller, summte wie eine Trillion Bienen, forderte Raum, wollte fliehen; dann brach er abrupt ab. Emotional erschöpft schloß ein Sänger und Gefangener nach dem anderen die Augen, lehnte den Kopf an die Wand oder barg das Gesicht in den Händen und weinte.

In der zwölften Nacht konnte Marie, indem sie sich eng an die Wand preßte und die Hand nach links durch die Gitterstäbe schlängelte, die Hand eines Jungen festhalten, als er starb. Er war in der zweiten Nacht des Aufstands zu neugierig gewesen. Er wollte sich ›ein paar schwarze Männer, die gegen weiße kämpfen‹ ansehen gehen. Er sah nichts. Statt dessen überrumpelten ihn ein paar Soldaten und schlugen ihn, und Marie konnte nur vermuten, daß er innere Verletzungen erlitt. Sie hielt seine Hand bis zum Tagesanbruch fest, bis die Wärter mit trockenen Beignets und Wasser kamen. Sie schafften ihn weg, und Marie konnte sein Gesicht sehen, als er, wie ein schlaffer Sack über die Schulter eines Wärters geworfen, vorbeikam. Nicht älter als dreizehn, eine Haut wie Schokolade, doch spindeldürr. In seinen letzten Augenblicken hatte er ständig nach einer Mama gerufen, von der er nicht mehr wußte, ob er sie jemals gesehen hatte. Sie wagte es, zu murmeln, daß sie seine Mama sei und er sich nicht vor dem Tod zu fürchten brauchte, weil er ein Geist werden würde. Sie sang das Lied, das sie an Kindheit und Liebe erinnerte: »Mon pítí bebe. Fais dodo.« Sie streichelte seine dichten Locken, die Rundung seiner Wange, immer bemüht, daß ihre Hände so sanft und so stark wie die von Grandmère waren.

An diesem Tag war sie wach geblieben und hatte geweint, mit der Hand vor dem Mund, weil sie nicht wollte, daß jemand anderes aufwachte und merkte, daß sie weinte. Sie wußte nicht, ob sie recht daran getan hatte, den Jungen zu trösten; sie wußte nicht, ob das, was sie sagte, stimmte. Sie wartete auf ein Zeichen, auf irgendeine Botschaft, daß sie erfüllte, was Damballah von seiner Voodookönigin erwartete. Ihr einziges Zeichen war die Ruhr: rasende Schmerzen und Darmentleerungen, die sie nicht kontrollieren konnte.

Da sie wach war, konnte sie eine wunderschöne Frau sehen, ein paar Jahre älter als sie, elegant in pfirsichfarbene Seide und weiße Spitzen gekleidet, einen Sonnenschirm und eine schwarze Bibel mit der goldenen Aufschrift ›Heilige Schrift‹ in den Händen. Sie sah wie eine *aristo* aus, obwohl der Wärter, der sie weiterdrängte, sie ›Negerin‹ nannte. Marie atmete den Duft von Gardenien ein, und für einen Augenblick spürte sie, während sie über ihrem Dreckloch hockte, eine Linderung der Magenkrämpfe, Übelkeit und tröpfelnden Diarrhöe. Sie wäre gerne aufgestanden und hätte die Frau angesprochen. Sie wäre gerne zu den Gitterstäben gegangen und hätte ihre Hand berührt. Doch sie konnte es nicht. Statt dessen blieb die Frau bei ihrer Zelle stehen und murmelte: »Maman Marie, Maman Marie. Du hast etwas Großartiges getan, als du den getötet hast, der es verdiente. Mein Herr sagte, daß er mich liebt. Ich gebar ihm zwei Kinder. Zwei Kinder, die er verkaufte. Nun tut er mir das hier an. Ich wünschte, ich hätte deine Kraft. Ich hätte meinen Monsieur schon vor langer Zeit getötet. Es ist alles meine törichte Schuld, weil ich glaubte, wenn ich freundlich genug, sanft genug, lieb genug wäre, würde er mich und meine Kinder achten. Ich hätte es dir gleichtun sollen.«

Der Wärter schlug sie.

»Laß sie in Ruhe«, rief Marie, während sie über ihrem Loch hockte. Grummelnd schaute der Wärter weg.

Tränen strömten über die Wange der Frau; sie wischte sie hastig weg. »Ich mache mir etwas vor. Ich hätte niemandem weh tun können. Denk an mich. Ich bin Marianne.«

»Los, weiter.« Der Wärter schob sie vorwärts.

Marianne beschleunigte ihre Schritte und war nicht mehr zu sehen.

In der Nacht, als die Schreie anfingen, wußte niemand, wer der neue Gefangene war. Jeder wußte, daß es eine Frau war, aber mit den Qualen verband sich keinerlei bildhafte Vorstellung. Marie dagegen hatte ein klares Bild von Mariannes Stupsnase, von ihren zierlichen, mit seidenen Manschetten umsäumten Händen. Marianne war eine mit Leben erfüllte Porzellanfigur.

Marie konnte sich gut vorstellen, was die Wärter Marianne antaten. Außer Macht konnte es keinen anderen Grund geben. Die Wärter hatten bis zur Dunkelheit gewartet und nicht, wie es ihre sonstige Gewohnheit war, ihrer Brutalität am hellichten Tag freien Lauf gelassen. Sie mußten das Ausmaß ihrer eigenen Erniedrigung gekannt haben und konnten es nicht ertragen, sie in den Augen eines anderen gespiegelt zu sehen. Taten, die so unaussprechlich waren, daß sie nicht einmal wollten, daß Sklaven in der Nachbarzelle, Sklaven, die sie für weniger als menschlich hielten, sie miterlebten. Dies war mehr als eine Vergewaltigung, mehr als eine Einschüchterung von Schwarzen. Es ging über das Bedürfnis der Wärter, sich selbst zu befriedigen, hinaus, reichte an das Verlangen von Männern heran, Frauen zu quälen und zu demütigen.

Marianne hielt drei Nächte durch. Unter den anderen Gefangenen waren alle Vertraulichkeiten verstummt. Niemand sprach während der langen Nächte. Statt dessen beteten alle, fanden Mittel und Wege, ihre eigene Verzweiflung und Hysterie im Zaum zu halten. Während der Tage, an denen sie lebte, schlief Marianne oder sang Choräle.

Eine Stimme, die sich Cholly nannte, stieß Beschuldigungen aus: »Willst du sie denn nicht retten, Maman Marie? Allen anderen hast du doch versprochen, daß du sie retten würdest. Warum nicht auch sie?« Der Hohn war unerbittlich, eine körperlose Stimme, ein Echo ihrer eigenen Selbstzweifel. Sie hatte es nicht in der Hand, wann die Götter in sie eindrangen. Sie wünschte verzweifelt, sie wäre Ogu, könnte Eisenstäbe auseinanderreißen und gegen die Männer kämpfen. Sie sprach ihre eigenen Gebete zu Damballah und der Jungfrau Maria. Doch immer noch rief Cholly jede Nacht inmitten der Schreie: »Willst du sie denn nicht retten?«

In einer Nacht war ein Stöhnen, leise und doch durchdringend, zu hören, auf dem das Gewicht von Mariannes Seele zu lasten schien. Dann war nichts mehr zu hören. Stille. Dann das Schlurfen von Füßen, das Gleiten eines Gewichts über den Fußboden. Die Tür zum Wachraum öffnete sich, und ein Lichtstrahl fiel über die ganze Länge des Gefängnisses. Marie sah Mariannes Leichnam kein einziges Mal, und sie war froh darum. Aber Cholly und die anderen Gefangenen in der Zelle gegenüber der von Marianne sahen sie. Er rief: »Du solltest stolz auf dich sein, Maman Marie. Du hast deine Macht gut genutzt.«

Marie brach in ihrer Zelle wie eine nutzlose Marionette zusammen, ihr Körper war geschwächt, ausgetrocknet, machtlos. Marianne war die einzige gewesen, die nicht wegen der Aufstände ins Gefängnis gebracht worden war, doch Marie fühlte sich auch ihretwegen schuldig. Als sie schließlich fort war, sprach niemand mehr von ihr. Es war, als hätte sie nie existiert. Auch Cholly sagte nichts mehr.

Wenn sie hätte aufstehen können, hätte sie der wachsenden Menschenmenge unten auf der Straße zugebrüllt: »Ich bin ein Scharlatan. Eine Schwindlerin.« Aber dann würden es auch die Menschen im Gefängnis hören. Sie würde ihnen den Trost nehmen, ihr Bedürfnis zu glauben. Außer Cholly glaubten die Gefangenen bedingungslos, daß sie, weil sie von einem Geist besessen gewesen war, weil sie einen weißen Mann getötet hatte und nicht sofort getötet worden war, alles und jedes tun könnte. Daß sie mit ihnen im selben Gefängnis war, hielt sie alle, so glaubten sie, am Leben. Es stimmte zwar, daß einige Gefangene starben und die Wärter andere folterten, doch niemand errichtete Schafotts und holte sie alle, damit sie gehängt wurden. Auch dies war eines ihrer Wunder.

Sie war schon sechzehn Tage eingesperrt.

»Maman Marie, kannst du mir helfen, bitte?«

»Ja.« Und sofort dachte sie: Lügnerin.

»Vergiß nicht dein Versprechen, mich zu retten.«

»Ja.« Lügnerin.

Doch was war denn Unrechtes daran, wenn man die Sterbenden belog? Und alle in den Zellen würden sterben, sie eingeschlossen.

Marie hatte Wahnvorstellungen und träumte, daß Brigettes Baby ihres wäre, der Zwilling ihres eigenen Kindes. Einmal träumte sie, Marianne wäre ihr Baby – voll entwickelt aus ihrem Körper geboren, in Rot gebadet. Der hübsche Karameljunge kam zurück, als halbes Skelett, die Arme ausgebreitet, und rief: »Mama.«

Tief in ihrem Leib spürte Marie ihr Baby, spürte bei jeder Explosion von Diarrhöe und Blut, daß das Baby litt, genau jene Lebenskraft verlor, die es zum Überleben brauchte. Dies war ihre schlimmste Befürchtung – ihre Tochter so im Stich zu lassen, wie sie meinte, daß ihre Mutter sie im Stich gelassen hatte. Keine Wunder, kein Wandeln auf dem Wasser. Nur ihre eigene Unfähigkeit, ihr Kind zu nähren und zu beschützen.

Damballah, schick mir ein Zeichen, betete sie. Sie hielt durch – aß, wenn sie glaubte, nicht essen zu können, atmete tief während unerträglicher Krämpfe, ruhte sich aus, wenn sie den Zwang verspürte, sich gegen das Metall und den Stein der Zelle zu werfen. Sie malte Kreise auf ihren Leib, versuchte, ihre Tochter in dem Wasser in ihrem Bauch zu sehen.

Bis zum achtzehnten Tag war sie voller Selbstmitleid. Wo war ihr Trost? Niemand, nicht einmal John oder Nattie, kam zu Besuch. Sie wünschte sich jemanden, der sie berührte; sie wünschte sich die Freude, jemanden bei sich zu haben. Sie wünschte sich ein gesundes Baby in ihren Armen.

Eines Nachts, Marie konnte es beschwören, sah sie ein Glühwürmchen quer über den Mond fliegen. Es blinkte einmal, dann zweimal, und Marie, die auf dem Rücken lag, streckte die Hand nach dem Glühwürmchen aus, versuchte, es in ihrer Hand zu fangen und dicht an ihren Bauch zu halten, damit die kleine Marie das schimmernde Licht sehen konnte. Aber sie war zu schwach, das Glühwürmchen zu flink. Selbst der Mond schien bedrohlich näherzukommen und sie zu verspotten. Marie weinte. Sie würde auf kaltem Stein liegen und sterben. Sie würde Grandmère oder Jacques nie mehr sehen. Sie würde nie ihr Baby sehen.

Sterne formten das Bild einer Schlange.

»Ich will nicht sterben.«

Die Stimme war schwach, berührte ihre Seele aus dem Innersten heraus. Marie spürte die Anwesenheit ihres Babys, das zu ihr sprach, spürte, wie Liebe ausstrahlte, als die Schlange Strahlen aussandte und den Vollmond umkreiste.

»Wir sind Marie.«

Dies war ihr Zeichen, ihre Wiederherstellung des Glaubens. Sie sagte die Worte lautlos vor sich hin: »Wir sind Marie.«

Dies war ihr Wunder – Leben in ihrem Leib zu haben und zu hören. Als sie ihren Bauch hin und her wiegte, ihrem Herzen und dem schwach trommelnden Herzen ihrer Tochter lauschte, meinte sie ein Pfeifen, deutlich und stetig, zu hören, ein Trillern wie der Abendgesang einer Nachtigall. Ihr Fieber klang ab, die Krämpfe hörten auf, und neuer Mut beflügelte sie, denn sie wußte nun ohne allen Zweifel, daß sie und ihre Tochter überleben würden.

Am nächsten Morgen kamen John und Ribaud, um sie zu holen. Als sie sich mit schwachen Beinen an sie lehnte, sprudelte John heraus: »Der Richter hat dich freigelassen. Er hat dich freigelassen.« Ribaud murmelte: »Erpressung.« John war vergnügt.

Marie wollte, daß sie still waren, denn sie suchte nach Cholly, ließ ihre Augen über Gesichter wandern, versuchte, ein Gesicht zu finden, das zu der Stimme des einzigen Menschen paßte, der sie verhöhnte, der ihre Schwäche aufdeckte, der wollte, daß sie Verantwortung trug.

Gesichter drückten sich an die Gitterstäbe, freuten sich für sie, riefen im Sprechchor: »Maman Marie«, streckten eine Hand aus, um sie zu berühren. Der Lärm war ohrenbetäubend.

Ein junger Mann drängte sich durch den Ansturm von Leibern und Armen nach vorn. »Laßt mich durch. Ich muß durchkommen. Laßt mich durch.« Er lag auf den Knien, umklammerte mit verzerrtem Gesicht die Gitterstäbe, versuchte, sich durch die enge Lücke zu quetschen. »Maman Marie.«

Sie sog scharf die Luft ein. War er es?

Marie schlug Johns und Ribauds Hände weg, kniete nieder und legte die Finger um die des jungen Mannes.

»Wie heißt du?«

»Lee. Vergiß nicht, daß du gesagt hast, du würdest mich retten. Du hast geschworen, mich zu retten.«

»Ich werde dich retten.« Sie strich einen kleinen Tränenbach auf seiner Wange fort. Sein Gesicht heiterte sich auf. Er grinste sie an und zeigte dabei seine Zahnlücken.

Andere, die während des kurzen Augenblicks, in dem sie Lee tröstete, geschwiegen hatten, riefen jetzt: »Rette mich!«, wedelten ihr mit den Armen zu, grapschten nach ihr, zogen sie taumelnd in die Metallstäbe. Sie hätte am liebsten geschrien. John und Ribaud entwirrten sie aus einem Meer von Armen, trieben sie vorwärts. Sie blickte zurück. Sie sah weniger Gesichter, nur schwarze und braune Arme, die rechts und links von ihr wedelten. Sie konnte Lees Stimme über den Rufen: »Rette mich!« erkennen. Cholly, den, der sie am besten kannte, sah sie kein einziges Mal.

Der Raum drehte sich, der Fußboden sprang ihr entgegen. John hob sie hoch und hielt sie fest. Triumph war in seinem Gesicht, als er sie auf den Armen auf die Straße hinaustrug.

Voodoo ist eine Form des Ahnenkults. Seelen überleben nach dem Tode. Die Familie ist verpflichtet, dafür zu sorgen, daß diese Seelen bequem ruhen. Den Familienahnen und dem Schutzgeist der Familie müssen Opfergaben gebracht werden.

Seelen, denen von ihren Familien der gebührende Respekt erwiesen wird, vereinigen sich einträchtig mit den anderen Geistern der Welt. Sie durchstreifen die Erde und ergreifen, wenn nötig, Besitz von Familienmitgliedern, um Hilfe und Rat zu überbringen.

Hüte dich vor jenen Ahnenseelen, die nicht geehrt wurden. Diese Seelen nehmen jede Gelegenheit wahr, um an den Nachkommen der Familie Rache zu üben. Die Sünden einer Mutter können eine Urgroßenkelin heimsuchen und so fort. Niemand stirbt. Ebenso wie Baum-, Wasser- und Erdgeister ewig leben ..., so lebt auch die menschliche Seele fort.

Das Böse, das bei Voodoo am meisten gefürchtet wird, ist ein Zombie. Wiederbelebte, hirnlose, seelenlose Körper werden von einem Priester, einem bösen houngan, *beherrscht. Seelen aus wiederbelebten Körpern durchstreifen gepeinigt die Erde.*

Um Zombies zu verhindern: »Achte darauf, daß deine Lieben wirklich tot sind, und daß ihre Körper nicht warm ins Grab gelegt werden.«

Ursprünge und Geschichte des Voodookults
(Aus Louis DeLaviers Tagebuch)

Das Gefängnis hatte sie gelehrt, daß sie, ob es ihr nun gefiel oder nicht, eine Gemeinde hatte – Kreolen, Terzeronen, schwarze

Sklaven, freie Farbige –, die sich alle ein wenig Hoffnung wünschten. Marie war entschlossen, sie ihnen zu geben. Das Gefängnis hatte sie auch gelehrt, daß es dem Verzweifelten gleichgültig war, ob diese Hoffnung, christlich oder afrikanisch, katholisch oder Voodoo war, nur, daß es sie gab, zählte.

Marie stellte die Mutter Gottes neben die Kokotte Mistress Ezili. Legba, der die Schlüssel zur Geisterwelt hatte, bekam seinen Platz neben einem barschen Heiligen Petrus. Der Heilige Jakob schwang ein Schwert neben dem Krieger Ogu. Ulrich, der einen Fisch an sich drückte, tauschte mit dem Meeresgott Agwé Geschichten über Schiffe und Stürme aus.

Für viele untermauerten die christlichen Symbole Maries Macht. Der Christengott schlug Marie nicht tot. Aus dem Himmel regneten keine Flüche. Anderen sagten die Symbole zu, weil sie ihrem prickelnden Interesse an Blasphemie entsprachen. Sie verließen sich darauf, daß Marie sie unterhielt, ihnen die Zeit angenehm vertrieb und ihr Dasein über das Gewöhnliche erhob. Sie trugen Rosenkränze, während sie zu Damballah beteten. Alle waren fasziniert, und das Geschäft blühte. Pater Christophe verdammte Marie von der Kanzel herab. John verlor die Übersicht über das Gold und den gestohlenen Schmuck, die für Maries Zauberformeln und Fetische eingetauscht wurden.

Die Zeremonien vollzogen sich nach einem Schema: zuerst Ehrerbietung und Zeichen der Anerkennung für weiße wie schwarze Götter, dann die Opferung von Ziegen und Hühnern (gelegentlich auch einem Kalb).

Dann fing das Tanzen an. Ribaud beschlief seine Trommeln, indem er die Rhythmen langsam und methodisch bis zur Ekstase steigerte. Menschen wurden von den weniger bedeutenden Göttern besessen.

Marie tanzte mit dem Python, dann traf Damballah ein, und prophetische Visionen strömten durch Maries Kopf. Ihre Trance dauerte Minuten oder Stunden. Wenn sie daraus erwachte, beriet Marie die Liebeskranken, die Rachsüchtigen, die Eifersüchtigen. Nattie und John verkauften Weihwasser, parfürmierte Kerzen, Liebeselixiere und Fetische – Fetische, die einen Feind besiegen, Glück oder Unglück bringen sollten. Der religiöse Text war immer der gleiche, und Marie war jedesmal über seine Beliebtheit erstaunt.

Je beliebter sie wurde, um so mehr zweifelte Marie an sich selbst. Kein blendendes Licht gab ihr zu erkennen, ob der Weg, den sie eingeschlagen hatte, richtig war. Jedesmal, wenn sie die christlichen Heiligen ansah, war sie zwiegespalten. Sie glaubte an sie, weil sie zuviel Angst davor hatte, nicht an sie zu glauben. Aber sie haßte sie, weil keine schwarzen Heiligen darunter waren. An die schwarzen Götter glaubte sie immer noch, weil diese, erstaunlicherweise, immer noch an sie glaubten.

Das Baby wuchs heran. Marie spürte oft, wie es sich in ihrem Leib bewegte. Anmutig. Sanft. Es war nur eine Frage der Zeit, wann ihre Schwangerschaft entdeckt werden würde. Ihre Brüste waren dunkel und empfindlich; ihr Bauch dehnte sich; sie trug lockere Hemdkleider. Noch vier bis fünf Monate, und ihr Baby würde ankommen, und John würde über ihre Tochter genauso herrschen, wie er über sie herrschte. Sie hatte nicht die Kraft, dem ein Ende zu setzen.

Heute saß Marie in dem abgeschlossenen Garten hinter dem Haus an der St.-Anne-Straße. Sie zog es vor, ihre freien Stunden dort zu verbringen. Weinranken, wuchernde Büsche, wilde Rosen und üppiges Geißblatt wuchsen ungehemmt. Sie wurde an Techés Wildheit erinnert. John hielt es für eine Verschwendung von Energie und Geld, einen Garten ohne Früchte zu pflegen. Marie freute sich darüber. Der Garten war ein Ort, wo John nicht das Sagen hatte.

Marie dachte oft über die Familie nach, die das Haus vor ihnen gemietet hatte. Sie stellte sie sich bescheiden, zurückhaltend und liebevoll vor. Eine Tochter. Ein Sohn. Ein hingebungsvoller Vater. Eine Mutter, die den Garten pflegte. So gar nicht die unzufriedene, von seiner Habgier entstellte Familie, die John gegründet hatte.

Im Garten war es kühl. Die Schlange stand ganz in der Nähe. Li Zombi. Ihr Damballahgott. Warum Damballah weiterhin von ihr Besitz ergriff, wußte sie nicht. Der Python schob langsam seinen Kopf in die Höhe. Marie beneidete die Schlange um ihre Gelassenheit. Sie war sich immer noch nicht sicher, ob sie ein übernatürliches Wesen war. Doch die Schlange hielt John fern, und dafür war sie dankbar.

Ribaud saß mit gekreuzten Beinen auf der Erde und kratzte ein Katzenfell für seine Trommeln sauber. Sobald es glatt war, würde er es trocknen und mit anderen Fellen zum Kopf einer großen Trommel zusammennähen. Marie fragte Ribaud nie, wie er seine Katzen tötete. Vielleicht erstickte er sie. Brach ihnen das Genick. Vielleicht schlug er sie bewußtlos, bevor er ihnen das Fell bei lebendigem Leibe abzog. Marie wußte nur, daß Ribaud Dutzende Katzen in Käfigen an einer Hausseite hielt. Die Katzen schienen zu wissen, wann Ribaud vorhatte, eine von ihnen umzubringen; sie kratzten und jaulten und warfen sich an den Maschendraht. Sie konnte ihnen gelassen zuhören. Merkwürdig, früher hatte sie wegen des Todes eines Glühwürmchens ein schlechtes Gewissen gehabt! Aber seit dem Mord an Antoine schien es natürlich, mit dem Tod, mit einer fragwürdigen Schlange und mit einem dürren Zauberer namens Ribaud, der gar nicht zaubern konnte, zu tun zu haben. Sie hatte nicht vergessen, wie Ribaud vor Jahren seinen Schlangeneimer auf den Platz geschleppt und geschrien hatte: »Fürchtet mich. Ihr alle, fürchtet mich!«

Ribaud war niemand, den man fürchten mußte. Außer, daß er Katzen tötete, war Ribaud sanftmütig. Ihr treu ergeben.

Einmal hatte Nattie, in rachsüchtigerr Stimmung, kundgetan, daß Ribaud seine eigene Tochter getötet hätte. Sie drei waren in der Küche gewesen und hatten Hühnchen gegessen, als Nattie zum Angriff überging.

»Ribaud fand seine Tochter mit 'nem Mann im Bett. Schöner nackter Körper schweißnaß vor Liebe. Ribaud schnitt dem Mann den Schwanz ab. Ließ ihn verbluten. Is wahr. John half Ribaud, die Leiche loszuwerden. Die Tochter wurd verrückt, brachte sich um. Schlitzte sich die Kehle auf.« Ribaud hatte es nicht abgestritten. Er hatte weitergegessen, als Nattie gegurrt hatte: »Ich sag nix, was nich wahr is.«

Jetzt sah Marie zu, wie Ribaud eine Katze zerstückelte. »Ribaud, weißt du noch, wann wir uns zum ersten Mal begegnet sind?«

Ribaud hob seinen grauen Kopf und lächelte sein schiefes Grinsen. »Du warst der hübscheste Anblick, den ich je gesehen hab.«

Hübsch war ein Wort für Jungfrauen, Unschuldige. »Und heute, Ribaud?«

»Biste die berühmte Voodookönigin.«

»Berühmt wegen Mord, Grausamkeit. Die Leute glauben, daß ich die schlimmsten Sünden begehe. Weiße Babys töte. Nebenbuhler vergifte. Es ist erstaunlich. Ich bin mächtiger denn je. Der Richter hat es nicht gewagt, mich wegen des Mordes an Antoine zu verurteilen. Und alles nur, weil John gräßliche Rache geschworen hat. Seltsam, daß ich einen Menschen getötet habe, war die einzige meiner Taten, die John wirklich glücklich gemacht hat.« Marie vergrub das Gesicht in den Händen. »Mein ganzes Leben lang habe ich nur mich selbst erkennen wollen. Ich weiß überhaupt nichts über mich. Und was andere Leute von mir wissen, sind Lügen. Selbst wenn ich sterben würde, würden die Lügen weiterleben.«

»Nich doch, Miz Marie.« Ribaud krabbelte näher. Er streichelte Maries Hand, versuchte, sie zu trösten. »Stirb nich. Du tust immer dem weh, der zurückbleibt. So kann sich keiner deine Vergebung verdienen. So kannste nich lernen zu vergeben.«

»Ich stecke bis zum Hals in Schmutz«, sagte sie schaudernd. »John hat mich genauso schmutzig gemacht, wie er selbst ist.«

Ribaud wollte Marie umarmen und so ihren Kummer vertreiben. Er legte ihr die Arme um die Taille und riß sogleich die Hände zurück. Marie schnappte nach Luft. Ribaud hatte das Anschwellen ihres Leibes gespürt.

»Miz Marie?«

Sie lachte hysterisch. »Ja, ja.«

»Miz Marie, hör auf. Die hörn das noch.« Ribaud wedelte hilflos mit den Armen. Er schob seine Trommelhäute und die glitschigen Eingeweide zur Seite.

»Ist das nicht komisch?« Sich den Bauch haltend und mit bebenden Schultern lachte und weinte Marie zugleich: »So komisch. So komisch.«

»John und Nattie, die hörn das noch.«

»Ribaud, wie kann ich hier meine Tochter großziehen? Nattie als Großmutter. John als Vater. Welche Chance wird mein Baby haben?«

Marie stöhnte und schmiegte ihren Kopf an den harten Stuhl.

Ribaud strich ihr übers Haar. Als er Marie weinen sah, sah er die Tränen seiner Tochter. Einmal hatte seine Tochter sein Verständnis gebraucht, und er hatte sie im Stich gelassen. Yvonne war so lieb und schön gewesen wie ihre Mutter, die bei ihrer Geburt gestorben war. Vielleicht wäre es anders gekommen, wenn seine Frau gelebt hätte. Er hatte zugesehen, wie Yvonne sich verliebt hatte, und er, der dumme Ribaud, hatte sie weiter wie ein Kind behandelt. Er hatte sie eine Närrin geschimpft und Aufsässigkeit entfacht. Er hatte sie eingesperrt und mit Reis gefüttert und sie schließlich zum Ungehorsam getrieben.

Ribaud kniff das Gesicht zusammen. Fünfzehn Jahre, und er hatte immer noch eine mörderische Wut auf diesen Mann. Aber seine Wut richtete sich am meisten gegen ihn selbst. Er hatte sein einziges Kind in den Tod getrieben.

John hatte ihn gefunden, als er allen Mut zusammennahm, um vom Kai in den Golf zu springen. Aber in Wirklichkeit hatte er den Mut, sich umzubringen, nicht aufgebracht. Er hatte zuviel Angst vor dem Wasser gehabt, das über ihm zusammenklatschte und ihm in die Lungen strömte.

John half ihm, beide Leichen zu begraben. Yvonnes hübscher Kopf wollte in dem Sarg nicht richtig liegen. Bald darauf bot John ihm einen Unterschlupf an und nannte ihn ›Freund‹. Aber aus Johns Freundschaft wurde Erpressung, und es dauerte nicht lange, bis Ribaud zum Komplizen bei der Erpressung anderer wurde. Er hatte seinen Willen aufgegeben. John wurde seine Strafe. Sich lebenslänglich als Johns Lakai zu verachten, schien angemessener zu sein als ein Tod durch Ertrinken. Aber seit er Marie kannte, sah Ribaud einen Schimmer von Erlösung. Irgendein Feuer in Marie erinnerte ihn an seine Tochter. Nein, es war mehr – es war Maries nicht nachlassende Liebe zu John (auch wenn sie wußte, daß diese Liebe töricht war), die ihn an Yvonne erinnerte. Yvonne hatte unablässig davon geträumt, daß Zack seine Frau und seine Kinder verlassen würde. Am Tag vor Zacks Tod hatte Ribaud mitangehört, wie sie sich stritten. Er hatte gehört, wie Zack darauf beharrte: »Eine Ehefrau schützt mich vor den Fallen anderer Frauen.« John war genauso selbstsüchtig. Bei seiner Gier nach Geld und Macht konnte er Marie ebensowenig treu sein wie sonst irgend jemandem.

Wenn er sich gegen John stellte und Marie half, vielleicht könnte er dann mit seinem kleinen Mädchen Frieden schließen. Yvonnes Geist könnte sich wohl fühlen, wenn er wüßte, daß er an Yvonnes Stelle jemand anderen gerettet hatte. Er wäre wieder ein Mensch. Diese Gedanken schossen Ribaud durch den Kopf und schufen ein inniges Bedürfnis, Marie überleben zu helfen. Das ›Mädchen‹ in Marie brauchte Mitgefühl und Verständnis; sie brauchte es wahrscheinlich noch mehr, weil sie die große Voodookönigin war.

Ribaud glaubte mehr an *beide* Maries, als Marie an sich selbst glaubte. Die Trommeln waren seine Berufung, und er spürte das Magische und Geheimnisvolle, wenn er Marie dabei half, von Damballah besessen zu werden. Es war sinnvoll, ihr jetzt zu helfen, so wie er ihr immer geholfen hatte, seit jener ersten Nacht, in der Damballah von ihr Besitz ergriff. Ribauds Glaube war rein. Für ihn schien es zusammenzupassen, daß Marie zugleich ungewöhnlich und gewöhnlich menschlich sein konnte. Er akzeptierte alles an ihr. Und weil Marie nicht seine Tochter war, war er von der Sorge um seine eigenen Fehler befreit oder von der Furcht, daß ihre Handlungen ein schlechtes Licht auf ihn werfen könnten. Er war freier, um sie zu lieben.

»Jacques is zurück«, flüsterte Ribaud, wobei er sich umsah, ob John oder Nattie in der Nähe waren. »Jetzt. Hier. In New Orleans.«

»Warum hast du mir das nicht gesagt?«

»Ich hatt Angst um dich.«

»Und jetzt?«

»Ich könnt dich zu ihm bringen.«

Marie hatte das Gefühl zu schweben. Ihr Atem kam stoßweise. »Du weißt ja nicht, was du da sagst. Wenn man uns ertappt –«

»Er is bei Grandmère gewesen. Ich hab ihn gesehn. Er is schon zurück. Ein, zwei Monate mindestens. Er kümmert sich gut um Grandmère.«

»Hat er nach mir gefragt?«

»Nee.«

Marie zügelte ihre Gefühle. Sie trocknete ihre Tränen.

»Aber das heißt nich, daß es ihm egal is«, fuhr Ribaud fort. »Du hättst mal sein Gesicht sehn solln«, improvisierte er. »Jedesmal, wenn ich ihn gesehn hab, war er ganz zerrissen. Er wollt nach dir fragen. Das weiß ich.«

In Maries Augen flackerte Hoffnung auf.

»Jacques will sich nich aufdrängen, wo er nich erwünscht is. Er hat Stolz. Aber Seemann Jacques würd alles für dich tun.« Ribauds Stimme war wie eine Liebkosung. »Überhaupt alles.«

Die Worte schwebten in der Luft, versuchten Marie mit Möglichkeiten, Flucht. Sie starrte an Ribaud vorbei. Alle Farben im Garten vermischten sich zu einem pulsierenden, satten, überschäumenden Grün. Jacques war ihre letzte Hoffnung auf Rettung.

Ihr Mut sank. Liebte Jacques sie noch? Würde er ihr uneheliches Kind hassen? Würde er ihr aus Verpflichtung gegenüber ihrem Ehegelöbnis helfen?

»Bei Krankheit und Gesundheit ...« Ihre Seele war krank. »In

Freud und Leid ...« Marie zitterte. Vielleicht würde Jacques ihr aus Liebe helfen. Das war ihre kühnste Phantasie. Jacques würde Grandmère und sie selbst bereitwillig retten; Marie würde es ihm ihr Leben lang vergelten.

Marie wandte sich Ribaud zu. »Ja«, sagte sie. »Ja.«

Der Zauberer grinste, seine Goldkronenzähne glitzerten in der Sonne.

Marie war nervös. Sie nahm sich selbst das Versprechen ab, daß sie nicht betteln würde. Entweder wollte Jacques sie, oder er wollte sie nicht. So einfach.

Den ganzen Tag war sie am Rande einer Ohnmacht gewesen. Ribaud war es, der ihr Mut machte, das einseitige Rendezvous zu planen. Sie beschlossen, bis Sonntag abend zu warten. John liebte es, an Sonntagen zu sündigen. Es gefiel ihm, Whiskey zu trinken, herumzuhuren und in Hafenbars zu reden. Gewöhnlich kam er nicht vor Montag zurück. Am Dienstag, wenn er einer Frau begegnete, die ihm gefiel.

Nein, entschied Marie, sie würde nicht betteln. Sie würde Jacques fragen, was sie fragen mußte, und das war es dann.

Marie kleidete sich sorgfältig, trat in ein locker sitzendes Baumwollkleid mit einem rechteckigen Kragen und hoffte, daß es ihren schwellenden Leib verbarg. Sie drehte ihr üppiges Haar zu einem Knoten. Sie wußte nicht, welche Geschichten Jacques über sie gehört hatte. Die Gerüchte wucherten. Noch keine neunzehn, und sie war schon eine Legende, ein ›mörderischer Dämon‹.

Vielleicht wollte Jacques sie gar nicht sehen. Als er das letzte Mal an Land gewesen war, hatten sie miteinander geschlafen, und dann war sie gegangen. Ribaud hatte weiterhin Grandmère ihre Geschenke überbracht, aber Marie hatte ihn nie gebeten, Jacques eine Nachricht zu überbringen. Sie hatte gemeint, ein klarer Bruch wäre ehrlicher. Ribaud hatte nie eine Nachricht zurückgebracht. Nach ein paar Wochen nahm Marie an, daß Jacques wieder zur See gefahren war. Jeden Morgen hatte sie von ihrem Schlafzimmerfenster aus auf klagende Möwen am Hafenhimmel gestarrt und gehofft, daß Jacques sie vollkommen vergessen hatte. Sie hoffte sogar, daß er sie haßte, wenn sein Kummer dadurch gelindert wurde. Ironischerweise betete sie jetzt, ohne alle Hoffnung, daß Jacques noch genügend Liebe übrig hätte, um ihr und ihrem Kind zu helfen.

Marie wusch sich erneut das Gesicht und die Hände. Sie wollte rein sein, wenn sie Jacques sah. Sie betrachtete sich im Spiegel. Es kam ihr immer noch so vor, als wäre sie, wie am Tag ihrer Entlassung, voller Gefängnisschmutz, Rattenkot und Spinnenbissen. Als sie das Gefängnis verlassen hatte, waren ihre Haare stumpf, ihre Kleider zerrissen und verdreckt und ihre Unterwäsche und Beine mit Exkrementen befleckt gewesen. Sich schmutzig zu fühlen und schmutzig zu sein, war manchmal ineinander übergegangen. Sie glaubte, daß ihr Inneres zu ihrem Äußeren paßte. Marie streckte die Hand aus, um sich im Spiegel zu berühren. Was für eine verzweifelte Mission sie doch vorhatte. Jacques müßte ein Narr sein, wenn er sie schön fände.

Ribaud pochte leicht an die Tür. Sein Kopf spähte um die Ecke. Atemlos sagte er: »Jetzt. Sofort. John hurt rum. Is tagelang weg. Er hat ein neues Mädchen gefunden. Nattie is fort, geht böse Wünsche und Geheimnisse einkaufen. Die alte Hexe hat keinen Verdacht.«

»Ich hatte es schon aufgegeben, auf dich zu warten.« Jacques warf Marie, die in der Tür stand, einen kurzen Blick zu. Sein Atem ging schneller und flach. Marie war unverantwortlich schön. Jacques hätte am liebsten die Hand erhoben und sie geschlagen.

»Jetzt bin ich ja da«, sagte Marie schroff. Die Nervosität ließ sie trotzig werden.

»Du warst lange weg. Ich hatte Zeit genug, um zu den Bahamas und wieder zurück zu segeln.« Jacques wandte sich ab und zündete eine Kerze an. Die Abenddämmerung senkte sich über den Himmel, und ein leuchtender orangefarbener Streifen zog sich quer über den Fußboden und die auf dem Tisch herumstehenden leeren Flaschen.

Jacques war blaß. Das Leben an Land bekam ihm nicht. Er war wettergegerbt, müde. Die Haut rund um seine Augen war abgespannt und dunkel. Er roch nach Rum. Marie fiel auf, daß er auch dünner war, wie eine streunende Katze, und genauso mißtrauisch und verführerisch. »Ich hatte zu tun«, murmelte sie.

»Ich hörte es.«

»Was hast du gehört?« Marie, die reglos an der Türschwelle stand, konnte spüren, wie ihr Hals rot anlief, ihre Haut anschwoll, vor Nesselausschlag juckte.

Jacques starrte angestrengt. Marie hielt den Atem an. Sein Blick zog sie aus, als wäre sie eine Hure. Ribaud an ihrer Seite zappelte unbehaglich. Marie flüsterte ihm etwas zu, und nickend schlurfte der Zauberer die Treppe hinunter auf das Flußufer zu. Alle paar Meter blieb er stehen, um über die Schulter zu schauen und sich zu fragen, ob er einen Fehler gemacht hatte, als er Marie und Jacques noch einmal zusammenbrachte.

»Darf ich hereinkommen?«

Jacques trat zur Seite, und Marie schloß leise die Tür.

»Weiß Grandmère Bescheid? Über die Dinge, die du gehört hast?«

»Nein.«

Marie ließ den Blick über das Zimmer schweifen. Ordentlich im Küchenbereich. Die Fußböden waren gefegt worden. Nur der Eßtisch war von Sauberkeit verschont geblieben. Leere Krüge und Flaschen mit Rum von den Inseln waren wie Trophäen, ein Zeugnis für Jacques' dicken Kopf und eisernen Magen. Auf dem Tisch lockte ein halbleeres Glas. Marie wandte die Augen ab. Grandmère mußte im Schlafzimmer sein. »Wie geht es ihr?«

»Besser. Zumindest äußerlich«, antwortete Jacques sarkastisch.

Marie legte ihr Paket auf dem Stuhl ab. Es war ein Skandal, daß sie hierhergekommen war. Seit dem Prozeß hatten ihr

Klatschmäuler jede Schandtat zugeschrieben. Einige hatte sie begangen; einige nicht. Ganz New Orleans spionierte ihr für John nach.

»Ich habe etwas zu essen mitgebracht. Ein Geschenk für Grandmère.« Ihre Hände zitterten. Sie holte ein Pfund Zucker heraus. »Ich hätte dir auch ein Geschenk mitgebracht. Ich wußte nicht, daß du hier sein würdest.« Sie lächelte zaghaft. Jacques reagierte nicht. Sie war verzweifelt. Jacques gab nicht einen Zentimeter nach. Feige wie ein Schulkind log sie, zögerte hinaus, zu sagen, weswegen sie gekommen war. »Ich wußte nicht, daß du hier sein würdest.«

»Ich bin hier.«

»Bohnen. Flußkrebse. Reis«, sagte sie und steckte den Kopf in die Tüte. »Das wird dir und Grandmère wohl ausreichen, was meinst du? Grandmère liebt Flußkrebse. Sie sind ihr angenehm an den Zähnen und am Zahnfleisch.«

»Erzähl mir davon.«

»Wovon?« Hatte er erraten, was sie sagen wollte?

»Von dem Prozeß.«

Jacques aus dem Weg gehend, bewegte sie sich auf das Schlafzimmer zu. Jacques schlich sich hinter sie und flüsterte: »Sie schläft.« Seine Lippen streiften ihr Ohr.

»Ich möchte sie nicht aufregen«, murmelte Marie, als sie die Tür einen Spalt öffnete.

Das Schlafzimmer war dunkel; die Läden waren geschlossen. Mit einer dünnen Decke bedeckt, lag Grandmère wie ein Leichnam auf dem Bett. Ihre Hände waren über den Hüften gefaltet; ihre Finger umklammerten einen Rosenkranz. Die weißen Haare zu zwei langen Zöpfen geflochten, atmete Grandmère qualvoll durch den Mund. Der Nachttisch war mit Fläschchen voller Kräuter und Medizin überladen. Entsetzt drehte sich Marie um und sah Jacques an.

»Ich habe getan, was ich konnte«, verteidigte er sich. »Du brauchst mich nicht so anzusehen.« Er stolperte rückwärts auf einen Stuhl. »Als ich herkam, war sie krank.«

»Warum hast du mir nicht Bescheid gegeben?«

»Was geht dich das an? Wer, zum Teufel, bist du denn, daß dich das was angeht?«

Marie brachte ihn zum Schweigen, schloß die Schlafzimmertür und folgte ihm in die Mitte des Zimmers. »Du hättest mir wenigstens Bescheid geben können. Verdiene ich das etwa nicht?«

»Nein.«

Marie reagierte, als ob sie geschlagen worden wäre. Hitze stieg ihr in die Wangen, und sie fühlte sich überrumpelt, benommen.

»Jeden Tag habe ich auf dich gewartet.« Jacques stürzte seinen Rum hinunter und goß sich ein neues Glas ein. »Jeden Morgen bin ich aufgeregt wach geworden, und bis zum Abend war ich voller Abscheu. Du bist nie gekommen. Du hast deinen Sklaven, Ribaud, geschickt. Er ließ Münzen und Essen da, um dein Gewissen zu beruhigen. Noch dazu auf der Türschwelle. Er klopfte und war wieder verschwunden. Aber wo warst du?« Jacques leerte ein weiteres Glas und schenkte sich ein neues ein. »Ich tat, was ich konnte«, wiederholte er trotzig. »Und was hast du getan? Warst du hier, als Grandmère die ganze Nacht hustete? Als sie Blut spuckte? Warst du hier? Hast du sie gefüttert? Angezogen?« Er leerte Maries Lebensmittel auf dem Tisch aus. Rosarote Flußkrebse zitterten auf Eis; trockene Kidneybohnen rollten und verstreuten sich auf dem Fußboden; weißer Reis strömte in Kaskaden vom Tisch herunter. »Das ist nicht genug zu essen für drei Tage. Glaubst du vielleicht, daß Grandmère davon überleben kann? Es ist dir egal. Die Dinge, die ich gehört habe, müssen wahr sein. Du bist ein Ungeheuer. Grandmère ist dir egal. Dir ist alles egal.«

»Ist es nicht.« Marie fuhr zu ihm herum. »Und sag mir ja nicht, daß dein Gewissen dich davon abgehalten hat, das zu essen, was ich durch Ribaud geschickt habe. Ich habe anderen ziemlich viel Geld bezahlt, damit sie sich um Grandmère kümmern. Alles, was du gekauft hast und was dich interessierte, war

Rum. Ich brauche dich ja bloß anzusehen, um zu wissen, daß das Trinken die Oberhand über dich gewonnen hat. Du bist nichts weiter als ein Säufer.«

Jacques rammte die Faust in die Wand. »Sprich nicht so mit mir. Dazu hast du kein Recht. Überhaupt kein Recht.« Er zitterte vor Wut; er wollte Marie weh tun. Vielleicht war er sogar imstande, sie zu töten. Jacques starrte auf den Fußboden und wischte sich den Schweiß von der Stirn. Er wollte unbedingt etwas trinken. Er ekelte sich vor sich selbst.

»Tut mir leid.« Marie schob eine Haarsträhne von den Augen weg. »Ich habe kein Recht, gemein und selbstsüchtig zu sein. Aber es ist zu gefährlich für mich, Zeit mit Grandmère zu verbringen.«

»Sechs Monate, glaube ich«, sagte Jacques erstaunt. »Du hast sie mindestens sechs Monate lang nicht gesehen. Weißt du denn nicht, daß sie auf dich wartet? Auf dich hofft?«

»Die Dorfbewohner sollten nach ihr sehen. Ich habe ziemlich viel Geld bezahlt. Halo, Ziti und anderen ...« Ihre Stimme verlor sich. »Sie sollten mir sagen, wenn sie krank wird. Wenn sie Hilfe braucht. Sie sollten für sie sorgen. Kochen, saubermachen, und sich um sie kümmern.«

»Seit ich hier bin, ist niemand gekommen. Nur Ribaud, der herumschlich wie eine seiner Katzen.«

Warum hatte Ribaud ihr nichts davon gesagt? Marie überging diese Frage und konzentrierte sich auf die Dorfbewohner. »Die werde ich mir vornehmen«, murmelte sie vor sich hin. Unbewußt reckte sie sich. Sie verweilte bei Gedanken an Qualen und Zaubersprüchen, die einen langsamen Tod versprachen. Sie stellte sich Halo verkrüppelt vor, unfähig, ihre zahlenden Freier zu befriedigen. Wovon wollte Halo dann leben? Sie sah Ziti von Narben entstellt und weißer gebleicht, als sie es sich je gewünscht hatte. »Auf der ganzen Welt wär's besser, wenn ich weiß wär«, hatte Ziti gemurrt. Nur, daß kein Mann, geschweige denn ein weißer Mann, sie noch als Mätresse haben wollte, wenn Marie mit ihr fertig war. Niemand in Haben's Haven würde von dem

Gifthauch verschont bleiben – Pflanzen würden sterben, Tiere würden krank werden, und alle Hoffnungen, die die Dorfbewohner an das Leben, an die Liebe knüpften, würden wie vergessene Träume schrumpfen.

Jacques starrte sie erstaunt an. Eine andere Marie – hart geworden, verbittert und rachsüchtig – schien den Raum zu füllen. Marie wandte sich verlegen ab. Konnte Jacques ahnen, wie schmutzig ihre Gedanken geworden waren? Wie blutrünstig ihr Herz?

»Jacques, ich habe deine Fürsorge für Grandmère nicht kritisiert. Du hast sie mehr geliebt als ich. Es tut mir nur leid, daß sie krank ist. Es darf mir doch leid tun, oder?«

»Leidtun hilft nie etwas.«

»Ich weiß«, sagte Marie matt und ballte die Faust im Haar. »Ich hätte damit rechnen müssen, daß es Grandmère schlechter gehen wird. Aber ich dachte ... Ich wollte glauben, wenn sie sauber wäre ... wenn ich die Leute dafür bezahlte, daß sie sie sauberhalten ... für sie sorgen, dann wäre alles gut. Ich hätte es besser wissen müssen.« Tränen strömten ihr übers Gesicht. »Aber ich tat, was ich für das Beste hielt. Ich dachte, es wäre besser für Grandmère, wenn sie von fremden Menschen betreut würde, als zu sterben, weil ich sie besuchte.« Traurig zuckte sie mit den Schultern; ihre Hände schwangen schlaff an den Seiten. »John hat gesagt, daß er sie töten würde, wenn ich sie besuchte, aber heute mußte ich es wagen.«

Jacques schlug sich auf die Brust. Er würde alles dafür geben, um Marie wieder zum Lächeln zu bringen und sie wieder froh zu machen. Aber er hatte seinen eigenen Schmerz, der geheilt werden mußte. Er hatte ein sorgloses Leben verloren. Er hatte den alltäglichen unbekümmerten Frieden verloren, den er fand, wenn er segelte, Häfen erforschte und hübsche Mädchen verführte. Marie hatte alles verändert. Er hatte sich in zwei Leben verfangen, in ihrem und in Grandmères. In Voodoo verfangen. Ihm war nicht bewußt gewesen, welch hohen Preis er dafür zahlen mußte, daß er sie liebte.

»Grandmère hat Alpträume. Du kannst sie kreischen und brüllen hören.« Jacques atmete aus und bekreuzigte sich. »Sie sieht Gespenster. Kobolde. ›Hocken auf ihrem Bauch, kratzen sie‹, sagt sie, ›wollen sie von Teché fernhalten.‹ Manchmal saugen die Gespenster Blut.« Er ließ sich auf den Stuhl gleiten und schenkte mehr Rum ein. »Ich habe Striemen an ihr gesehen, rot und geschwollen. Ich weiß nicht, was ich glauben soll. Aber ihr Blut fließt genauso rot wie meins.«

Jacques fuhr ruhiger fort, die Stimme rauh vom Alkohol. »Ich weiß nicht, ob sie wahnsinnig ist oder nicht. Sie sagt, sie wird sterben, wenn die Gespenster anfangen, ihr das Innere herauszukratzen.« Er blickte auf. »Sie will nicht hier sterben. Sie will nach Hause. Nach Teché.«

»Ich auch, Jacques.« Da – sie hatte es gesagt. Der Raum schien zu schrumpfen. Die Luft in ihren Lungen beruhigte sich.

Marie hörte Schreie, die vom Ufer herangetragen wurden; Kinder spielten am Wasser. Jacques war immer noch mißmutig. Er bog den Kopf von ihr weg und sah zu der kalten Feuerstelle. Alte, halbverkohlte Holzscheite wirkten wie ein Vorwurf. Ihre Augen brannten. Marie hatte damit gerechnet, daß er sie retten wollte. Sie bückte sich und schaufelte die verschütteten Kidneybohnen vom Boden in ihre Handflächen. Der Reis hatte sich schon überallhin verstreut und fast in die Erde eingegraben.

Jacques reichte ihr den Strohbesen.

Marie fegte und stach nach den Bohnen, deren Farbe sie an getrocknetes Blut erinnerte. Der weiße Reis wurde rußgrau.

»Hast du einen Mann getötet?«

Der Besen verharrte mitten in der Luft. Mit einem einzigen Wort würde sie Teché verlieren. Marie hätte am liebsten gelogen, doch sie konnte es nicht. »Ja«, sagte sie. Sie trat auf den Haufen Bohnen und zertrampelte sie. »Du mußt mich hassen.« Sie schlug ungeduldig nach der Luft. »Ich bin Grandmères Gespenst. Ich muß es sein, die Blut saugt.«

»Ich nehme an, wenn du einen Mann getötet hast, dann verdiente er es auch.«

»So ist es. Antoine DeLavier.«

Jacques pfiff leise. Er breitete die Arme aus. Der Besen fiel zu Boden, als Marie vorstürzte und sich an ihn warf.

»Marie«, flüsterte Jacques. Die Qualen in seinem Innern leuchteten wie ein früher Morgenhimmel. Schwankend hielten sie einander fest.

»Mord ist nicht schwer«, sagte Marie verwundert. »Der schwere Teil kommt danach. Die einzige Möglichkeit, damit leben zu können, ist, hart zu *sein*, hart zu *empfinden.* Ich weine nicht mehr. Ich habe es aufgegeben.«

»Beichte.«

»Einem Priester? Im Gefängnis haben sie mir einen Priester geschickt. Pater Christophe. Er sagte, auf meiner Stirn wäre ein Zeichen. Das Kainszeichen. ›Das schwarze Volk, die bösen Kinder Kains.‹« Sie schauderte. »Ich glaube das nicht. Ich glaube nicht, daß ich böse bin, weil ich einen Mann getötet habe, der es verdiente. Ich bedauere, daß ich ihn getötet habe. Aber ich kann keine Reue empfinden.«

»Du bist nicht böse.« Er drückte ihr einen Kuß auf die Stirn.

»Pater Christophe sagte, Voodoo wäre mein Böses, mein Pakt mit dem Teufel. Zuweilen klang er so vernünftig, so verständnisvoll, daß ich ihm unbedingt glauben wollte. Wenn ich dem Priester glauben könnte, dann müßte ich mich nicht so sehr anstrengen, um mein Leben zu verstehen. Ich brauchte mir keine Gedanken über richtig oder falsch zu machen. Doch ich konnte es nicht, Jacques.« Sie löste sich aus seinen Armen. Ihre Hände drückten sich flach an das Fenster. »Der Glaube an das Kainszeichen ist eine Ausrede für die Sklaverei, eine Last, die Schwarze tragen müssen.«

Marie war elend zumute. Sie brauchte Jacques, um einen Teil dessen, was sie empfand, zu verstehen.

»Sie behielten mich fast drei Wochen im Gefängnis«, fuhr sie fort. »Vor meinen Gitterstäben sah ich schwarze Menschen, die beteten, die an mich glaubten. Hunderte von ihnen. Nannten mich eine Heilige.«

»Bist du eine?«

»Ich bin zu erbärmlich, um eine Heilige zu sein.« Sie lachte reumütig. »Nein, ich weiß es nicht. Vielleicht in den Köpfen der Leute. Vielleicht ist ein Heiliger ja gar nichts weiter – nur jemand, der durch den Glauben anderer zu etwas Besonderem wird. Vielleicht wie Grandmère. Ich bin verrückt. Ich erfinde Visionen. Du hast wirklich Striemen an Grandmère gesehen. Ich fühle Damballah wirklich in mir. Ich weiß so wenig über diesen Glauben, den ich praktiziere. John kann oder will mir nicht erzählen, was ich wissen muß. Grandmère weigert sich zu helfen.« Sie verlagerte ihr Gewicht, rieb sich den Kopf und seufzte.

»Weißt du, wer im Gefängnis ist, Jacques? Arme Farbige. Sklaven. Terzeronenmätressen. Da war eine Frau, Marianne, so weiß und zart, wie man es sich nur vorstellen kann, doch weil sie einen Tropfen schwarzes Blut hatte, weil ihr Liebhaber sie verlassen hat, haben die Wärter entsetzliche ... grausame ...« Marie schloß die Augen. Sie konnte Echos von Mariannes Schreien hören. Sie roch das Drängen von Leibern, den gelben Schmutz. Sie war wieder in ihrer Zelle, verängstigt, lebte, weil sie ihren Verstand gebrauchte und den Wärtern mit ihrer Voodoomacht drohte. Jeden Augenblick hatte sie erwartet, ertappt, als Scharlatan entlarvt zu werden, aber der Augenblick war nie eingetreten, und sie hatte überlebt.

»Die Gefangenen wurden entsetzlich behandelt. Die meisten wurden geschlagen, gezwungen im Kot zu liegen. Einem Mann wurde das Bein ohne Grund gebrochen. Ein anderer war mit gespreizten Armen und Beinen an eine Mauer gekettet.« Ihre Stimme wurde flach, und ihre Worte klangen, als kämen sie von weit her.

»Die Gefangenen zählten auf meine Hilfe. Meinen Trost. Sie riefen durch die Gitterstäbe: ›Maman Marie, Maman Marie!‹ Nachts, wenn die Wärter schliefen, flüsterten sie ihre Geschichten. Oft wußte ich nicht, welche Stimme von wo oder von wem kam. Ihre Geschichten waren schauerlich. Einer war hundertmal ausgepeitscht worden. Ein anderer war kastriert worden und überlebte. Jene, die ihre fünf Sinne zusammenhielten, gaben nie die Hoffnung auf. Ich habe etwas über den Lebenswillen gelernt, Jacques. Du kannst noch hoffen, selbst wenn es hoffnungslos ist.

Mitten in der Nacht bettelten und flehten mich diese Leute an, sie zu verschonen. Weißt du, was ich gesagt habe, Jacques? Ich habe gesagt, ich würde es versuchen. Kannst du dir das vorstellen? Ich würde es versuchen. Sie waren glücklich, so sicher, daß ich sie vor der Henkerschlinge retten würde, als ich freigelassen wurde.« Sie atmete schwer, erstickte fast, als sie sich bemühte, nicht zu weinen. »Vielleicht war das Gefängnis Damballahs Zeichen. Ich diene all jenen Leuten, die der Katholizismus vergessen hat. Ich bin für sie eine Heilige, weil ich überlebt habe. Sie erlebten, daß die Wärter Angst hatten, mich anzurühren. Sie erlebten, daß ich freigesprochen wurde. Sie erlebten, daß ich schmutzig und stinkend, aber lebend das Gefängnis verließ. Mein Überleben spendete ihnen Trost. Mein Versprechen bedeutete Rettung für sie. Selbst wenn es keinen Damballah gibt, selbst wenn Damballah der Teufel ist, ist dann das, was ich tat – tue – so falsch, so böse? Mein Versprechen gibt ihnen Hoffnung.«

»Ich weiß es nicht.« Jacques krümmte sich zusammen und ließ den Kopf nach vorn in die Hände fallen. Auf dem Stuhl schaukelnd, den Kopf bedeckt, kämpfte er mit seinem Gewissen. Er murmelte: »Gotteslästerung. Du vergißt, daß ich ein Katholik bin. Ich bin arm. Ich bin schwarz. Fast ein Sklave.«

»Aber du bist doch kein guter Katholik, oder, Jacques?«

»Du weißt ja nicht, was du sagst«, sagte er verärgert und verletzt.

»Jedesmal, wenn du dich gegen Voodoo bekreuzigst, verrätst du deinen Glauben. Du bist genau wie ich zu Voodoo berufen. Er ist in deiner Haut, in deinem Blut.«

»Das ist nicht wahr.« Er sprang vom Stuhl auf.

»Beweise es.« Marie streckte die Hand aus und begann zu singen: »Legba, öffne mir das Tor. Laß mich passieren. Laß mich den *loa* sehen.« Lauter. »Legba, öffne mir das Tor. Laß mich passieren. Laß mich den *loa* sehen.« Noch lauter. »Legba, öffne mir das Tor. Laß mich passieren. Laß mich –«

»Hör auf. Hör auf.« Jacques wich zurück, spannte die Arme an, versuchte zu verhindern, daß er sich selbst segnete.

»Was hast du zu befürchten?« wollte Marie, als sie auf ihn zuging, wissen. »Katholiken sollten Voodoo verachten. Was schadet es, wenn ein Sklave oder ein Farbiger glaubt, daß ich ihn beschützen kann? Was ist falsch an ein paar Lügen? Oder vielleicht ist es ja gar keine Lüge.« Sie redete leise. Ihre Hand zupfte nervös an ihrem Rock.

»Manchmal hasse ich die Leute, die an meinen Zeremonien teilnehmen. Manche Anhänger suchen eine Ausrede, um Hemmungen abzuwerfen. Sie haben Erfahrung darin, ihren eigenen Vergnügungen nachzujagen. Manche nehmen nur teil, weil sie meinen, daß alle anderen auch teilnehmen. Sie sind wie Buschschwanzratten. Es ist egal, wohin ich sie führe oder was ich von ihnen zu glauben verlange. Es ist die Gruppe, das Zugehörigkeitsgefühl, was zählt. Andere sind daran interessiert, daß ich versage. Je aufsehenerregender mein Sturz, desto besser. Und wir spielen auf Zeit, bis zu dem Tag, an dem ich als Betrügerin entlarvt werde. Aber andere, Jacques, suchen wahrhaftig nach mehr. Sie suchen nach Geistigem, nach einer Art Frieden. Bis zum Gefängnis ist mir das nie klargeworden. Einige wollen einfach nur einen Fürsprecher. Und einige erinnern sich an die Erzählungen ihrer Eltern und Großeltern, die das Land Dahome und seine Ahnengötter preisen.« Nur ein paar Zentimeter trennten sie. »Berühre mich, Jacques. Los. Ich bin nicht der Teufel. Ich bin Marie, deine Frau. Wie kann ich ein Teufel sein? ›Teufel‹ ist ein Wort, daß die Weißen für Kains Kinder erfunden haben.«

Er weinte.

»Oh, Jacques. Es tut mir leid.« Sie zog seinen Kopf an ihre Schulter, strich ihm übers Haar und sagte liebevoll: »Es tut mir leid.«

»Nichts ist so, wie ich es erwartet habe. Nichts hat sich so entwickelt, wie ich es geplant habe.« Jacques' Zurückhaltung war verflogen: Sein ganzer Kummer, seine ganzen Klagen kamen hoch. »Ich wollte doch nur glücklich sein. Anständig. In Freiheit mit meiner Familie leben. Ich wollte atmen wie jeder andere Mann. Ich wollte Freude. Liebe. Als ich erst einmal frei war, habe ich nicht erwartet, daß das Leben so schwer sein kann. Nichts ist so, wie ich es erhofft hatte. Manchmal denke ich, es wäre besser gewesen, wenn ich ein Sklave geblieben wäre. Unwissenheit wäre weniger schmerzlich gewesen.«

Marie nahm Jacques' Gesicht in ihre Hände. »Ich bin auch enttäuscht.« Sie sah seine Müdigkeit, die Falten, die die seelische Belastung an seiner Nase und an seinem Mund gegraben hatten. »Ich habe nicht damit gerechnet, daß mein Leben so verläuft. Verstehst du denn nicht, Jacques? Es ist viel einfacher, auf dich böse zu sein. Ständig plagt mich der Gedanke, daß Gott mich zur Hölle verdammen wird. Ich kann von den Christengöttern ebensowenig lassen wie du. Ich dachte, ich könnte es. Aber ich kann es nicht. Vielleicht hätte ich, um mich von ihnen befreien ... um Damballah von ganzem Herzen lieben zu können, Afrikanerin sein müssen. Aber Grandmère hat mich katholisch getauft. Darin liegt der entscheidende Unterschied.«

Jacques, der verlegen war, versuchte zu lächeln. Zum ersten Mal fühlte sich Marie mit ihm als seine Frau verbunden.

»Warum kümmerst du dich um Grandmère, Jacques?« Sie fuhr mit dem Finger über seine Augenbraue, die sich vor Überraschung hochzog.

»Du und Grandmère seid die einzige Familie, die ich habe.«

»Nur durch Heirat.« Marie wiederholte es, die Andeutung einer weiteren unausgesprochenen Frage in der Stimme. »Nur durch Heirat. Keine Blutsbande. Reicht das aus?«

»Ja.« Jacques lächelte jetzt über das ganze Gesicht, was ihm ein wenig von seinem guten Aussehen wiedergab.

»Jacques«, sagte sie zögernd. »Wünschst du nicht, daß du mir nie begegnet wärst?«

Sein Lächeln verschwand.

»Die Wahrheit, Jacques. Nichts als die Wahrheit.«

»Ja. Ständig. Aber ich bin dir nun mal begegnet, und alles hat sich verändert. Genauso wie ich mich freigekauft habe. Ich kann nicht zurück. In der Sklaverei habe ich mir verzweifelt eine Familie gewünscht – eine Frau, Söhne und Töchter, die nicht wie Vieh verkauft oder gegen Baumwollballen getauscht werden konnten. Als freier Mensch war ich zufrieden, aber allein. Ich habe nie gedacht, daß ich die richtige Frau finden würde. Aber ich habe sie gefunden. Der Traum war in Erfüllung gegangen. Ich konnte lieben und mir eine Frau nehmen. Nun, was ist besser? Frei zu sein, aber allein und ohne Liebe? Oder die Freude zu spüren, dich zu lieben, und sich nach dem Augenblick zu sehnen, in dem du mich so sehr lieben lernst wie ich dich?«

Marie brach in Tränen aus.

Jacques nahm ihr Gesicht in seine Hand. »Lohnt es sich denn nicht, nach Freiheit, Glück und Liebe zu streben? Lohnt es sich denn nicht, lieber eine Familie zu gründen, als allein zu leben? Ach, Marie«, murmelte er. »Um all das habe ich mich bemüht. Auch wenn es mir nicht geglückt ist, heißt das doch nicht, daß ich es bedauere, dich zu lieben.«

»Ich liebe dich, Jacques.«

Ihre Lippen fanden sich, zuerst sanft, dann fordernder, als Jacques Maries Mund mit der Zunge erforschte. Marie schlang die Arme um ihn und preßte ihn an sich, um die Lücke zwischen ihren Körpern zu schließen. Sie zog seine Hand von ihrem Gesicht und führte sie an ihrem Hals, ihren Schultern und an ihrer Brust hinunter, bis sie auf ihrem schwellenden Leib ruhte.

Sie löste die Lippen von seinen. »Könntest du dem Kind eines anderen Mannes ein Vater sein?«

Jacques' haselnußbraune Augen sahen sie an und doch durch sie hindurch.

Marie beobachtete, wie er mit dem Gedanken kämpfte. So nahe an Teché. Doch sie konnte nicht lügen. Was nützte es, sich selbst zu retten, wenn es bedeutete, daß ihr Kind ungeliebt aufwachsen würde?

Zärtlich, spiralenförmig von innen nach außen streichelte

Jacques ihren Leib. *Marie spürte, wie das Baby sich bewegte, auf die Liebkosung zuschwamm.*

Jacques hielt sie fest, drückte seine Zähne an ihren Hals und biß sanft in braune Haut. »Ja«, sagte er leise. »Weil es dein Kind ist, würde ich es wie mein eigenes behandeln.«

»Dann bring uns nach Hause, Jacques. Mich. Grandmère. Unser Kind. Bitte, bring uns nach Hause.«

Sie stöhnte, als Jacques' Hände über ihren Körper glitten. Er knöpfte ihr Kleid auf und streifte den Stoff zu ihrer Taille hinunter. Er massierte ihre Brüste, nahm sie in die Hände, schwelgte in ihrer Fülle. Er fing eine Brust in seinem Mund und kitzelte die Warze mit der Zunge. Seine Hand knetete und streichelte ihr Gesäß; seine Finger drängten zu ihrer Scham. Beide Hände glitten ihren Rock hinauf und hinunter in ihre Unterwäsche. Er berührte sie, bis sie feucht und nachgiebig war. Marie stieg aus ihrer Unterwäsche und half Jacques, den Verschluß seiner Hose zu lösen. Seine Haut glühte an ihrer.

Im Sitzen drehte Jacques sie eine halbe Umdrehung herum und führte sie dann ihm entgegen. Marie schnappte nach Luft, als er in sie eindrang. Sie schaukelten bedächtig. Jacques' Hände strichen federleicht an ihrem Bauch und ihrer Klitoris entlang. Gefühle wallten in ihr auf, und sie spürte, wie Explosionen aus Sehnsucht und Befriedigung durch ihren ganzen Körper strahlten. Er bewegte sich schneller in ihr, hielt ihre Hüften fest, drehte sie, zog ihre Hüften gegen das rhythmische Schaukeln. Er küßte ihren Rücken, saugte ihre Haut in den Mund. Die Zeit verging köstlich. Und als es getan war, umarmten sie sich und besänftigten einander. Marie hegte Hoffnung, daß die Ehe funktionieren würde. Sie redeten und planten wie Jungvermählte. Jacques war vergnügt, erstaunt, daß Marie wußte, daß das ungeborene Kind ein Mädchen war. »Sie wird genau wie du aussehen«, sagte er, während er Maries Nase mit Küssen sprenkelte. »Eine richtige Schönheit wird sie sein. Eine außergewöhnliche Schönheit. Wir werden sie nach dir nennen.«

Marie saß geborgen auf seinem Schoß und streichelte seine

Brust. Sie fühlte sich wie neu geboren und war dankbar. In Gedanken schwor sie sich immer wieder, daß sie alles tun würde, um Jacques Freude zu bereiten.

»Ich werde auf See müssen. Wir werden Geld brauchen.«

Marie blickte verwundert auf. »Nein. Bring uns gleich hin, Jacques. In Teché gibt es nichts zu kaufen.«

Er ließ sie von seinem Schoß gleiten, stand auf und sprach weiter, als hätte er sie nicht gehört. »Ich wurde vom Schiff geworfen, weil ich trank. Daß ich zu den Bahamas gesegelt bin, war gelogen.«

»Jacques, nein.« Sie streckte die Hand aus und sank auf einen Stuhl.

»Ich konnte mich nicht damit abfinden, allein zu sein.« Verlegen umrundete er das Zimmer. »Ich habe mich wie ein Idiot benommen. Ich habe Schlägereien vom Zaun gebrochen. Mich zu spät zum Dienst gemeldet. Ich war zu oft betrunken. Ich trank ständig.« Jacques schlug sich auf die Brust; seine Augen waren weit aufgerissen und treuherzig. »Aber ich habe mich jetzt gebessert. Ich habe meine Frau zurück, meine Familie. Darin liegt der entscheidende Unterschied. Ich werde nie wieder trinken.« Er lag vor Marie auf den Knien, den Kopf an ihrem Leib, seine Hände drückten sanft ihre Taille.

»Ich muß nur alles erklären, und dann werden sie mich wieder nehmen. Ich werde auf der *Marie-Thérèse* sein, bevor du ›morgen‹ sagst. Die Seebrise wird mich einhüllen. Ich werde Salz in der Luft schmecken.« Er vergrub den Kopf in den Falten ihres Rocks. »Sie müssen mich wieder nehmen.«

Marie weinte. Segeln war Jacques' Beruf und Lebensunterhalt. Sie hatte ihn nicht so tief verletzen wollen. Aber bat sie ihn nicht, dem Segeln abzuschwören, wenn er sie nach Teché brachte? Bat sie ihn nicht, einen Teil von sich aufzugeben, um sie und das Baby zu retten? Liebe war nie ein vollkommenes Geschenk. Würde er seine Wahl nicht bereuen?

»Das ist mir der Kapitän schuldig. Ein paar Worte unter vier Augen, und er wird wissen, daß er sich wieder auf mich verlassen kann.«

»Wenn du gehst, werden wir keine Chance mehr haben.«

»Unsinn. Ein Mann muß für seine Familie sorgen. Marie, Marie.« Er seufzte. »Verstehst du denn nicht?« Seine Lippen streiften ihre Wange. »Eine kurze Reise. Nicht länger als drei Monate.«

»Nein.«

Er packte ihre Hand. »Eines Tages werden wir froh sein, wenn wir Geld auf der hohen Kante haben.«

Marie hatte Angst, fürchtete sich vor dem *fa*, ihrem Schicksal. Sie malte sich alles aus, was auf einer Seereise schiefgehen könnte. Ein Sturm. Mann über Bord. Ein Takelageunfall auf dem Schiff. Marie spürte, wie sie zitterte, ein Frösteln, das stärker wurde und sich in ihren Gliedern breitmachte. Wenn er nicht bei ihr war, könnte Jacques es sich anders überlegen. Ihm würde klarwerden, daß an ihr nichts Besonderes war. Sie war zu selbstloser Liebe nicht fähig. Selbst jetzt versuchte sie, ihn zu beeinflussen, das zu *tun* und zu *sein*, was sie wollte. Und er, was war mit ihm? Sie hatte sich eigentlich nie um sein Wohl gekümmert. Flucht bedeutete Überleben. Mit der Zeit würde sie schon lernen, ihn so zu lieben wie er sie. Oder?

»Ich werde zurückkommen, mein Kleines. Ma petite. Ich werde zurückkommen – ich weiß, was du gerade denkst. Du denkst, daß ich dich nicht genug liebe. Aber das tue ich. Du denkst, daß du mich nicht genug liebst. Aber das tust du. Und deswegen wirst du mich auch gehen lassen. Du wirst mich auf meine Weise für dich sorgen lassen. Du wirst mich den Mann sein lassen, der ich bin.«

»Nein, nein.«

»Ich werde zurückkommen, Marie. Das Schiff ist bereit, zu den Westindischen Inseln zu segeln. Zuerst Barbados, dann Haiti. Danach nach Hause. Nur drei Monate. Ich werde dich hier treffen. Am Abend vor Mardi Gras. Dann werden wir nach Teché aufbrechen.«

»Wirst du mich nicht vermissen?«

»Ich vermisse dich ständig. Außer, wenn ich dich in den Armen halte.« Er küßte ihre Stirn, ihre Lider, ihre Wangen und ihre Nase. Er übersäte ihren Hals mit federleichten Küssen. Marie stöhnte.

»Meine letzte Reise«, schwor er.

Wenn sie ihn verführte, würde er es sich dann anders überlegen?

Seine Müdigkeit war verflogen. Farbe schoß in Jacques' Gesicht. »Segelgewässer so grün und so klar wie Smaragde.«

Marie konnte seine Erregung spüren, die wie Luftbläschen zur Oberfläche stieg. Jacques sprang wieder auf die Füße und stolzierte auf einem eingebildeten Deck herum. Das Zimmer wirkte überfordert, kleiner, als es versuchte, seine Energie aufzunehmen. Jacques blieb stehen und richtete seinen Blick auf den klaren, blauen Horizont.

Auf den Sümpfen von Teché kannst du nicht segeln.

Marie senkte den Kopf und stemmte die Hände auf die Knie. »Ich könnte Geld besorgen. Die Leute, die zu den Zeremonien kommen, bezahlen John.« Sie hatte Gold gestohlen, um Grandmères Pflege zu bezahlen.

»Nein!« rief Jacques.

Sie atmete tief aus. »Es ist auch mein Geld. Ich verdiene es.« Mit Lügen, Theatralik und inbrünstigen Gebeten zu Damballah. »Ich bin nicht gänzlich auf John angewiesen.«

»Verlasse ihn auf der Stelle.«

»Ich kann nicht.«

Mißtrauen schlich sich in Jacques' Augen. Mit seinen hängenden Schultern, seinen tief in die Taschen gestopften Händen wirkte er kleiner. Verletzt.

»Wenn John wüßte, was wir vorhaben –« Marie zuckte mit den Schultern. »Ich verlasse mich nicht darauf, daß er uns nicht schadet. Oder Grandmère.«

Jacques legte den Kopf zur Seite.

»Ich liebe dich, Jacques«, sagte sie aufrichtig. »Aber es ist sicherer, nichts zu unternehmen, bis du zurückkommst.«

Da. Sie hatte es ihm erlaubt. Es konnte Jahre dauern, bis er zum Korallenriff und wieder zurück gesegelt war, und sie hatte so gut wie eingewilligt, daß sie auf ihn warten würde. Sie mußte ihn lieben. Warum würde sie sonst das Risiko eingehen, umgebracht zu werden? Sie hätte am liebsten die Hand gehoben und ihm eine Strähne, die sich auf seiner Stirn kringelte, glattgestrichen.

Jacques schlug sich auf die Brust. »Gut. Du tust etwas, was mir nicht gefällt, und ich tue etwas, was dir nicht gefällt. Das ist gerecht. Aber es wird nicht noch einmal vorkommen, Marie. Nicht, wenn ich zurückkehre. Wir wollen nie meht etwas tun, was der andere mißbilligt.«

»Ja«, sagte sie widerspruchslos. Sie hatte ihn schon weit genug getrieben.

»Lächle«, sagte Jacques.

Sie lächelte.

»Jacques, Jacques, wo bist du?« Der Ruf war ein wehleidiges Winseln.

»Das ist Grandmère. Siehst du? Alles wird gut werden.« Jacques schlüpfte hinter Maries Stuhl und strich ihr einmal übers Haar, bevor er rief. »Hier drin, Grandmère.«

»Wir sollten zu ihr gehen«, sagte Marie und wollte aufstehen.

»Nein. Laß ihr den Glauben, daß sie noch allein zurechtkommt. Diese paar Schritte helfen ihr, sich ihren Stolz zu bewahren.«

Marie spürte, wie sich das Baby in ihrem Bauch bewegte. Vorher hatte sie die Hitze nicht bemerkt. Das Zimmer war stikkig, feucht. Sie glättete die Falten auf ihrem Kleid. »Sehe ich ordentlich aus?«

»Du siehst gut aus.«

Grandmère stand im Türrahmen. Es trat eine lange Pause ein. Alle hielten in ihrer Bewegung inne. Im Geiste konnte Marie die dramatische Szene vor sich sehen. Die schuldbewußte und reumütige Enkelin und die kränkelnde Großmutter.

»Du bist es«, sagte Grandmère und taumelte wie ein von seinem Ast gefallener Vogel vorwärts. Das weiße Haar und Nachthemd klebten ihr an der Haut. »Du bist es«, kreischte sie staccato. »Das Gespenst. Du bist es, der an mir kratzt.«

Marie wurde bleich.

»Grandmère«, mahnte Jacques.

»Du willst mich nicht nach Teché lassen.« Grandmère stieß die Fingernägel vor, um Marie die Augen auszukratzen. »Das Gespenst des Teufels.« Grandmère war im Begriff, an Maries Haut zu reißen und zu zerren.

Marie war unfähig, sich zu bewegen. Sie war entsetzt; sie war Grandmères Dämon in Person. Ihre Selbstachtung schwand, und sie spürte, wie der Abscheu vor sich selbst mit Macht zurückkam. Sie war nichts wert, und mit der Zeit würde selbst Jacques klarwerden, daß sie nicht liebenswert war.

»Nein, Grandmère.« Jacques hielt sie fest, doch die alte Frau lugte, immer noch mit den Armen fuchtelnd, um seinen Kopf herum.

»Es ist Marie«, sagte Jacques.

»Das Gespenst.«

»Nein. Deine Enkelin Marie.«

»Rette mich. Ich sterbe.« Grandmère krallte sich in sein Stoffhemd und versuchte, den Kopf in seiner Brust zu vergraben. Wenn sie gekonnt hätte, wäre sie in seinen Körper hineingekrochen und hätte sich dort versteckt. »Ich bin eine alte Frau, die im Sterben liegt.«

»Still jetzt. Du wirst länger leben als ich.« Seine Stimme beruhigte; er rieb sein kratziges Kinn an ihrem Kopf. »Komm, ich bring dich ins Bett. Ich bring dir Abendessen. Flußkrebse.«

»Flußkrebse?«

»Ja. Ab ins Bett mit dir.«

»Ich mag Flußkrebse.« Schmatzend und mit der Zunge schnalzend stolperte Grandmère vorwärts.

Jacques blickte über die Schulter zurück. Er zwinkerte und lächelte schief. Marie wußte, daß er ihr sagen wollte, sie brauche sich keine Sorgen zu machen. Trotzdem sackte sie auf dem Stuhl in sich zusammen.

Grandmère zwitscherte aufgeregt über Flußkrebsfühler, die sich wie Würmer aus ihrem Mund wanden. »Meine Enkelin hat früher immer Flußkrebse gekocht. Flußkrebse mit Reis.«

Jacques murmelte: »Ja, ja«, während er sie ins Bett steckte.

Marie dachte über Gespenster und die Hölle nach.

»Mach ihr keine Vorwürfe, Marie.«

Sie hob den Kopf. »Nein.« Sie kaute an ihren Nägeln, bis sie schartig waren. »Du kümmerst dich gut um sie, Jacques.«

Er machte eine wegwerfende Handbewegung und trat verlegen von einem Fuß auf den anderen.

Um ihren Schmerz zu betäuben, unterdrückte Marie ihre Gefühle und schluckte ein Wimmern herunter. »Ich habe ein Geschenk für Grandmère.« Sie stand plötzlich auf, öffnete die Tür und machte Ribaud, der am Ufer hockte, ein Zeichen. Der Zauberer nickte und eilte auf ihr Fuhrwerk zu.

»Was macht er da?«

Ribaud entfernte gerade eine Zeltplane von ihrem Wagen.

»Was hat er da?«

Mit seinem Goldkronenlächeln schleppte Ribaud einen Schaukelstuhl aus Rosenholz heran, dessen Größe ihn überschattete. Polternd bugsierte er ihn die Treppe hoch und auf die kleine Veranda.

Marie streichelte die Holzlehne und dämpfte das wilde Schaukeln des Stuhles. »Das hier bin ich Grandmère schuldig. Sag ihr, daß eine Schuld beglichen ist.«

Ribaud, der seinen gefiederten Vogelfutterhut mit beiden Händen umklammerte, trat zur Seite, als Marie sich anschickte, die Treppe hinunterzusteigen.

»Marie«, rief Jacques.

Sie drehte sich um. »Am Abend vor Mardi Gras, Jacques. Vergiß es nicht.«

»Nein.« Er senkte den Kopf, und sie trat hinauf, um ihn zu küssen. Die Leidenschaft, die sie beide füreinander empfanden, war einzigartig und süß. Als zusätzlichen Trost legte sie seine Hand auf ihren Leib.

»Ich werde Shad bitten, nach Grandmère zu sehen«, sagte Jacques.

»Ja. Tu das.«

Eine Brise heulte vom Mississippi heran; sie hörte, wie der Schaukelstuhl hinter ihr auf den Bohlen knarrte. »Ich werde Grandmère selbst öfter besuchen.« Zur Hölle mit John. Marie schaute, die Hand über den Augen, zurück. »Ich verspreche es, Jacques.«

Das Mondlicht hob jede Linie, jede noch so kleine Spur von Anspannung in Jacques' Gesicht hervor. Er gab sich alle Mühe, Marie nicht zu packen, sie nicht festzuhalten, zu lieben und nie wieder fortzulassen.

Leise fragte sie: »Mußt du wirklich zur See fahren?« Sie bettelte beinahe; jeden Augenblick würde sie auf die Knie fallen.

»Ich möchte, daß ich als Seemann in Erinnerung bleibe – nicht als Säufer.«

Marie entspannte ihre zusammengekniffenen Augen und trat hinunter auf die federnde Erde. Sie war die Voodookönigin von New Orleans. Ribaud, ihr Geleitschutz und Hofnarr, folgte ihr. Er hüpfte, um mit ihren langen Schritten mitzuhalten.

Ribaud hätte gern gewußt, was schiefgelaufen war. Aber ein Seitenblick sagte ihm, daß Marie weinte, tapfer und stumm. Ihr Kopf war hoch erhoben, und sie beachtete die wenigen Dorfbewohner nicht, die töricht genug waren, um mit offenem Mund von ihren Veranden oder mit vorgerecktem Kopf aus ihren Hüttenfenstern zu starren. Ribaud schüttelte die Faust gegen sie.

Und auf einmal erinnerte sich Ribaud an seine einzige Prophezeiung und hatte Mitleid mit Jacques. Er drehte sich um. Er erinnerte sich, daß er gesagt hatte: *»Du wirst eine schöne Witwe zurücklassen. Die Witwe Paris.«* Er winkte dem schlanken Seemann, der gelb und mit traurigem Gesicht neben dem roten Schaukelstuhl stand, mit seinem Schlapphut einen Abschiedsgruß zu.

»Mir gegenüber hast du richtig gehandelt. Ein wahrer Akt der Barmherzigkeit.«

»Christlich? Christliche Barmherzigkeit, Louis?«

»Du hast mir das Leben gerettet – mich vor Antoine, vor der Sünde des Ehebruchs gerettet.«

»Du hast dich bekehrt auf deine alten Tage. Bist du jetzt religiös, Louis? Hast du deine Zweifel über Bord geworfen?«

»Ich glaube, daß es menschliche Güte ebenso gibt wie Männer und Frauen, denen es ein perverses Vergnügen bereitet, andere daran zu hindern, Gutes zu tun.«

»Das ist keine Antwort. Glaubst du an Gott?«

»In dem Maße, wie jeder Akt der Freundlichkeit für Gott gehalten werden kann. Für mich warst du eine Art Gott.«

»Unsinn. Ich war nie freundlich zu dir. Ich wollte mein eigenes Leben, meine Seele retten.«

»Und hast du es gerettet?«

»Ich weiß es nicht, Louis.«

»Wenn wir davongelaufen wären, wären wir glücklich gewesen, nicht wahr?«

»Mag sein.«

»Ich habe dich immer geliebt.«

»Einmal hast du mich gehaßt.«

»Mag sein. Ein wenig. Ich weiß es nicht. Als ich Brigette von Antoines Tod erzählte, gebärdete sie sich wie verrückt. Ich rief einen Arzt. Er sagte, sie wäre schwanger. Ich hatte immer den Verdacht, daß du es wußtest und mich deswegen weggeschickt hast. Wußtest du es?«

»Schscht. Ich möchte deinen kahlen Schädel reiben, das bringt Glück. Ich sterbe nämlich, wie du weißt.«

»Der Richter hat dich aus dem falschen Grund freigelassen – Angst vor deiner Macht. Er wußte nicht, daß du es um deiner Barmherzigkeit willen verdient hattest, frei zu sein. Wenn du für Antoines Tod verurteilt worden wärst, hätte ich mich gemeldet. Das glaubst du mir doch, nicht wahr? Nicht wahr, Marie?«

»Louis, wohin wandern Seelen?«

Marie Laveau, 16. Juni 1881, Sonnenaufgang
(Aus Louis DeLaviers Tagebuch)

Erfolg belohnt sich selbst. Die Menschenmengen wurden so groß, daß die Zeremonien vom Congo Square ans Ufer des Lake Pontchartrain verlegt wurden. Johns Inszenierung wurde kunstvoller; er fügte mehr Trommler hinzu, halbnackte Tänzerinnen und unzählige Tieropfer. Marie fühlte sich ausgeschlossen, wie ein in einem Glas eingesperrtes Insekt. Man erwartete von ihr, daß sie tanzte, sang und vor göttlichem Feuer nur so sprühte.

Menschen vielerlei Hautfarben kamen, um sie zu sehen – reiche Weiße, arme Schwarze, Mulattenmischlinge. Zuweilen artete das Spektakel fast zu einer Orgie aus. John bezahlte junge Männer, um die Menge in Schach zu halten. Sie verscheuchten lästige, grölende Trunkenbolde. Manchmal schlugen sie begeisterte Störenfriede zu Krüppeln.

Für Schwarze verstieß es immer noch gegen das Gesetz, sich zu einer ›Voodootanznacht‹ zu versammeln. Doch der DeLavier-Prozeß hatte Marie über das Gesetz erhoben. John bestach städtische Beamte mit einem Anteil an den Gewinnen, und diejenigen, die gegen Bestechung gefeit waren, wurden mit Drohungen bekehrt. Alle kamen zum Lake Pontchartrain, um zu sehen und gesehen zu werden. Alle kamen, damit sie sagen konnten, sie wären dabeigewesen.

Priester in schwarzen Kutten waren Zeugen von Maries Gotteslästerung, und wenn sie sich danach heiliger fühlten, wer sollte es ihnen verdenken? *Aristo*frauen kamen und sammelten Klatsch für Salongesellschaften. Es war ein Nervenkitzel, wenn eine ihres Standes ihre Hemmungen über Bord warf und mit einem Schwarzen tanzte; damit hatten sie am anderen Morgen jemanden, den sie sowohl verdammen als auch beneiden konnten. Oftmals waren es die unansehnlichen Mädchen, die einsamen Frauen, die zuviel tranken und sich während der Voodootänze ihrer Kleider entledigten. Und wenn diese einsamen weißen Frauen ihre spätere Reue und das Prestige, von teuflischen Geistern besessen gewesen zu sein, insgeheim genossen, wer konnte sie tadeln? Jeder verdiente einen einzigen Augenblick der Verzückung, an den er sich erinnern konnte.

Andere Weiße waren berüchtigte Zyniker, die sich mit diebischem Vergnügen verächtlich über Voodoo äußerten und vor all dem ›Schrecklichen‹ spöttisch erschauerten. Zynische Frauen gelangten bei Petit-point-Sitzungen und Teegesellschaften zu Ruhm, wenn sie leise Armageddon und die Wiederkehr von Christus verkündeten. Zweifelnde Männer kamen bei portweingewürzten Debatten zu Ruhm, wenn sie über wissenschaftliche Methoden und Rationalismus dozierten.

Die meisten *Aristo*männer jedoch kamen, um sich zu amüsieren, nach Rumflaschen und hübschen schwarzen Mädchen oder armen weißen Mädchen zu grapschen. Wenn es zu einer Vergewaltigung kam, konnte man immer Voodoo die Schuld geben. Sehr oft waren solche Schreie nicht von dem aufputschenden Gebrüll der Menge zu unterscheiden; häufig wechselte die Menge ihre Position oder schob sich geschickt um eine gerade stattfindende Vergewaltigung herum. Manchmal fanden sich Leute aus der Menge auf dem Brunftschauplatz ein.

Bei einer Voodoozeremonie waren, oberflächlich gesehen, alle gleich; Farbige und Weiße unterhielten sich, Herr und Sklave benahmen sich wie Freunde, und alle meinten, ungehindert außer Rand und Band geraten zu dürfen. Marie bezweifelte, daß viele wahre Gläubige da waren. Trotzdem entdeckte sie häufig ein paar, die von einem hellen inneren Licht zu glühen schienen. Sie waren ausnahmslos besessen, und hinterher weinten sie und beteten inbrünstig. Gewöhnlich waren es die Sklaven und ehemaligen Sklaven, die von ihren Eltern, die Voodoo für verbürgt hielten, Bruchstücke der afrikanischen Geschichte und Legenden erfahren hatten. Marie begann, sie systematisch auszufragen. Manchmal Tage, manchmal erst Wochen später ließ sie Ribaud diese seltenen Gläubigen in ihr Haus an der St.-Anne-Straße bringen. Marie bekam Übung darin, ihre geringen Kenntnisse nicht preiszugeben, während sie die spärlichen Informationen von ihnen zusammentrug.

Immer wieder hörte Marie, daß Welt und Natur von Geistern erfüllt wären. Daß Welt und Natur eins wären. Die Geister beeinflußten alles: Geburt, Leben, Tod und das Leben nach dem Tod. Die Ahnen fügten dir entweder Schaden zu oder beschützten dich, je nachdem, wie oft du Opfer dargebracht und verbrannte Nahrung und Wein als Opfergaben geschickt hattest. Marie fand heraus, daß im Leben wie im Tod der Kampf zwischen Gut und Böse weiterging. Nur, daß es keinen Teufel gab. Jeder Geist oder jede Naturerscheinung konnte beides sein.

Maries Ausbildung war unsystematisch und verwirrend. Sie wußte, daß Mistress Ezili gleichzeitig Erzulie oder die Jungfrau von Voodoo war. Ezili war sowohl die Göttin der Liebe, der Schönheit und des Reichtums als auch die Göttin der Rache, der Eifersucht und der Zwietracht. Marie hörte Geschichten darüber, wie Damballah im Frühling die Erde mit Regen tränkte, wie Damballah über Flüsse und Sümpfe gebot, und wie Damballah in Bäumen ausruhte. Früher einmal hatte Damballah Ezili geliebt und ihr den Titel Schlangengöttin verliehen.

Marie erfuhr, daß es bei den Göttern eine Hierarchie gab. Sie hörte, daß Afrikaner unterschiedliche Sprachen hatten und ganz unterschiedliche Namen für Götter, die das gleiche verkörperten. Selbst Sklaven, die in Haiti oder in Westindien geboren waren, hatten unterschiedliche Namen für die gleichen Geister. Oft brummte Marie der Schädel von dem Versuch, die Geschichten zu ordnen. Doch schien klar zu sein, daß Voodoo selbst wie eine Schlange war – indem er seine Gestalt und Materie verbog und veränderte, um sich Ort und Menschen anzupassen, ohne Rücksicht darauf, daß er eine alte Identität abstreifte und sich neu erschuf. Vielleicht war dies der Grund, warum Voodoo überlebt hatte. Er vereinigte Traditionen und veränderte sie. Die katholische Kirche behauptete, alle Antworten zu besitzen, indem sie Gewißheit und Ritual predigte, wohingegen Voodoo flexibel war und sich fortwährend zu verändern schien.

Marie war keine andere Voodooienne bekannt, die bereitwillig und kühn den Christengott neben die Schlange stellte. Doch war sie immer mehr davon überzeugt, daß Voodoo ein Eintopf aus ›gemischtem Blut‹ war und damit der richtige Glaube für eine Neue Welt und eine Voodooienne der Neuen Welt. War er schon in Afrika Voodoo genannt worden? Oder war er von einem anderen Glauben abgeleitet, der umgewandelt wurde, als der Sklavenhandel von Afrika bis Westindien und dann bis Amerika reichte, als die Afrikaner selbst sich in Hautfarbe und Sprache veränderten?

Marie starrte unruhig auf den Lake Pontchartrain und stellte sich schnelle Strömungen vor, die sich mit dem Golfstrom vermischten und Jacques nach Hause segelten. Sie sprach ein ›Gute Reise‹-Gebet zu beiden Göttern, Damballah und Jesus, gleich, welcher es erhören würde. Ein Kruzifix und eine Lehmschlange steckten beide tief in den Falten ihrer Tasche. Marie dachte daran, wie John ihre verzweifelten Handlungen gelobt hatte. »Schockierend«, hatte er gesagt, als sie ihm ihre Pläne, sich sowohl Damballah als auch Jesus zum Freund zu machen, erzählte.

»Zwei Götter sind besser als einer. Besser fürs Geschäft.« John verstand nicht, daß sie damit ihre Seele im Gleichgewicht hielt.

Morgen wurde sie neunzehn.

Marie holte tief Luft. In einer Stunde würde sie mit ihrer Zeremonie beginnen. Durch die Abenddämmerung konnte sie Sterne aufflackern sehen. Der Mond war noch nicht ganz voll, die Sonne noch nicht ganz untergegangen. Fast zweihundert Meter entfernt war das Gemurmel ihrer Anhänger zu hören, die sich versammelten. Marie kam es vor, als ob jeder von ihnen sich mit den Fäusten seinen oder ihren Weg nach vorn bahnte, versuchte, an sie heranzukommen. Außer angriffslustigen Wächtern trennten sie Barrieren aus Kordeln und Hanf und ein halbes Dutzend Feuer von übereifrigen Jüngern. Ihre Haut juckte. Sie wäre am liebsten vor ihrem Publikum, ihren Verpflichtungen davongelaufen, genauso wie sie als Kind vor ihren Sorgen in die Sümpfe davongelaufen war.

Der Horizont war vollkommen silbern; Sterne schufen einen Lichtteich, der sich in den Strömungen des Sees spiegelte. Marie beugte sich vor und legte die Hand auf das Wasser. Die Oberfläche platschte und gluckerte. Sie konnte die Umrisse ihrer Hand, den Widerschein des Mondes und ein Spiegelbild der Sterne sehen. Sie konnte die Tiefe des Wassers sehen.

Welche Geschöpfe lauerten in dem dunklen, treibenden Wasser? Von welcher Art waren sie? Böse, gut, beides? Da waren Fische. Was fühlten sie, wenn ein Fischer sie mit der Angel oder dem Netz fing? Erschraken sie, wenn sich ihre Decke öffnete und sie Himmel, Sonne und Wolken sahen und am Ufer starben? Was für ein Gefühl war das, wenn sie Luft in die Kiemen bekamen? Trauerten die anderen Fische, schwammen sie aufgeregt hin und her und tauchten sie unter, wenn sie einen der ihren verloren?

Marie blickte hinter sich. Die Feuer loderten, und etliche Ziegen und Schafe waren in einem behelfsmäßigen Pferch festgebunden. Die Menschenmenge war angewachsen. Marie spürte das drängende, unruhige Publikum. Es war ihr bisher größtes Publikum, wahrscheinlich über tausend Menschen. Sie rochen nervös, wie eine Schar Hühner im Hinterhof. Oder waren sie Fische?

Es war Marie zum Ritual geworden, vor einer Zeremonie allein am Ufer zu stehen. Sie dachte nicht immer über Religion nach. Meistens dachte sie über das Kind nach, das ihr Gleichgewicht durcheinanderbrachte. Ihre mehrschichtigen Unterröcke und der Rüschenrock verbargen ihre Schwangerschaft gut. Aber es war schwierig, die Körperfunktionen unter Kontrolle zu halten. Das Siebenmonatskind rebellierte bereits, trat ihr in den Bauch, wollte unbedingt heraus. Marie fragte sich, was ihr kleines Mädchen wohl zu erreichen hoffte. Wie konnte sie ihm erklären, daß andere Menschen, andere Ereignisse darüber bestimmten, was man tat oder nicht tat? Vielleicht wollte sie sich deswegen in Teché verstecken. Sie würde alles vergessen und ihr Kind nicht älter als neun werden lassen. Sie würde dem Mädchen alles über Geißblatt, Veranden und Schaukeln beibringen, würde es lehren, fremden Menschen und dem weichen, saugenden Sumpf aus dem Weg zu gehen. Mußte die vierte Marie irgend etwas anderes wissen? Würde sie etwas anderes wissen wollen? Bestimmte nicht die vierte Marie jetzt über sie?

Das Kind sank wie eine schwere Last auf den Boden ihres Leibes.

Marie wurde bleich. John stolzierte selbstsicher auf sie zu. In seinem schwarzen Gesellschaftsanzug sah er wie einer der Guédé aus. Die eckigen Schultern, die vorgeschobene Brust und die sich gegen Seidenfäden stemmenden Schenkel ließen John gleichzeitig bedrohlich und verführerisch wirken. Einige Zeit zuvor hatte sie zugesehen, wie er eine doppelte Dosis seines Elixiers genommen und sich Palmöl ins Gesicht gerieben hatte. Die Wirkung war verblüffend. John schien um Jahre verjüngt zu sein. Zu jung. Sie schnupperte in der Luft, suchte nach Gelb.

»Marie, es ist Zeit.«

Störrisch grub sie die Zehen tiefer in den Sand.

»Spürst du es denn nicht? Die Menge wird gleich explodieren. Sie warten auf dich.«

»Laß sie warten.«

»Es ist jetzt Zeit.« John riß sie am Arm und schüttelte sie so heftig, daß sie das Gleichgewicht verlor. »Was ist los mit dir?«

»Nichts.« Sie schlüpfte aus seinen Armen und bedeckte ihre stärker werdende Taille. Es war leicht gewesen, ihn davon abzuhalten, daß er sie berührte, daß er das verborgene Kind entdeckte. Er hatte Maman gewollt. Fünf Monate hatten sie in einem Bett gelegen und einander den Rücken zugewandt. In manchen Nächten liebkoste sich John selbst. Dann hörte sie ihn stöhnen und seufzen. Er tat es, um sie zu ärgern. In anderen Nächten blieb er weg und beschlief Huren, die vermutlich ebenso gerissen und selbstsüchtig waren wie Maman. Aber sie wußte, daß es nicht Brigette war. Brigette war es nie gewesen.

In Nächten, in denen sie ihn aus der Fassung brachte, in denen ihre Zeremonien zu gut liefen, wurde John sinnlich. Seine Hände wollten über sie wandern. Beherrschen und unterwerfen. In solchen Nächten blieb sie wach, bereitete Eintopf in der Küche zu und benutzte Ribaud, Jambalaya und den Python als Schutzschild.

»Ich habe mich in letzter Zeit müde gefühlt. Das ist alles, John.«

Er suchte einen Stein aus und ließ ihn über den See hüpfen. »Setz dich«, sagte er und legte sein Jackett auf den feuchten Sand. »Mach nicht so ein überraschtes Gesicht. Ich darf zu meiner Königin doch höflich ein, oder?«

»Ich denke schon.« Sie hörte, wie jemand ›Maman Marie‹ schrie. Echos rauschten durch die Menge und erstarben dann jäh zu gespanntem Gemurmel. Sie setzte sich mit dem Gesicht zum Wasser.

»Ich hatte unrecht.«

Marie zog die Augenbrauen hoch. Wovon redete er? Seine Stimmung war seltsam fröhlich.

Auf sein Gesäß gestützt, die Arme zwischen den Knien baumelnd, kauerte John neben ihr wie ein Kind im Anzug eines Erwachsenen. »Wenn die Menge für deinen Auftritt bereit wäre, würden alle im Sprechchor rufen: ›Marie. Maman Marie.‹« Er machte eine Pause. »Schöne Marie.«

»Ich trete nicht auf«, flüsterte sie.

Mit einem Stock malte John spiralenförmige Kreise in den Sand. »Habe ich dir eigentlich jemals gedankt?«

»Wofür?«

»Dafür.« Der Stab zeigte auf die Menge, den Altar, auf Ribaud und seine kleine Trommlerkapelle und auf die Transparente aus weißer Seide, die an Stöcken hingen. »Ich hätte nie geglaubt, daß unsere Pläne so erfolgreich sein würden.« Er schob den Kopf vor und lachte leise in sich hinein, während er sie listig anguckte. »Es ist nur eine Frage der Zeit bis zum Cathedral Square.«

Diesen John, den Jungen, der spielte, flirtete, hatte sie noch nie erlebt. »*Unsere* Pläne«, hatte er gesagt. Doch John manipulierte alles und jeden. Marie zog die Füße näher an den Körper.

»Ich war noch nie glücklicher.« John berührte die parallel verlaufenden Narben auf seiner Backe. »Als sie mir ins Gesicht schnitten, sagten sie, das wäre, weil ich von königlichem Geblüt sei. Ich habe kein einziges Mal geweint, als mein Vater und der Priester mich packten. Sie hielten mich fest wie ein Tier – ein Huhn, bevor ihm die Kehle durchschnitten wird, ein Schwein, bevor man ihm den Bauch aufschlitzt. Anstatt laut loszuschreien, schrie ich in meinem Kopf. Ich hätte alles ausgehalten, um von königlichem Geblüt zu sein. Etwas Besonderes. Nächte später jedoch habe ich wegen ihres Verrats geweint. Ich habe geweint, weil ich mich kein bißchen anders fühlte. Ich habe dieselben Pflichten erledigt – Land gerodet, Fleisch gehäutet, die Pfeife meines Vaters gestopft. Ich habe diese ganze Qual durchgestanden, und wozu? Ich haßte den Priester und meinen Vater. Vor allem meinen Vater. Ich freute mich auf seinen Tod, damit ich herrschen konnte. Und als sein Tod wirklich eintrat, war es eine Überraschung. Ein Aufstand, der vom Hohen Priester angeführt wurde.« Der Stock, zu stark gedrückt, zerbrach. John starrte weiter in den Sand, hoffte, dort zwischen den Teilchen aus Algen, Steinen und Muscheln Verständnis zu finden.

»Mein eigenes Volk hat mich in die Sklaverei verkauft«, sagte er ungläubig. »Wozu? Damit ich leiden sollte. Sie hätten mich ebenso leicht töten können wie meinen Vater. Der Tod eines Häuptlings – ein Schnitt zum Herzen. Ein königlicher Tod.«

Marie beobachtete, wie sich seine Nackenmuskeln anspannten, sich wie das Wasser kräuselten. Aale krochen aus dem See.

»Heute abend fühle ich mich königlich.«

Das Mondlicht über Johns Kopf flackerte aus, dann wieder an. War das nur Einbildung?

»Marie, wir sollten heiraten.«

Sie schnappte nach Luft.

»Ich habe gelobt, daß ich dir alles sein würde. Vater. Gatte. Sohn. Sag ja, Maman Marie.«

Die Menge explodierte: »Maman Marie.« Der Sprechchor klang wütend, mit einem Schuß Bedürfnis gewürzt. »Maman Marie.«

»Verstehst du denn nicht?« John packte ihre Schultern, nötigte sie. »Vater einer neuen königlichen Familie. Ehemann der mächtigsten Frau in New Orleans. Sohn der Mutter unseres Glaubens. Sag ja.«

»Maman Marie. Maman Marie.« Die Menge verlangte sie, brauchte Maries Auftritt. Sofort. »Maman Marie.«

Mit dicker Zunge deklinierte Marie tonlose Worte. Sie taumelte auf die Füße. Johns Gesicht war vorgestreckt, schnellte auf sie zu wie eine hackende Möwe.

»Sag ja«, rief er über den Lärm. »Die Menge erwartet uns.«

Von seinem Palmöl wurde ihr übel. Das Kind zerrte an ihr. Vor Entsetzen stolperte Marie, versuchte, zu entkommen. Ihre Füße versanken immer wieder im Sand. John versuchte unablässig, ihre Taille zu umklammern.

Ribaud, der die beiden Gestalten am Strand kämpfen sah, gab seinen Trommlern ein Zeichen. Vier junge Männer begannen, auf Katzendarm einzuhämmern, Damballah zu umwerben. Der Lärm war ohrenbetäubend. Die Menge geriet außer Rand und Band.

Marie fiel auf die Knie. Sand kratzte an ihrer Haut. Sie hob den Kopf. Ribaud winkte ihr zu und sprang dabei auf und ab. Er schien meilenweit entfernt zu sein. Mühsam, weil der Sand und das Baby es erschwerten, kam sie auf die Beine. »Es ist Zeit«, sagte sie, doch John reagierte, als ob er sie nicht gehört hätte. Sein Gesicht war zu einem Ausdruck verzerrt, den Marie nicht deuten konnte.

»Antworte mir, Marie. Sag ja.«

Entsetzt wiederholte sie: »Es ist Zeit.«

»Marie Laveau. Maman Marie«, tobte die Menge.

Sie machte einen Knicks vor ihrem Publikum. Die Wachposten mühten sich ab, um die Menge an ihrem Platz hinter den luftgierigen Feuern zu halten. Marie sah, wie einer der Wächter auf einen Mann einknüppelte. Sie wandte die Augen ab und sah Nattie, die in einiger Entfernung links vom Altar stand und sie eindringlich anstarrte. Marie trottete weiter. Sie wußte nicht, ob John ihr folgte. Nach ein paar Metern wurde ihr klar, daß Nattie auf ihre anschwellende Taille starrte. Marie schüttelte sich. Sie konnte sich jetzt keine Gedanken über die Krähenfrau machen. Sie mußte mit der Zeremonie fortfahren und um jeden Preis John aus dem Weg gehen.

Ribaud trat vor. Marie ließ sich einen Moment Zeit, um zu lächeln und seinen zottigen Kopf zu kraulen. »Danke«, raunte sie, und er grinste nickend, bevor er sich auf seinen Taubenfederhut stürzte und seinen Trommeln zuwandte.

Sechs weißgewandete Jüngerinnen fingen zu tanzen an. Das Publikum wogte hin und her wie eine Riesenschlange. Marie konnte Menschen sehen, die erschauerten und in Ohnmacht fielen. Der Alkohol, die Hitze, Tanz und Trommeln ließen rasch alle Hemmungen schwinden. Marie fragte sich, wie viele Menschen wohl vor dem Ende der Nacht niedergetrampelt, wie viele tot wären. Die Menschen machten das Seeufer häßlich.

John schwang seine Klingen. Er zog ein Mutterschaf hinter sich her. Nattie trug einen Käfig mit Tauben. Nattie und John gruppierten sich um sie, bildeten eine Dreiergemeinschaft. Warum bestand John auf soviel Blut?

Macht Platz! Macht Platz für li Grand Zombi.
He, yé, yé, Mademoiselle Marie,
Du hast die Macht, Zauber zu spinnen.
Marie Laveau ist eine Schlange.

Unbemerkt war John hinter Marie geschlüpft. Seine Hand wanderte unter ihre Haare und umklammerte ihren Hals. Er küßte sie. »Sag ja.« Die Menge brüllte: »Papa John. Maman Marie.« Nattie lachte. Und Marie riß sich ärgerlich los und schüttelte die Haare wie eine Mähne.

John schnitt dem Mutterschaf die Kehle durch. Das Tier schrie einmal. Sein Körper zuckte, als es starb. Nattie reichte John eine Taube nach der anderen. Er drehte ihnen den Hals um und schnitt ihnen die Herzen heraus. Zu seinen Füßen bildete sich ein rotweißer Hügel.

Für Marie hatte das alles etwas Unwirkliches an sich. Alles war theatralisch. In jeder Zeremonie mußte sie sich ihren Weg zur göttlichen Inspiration erkämpfen. Sie kämpfte um irgendeinen Sinn, damit ihr Leben nicht unredlich war. Es gab eine Voodooreligion, die außerhalb von Johns Interpretation und Einfluß existierte. Der Sand saugte rotes Blut auf.

Marie schritt durch die wogenden Tänzer auf den Altar zu. Sie neigte den Kopf auf Damballahs Bildnis. Keine grobe Kohleskizze mehr, sondern nun eine in grellbunten Ölfarben gemalte Schlange. Hinter dem Gemälde war die echte Schlange, ihr Python, der sich um sich selbst ringelte, so still wie eine Flaute während eines Wintersturms. Marie betete: »Mache etwas Besondere aus mir. Mache aus meiner Welt eine bessere. Erträgliche.«

Sie quälte sich ständig mit dem Gedanken, was wohl geschähe, wenn Damballah nicht käme. Dann wäre sie wie Nattie. Wie John. Beraubt.

Sie preßte die Lippen zusammen. Warum sollte sich Damballah die Mühe machen zu kommen? Sie weinte, Tränen tropften auf den Altar. Sie war die schwächste Frau, die es gab. Sie konnte nicht lieben. Sie konnte John nicht einmal richtig hassen.

Die Minuten schienen wie Stunden zu vergehen.

Sie mußte den Glauben unter Sündern und Sensationsgierigen finden. Warum besaß sie nicht die Macht, sie zu etwas Besserem zu führen? Sollte eine Voodookönigin nicht Frieden gefunden haben?

Nattie und John dirigierten die Menschen, warfen, auf den Fanatismus der Leute setzend, Tierherzen in die Menge. Frauen kreischten. Sprechchöre mischten sich mit Flüchen, Schreien. Jeder versuchte, die Besessenheit des anderen zu überbieten. Jüngerinnen tanzten wie betrunkene Huren. Nur die Musik schien unverfälscht zu sein. Ribaud fand Rhythmen, die an eine weit zurückliegende Vergangenheit, an eine Welt erinnerten, die viel älter, viel unberührter war als Teché. Eine Welt, in der Leben und Selbstfindung das gleiche waren.

Wenn Damballah nicht kam, was sollte sie dann tun?

Marie konzentrierte sich auf die Trommeln, preßte das Gemälde von Damballah fest ans Herz. Der Python hatte sich entrollt und bewegte sich langsam vorwärts. Marie drückte die Lippen an seine kühle Haut. »Verzeih mir.« Ihr Körper war schweißgebadet. »Nähre meinen Geist.« Schon beinahe bewußtlos konnte sie spüren, wie etwas, jemand zuckte. Stöhnend sank sie vornüber.

Die Menge verstummte jäh. Verspätete Ehrfurcht. Sie sahen zu, wie Marie dastand, unsicher zunächst, doch dann jedem Schritt vertrauend, den sie von der Hauptbühne auf den See zuging. Sie ging weiter, als das Wasser schon ihre Knöchel umspülte, ihren Rock und ihre Knie näßte. Als ihr das Wasser bis zur Taille reichte, blieb sie stehen und senkte wie im Gebet den Kopf, bevor sie in das eisige blaue Wasser eintauchte und in seinen Tiefen verschwand.

Die Menge rannte an den Wächtern und den Absperrungen vorbei und verteilte sich am Ufer, um nach ihr Ausschau zu halten. Die Menge schrie klagend, und die Trommeln verstummten.

Eine Minute verstrich. Zwei.

Ribaud hörte auf zu atmen, weil er sich vorstellte, wie Marie unter Wasser den Atem anhielt. Schließlich hustete er und schnappte nach Luft. Eine Frau fiel in Ohnmacht. Ein Mann sprach aus, was alle dachten: »Sie ist tot.«

Das Publikum war verwirrt, unsicher. John stand bis zur Brust im Wasser.

»Sie ist eine Hexe«, triumphierte einer der Priester. »Ein Körper müßte treiben.«

John raste, trat nach Wellen. Marie war tot, dachte er. Ein Selbstmord, um ihn zu ärgern.

»Ein Teufel«, sagte ein anderer. »Ich hab ja gewußt, daß sie kein gutes Ende nehmen würde.« Ribaud schlug dem Mann auf den Mund.

Am Ufer stimmte Nattie einen Klagegesang an. Wie eine wogende Welle rauschte die Melodie durch die Menge. Sklaven und freie Farbige, von Entzücken ergriffen, sangen.

»Frei wandert meine Seele.
Der Tod erwartet mich,
Erbarmt euch, Guédé, Guédé,
Den richt'gen Weg laßt finden mich.«

Ein Sopran wie eine Hirtenflöte antwortete der musikalischen Phrase.

»O, Maria, weine nicht, ach, traure nicht.
Eines Morgens, hell und lind,
Nimm meine Flügel und teil den Wind.
O, Maria, weine nicht, ach, seufze nicht.«

Dutzende von Sklaven sangen das beruhigende christliche Lied. Es gab ein Leben nach dem Tod. Christus, der am Kreuz geopfert worden war, würde auferstehen. Und auch Marie.

Am Anfang barsten die beiden wetteifernden Lieder vor schmerzlicher Dissonanz, doch nach und nach wurden sie zu einem rhythmischen Kontrapunkt und mischten sich dann zu einer neuen, mitreißenden Hymne. Diejenigen, die den Text nicht kannten, sangen Vokale oder summten die Melodie. Klagen ließen den Himmel erbeben. Sterne fielen herab. Das Lied breitete sich bis zum Ende der Welt aus. Frauen fielen in Ohnmacht, und Männer zitterten. In New Orleans hielten die Bürger in allem, was sie gerade taten – schlafen, tanzen, lieben –, inne und behaupteten, daß Engel weinten. Seeleute, die weit jenseits der Seemündung und jenseits der Küste der Karolinen nach Norden segelten, glaubten, lockende Sirenen zu hören. Grandmère regte sich, während sie lebhaft davon träumte, daß ihre versklavte afrikanische Maman frei wäre und sie nach Hause führte. John hörte in dem Trauergesang seinen eigenen nahen Tod.

Ribauds Augen füllten sich mit Tränen. Seine Marie war tot, genau wie seine hübsche Tochter. Nattie, die bei ihrer Trauerklage war, tat sich selbst leid und war zugleich wütend auf sich. Sie hatte gehofft, durch Marie ihren Weg der Seligkeit zu Damballah zu finden. Durch Dummheit hatte sie ihre Chance vertan. Sie war nie über Eifersucht hinausgekommen.

Louis DeLavier erhoffte Vergebung. Gleich, als er gesehen hatte, daß Marie ins Wasser tauchte, hatte er sich zur vordersten Reihe der Menge durchgekämpft. Er konnte einfach nicht glauben, daß Marie tot war. Außer Atem hatte er seine Stiefel und sein Jackett heruntergerissen und war zum Rand des Wassers gerannt. Er war hineingehechtet und hätte wegen der entsetzlichen Kälte fast geschrien. Er war geschwommen, wie ein Wahnsinniger und ungleichmäßig, hatte ›Marie!‹ gerufen, bis seine Kraft erschöpft war. Er hatte keinerlei Spuren gesehen. Keinen treibenden Körper. Kein Kleidungsstück, das an die Oberfläche kam. Seine Lungen schmerzten vom ständigen Tauchen in das dunkle und eiskalte Wasser.

Damballah hatte sie zu einem stillen Ort gebracht.

Marie fühlte sich wie in einem Kokon. Damballah war ihr bester Liebhaber. Sie fühlte sich sicher, glücklich, in einer afrikanischen Tradition verwurzelt, die sie eher spürte als kannte. Damballah wollte zum Meer. Sie konnte nichts anderes empfinden als den Wunsch, unter Wasser zu sein.

Sie und Damballah tauchten. Sie waren frei, sanken tief nach unten. Sie atmete das dicke, berauschende Wasser ein. Damballah mochte es, wenn das Plankton ihn am Bauch kitzelte. Ein Schwarm Fische huschte vorbei. Kichernd streichelte Marie den Panzer einer Schildkröte und küßte einen schlafäugigen Wels. Die Welt war kühl, vibrierte vor Blau, Grün und vor gelben und roten Sprenkeln in der sanften, überwältigenden Dunkelheit. Sie schwammen zur Mitte des Sees und setzten sich.

Damballah flüsterte aus dem Innern von Maries Kopf. Die Sprache war fremdartig, schnalzend und rhythmisch, und Marie erkannte sie als einen afrikanischen Dialekt, den sie unter erst kürzlich gefangenen Sklaven gehört hatte. Nach und nach begann sie zu verstehen.

»Du gehörst mir«, sagte Damballah. »Schon immer und für immer.«

Agwé, der Meeresgott, erschien und zog ein Schiff hinter sich her, das so groß und so breit wie ein Wal war. Schwarze Menschen waren auf dem Schiff, schwarz in allen Schattierungen. Einige waren in grobe Baumwolle und Ketten gehüllte Sklaven; andere waren als Schmiede oder Krämer gekleidete freie Farbige; auch wunderschöne, in Ballroben und seidene Nachmittagskleider gewandete Mulattinnen und Terzeronenmädchen waren darunter. Alle winkten sie Marie zu. Grandmère stand im Achterschiff und rief: »Nach Hause. Wir wollen nach Hause fahren.«

»Nach Hause«, sagte Damballah. Und Marie eilte vorwärts, stolperte über den Meeresgrund, rutschte auf Muscheln aus, brachte das Tempo von Seepferdchen durcheinander und scheuchte Fischschwärme auf.

»Marie.« Grandmère winkte. Marie empfand eine unbeschreibliche Freude. Neben Grandmère, am Steuerruder, stand eine majestätische schwarze Frau in leuchtend bunten Gewändern. »Du bist ich«, sagte sie. Rechts von Grandmère stand Maman und winkte Marie an Bord. Und auf dem Deck stand ein kleines Kind mit langen schwarzen Zöpfen.

»All diese hier bist du«, murmelte Damballah. »Gemischtes Blut. Aber dein Blut fließt wegen mir und durch mich, Damballah. Der Gott deiner Vorfahren. Wir segeln gen Afrika. Nach Hause.«

Die Frau und das Kind bildeten einen Kreis mit Marie in der Mitte, in seinem Herzen. Und um ihren Kreis bildeten die anderen Passagiere Kreis um Kreis, bis sie sich alle umschlungen hielten, weinten, sangen und das Innerste ihrer zunehmenden Kreise priesen – Marie Laveau, besessen von Damballah.

Das walähnliche Schiff kam zu Hause an. Agwé brachte die Passagiere auf seinem breiten Rücken an Land. Als sie das Schiff verlassen hatten, wurden alle wieder zu staunenden, von Ehrfurcht ergriffenen Kindern. Marie weinte. Afrika war ein großes Teché. Jedes Teilchen ihres Ichs fühlte sich neu geboren. Die üppigen Blätter, das Krächzen der Vögel – alles verströmte Liebe. In der fruchtbaren schwarzen Erde und unter den Tieren, die sprungbereit im Schatten und auf den Ästen der Bäume lauerten – überall war Wiedergeburt.

»Es ist Zeit«, sagte Damballah.

»Nein«, formte Marie mit den Lippen.

»Es ist Zeit.« Die Landschaft, die Menschen und Tiere wurden zu Geistern. Und die Geister flogen durch ihre Augen in ihre Seele, und sie schrie auf, weil sie soviel Geschichte in sich versammelte. »Das hier bist du.« Zuerst dachte Marie, es wäre Grandmère, die da sang; doch dann wurde ihr bewußt, daß es ihre eigene Stimme war, die leise sang. »Das hier bin ich.«

Und sie flog, durch alterslose und uralte Gewässer, und platzte in die Luft. Marie war überzeugt, daß sie nach dem Mond greifen könnte. Dann senkte sich ihr Körper auf die feuchte Oberfläche. Feuchtes, wirres Haar klebte ihr an Gesicht und Rücken. Ihr gelber Rock und ihre gelbe Bluse zeichneten die Konturen ihrer Rundungen nach, die sanfte Schwellung ihres Leibes.

Sie lief auf der Wasseroberfläche, als wäre es der Erdboden.

DeLavier, der sich auf dem Rücken treibend ausruhte, war der erste, der Marie ganz in der Nähe aufrecht stehen sah. Er warf sich auf den Bauch herum, konnte es nicht glauben, als sie mit sicheren Schritten auf den Wellenkämmen lief. Ein Regenbogen zeigte ihr den Weg. Sie ließ kein Zögern erkennen, keine ehrfürchtige Scheu, nur ein Gefühl tiefer Traurigkeit, Enttäuschung. Louis brachte kein Wort heraus. Kindheitsgebete überfluteten seinen Kopf. Es mußte doch einen Gott geben, dachte er.

Marie lief an ihm vorbei, konzentrierte sich auf ihre Anhänger. Im Wasser hatte ihr Damballah gezeigt, wie sie sich sowohl mit der Vergangenheit als auch mit der Zukunft neu verknüpfen konnte. Die Zeit windet sich wie eine Spirale von der Mitte nach außen, und die Mitte war Damballah, der Geister – und den Geist in ihr – zu einem Ganzen zusammenfügen konnte. Und obwohl noch so unendlich viel zu tun und so unendlich viel zu bedenken war, obwohl sie zaghaft und unsicher war, empfand Marie eine neue Leichtigkeit des Seins. Sie war kein Glühwürmchen, das seine eigene Luft verbrannte. In ihr war ein Licht, das ihr, wenn sie es zuließ, den Weg zu Frieden und Geborgenheit zeigte.

Die Menge schrie vor Erstaunen auf, als sie Marie über den See laufen sah. Einige der Leute fielen auf die Knie und riefen: »Damballah«; »Wunder«; »Auferstehung«. John schrie unnötigerweise: »Zurück, zurück.« Er konnte es sich nicht erlauben, die Bedeutung von Maries Wunder zu begreifen. Er mußte sich durchsetzen, seine Macht geltend machen. Daher drückte und schob er weiter, ging auf jeden los, der in der Nähe seiner imaginären Sicherheitslinie für Marie war.

Keiner aus dem fassungslosen Publikum bewegte sich auf sie zu. Die Menge war stumm, bis auf undeutliches Gemurmel und leise Gebete.

Marie spürte Kies unter den Füßen, als sie auf das Ufer trat. Der Sand wirkte genauso fremd und unwirklich wie die hoch aufwogenden Wellen. Der kleine Ribaud schlurfte, platschte und hoppelte mit schiefem Körper durch die Flut auf sie zu und bot ihr seinen Umhang an.

»Danke.« Marie hatte nicht das Gefühl, zu frieren oder naß zu sein; was sie fühlte, überstieg normale Empfindungen.

»Wie hast du das gemacht?« flüsterte Ribaud eindringlich. Die Augen vor Ehrfurcht weit aufgerissen, zögerte er, sie zu berühren.

»Ich weiß es nicht, Ribaud. Ich weiß es nicht.«

Ihre Beine gaben nach, und sie stolperte. Ribaud bot seinen Körper als Krücke an. Marie lehnte sich an ihn. Sie war erstaunt und froh, daß Ribaud sie liebte. Mit seinen Trommeln bewirkte Ribaud das einzige, was ihr das Gefühl gab, etwas Besonderes zu sein. Seine Trommeln zeigten ihr den Weg zu Damballah. Seine Trommeln zeigten ihr den Weg zu sich selbst.

Unter ihren Wimpern hervor sah Marie John, der ein paar Meter entfernt, abseits der Menge, mit geballten Fäusten dastand. Marie fröstelte. Ribaud führte sie auf den Strand.

Sie bildeten ein Spalier: sie selbst und Ribaud mit dem Rücken zum Wasser; Nattie und John mit dem Gesicht zu ihnen. Zwei gegen zwei. Der Mond warf vier Schatten.

Ribauds Hand legte sich auf ihr Kreuz, während Nattie, das Kleid von Taubenblut durchweicht, murmelte: »Ich glaub's nich, ich glaub's einfach nich.« Aber sie glaubte es doch. Wieder nagte die Eifersucht an ihr. Sie hätte Marie am liebsten die Augen ausgekratzt. Der Neid fraß sie auf, und sie konnte nichts dagegen tun.

John, der seinen Zorn zügelte, ließ den Kopf hängen und zerrte an seinem offenen Kragen. Seine Adern verengten sich. Am liebsten hätte er Marie und Ribaud umgebracht. Die beiden hatten seine Demütigung geplant. Er rang um Fassung. Unwillkürlich berührten seine Finger die Narben in seinem Gesicht. Er fühlte sich erneut betrogen. Er fühlte sich nicht königlich.

»Wir sollten Marie nach Haus bringen«, sagte Ribaud.

»Sag mir nicht, was wir tun sollten«, blaffte John und ging auf den Zauberer los, gegen den sich jetzt seine ganze Wut richtete. »Was weißt du denn schon, was wir tun sollten? Du bist nichts, verstehst du das? Ein Mann, der seine Tochter tötet, ist nichts. Nichts.«

»Laß ihn in Ruhe«, sagte Marie und schürte damit nur noch den Haß in John. Sein Gesichtsausdruck war wild, abstoßend. Sie wich zurück. »Was sollten wir denn tun, John?« fragte sie besänftigend. »Wohin sollten wir denn, wenn nicht nach Hause?«

Marie beobachtete, wie John innerlich wütete, angestrengt nach einer Möglichkeit suchte, ihre Besessenheit zu übertrumpfen. Sie bedauerte ihn beinahe. Alle seine Tiere waren schon geschlachtet worden.

John lächelte leicht, wandte sich dem Publikum zu und bat mit ausgestreckten Armen um Ruhe. »Marie und ich werden heiraten«, rief er aus. Ein paar verhaltene Zustimmungsrufe waren zu hören. »Wir werden heiraten.« Ein paar Hurrarufe. »Hört ihr mich nicht?« wollte er wissen. »Wir werden heiraten.«

Die Menge starrte über ihn hinweg – verblüfft, daß Marie, auferstanden von den Toten, wie Jesus auf dem Wasser gewandelt war. Schwarzen und Weißen hatte es die Sprache verschlagen. Jeder überlegte, wie er zu einer persönlichen Segnung gelangen könnte, eine Segnung, die alte Wunden und Schmerzen lindern, eine Segnung, die Ängste beschwichtigen und Krankheiten heilen konnte. Selbst die Priester bemühten sich, Maries Wunder als eines der ihren vernunftgemäß zu erklären. Alle waren überzeugt, daß sie das Übernatürliche miterlebt hatten. Ob gut oder böse, das wußten sie nicht. Für die meisten in der Menge spielte das keine Rolle. Marie Laveau war das Symbol der Macht.

»Wir werden heiraten«, erklärte John erneut.

Ribaud kreischte mit der ganzen Kraft seiner Lunge: »Marie Laveau! Voodookönigin! Marie Laveau!«

Das Publikum fing zu schreien an, flutete auf sie zu. Marie zog den Umhang eng um sich, als die Leiber nach vorn drängten. Hände zogen und zerrten an ihr; sie schwankte beängstigend. Hände bildeten einen Thron, der Marie hochhob.

»Marie Laveau. Voodookönigin. Marie Laveau.« Auch Rufe wie »Gebenedeit sei Jesus«, »Gelobt sei Gott«, »Teufel«, »Damballah ist alles« wurden laut.

Ribaud jauchzte und schlug auf seine Trommel ein. Die anderen Trommler machten es ihm nach: banden sich die Trommeln um die Brust, schlängelten sich durch die Menge und wühlten den fiebrigen, zügellosen Sprechchor zu einer ansteckenden

Feier auf. »Marie Laveau. Marie Laveau.« Es war eine Prozession marschierender, ungezügelter Menschen. Sie wollten Marie über den Sand, am Kai entlang, durch das French Quarter und den ganzen Weg nach Hause tragen. Marie gab sich einem Gefühl der Hochstimmung hin. Dieses eine Mal hatte sie John übertrumpft. Sie war eine Königin.

Marie drehte sich um, und über wippende Köpfe und fuchtelnde, scheinbar körperlose Arme hinweg sah sie, wie die breithüftige Nattie vorsichtig an den Rand des Sees trat. Den Hintern in die Luft gereckt, beugte sich Nattie vor und berührte das schillernde Wasser. Und die ganze Zeit über schüttelte sie ungläubig den Kopf.

Links von John sah Marie Louis, eine geisterhafte Gestalt, die lächelte und winkte. Als sie sich nach links umdrehte, um besser sehen zu können, bemerkte Marie, daß Louis völlig durchnäßt war. Aus seinen Haaren tropfte Wasser zu seinen nackten Zehen hinunter. Er sah komisch und pathetisch aus. Louis mußte ihr ins Wasser gefolgt sein. Kein anderer unter den Hunderten hatte das getan. Nur Louis. Der Gedanke, daß ihm immer noch so viel an ihr lag, daß er sie retten wollte, machte sie verlegen. Sie würde ihm nie verraten, daß sein Rettungsversuch unangebracht war.

Marie schaute über Louis hinweg, um John zu suchen. Die Feuer warfen riesige Schatten. Zerstückelte Tauben trieben munter auf dem Wasser. John war verschwunden. Marie wollte sich keine Sorgen machen. Etwas Wundersames war mit ihr in der Tiefe des Sees geschehen. Zum ersten Mal seit ihrem neunten Lebensjahr wußte sie, was Freude war. Damballah hatte ihr einen Schimmer von ihrer Persönlichkeit gezeigt, und heute nacht hatte sie das Gefühl, als wären selbst die Sterne am Himmel für sie zum Greifen nah.

Nachzügler von der Zeremonie am Seeufer standen vor dem Haus an der St.-Anne-Straße und hielten zu Ehren von Marie Laveaus Fähigkeiten Wache, während Marie im Haus John gegenübersaß und sich hilflos vorkam. Sie waren allein. Nattie und Ribaud überwachten die Andacht der Menge. John hatte sie beide aus dem Haus geschickt. Nattie war bereitwillig gegangen; Ribaud mußte geprügelt werden. John hatte grausam auf Ribauds Kopf eingehämmert, ihm die Haut um die Augen zerkratzt und Nase und Mund blutig geschlagen. Marie hatte Ribaud angefleht, zu gehen. Der Zauberer hatte nachgegeben, aber erst, nachdem er mit großem Getöse seine Trommel in der hintersten Ecke verstaut und dann Marie rasch ins Ohr geflüstert hatte: »Der Python is in der Trommel.« Und diese schlichten Worte hatten Marie aufgerichtet und ihr einen Funken Hoffnung und Mut gegeben.

Die Hände im Stoff ihres Rocks gefaltet, den Rücken gerade, saß Marie sittsam, fast wie ein Kind, da und konzentrierte sich darauf, verzagt und niedergeschlagen zu wirken. Argwöhnisch beobachtete sie John. Er lief wie eine Katze auf und ab. Sie wagte es nicht, zuerst zu sprechen; sie wartete darauf, daß John das schreckliche Schweigen brach. Sie wünschte, der Python läge auf ihrem Schoß. Oder noch besser: Sie wünschte, sie läge zusammengerollt neben dem Kind in ihrem Leib. Nur wenn sie sich konzentrierte, konnte sie Kraft schöpfen. Sie mußte John mit Hinterlist besiegen. Damballah hatte ihr gezeigt, daß sie errettet werden konnte. Wenn sie diese Nacht überlebte, konnte sie John vielleicht überlisten und triumphieren.

Das Haus war in heilloser Unordnung. Verstohlen musterte

Marie die Trümmer. Stühle waren umgekippt, Geschirr war zerschlagen, und die Regale waren übersät von zerbrochenen Gläsern mit Bohnen, Reis und Gewürzen. Marie vermutete, daß John verzweifelt nach etwas gesucht hatte. Er war eine Stunde vor ihr nach Hause gekommen. Der Schaden war beträchtlich. Die Federmatratze war von ihrem Bett heruntergerissen und aufgeschlitzt worden. Ihre Truhe war geleert worden. Kleider und Schminktiegel lagen verstreut herum. Der verspiegelte Frisiertisch war mit Kerzenwachs beschmiert.

Marie seufzte und strich sich feuchte Strähnen aus dem Gesicht. Sie konnte ihre Nervosität nicht völlig unterdrücken. Der berauschende Seegeruch hatte sich in ihren Poren festgesetzt. Sie hatte ihr feuchtes Kleid gegen ein baumwollnes Hemdkleid wechseln dürfen. Doch ihre Haare hingen immer noch feucht und schwer herunter. Der Kamin war noch nicht angezündet worden.

»Du hast einen Narren aus mir gemacht.«

Marie fiel keine unverfängliche Antwort ein.

»Einen Narren.« John drückte die Stirn an die Wand und schlug mit den Handflächen an die Maserung. »Einen gottverdammten Narren.«

Bei jedem Schlag zuckte Marie zusammen. Bis zum Morgengrauen waren es noch einige Stunden. Vielleicht würde ihr bei Tagesanbruch erlaubt werden, sich in Träume zu flüchten, in denen sie für alle Zeit auf dem Grund des Sees läge.

»Nichts, was ich getan habe, sollte dich verletzen«, murmelte Marie. Es war die Wahrheit. Wie eine gefügige Närrin hatte sie alles hingenommen, was John ihr antat. Kein einziges Mal hatte sie nach Rache getrachtet.

»Lügnerin.«

Marie blinzelte.

John trank Rum. Er sah nicht mehr jung und gesund aus. Er wirkte entsetzlich angespannt, so, als würde der Katzendarm, der über die große Faßtrommel gespannt war, überdehnt. Leichte Zuckungen schüttelten seinen Körper. John ähnelte einer von Ribauds Straßenkatzen, bevor sie geschlachtet wurde.

Er setzte sich Marie gegenüber an den Tisch. Er hielt den Blick auf sein Glas gerichtet, beobachtete, wie der bernsteinfarbene Rum das Licht absorbierte. Seine groben Finger stießen nach Alkoholpfützen auf dem Tisch. Nun, da Marie hier war, wirkte John beunruhigt, als fühlte er sich in seinem Zorn nicht wohl.

Plötzlich sprach er. »Wo ist mein Kräuterkasten?«

»Das weiß ich nicht. Vermutlich dort, wo du ihn gelassen hast.«

»Dann würde ich ihn ja wohl finden können«, rief er faustschüttelnd. »Wo ist er? Meine Kräuter!« Verzweifelt fuhr er mit den Fingern über das Gesicht, dehnte die Haut und verzerrte die Gesichtszüge. »Ich habe überall gesucht. Ich brauche meinen Kasten. Ich brauche unbedingt die Pulver.«

»Ja, John.« Marie war sicher, daß er mit ihr spielte. Warum schlug er sie nicht und brachte es hinter sich? Vielleicht hatte er die Kraft nicht. John sah blaß und krank aus. Graue Strähnen säumten seine Schläfen. Das war merkwürdig. Noch vor wenigen Stunden war sein Haar glänzend schwarz gewesen. Es mußte das Licht sein, das täuschte. Alles an ihm war seltsam unförmig und träge. Die Sorge ließ sein Gesicht um Jahre altern. Sein Körper schien in sich zusammenzuklappen, als er sich vorbeugte und fluchend das Gesicht in den Händen barg. »Ich brauche meinen Kasten.«

»Und ich brauche Schlaf, John«, antwortete Marie ruhig, als sie sich erhob und sich wie ein verkrüppelter Hase vorsichtig auf das Schlafzimmer zubewegte. John sah wie ein Greis aus. Vielleicht fand sie in ihrem Zimmer Schutz. Vielleicht hatte John, wie durch ein Wunder, gar nicht die Absicht, ihr weh zu tun. Er war so mit sich selbst beschäftigt, daß er ihre Nähe vergessen zu haben schien. Leise schlich Marie weiter. Ihre Hand langte nach der Tür.

John stürzte vor, kippte dabei seinen Stuhl um und fegte sein Rumglas vom Tisch. »Ich brauche meinen Kräuterkasten. Du hast ihn versteckt, stimmt's?«

»Nein, John.« Sie konnte seinen heißen Atem auf ihrem Gesicht spüren, seine Finger, die sich in ihre Haut gruben. Sie hätte am liebsten geschrien, weil sein Gesicht mehr als nur vor Wut verzerrt war. Er schien irrsinnig, ohne Verstand zu sein. Er hatte Mühe, seine Augen ruhig zu halten.

»Wir brauchen beide Schlaf, John. Wir brauchen beide Ruhe.«

»Gib mir keine Befehle.« Er schlug sie mit der flachen Hand.

Marie schnappte nach Luft und drängte die Tränen zurück. Sie könnte es nicht ertragen, wenn John sie jetzt weinen sähe.

»Wie hast du es gemacht?« verlangte John zu wissen. »Wie? Sag mir wie, oder ich prügele es aus dir heraus.«

»Wie was? Wovon redest du?« Der Angriffswechsel verwirrte Marie.

»Als ich dir begegnet bin, wußtest du gar nichts. Dumm und unwissend warst du. Dumm und unwissend. *Ich*«, sagte John und trommelte mit den Fingern auf seine Brust, »*ich* habe dich unterrichtet. Aber ich habe dir keine Wassertricks beigebracht. Wer hat dir das beigebracht, Marie? Wie hast du das gemacht? Wie hast du das Wasser überlebt?«

Sie stand mit dem Rücken an der Wand, und Johns Arme hielten sie zu beiden Seiten wie in einer Falle gefangen.

»Glaube«, sagte Marie störrisch. »Warst du es nicht, der mich lehrte, auf den Glauben zu bauen?«

Seine Fäuste donnerten in das Holz. »Halte keine Predigten. Ich bin nicht hirnlos und unwissend wie die da draußen. Glaubst du etwa, daß ich einer deiner Anhänger bin, die katzbuckeln und ›Ja, Maman Marie‹ sagen müssen? Es gibt für alles eine Erklärung. Sogar dafür, warum du lügst.«

»Ich lüge nicht«, kreischte Marie. »Damballah führt mich. Ich verstehe nicht mehr als du. Wirklich nicht.«

John sprang mit einem Satz weg und torkelte zum Tisch zurück, um noch mehr Rum zu trinken. »Deine Maman hat manchmal mehr getan, als wir geplant hatten. Sie wußte, wie wütend mich das machte. Genau wie du log sie, indem sie behauptete, die Götter hätten sie gerufen. Welche Götter? Es gibt keine Götter.« Er trank aus der Flasche, Rum tropfte ihm von Kinn und Hals. »Manchmal glaubte ich, sie wäre etwas Besonderes. Wie deine Grandmère.« Seine Hände zitterten. »Aber ich bin zu alt, um an solche Wunder zu glauben. Über vierzig Jahre habe ich diesem Gott mit Namen Damballah gedient. Habe Schlangenamulette verkauft. Habe für Gold Sein Bildnis verkauft. Vor vierzig Jahren bin ich deiner Grandmère begegnet. Sie war die einzige, die mich an Wunder glauben ließ.«

Vierzig Jahre. Marie hatte immer angenommen, John wäre vierzig. Höchstens fünfundvierzig. Aber er war Grandmère und Maman erst begegnet, als er schon ein Mann war. Sie schüttelte verwundert den Kopf. John mußte sechzig, vielleicht fünfundsechzig sein, viel älter als Nattie. Wie naiv sie doch gewesen war. Jetzt verstand sie, was sein Kräuterelixier bedeutete. Eine Flut von Beweisen kam ihr in den Sinn: die plötzlichen Energieausbrüche, die vorübergehenden Phasen der Mutlosigkeit, ein zwischen bleich und blühend wechselnder Teint, seine manchmal geschmeidigen, manchmal steifen Bewegungen. Die Beweise hatten auf der Hand gelegen. Die Kräuter hielten ihn jung. Wie hatte sie nur so blind sein können?

John tigerte auf und ab, seine Sprache klang verwaschen. »Deine Grandmère konnte auf dem Wasser laufen. Sie konnte singen, einfach nur singen, und die Anhänger fielen vor ihr auf die Knie«, sagte er verwundert. »Der Text war unwichtig, nur die Melodie.« Seine Schritte wurden langsamer, schließlich blieb er stehen.

»Nach all diesen Jahren hätte ich doch etwas spüren müssen, meinst du nicht auch? Wenn es Damballah wirklich gäbe, wäre er zu mir gekommen. Wer sagt denn, daß eine Frau der Schlüssel ist? Warum ausgerechnet sie?« John redete mit sich selbst, während er sich den Kopf über eine vernünftige Erklärung zerbrach. »Ich bin derjenige, der königliches Blut hat. Ich hätte König sein müssen. Es ergibt keinen Sinn. Nichts davon ergibt einen Sinn. Egal, wie gering, wie belanglos, ich hätte etwas spüren müssen. Irgendeinen Geist. Irgendeine Macht. Irgendeinen Gott.« Johns

Blick war verblüfft. Seine Handflächen waren ausgestreckt wie bei einem Bettler, der um Almosen bat.

»Kein *loa* hat je Besitz von mir ergriffen. Warum nicht von mir?« John starrte Marie mitleiderregend an, wartete auf eine Antwort.

Marie jubelte, als sie sah, daß John verwundbar war. Die ganze Zeit war John eifersüchtig gewesen, weil Damballah sie, ihre Maman und davor Grandmère aufgesucht hatte. Marie hätte am liebsten geschrien. Freude wogte in ihr hoch. John war eifersüchtig und auf eine seltsame Weise hilflos. Er wartete auf ihre Antwort. Unüberlegt murmelte sie: »Vielleicht glaubt Damballah nicht, daß du würdig bist.«

Er war bei ihr und hämmerte mit den Fäusten auf sie ein. Ihr Kopf wurde herumgerissen und schlug gegen die Wand. »Laß mich in Ruhe«, schrie sie, als er sie erneut schlug.

»Du wirst mir gefälligst alles sagen, verstanden? Alles, was du tun willst oder wovon du träumst, es zu tun.« Er riß an ihren Haaren; ihr Hals bog sich. »Keine Überraschungen, Marie. Ich will jeden Schritt des Zeremoniells wissen. Jede Aktion, die du mit Damballah planst.«

»Das weiß ich nicht im voraus.« Blut befleckte ihren Mund.

»Dann wirst du Schwierigkeiten bekommen, ist es nicht so, Marie?«

»Du forderst Unmögliches.«

»Du legst mich nicht noch einmal herein.« John umklammerte Maries Kehle; ihre Füßen hoben vom Boden ab.

Marie wimmerte, packte Johns Schultern, wollte verhindern, daß er ihr das Genick brach, wollte sich abstützen, damit sie genug Luft bekam. Johns Hände waren eine Henkersschlinge.

»Es sind Tricks, keine Wunder, ist es nicht so?« verlangte John zu wissen. »Dumme, kindische Tricks, um ein Publikum zu täuschen. Aber mich täuschst du nicht.«

Schmerz strahlte durch Maries Lungen und Brust.

»Grandmère hat's dir beigebracht, ist es nicht so? Hat dir beigebracht, auf dem Wasser zu laufen.«

»Nein«, krächzte sie.

»Ich weiß, daß du sie besucht hast.«

»Sie ist alt. Krank.« Als sie den Alkoholgestank roch, spürte Marie, wie ihr die Sinne schwanden.

»Grandmère hetzt dich gegen mich auf.«

Das ist nicht wahr, wollte sie sagen, aber sie konnte nicht sprechen, konnte den Kopf nicht verneinend schütteln.

»Früher hast du es recht gut mit mir ausgehalten. Seit du Grandmère besuchst, willst du nicht mehr, daß ich dich anfasse.« Er drängte seine Zunge in ihren Mund. »Du denkst wohl, daß du besser bist als ich. So ist es doch, ist es nicht so?«

Es war einfacher, zuzulassen, daß John sie tötete, dachte Marie, als zu kämpfen. Eine seiner Hände griff ihr zwischen die Beine, während die andere ihren Kehlkopf drückte. John war verrückt, besessen von ihren Fähigkeiten. Er beneidete Damballah. Er beneidete ihr Geschlecht. Marie wehrte sich nicht mehr, spürte, wie sich Dunkelheit nach unten und durch ihre Glieder ausbreitete. Gleich würde sie auf dem Grund des Sees sitzen.

»John, du betrunkener Narr«, rief Nattie von der Tür her; dann fluchte sie, schubste ihn, zerrte an ihm. »Kannste denn nich sehn, daß das Mädchen schwanger is? Du wirst sie und das Kind töten.«

Zuerst drangen die Worte nicht zu ihm durch. Sie kratzten nur am Rande von Johns Bewußtsein. Er spürte kaum, daß Nattie und Ribaud auf seinen Rücken einprügelten und an seinen Armen zerrten.

»Willst du etwa dein eigenes Kind umbringen?«

Johns Stirn runzelte sich. Sein Griff wurde lockerer, und Marie holte scharf Luft und brach zusammen. Verwundert strich John über die Narben auf seinen Wangen. »Hier ist kein Kind.«

Marie krümmte sich hustend. Ihre Kehle war innen und außen wund und schmerzte.

»Laß sie vorbei, du Idiot. Laß sie gehn.«

John trat zur Seite, benommen, sein Blick schweifte zu Maries Leib. »Ein Kind«, flüsterte er.

Ribaud geleitete Marie fürsorglich zu einem Stuhl. Mehr als alles andere war es Ribauds Fürsorglichkeit, die Marie veranlaßte, sein Hemd zu packen, das Gesicht an seiner Schulter zu bergen und ihre Qual herauszuweinen. Ribaud schnalzte besänftigend, während er ihr über die Haare, den Rücken strich. Er rieb die knotigen Adern auf ihren Armen.

John schwankte zum Tisch und trank. Sein Atem ging rauh. Falten durchzogen sein Gesicht, und mit jeder Minute, die verstrich, schien sich das netzförmige Geflecht zu vervielfachen. »Wie lange schon?« fragte er.

»Marie is im sechsten, siebten Monat. Vielleicht auch weiter. Wie ihre Maman trägt sie das Baby in der Hüfte. Sie sieht nich normal aus.«

John fühlte sich etwas nüchterner. Die Finger an die Schläfen gepreßt, malte er sich Dinge aus, machte Pläne. In seinem Kind spürte er neues Potential, vielleicht mehr Macht für sich. Seine Depression schien wie eine Flutwelle zurückzurollen. »Eine Tochter?«

»Kann man noch nich sagen«, antwortete Nattie giftig. »Aber sehr wahrscheinlich wird's ein Mädchen. Mädchen liegen bei denen in der Familie. Vier Generationen von Maries.« Natties Ton schwankte widerwillig zwischen Respekt und Neid.

John atmete tief aus, denn er hatte das Gefühl, daß seine Welt wieder in Ordnung kam. Jubelnd über seine zweite Chance, über das unerwartete Wunder, warf er die Arme weit in die Luft und schlang sie dann ebenso schnell um sich. »Dann werden wir auf jeden Fall heiraten.«

»Ich bin bereits verheiratet«, platzte Marie heraus.

»Wen kümmert's schon, was du sagst?« John stieß vor ihr herab wie ein Geier auf einen Kadaver. Er drängte Ribaud zur Seite. Marie bedeckte schützend ihren Leib.

John schien seine alte Macht wiedergewonnen zu haben. Er bevorzugte die Realität, um ans Ziel zu kommen. Und obwohl er älter, makaber aussah, konnte Marie spüren, wie sich sein Einfluß in sie eingrub. John faszinierte durch Brutalität und durch schiere Willenskraft. Marie war es noch nicht gelungen, sich gegen ihn zu wappnen.

Liebenswürdig, schmeichlerisch erklärte John: »Man hat dich verlassen.« Seine Stimme klang besänftigend, selbstsicher. Seine dunklen Augen schienen sein ganzes Gesicht auszufüllen. Er war beeindruckend. Königlich.

»Jacques starb auf See. Erinnerst du dich nicht?«

»Was?« Marie fühlte sich leicht benommen, wehrlos.

»Er starb auf See. Nachdem er dich verlassen hat. Hab ich nicht recht, Nattie?«

»Ja, ganz recht.« Die schwarze Frau sah Marie höhnisch an.

»Verlassen?« Ihre Gefühle waren völlig durcheinander. Marie war verwirrt. In dieser Nacht hatte sich zuviel ereignet. Sie war gestorben und wiedergeboren worden; sie war auf dem Wasser gelaufen; sie hatte Verehrung, Schmähung, Todesnähe, Tod und Rettung erfahren. Wo begann die Realität, und wo endeten die Visionen? Heute nacht hatte sie Geister auf einem gesunkenen Schiff gesehen. Vielleicht war Jacques einer von ihnen gewesen. Johns Stimme klang so selbstsicher, so überzeugt. Vielleicht waren alle Passagiere tot. Das Schiff war unter Wasser gewesen. Möglicherweise war sie selbst tot. Fast glaubte sie John. John war hier, umklammerte ihre Schultern, beobachtete sie. Jacques war schon länger fort, als Marie sich erinnern konnte. Sie war krank, ängstlich. »Ja«, sagte sie, »Jacques starb auf See.«

John zog sie in seine tröstlichen Arme.

Über die Kuppe von Johns Schulter sah Marie eine Bewegung. Ribaud schüttelte den Kopf, starrte sie an, hüpfte von einem Fuß auf den anderen. Marie runzelte die Stirn. Was wollte er ihr sagen? Ribaud nahm den Python in die Arme. Als sie das Tier sah, konnte sie John deutlicher sehen. Sie wich zurück. »Du lügst, John. Nichts von dem, was du sagst, ist wahr.«

»Ich könnte Jacques' Leiche herschaffen.« Seine Hand schloß sich eng um ihre Kehle. »Aufgedunsen vom Liegen auf dem Meeresgrund. Das willst du doch nicht, oder? Kein schöner Anblick.«

»Ich hasse dich«, sagte Marie und hustete erneut. Ihr Kopf fiel zwischen ihre Knie.

John strich ihr zärtlich übers Haar. »Das Kind braucht einen Vater.«

»Das Kind ist nicht deins«, schrie sie wütend.

John schlug sie, und Maries Kopf flog nach hinten. Sie sah einen Sternenregen.

»Was soll das heißen, das Kind ist nicht meins? Wenn du untreu gewesen bist –«

»Sie lügt, siehste das denn nich?« sagte Nattie und schlug nach Johns Armen. »Sie will, daß du wütend bist. Sei vernünftig, Mann.«

»Ich lüge nicht«, rief Marie. »Das Kind ist nicht seins.« Es ist meins, dachte sie. Meins ganz allein.

Aufgebracht drehte John Maries Kopf unnatürlich weit nach rechts.

»Halt den Mund, Kind. Siehste denn nich, daß ich dir das Leben retten will?« drängte Nattie. John drückte Maries Kopf immer weiter nach rechts, als wäre sie eine Puppe, deren Kopf sich im Kreis drehte.

»Denk doch nach, John.« Nattie ließ nicht locker. »Wann soll Marie denn Zeit gehabt ham, sich 'nen Liebhaber zu nehmen? Wann soll se denn Zeit gehabt ham, als du, ich oder Ribaud nicht da warn? Du glaubst doch wohl nich, daß se in aller Öffentlichkeit untreu war? Nix als Torheit. Jeder kennt Marie Laveau, Voodookönigin. Sie würd nich rumhurn.«

John lachte. »Ja. Ja. Da hast du recht.« Er lockerte den Griff an Maries Hals. Doch seine Finger bohrten sich in und um ihre Stimmbänder, als könnte er ihr, indem er ihre Stimme lähmte, Gehorsam abnötigen und all die ungeschminkten Wahrheiten, die er nicht hören wollte, aus der Welt schaffen.

»Du bist mehr als genug Mann für 'ne einzige Frau«, schmeichelte Nattie und zog die Klappe an seinem Kragen gerade. »Marie is vernünftig genug, um zu wissen, daß das, was dir guttut, ihr nich guttut. Ein potenter Mann sollte viele Mätressen ham. Eine Frau wagt's nich, untreu zu sein.« Nattie kicherte mit auseinandergezogenen schwarzen Lippen. »Außerdem hat Marie gar nich den Mut zu so was. Is ja selbst noch ein Kind. Sie weiß ja noch gar nich, was es heißt, 'ne Frau zu sein. Sie kennt noch nich die Macht zwischen ihren Schenkeln.«

»Ja, ja, da hast du recht.« John stand lachend da, akzeptierte gelassen Natties Worte als einen Beweis, der Maries Lügen erklärte und ihm seine Eitelkeit ließ. Maries Kopf fiel nach vorn. »Ich ertrage sie ja selbst kaum. Im Bett ist sie ein kalter Fisch. Ja. Welcher Mann würde sie schon wollen? Ihre Maman war da ein ganz anderes Kaliber.«

»Da haste recht, John«, sagte Nattie aufmunternd. »Marie is zu unschuldig. Wie kann ein Mann sich bei ihr Genuß verschaffen?«

Marie konnte ihnen einfach nicht glauben: Nattie, die John mit den Hüften anstieß; John, der Rum herunterkippte und verschüttete; den beiden, die lachten und mit den Köpfen nickten wie alberne Krähen. »Ich hasse euch beide«, krächzte sie.

»Sei still, Mädchen«, warnte Nattie. »John is gut zu dir gewesen. Du solltest dankbar sein, daß er bereit is, so 'nen kalten Fisch zu heiraten. Glücklich, daß du kein uneheliches Kind zur Welt bringen mußt.«

»Ich wäre glücklich gewesen, wenn man mich nie gefunden hätte.«

Nattie zog Marie heftig am Arm und flüsterte heiser: »Stell seinen Zorn nich auf die Probe. Nix als Torheit.«

Marie beachtete sie nicht. »Ich wäre glücklich gewesen, wenn ich in Teché geblieben wäre.«

»Dein Kind wird nich wie du sein«, rief Nattie, »du uneheliche Tochter eines weißen Mannes. Deine Maman konnt sich ja nich mal erinnern, mit wem sie geschlafen hat. Jeder beliebige weiße Mann könnt dich gezeugt ham – ich glaub, ein Schweinehändler war's.«

»Wenigstens werde ich meine eigene Tochter haben. Ich bin nicht so eine vertrocknete Krähe wie du.«

Nattie hob die Hand, um Marie zu schlagen. »Torheit.« Sie konnte sich nicht mehr erinnern, wann sie den Gedanken an ein eigenes Kind, das sie ausfüllte, aufgegeben hatte. Sie war mal jung und hübsch gewesen und überzeugt, daß die Zukunft große und kleine Freuden für sie bereithielt. Aber wenn sie Marie schlug, würde sie dadurch nicht wieder jung werden. Wenn sie Marie schlug, würde sie John nicht dazu bringen, sie zu lieben.

John beugte sich über Marie, packte sie an den Haaren und riß ihren Kopf nach hinten. »Du hast Glück, daß ich so sanft mit dir umgegangen bin. Wegen der Tricks von heute abend kannst du dich immer noch auf etwas gefaßt machen. Das Kind verschont dich nicht davor.«

Nattie starrte gebannt auf John. »Dein Gesicht«, sagte sie leise. »Was is mit deinem Gesicht passiert?«

John sah verblüfft aus. Er hatte es vergessen. Er berührte sich und spürte die Runzeln, die Hautfalten an seinem Hals, die fehlende Elastizität seiner Haut. Er taumelte zum Herd und fiel vor dem Wasserbottich auf die Knie. Das stumpfe Metall verschlimmerte die Entstellung noch. John war peinlich berührt. Den Rücken sorgfältig den anderen zugewandt, musterte er sich ungläubig, berührte seine Haut, riß daran, stach in sie, als könnte er sein wahres Gesicht, das Gesicht, das zu seinem Stolz paßte, wieder zum Vorschein bringen. Was ihn verblüffte, war die große Ähnlichkeit mit seinem Vater, gedemütigt und erschöpft, als sein Vater, sich seiner Niederlage bewußt, nur noch Sekunden von der Klinge seines Feindes entfernt gewesen war.

Nattie war froh, daß sie Johns Selbstsicherheit durchbohrt hatte. Sie konnte zwar sein Gesicht nicht sehen, aber an der Art, wie er auf dem Boden ausgestreckt dalag, konnte sie erkennen, daß er Qualen litt.

»Ich brauche meinen Kräuterkasten«, krächzte er, ohne sich zu rühren. »Ich brauche ihn auf der Stelle.«

Nattie verfluchte sich, daß sie Johns Zauberkünste nicht schon vor langer Zeit erraten hatte. Aber was John betraf, war sie ja schon immer eine Törin gewesen.

Als sie durch das Zimmer schaute, ertappte Nattie Ribaud bei einem hämischen Grinsen. Sie war überrascht. Sie hätte nicht gedacht, daß der Zauberer Rückgrat besaß. Aber aus Ribauds Sicht war es verständlich, daß er schließlich zum Schlag gegen John ausholte, es ihm mit gleicher Münze heimzahlte. Ribaud kannte Johns Geheimnisse besser als jeder andere. Aber warum hatte Ribaud gerade diesen Moment gewählt, um ihn bloßzustellen?

Ribaud spürte, daß Nattie ihn beobachtete. Er schaute auf und forderte Nattie mit festem Blick heraus, ihn zu verraten.

»Finde ihn, Nattie.« John stand plötzlich auf, und Nattie war bestürzt, wie totenkopfähnlich und haßerfüllt er aussah. »Finde meine Kräuter, und ich werde dich in mein Geheimnis einweihen. Ich verspreche es.«

»Ja, ja.« Nattie lächelte mit Genugtuung. Ribaud verdrückte sich und trieb sich in der Nähe seiner Trommel und des Python herum. Sie würde Ribaud dazu bringen, ihr das Versteck des Kräuterkastens zu verraten. Jawoll, genau das. Sie brauchte nur seine Marie zu bedrohen. Und dann würde sie es hinauszögern, John die Kräuter zu geben, und damit seine Besorgnis verstärken und seine Abhängigkeit vergrößern. Ein Bild von ihr und John kam ihr plötzlich in den Sinn, wie sie sich, beide vermeintlich jung, ineinander verschlungen liebten.

John, der seine Fassung wiedergewann, ließ sich auf einem Stuhl nieder. Mit seinen gespenstisch weißen Haaren und arthritischen Knochen sah er wie ein geschrumpfter Legba aus. »Finde meinen Kräuterkasten, Nattie. Und ich werde dich in mein Geheimnis einweihen. Ich brauche ihn auf der Stelle.«

Einerseits hätte Nattie am liebsten geschrien, daß es keinen Handel geben würde. Johns Macht war ebenso eine Illusion wie seine verlängerte Jugend. Zu sehen, wie er sich benahm, als hätte er Macht, weckte in Nattie den Wunsch, ihm eins auszuwischen. Sie wollte, daß er alt, häßlich und grau blieb. Doch andererseits ließ es ihre eigene Eitelkeit nicht zu, der Chance zu widerstehen, das bißchen Schönheit, die sie in jungen Jahren besessen hatte, wiederherzustellen. Nur flüchtig kam ihr der Gedanke, sich selbst wieder zu verjüngen, während John runzelig und vertrocknet blieb. Nix als Torheit. Es bestand kein Zweifel, daß er sie umbringen würde, wenn sie ihm die Kräuter vorenthielt. Außerdem war es möglich, daß John mit der Zeit die Menge des Elixiers verdoppelte. So oder so, sie würde auf jeden Fall wenig gewinnen.

Nattie lächelte Marie an. »Nix als Torheit. Du solltest im Bett sein, damit das Baby groß wird. Dreimal täglich Ziegenmilch. Grünkohl läßt gesunde Glieder wachsen.« Nattie glaubte nach wie vor, daß sie noch lang genug leben würde, um zu erleben, daß sich eine Voodookönigin mit der angemessenen hoheitsvollen Arroganz benahm. Keine der drei Maries, die sie gekannt hatte, besaß sie, aber sie hoffte, daß die vierte Marie sie hatte. Die vierte Marie würde Nattie vielleicht mehr zu würdigen wissen, vor allem, wenn Nattie die einzige war, die sie großzog.

Nattie wandte sich an John. »Ich werd deine Kräuter finden. Aber du wirst lang und gut drüber nachdenken müssen, was du mir schuldig bist. Es vergessen, wie du's schon mal vergessen hast, wird nich genügen.« Mit einem gelassenen Lächeln verließ Nattie das Zimmer und täuschte eine erneute Suche nach Kräutern und Jugend vor.

»Arme Nattie. Sie ist so leichtgläubig, was Versprechungen angeht.« Mit unsicheren Trippelschritten kam John heran und zwickte Marie in die Wange. »Ich werde zwei Maries haben. Zwei schöne Voodooköniginnen. Meine eigene Tochter.«

Marie zuckte zurück.

»Komm, sag brav guten Tag.« John zog sie zum Fenster.

Marie konnte Johns Berührung oder die Erinnerung an die Zeiten, in denen er sie geliebt hatte, nicht ertragen. Ein Greis, durch Zauberkunst getarnt, hatte sie liebkost und ihrem Körper Schmerzen zugefügt. Täuschung war für seine wirkungsvollen Aufführungen äußerst wichtig. Kein Wunder, daß er glaubte, die Wirklichkeit spiele sich in den Köpfen der Leute ab. Häufig war die ›Wirklichkeit‹ irreführend.

»Winke. Deine Anhänger wollen dich sehen. Uns. Papa John und Maman Marie.« Er lachte bösartig.

Menschen lagerten vor dem Haus. Als sie Marie sahen, stolperten und griffen sie übereinander hinweg, um in ihre Nähe zu gelangen. Hände und Nasen drückten sich an der Glasscheibe platt.

Marie hörte: »Maman Marie. Segne mich. Maman Marie.«

»Winke«, sagte John. Er packte sie am Arm und ließ ihre schlaffe Hand wie eine Welle auf und ab wogen. Marie kam sich wie eine Marionette vor. »Winke.«

Wellen würden Jacques nach Hause spülen.

Als sie so dastand und Johns Brust an ihrem Rücken spürte, seinen Arm spürte, der ihren Bauch und das Baby in die Rippen hinaufzog, seine Hand spürte, die mit ihrer winkte, kam sich Marie vollkommen wehrlos vor. Über den Köpfen ihrer Anhänger sah sie die Sonne aufgehen. Der Himmel war hellblau. Der Sonnenaufgang kam zu spät. Sie glaubte nicht mehr an Jacques' Rückkehr.

John ließ ihre Hand fallen und wandte sich vom Fenster ab. »Nattie«, rief er. »Verdammt noch mal, Nattie.« Langsam schlurfte er zum Stuhl, ein Pfeifgeräusch kitzelte ihn in der Kehle.

Als sie Johns Spiegelbild in der Fensterscheibe anstarrte, konnte sie ihn in aller Klarheit als das Ungeheuer sehen, das er war. Sein Charme und seine Schönheit, seine Werkzeuge, mit denen er verführte und betörte, waren dahin. Sie fing zu lachen an, hysterisch und schrill. Allmählich begriff sie, daß sie John gar nichts schuldig war. Keine besondere Ergebenheit. Allmählich verstand sie, daß er in ihrer Schuld stand. Er hatte sie benutzt. Er hatte sie manipuliert, und sie war leichtfertig in seine Falle getappt. Alles wegen Lügen und Äußerlichkeiten.

»Du weißt ja wohl, daß Frauen nichts sind«, sagte John, während er erneut trank und wie ein Großvater in dem grellen Morgenlicht schaukelte. »Absolut gar nichts, Ribaud.« Ribaud war so reglos wie ein Mensch ohne Herz. Er grinste Marie verständnisvoll an, hatte das Gefühl, wenigstens dieses eine Mal John übertrumpft zu haben. Johns Kräuter waren im Garten im Käfig des Pythons.

»Manchmal denke ich, daß Frauen Damballahs Huren sind. Das erklärt, warum Er ihre Körper für Prophezeiungen, Visionen benutzt. Aber die Macht hat der Mann. Immer nur der Mann. Meinst du nicht auch, Marie?« John lächelte schief. »Das ist auch eine gute Erklärung dafür, daß er dich erwählt hat. Genauso wie du meine Hure gewesen bist, bist du auch Damballahs Hure gewesen. Ich gebiete über dich genau wie Er.« Sein Lachen ging in einen quälenden Husten über. »Nattie. Verdammt noch mal, Nattie, hast du ihn gefunden?«

Seiner Jugend beraubt, die Knochen zerbrechlich, wirkte John nicht unbesiegbar. Auf seltsame Weise wurde Marie klar, daß John dumm war. Seine Kräuter waren das Geheimnis für Reichtum und Macht. Doch er war zu selbstsüchtig gewesen, um seinen Jungbrunnen zu teilen. Es hatte ihm mehr Vergnügen bereitet, sie zu mißbrauchen und zu beherrschen.

»Ja, Frauen sind absolut gar nichts. Wertlos und dumm.«

Maries Zorn schwoll an, breitete sich aus und hüllte sie mit dem drängenden Wunsch nach Rache ein. Sie konnte sich nicht darauf verlassen, daß Jacques sie rettete. In der vergangenen Nacht hatte Damballah sein Vertrauen in sie bewiesen. Auch wenn es nur langsam vorangehen mochte, bis sie sich neu erschaffen hatte, bis ihre Hand ruhig geworden war und sie den Mut gefunden hatte, jetzt war es ihr klar. Sie würde sich ihren Weg in die Freiheit erkämpfen müssen. Sie würde John töten müssen.

Doch im Moment brauchte sie dringend Schlaf. Ihr war so kalt – so kalt. Und ein warmer See aus Träumen wartete.

Extraleitartikel von Louis DeLavier, abgelehnt zur Veröffentlichung in der Daily Picayune, 30. November 1821

Gestern nacht hat Marie Laveau, die selbsternannte Voodookönigin von New Orleans, am Lake Pontchartrain ein Wunder vollbracht. Es war unglaublich. Doch es ist geschehen, es war echt. Dieser Reporter war nicht betrunken. Dieser Reporter war wirklich Augenzeuge der Tatsache, daß Marie Laveau nahezu zehn Minuten lang unter Wasser blieb. Kein sterbliches Wesen kann diese Zeitspanne ohne Luft überleben. Marie Laveau tat es; sie überlebte.

Es war eine klare, feuchte Nacht. Die Voodoozeremonie, mit ihrer Musik, ihrem Tanz und ihren Tieropfern, hatte ihren Höhepunkt ungefähr um Mitternacht erreicht. Die Laveau warf sich vor dem Altar nieder, um den Schlangengott Damballah zu ehren. Nach einigen Minuten erhob sie sich und und bahnte sich einen Weg zum Seeufer. Ihre Anhänger, äußerst erregt, durchbrachen die Feuerbarrieren und rannten hinter ihr her. Schreie erfüllten die Luft, als die Laveau ins Wasser schritt. Die Anhänger waren fassungslos, als das Wasser immer weiter stieg, höher und höher, bis zur Taille der Laveau. Sie blieb stehen und hechtete dann kraftvoll und tief unter das eiskalte Wasser. Es schien die Tat einer Wahnsinnigen zu sein, ein Selbstmord. Ich nahm es auf mich, einen Rettungsversuch zu wagen. Ich schwamm, konnte jedoch keinerlei Spuren der Laveau finden, keinerlei Spuren von Betrug oder Tricks, durch die ihr Kunststück möglich geworden wäre. Erschöpft und um meine eigene Sicherheit fürchtend, ruhte ich mich aus, da ich vollkommen davon überzeugt war, daß Marie Laveau nicht mehr lebte.

Dann, mit einer gewaltigen Explosion, stieg Marie Laveau aus dem See empor und lief. Dieser Reporter sah, wie sie, umkränzt von Lichtern, dem Fischer Christus gleich auf den Wellen wandelte.

Wer ist Marie Laveau? Ist sie eine Vertreterin des Teufels oder eine Botin Gottes? Ein solches Wunder, in Nachahmung des Wunders Christi, kann nicht einfach als ein barbarisches, primitives Ritual abgetan werden.

Priester, die darauf hinweisen, daß die Voodoogottheit eine Schlange ist, befürworten eine Inhaftierung der Laveau. Können Gitterstäbe eine Frau mit solch wundersamen Fähigkeiten aufhalten?

Marie Laveaus Wunder deutet auf eine verbürgte Form der Gottesverehrung hin. Zweifellos haben Sklavenbesitzer das Recht und die Pflicht, sich um die Seelen ihrer Sklaven zu kümmern; in der Tat mögen sich Katholiken genötigt fühlen, ihre Sklaven im christlichen Glauben zu unterweisen. Aber möglicherweise verdienen freie Schwarze den Spielraum und das Recht, zu verehren, wer ihnen gefällt, und wenn es der Schlangengott Damballah sein sollte.

Satan als die Schlange im Garten Eden war Gottes Schöpfung und diente letztlich Gottes Zielen. Der Schlange wegen glaubt man, daß wir einen ›freien Willen‹ und die Segnungen Gottes besitzen. Könnte es sein, daß die Laveau ein weiteres verhülltes Geschenk Gottes ist?

Marie Laveau hat eine öffentliche Diskussion ausgelöst. Militärische und politische Führer schweigen. Ihr Schweigen kann als Furcht ausgelegt werden. Oder könnte es sein, daß die Obrigkeit klugerweise mehr Beweise in bezug auf das Wesen von Marie Laveau erwartet? Kein Gericht hat sie bisher wegen irgendeines Verbrechens verurteilt.

Die Zeit wird die mögliche Größe von Marie Laveau belegen. Die Zeit wird die guten Absichten ihrer Seele belegen.

Louis DeLavier

(Aus Louis DeLaviers Tagebuch)

Marie lehnte sich im Schaukelstuhl zurück und wippte. Die Bewegung war beruhigend, aber nicht so kraftvoll wie damals, als sie auf dem starken und sicheren Schoß von Grandmère gesessen und die Beine gegen Grandmères Rock hatte baumeln lassen. Marie wurde klar, daß Grandmères Schoß eine umhüllende Welt gewesen war, in der Ängste ferngehalten und Schnitte und Schrammen gelindert wurden. Sie war behütet und abgeschirmt von den Elementen, die Leib und Seele zerrütteten, aufgewachsen. Auf Grandmères Schoß hatte sie sich keine Gedanken über Ungeheuer machen müssen, die im Bayou lauerten, über das Quieken eines Feldkaninchens, das in den Klauen eines Kojoten gefangen war, oder über die beunruhigenden, umherwandernden Schattengestalten. Sie war vor schwarzen Fremdlingen beschützt worden, die sie im stickigen Sumpf in die Falle lockten und einer Zehnjährigen Drohungen ins Ohr flüsterten.

Marie begriff, daß in dem Moment, als sie von Grandmères Schoß glitt, als ihre Füße die Verandabohlen berührten, die Schwierigkeiten begonnen hatten. Der Kummer war ausgelöst worden, als Grandmère schrie: »Marie, komm sofort zurück!« und Marie nicht darauf gehört hatte.

Die Rosenholzlehne des Schaukelstuhls an ihrem Rücken zu spüren, kam Marie merkwürdig vor. Eigentlich hätte sie das Beben von Grandmères Rippen, das Heben und Senken ihres Busens spüren und dem sanften Pochen ihres Herzens lauschen sollen.

Sie sollte wieder klein und Grandmère stark sein. Sie sollten dem Sonnenuntergang zusehen und die orangefarbenen Streifen zählen, die durch den feuchten Dunst des Bayous drangen. Grandmère sollte der Sonne ein Wiegenlied und dem neuen Mond ein Willkommenslied singen. Ihre und Grandmères Arme und Beine sollten ineinander verschlungen sein, sollten die wohltuende Beschaffenheit und Hitze ihrer beider Haut spüren. Doch jetzt war Grandmère in der Hütte und träumte. Und Marie war allein auf der Veranda, schaukelte und starrte in die trostlose Landschaft von Haven. Grandmère flüsterte ihr nichts mehr von Moskitos ins Ohr, die nach Blut lechzten, oder von Fledermäusen, die sich, bereit zur Jagd, gemächlich aus ihrem Tagesschlaf streckten.

Weil sie es so eilig gehabt hatte, groß zu werden, hatte sie soviel Kostbares verloren. Auf Grandmères Schoß war sie geliebt worden, geborgen und behütet gewesen. Grandmère hatte immer gemeint, daß sie es wert war, behütet zu werden.

Marie seufzte. Sie war neunzehn und kam sich schon wie eine alte Frau vor. Sie war müde und hochschwanger. Sie hatte schon einen großen Teil ihres Lebens zerstört, weil sie zu Unrecht derjenigen nachgejagt war, die sie für sich selbst hielt. Maman war nicht sie. Sie war nicht Maman. Trotz des Windes und der Kälte saß Marie gerne auf dem Verandaschaukelstuhl. Das Schaukeln half ihr, die Dinge im richtigen Verhältnis zu sehen.

Das Machtverhältnis zwischen ihr und John hatte sich verschoben. Sie hatte keinen Respekt mehr vor ihm. Trotzdem blieb sie bei ihm. Sie war sicher, daß er den Miniatursarg auf Grandmères Türschwelle gestellt hatte. Wer wußte, was John tun würde, wenn er direkt herausgefordert wurde? Aber sie besuchte Grandmère nun ohne Versteckspiel. John sagte nichts. Im achten Monat schwanger, wie konnte sie da weggehen? Sie konnte nichts weiter tun, als den rechten Augenblick abzuwarten in der Hoffnung, daß Jacques sie retten konnte.

John hatte sein gutes Aussehen wiedererlangt, doch wann immer Marie ihn anschaute, sie sah stets den Totenschädel hinter seinem Gesicht. Nattie wurde immer verbitterter, weil John gar nicht daran dachte, seine Jungbrunnentricks preiszugeben. Nattie sah häßlicher aus als eine verlorene Seele. Nur Ribaud schien in Frieden zu leben. Er kümmerte sich um seine Trommeln. Er aß. Er schlief. Er half ihr, die Schlange zu füttern.

Marie wickelte ihr Schultertuch eng um sich und stand auf. Das Januarwetter trieb sie in die Hütte zurück. Sobald sie drinnen war, ging sie auf Grandmères Schlafzimmertür zu. Marie lächelte, Grandmère war wieder eingeschlafen. Sie war Grandmère besuchen gekommen, um Nahrungsmittel, saubere Kleidung und Kerzen für ihren katholischen Altar zu bringen. Sie hatte sogar ein Fläschchen Weihwasser mitgebracht; Ribaud hatte es für sie gestohlen. Sie hatte Grandmère mit Okra und Gemüsereis gefüttert, und nach dem Essen war Grandmère eingeschlafen, und sie war hinaus zum Schaukelstuhl gegangen. Erst jetzt bemerkte sie, daß sie alles Zeitgefühl verloren hatte. Die Kerzen waren halb heruntergebrannt, und die länger werdenden Abendschatten erinnerten sie daran, daß sie in einer Schattenwelt ohne Realität und Wahrheiten lebte.

Marie streckte die Hand aus, um sich zu vergewissern, daß Grandmère es warm genug hatte. Es bedrückte sie, das kleine braune Gesicht mitten in soviel Weiß zu sehen – weiße Haare, weißes Nachthemd, weiße Laken. Grandmère war von Statuen in Weiß umringt: Maria, Johannes, Jesus, Petrus. Die Gipsfiguren standen auf den Regalen, hingen an den Wänden, lagen auf dem gestampften Boden verstreut herum. Grandmères Sammlung war auf wundersame Weise angewachsen, als ob die Mutter Gottes jede Menge Kinderheilige geboren hätte. Grandmères Rosenkranz wurde ruhelos von einer Hand umklammert. Marie fragte sich: Machte sich die alte Frau genauso viele Gedanken über Himmel und Hölle wie sie? Sie ließ sich auf einem gradlehnigen Stuhl neben Grandmères Bett nieder.

In einer Woche würde Mardi Gras beginnen. Alle würden sündigen, so viel sie konnten, nur, um dann in der Fastenzeit zu bereuen. Erst Maßlosigkeit, dann Erlösung von den Sünden. Beichte am Aschermittwoch, und all die guten Katholiken konnten wieder unbesorgt um ihr Seelenheil schlafen – zumindest, bis sie erneut sündigten. Mußte Grandmère erlöst werden? Marie wußte immer noch nicht, ob es auch für Schwarze Himmel und Hölle gab. Sie wußte nur, daß die Voodoototen ruhelos die Erde durchstreiften, wenn ihre Familien es versäumten, sie mit Gebeten zu ehren. Wenn sie tot war, würde ihr Kind sie ehren oder sie im Stich lassen, wie sie Maman und sogar die liebe Grandmère im Stich gelassen hatte?

Grandmère streckte vom Bett die Hand nach ihr aus. »Vor so

langer Zeit hast du mir ständig die gleiche Frage gestellt, und ich habe nie geantwortet. Ich hatte unrecht, es dir nicht zu sagen, aber jetzt kann ich dir antworten: Ja, du siehst wirklich aus wie deine Maman. Du bist so schön, wie sie es war. Du bist jetzt alt genug, um deine Geschichte zu erfahren«, flüsterte Grandmère, während ihre Finger über Maries gewölbten Bauch fuhren. »Du warst schon alt genug, als wir zum ersten Mal nach New Orleans kamen, aber ich war eine zu große alte Närrin, um das zu wissen.« Sie drückte Maries Fingerspitzen an ihre Lippen. »Ich werde dir erzählen, wer du bist. Ich werde dir von mir, von deiner Maman, von dir selbst erzählen. Von deiner heranwachsenden Tochter.«

Marie war den Tränen nahe, denn Grandmère klang genauso beruhigend und tröstlich wie damals, als sie noch in Teché lebten.

»Ja, ja. Es wird ein Mädchen«, sagte Grandmère und schnalzte vor Genugtuung mit der Zunge. »Ein schönes, schreiendes Mädchen. Die Frauen in unserer Familie haben immer Mädchen geboren. Sie wurden alle Marie genannt. Außer deiner Urgroßmutter, meiner Maman.«

Marie spürte, wie sich das Baby bewegte und umdrehte. Sie schluckte, um ihre Nervosität zu unterdrücken.

»Die Leute haben deine Urgroßmutter Marie genannt. Aber diesen Namen haben ihr Weiße gegeben. Ihr afrikanischer Name war Membe.« Die alte Frau setzte sich mühsam auf; die Tagesdecke rutschte zu ihrer Taille herab. Ihr Flanellnachthemd schlug über ihren schlaff herunterhängenden Brüsten Falten. Grandmères Körper neigte sich wie ein schwankendes Schilfrohr zur Seite.

Grandmère lag im Sterben. Während sie ihr zuhörte, konnte sie sich vormachen, daß es nicht so war, denn Grandmères Stimme war kräftig und melodisch, doch der Körper verfiel sichtlich. Verwitterte, über schwache Knochen gespannte Haut. Marie war zutiefst erschüttert über die Zeit, die zwischen ihnen verlorengegangen war, über die Jahre der Vernachlässigung und des Zorns.

»Ach, Grandmère«, stöhnte sie. Marie war auf dem Bett, ihre Arme umklammerten den Hals der alten Frau und stützten ihren Rücken. Sie roch Grandmères süßen Duft und spürte wieder das kindliche Vertrauen. Sie und Grandmère hielten sich fest umschlungen, weinten, schaukelten all den Kummer zwischen ihnen fort.

Tränen sammelten sich auf Grandmères Wangen. In den Tränen sah Marie eine Schlange, die eine Feldmaus verschluckte, einen Fuchs, der sich an ein Kaninchen heranpirschte. Alles natürliche Tode in Teché, nicht zu vergleichen mit dem langsamen Aderlaß von New Orleans.

»Wir hätten in Teché bleiben sollen.«

»Scht, Kind. Hör mit diesen Torheiten auf«, sagte Grandmère, wischte sich über ihr fahles Gesicht und schob Marie weg. »Wir zwei wimmern wie Babys.«

Marie lachte. Ihr Lächeln schwand, als sie auf die Millionen neuer Runzeln in Grandmères Gesicht und auf ihren Armen starrte. Die Hände, die ihr eine Tracht Prügel auf den Hintern gegeben und sie in den Fluß geworfen hatten, waren kaum wiederzuerkennen, sie waren so knotig und runzelig. Sie fühlte sich für Grandmères Falten verantwortlich. Sie hatte Altersschwäche und Tod eingeritzt, als sie gefordert hatte: ›Sag mir, wer ich bin.‹

»Es braucht dir nicht leid zu tun.«

Maries Augen weiteten sich.

Grandmère nahm ihr Gesicht in beide Hände. »Ich habe schon immer in deinen Kopf hineinsehen können. Weißt du denn nicht, daß du, wie jedes Kind, von meinem Schoß rutschen mußtest oder es unbedingt wolltest?« Dann sagte sie mit einer flüsternden Singsangstimme: »Wer ist mein Baby? Mein ach-so-hübsches Baby?«

»Ich. Immer nur ich, Grandmère.« Die Kerzen warfen einen warmen Schein. Ihre Schatten woben sich ineinander, flackerten auf der Wand. Draußen heulte der Wind.

»Blutsbande verbinden. Das war mein Fehler.« Die alte Frau

schnalzte mit der Zunge. »Zu glauben, daß Blut nicht sprechen würde. Zu glauben, es würde eher stromaufwärts als stromabwärts fließen. Ich habe meine eigene Mutter verraten. Damballah. Dich.«

»Du mußt mir nichts erzählen. Es ist nicht mehr wichtig.«

»O doch. Ich muß dir alles erzählen. Wegen des Kindes.« Grandmères Finger bohrten sich in Maries Bauch. »Ich bin in diesem Kind. Membe. Deine Maman. Wir sind alle in dir, treten, warten darauf, zur Welt zu kommen. Es wird keine leichte Geburt sein. Weil wir alle bei ihr sind und uns herauskämpfen. Du wirst auch kämpfen.« Grandmère hielt inne, dann flüsterte sie heftig: »Wir leben ewig.«

Grandmère sang.

»Bring mich zurück nach Guinea,
Bring meine Seele zur Küste.
Bring mich zurück in die Heimat.
Begrab mein Herz in Guinea,
Meiner afrikanischen Heimat.«

Bittersüße Töne beschworen Bilder von einer Welt, die vollkommener war als Teché. Üppige Weiden. Sonne. Kühles Wasser. Frieden in Tierlauten: das Trillern der Vögel, das Gelächter der Hyänen. Marie wurde an den Ort erinnert, zu dem Damballah sie gebracht hatte.

»Marie. In der Truhe neben der Tür, bring mir das Paket, das ganz unten liegt.«

Marie watschelte, um das Gewicht des Babys im Gleichgewicht zu halten. Ihre Hände tauchten in die tiefe Truhe ein, durchstöberten Päckchen und Erinnerungstücke. Sie holte das Paket heraus und kehrte zu Grandmère zurück.

Finger zupften an Bändern. »Hier drin ist dein Erbe«, sagte Grandmère. »Ich hätte es dir schon vor Jahren sagen müssen, aber ich hatte zuviel Angst.« Grandmère holte ein Bündel indigoblauer Baumwolle heraus. Das Gewebe war zu einem seidigen Glanz verschlissen. Auf dem tiefen Blau war ein Muster von ständig wiederkehrenden Himmeln mit Sonne, Mond und Sternen in den Farben Rot, Weiß und Gold. Eine riesige Schlange ringelte sich um den Saum.

Marie war von der Schönheit des Stoffes ergriffen. Aus den Kniffen und Falten strömte immer noch ein Sumpflandgeruch. Die Figuren und Bilder spiegelten Schlichtheit und Schönheit wider.

»Dies war Membes Kleid«, sagte Grandmère ehrfürchtig. »Sie trug es auf dem Sklavenschiff, auf dem ganzen Weg von Afrika. Als ich geboren wurde, wickelte mich meine Mutter in dieses Kleid. Deine Maman und du haben es auch gefühlt. Es war dein erster Schutz gegen die Kälte. Wenn dein Baby kommt, breite diesen Stoff unter dir aus. Laß das blutige Baby in diesen Stoff einwickeln. Sie wird sich an Membe erinnern. An mich. An deine Maman.«

Marie vergrub das Gesicht in dem Stoff, ahnte, spürte die Hitze, das Blut so vieler Maries. Sie hatte das Bedürfnis, alles, was verloren war, wieder lebendig werden zu lassen. Sie sprach mit eindringlicher Stimme. »Du wirst hier sein, Grandmère. *Du* kannst das Baby in den Stoff wickeln.«

»Schscht, Kind«, intonierte Grandmère. »Laß mich dir deine eigene Legende erzählen.« Auf der Tagesdecke zwischen ihnen lag Membes Kleid. Die Geschichte begann.

Damballah ist der Vater aller Götter. Er lebt in Quellen und Sümpfen. Alle afrikanischen Kinder kennen und lieben Ihn.

Weiße Menschen auf der anderen Seite des Meeres erzählen Lügen über Damballah. Sie wissen nicht, daß Damballah das Land fruchtbar machte, die Welt wachsen ließ. Weiße Völker glauben nicht, daß Damballah Frauen ein geheimes Wissen geschenkt hat: Fingerzeige, um in die Vergangenheit, die Zukunft und in die Geisterwelt schauen zu können. Weiße Völker begreifen nicht, daß die Welt von mehr als nur einem Gott erfüllt ist.

Eines Tages hob Damballah Seinen Kopf und blickte über den Ozean. Schiffe stahlen Seine schwarzen Kinder: Weiße Menschen schlugen und versklavten sie. Damballahs Kinder weinten in einer Neuen Welt. Ihre Seelen lagen im Sterben. Die Erinnerungen an Afrika und Damballah gingen verloren.

Damballah suchte nach Membe. Er fand sie, als sie gerade Kleider am Grundgestein eines klaren Flusses wusch. Membe war ein junges, hübsches Mädchen. Hochgewachsen und sehr schwarz. Damballah schlitterte auf den Steinen. ›Membe‹, sagte Er, ›ich möchte, daß du dich wie eine Mutter um meine verlorenen Kinder kümmerst.‹ Membe neigte den Kopf, übermannt von dem Gefühl, daß Sein Geist Besitz von ihr ergriff und ihr Kraft gab.

›Geh zur Meeresküste. Laß dich als Sklavin nehmen. Wenn du in die Neue Welt kommst, lehre meine Kinder, sich an ihren Glauben zu erinnern. Erzähle ihnen die Geschichten über sie und ihre Erschaffung.‹

›Ich werde meine Eltern verlassen müssen‹, sagte Membe. ›Meine Brüder und Schwestern. Ich werde ohne Freunde in einer fremden Welt sein und ohne meine Vorfahren umherwandern.‹

Damballah sagte: ›Ich verspreche, daß sich deine Seele in zwei Teile spalten wird. Wenn du stirbst, wird ein Teil von dir zurückkehren und mit mir in Guinea leben. Ein Teil von dir wird ewig in einem Geschlecht von Töchtern weiterleben.‹«

Grandmère hustete Schleim und Blut. Marie gab ihr Wasser.

Membe bereitete sich auf ihre Abreise vor. Sie aß weiße Nahrung. Sie webte diesen Stoff. Sie verabschiedete sich von ihrem Dorf. Eine Woche lang wanderte sie zum Meer. Damballah begleitete ihren Weg mit Regenbögen. Sie ließ sich als Sklavin gefangennehmen.

Drei Monate lag sie angekettet, fiebernd, im Rumpf eines Schiffes. Damballah sandte ihr Visionen, um sie zu trösten. Sie sang von Damballah. In New Orleans wurde sie an Monsieur Laveau verkauft. Sie arbeitete von Sonnenaufgang bis Sonnenuntergang auf seinen Feldern. Sie sang immer noch von Damballah. Sie lernte eine neue Art zu sprechen und teilte ihre Geschichte mit den anderen Sklaven, die ihre eigenen Geschichten und Geschichten von Geistern hinzufügten. Membe verbreitete das Wort ihres Glaubens. Der

Herr sagte, sie wäre Laveausches Eigentum, und Laveaus müßten den katholischen Glauben erlernen. Membe erlernte ihn, blieb jedoch Voudon, der afrikanischen Religion, treu.

Für jedes Abendritual, für jedes bißchen Glauben, den Membe bei den Sklaven wachrief, ließ der Herr sie bezahlen. Er sagte, daß er nicht an Voodoo glaube. Sagte, daß er sie sehr gerne tanzen sähe. Nach jeder Zeremonie ließ sich der Herr bezahlen, indem er die Nacht in Membes Hütte verbrachte. Sie sang von Damballah.

»Was war mit dir, Grandmère? Was war mit dir?«

Grandmère versuchte sich zu konzentrieren. »Ich war lästig, Kind.« Ihre Hand hielt krampfhaft die von Marie umklammert. »In meiner Geschichte gibt es nichts Schönes. Keine Legende.« Sie strich Marie übers Haar.

»Mit der Zeit war Membes Körper von der Feldarbeit, von zu vielen Totgeburten ausgemergelt. Ich übernahm die Leitung der Zeremonien. Sklaven kamen zu mir, um geheilt zu werden. Eines Nachts kam der Herr zu mir, damit ich bezahlte. Es war die Nacht nach dem Tod deines Großvaters, Sachwaw. Er war ein Indianer. Stark und freundlich. Ich trauerte um ihn, war außer mir, daß mein Herr, mein eigener Vater, ihn getötet hatte.

Ich glaube, daß der Herr mich schon immer vergewaltigen wollte. Ganz gleich, daß ich sein eigen Fleisch und Blut war, seine Tochter. Ich glaube, daß er es absichtlich hinausgezögert hat, mich zu vergewaltigen, aber als er entdeckte, daß ich mit Sachwaw schlief, wurde er wütend. Ich glaube, daß er der erste hatte sein wollen.

Als der Herr zu mir kam, war er stocknüchtern. Ich hatte immer angenommen, daß er erst etwas trinken müßte, bevor er sich überwinden könnte, mich zu berühren. Ich hatte mich geirrt. Der Herr bestand darauf, sich sein Eigentum einfach zu nehmen.« Grandmère beugte sich vor. Vor ihrem geistigen Auge konnte sie Membe sehen, majestätisch und wunderschön, als sie all ihre Kraft für ein letztes Gefecht sammelte.

»In dieser Nacht tötete Membe den Herrn. Und der Herr tötete Membe. Sie kämpften wie zwei Männer, und ich kauerte in einer Ecke und schrie mir die Seele aus dem Leib. Der Herr stieß sich den Kopf an. Membes Kraft verließ sie. Sie starb aus Augen und Nase blutend. Bevor sie starb, gab sie mir diesen Stoff und erinnerte mich an meinen Schwur und meine Treue gegenüber Damballah.

Ich war ein Feigling. Ich rannte davon und versteckte mich bei den Indianern. Zwei Jahre war ich fort. Im ersten Jahr brachte ich deine Maman zur Welt und beachtete die Bedeutung ihrer Glückshaube nicht. Ich wußte, daß ich Damballah die Treue halten mußte. Aber ich hatte Angst. Ich besaß nicht Membes Kraft. Ihre Selbstsicherheit.« Grandmère seufzte. »Membe war Membe. Ich habe sie nie als meine Mutter angesehen. Verstehst du? Sie schien nie wirklich zu sein.«

Marie streichelte Grandmères Stirn. Bis jetzt schien Grandmère nie wirklich gewesen zu sein. Sie hatte sich Grandmère in den gleichen kräftigen, erhabenen Farbtönen ausgemalt, wie Grandmère dies mit Membe getan hatte.

»Es kam der Moment, da ich entweder heiraten oder die Reservation verlassen mußte. Die Indianer fanden es nicht richtig, daß ich nur ein Kind hatte. Ich beschloß, zu gehen. Es war niemand da, den ich liebte. Sie waren nicht mein Volk. Damballah rief, und ich war besorgt, daß Membe nicht in Frieden ruhte.

Ich hatte Geschichten von freien Farbigen gehört, die in New Orleans lebten. Ich dachte, dort könnte ich glücklich sein. Da ich mit meiner schweren Last zu Fuß unterwegs war, schaffte ich es gerade bis Haben's Haven.«

»Das muß ja Wochen gedauert haben.«

»Monate. Deine Maman trug ich in einer Winkelbrettwiege und machte mir Sorgen um Fieber und darum, genug Nahrung für sie zu finden. Ich mußte immer wieder tagelang pausieren, um zu jagen und zu fischen. Ich mußte mich ausruhen und das Kind ein Kind sein lassen. Ich machte mir Sorgen, krank zu werden. Eines Tages brach ich an der Küste zusammen. Nattie fand mich und brachte mich in diese Hütte. Sie pflegte sowohl deine

Maman als auch mich. Sie gab uns zu essen und Kleidung. Und als ich mich erholte, habe ich ihr mitten in der Nacht meine Geschichte erzählt. Sie hatte Damballah in Haiti verehrt. Sie war diejenige, die mich ermunterte, zu praktizieren und zu lehren. Sie nannte uns Schwestern im Glauben.

Ich hatte Angst. War schwach. Nicht viel älter als du.« Grandmère schrie auf, fuchtelte mit den Händen, als sie sich erinnerte. »Doch mit Natties Hilfe war ich entschlossen, Membes Hoffnungen zu erfüllen. Ich dachte, daß Membe mich absichtlich zu Nattie geführt hatte. Ich dachte, Nattie wäre mein Zeichen. Doch jedesmal, wenn ich eine Zeremonie leitete oder Gläubigen in New Orleans Heilkräuter gab, hatte ich entsetzliche Angst, daß Weiße herausfinden würden, daß ich nicht frei war. Ich glaubte, daß sie Maman verkaufen und mich wieder in die Sklaverei schicken würden. Manchmal hatte ich Angst, mich vor die Tür zu wagen. Und dann brachte Nattie eines Tages John mit.«

»Nattie brachte John mit. Nicht Maman?«

»Ja doch. Ja. Ich war erleichtert, daß ich mich hinter einem Mann verstecken konnte. Eine Zeitlang fühlte ich mich sicher, beschützt. John besorgte mir gefälschte Papiere. John ermöglichte es mir, mich frei zu fühlen. Es war ein berauschendes, wunderbares Gefühl. Und dann, eines Tages, änderte sich alles.

John wollte Geld sammeln. Er sagte, daß es keinen Sinn machen würde, daß wir so arm wären. ›Neue-Welt-Gedanken‹, sagte ich beharrlich. ›Keine afrikanischen. Membe hat nie Geld genommen.‹ Und John sagte beharrlich, daß ich eine Törin wäre. Wir kämpften manche Nacht, aber er gab immer nach. Drängte nie weiter. John war charmant, wenn er etwas wollte. Er erinnerte mich an Sachwaw. So stark, scheinbar unbesiegbar. John verliebte sich in mein Mädchen. Er konnte die Augen nicht von ihr lassen. Er war zwanzig; sie war acht.«

Marie war zornig. Nattie hatte schon wieder gelogen. Sie hatte angedeutet, daß Maman John gefunden hätte, obwohl es Nattie war, die ihn zu ihnen gebracht hatte.

»Deine Maman betete John an. Ich unterstützte es. Ich war einsam und fürchtete, daß mein Mädchen größer werden und niemals erfahren würde, wie das ist, wenn der richtige Mann ihr den Hof macht. Es dauerte lange, bis mir klar wurde, daß sich John für Marie als eine Ware interessierte, die er verkaufen konnte.« Grandmère sank vornüber, ihre Schultern bebten. »Ich habe John beigebracht, wie er das Alter aufhalten konnte.«

»Algen, Kokosnußöl, Graberde vermischt mit dem Blut und dem Auge einer Katze«, sagte Marie und merkte erst, als sie es aussprach, daß sie das Geheimnis kannte. Wie oft schon hatte sie John morgens und abends dabei beobachtet, wenn er sein Elixier mischte?

»Ja doch, ja. Mein Baby war frei, schwarz und eine Voodooienne. Weiße Leute würden immer Todesangst vor ihr haben. Sie würde immer jemanden brauchen, der sie behütete.«

»So wie du geglaubt hast, daß ich Jacques brauchte.«

Grandmère nickte. »Ich war eine Törin. Ich dachte, ich könnte John Weisheit und Erfahrung beibringen. Mir ist kein einziges Mal der Gedanke gekommen, daß er mich manipulierte, darauf wartete, mein Mädchen zu benutzen. Er sah gut aus. Ich dachte, wenn ich ihn in diesem Zustand ließe, wenn deine Maman sich verliebte –«

»So wie du? In deinen Indianer?«

»Es hat niemals einen anderen gegeben.« Grandmère drehte das Gesicht ins Kissen.

»Das Geburtstagslied, das du gesungen hast. ›In den Adern des Moskaki-Kriegers fließt das Blut, das den Eintopf mit Kraft würzt. In den Adern der Mulatten fließt das Blut aus dem Geschlecht einer afrikanischen Königin.‹ Der Krieger dürfte Sachwaw sein. Und die afrikanische Königin Membe, richtig? ›In den Adern der Kreolen fließt das Blut eines französischen Königsgeschlechts.‹ Das war dein Herr.«

»Ja.« Grandmère hielt inne. »Mein Indianer hatte seinen eigenen Glauben und seine eigenen Götter. Götter des Himmels, des Feuers und des Windes. Vergleichbar mit Damballah und den anderen *loas*. Er war ein einfühlsamer Mann.«

Grandmère sah wunderschön aus, als sie sich so in Erinnerungen erging. Marie wurde klar, daß sie Grandmère in all den Jahren nie als Frau gesehen hatte. Sie nie als eine Frau gesehen hatte, die einen Mann begehrte. Sie nie als Frau gesehen hatte, die einmal jung war.

Grandmère holte tief Luft und kniff sich in die Haut. »Der Herr ertränkte Sachwaw, bevor deine Maman geboren wurde. Weiße Menschen und weiße Götter waren schon immer mächtiger. Manchmal glaube ich, daß ich alles umsonst geopfert habe.«

»Ruh dich jetzt aus, Grandmère. Es gibt nichts mehr zu sagen.«

»Es gibt noch viel mehr«, sagte Grandmère, und ihr Gesicht lief dabei rot an. »John hat deine Mutter unaufhörlich gedrängt, ihre Fähigkeiten in New Orleans auszuprobieren. Ich gab ihm die Schuld an dem Aufstand, den deine Maman machte. Sie waren zu sehr verliebt. Ernährten sich voneinander wie Tiere: brüllend, schreiend. Deine Maman hatte auch schuld. Stolz wie John. Sie stolperte über die Tatsache, daß Nattie und John ein Liebespaar waren. Deine Maman war noch ein Kind. Knapp fünfzehn. Nattie war so alt wie John, eine Frau, die wartete, Liebe brauchte, während John wie jeder andere Mann ein Ventil brauchte.

Mit sechzehn sollte deine Maman John heiraten. Ich wußte nicht, daß John sie bereits in sein Bett gelockt hatte. Daher geriet sie außer sich, als sie das über Nattie herausfand. Deine Maman hat John nie geheiratet. Sie hat ihm nie vergeben und Nattie auch nicht.«

Marie begriff jetzt mehr. Nattie hatte gelogen, um ihre eigenen Sünden reinzuwaschen. Nattie hatte nicht eingestehen wollen, daß sie daran beteiligt gewesen war, John zu finden, und daß sie ihn ebenfalls liebte. Nattie, die behauptete, Damballahs Glauben zu lieben, hatte in gewisser Hinsicht seine Vernichtung ausgelöst. Nattie mußte John schon immer geliebt haben. Selbst jetzt hatte ihr Benehmen etwas unterschwellig Sexuelles an sich.

Arme Nattie. Mitzuerleben, wie erst Maman und dann sie selbst, Mamans Tochter, von John beschlafen wurde, mußte ihr bitter aufgestoßen sein.

»Wer war mein Vater?«

»Ich weiß es nicht.« Grandmère drückte Maries Hand. »Jedesmal, wenn deine Maman nicht tun oder sagen wollte, was John wollte, ging er fremd. Er sagte sich von Nattie los, aber da gab es andere. Unzählige Frauen. Ich nehme an, daß es ihn befriedigte, Frauen zu beherrschen und zu verspotten. Ich bin überzeugt, daß er deine Maman nie geliebt hat.

Eines Nachts ging deine Maman wütend fort und kam mit deinem Samen zurück. Dein Vater war weiß. Ich weiß nicht, wer er war. Ich machte es mir zur Aufgabe, es nicht wissen zu wollen. Deine Maman sagte nur, daß ihr Liebhaber ein reicher und einflußreicher Mann wäre. Er schenkte ihr ein Seidenkleid. Geh noch einmal zu meiner Truhe. Du wirst ein in weißes Seidenpapier eingewickeltes Paket finden. Darin ist das Geschenk, das deine Maman bekam, als du geboren wurdest.«

Marie stürzte sich auf das Paket und ließ Schichten von Seidenpapier auf den Boden fallen. Sie starrte auf ein wunderschönes Taufkleid aus Seide und Spitze.

»Deine Maman und John haben sich beide Liebhaber genommen. Ich habe insgeheim weiter versucht, den Glauben zu lehren.« Grandmère senkte die Augen. »Ich war von mir selbst enttäuscht, wie ich deine Maman erzogen hatte. Bei dir wollte ich es besser machen als bei ihr.«

»Du hast dein Bestes getan.«

»Mein Bestes war nicht gut genug«, sagte sie scharf. »Ich konnte deiner Maman die Würde, die Heiligkeit von Voodoo nicht vermitteln. Ich war zu ängstlich, zu zögerlich. John und deine Maman wollten beide Aufsehen erregen. Sie spürten beide die Versuchung der Welt – New Orleans und die Neue Welt, die mit all ihrer Falschheit lockten. Voodoo wurde zum Wettstreit zwischen ihnen. Wer verfügte über die meiste Loyalität, Ergebenheit, die protzigsten Gewinne und Geschenke?

John forderte deine Maman heraus, eine Zeremonie auf dem Cathedral Square zu leiten.«

»Das war John?«

»Genau vor der römisch-katholischen Kirche. Ich hatte entsetzliche Angst. Weiße Menschen, weiße Götter waren – *sind* gefährlich.« Grandmères Augen traten aus den Höhlen. Sie zwirbelte die Bettlaken. Ein Blutfleck kroch aus ihrem Mund.

»Deine Maman tanzte. Sie war wunderschön. Weiße aller Sorten – gemeine Säufer, rauhbeinige Seeleute, dekadente Ehrenmänner – scharten sich um sie. Deine Maman war erfreut, amüsierte sich. Der Mittelpunkt der Aufmerksamkeit. John reichte eine unfertige Trommel herum und sammelte Geld ein. Seine Habgier war bemerkenswert.

Dann öffneten sich die Türen der Kathedrale. Ein Priester, rot und dürr, kam heraus und schrie: ›Wilde! Teufelsanbeter!‹ Er wedelte mit einem Rosenkranz. ›Im Namen Marias, bereut, bereut.‹ Mein Mädchen tanzte, ihr Rock wirbelte, schwang, ihre Glieder waren schweißbedeckt. Weiße Leute johlten und schrien, als wäre Karneval. Männer fingen an, sie zu berühren. Einer zerriß ihr das Kleid. Ich konnte nicht durchkommen. Zu viele Hände stießen, schubsten mich ständig am Rücken. Mein Mädchen schlug und trat um sich, schrie auf. Die Männer wurden wütend. Ich betete: ›Damballah, rette sie.‹

Ich sah, wie mein Mädchen vom Boden abhob. Damballah wollte sie retten. Mein Herz klopfte. Alle wichen zurück, ängstlich, weil sie auf der Luft wandelte. Ich sang zu den Guédés. Ich sah, wie die Geister – die Barone Samedi, Lacroix und Cimetière – Säbel schwingend die Menge angriffen. Etliche Männer wichen mit Blut, das aus ihrer Brust spritzte, zurück. Aber die Menge rückte immer weiter vor. Ich rief Ogu an, den Kriegergott, damit er mir half. Er benutzte ein Breitschwert, aber seine Kraft reichte nicht aus. Für jeden erschlagenen Mann kamen hundert nach. Der dürre Priester schrie: ›Teufel. Kreuzigt den Teufel!‹ Alle hörten auf ihn. Schwache, dumme Männer zogen mein Mädchen herunter. Es dauerte lange, bis sie starb. Sie banden sie an einen Baum. Peitschten sie aus. Weiße Menschen, weiße Götter waren mächtiger. Damballah war nicht stark genug, um sie zu retten.« Grandmère sang: »Wo warst du, als sie mein Kind ans Kreuz schlugen?« Die Melodie war schwermütig. »Warst du dort?«

Grandmère fuhr unerbittlich, hypnotisiert von ihrer eigenen Geschichte, fort. »Ich konnte nichts tun, um sie zu retten. Ich fürchtete um mein Leben. Ich versteckte mich in der Kathedrale, bis es vorbei war. Ich versteckte mich in einem Beichtstuhl in dem Glauben, daß dort niemand nach mir suchen würde. Draußen starb mein Mädchen.«

»Oh, Grandmère.« Die Hände über ihrem gewölbten Leib gefaltet, schaukelte Marie vor und zurück.

»Die ganze Nacht machten sich weiße Götter über mich lustig. Geister flogen durch die Kathedrale. Jesus. Petrus. Wo sie mich berührten, brannte meine Haut. Nur die Mutter Gottes lächelte und gab mir ein Gefühl des Friedens. Sie wußte, wie es war, ein Kind zu verlieren.

Pater Christophe fand mich dort im Beichtstuhl. Er hörte mir zu, und seine Worte von Jesus, von Maria ließen meine Tränen versiegen. Er war so ruhig, so anders als dieser dürre Priester.

Bei Tagesanbruch hörte ich Nattie nach mir rufen. Ich ging hinaus zu ihr. Der Platz war leer, abgesehen von ein paar betrunkenen Herumtreibern und dem Kruzifix, an dem sie den Leib meines Mädchens ausgepeitscht hatten.«

»Nattie war nicht bei ihr, oder John? Sie war nicht bei Maman während der Zeremonie?«

»Nein. Sie war zu Hause geblieben und paßte auf dich auf. Trotzdem war es Nattie, die deine Maman abgeschnitten hat. Sie hatte dich mitgebracht. Du warst da, bist auf wackeligen Beinen quiekend herumgelaufen und hast im Blut deiner Maman, zwischen ihren verstreuten und zerrissenen Kleidern gespielt. Erinnerst du dich nicht mehr? Nattie und Pater Christophe halfen mir, deine Maman auf ein Fuhrwerk zu laden. Nattie war erbost, daß ich es zuließ, daß ein Priester den Leichnam meiner Tochter berührte und sie für die Beisetzung vorbereitete. Aber am Ende hatten wir doch Angst, sie zu begraben. Hatten Angst, daß uns der Mob ebenfalls terrorisieren würde. Daher legten wir den Leichnam deiner Mutter in den Ozean in der Hoffnung, daß sie nach Guinea zurückschwimmen würde. Alles, was ich von ihr zurückbehielt, war die Brosche mit der Schlange und der Rose, die ich ihr zum Geburtstag geschenkt hatte. Dieselbe, die ich an dich weitergegeben habe. Erinnerst du dich nicht mehr?«

Doch, Marie erinnerte sich. Sie hatte die Brosche weggeworfen, weil sie wütend auf Grandmère gewesen war.

Grandmère strich Marie zärtlich übers Haar. »Nach dem Tod deiner Mutter konnte ich nur noch singen. Es war, als sänge ich jede Empfindung, jeden Gedanken und jedes Gefühl. Ich sang mich trocken.

Als meine Stimme erschöpft war, nahm ich dich in meine Arme und setzte dich neben mich auf den Kutschbock. Ich fuhr, bis ich Teché entdeckte, ein Versteck. Ich hatte meinen Glauben an Damballah aufgegeben. Damballah hatte seinen Glauben an mich aufgegeben. Ich betete zur Jungfrau Maria. Ich schwor, daß ich niemals eine Voodookönigin sein würde. Ich enttäuschte Membe.«

»Wo war John?« flüsterte Marie.

»Ich habe ihn bei der Zeremonie aus den Augen verloren«, sagte Grandmère leise. »Bis zu jener Nacht zwölf Jahre später, als er deinetwegen kam, hatte ich ihn nicht mehr gesehen.«

Marie weinte. Ihr Schatten an der Wand schien zu schrumpfen. »John hat sie also einfach dem Tod überlassen, ja?«

»Kind, ich bin schon immer eine schwache Frau gewesen.«

»Das ist nicht wahr.«

»Eine schwache, dumme Frau. Ich bin mir nicht sicher, wohin meine Seele wandern wird. Vielleicht nach Guinea. Vielleicht in den Himmel. Oder in die Hölle. Vielleicht nirgendwohin.«

»Du wirst noch lange leben.«

»Nein. Eine Krähe wird mich töten. Aber ich will, daß du lebst. Ich will, daß das Kind lebt.«

»Ich muß John töten, Grandmère.«

»Wenn du irgend jemandem etwas zuleide tust, werde ich dich verstoßen.«

Marie atmete tief ein.

Grandmères Kopf sank zurück und wurde von den Kissen aufgefangen. »Ich habe die Opfer nicht gebracht, damit du alles wegwerfen kannst.« Mit einem plötzlichen Auflodern leidenschaftlicher Energie lehnte sie sich vor und klopfte mit dem Finger auf Maries Brust. »Überleben, das allein zählt. Leben und leben lassen. Und du lebst, indem du die Gebote befolgst. Siehst du nicht diese weißen Heiligen um mich herum? Sie gehören zu unserer Welt. Siehst du, wie heiter die Jungfrau Maria starrt? Siehst du, wie der Heilige Petrus mich anlächelt? Sie wissen, daß ich das Richtige tue.

Schwarze Götter können in dieser Welt nicht überleben. Die weißen Menschen haben zuviel Macht. Du, die du den Voodooglauben kennen und lehren solltest, weißt nichts über den Glauben. Ich habe nicht die Zeit, dir den Unterricht zu erteilen, den Membe mir erteilt hat.

Sei eine gute Katholikin, Marie. Als Katholikin wirst du in dieser Welt überleben. Es ist schon so lange her, seit Damballah Membe Sein Versprechen gegeben hat. Vielleicht hat Er es vergessen. Vielleicht ist Damballah in Guinea tot.«

Marie konnte spüren, wie ihr Baby im Leib weinte, Wasser ausatmete. Tief in ihrem Innersten wußte sie, daß Membe weinte. Dies also war die Traurigkeit hinter den Generationen von Maries. Wegen Grandmères Entscheidung hatte sich der Kurs von Membes Pakt mit Damballah geändert. Marie weinte. Sie spürte, wie sich auch in ihr Mitleid regte.

Marie kannte Membe nicht, aber sie wußte, daß Grandmère sich stets sehr bemüht hatte, das zu tun, was sie für richtig hielt. Was machte es schon aus, daß Grandmère nicht mehr die Grandmère ihrer Kindheit war? Was machte es schon aus, wenn sie nicht unfehlbar, manchmal schwach und im Unrecht gewesen war? Sie hatte ihr Bestes gegeben.

Grandmère umklammerte Maries Hand. »Wenn ich fort bin –«

»Du wirst noch lange hier sein.«

Grandmère zuckte mit den Schultern und schüttelte den Kopf. »Christliche Barmherzigkeit. Übe dich mir zuliebe in christlicher Barmherzigkeit.« Sie schloß die Augen und sank erschöpft zurück.

Marie beugte sich vor, um die trockenen, rissigen Lippen zu küssen. Grandmère warf die Arme um sie. Ihr Griff war überraschend stark und drückte schmerzhaft gegen ihren Rücken. Ihre Lippen preßten sich fest aufeinander; ein jeder atmete des anderen Luft ein. Ihre und Grandmères Tränen vermischten sich und schmeckten salzig auf Maries Lippen.

Ohne ihren festen Griff zu lockern, flüsterte Grandmère Marie ins Ohr: »Ich mache mir Sorgen, daß ich einen Fehler gemacht habe. Was, wenn die weißen Götter mich im Stich lassen, wenn ich sterbe? Was, wenn sie eine Schwindlerin wie mich nicht anerkennen? Ich weiß, daß Membe mich verachten wird, daß Damballah, den ich verraten habe, mich verlassen wird, und daß ich im Nichts wandern werde. Kein Guinea. Kein Himmel.«

Nur mit Mühe konnte Marie hinter den Worten eine bebende Verzweiflung hören. Sie starrte auf Grandmères leichten Schatten an der Wand und flüsterte, als verriete sie einem Kind ein großes Geheimnis: »Ich glaube, daß die Jungfrau Maria und Ihr Sohn dich küssen werden. Ich glaube, daß Damballah lächeln und dich umarmen wird. Ich glaube, daß Membe dich als Tochter ihres Blutes willkommen heißen wird. Ich glaube, daß all die Götter dir einen neuen Platz schaffen werden, wo du die Freuden Guineas und des Himmels zugleich finden wirst.«

Haselnußbraune Augen öffneten sich. Die grimmige Trauer war ein wenig verflogen. »Ich bin müde, Kind. So müde.« Grandmère legte sich aufs Bett zurück, rollte sich zu einer Seite und zog die Beine an die Brust. Sie ballte eine Faust unter der Wange und schlief, leise und gleichmäßig atmend, rasch ein.

Marie starrte auf das entspannte Gesicht. Die Beichte hatte Grandmères Seele erleichtert. Marie steckte die Bettlaken an den

Seiten fest, blies die Kerzen aus und nahm den indigoblauen Stoff auf die Arme.

Die Nacht war voller Offenbarungen gewesen. Marie wußte ohne allen Zweifel, daß sie John würde ermorden müssen, genauso wie sie Antoine ermordet hatte. Sie trat aus der Haustür und ging auf das Flußufer zu, um sich ihre Wunden von der feuchten Gischt reinigen zu lassen. Barmherzigkeit gleich welcher Art schien sie nicht üben zu können.

In dieser kalten Nacht waren die Dorfbewohner in ihren Häusern geblieben, wo es warm, behaglich und geschützt war. Marie versuchte, Alpträumen, Verzweiflung und Widersprüchlichkeiten davonzulaufen. Sie wickelte den indigoblauen Stoff um die Schultern. Die verlorene Schlangenbrosche hätte ihn festgehalten.

Marie hörte ein durchdringendes, glockenähnliches Pfeifen. Vielleicht waren es ihre eigenen Ängste oder ihr schlechtes Gewissen, die sie plötzlich hochschrecken ließen. Vielleicht hatte sie ja auch gar nichts gehört. Gerade als sie sich einredete, daß sie unter Einbildungen litt, hörte sie, wie der Pfeifton durch die Bäume, die wilden Sträucher fegte und in ihr Innerstes eindrang. *Er war ganz anders als alle anderen Töne, die sie je gehört hatte. Er war klar, stetig und lieblich. Er schwang sich wie der Abendgesang einer Nachtigall trillernd zu einem harmonischen Muster empor.* Marie wurde klar, daß sie schwache Echos dieses Tones schon in Grandmères Gesängen gehört hatte. Aber dieser Ton war reiner und mit Gefühlen geschwängert, die weit erhabener waren als alle Töne, die Grandmère herbeizauberte. Aber die *Klangfarbe* war verwandt. Und auf einmal wurde Marie klar, daß es Membe war, vergänglich und in Tönen schimmernd, die Grandmères schönsten und innigsten Melodien nicht unähnlich waren. Die Wirkung war überwältigend, schmerzhaft, großmütig und freundlich. *Marie streckte die Hand aus, um der Luft den Ton zu entreißen. Er entschwand.* Sie schrie auf. Sie hatte noch lange nicht genug gehört. Membes Geist, zu Musik destilliert, überstieg alles, was sie sich vorstellen konnte. Marie blieb schweratmend stehen. Sie wollte mehr wissen, aber sie spürte, daß Membe nicht wiederkommen würde. Die Musik war nur ein Flüstern, um zu beweisen, daß Membe irgendwo als Geist existierte.

Marie wurde klar, daß sie einen Teil ihres Wesens und ihrer Herkunft nie gänzlich kennenlernen würde. Wie der verführerische Ton, der nicht zurückgerufen werden konnte, wie sehr sie sich auch darum bemühte, war auch ein Teil ihrer Kultur und Geschichte für immer verlorengegangen. Eine Ozeanreise, Sklaverei und die Neue Welt hatten Teile ihrer selbst weggerissen und zerstört, was übriggeblieben war. Das Vermächtnis Damballahs war zerschlissen und zerfleddert. Selbst Membe muß den Verlust ihrer Familie und ihres Dorfes empfunden haben. Vielleicht hatte sie manche der Rituale, der uralten Heilmittel, der Namen ihrer Vorfahren vergessen. Membe hatte nie Gelegenheit gehabt, neue Glaubensbezeugungen zu lernen, ebensowenig wie sie jemals Gelegenheit gehabt hatte, die Gesichter und Namen neuer Nichten, Brüder oder Schwestern zu lernen. Membe mußte auch empfunden haben, wie fremdartig es war, eine neue Sprache zu lernen und in dieser Sprache dann Damballah zu preisen. Aus Voudon wurde Voodoo. Aus Membe wurde Marie. Wer weiß schon, was verlorenging?

›Wer bin ich?‹ Kein Wunder, daß diese einfache Frage so schmerzlich gewesen war, dachte Marie. Die ganze Verwirrung, die sie gespürt hatte, war ein Teil ihrer Tradition gewesen, ein Teil von Membes Mission, jenen den Glauben zu lehren, die ihrer Vergangenheit entrissen worden waren. Niemand hatte die Verantwortung dafür getragen, daß Membes Kinder vom rechten Weg abgekommen waren.

Gemischtes Blut; gemischte Legenden und gemischter Glaube. Das also war die Wirklichkeit und entscheidend, um zu überleben. Marie spürte, daß sie mit dem fortfahren mußte, was sie schon tat, nämlich weiße und schwarze Heilige zu mischen und nicht einen über den anderen zu erheben, wie Grandmère es getan hatte. Ächtung war der Fehler gewesen. Es war die Mischung, die die Überreste von Membes Glauben am Leben erhielt.

Marie würde zu afrikanischen und christlichen Göttern beten, weil es nicht nur eine Wahrheit, nicht nur ein Volk gab. Voodoo war nicht mehr afrikanisch. Aber in einer gewissen Form hatte Voodoo überlebt. Schwarze Menschen hatten überlebt. Damballah hatte zu Membe nicht gesagt: Ich bin der einzige wahre Gott. Er sagte: Sei meinen Kindern eine Mutter. Erzähle ihnen Geschichten über sie. Gewiß hätte Damballah erkannt, wie sich Seine Kinder in einer Neuen Welt zu einem neuen Volk veränderten. Verwirrung, Kummer und Verlust gehörten allesamt zu ihrem Überleben, eingebettet in die Erinnerungen an Afrika und an Damballah. Denn wenn du das afrikanische Gedankengut wachhältst, hältst du die Erinnerung an Freiheit und die Sicherheit der Dorfbewohner, die dein Blut und deine Hautfarbe teilen, wach.

Wenn Damballah Membes Kindern mißtraute, hätte Er sie schon vor langer Zeit verlassen. Aber Er hatte die Maries nicht verlassen. Damballah flüsterte ihr immer noch Geheimnisse zu ... Er zeigte ihr immer noch Wunder einer anderen Zeit und eines anderen Ortes ... Damballah liebte sie, die dritte Marie, immer noch. Und Marie wußte bereits, daß auch ihre Tochter mit Damballahs Glückshaube zur Welt käme.

Marie drehte sich um und starrte auf den Mississippi, der unter der Erhabenheit des Mondlichts dahinströmte. Wenn Jacques zurückkehrte, würde sie ihn um Hilfe bitten, damit sie Membes Vermächtnis erfüllen konnte. Sie würde ihm erklären, daß sie seine oder eines anderen Frau einfach nicht sein konnte. Sie mußte erwachsen werden und für sich und ihr Kind die Verantwortung übernehmen. Sie mußte all jenen Hoffnung geben, die keine Hoffnung hatten: Sklaven, geknechteten Dienern, Gefangenen im Stadtgefängnis, den Bewohnern von Haven. ›Wer bin ich?‹ bedeutete im übertragenen Sinn, anderen dienen zu lernen, die Überreste des Glaubens anzubieten, damit alle Kinder Damballahs sich in dieser furchterregenden Neuen Welt durchsetzen konnten. Marie rieb sich einen Kreis um den anderen auf den gewölbten Leib. Mit einiger Übung könnte sie lernen, ein wenig von ihrer Selbstsüchtigkeit abzulegen. Und sie würde nicht vergessen, ihrem Kind alles zu erzählen. Nichts zurückzuhalten. Sie würde ihm erklären, daß die Welt hart, ungerecht und wirklich war.

Vielleicht würde sie mit der Zeit die Art von Liebe, die Jacques verdiente, zurückgeben. Sie wären eine glückliche Familie: Jacques, das Baby und Marie.

Marie hob einen glatten Stein auf und ließ ihn mit einer Drehung des Handgelenks über das strudelnde Wasser schneiden und hüpfen. Wasserkreise kräuselten sich vom Stein nach außen. Dann sank der Stein mit einem weichen Platschen.

»Komm nach Hause, Jacques«, murmelte Marie, und ihre Stimme erhob sich wie die einer Sirene über den Mississippi und flußabwärts durch die Strömungen, die zum Golfstrom und zum offenen Meer führten. »Komm nach Hause.« Sie brauchte jemanden, der ihr ein wenig vertraute.

Als sie wieder auf das Dorf zuging, ihre Füße knirschten in dem weichen, mit Schotter bedeckten Schlamm, hörte sie einen klaren, herrlichen, glockenähnlichen Ton, der sich an ihre Fersen heftete. Sie sah Schlangen, die aus dem Boden aufstiegen und aufrecht auf das Wasser zuschritten. Marie fröstelte, und Membes Kleid flatterte im Wind.

»Brigette ist gestorben. Wußtest du das?«

»Ja. Es machte mir schreckliche Angst, weil ich dachte, wenn sie gestorben ist, dann würde auch ich bei der Geburt sterben. Es ist ein furchtbarer Vorgang, wenn Leben aus dir herausgerissen wird.«

»Sie brachte sich eher um, weißt du. Sie wies die Hebamme und den Arzt zurück. Sie ermordete zwei unschuldige Babys. Ich half dabei.«

»Still, Louis. Du mußt nicht darüber sprechen.«

»Brigette wollte sich einfach nicht damit abfinden, daß sie schwanger war. Sie blieb in ihrem Zimmer und murmelte ständig vor sich hin, daß sie die Babys getötet hätte. Sie sagte, daß sie mit Antoine gestorben wären. Selbst, als das Gewicht der Babys sie schon nahezu unbeweglich machte, verleugnete sie sie immer noch.

Ich hatte lange in der Zeitung gearbeitet. Es war schon nach Mitternacht, als ich nach Hause kam. Das Haus war in Aufruhr. Brigette lag in den Wehen, schrie. Ihr Mädchen, Clara, war in Tränen aufgelöst. Ich ließ einen Arzt holen, und Brigette kämpfte mit ihm wie eine Teufelin. Ich konnte nicht vernünftig mit ihr reden. Wir mußten sie schließlich zu viert festhalten, während der Arzt sie untersuchte. Er sagte, die Zwillinge wären in Steißlage. Die einzige Hoffnung für die Kinder wäre, sie herauszuschneiden. Er wollte meine Erlaubnis, da es sie töten würde.«

»Still, Louis.«

»Ich zögerte es immer wieder hinaus. Ich wollte die Verantwortung nicht. Bei Tagesanbruch sagte der Arzt: ›Jetzt oder nie.‹«

»Weine nicht, Louis.«

»Brigette war nicht tot. Sie war schwach, pendelte zwischen Bewußtlosigkeit und Bewußtsein hin und her. Ich sehe immer noch die

blutigen Bettlaken vor mir. Sie blutete stundenlang. Blut auf blauem Satin, kannst du dir das vorstellen? Aber sie war nicht tot. Sie war wie ein gestrandeter, aufgedunsener Wal. Ich konnte – kann immer noch – *schwache Umrisse der Kinder auf ihrem Leib sehen. Eine strampelnde Hand, ein Fuß. Aber ich konnte meine Zustimmung nicht geben. Die Babys starben mit ihr.«*

»Sie wären vermutlich in jedem Fall gestorben.«

»Ja, manchmal sage ich mir das auch.«

Marie Laveau, 16. Juni 1881, morgens
(Aus Louis DeLaviers Tagebuch)

Am Abend vor Mardi Gras saß Marie am Kai und trat mit den Füßen nach dem freien Raum zwischen Land und Meer. An diesem Morgen war sie aus dem Bett aufgestanden, hatte aus dem Fenster geschaut und gewußt, daß Jacques nicht kommen würde. Am Himmel war keine Sonne zu sehen. Dunst färbte die Welt grau. Kathedralenglocken läuteten träge. Als Marie versuchte, eine Kerze anzuzünden, wurde das Streichholz ausgeblasen, obwohl es vollkommen windstill war. Einem Bettler blieb seine flehentliche Bitte in der Kehle stecken, und als Marie zum Fenster eilte, um ihm eine Münze zuzuwerfen, war er bereits mit leeren Händen weitergeschlurft.

Marie zog sich ihre besten Kleider an, packte einen Korb mit kalten Yamswurzeln und geräucherten Haxen und warf sich Membes Kleid, das zu einem Tuch zusammengenäht war, über die Schultern. Ribaud begleitete sie unaufgefordert, und bei Tagesanbruch wanderten sie beide durch die nahezu menschenleeren Straßen zu den stinkenden Docks hinunter.

Jetzt konnte Marie Ribaud ein paar Meter entfernt links von den großen Handelsschiffen sehen, wo er gerade eine Reuse hinabließ, um Krebse oder Shrimps zu fangen. Er war schon seit Stunden damit beschäftigt, ohne Glück zu haben. Die Flut war zu niedrig. Möwen kreisten unablässig, konnten keine Morgenbeute finden. Ebenso wie sie Jacques nicht finden konnte.

Die Sonne erreichte den Zenit, doch Marie fror immer noch bis auf die Knochen. Während sie auf dem ungeschützten Kai saß und die Füße willkürlich baumeln ließ, bekam sie einen steifen Rücken und taube Hände. Sie versuchte, die spiralenförmig aufsteigenden Wehen nicht zu beachten, die sich von ihrem Bauch nach außen ausbreiteten. Sie konzentrierte sich darauf, zu Damballah zu beten. »Bring Jacques nach Hause.« Zur Sicherheit betete sie auch den Rosenkranz, indem sie sich einbildete, daß die Steine am Kai Perlen in einer Rosenkranzkette wären. Marie spielte die Frau des Seemanns, die ein uraltes Warteritual vollzog, von Rettung träumte und hoffte, daß ihr Mann nicht auf See vermißt wurde.

Sie sah zu, wie vollbeladene Frachtschiffe, Sklavenschiffe, Fischerboote, Dinghis und Dreimaster der Marine Segel setzten. Sie sah zu, wie Schiffe zurückkehrten, zerschunden von rauher See, Wirbelsturm und Meuterei. Aber keine *Marie-Thérèse*, Jacques' Schiff.

»Miz Marie, wir sollten gehn. Wenn wir noch länger hier sind, wird John verrückt.«

Marie blinzelte gegen das grelle Licht der untergehenden Sonne. »Er hat gesagt, daß er kommen wird. Daß er heute hier sein wird.«

»Aber er is nich hier. Wir sollten gehn. Bringt nix, hier zu sein«, sagte Ribaud mit Nachdruck, kratzte sich am Kopf und lief wie ein hungriger Vogel auf und ab. Er bereute, daß er überhaupt versucht hatte, Marie und Jacques zu versöhnen. Ein einziger großer Kummer war alles, was er bei Marie sehen konnte.

»Ich werde warten, Ribaud.«

Marie zweifelte nicht daran, daß ihr Warten zwecklos war. Vorgetäuschte Zuversicht und Stolz, vielleicht. Doch das Warten auf Jacques barg eine süße Traurigkeit, auch wenn sie wußte, daß er nicht kommen würde. Sie würde warten, bis es Nacht war; das schuldete sie ihm.

»Starrköpfig«, sagte Ribaud. »Bist starrköpfiger als ein toter Maulesel.«

Marie lächelte leise. Murmelnd ging Ribaud davon.

Marie genoß es, Liebeskummer zu haben, das heftige Bedürfnis, ihre Persönlichkeit zu entwickeln, zu vergessen, ihr Verlangen, John zu entkommen, zu vergessen, alles zu vergessen außer einer tiefen Sehnsucht danach, Jacques zu trösten und ihrem Ehegelöbnis eine neue Chance zu geben.

Die Sonne ging unter. Stetig und ohne Hast ging der Mond auf. Dunst senkte sich über den Hafen, und wogende Wellen kamen auf, schlugen an den Kai, stürmten sinnlos auf die Uferlinie zu und wieder zurück. Marie aß all ihre Yamswurzeln. Jacques kam nie.

»Sag's ihr. Sag's ihr, wie du's mir gesagt hast.«

Entsetzt sah Marie, wie Ribaud einen Mann vor sich herstieß und schob und auf seinen Kopf und Hals einschlug. Der Bauch des Mannes spannte gegen sein weinbeflecktes Hemd, Fleisch quoll über seinen Ledergürtel und verwehrte die Sicht auf seine Füße. Sein Gesicht war feucht und rot. Er hatte die pockennarbige Nase eines Säufers und trug den vertrauten einfachen Marinemantel mit Messingknöpfen. Es war komisch anzusehen, wie Ribaud einen Seemann vor sich hertrieb, der doppelt so groß war wie er, aber es war auch beängstigend, denn der Seemann war weiß, und kein Schwarzer durfte einen Weißen so behandeln, wie Ribaud das tat.

»Ich hab ihm gesagt, daß du die Voodookönigin bist. Hab ihm gesagt, daß du ihn zu Tode hexen wirst. Daß du sein Herz schrumpfen und seine Eier abfallen läßt. Hab ihm gesagt, daß du ihn bereuen läßt, daß er je geboren wurde.«

»Ribaud, nein.« Marie hätte am liebsten gelacht, weil Ribaud so töricht, so unerwartet grimmig war.

»Hab ihm gesagt, daß er besser die Wahrheit sagt. Hab ihm gesagt, daß er's besser dir erzählt, wie er's mir erzählt hat, sonst würd ich ihn eigenhändig umbringen.«

Marie erhob sich schwerfällig, das Baby in ihrem Leib bewegte sich, und sie starrte den mürrischen Mann offen an, wobei sie sich fragte, was, um alles in der Welt, er mit ihr zu tun hatte. Ihr erster Eindruck war falsch gewesen: Er war eigentlich kein Seemann. So etwas Ähnliches wie ein Kaufmann oder Kaufmannsgehilfe. Rauhe Hände, ein allgemeines Mißtrauen, Fischöl und Meeresgerüche klassifizierten ihn als einen Mann, der mit den Docks eng verbunden war. Er war einer, der in einer billigen und spärlich möblierten Pension schlief, und, wenn er nicht arbeitete, trank oder Prostituierte aufsuchte.

»Dieser Mann hier weiß über Mister Jacques Bescheid.«

»Ist das wahr?«

»Er führt Listen von allen Schiffen. Er weiß alles. Weiß alles über die Fracht auf der *Marie-Thérèse*. Alles über ihre Männer. Sein Name is Chestnutt.« Ribaud schob den Mann nach vorn.

Maries Atem ging schnell und flach. »Sein Name ist Jacques Paris. Er ist auf der *Marie-Thérèse*. Wißt Ihr, was mit seinem Schiff passiert ist? Warum ist es nicht hier?«

»Euch hab ich mir anders vorgestellt.« Chestnutts weicher Tenor paßte ganz und gar nicht zu seiner schlampigen Erscheinung. Seine Stimme suggerierte die Höflichkeit, Vornehmheit eines Südstaatlers. »Die Marie Laveau, von der ich gehört habe, war unerschütterlich, stämmig und schwarz wie die Sünde. Man erzählt sich, daß ihr Hals so dick sei wie der Arm eines Mannes. Ich habe nicht mal jemand halb so Hübsches erwartet. Aber ich nehme an, daß hübsche Hexen für des Teufels Werk am besten geeignet sind.«

»Und häßliche Männer sind nach Gottes Ebenbild geformt«, blaffte Marie zurück.

Mit grimmigem Gesicht stemmte Chestnutt die Füße auf den Boden, straffte die Schultern und drückte die Brust heraus.

Marie war wütend, ihr Gesicht verzerrt vor Verbitterung. »Ich werde alles tun, was Ribaud gesagt hat. Ich werde Dämonen herbeirufen, damit sie Euch die Eier abfressen. Ich werde Euch mit Euern schlimmsten Alpträumen, Euern Mißerfolgen und Träumen quälen. Ich werde dafür sorgen, daß Ihr lebendig begraben werdet. Ich werde Eure Mutter heimsuchen, wenn ich muß, und Eure Söhne verfluchen. Raus mit der Sprache. Wo ist Jacques Paris?«

Chestnutt legte den Kopf schief, schätzte Maries Zorn ab. Er schien keine Angst zu haben. »Bedeutet Euch das soviel?« fragte er sanft.

»Ja«, sagte Marie fasziniert von seinem veränderten Ton.

Chestnutt ließ seine Hand auf dem verwitterten Pfosten ruhen. In zwei Metern Tiefe tauchten die hölzernen Stützen ins Meer. Ein Wind zerrte an seinem Mantel, und er raffte den Kragen gegen die Kälte zusammen. Sein Bauch war nach wie vor ungeschützt. Der Neumond spiegelte sich in seinen angelaufenen Knöpfen wider.

Er sprach zum Horizont.

»Als ich noch gesegelt bin – o ja, ich bin wirklich gesegelt, bin auf einem großen schmucken Schiff über die Wellen gerollt –, habe ich immer an meine junge Frau gedacht, die in einem Hafen auf mich wartete, genauso wie Ihr auf Paris wartet. Es war schwer für sie. Sie hat mir das nie gesagt, aber ich wußte, daß es so war. Ich sah, wie Erleichterung und Verzweiflung aus ihren Poren schwitzten, wenn ich nach Monaten, manchmal erst nach Jahren auf See zurückkehrte. Ich sah neue Runzeln in ihrem Gesicht, rauheres Haar und matt werdende Augen. Das junge Mädchen in ihr verschwand. Daß sie älter wurde, machte sie in meinen Augen nicht weniger schön. Aber ich hatte ein schlechtes Gewissen, daß sie meinetwegen auf so vieles verzichtete: auf ein Heim, Kinder, das Leben überhaupt. Sie wartete noch ein paar Reisen lang, bis ich es schließlich nicht mehr ertrug – ihr Warten. Ich schickte sie weg. Sagte ihr, daß ich sie haßte. Ich haßte mich selbst, weil sie soviel mehr Liebe aufbrachte als ich.« Chestnutt wandte sich zu Marie und sagte ausdruckslos: »Ich kenne Jacques Paris. Aber ich habe ihn nicht gesehen. Nicht mehr, seit er von der *Marie-Thérèse* geworfen wurde. Er konnte mit dem Trinken nicht aufhören.«

»Sie haben ihn zurückgenommen. Das weiß ich. Er fuhr bei der letzten Reise mit. Irgendwo zu den Westindischen Inseln.«

Chestnutt schüttelte langsam den Kopf. »Nein, Ma'am.« Er hatte einige Frauen wie Marie gekannt, verlassen, schwanger mit unehelichen Kindern, und liebeskrank wegen eines treulosen Seemanns. Er rückte sein Halstuch zurecht, tätschelte vergeblich sein wildes, strohähnliches Haar. »Ich fahre selbst nicht mehr zur See. Wenn es einen Taifun gibt, kannst du dich auf einen Säufer nicht verlassen. Und betrunkene Seeleute sind dafür berüchtigt, daß sie Rum an Bord des Schiffes verstecken. Komisch, als meine Frau weg war, fing ich zu trinken an. Als ich aufs Festland verbannt wurde, war sie schon fort und mit einem anderen nach Westen gezogen. Jetzt führe ich nur noch Tabellen und Hauptbücher für Baker und Moore. Sie vertrauen mir kein Schiff mehr an.«

»Was hat das mit Jacques zu tun?«

»Dazu komme ich gerade«, sagte er leise, kratzte sich am Ohr, zögerte die schlechte Nachricht hinaus. »Ich interessiere mich für Säufer, wie ich einer bin. Ich kannte Paris, als er der beste Bootsmanngehilfe war, den sich ein Kapitän nur wünschen konnte. Aber es passierte etwas.« Er sah Marie neugierig an, dann fuhr er fort, nachdem er sich geräuspert hatte: »Ich hätte es gewußt, wenn Paris zurück wäre. Ich hätte mich für ihn gefreut, trotz Nigger und so. Das meine ich ernst. Ich weiß, was es heißt, das Meer zu verlieren.«

Maries Atem pfiff aus ihrem Körper wie das Zischen aus einer Schlange. Sie hätte sich am liebsten auf den Mann mit den spindeldürren Beinen gestürzt, denn sie hatte schon geahnt, was er zu sagen hatte.

»Aber Paris hat es nie bis auf die *Marie-Thérèse* geschafft. Ich hatte eine Heueranweisung für ihn. Doch als es Zeit war, abzusegeln, war er nicht an Bord. Wir nahmen an, daß er sich sinnlos betrunken hat. Jemand anderes nahm seinen Platz ein.«

»Das glaube ich nicht.« Marie sah hinaus über den Hafen. Aber sie glaubte ihm. Zeichen hatten ihr mitgeteilt, daß Jacques nicht kommen würde. Ihre Knochen schmerzten. Der Bettler ging mit leeren Händen. Vögel fraßen nicht. Die Flut war blutrot getönt, während das Salzwasser strudelte und zu verbergen drohte. Die Uferlinie war gesunken. Fische tauchten unter die rauhen Wellen, und Schätze aus versunkenen Schiffen gruben sich tiefer in den Sand.

Marie konnte sich nicht zurückhalten: »Wenn die *Marie-Thérèse* anlegt, werde ich wissen, daß Ihr lügt.« Verärgerte Möwen kreisten kreischend über ihnen.

»Schadet mir nur, wenn Ihr wollt, aber ich sage Euch, was ich auch meiner eigenen Tochter sagen würde: Paris ist weg. Ohne einen Säufer in Euerm Leben seid Ihr besser dran. So was nimmt immer ein böses Ende.« Als Chestnutt an Ribaud vorbeihuschte, hatte er das Gefühl, auf einer Gangway zu schwanken. Er dachte, daß Marie oder Ribaud oder beide ihn packen und verfluchen würden. Seine Schritte waren zögerlich, da er nicht wußte, was ihn erwartete. Er glaubte ebensosehr an Voodoo, wie er an das Böse glaubte, aber er war sich über die Grenzen der Voodoomacht nicht im klaren. Heute abend würde er zur Messe gehen. Er würde trinken, bis er bewußtlos war. Wenn die Dämonen kamen, um ihn zu fordern, würde er es nicht bemerken. Auch die Erinnerung an seine Frau war ein Grund zu trinken. Jahrelang hatte er es sich nicht erlaubt, an sie zu denken. Irgend etwas an Marie hatte ihn entwaffnet. Es war schlecht, daß eine Frau einem Mann das Gefühl gab, so verletzbar zu sein.

»Madame Laveau«, rief Chestnutt, als er sich in sicherer Entfernung wähnte, »die *Marie-Thérèse* ist gekommen und wieder weg. Sie lag eine Woche vor Anker und ist bereits seit zwei Tagen nach Antigua unterwegs. Ihr könnt noch mal drei Monate auf ihre Rückkehr warten, wenn Ihr wollt.«

Marie kam es vor, als sähe sie Chestnutt durch ein Fernrohr, denn sein Gesicht füllte die Grenzen ihres Blickfeldes aus. »Schert Euch weg!« schrie sie mit geballten Fäusten, hätte Chestnutt am liebsten den Spaß an schlechten Nachrichten verdorben.

Rückwärts gehend lüftete Chestnutt eine imaginäre Mütze. Marie bückte sich und warf ihre Rosenkranzsteine nach ihm. Die

Kieselsteine landeten zu kurz und rollten wie verrückt hin und her: Einige plumpsten in den Ozean, andere wurden langsamer und blieben im Schmutz stecken, während wiederum andere sich zwischen Bordsteinspalten verfingen. »Weißer Dreckskerl. Du fieser weißer Dreckskerl«, schrie sie erneut, stolperte vorwärts und über ihr auf dem Boden schleifendes Tuch.

»Maman Marie, das nützt doch nix«, sagte Ribaud. »Er hat die Wahrheit gesagt. Die Wahrheit hat nich immer das schönste Gesicht. Manchmal schlägt se dich hart, und da kannste nix weiter tun, als die Tür zuschlagen und damit zurechtkommen.«

Marie streckte die Hand aus, suchte fuchtelnd nach einer Stütze, nach etwas, das sie packen und festhalten konnte. »Er hat gelogen. Warum hat Jacques mich belogen?« Sie war darauf vorbereitet gewesen zu hören, daß Jacques' Schiff gesunken oder durch einen Taifun gestrandet war. Sie konnte sich sogar mit dem Gedanken abfinden, daß er über Bord gefallen oder an einem Tropenfieber gestorben war. Aber daß er sie einfach verließ, verstand sie nicht.

»Komm jetzt, Miz Marie.« Ribaud berührte sanft ihre Schulter. »Laß uns heimgehen. Wir müssen uns auf Mardi Gras vorbereiten. Mardi Gras is morgen. Wir müssen beweisen, daß du die große Voodookönigin bist.«

Verwirrt, mit nickendem Kopf und gekrümmtem Rücken machte sich Marie auf den Weg. Sie starrte blind den Kai hinunter. »Jacques. Jacques.«

Ribaud packte ihren Ellbogen und stützte Marie für den langen Heimweg. Er gab besänftigende, glucksende Laute von sich, als hütete er ein Huhn. »Zu Hause sein, is nich das Beste, aber es is *ein Platz*. Was andres ham wir nich. Es gibt viele, die das nich ham. Keinen Platz ham, wo sie sein können.«

Sie waren ein merkwürdiges Paar, aber nur wenige drehten sich um und starrten sie an. Es gab anderes zu sehen, was aufregender und sensationeller war als eine verzweifelte, stöhnende Frau und ein zitternder, dürrer Mann.

Je weiter sie sich vom Kai entfernten, um so hektischer und

belebter ging es auf den Straßen zu. Ribaud versuchte, eine Droschke zu mieten, aber es war keine zu sehen, da Wogen von Leibern, die vor verzweifelter Energie vibrierten, die Boulevards bevölkerten. Die Leute fingen früh an, Mardi Gras zu feiern. Winselnde Harmonikas und schrillende Banjos klangen unerträglich und ergötzlich zugleich. Ribaud fluchte und versuchte, Marie gefahrlos durch das Gewimmel von Feiernden vorwärtszutreiben. Er stieß mit dem Ellbogen und trat zuweilen heftig mit dem Fuß.

Marie hatte jegliches Zeitgefühl verloren. Sie spürte ein Dröhnen im Kopf. Sie wußte nicht, wo sie war. Sie wußte, daß sie sich bewegte, weil sie Ribauds heiße Hand spüren konnte, die sie vorwärtsdrängte. Ihre Beine bewegten sich, aber es war nicht mehr wichtig, wohin sie ging oder wo sie gewesen war. Wäre das Baby in ihrem Leib nicht gewesen, hätte sie sich vermutlich zusammengekauert und versucht, in die sumpfige Erde ein Loch zu graben. Sie hätte sich unter Erde und falschen Hoffnungen begraben. Aber das Baby, das sich mit dem Kopf nach unten zurechtlegte, zwang Marie, von der Welt Notiz zu nehmen.

Marie sah die Hölle. Mondbeschienene Schatten gingen um. Leute kreischten, kicherten, machten sich wichtig. Fremde tanzten, umarmten einander und kämpften. Ein Mann hatte einen Ziegenkopf aus Draht und Papier auf; er rammte die Menge und stieß mit den Hörnern nach ihr. Eine Frau trug Hühnerfedern anstatt Kleidern. Ein Karussellpferd lief herum, unbeholfen und gedrungen, mit ungleichen Beinen und Flanken aus Leinen. Eine Frau, die wie eine Katze sprang und schnurrte, hatte Besenborsten an ihrer Nase befestigt. Sie hüpfte einem Soldaten auf den Rücken. Fackeln ließen den Himmel grellrot aufleuchten.

Ungeheuer sprenkelten die Menge, ihre bemalten Körper glänzten vor schweißverschmiertem Blau, Gelb, Gold und Purpurrot. Manche hatten zusätzliche Arme und Beine: eine Kreatur schüttelte drei Personen gleichzeitig die Hand, während eine andere ein Ersatzbein bei sich hatte. Ein grinsender Mulatte, der auf Stelzen lief, ragte über zwei Meter hoch. Die Stadt bereitete sich auf den Karneval vor.

Marie hatte das Gefühl, in den Wahnsinn gestolpert zu sein. Heute morgen hatte die Welt düster und doch ruhig ausgesehen; heute abend hing die Welt schief vor Irrsinn. Alles ergab einen Sinn. Jacques war nicht gekommen.

»Hier durch, Miz Marie. Wir sin fast da.«

Marie und Ribaud huschten durch ein Gäßchen. Sechs als Piraten kostümierte Männer schwangen Schwerter und schlugen einen Totenschädel hin und her. »Rettet mich«, stöhnte ein klappriger Mann und hielt eine um seinen Hals geknüpfte Schlinge hoch.

Marie schauderte. Morgen abend würde sie mitten in diesem Trubel sein. John hatte Mardi Gras zum richtigen Zeitpunkt erklärt, um die Zeremonie auf dem Cathedral Square abzuhalten. »Das wird deine Chance sein«, hatte er gesagt, »dort Erfolg zu haben, wo deine Mutter versagt hat. Diesmal stimmt mein Zeitplan.«

Wochenlang hatte sie zugeschaut, wie John am Tisch saß und Pläne entwarf, Ideen skizzierte. Seine Zettelchen versteckte er stets sorgfältig. Immer wieder unterbrach er sein Gekritzel und sagte: »Ich werde dich an die Kandare nehmen und nicht wieder loslassen.« Dieser neue John (und er war wirklich neu) war ungepflegt und furchteinflößender.

»Die Mutter des Kindes muß des Kindes würdig sein.«

Jedesmal, wenn John dies wiederholte, spürte Marie ein heftiges Beben in ihrem Leib. Als wäre sie wertlos und das Baby in ihr alles.

Verrückt. Wenn John sie mit seinen spröden, geöffneten Lippen ansah, den gleichen entsetzlichen Ausdruck in den Augen, den er vor einem Orgasmus hatte, dann dachte sie: Er ist verrückt.

Wie typisch für einen Verrückten, ihr Leben an der gleichen Stelle riskieren zu wollen, an der ihre Mutter starb. Wie typisch für John, sowohl sie als auch das Kind zu riskieren. Sie hatte

Johns Plänen keine Beachtung geschenkt, weil sie gehofft hatte, daß sie und Jacques bis Mardi Gras fort wären.

»Wir sind da.« Ribaud strich sich übers Kinn und sah Marie forschend an.

Sie zuckte zusammen. »Mir geht's gut, Ribaud«, sagte sie und legte den Finger an die Nase. »Ich habe begriffen, daß Jacques nicht zurückkommt.« Sie kratzte mit den Fingern an der Tür. »Das ändert nichts daran, daß ich ihn mir verzweifelt zurückwünsche. Aber er ist irgendwohin«, sagte sie energisch. »Er ist irgendwohin und betrunken. Selbstmitleid bringt überhaupt nichts.«

»Ich mach die Tür auf«, murmelte Ribaud. Die Tür öffnete sich quietschend, und sie schauten auf ein fürchterliches Durcheinander. *Gris-gris*, Kerzen, Krüge mit Alkohol und in bemalte Gläser eingesperrte Insekten übersäten den Fußboden. Nattie und John saßen in Lampenlicht gehüllt am Tisch.

Marie seufzte. Sie mußte sich mit einem Verrückten arrangieren. Da das Baby in Kürze kommen würde, konnte sie sich nicht verstecken.

Eine Frau mit grüner Haut, grünen Haaren und einem grünen Kleid stolzierte auf und ab und stahl Mitfeiernden protzigen Kostümschmuck. Die Frau nannte sich Neid. Nimmersatt wackelte mit seinem gewaltigen Wanst, während er sich Bohnen ins Gesicht stopfte. Er rief: »Mehr Essen. Mehr Essen.« Fliegen schwirrten um seine nackte, dreckige Brust. Ein schwarzer Junge, extravagant als französischer Page gekleidet, schleppte Nimmersatts Vorräte aus fettgefüllten Würsten und gebackenen Bananen. Hinter ihm zog eine Horde roter Teufel her, die mit Mistgabeln aufeinander einstachen und mit ihren schlaffen Schwänzen wedelten.

Mardi Gras.

Jeder schlüpfte in eine andere Identität. Weiße bemalten ihre Haut mit schwarzem Teer und taten, als wären sie lüsterne Sklaven. Sklaven bemalten sich mit Reismehl und schlugen und traten wie wutentbrannte Dienstherren um sich. Reiche Männer spielten den Bettler. Bettler spielten den Ehrenmann. Jungfrauen führten sich wie wüste Huren auf. Huren benahmen sich wie vornehm erzogene Damen. Alle waren betrunken. Herumtreiber übergaben sich in die Gossen. Etliche Männer und Frauen brachen ohnmächtig zusammen.

Im Karneval gingen alle Risiken ein und streiften Hemmungen ab. Es überraschte Marie nicht, daß John diesen Zeitpunkt gewählt hatte, um den wachsenden Einfluß von Voodoo in New Orleans geltend zu machen. Doch es verschlug ihr den Atem und flößte ihr Angst ein. Von ihrer Bühne, auf der sie stand, konnte Marie die St. Louis Cathedral sehen. Sie konnte sich Grandmère vorstellen, wie sie sich in der dämmrigen Kirche versteckte, dort kauerte, während Maman starb. Sie konnte Grandmère vor sich sehen, wie sie den Kopf in den Händen barg, sich die Ohren zuhielt, die Rufe und Schreie auszusperren und mit der Vernunft zu erklären versuchte, daß es richtig war, wenn auch sie leben wollte. Sie konnte Grandmère vor sich sehen, wie sie lauschte, um die Stimme ihrer Tochter aus dem Lärm herauszuhören, und wie sie erschauerte, da sie die angsterfüllten, trotzigen Schreie und das Stöhnen hörte, als sie den Rükken ihrer Tochter auspeitschten. Marie hatte Mitleid, vor allem mit Grandmère. Sie hatte Mitleid mit ihrer Maman. Die weißen Männer, die die Peitsche geschwungen hatten, hatten sowohl Marie als auch ihrer Maman die Chance zu lieben gestohlen.

Marie drehte sich zu der indigoblauen Kiste, in der die Schlange lag, um. *Fa* war etwas Seltsames und Wunderbares, dachte sie. Trotzdem wünschte sie, Maman hätte gelebt. Sie wünschte, sie wäre ein gehorsameres Mädchen gewesen. Sie wünschte, John hätte sie in Ruhe gelassen. Sie wünschte, sie wäre ihrem eigenen Schicksal nicht so unerbittlich nachgejagt.

Ribaud, der besorgt war, ging vorbei und flüsterte: »Nicht vom Glauben lassen. Alles wird gut. Nicht vom Glauben lassen.«

Marie lächelte dankbar und schaute zu, wie sich Ribaud zu seinen Trommeln durchschlängelte. Sie senkte tief den Kopf, versuchte den Lärm der Menge auszuschließen. Sie wollten Effekthascherei, keine religiösen Wunder. Was spielte das alles schon für eine Rolle? Sie atmete tief ein und spürte, wie ein sehnsüchtiger Wind ihre Haare liebkoste.

»Is sehr wichtig, was du machst.«

Marie starrte sie an. Nattie, undurchschaubar und fremd, schien stets zuviel von ihr zu wollen. Als sie in Natties verhärmtes Gesicht schaute, meinte Marie, ehrlich sein zu müssen, noch einmal den Versuch machen zu müssen, Verständnis zwischen ihnen zu wecken. Maman tot, Grandmère krank; es war keine andere Frau da, an die sie sich wenden konnte. Membe war ein Geist.

»Ich bin mir nicht sicher, ob ich es kann, Nattie. Heute abend Wunder zu vollbringen. Was, wenn Damballah nicht kommt? Dieser Karneval scheint so weit entfernt von Afrika zu sein. Ich kann keine Wunder auf Befehl bewirken.«

»Heut abend wirste aber eins bewirken. Sonst wird John –« Nattie schlug sich auf die Hüften. »Torheit. Du weißt schon, was er sagen oder tun wird. Brauch ich dir ja nich erst zu sagen. Das weißte besser als ich.«

Heftige Schreie wurden laut. Von der Bühne konnte Marie zwei vor Fett glänzende Männer in der Menge sehen, die sich gegenseitig bedrängten und aufeinander einhackten wie großspurige, stolze Hähne.

»Guck nur.« Nattie drängte ihr Gesicht nahe heran. Marie konnte Knoblauch und Cayenne riechen. Sie sah Schatten zwischen Natties weicher werdendem Zahnfleisch und ihren Zähnen. »Illusion is manchmal nötig. Nix is ganz wirklich. Das is das Entscheidende an Mardi Gras – Voodoo. Klingt einleuchtend, an das zu glauben, bei dem du dich wohl fühlst. Der Trick dabei is, daß du nich an das glaubst, bei dem du dich nich wohl fühlst. Aber Vertrauen muß auch sein. Du mußt manchmal drauf vertrauen, daß die Dinge, bei denen du dich nich wohl fühlst, gut ausgehen können. Du mußt drauf vertrauen, daß seltsame Dinge Voudon nützen können.«

»Du machst mir Angst, Nattie. Jedesmal, wenn ich dir vertraut habe, habe ich am Ende gelitten.«

»Ich leide auch«, sagte Nattie verbittert. »Aber nich wie du. Nich betrübt wie ein Hühnchen, daß seinen Hahn oder seine Mutterhenne braucht. Trotzdem hab ich das Gefühl, daß in meinen Eingeweiden alles verdreht is. In meinem Kopf. In meinem Herzen. Nix als Torheit.«

»Dann laß es auf sich beruhen, Nattie.« Marie haßte Natties Hinterhältigkeit, ihr Bedürfnis zu manipulieren. »Du hast mich zu oft belogen.«

»Nein, ich warn dich. Ich muß das sagen, bevor John kommt. Ich hab ein paar Dinge rausgefunden. Seltsame Dinge. Illusionen.« Sie redete jetzt schneller. »Der Tod is nich immer wirklich. Zombies haben eine besondere Anmut.« Nattie würgte, fühlte sich überwältigt. In Maries Gesicht erkannte sie Grandmère. »Vergiß nich, Vertrauen zu haben. Alles dient Damballah.«

»Es ist Zeit«, rief John über die lärmende Menge hinweg und zwängte sich zwischen die beiden Frauen. Sein Körper verdeckte ihnen die Sicht. John, dessen Gesicht totenbleich geschminkt war, strich Marie übers Kinn und klammerte die Hände um ihre Schulterblätter. Nattie trat beiseite.

Mit hochgezogenen Augenbrauen versuchte Marie, aus Natties Gesicht abzulesen, was sie gemeint hatte. Jedesmal, wenn sie sich bewegte, um Nattie besser sehen zu können, hinderte sie Johns Körper daran.

»Laß uns allein«, sagte John, ohne Marie aus den Augen zu lassen. »Ich will dich hier nicht haben, Nattie.«

Ungewöhnlich fügsam lief Nattie davon, um den Tänzerinnen Anweisungen zu erteilen.

»Bist du bereit, Marie? Du bist doch nicht feige, oder?«

Marie seufzte. Jeden ihrer Schritte schien John wie ein Schatten nachzumachen. Auf dem Altar stand eine indigoblaue, mit Halbmonden und Kräutersamen verzierte Kiste. Sie öffnete den Dekkel und langte hinein, um die schläfrige, träumende Schlange zu berühren. John wich zurück. »Ich bin so bereit, wie ich es nur sein kann«, sagte sie.

»Heute abend gibt es eine Überraschung.«

Die Schlange war feucht, glatt.

»Eine Mahnung, daß es am besten ist, mir zu gehorchen.«

»Was willst du denn noch von mir? Ich bin hier, oder etwa nicht? Ich riskiere mein Leben. Wie Maman.«

John lächelte nur, seine Haut war straff wie die eines Babys.

Marie bekam sich wieder in die Gewalt. John weidete sich daran, sie verletzt zu sehen. Grandmère war in Sicherheit. Ribaud hatte es vor der Zeremonie überprüft. Was konnte John ihr noch antun?

»Du hast eine zu hohe Meinung von dir, Marie. Eine viel zu hohe.« Johns Hände bewegten sich in Spiralen auf ihrem Leib. Marie konzentrierte sich darauf, nicht zurückzuzucken. »Sobald dieses Baby geboren ist, werden wir heiraten. Nach heute abend wirst du nicht mehr die Königin sein. Du wirst meine Dienerin, meine Sklavin sein. Wie Ribaud. Du hast noch nicht einmal annähernd herausgefunden, wozu ich dich alles zwingen kann.«

»Wenn die Geister heute abend nicht kommen, wird mich die Menge töten.«

»Dann wirst du dafür sorgen müssen, daß die Geister kommen, hab ich recht? Oder so tun als ob. Du hast keine andere Wahl. Das ist der springende Punkt.«

Wütend senkte Marie den Deckel der Kiste. »Und wird sich herausstellen, daß du ein Feigling bist, John? Wirst du mich im Stich lassen, wie du Maman im Stich gelassen hast? Wirst du mich allein sterben lassen?«

»Es ist Zeit«, sagte John, packte Marie am Ellbogen und bugsierte sie zum Bühnenrand. Ein Meer von Leibern brandete. Marie trat zurück. »Sieh nur. All die klugen und törichten Bürger von New Orleans sind hier. Ein Bürgermeister. Irgendwo, sagen meine Spione, ein Gouverneur. Der Mann des Geistes und der Gotteslästerer, alle sind sie gekommen, um eine Sensation zu erleben. Sieh nur, da ist Pater Christophe. Ich wüßte zu gerne, warum er in aller Seelenruhe auf der Kirchentreppe steht. Er will wohl sehen, wie du die Schlange mit der Jungfrau Maria in ein Bett steckst.«

»Du bist verdammt, John.«

Marie sah den gebrechlichen Priester und hätte am liebsten gewunken. Ihr war schwindelig. Neben dem Priester stand Louis DeLavier. Er war fast kahlköpfig. Sie hätte gerne seinen Schädel berührt und sich vorgestellt, sie wären ein Liebespaar. John schien Louis DeLavier nicht wiederzuerkennen.

Marie murmelte: »Pater Christophe ist nicht so dumm, sich von Scharlatanen wie uns bedrohen zu lassen.«

»Im Gegenteil, er ist ungeheuer bedroht. Bedroht vom Willen

der Leute. Warum sollte er es auch nicht sein? Seine Religion hat seit tausend Jahren kein Wunder mehr gehabt. Die Neue Welt will und fordert Neues. Die Leute wollen und brauchen uns. Tu einfach das, was du auch am See gemacht hast, Marie.« John fuhr mit der Zunge an Maries Ohr entlang. »Ein Wunder. Mehr muß nicht sein. Ein kleines bißchen Zauberei. Und damit du dich nicht einsam fühlst, habe auch ich ein Wunder. Es stimmt nicht, daß ich ein Feigling bin. Heute abend werde ich dir *mein* Wunder zeigen. Ich habe es eigens für dich gemacht.« John lachte, und hinter dem schrillen Laut hörte Marie die Drohung. Aber er hatte recht, es war Zeit. Die Menge konnte ihr Spektakel kaum erwarten.

Marie schob sich nach vorn und begann zu tanzen. Die riesige Karnevalsmenge klatschte. Ribaud ließ seine Trommeln ertönen. Seine Schläge hörten sich wie eine Totenglocke an, unvorstellbar träge. Zwei andere Trommler setzten einen wilden Kontrast, indem ihre schwieligen Hände einen schnellen Calimbarhythmus schlugen. Marie tanzte, wobei sie sorgfältig das Gewicht ihres Kindes im Gleichgewicht hielt und zwischen den beiden Rhythmen wechselte. Erst schnell, dann langsam. Sie fühlte sich erniedrigt. Ihr Blick huschte zu Pater Christophe. Neben ihm auf der Kirchentreppe schwenkten Ministranten Kessel mit brennendem Weihrauch. Sie fragte sich, ob Louis den Priester davon abhielt, herauszuschreien, daß sie ein Teufel sei. Oder hielt der brave Pater treu zu Grandmère? Oder rechnete er vielleicht damit, daß sie sich selbst zur Märtyrerin machte?

Nattie zündete auf der grob gezimmerten Bühne Fackeln an. Die Dämmerung war hereingebrochen. Der Mond kroch gerade über den Horizont. Gellende, schreiende Menschen drückten gegen die Bühne. Marie war unterhaltsam.

Sie wiegte sich nach links, dann nach rechts. Weiße grinsten lüstern, machten ihren Hüftschwung nach. Andere schoben ihr Becken vor, taten, als würden sie sie besteigen. Eine Frau ließ ihre geblähte Bluse flattern, während sie ihre entblößten Brüste mit beiden Händen umfaßte. Was wollten sie denn noch von ihr?

Sünde: exotisch und dunkel. Sie konnte es an ihren fanatischen Gesichtern ablesen. Die Menge wollte glauben, daß sie die Geliebte des Teufels war. Marie fehlte der Mut, sie anzuspucken. Eine ähnliche Menschenmenge hatte ihre Mutter getötet. Das farbige Glasfenster über den schweren Kathedralentüren, das die Auferstehung Christi von den Toten darstellte, wurde vom Mondschein beleuchtet. Morgen, am Aschermittwoch, würde diese gierige, sündigende Menge zur Messe gehen und Pater Christophes Segen empfangen. Was für gute Christen, dachte Marie sarkastisch. Heute abend war kaum einer nüchtern. Die Leute würden Taten begehen, von denen sie das ganze Jahr über geträumt hatten.

John bedachte die weißen Frauen mit obszönen Gesten; an jedem anderen Tag wäre er gelyncht worden. Doch nicht heute abend. Alles war möglich. John verteilte aus einer Schubkarre Voodoopuppen. »Zombies«, rief er. »Verwandelt Eure Feinde in lebende Tote.« Er ließ sich von einer geschminkten Hure die Handflächen küssen.

Marie tanzte weiter, wartete, daß Damballah kam.

Überall in der Menge verstreut, sangen Schwarze im Sprechchor: »Maman Marie, errette uns. Maman Marie, errette uns.« Manche hielten brennende Kerzen in den Händen. Manche hatten die Augen geschlossen, und ihre Lippen murmelten inbrünstige Gebete. Andere hakten sich unter und schienen vor und zurück zu schwanken, während sie Gospelmelodien sangen.

Marie zuckte zusammen. Ihre Getreuen waren zerlumpte schwarze Männer, arme Mulatten, geknebelte Sklaven und eine traurige Bourgeoisie freier Farbiger. Was erwarteten sie? Daß sie sie nach Guinea zurückscheuchte? Weiße Christen verschwinden ließ? Sie hatte entsetzliche Angst. Angst, daß die Weißen sie wie ihre Maman kreuzigen würden. Und auch Angst, daß sie jenem Publikum nicht die Hand entgegenstrecken könnte, das sie am meisten brauchte. Membe hätte wahrscheinlich gewußt, was sie tun mußte. Trotzdem verspürte Marie einen seltsamen, ungewohnten Stolz, daß unter den weißen Sündern ihr eigenes Volk ihr die Hände entgegenstreckte. Sie verspürte eine tiefe Freude, daß schwarze Menschen sie zu brauchen und zu lieben schienen.

John war dabei, Hühnern die Hälse umzudrehen, ihnen die Herzen herauszuschneiden und Blut zu verspritzen. Frauen fielen in Ohnmacht, und Männer klatschten Beifall. Ribaud grinste, als er seine Trommeln liebkoste, seine eigenen Rhythmen aufbaute und damit einen atemlosen Wahnsinn schürte.

John füllte einen Kelch mit Blut. Leute in der Menge drängten nach vorn, balgten sich, um daraus trinken zu können.

Nattie tanzte, ließ ihren Rock über den Kopf wirbeln und entblößte dabei Säbelbeine und ein breites Becken. Ihre Bewegungen waren sprunghaft und verführerisch, ihr Atem ging langsam. Nattie tat, als hätte Ezili von ihr Besitz ergriffen. Sie streichelte John zwischen den Beinen. Er schlug sie weg.

Marie schluckte Schleim. Sie wartete immer noch darauf, daß Damballah kam. Sie tanzte. Schweiß ließ ihren gelben Rock an ihren Hüften kleben. Schmerzen jagten durch ihren Leib. Sie lachte rauh. Ihr Baby würde im Karneval zur Welt kommen. Warum kam Damballah nicht?

Machte es irgend jemandem etwas aus, daß sie Angst hatte? Betrunkene Fremde griffen nach ihr, zupften an ihrem Rock. John paßte auf. Irgend jemand könnte ihren Rock zu fest packen. Spielte es eine Rolle, wenn sie stürzte? Wenn sie in die Menge fiel? Würde man sie hängen? Sie töten? Spielte es eine Rolle, daß Pater Christophe jeden Augenblick von der Kathedralentreppe rufen konnte: »Im Namen Marias, tut Buße«?

Spielte es eine Rolle, daß sie all ihre Wunder vielleicht schon aufgebraucht hatte? Sie war nicht Membe.

Jemand brüllte: »Scharlatan. Schwindlerin.« Marie wandte den Kopf. Zwei Teufel halfen einer Frau, sich auszuziehen. Ein Knabe mit purpurroter Kopfbedeckung blies in ein Horn. Ein Mann in silberner Hose jauchzte und warf eine Fackel in die Luft. Er klatschte in die Hände, als die Flamme herunterfiel und die Laméschleppe eines Phantasiekönigs ansteckte.

Vielleicht war Damballah böse auf sie. Hatte Er denn nicht

ihre Gebete für Jacques überhört? Vielleicht war es Johns Schuld; er hatte die Idee zu dieser pathetischen Zeremonie. Vielleicht waren zu viele Menschen in der Menge, die nicht an Voodoo glaubten, zu viele anzüglich grinsende Weiße, die nur nach einem Spektakel gierten. Hatte Maman, ehe sie starb, ähnlich gedacht?

Weitere Flüche wurden laut. Sprechchöre. »Scharlatan. Betrug.« Ihr Tanz war träge. »Wo ist die große Voodookönigin?« Häßliches Gemurmel ohrfeigte sie und gab ihr das Gefühl, noch ausgestoßener zu sein, ein Glühwürmchen, das seine eigene Luft verbrannte.

Zwei als clownische *aristos* verkleidete Bettler schickten sich an, auf die Bühne zu klettern. Marie konnte einen Umschwung in den Gefühlen der Menge spüren. Aus Freudentaumel wurde Wut. Im Geiste erblickte sie plötzlich Maman, taumelnd und ängstlich, genauso wie Marie selbst in ihrem Tanz taumelte.

»Um Himmels willen, hol die Schlange, Marie«, rief John. »Die Schlange.« Er trat den beiden Männern in die Brust; sie stürzten nach hinten und mit ausgebreiteten Armen und Beinen in die Menge. Wenn nicht alle so betrunken gewesen wären, hätte sich ihr Zorn vielleicht eher gegen John gerichtet, einen schwarzen Mann, der Weiße trat. Aber die beiden Männer mit ihren narbigen Armen und Händen sahen arm aus, also wen kümmerte es schon? Sie mochten Dockarbeiter oder Seeleute gewesen sein. Die Menge jubelte, als die Männer wenig elegant, voller blauer Flecken und blutend zu Boden stürzten. Männer mit schweren Stiefeln traten brutal nach den ausgestreckt daliegenden Männern. Bald bildete sich ein Kreis, als Dutzende von Maskierten mit Stöcken, Steinen und Mistgabelstielen auf sie einschlugen.

Eine verängstigte Nattie murmelte: »Torheit«, ihr Körper lag ausgestreckt auf dem Altar. Die Tänzerinnen, die Marie flankierten, versuchten wegzulaufen. John schlug eines der Mädchen und schüchterte sie alle so ein, daß sie dicht zusammengedrängt gegen die Attacke der Menge dablieben. John brüllte den

Trommlern Befehle zu. Marie konnte sie nicht hören, aber sie sah Ribauds entsetztes Gesicht und den Trommler Cecil, der von der Bühne kletterte und verschwand. John drehte sich um, um sie zu beschützen. Er schwenkte eine Fackel in weitem Bogen vor dem Bühnenrand. Sie sah Angst auf seinem Gesicht, doch sie sah auch eine seltsame Heiterkeit. John amüsierte sich. Er grinste sie an. Er sah wie der Dämon aus. Nachtwolken trieben über ihnen. Marie tanzte weiter. Es war zwecklos, so zu tun, als hätte sie irgendeine Möglichkeit zu entkommen. Also konnte sie ebensogut auch tanzen, bis die Menge sie holte, wie sie Maman geholt hatte.

Sie sah, wie Louis langsam auf sie zukam, sah, wie er verzweifelt versuchte, durch die drängende Barriere aus Leibern, Beinen und Armen hindurchzukommen. Armer Louis, immer wild entschlossen, sie zu retten. Jenseits von ihm schritt Pater Christophe die Kirchentreppe der Länge nach auf und ab und schlug dabei das Kreuz. Die Menge schwankte weiterhin zwischen Gewalttätigkeit und Vergnügen.

Kleine Gruppen kämpften: Schwarz gegen Weiß, Männer gegen Frauen, der Gerechte gegen den Enteigneten. Immer mehr Leute tanzten. Ribauds Melodie war hektisch. John bewachte die Bühne. Einem der Tanzmädchen gelang es wegzulaufen. Leiber drängten näher, drohten die kleine Bühne zu überrennen. Marie schreckte zurück. Sie hörte Nattie schreien: »Rette uns! Sie wern uns kreuzigen. Kreuzigen.« Nattie drückte ihren Hintern an den Altar. »Tu was, Marie.«

Das Grauen war immer dagewesen. Doch Natties Schrei berührte einen Nerv in ihr. Im Hinterkopf hörte sie Mamans Schreie.

»Tu was.« Nattie hatte ihre normale Zurückhaltung aufgegeben. Sie war alt und verängstigt. »Tu doch was.«

Also tat sie etwas. Marie fiel brabbelnd auf die Knie. Sie schraubte ihre Laute erst tief, dann hoch. Ihre Augen rollten nach oben. Ihre Glieder zitterten. Sie wankte auf den Altar zu. Täuschte Trance vor. Was hatte Nattie gesagt? Illusion.

Sie öffnete die Kiste und wickelte sich die Schlange um die Kehle, während sie schrie: »Damballah. Damballah.« Die Schlange ließ die Zunge herausschnellen.

»Sie wird sterben«, schrien einige Leute. Einige erschauerten und wichen zurück; einige beugten sich gespannt vor; die meisten hielten die Schlange für giftig.

Marie hätte am liebsten gelacht; statt dessen stöhnte sie. Sie hatte Angst zu sterben.

»Wer außer Marie Laveau«, verkündete John mit fuchtelnden Armen und einem bösartigen Grinsen, »kann mit einer Schlange tanzen? Wer außer ihr hat die Macht?«

Marie gurrte und hielt die Schlange zärtlich umfaßt. Nattie kreischte, stampfte mit den Füßen; sie verstreute Staub vom Altar über die Menge. Ribaud schlug grimmig auf seine Trommeln ein. Sie spielten alle, dachte Marie. Es war leichter, als sie sich vorgestellt hatte.

Dreist schritt sie zum Rand der Bühne. Sie rieb das Maul der Schlange an ihrem Mund. »Kostet«, rief sie. »Kostet Damballahs Kuß.« Die Menge spornte sie an; ihre Furcht und Maries Macht über sie machte süchtig.

Schwarze, die als französische Adlige gekleidet waren, zuckten mit den Körpern, verdrehten sie und riefen: »Damballah. Marie Laveau. Damballah.« Waren sie besessen oder verstellten sie sich?

John drängte Marie, ein Hühnerherz zu schlucken.

Angewidert drehte sie sich um und sah Louis, der sich mit den Ellbogen durch die Menge kämpfte. Er lächelte idiotisch, winkte ihr zu. Sie drehte sich wieder zu John um; sein Mund war blutbefleckt. »Gib mir dein Messer.«

»Was?«

»Dein Messer. Gib es mir.« Sie klatschte auf ihre Handfläche.

»Nein.«

»Verdammt.« Marie zog ihm das Messer aus dem Gürtel. John war zu überrascht, zu sehr vor der Schlange auf der Hut, um sie daran zu hindern.

Marie sah Louis an. Der Lärm der Menge wurde schwächer. Aus weiter Ferne hörte sie Nattie blöken: »Die Erlösung is da.« Dann hörte sie, wie John den Trommler Cecil ärgerlich anschrie: »Was hast du gemacht? Warum hast du so lange gebraucht?«

Die Geräusche ebbten ab. Marie war wie hypnotisiert von Louis, von ihrer Überzeugung, daß er sich über sie lustig machte. Bevor Marie wußte, was sie eigentlich wollte, fuhr sie mit dem Messer an ihrem Arm entlang und hinterließ eine Blutspur. Sie ließ das Messer fallen. Die Schlange ringelte sich um ihren verletzten Arm. Louis' besorgtes Gesicht hielt sie davon ab, zu weinen.

Louis' Hand war ausgestreckt, und Marie wünschte sich verzweifelt, nach ihr greifen zu können. Sie wollte aus diesem Alptraum heraus. Ihr Kopf hob sich. Das Publikum schwieg. Sie konnte Füße scharren hören, nervöses Husten und das Flattern von Händen und Stoff, doch ansonsten schwieg die Menge. Irgend etwas war geschehen. Die Atmosphäre hatte sich verändert. Sie war drückend, verstopfte ihre Lungen. Irgend etwas sagte ihr, daß sie sich nicht umdrehen durfte. Ihr fiel ein, wie John gerufen hatte: »Was hast du gemacht? Warum hast du so lange gebraucht?« Cecil hatte etwas gebracht. Und was immer es war, es reichte, um Tausende in fassungsloses Schweigen zu versetzen.

Marie blinzelte. Die warme Nacht wurde kalt. Sie hatte Angst, sich umzudrehen.

Louis trat vom Bühnenrand zurück. Sein Blick war auf etwas gerichtet, das jenseits von ihr lag, sein Gesicht war verzerrt vor Abscheu. Ribauds Trommeln schwiegen.

John raunte hinter ihrem Ohr. »Und nun beginnt es. Und nun beginnt es.« Er stank nach fauligem Gelb. Marie konnte spüren, wie es ihr die Kehle zuschnürte, konnte die Schauer spüren, wo Johns Fingerspitze an der Haarlinie in ihrem Nacken entlangfuhr, aber sie konnte sich immer noch nicht umdrehen. Das Grauen erwartete sie.

John stimmte einen Sprechgesang an.

»Wenn du eine Schlange siehst,
Siehst du Marie Laveau.
Wenn du eine Schlange siehst,
Siehst du Damballah.
Marie Laveau ist eine Schlange.«

Marie betrachtete den um ihren Arm gewickelten Python. Er war von ihrem Blut bedeckt. Als sie die Augen der Schlange anstarrte, glaubte Marie, Tränen zu sehen.

John stampfte mit dem Fuß auf: »Ribaud, die Trommeln.« Die Holzplanken unter Maries Füßen erzitterten. Der Rhythmus war melancholisch, dissonant in seiner Intensität.

»Schaut her«, rief John. »Werdet Zeugen eines Wunders.« Dann stimmte er erneut einen Sprechgesang an, seine Stimme war gellend und klagend.

»Zombie. Zombie.
Marie Laveau macht Zombies.
Wandelnde Leichen. Lebende Tote.
Marie Laveau macht Zombies.«

Tausende sangen John nach; das rasende Publikum tanzte. Einige riefen: »Ein Wunder!« Andere riefen beharrlich: »Hexerei.«

Zombie? Sie mußte nachdenken. Marie versuchte, sich zu beruhigen. Nattie sagte, du kannst Seelen verschwinden lassen. Jemanden dazu bringen, sich frühzeitig zu den Toten zu gesellen.

»Zombie. Zombie.«

Nattie hatte ihr einmal erzählt, daß böse *houngans* in Haiti den Trick kannten, wie man einen Lebenden tot wirken ließ. Sie konnten den Atem, den Puls verlangsamen. Geliebte Menschen trauerten. Menschen wurden lebendig begraben. Die Glücklichen erstickten, während die Unglücklichen überlebten, nur um anschließend ausgegraben und zu hirnlosen Sklaven gemacht zu werden.

»Marie Laveau macht Zombies.«

Nattie löste die Schlange von Maries Arm und legte sie in die Kiste zurück. »Was hat er getan? Was hat John getan?« fragte Marie beinahe hysterisch.

Nattie hob das Messer auf und legte es auf den Altar. Besorgt wickelte sie ein Tuch um Maries blutenden Arm. »Vergiß nich, Damballah zu vertrauen.«

»Was hat er getan?«

»Ich konnt ihn nich aufhalten«, schrie Nattie über den Tumult hinweg. Ihr Gesicht war verzerrt vor Qual. »Es is *fa*. Muß sein.« Dann zuckte sie mit den Schultern. »Er hätt's so oder so getan. Mit oder ohne mich.«

»Dann hast du also geholfen«, flüsterte Marie und spürte, wie ihre Knie nachgaben. Das Grauen war hinter ihr. Louis DeLavier schwang sich auf die Holzplanken. Er kam ihr zur Hilfe. In dem Moment, als sie auf Louis zutrat, packte John sie und drehte sie um.

»Eine Überraschung, ma petite.« Er umklammerte fest ihre Schultern. »Eine Überraschung.«

Fackelrauch und Flammen verschleierten Marie die Sicht. Als sie sich konzentrierte, sah sie Cecil, der lässig mit den Händen auf den Hüften dastand. Neben ihm im Dunkel war jemand, etwas.

Cecil stieß seine Fracht nach vorn. Sie schlurfte wie ein alter Mann. Marie schrie auf. John hielt sie aufrecht.

Die Menge sang: »Zombie. Zombie.«

Marie schrie erneut auf, Erbrochenes füllte ihren Mund. »Nein!«

Jacques stand mit trübem Blick in einer verdreckten Seemannsuniform mitten auf der Bühne. Seine Kleider schlotterten. Mit dem Verlust seiner Seele schien sein Körper geschrumpft zu sein. Seine Haut war farblos, und seine Haare waren stumpf und wirr. Seine Arme baumelten. Für die Menge war Jacques der leibhaftig gewordene Schwarze Mann. Er war das Gespenst, das ihre Kinderträume heimgesucht hatte. Seelenlos, geistlos, gab es nichts Grauenvolleres auf der Welt als Jacques.

Marie trat und wand sich. John wollte sie nicht loslassen.

»Hast du etwa gedacht, daß ich keinen Verdacht geschöpft habe?« raunte er. »Hast du etwa gedacht, ich wüßte nicht, daß du weglaufen wolltest? Dich verstecken wolltest. Daß du mit Jacques flüchten wolltest. Mir mein Kind stehlen wolltest?«

Marie wimmerte. Es war zwecklos, sich zu wehren. Sie konnte nirgendwohin. Sie sah zu Ribaud hinüber. Er weinte.

Nattie schlich sich neben sie, stand angespannt da und starrte Jacques an.

»Wie?« fragte Marie.

»Die Kiemen eines Fisches. Schädelpulver und Grabstaub. Eine einfache Zauberformel. Wir haben es von Haiti kommen lassen.«

»Warum hast du das getan? Wieso mußte das sein?«

Nattie zuckte mit den Schultern. »Würdste ja doch nich verstehen.«

Marie krümmte den Hals und starrte zu John hoch. Seine Hände waren an ihrer Haut festgeklammert. »Warum?« fragte sie.

»Weil ich dir nicht vertraue«, sagte er. »Frauen, die Marie heißen, vertraue ich nie. Außerdem wollte ich nicht, daß du so untreu bist wie deine Maman. Jacques hat es nie geschafft, auf sein Schiff zurückzukommen. Ich habe ihn vor Grandmères Haus eingefangen.«

Marie betrachtete ihren bewegungslosen, abgestumpften Ehemann. Zu John und Nattie flüsterte sie: »Ich wünschte, die Menge hätte uns getötet.«

»Schau hin«, sagte John, »schau ihn dir an. Jacques ist verschwunden. Das ist mein Wunder. Ein Wunder, das so sensationell ist wie das von Marie Laveau. Das Publikum ist begeistert.«

Es stimmte. Pfiffe waren zu hören, Rufe, Sprechchöre und Beifall. Die restlichen drei Tänzerinnen, die die Anerkennung des Publikums spürten, hüpften umher und stießen nach Jacques' Gesicht und Unterleib. Jemand aus dem Publikum warf einen Stein. Der Seemann verlor das Gleichgewicht und schwankte.

Eine Tänzerin, Yvette, leierte: »Maman Marie läßt Seelen verschwinden. Läßt Seelen verschwinden.«

Marie erschauerte. Yvette erinnerte sie an Ziti, genauso gedankenlos und eifersüchtig. Marie spuckte.

Yvette wischte sich die Wange an ihrem roten Ärmel ab. »Ja, jetzt hast du nicht mehr alles, Miz Marie.« Ihre Hand fegte eine verirrte Locke weg. »Du hast nichts.« Sie nahm das Messer, das Marie hatte fallen lassen. Zu Jacques zurückhüpfend, rief sie fröhlich: »Sieh her. Sieh her, Witwe Paris.«

Yvette packte Jacques' Handfläche und stach hinein. Jacques zuckte nicht zusammen.

Das Publikum brüllte vor Begeisterung.

Marie senkte das Kinn auf die Brust; sie starrte weinend auf ihren angeschwollenen Bauch.

»Keine Sorge, Marie«, sagte Nattie leise. »Er kann nix mehr fühlen. Kann nich mal reden. Er is schon tot.«

»Was bist du bloß für eine Frau?«

»Genauso eine wie du. Ich tu, was getan werden muß.« Grunzend streichelte Nattie die Schlange in der Kiste. »Schade. Jacques war ein hübscher Mann. Ein Jammer, daß er dich geliebt hat.«

Marie zwang sich, Jacques anzusehen. Yvette hatte sein Gesicht zu ihrem gewandt. Marie hätte sich wohler gefühlt, wenn Jacques' Augen anklagend gewesen wären; statt dessen waren sie weit aufgerissen. Konnte er denken? Wußte er, was mit ihm geschehen war? Wohin war seine Seele?

Yvette zog Jacques die Hosen herunter und wedelte mit seinem Geschlecht.

John lachte; Marie konnte rauhe Vibrationen durch seine Hände und Arme auf ihren Schultern spüren.

Das Leben aller war verwirkt. Ihres. Grandmères. Das des armen Jacques.

Sie mußte ihm helfen. Vielleicht konnte sie, wenn sie ihn von John wegbrachte, seine Seele wiederherstellen, eine Zauberformel finden, die ihr ihren Mann zurückbrachte. Louis könnte ihr helfen – wenn sie nur eine Möglichkeit fände, John abzulenken.

Marie drehte ihren Oberkörper. Louis saß am Rand der Bühne und beobachtete sie. Wortlos flehte sie Louis mit den Augen an, aktivierte jedes Teilchen ihres Willens: Hilf mir, Jacques zu helfen. Louis mußte verstanden haben, denn er nickte. Marie versuchte zu lächeln, doch ein Geist drang in sie ein. Ihr Hals wölbte sich. *Ihr Körper fühlte sich schwerer an, dem Boden zu gezogen.* John hatte Mühe, sie aufrecht zu halten.

»Nein«, stöhnte sie. »Nicht jetzt.« Marie konnte den Boden auf sich zurasen sehen. Wie von weit her hörte sie Sprechchöre. Warum mußten die Geister jetzt in sie eindringen? Warum ausgerechnet jetzt, wo sie doch selbst über sich verfügen wollte? Wo sie all ihren Verstand brauchte, um Jacques zu retten? John ließ sie los. Ihre Aussprache war undeutlich. »Das ist nicht gerecht.«

Damballah – ›li Grand Zombi‹ – Damballah, der Schlangengott, ergriff Besitz von ihr.

Als Marie das nächste Mal die Augen öffnete, lag sie ausgestreckt auf der Bühne und sah Jacques in zwei Dimensionen, zwei Daseinstiefen. Sie sah die Oberfläche Jacques', hohläugig, fleischig und schlaff. Seine Gliedmaßen schienen nicht miteinander in Beziehung zu stehen, als ob kein Funke sie mit Bewegung verbände. Er war eine Puppe oder ein Sklave in Vollendung.

John hatte die Vorführung fortgesetzt. Er kommandierte Jacques herum: »Links ... rechts ... zwei Schritte nach vorn ... zwei zurück.« John schlug wahllos auf Jacques ein, und der gebrechliche Körper taumelte zurück und richtete sich wieder auf. John schlug ihn erneut. Pfiffe und Buhrufe – »Laß mich ihn mal schlagen«, »Meine Faust wird er bestimmt spüren« – stiegen wie Ballons aus dem Publikum auf. »Ich prügel ihm Verstand ein.« »Gib mir zehn davon für meine Felder.« Schreie zerrissen die Luft.

Marie erhob sich.

»Maman Marie. Marie Laveau.«

Marie sah ein schwaches Licht aus Jacques heraussickern. Als sie sich vorwärtsbewegte, wichen die anderen zurück. John versperrte ihr nicht den Weg. Sie legte Jacques die Hände auf die Schultern, und durch und hinter seinen Augen sah sie den Mann im Innern, der weinte. Jacques erlebte alles um ihn herum bewußt mit. Er hatte jeden von Johns Schlägen gespürt. Er schämte sich seiner Nacktheit. »Mein Liebster«, murmelte Marie. Sie umarmte Jacques, und Damballah ließ sie die Tragödie einer Seele ohne Willen, eines Verstandes ohne Kraft erspähen und fühlen. Jacques war wie eine Möwe, der man den Schnabel und die Flügel abgeschnitten hatte. Er war wie ein an der Küste gestrandeter Fisch, der nach Luft schnappte, während er das Meer sah. Marie stöhnte und drückte die Lippen an Jacques' Brust, an seine Wange. Sie streichelte seinen Körper, zärtlich, liebevoll. Mit ihrer Berührung versuchte sie ihm das Gefühl zu geben, das eine Ehefrau einem Ehemann geben sollte. Mit ihrer Berührung bat sie ihn um Vergebung.

Die Menge war verstummt, von Ehrfurcht ergriffen. Frauen weinten ungeniert. Männer beneideten das romantische Schauspiel. Maries Küsse waren erotisch und mütterlich zugleich. Ribauds Trommeln waren sanft geworden.

Marie spürte eine süße Verzückung in ihrem Innern. Membe führte sie, bot Jacques Rettung an.

»Segle über den Fluß Jordan. Segle über das Meer.«

»Ja«, flüsterte Marie. Sie hatte verstanden. Jacques' Tod war eine Illusion. Ihn jetzt zu töten, würde ihn befreien. John hätte keine Macht mehr über ihn.

»Führe ihn zum Wasser, Marie. Führe ihn zur Küste. Nimm ihn mit unter die Wellen.«

Membe und Damballah verließen sie, und Marie verfügte wieder ganz über sich. Sie blickte verstohlen zu John. Er glaubte immer noch, daß sie besessen war. Marie ließ unablässig ihre Hände an Jacques' Körper hinuntergleiten, tat, als wäre sie in Trance. Nattie hatte gelogen. Jacques sah, fühlte und wußte alles. Er war in seinem Körper gefangen. Sein Gesicht starrte vor Schmutz. Seine Nägel waren abgebrochen, an seinen Händen klebte getrocknetes Blut. Sie konnte sich vorstellen, wie er versucht hatte, sich aus seinem Sarg zu kratzen, versucht hatte, dem Grauen, lebendig begraben zu werden, zu entkommen. Sie hielt ihn eng an sich gedrückt und flüsterte ihm ins Ohr: »Ich weiß, was zu tun ist, Jacques. Ich bringe dich heim zur See.« Marie schätzte, daß der Hafen höchstens eine Viertelmeile entfernt war. Der schwierige Teil wäre, Jacques von der Bühne zu bringen, weg von John. Waren sie erst einmal in der Menge, konnte ihr und Jacques verhältnismäßig wenig geschehen. Sie war zuversichtlich, daß sie die treibende Kraft der Menschenmenge ausnutzen konnte, um sich und Jacques zum Hafen zu schieben. Waren sie erst einmal an der Uferlinie, würde die Menge denken, daß sie wieder auf dem Wasser wandeln wollte; sie würde Jacques mitnehmen. Jacques würde versinken, ertrinken ... auf dem Grund des Meeres Frieden finden, und sein Geist würde in eine andere Welt fliegen, wo Zauberformeln nicht verabscheuenswert waren. Marie war fest entschlossen. Ihre Augen gaben Louis ein Zeichen. Er erhob sich erwartungsvoll. Während sie Jacques langsam auf Louis zuführte, murmelte sie unablässig: »Ich weiß, daß du mich hören kannst, Jacques, ich weiß es. Zur See ... wir gehen zur See, Jacques.« Seine Schritte waren schwerfällig, als ob er bereits durch schaumgekrönte Wellen schreiten würde. Marie betete, daß ihnen das Glück treu blieb. Wenn Jacques nur schneller gehen könnte! Sie winkte der Menge zu. Sie jubelten. Ribaud verstärkte den Rhythmus seiner Trommeln.

John trat von einem Fuß auf den anderen. Er war wütend, fassungslos. Er verstand nicht, was Marie da tat. Er hatte erwartet, daß sie eingeschüchtert wäre, und was machte sie? Sie benutzte seinen Trick gegen ihn. Benutzte Jacques, um die Menge für sich zu gewinnen.

Marie konnte Johns Verwirrung spüren. »Komm weiter, Jacques«, murmelte sie. »Beeile dich, liebster Jacques.« Sie konzentrierte sich darauf, Jacques zu Louis zu schaffen. Louis würde ihnen hinunter in die Menge helfen. Marie konnte sich die Prozession ausmalen. Tausende, die ihr halfen, Jacques ins Wasser zu führen, wo er ertrinken und so die Freiheit erlangen würde. Johns Plan wäre durchkreuzt. Er würde Jacques nicht mehr manipulieren und quälen können. Dies wäre ihr größtes Wunder.

»Was glaubst du eigentlich, was du da tust?« brüllte John sie an. Marie ging weiter, zerrte Jacques über die Bühne, betete: »Lieber Gott ... lieber Gott ... lieber Damballahgott.« Die paar Meter hätten ebensogut Kilometer sein können. »Membe hilf uns. Bitte.«

»Was glaubst du eigentlich, was du da tust?«

John versperrte ihnen den Weg. Marie zitterte. Jacques blieb stolpernd stehen, die Schultern gekrümmt, den Blick starr auf die Füße geheftet.

»Du versuchst, ihn mir zu stehlen, hab ich recht?« Er hob die Faust.

»Schlage mich ja nicht, John. Das würde der Menge nicht gefallen.«

»Du drohst mir.« Seine Hand umklammerte heftig die ihre. »Du begreifst offensichtlich nicht, Marie. Jacques zu meinem Sklaven zu machen, ist deine Strafe. Wenn du ungezogen bist, werde ich ihn quälen. An seinen Qualen bist du schuld. Du hättest mir gehorchen sollen. Du hättest mich nicht betrügen dürfen.«

Marie hob langsam den Blick.

John sah Maries unverhohlene Verachtung. Ihm wurde klar, daß aus dem Mädchen Marie eine Voodookönigin geworden war, doch aus ihm war kein König geworden. Vor Tausenden stahl sie ihm seinen Triumph, seine Macht. Und noch schlimmer, er spürte, daß sie kurz vor einem noch größeren Triumph stand.

Und dann wußte John, was er zu tun hatte. Mit einem gewaltigen Schrei brüllte er: »Du wirst mich nicht noch einmal betrügen«, und stürzte sich auf das Messer auf dem Altar.

Louis stürmte zu spät vor. Marie rührte sich zu spät. Das Publikum brüllte zu spät. John stieß Jacques das Messer ins Herz. Überallhin spritzte Blut, bespritzte Johns Gesicht und Brust, befleckte Maries Kleid. Ohne einen Laut von sich zu geben, glitt Jacques zu Boden.

Es war wie eine gestellte Theaterszene. Der Körper war merkwürdig in sich zusammengesunken, Blut tropfte auf das Holz und von der Bühne herunter. John sah bedrohlich aus, sein rot triefendes Messer glitzerte im Feuerschein. Flehentlich reckte Marie die Hände in die Höhe. Die Menge deutete ihre Geste fälschlich als triumphierend. Niemand hörte Maries verzweifelte Bitte: »Damballah, hilf ihm. Bitte.«

Die Menge, mitgerissen von dem Schauspiel, geriet außer Rand und Band und sang: »Maman Marie, Voodookönigin. Marie Laveau, Voodookönigin.«

Wer hätte gedacht, daß ich, ein alter weißer Mann, einmal am Bett einer schwarzen Frau säße und zusähe, wie sie stirbt? Meine Frau Brigette, lebte sie noch, würde sagen, daß ich ein Voyeur sei, mich auf meinen eigenen Tod vorbereiten würde.

Ich sitze hier und schreibe, drehe mich dann und wann um, kontrolliere das sanfte Heben und Senken ihrer Brust. Sie schläft. Ich bin verliebt.

Wenn sie erwacht, wird sie wieder meinen kahlen Kopf reiben, damit es Glück bringt. Viele Male hat sie mir angeboten, mir ein Amulett zu schenken. »Einen Kopf voller Haare wirst du haben«, sagte sie. Ich lehnte ab. Es bereitet ihr soviel Vergnügen, meinen Schädel zu streicheln.

Wenn sie erwacht, wird sie mir noch mehr über ihr Leben erzählen, und ich werde es niederschreiben.

In der Einbildung liegt Wahrheit, und in meiner Einbildung bin ich ihr ein und alles gewesen.

Sie liegt im Sterben. Sie sagt mir, daß sie unsterblich sei. Aber was nützt mir das?

Sie gehört mir. Meine wunderschöne Marie.

Louis DeLavier, 16. Juni 1881, Nachmittag

Marie schlief wochenlang. Sie trieb in Träume hinein und wieder heraus.

Sie träumte, daß Jacques ein Vogel wäre, eine Seemöwe, die vor dem Kamm eines Rückenwindes hertrieb. Er hatte hellgraue Federn, kreischte laut und glitt flink durch einen wolkenlosen Sommerhimmel.Er segelte gen Osten über den Atlantik, während unter ihm Sklavenschiffe gen Westen segelten. Seeleute schossen Pfeile vom Toppmast ab. Er stürzte sich in die Tiefe und rutschte durch die Luft wie ein aufgeschreckter Albatros, dann segelte er mit erstaunlicher Geschwindigkeit weiter. Seine Flügel wurden vom Kuß eines Regenbogens berührt. Er landete an der Küste Dahomes, und Tausende von Schlangen rutschten zu seiner Begrüßung dorthin, als seine Flügel zu Armen wurden, und er sich aus dem Sand erhob, ein Mann.

Ein anderes Mal träumte Marie, Jacques wäre ein Fisch, der zwischen grünen, schaumgekrönten Wellen hin und her tauchte. Seine Schuppen glitzerten wie Diamanten, und seine Augen waren strahlend und forschend. Er schwamm ohne Unterlaß über versunkene Wracks und wirbelnde Kraken hinweg und entkam dem aufgerissenen Maul eines weißen Wals. Als er ein schimmerndes rosarotes Riff erreichte, wurden seine Flossen zu Beinen, und er betrat die afrikanische Ebene. Membe und zwei Löwen traten zu seiner Begrüßung vor.

In einem anderen Traum hatte Marie ein Floß, und Jacques war an ihrer Seite und drückte ihr leichte Küsse auf die Stirn, während sie pustete, um die Segel mit Luft zu füllen – mit einer Luft, die süß nach Hyazinthen und all ihrer Liebe zu Jacques duftete. Sie pustete und pustete, bis Jacques schließlich zu einem Teil des Segels wurde und sein Geist sich vor ihr blähte. Und als sie sich der Küste näherten, wurde er immer leichter, weniger körperhaft, bis er nur noch eine hauchdünne Fahne war, die vor ihr herflatterte. Und als ihr Floß den Strand berührte, schnitt er sich von ihr los, schwang sich in die Lüfte und flog über die Baumwipfel seiner Ländereien hinweg davon.

Damballah beflügelte ihre Träume, und wenn sie nicht träumte, schlief sie, von einem wohltuenden Vergessen in den Schlaf gelullt. Häufig hörte sie Stimmen um sich herumschwirren. Mehrmals wachte sie auf und hörte, wie sich Nattie und John im Nebenzimmer stritten. Ein Stuhl kippte um. Eine Tür wurde zugeschlagen. Aber jedesmal holten sie die Träume wieder ein.

Einmal standen Nattie und John neben ihrem Bett.

Nattie flüsterte: »Sie hat zuviel durchgemacht. Warum mußt du so hart sein zu dem Mädchen? Sie hat alles getan, was du verlangt hast. Torheit, zu verlangen, was sie nich geben kann.«

John packte Marie an den Armen und rief: »Wach auf. Wach auf.« Seine Hände waren heiß, saugten Blut wie ein frischer Parasit. Marie wimmerte im Schlaf und wich zurück.

Schließlich nahmen ihre Träume ein Ende. Jacques winkte zum Abschied, und sie erwachte.

»Hübsche Marie. Hübsche Marie.«

Ribaud stand über sie gebeugt und legte ihr eine feuchte Kompresse auf den Kopf.

»Wo ist –?« Sie richtete sich, auf den Ellbogen gestützt, suchend auf.

»Die sin weg«, sagte er leise. »John is bei 'ner feinen Madame, denk ich. Wo Nattie is, weiß ich nich.« Zärtlich drückte er sie wieder in die Kissen. »Vielleicht hat se sich totgezaubert. Will ich ihr jedenfalls geraten ham.« Er stopfte die Decken fest.

Marie befeuchtete die Lippen.

Ribaud gab ihr Eisstückchen. »Du bist krank gewesen«, sagte er. »Hat mir ganz schön Sorgen gemacht.«

»Jacques?«

»Mußt jetzt nich drüber reden. Ruh dich aus. Komm wieder zu Kräften.« Seine Federkappe saß schief und war schmutzig. Eine Kerze flackerte auf dem Nachttisch. Schattenfedern säumten die Decke.

»Was ist passiert, Ribaud?« Marie drückte bittend seine Hand an ihre Wange.

»Na ja, wird wohl nix schaden, jetzt schon alles zu sagen.« Die Augen umwölkt, räusperte sich Ribaud, nahm seinen Hut ab und fingerte mit starrem Blick an der verschwitzten Krempe herum.

»Damballah hat dir schwer zugesetzt. Ganz plötzlich. Hast dich gewunden, hast gezappelt wien Fisch an der Angel. Nattie und John ham versucht, dich festzuhalten. Hatten Angst, daß du dir weh tust, schätz ich.« Er zeigte auf ihren Leib. »Oder dem Kind. Während sie mit dir kämpften, hat ein weißer Mann Jacques geholt.«

»Louis?«

»Ja.«

»Hat John das gesehen?«

»Nee. Weiß nich. Wenn doch, dann hat er wohl gemeint, daß es nich wichtig is.«

»Ich habe geträumt, daß Louis hier war.« Sie erinnerte sich, daß er ihr einen sanften Kuß auf die Wange gedrückt und ihr dünne Suppe eingeflößt hatte.

»Is fast jeden Abend hier gewesen, hat sich reingeschlichen, wenn John weg war. Hat dich dazu überredet, was zu essen. Hast ihn angeschnurrt wien Kätzchen, aber du wolltst nich reden. Louis wollt wissen, was mit Jacques' Leiche passieren soll ... hat nich gedacht, daß dun christliches Begräbnis willst ... hat's aber trotzdem gemacht. Pater Christophe hat geholfen. Die Leiche fing an zu verwesen. Sie legten ihn auf den St.-Louis-Friedhof. In eins von diesen Gräbern.« Seine Brauen zogen sich zusammen. »Is gut so. Wir ham gedacht, wenn's dir wieder gutgeht, könntste ja ein paar Worte über ihm sprechen. Pater Christophe hat's nach katholischem Ritus gemacht. Gut so?«

Marie seufzte. Die Gegenstände im Zimmer verschwammen. Jacques ging es gut. Er hätte sich ein christliches Begräbnis gewünscht. Außerdem war es gleichgültig, wo oder wie er begraben wurde. Jacques' Seele war jenseits des Meeres, und sie war es gewesen, die ihn im Traum dorthin geführt hatte.

Marie schloß die Augen, unterdrückte die Tränen. »Ich bin müde, Ribaud.«

»Soll ich DeLavier holen? Ich werd alles tun, was du willst.«

»Ich will schlafen.«

»Du verschläfst dein Leben. Das Baby auch.«

»Und wenn schon?« murmelte sie ins Kissen. »Schlafen ist gesund.«

Marie machte es sich unter den Decken gemütlich.

Ribaud legte eine neue Kompresse auf. »Du wirst schon bald aufwachen. Wart's nur ab, hübsche Marie.« Er setzte sich und schlug seine kurzen Beine über seinem Korb mit den zappelnden Schlangen übereinander. »Ich werd auf dich aufpassen. Vom Schlafen allein geht der Schmerz nich weg.«

Einen Tag später machte Maries Körper seine Ansprüche erneut geltend. Wimmernd bewegte sie sich. Ihr Kopf brummte.

Draußen hörte sie das Schwirren eines Rotkehlchens und den Schrei eines Eichelhähers. Sie taumelte zum Fenster, weil sie glaubte, sie hätte sich zurück ins Bayou gezaubert. Sie stieß die Fensterläden auf und fröstelte vor Enttäuschung. Dieselben mit Matsch und Pferdeäpfeln verschmutzten Straßen und Pflastersteine. Dieselben niedrigen, verrottenden Stadthütten.

Sie hörte ein Flügelschlagen. Als sie den Kopf drehte, sah sie eine Krähe mit breitem Kopf und schwarzem Schnabel auf dem Dach sitzen. »Weg«, rief sie. »Los, scher dich weg.« Der Vogel krächzte und flog davon. Kathedralenglocken dröhnten.

Marie hörte ein Poltern und drehte sich um.

Ribaud war dabei, sich aus seinem behelfsmäßigen Bett in der Ecke herauszuwühlen. »Siehste, jetzt hastes geschafft. Nattie und John ham dich bestimmt gehört.«

»Von mir aus.«

Ribaud legte den Kopf schief.

Marie wurde rot. »Was für ein Tag ist heute? Sonntag?« Die Glocken lärmten wie boshafte Geister.

»Nee. Freitag.«

»Wie viele Freitage habe ich geschlafen?«

»Weiß ich nich«, grummelte Ribaud, nahm seinen Hut ab und kratzte sich am Kopf. »Vier. Heut wär der vierte.«

»Ganz schön lange.« Sie wandte sich wieder dem Fenster zu. »Dann ist heute Karfreitag.« Sonnenstrahlen maserten das Kopfsteinpflaster. »Die Kreuzigung Christi.«

»Von Christus weiß ich nix.« Ribaud klatschte auf seinen Hut. »Ich weiß nur, daß sie vorham, die beiden letzten Männer aus dem Prozeß zu hängen. Irgendwas mit Dieben und Heiligen.«

»Wovon redest du da?«

»Zwei von diesen Männern, die geglaubt ham, daß du gewollt hast, daß sie Weiße ermorden, eine Revolte anführen. Verrückte Leute.« Er schnalzte Spucke zwischen die Zähne. »Ham's verdient zu hängen. Weiß doch jeder, daß ein Aufstand nich klappt, wenn die Weißen die ganzen Gewehre ham.«

Marie verfluchte sich selbst. Sie hatte versprochen, ihnen zu helfen, und sie hatte nichts getan. Waren mittlerweile alle tot. »Die Frauen? Die Kinder? Was ist mit ihnen geschehen, Ribaud?«

»Weiß nich.« Er starrte wie gebannt auf seine Zehen. »Die Kinder, hab ich gehört, wurden an Plantagen in Georgia und Alabama verkauft. Die meisten Frauen als Köchinnen auf Handelsschiffe.«

Marie zitterte. Sie zweifelte nicht daran, daß die Frauen hauptsächlich auf dem Rücken ›kochten‹.

»Und das alles ist passiert, während ich träumte?«

»Manches. Manches is schon vorher passiert. Sie töten diese Leute jetzt schon seit Monaten. Nur diese beiden warn noch übrig.«

Marie schlug stöhnend die Hände vors Gesicht. Sie hatte keinem von ihnen geholfen.

»Du bist also aufgestanden«, sagte John, als er ins Zimmer gerauscht kam.

Sein breites Lächeln tat ihr weh. Sein Wohlwollen schnappte nach ihren Knochen.

»Wir dachten, du wärst ein Zombie. Hab ich nicht recht, Nattie?« John lachte in sich hinein. »Nur im Spaß«, sagte er. »Nur im Spaß, Marie. Ich bin froh, daß du aufgestanden bist und gut aussiehst. Deine Getreuen haben sich Sorgen gemacht. Dumme Leute dachten, du wärst verflucht.«

»Das bin ich auch.«

»In deiner Einbildung. Nur in deiner Einbildung. Schwangere Frauen neigen zu Phantasievorstellungen. Müssen verhätschelt werden.« Fürsorglich führte er sie zum Bett zurück. »Ruhe. Das ist alles, was du brauchst«, balzte John. »Ruhe. Nattie meint, das Baby müßte bald kommen.«

Marie sah die Frau an. Sie hatte einige ihrer Lebensgeister eingebüßt. Ihre Haut war ausgetrocknet, und ihre Hüften waren dünner. Fast tat sie Marie leid, wie sie da mit dem Rücken verloren an der Tür stand. John strotzte förmlich vor Gesundheit.

»Natürlich haben wir nur Vermutungen über das Baby angestellt«, sagte John. »Ribaud hat hartnäckig darum gekämpft, dich zu pflegen. Sagt, daß er dich ordentlich verpflegt hat. Wollte uns nicht in deine Nähe lassen. Ich bewundere treue Ergebenheit.« Grinsend stieß er Ribaud den Hut vom Kopf. Der Zauberer machte ein finsteres Gesicht. »Nattie ist Damballah treu ergeben. Sie kann bloß nicht herausfinden, warum Damballah ihr nicht treu ergeben ist.«

Nattie kniff die Lippen zusammen.

John setzte sich an Maries Bett. Marie wich zurück. »Ich bin nicht ärgerlich, weißt du.« Johns Stimmung und Hände waren freundlich. »Nun ja, vielleicht ein wenig. Aber ich habe dir eindeutig deinen Platz gezeigt. Na, hab ich nicht recht? Mit Jacques wirst du nicht mehr so bald weglaufen. Ganz unmöglich, hab ich recht?«

»Ja, John.«

Seine Hände liebkosten ihre Schenkel. »Die ganze Stadt ist über uns schockiert. Sie lieben uns. Zumindest im Moment. Ich kann nirgendwo hingehen, ohne daß mich jemand wiedererkennt. Das ist sehr bemerkenswert.«

»Die Frauen werfen sich ihm an den Hals«, sagte Nattie sarkastisch.

»Ja. Mord regt die Begierde an.«

»Ribaud sagt, daß zwei Männer gehängt werden sollen.«

Darauf war John nicht vorbereitet. Er lehnte sich zurück und verschränkte die Arme über der Brust. »Ja. Auf dem Cathedral Square.«

»Ich möchte zu ihnen«, sagte Marie hastig. »Ich kenne sie. Zumindest glaube ich das. Im Gefängnis haben mir einige der Männer das Versprechen abgenommen, sie zu retten.«

»Du kannst niemanden retten.«

»Ich weiß.« Marie zog die Füße unter sich. »Dann eben nur, um auf Wiedersehen zu sagen. Mehr nicht.«

John brach hartes Wachs vom Fuß der Kerze ab. »Du wirst ihnen Hoffnung machen. Es wäre besser, wenn du Nattie um Gift bittest. Dem Henker ein Schnippchen schlägst.« Er umfaßte ihr Kinn.

Marie rückte weg.

»Nattie hat alles, was sie über Wurzeln und ähnliches weiß, von Grandmère gelernt. Sie war eine gute Schülerin, hab ich nicht recht?«

»Grandmère hat ihr nie beigebracht, wie man anderen weh tut. Sie hat ihr nie etwas über Zombies beigebracht.«

»Woher willst du das wissen?«

Marie preßte störrisch die Lippen zusammen.

»Das stimmt«, sagte Nattie. »Das weißt du, John. Ein Mann in Haiti hat's mir beigebracht.«

John beugte sich vor und schnupperte an Maries Hals und Schultern.

Marie grub die Nägel in die Matratze. »Die Männer glauben an mich. Laß mich gehen.«

»Ah, deinen Schäfchen Beistand leisten. Wohltaten.« Er streckte die Hand aus und brach die Kerze entzwei. »Ich wünsche nicht, daß du gehst.«

»Es steckt nichts dahinter.«

»Ich werde dich nicht schlagen. Damit könnte ich ja Damballahs kleinste Königin verletzen.«

»Dieses eine Mal.« Behutsam streckte sie die Hand aus und berührte seine Spitzenkrawatte. »Ich werde um keinen anderen Gefallen bitten.«

»Was meinst du, Ribaud?« rief John, verwirrt über ihre Kühnheit, über die Schulter. »Soll ich sie gehen lassen?«

»Außerdem möchte dieser Journalist« – sie stotterte – »DeLavier mit mir reden. Meine Geschichte drucken.«

»Warum hast du das nicht gleich gesagt?«

»Ich hab's vergessen.«

»Bring ihn her.«

»Ja, ja. Mache ich. Aber zuerst muß *ich* ihn treffen. Auf dem Cathedral Square. Wegen der Hinrichtungen. Ich habe es versprochen.« Sie wußte, John wußte, daß sie log. Marie vergrub das Gesicht in den Händen. Wieder gaben die Glocken grauenvolle Töne von sich, einen schneidenden Mißklang.

John dachte, wie kindlich Marie doch aussah, wie sie da in ihrem weißen Baumwollhemd in der Mitte des Bettes lag, die Beine unter sich gekuschelt, die Haare, schwarze Seide, fächerförmig über Rücken und Brust ausgebreitet. Der Schlaf hatte ihr ein wenig von der Strenge geraubt, ihre Haut rosig und blühend werden lassen. Ihre Maman war zuweilen genauso unschuldig gewesen. Hatte genauso ungeschickt gelogen. Maries Hände waren so klein, so zierlich. Alles an ihr schien zerbrechlich zu sein. Er konnte das junge Mädchen aus der Frau spähen sehen. Er haßte das; es rief Sehnsüchte in ihm wach, rief genau in diesem Moment Begierde in ihm wach. Je länger er bei einer Frau blieb, um so weniger sah er das Mädchen. Er fragte sich, warum.

»Ich weiß, daß DeLavier auch hier war. Zu Besuch kam, während du geschlafen hast. Dich berührt hat. Gefüttert hat«, sagte er bitter. Er preßte die Finger an Maries Kehlkopf und würgte sie unerwartet. Dann ließ er sie ebenso plötzlich wieder los.

»Geh«, sagte John und entfernte sich vom Bett. »Geh. Ribaud, begleite sie. Paß auf sie auf.« Er fegte an Nattie vorbei und aus der Schlafzimmertür.

Marie erschauerte, schluckte, um den Schmerz in ihrer Kehle zu vertreiben. Ribaud strich ihr übers Haar.

Nattie ging kopfschüttelnd hinter John her.

»Warum haste das getan?«

John schenkte sich etwas zu trinken ein. »Reklame ist nützlich. Zeitungsleute haben Einfluß. Vor allem, wenn sie DeLavier heißen. Ich glaube, er ist in sie verliebt.« Er trank. »Oder vielleicht hat er auch nur seinen Cousin gehaßt.« John schenkte sich erneut Rum ein.

»Warum?« Nattie wollte wissen, was ihr an Anziehungskraft fehlte. Sie hatte Johns Haß gesehen, hatte gesehen, wie er nahe dran war, Maries Kehlkopf einzudrücken, und dann hatte sie gesehen, wie sein Gesicht mit Liebe überflutet wurde. Der Ausdruck auf seinem Gesicht war flüchtig und zärtlich gewesen. Nattie war neidisch.

»Warum?«

»Sie tat mir leid. Ihre Unschuld tat mir leid. Beantwortet das deine Frage?« Er knallte die Flasche auf den Tisch. »Sie tat mir leid, weil sie in zehn Jahren anfangen wird, genauso wie du auszusehen. Eine häßliche, alte Krähe. In zehn Jahren wird sie wie du sein. Gerissen. Enttäuscht und wütend, weil sie so schuldig wie die Sünde ist.«

Nattie machte einen Schritt nach vorn und schlug ihm ins Gesicht.

Sie starrten sich gegenseitig an, kämpften schweigend mit den Augen wie alte Menschen. Schließlich brach Nattie auf dem Stuhl zusammen und zog die Knie an die Brust. Unschuld war verführerisch. Sie hatte schon lange, bevor ihr John begegnet war, ihre ganze Unschuld verloren. Die Armut hatte sie früh zugrunde gerichtet.

John stürzte einen weiteren Schluck Rum hinunter; der Alkohol war für einen leeren Magen viel zu scharf. Mißmutig spürte er, wie seine Innereien brannten. Er schien keine Befriedigung mehr zu finden. In diesem vergangenen Jahr hatte er mehr erreicht, als er sich jemals vorgestellt hatte. Er besaß Macht und Ergebenheit, weil ihn die Menschen fürchteten. Er genoß ihre Furcht, mochte deren Geruch und Schweiß. Dennoch war er nicht befriedigt; wenn überhaupt, dann fühlte er eine noch breitere Kluft in seinem Innern. Er verspürte das Bedürfnis nach *mehr*, mehr von allem, von etwas. Als Sklave hatte er gelernt, nicht auf das Glück zu hoffen. Doch er erhoffte immer Befriedigung und Freude, wenn er seine Ziele erreichte. Das war doch nur recht und billig, oder? Statt dessen fühlte sich der kleine Junge in ihm erneut verraten. Er war alt geworden, ohne jemals jung gewesen zu sein. Jetzt half er, die Jugend aus Marie herauszuschwemmen. John nahm noch einen Schluck, spülte den Rum mit der Zunge an die Zähne und verbrannte sich das Zahnfleisch.

»In zehn Jahren«, sagte John, »wird Marie keine unschuldigen Träume mehr haben. Nicht einen einzigen verdammten Traum mehr.«

»In zehn Jahren wird Marie vergessen haben, wie man träumt.« Nattie wiegte sich und stöhnte. »Wird keine Hoffnung mehr da sein. Wird nix mehr in ihr drin sein. Du hast alles gestohlen.«

John lächelte. »In zehn Jahren wird meine Tochter fast groß sein. Fast eine Voodookönigin.«

Marie war froh, dem Haus entflohen zu sein. Johns wirre Gefühle zermürbten sie. Im Moment fühlte sie sich wohl, wie ein neugeborener Schmetterling. Es ergab keinen Sinn. Als sie neben Ribaud herstapfte, erfreute sie sich an der Sonne, die ihr die braune Haut wärmte, sah den Seemöwen zu, die vom Golf hereinkreisten. Keine einzige Wolke: nur gelbe Sonne, blauer Himmel und weiße Vögel. Es machte ihr nicht einmal etwas aus, daß die Leute stehenblieben, sie anstarrten und Märchen und Lügen flüsterten. Oder daß die Kinder johlten und grölten, vor und hinter ihr herumsprangen. Ribaud scheuchte sie weg. Aber die Kinder, die die Gefahr, so nahe bei Marie Laveau zu sein, aufregend fanden, stachelten sich gegenseitig immer wieder an, sich vorzuwagen.

Ein fast vollkommener Tag. ›Fast‹, weil sie zu einer Hinrichtung unterwegs war. Sie war fast vollkommen glücklich. ›Fast‹, weil sie damit rechnete, das Leben der verurteilten Männer nicht retten zu können. Sie hatte ja auch ihr eigenes Leben nicht gerettet. Oder das von Jacques.

Marie drückte das Gesicht in die Brise. An einem solch frischen, klaren Tag würde sie nicht sterben wollen. Christus war es. ›Der Himmel verdüsterte sich erst‹, hatte Grandmère einmal erzählt, ›als Sein Geist sich anschickte, aus Seinen Knochen zu sickern und wie Rauch gen Himmel zu steigen.‹

Karfreitag.

Sie hatte nie verstanden, was es Christus genutzt hatte zu sterben. Oder warum Sein Vater ihn so qualvoll sterben ließ. Es ergab keinen Sinn. Wie konnte das Leid eines anderen dich glücklich machen? Vielleicht waren alle Religionen seltsam. Sie verstand Damballah ja auch nicht. Sie wollte Grandmère zuliebe einfach nur christliche Barmherzigkeit üben. Jacques zuliebe. Dafür sorgen, daß die Männer sich besser fühlten, bevor sie starben.

Sie blieb stehen, denn sie spürte einen Schmerz im Leib.

»Alles in Ordnung?« fragte Ribaud.

»Ja. Gehen wir weiter.« Marie schaute nervös hinter sich.

Neugierige Menschen folgten ihren Schritten. Ladenbesitzer hatten ihre Türen verschlossen, Männer leerten die Bars, Huren stellten das Feilschen ein, Sklaven ließen ihre Arbeit liegen, alle in der Hoffnung, noch eine Voodoosensation mitzuerleben. Marie spürte ein Ziehen in ihrem Unterleib. Das Kind war dabei, sich herauszukratzen.

»Sieh mal«, sagte Ribaud und zog voll Trauer den Hut vom Kopf.

Auf dem Cathedral Square ging es etwas weniger zügellos zu als während der Zeremonie. Die Leute trugen ihren Sonntagsstaat, aber sie schubsten und drängten, um besser sehen zu können. Alle wollten sie das Gesicht eines Toten aus der Nähe sehen. Knaben und Mädchen hockten auf den Schultern ihrer Väter. Familien standen auf Fuhrwerken. Männer und Frauen zu Pferd trabten rücksichtlos voran, während einfallsreiche Mulatten Limonade und Beignets verkauften. Die katholische Kathedrale bildete die Kulisse für den Galgen.

»Ribaud, finde Louis DeLavier. Sag ihm« – sie runzelte die Augenbrauen – »sag ihm, daß Marie Laveau die Gefangenen sprechen möchte.«

»Wirst du hier sicher sein?«

»Ja.« Die Leute blieben nach wie vor auf Distanz. Doch ein paar konnten es vor nervöser Erregung kaum erwarten. »Ich werde noch sicherer sein, wenn Louis hier ist.« Ihre törichte gute Laune verflüchtigte sich.

Der Galgen war schwarz gestrichen. Man konnte nicht erkennen, ob es einen doppelten Boden gab. Zwei T-förmige Pfähle, die toten, astlosen Bäumen ähnelten, durchbohrten den Galgen.

Die beiden Schlingen, die von den Pfählen baumelten, sahen harmlos aus, seltsam verlassen. Ein spielendes Kind könnte sie zurückgelassen haben, nachdem es keine Lust mehr gehabt hatte, zu hüpfen und sich von Seil zu Seil zu schwingen.

Sie wartete.

Das Atmen war mühsam. Marie wischte sich den Schweiß von Hals und Stirn. Es war verrückt von ihr, herzukommen. Sie wußte, daß niemand auferstehen würde. Weder die beiden Gefangenen. Noch Maman. Noch Jacques. War Christus mächtiger als Damballah? War das der Grund für die Macht weißer Menschen?

»Marie.«

»Danke, daß du gekommen bist«, sagte sie.

»Nicht der Rede wert.« Louis streckte die Hand nach ihrer Wange aus, ließ sie jedoch schuldbewußt wieder sinken. »Komm, laß uns von hier weggehen. Ich habe meine Kutsche dabei.«

Er schob Marie durch die Menge, fegte mit dem Ellbogen das neugierige, das sinnlose ›Hexe‹- und ›Niggerfreund‹-Getuschel weg.

»Hier sind wir ungestörter«, sagte er leise.

Marie zögerte, denn sie erinnerte sich daran, wie sie die Kutsche der DeLaviers das erste Mal gesehen hatte. Sie rechnete fast damit, daß Antoine ausstieg, arrogant und kühn, und Brigette sich aus der Tür lehnte. Louis reichte ihr seine Hand; sie stieg ohne seine Hilfe ein. Sie roch muffiges Lavendelparfüm. Vorhänge schlossen die Welt aus; Geräusche wurden gedämpft. Marie spürte, wie ihre Anspannung verflog. Sie lehnte sich an die weiche Polsterung und faltete die Hände über dem Baby. Louis saß ihr gegenüber und betrachtete sie. Sie hätte gern gewußt, ob er sie immer noch hübsch fand.

»Ich –«

»Danke –«

Sie lachten beide. »Du zuerst«, sagte er.

»Nein, du.« Sie lächelte.

Er berührte ihren Leib. »Du bist schöner als je zuvor.« Louis streichelte Kreise auf ihren Bauch, und Marie empfand eine ungeheure Beruhigung. »Wann wird es kommen?«

»Bald.«

»Brigette war schwanger, weißt du.«

»Ich weiß.«

»Ich habe mir immer gedacht, daß du es weißt.« Er beugte sich mit ernstem Gesicht vor, die Hände zwischen die Knie geklemmt. »Ich dachte, daß du mich deswegen fortgeschickt hast.« Er hielt inne. »Stimmt das? War das der Grund?«

»Ja«, log sie. »Das war einer der Gründe.«

Er lehnte sich auf seinem Platz zurück. »Das dachte ich mir. Du bist wirklich einfühlsam.«

Marie nickte abwesend. Niemand sollte derart braune Augen haben dürfen wie er. Ihr sanftmütiger Blick schmerzte sie.

Louis packte ihr Handgelenk, hielt ihre kühle Hand und zeichnete das runzelige Muster in ihrer Handfläche nach. Er konnte sein Herz mitten in Maries Hand schlagen spüren. Langsam zog sie ihre Hand weg. Louis seufzte. Er fuhr sich mit den Fingern über den Schädel.

»Danke, daß du Jacques gerettet hast.«

»Aber das habe ich doch gar nicht. Ich konnte nicht viel ausrichten.« Er zuckte mit den Schultern. »Im Retten bin ich ein Versager.«

»Das stimmt nicht.« Marie spürte, wie erneut Zorn in ihr aufwallte. »Du hast Jacques' Seele gerettet. Damballah hat es mir erklärt. Jacques war nicht tot, aber man hatte ihm den Willen genommen. Dadurch, daß John ihn ermordete, hat er lediglich Jacques' Geist aus seinem Körper befreit. Ohne ein ordentliches Begräbnis wäre Jacques immer weiter gewandert, ausgeschlossen von seinen Vorfahren. Jetzt ist er zu Hause in Afrika. Das hat mir Damballah in meinen Träumen erzählt.«

»Aber wir haben ihn nach katholischem Ritus begraben. Viel mehr konnten wir nicht tun. Du hast geschlafen, und Pater Christophe und ich hatten keine Ahnung, was du wolltest.«

»Das ist unwichtig. Ihr habt an meiner Stelle den Körper begraben. John hätte Jacques verwesen lassen. Sein Geist hätte Qualen gelitten. Du und Pater Christophe habt Liebe und Barmherzigkeit bewiesen. Ihr habt seiner Seele die angemessene Ehre erwiesen. Ihr habt seinen Geist mit Liebe verbunden. Das war genug. Alles übrige hat Damballah getan.«

»Ich wollte Jacques' Leben retten. Ich wußte nicht, daß ich geholfen habe, seine Seele zu retten.«

Marie lehnte sich an die Bankpolster und murmelte: »Damballah hat sein Versprechen mir gegenüber gehalten. Jacques ist sicher heimgekehrt. Ich habe immer geträumt, daß er zu mir heimkehrt ... Ich habe nie geträumt, daß Afrika seine Heimat ist. Es ist eine Schande, daß schwarze Menschen nur in einer Geisterwelt frei sein können.«

»Du bist frei.«

»Wirklich? Johns Wahnsinn hält mich fest. Und wenn die Bürger meiner überdrüssig sind oder sich nicht mehr vor mir fürchten, werden sie mich versklaven oder töten. Solange die Leute dich brauchen, damit du Wunder vollbringst, und du glaubst, es versuchen zu müssen, wird es keine Freiheit geben.«

»Bist du deswegen hier? Um diese Männer zu retten?«

Marie lachte rauh. »Du glaubst nicht an mich, ja?«

»Doch«, sagte er schlicht. »Ich glaube an dich.«

»Tu's nicht.«

Louis blickte zu Boden. Es schmerzte ihn, daran zu denken, daß Marie ihre Unschuld verloren hatte. Aber er hatte bereits geahnt, daß jemand mit ihren unerhörten Fähigkeiten nicht lange unschuldig bleiben konnte. Das Publikum mit seinen Sünden verschwor sich dagegen. Selbst Christus war von Makeln geplagt worden; Zweifel, Schuld, Zorn. Ihre Bitterkeit und ihren Zynismus konnte man Marie zugestehen. Aber er vermißte das Mädchen in ihr. »Möchtest du Jacques' Grab besuchen?«

»Nein. Da ist er nicht.« Marie preßte die Finger an die Augenlider. »Ich möchte die beiden Männer sehen. Die Gefangenen.« Ihre Augen schwammen in Tränen. »Sie glauben auch an mich. Sie sollten es nicht, aber sie tun's.«

»Dann werde ich dafür sorgen. Das Gefängnis ist nicht weit. Wir könnten laufen, aber –«

»Laß uns fahren.« Sie fühlte sich nicht wohl. Die Sonne war zu hell. Sie wollte nicht inmitten einer feindseligen, neugierigen Menge sein.

»Wir werden es gerade noch schaffen. Sie sollen noch in dieser Stunde gehängt werden.« Louis rief dem Kutscher zu: »Gefängnistor«, und Ribaud sprang hinauf neben den farbigen Wagenlenker.

Louis wandte sich wieder Marie zu. »Sei still«, sagte er. »Wir haben ein wenig Zeit. Lehn dich zurück. Schließ die Augen.«

»Danke, Louis. Für alles«, murmelte sie, und das *Klipp-Klapp* des Pferdes bildete den Gegenrhythmus zu ihrem Herzschlag. Ihr Körper war schläfrig; ihre Beine wie mit Steinen beschwert. Für ein paar Minuten schlief sie selig ein.

Louis weckte sie nur höchst ungern. Er streichelte ihr Gesicht und widerstand dem Verlangen, den Puls, der an ihrer Kehle schlug, zu küssen. Obwohl das Gefängnis nur dreihundert Meter rechts von der Kathedrale und hinter dem Galgen lag, kam die Kutsche nur langsam voran. Die gesamte Stadt schien auf den Platz geströmt zu sein, begierig, die Männer sterben zu sehen. Louis hörte, wie Ribaud und der Kutscher Samuel die Fußgänger anbrüllten. Ihre Flüche nutzten nichts. Louis fühlte sich auf beschwingte Weise schuldbewußt. In der Kutsche von der Außenwelt abgeschlossen, konnte er sich ein Leben mit Marie vorstellen. Er konnte sich vorstellen, daß sie stets an seiner Seite war und süß schlief. Als er sie jedoch auf dem Wasser hatte laufen sehen, war ihm aufgegangen, was für ein Narr er war. Es schien richtig zu sein, daß kein Mann sie besitzen sollte. Sie war selbst stark genug. Louis konnte nur ahnen, welche Gewalt John über sie hatte.

Die Kutsche hielt mit einem Ruck an. Louis hätte gerne gewußt, ob Marie Zeit genug zum Träumen gehabt hatte, als sie den Platz überquerten. Hatte sie von ihm geträumt? Louis rief ihren Namen; Marie wurde wach.

»Der Schauplatz wird nicht sehr schön sein«, warnte er.

»Du vergißt – ich war schon einmal hier.« Marie strich ihre Bluse und ihren Rock glatt, bemühte sich bedeutend auszusehen und nicht verängstigt.

Zwei Militärwachen sicherten das Gefängnistor. Louis sprach leise mit ihnen. Dann legte er den Arm um Marie und flüsterte: »Sag nichts. Kein Wort.« Die Wachen ließen sie passieren.

Marie fröstelte, als sie in das Gefängnis zurückging. Sie schloß benommen die Augen. Alles, was sie als Gefangene empfunden hatte, stürmte wieder auf sie ein. Sie erinnerte sich an die Ratten, den Gestank von Urin und Exkrementen, den bitteren Geschmack des Todes. Mit geschlossenen Augen gaukelte sich Marie vor, irgendwo anders zu sein, zu schlafen, zu träumen.

Ein paar Wärter spielten Karten; ein kräftiger Herr saß auf einem Stuhl und hatte die Füße auf den Schreibtisch gelegt.

»Hauptmann«, sagte Louis, »diese Frau möchte die Gefangenen sprechen.«

»Ist das nicht –«

»Ja.«

»Keine Besucher. Der Bürgermeister –«

»Ich habe gestern abend mit ihm gespeist. Er ist ein mitfühlender Mann.«

»Hören Sie, DeLavier. Mich werden Sie nicht einschüchtern.« Der Hauptmann geiferte vor Entrüstung. »Nur, weil Ihre Familie reich ist –«

»Selbstverständlich nicht«, sagte Louis liebenswürdig. »Es fiele mir nicht im Traum ein, Ihnen zu sagen, was Sie zu tun haben. Aber wenn diese beiden Männer Katholiken wären, würden Sie sie doch auch mit ihrem Priester sprechen lassen.«

»Selbstverständlich.«

»Nun gut. Marie Laveau ist gekommen, um die Sterbesakramente zu geben.«

Der Hauptmann war wütend. »Scheren Sie sich hier raus. Bevor ich Sie hinauswerfen lasse.« Zwei Wärter bauten sich hinter Louis auf.

»Ich bin Reporter«, sagte Louis liebenswürdig und schnipste imäginären Staub von seinen Fingernägeln. »Sie können mich nicht hinauswerfen.«

»Sicherheitsmaßnahmen.«

»Zum Teufel mit den Sicherheitsmaßnahmen!« rief Louis. »Wie würde es Ihnen gefallen, wenn Ihr Name in der *Daily Picayune* stünde? ›Wachhauptmann fürchtet sich vor Reporter und schwangerem Mädchen.‹ Interessante Lektüre.«

»Sie ist kein gewöhnliches Mädchen.«

»Wollen Sie mir etwa erzählen, daß Sie an Voodoo glauben, Hauptmann? Warum sollten Sie denn sonst meine Bitte ablehnen? Was kann es schon schaden, wenn Sie Marie Laveau den Besuch gestatten?«

Die beiden Männer musterten sich. Louis ließ die Hände an den Seiten; der Hauptmann rieb sich den feisten Nacken. »Fünf Minuten. In fünf Minuten sollen sie gehängt werden.«

»Ich weiß es zu würdigen, Hauptmann.« Louis berührte Maries Arm; verschreckt öffnete sie die Augen, dann folgte sie an seiner Seite.

Das Gefängnis war genauso dunkel, wie sie es in Erinnerung hatte. An der rechten Wand der Zelle hing ein Kruzifix. Ein Teller mit unberührter Grütze auf dem Boden war mit Ameisen überkrustet. Ein in den gestampften Boden gegrabenes Loch floß über vor Exkrementen.

Einer der Männer lag flach auf dem Rücken auf der Pritsche und sah bereits tot aus. Der andere Mann, der wie ein Feldarbeiter aussah, stand in der Nähe des mit Widerhaken versehenen Fensters und schaute auf den Galgen in der Ferne. Er war noch ziemlich jung. Vielleicht achtzehn.

Der junge Mann am Fenster sah sie. »Maman Marie.« Er kam vor, streckte die Hände durch die Stäbe und berührte Marie. Er war dreckig, trug immer noch dieselben Kleider, die er bei dem Prozeß Monate zuvor getragen hatte. Er war derjenige, der Lee hieß; sie erinnerte sich an ihn.

»Du bist gekommen, um mich zu retten. Ich wußte, daß du

kommen würdest.« Weinend ließ Lee die Hände an dem Gefängnisgitter heruntergleiten. Marie kniete sich hin und streichelte ihn durch das Gitter. Wie ein verängstigter junger Hund rieb er seinen Kopf an ihren Händen vor und zurück. Sie hätte Gift mitbringen sollen, dachte Marie.

»Is das wahr?« Der Mann von der Pritsche setzte sich auf. Seine Kleidung schlotterte; sein Körper schien geschrumpft, in sich zusammengesunken zu sein. Er konnte nicht stehen. »Du bist gekommen, um uns zu retten?« Sein Kopf war grau, sein Gesicht gelb, wie Jacques' Gesicht es gewesen war. Sein Ton war verhalten, skeptisch.

Der junge Mann weinte nicht mehr. Die Augen weit aufgerissen, Maries Hand drückend, wiederholte er: »Sag, daß es wahr is. Sag's. Bitte sag's.«

Der ältere Mann lachte meckernd. »Ich glaub nich an Gott oder Damballah, nee. Ich hab selbst 'nen weißen Mann umgebracht, weil sterben alles is, was Weiße verdienen.«

»Halt's Maul, Cholly«, schrie Lee und hämmerte mit dem Kopf an das Gitter. »Halt's Maul.« Er küßte Marie die Hand. »Sag, daß es wahr is. Sag's. Bitte, sag's. Master Winslow, er war gut zu mir. Ich hab niemand umgebracht. Ich hab seinen Rum zum Hafen gebracht.«

»Ham wir beide gemacht«, sagte Cholly.

»Jeden Samstag«, sagte der junge Mann. »Ich hab nie was getrunken. Frag Master Winslow, er wird's dir sagen. Ich hab nie jemand umgebracht.«

»Ein großer, dummer Sklave. Das is alles, was er is. Wir wern beide sterben.«

»Es war seine Schuld. Chollys Schuld.«

»Halt's Maul, Junge.«

»Cholly is schon immer wien Mühlstein um meinen Hals gewesen. Wenn er nich gewesen wär, wär ich besser behandelt worn.«

»Küßchen geben, ›Jawoll, Sir‹ zu weißen Männern sagen«, knurrte Cholly. »Für sie den Hintern hinhalten, damit se zulangen können. So einer biste, jawoll.«

»Aber ich hab nix getan, wofür ich sterben muß.«

Marie hätte Cholly am liebsten angebrüllt, daß er den Mund halten solle. Sie erinnerte sich an seine höhnischen Bemerkungen während Mariannes Folter. Sie streichelte Lees Hand.

»Aber du wirst mit mir sterben, und wenn ich dich selbst töten muß«, sagte Cholly von der Pritsche her. »Haste gehört?«

Lee heulte. »Er is verrückt. Er is verrückt.«

Marie streckte Lee die Hand hin und sagte: »Ich werde dich retten.«

»Damballah wird dir die Kraft geben«, antwortete er verwundert.

Der ältere Mann schnaubte verächtlich und legte sich wieder zurück in die Sonne. »Schon deine Kräfte. Zwecklos, zwei Nigger zu retten, wenn keiner von uns beiden an dich glaubt.«

»Ich glaube«, sagte Lee inbrünstig.

»Haste vorher aber nich.«

»Glaub ihm nich, Maman Marie. Glaub ihm nich.«

»Du glaubst nicht an mich, Cholly, und trotzdem heißt es, daß du in meinem Namen gemordet hast.«

»Ich hab im Namen von niemand gemordet, nur in meinem eigenen.« Cholly hatte sich so schnell bewegt, daß es Marie kaum mitbekommen hatte. Er hämmerte mit den Fäusten auf das Metallgitter ein, hämmerte und würgte und schrie. »Ja, wir warn bei deiner Zeremonie dabei –«

»Wir kamen mit Verspätung. Es war Chollys Idee, dich zu sehn. Ich hab gewußt, daß es nich gut ausgehn würd. Ich hab gewußt, daß Master Winslow bös werden würd.«

»Halt's Maul.« Cholly lag auf den Knien, verdrehte sein Gesicht, versuchte, sein ganzes Sein durch das Gitter zu Marie zu quetschen.

Chollys Finger zerrten an Maries Rock. »Ich will 'ne schwarze Frau sehn, die ungestraft mit was durchgekommen is. Ich will 'ne schwarze Frau sehn, die nich 'ne Sklavin oder 'ne Hure war. Ich will die Frau in dir sehn, nich irgendson Damballah. Es macht mich stolz, dich nur anzusehn, wieste singst, tanzt, und kein einziger Weißer dich aufhält. Mich ham weiße Leute oft genug aufgehaltn. Ich bin frei geborn, hier in dieser Stadt, aber das war nich weiter wichtig, als Master Winslow noch 'nen Sklaven brauchte. Ich hab mirn Geschäft aufgebaut, Pferde beschlagen, Zügel gemacht. Ich hab mir auch 'ne freie Frau genommen. Eine Tochter. Winslow hat gesagt, er würd behaupten, daß sie Entlaufene wärn, wenn ich nich bei ihm bleiben oder auch nur einmal versuchen würd, sie wiederzusehn.

Du hast die Leute ganz schön aufgestachelt mit deiner Schlange und deinem Gequassel. Ich hab gedacht, ich hör meine Tochter rufen, und ich hab gewußt, daß ich sie sehn muß. Sie hat gesagt: ›Papa, komm heim. Papa, komm heim.‹«

Lee mischte sich ein. »Cholly hat gesagt, wir würdn sagn, daß wir steckengeblieben wärn. Daß die Menge unser Fuhrwerk nich durchlassen wollt. So wollten wir dem Herr erklärn, warum wir so spät kamen.«

»Ja«, sagte Cholly, ohne Lee anzusehen. Er starrte immer noch Marie an. »Wir sin durchs Farbigenviertel gefahrn, und ich hab gesehn, wien anderer Mann mit beiden Händen in meinem Mietstall zupackt, als wenn ich nie dagewesen wär. Als wenn ich das Geschäft da nich mitem Schweiß von meinen eigenen zwei Händen aufgebaut hätt. Als wir zum Haus kamen, meinem eigenen Haus, wars mit Brettern vernagelt. Ich hab durch die Bretter geguckt, und es war nix drin. Mein Sessel nich. Das Sofa von meiner Frau nich. Der Kinderwagen fürs Baby nich.«

»Er hat schrecklich geschrien und gebrüllt.«

»Meine Frau würd nie weggehen, nie.«

»Wir fuhrn zum Stall zurück«, sagte Lee mit monotoner Stimme.

»Wir fuhrn zum Stall zurück, und ich hab diesen schwarzen Mistkerl, der mit meinen Werkzeugen umging, mit meinen Feuereisen schürte, gefragt: Wo is meine Frau?«

»Und das Kind«, sagte Lee.

»Und er hat mir erzählt, daß sie flußaufwärts verkauft worden wärn.« Cholly zitterte, schluchzte sich die Seele aus dem Leib, knallte den Kopf an das Gitter.

Marie beugte sich nach unten. »Sei still«, sagte sie und streichelte Chollys Gesicht, wischte die Tränen fort, weinte selbst und drückte die Stirn leicht an seine.

»Du armer Mann«, murmelte Louis.

»Sag du ja nix. Gar nix«, sagte Cholly und starrte Louis so böse an, daß Louis vor lauter Schreck zurückwich. »Ich bring dich sonst um. Ich wollt damals wen umbringen. Sinnlos, den Hufschmied umzubringen. Der war schwarz wie ich. Hat versucht, seinen Lebensunterhalt zu verdienen. Ich wollt Master Winslow umbringen, aber ich konnt nich warten.«

»Darum hat er 'nen andern Weißen umgebracht. Den ersten, den wir gesehn ham«, sagte Lee, aufs neue entsetzt. »Ist vom Wagen runtergesprungen und hat ihn geschlagen. Der Mann is schwer gestürzt und hat sich den Kopf an 'nem Trogschwengel gespalten.«

»Es tut mir nich leid«, flüsterte Cholly. »Du verstehst mich doch, ja?«

Marie schob beide Hände über seine Hände, die das Gitter umklammerten. »Es tut mir leid. Und, ja, ich verstehe dich.«

Chollys Schultern sanken herab. »Ich hätt's nich getan. Aber die Abmachung wurd nich eingehalten. Ich bin ein freier Mann gewesn. Die Weißen hättn mich in Ruhe lassen müssen. Als der Vertrag nich eingehalten wurd, hab ich trotzdem weitergemacht, hab versucht, ein guter Nigger zu sein. Hab Master Winslows Pferde beschlagen, obwohl er die ganze Zeit 'ne Abmachung mit mir gebrochen hat. Ich hätt ihn gleich umbringen solln, als ers erste Mal zu mir gekommen is.«

Lee krabbelte zu Marie hinüber und streckte die Hand aus. »Rette mich. Ich tu doch gar nix. Ich hab auch nich vor, was zu tun, bestimmt nich. Rette mich, Maman Marie. Ich kenn meinen Herrn, und ich hab bestimmt nich vor, auch nur ein einziges Mal irgendwem ein Haar zu krümmen, bestimmt nich. Cholly verdient, daß er gehängt wird. Er is verrückt. Ein wertloser Nigger.«

Marie riß sich los. Louis war neben ihr und half ihr, aufzustehen.

»Maman Marie, rette mich. Du mußt mich retten. Ich hab doch nix getan. Gar nix.«

Marie hatte Mitleid mit Lee, entstellt und häßlich, wie er aussah. Cholly erregte ihre Sympathie und ihr Mitgefühl.

»Es wird Zeit, daß wir gehen«, sagte Louis, und Marie hielt sich dankbar an ihm fest.

Lee lächelte und grinste töricht. »Ich werd gerettet. Maman Marie«, rief er, »ich werd gerettet.«

Cholly war bereits zu seiner Pritsche zurückgegangen. Er lag mit dem Gesicht nach unten da, und die Sonne flutete auf seinen Rücken. Er wandte sich um und neigte den Kopf zur Seite. »Rette Lee, wennste kannst. Mach dir um mich keine Sorgen.« Cholly atmete ganz tief ein. »Macht mir nix aus zu sterben, schätz ich.« Er warf sich auf den Rücken und starrte zur Decke. »Wenn dein Schlangengott es will, dann sag Ihm, daß ich auf der andern Seite warten werd. Lee« – er schnaubte verächtlich – »hat mir schon gesagt, daß er Christus sehn wird.«

»Nee. Das is gelogen. Das hab ich nich gesagt. Ich glaub an niemand, nur an dich. Ich schwör's. Du wirst mich doch trotzdem retten, ja? Du wirst mich retten. Ja, Maman Marie?« Lees Stimme hallte in dem steinernen Verlies wider, schnappte nach Maries Fersen wie ein wütender Hund.

»Kannst du das tun?« fragte Louis Marie vor dem Gefängnis. Die Luft war wieder rein, der Himmel strahlend.

»Nein.«

»Warum hast du es dann gesagt?«

»Christliche Barmherzigkeit«, murmelte sie und schritt davon.

Louis packte sie am Arm. »Ich verstehe dich nicht. Ich habe dich auf dem Wasser laufen sehen. Ich habe deine Wunder gesehen. Warum kannst du nichts für diese Männer tun? Du hast es Lee versprochen. Du mußt etwas tun. Warum kannst du nicht, Marie? Warum kannst du sie nicht retten? Warum tatest du nichts für –«

»Jacques?« fauchte Marie schwer atmend. »Meinst du nicht, ich hätte mein Leben gegeben, wenn es etwas genützt hätte? Ich hätte alles für Jacques getan. Verdammt noch mal. Ich bin nur eine Frau. Meinst du, ich verstünde, was mit mir geschieht? Meinst du, ich hätte es in der Hand? Ich bin nur eine Frau, das sage ich dir. Nur ein menschliches Wesen wie die anderen.«

»Verzeih mir.« Louis strich sich über den Kopf. »Ich bringe dich nach Hause.«

»Nein. Das bin ich ihnen schuldig. Zumindest kann ich zuschauen, wie sie sterben.« Marie lachte reumütig und schlang den Arm um Louis. »Ich kann beten. Vielleicht hilft das ja ein wenig. Vielleicht auch nicht. Vielleicht wird Lees Geist nach Afrika zurückgehen. Vielleicht auch nicht. Was den Glauben angeht, ist er genauso ein Heuchler wie ich.«

»Ich verstehe dich nicht.«

»Damit wären es schon zwei, Louis. Aber ich kann Lee keine Vorwürfe machen, daß er sowohl Christus als auch Damballah braucht. Obwohl Cholly in seiner Ungläubigkeit der bessere Mensch zu sein scheint. Eigentlich ist es Cholly, dem ich wirklich gerne helfen würde.«

Ribaud schwang wie ein Affe an der Kutschentür. Der Kutscher murmelte mißbilligend.

Ribaud sprang herunter, als er Marie und Louis sah. »Schaun wir uns jetzt die Hinrichtung an?« fragte er.

»Ja. Du blutrünstiger Narr.« Marie lächelte. Sie konnte ihm einfach nicht böse sein. Ribauds Urteile waren immer hart und spektakulär.

»Laß uns in der Kutsche warten«, sagte Louis. Marie murmelte zustimmend. Die Emotionen der Menge waren unberechenbar und blutrünstig. Sie hatte diesen Hunger nach Gewalttätigkeit immer wieder erlebt; und er entsetzte sie immer wieder aufs neue. Sie zitterte und rieb mit den Handflächen über ihren Bauch. Louis senkte den Kopf. Samuel lenkte die Kutsche nach vorn, damit sie besser sehen konnten.

Das Warten dauerte nicht lange. Die Menge jubelte, als die

beiden Männer in Ketten herausgeführt wurden. Metallschellen verbanden ihre Arme und Beine. Wohin sollten sie denn schon laufen? hätte Marie gerne gewußt. Die Machtdemonstration schien unmenschlich zu sein. Der Mob hätte sie ohne Mühe bewußtlos geschlagen.

Cholly, gefaßt, kam als erster. Lee, heulend und das Kinn auf die Brust gedrückt, folgte. Cholly starrte seine Zuschauer ebenso gierig an wie sie ihn. Sechs Wärter mit steinernen Mienen gingen neben den beiden her. Der Hauptmann deckte den Rücken.

Ein Soldat schlug eine kleine Trommel. Der Klang unterschied sich von Ribauds Trommeln, war quälender und ungleichmäßiger. Er prophezeite knackende und brechende Knochen. Die Mittagssonne war stark. Marie, die sich aus der Kutsche lehnte, beugte den Arm über die Stirn, um sich vor der Sonne zu schützen. Erstaunlicherweise sah Cholly ihre Bewegung. Er rief Lee etwas zu. Lee blickte auf und rief ziellos: »Maman Marie. Maman Marie.« Er strauchelte und stolperte schließlich die Stufen hinauf, während ihn der Hauptmann von hinten trat.

Louis beobachtete Marie, wollte sie durch die eigene Willensanstrengung dazu bringen, etwas zu tun. Er drehte seinen Körper etwas, so daß sich ihre Schultern und Arme berührten. Marie duftete immer noch nach Hyazinthen. Schweiß perlte auf ihrem Hals.

Lee und Cholly wurden die Ketten abgenommen. Schützen zielten mit Gewehren auf ihre Rücken. Cholly zuckte nicht mit der Wimper, als sie ihm die Schlinge um den Hals legten.

Lee schrie, drehte und wand seine massige Gestalt mit solcher Kraft, daß er zweimal mit einem Knüppel geschlagen werden mußte. Rufe drangen aus der Menge empor. »Feigling. Der Nigger tanzt. Seht zu, daß ihr ihn hängt.« Selbst Ribaud äffte einen spöttischen Freudentanz nach. Marie zwang sich, nicht zurückzuzucken.

Schließlich lag die Schlinge eng um Lees Hals. Jeder Galgen war in der Höhe so angepaßt worden, daß beide Männer auf den Zehenspitzen stehen mußten. Sie konnten sich weder vor oder zurück noch von einer Seite zur anderen bewegen, ohne sich selbst umzubringen; das Balancieren war so heikel, daß sie keine letzten Worte mehr sprechen konnten.

Erst in Französisch, dann in Englisch las der Hauptmann ein Dokument vor, das im einzelnen ihr ›mörderisches Wüten‹ als Verbrechen und ihren ›Tod durch Erhängen‹ als Strafe ausführte.

Cholly hatte den Kopf nach rechts gebogen und sah Marie unverwandt an. Sie bewunderte seinen Mut. Sie betete.

»Damballah, Vater aller Götter, rette deine Söhne vor dem Tod.« Sie war befangen und sprach langsam, die Worte blieben ihr in der Kehle stecken. »Hab Erbarmen. Deine Söhne sind unschuldig und verdienen es zu leben.«

Louis umfaßte ihren Ellbogen. Sie holte tief Luft.

»Damballah. Ich bin unwürdig. Ich bitte nicht für mich. Ich bitte im Namen deiner Söhne Cholly und Lee.« *Sie konnte ihn spüren – konnte spüren, wie Damballah kam.* Ihre Stimme polterte, kam in Fahrt. »Und im Namen ihrer Vorfahren, die aus Afrika gestohlen wurden. Oh, mein Gott, Damballah, hilf uns heute zu leben.« Sie schlug, hämmerte mit den Händen an die Tür und machte einen Spektakel wie eine große Trommel. Ribaud, der sah, daß die Macht Marie berührte, klatschte im Takt mit den Handflächen auf die Schenkel. Die Pferde scheuten, und Fremde, die die ehrfurchtgebietende Stimme aus dem Innern der Kutsche hörten, entfernten sich.

»Damballah. Komm aus der Erde. Dem Meer. Dem Himmel. Damballah eile zu mir. Rette all die verlorenen Söhne und Töchter. Rette uns aus der Neuen Welt. Damballah«, schrie sie verrückt vor namenlosem Kummer. *Ihr Unterleib zog sich zusammen.*

Wie gebannt sah Louis zu, wie ihr Körper zuerst rot anlief und dann dünne Tränenbäche schwitzte. Marie, die die Augen geschlossen hatte, schien in eine andere Welt eingegangen zu sein.

»Damballah, im Namen Membes.« Unter den Füßen der

Leute waren leichte Erschütterungen zu spüren – sie schrien. »Im Namen Membes, rette deine Kinder.« Die Erde grollte erneut. »Halte dein Versprechen, das du Membe gegeben hast.«

Das bist du ihr schuldig, wollte Marie sagen. Das bist du mir schuldig.

Eine Schar Seemöwen schwärmte vom Hafen herein, umschwirrte die Wärter und die Menschen, wirbelte wie ein wütender Wind umher. Pferde scheuten und gingen durch.

Ihr Fruchtwasser brach durch und tropfte unter ihrem Rock hervor auf den teuren ledernen Fußbodenbelag. Marie spürte, wie sich das Wasser aus der Hülle ihres Kindes entleerte. *Die vierte Marie wollte auf die Welt kommen.*

»Jetzt«, brüllte der Hauptmann, während er hilflos nach den Vögeln schlug. »Hängt sie!«

Ein Wärter drückte einen Hebel und öffnete damit die Plattform. Beide Seile rissen gleichzeitig, und die Männer fielen zu Boden. Lee lag bewußtlos da; Chollys Bein war seltsam verdreht.

Die Erde beruhigte sich, und die kreischenden Seemöwen zerstreuten sich so schnell, wie sie gekommen waren. Die fassungslose Menge schwieg.

Louis nahm Marie beschützend in die Arme. »Du hast es getan«, flüsterte er. »Du hast es getan.«

Keuchend sagte sie: »Das Kind kommt.« Sie grub das Gesicht in Louis' Halstuch, als eine zweite Wehe ihren Körper erschütterte.

Der Hauptmann der Wache rief: »Hängt sie noch mal!«

Marie wirbelte wieder zum Fenster herum. »Nein!« schrie sie.

Die sechs Wärter drängten sich rasch um die beiden Männer und schleppten Lees bewußtlosen Körper die Treppe hinauf. Cholly tobte, als sie ihn auf seinem gebrochenen Bein vorwärtsschubsten. Innerhalb von Minuten wurden den beiden Männern ein zweites Mal Schlingen um den Hals gelegt. Da bereits ein Loch klaffte, wurden die beiden Männer nach vorn gestoßen, bis sie hindurchfielen. Obendrein befahl der Hauptmann zwei Wärtern, sich auf die Körper zu werfen, um durch zusätzliches Gewicht sicherzustellen, daß sie auch ›gründlich gehängt‹ worden waren. Lee wachte nicht mehr auf. Marie sah Chollys überraschtes Gesicht, ein flüchtiger Augenblick, als das Seil ihn noch nicht ganz umgebracht hatte, und dann seinen plötzlichen Schock, als ein Wärter seinen Körper packte und sich mit um Chollys Brust und seine berstenden Lungen verschränkten Händen an ihn hängte.

»Bring mich hier weg«, sagte Marie zu Louis.

»Samuel«, rief Louis. »Bring uns weg.«

Samuel schnalzte mit der Zunge. »Hüja«, rief er. Die Kutsche fuhr rüttelnd an.

Ribaud schrie: »Platz da. Platz da.« Die Menge teilte sich widerstandslos. Die Leute hatten fast ein Wunder gesehen.

Marie krümmte sich vor Schmerzen.

Louis tröstete sie. »Lee starb in dem Glauben, daß du ihn gerettet hast.«

»Es ist Cholly, um den ich mir Sorgen mache. Cholly hätte es nötig gehabt, wieder an etwas zu glauben.«

»Du hast getan, was du konntest.«

»Man darf einen Menschen nicht zweimal hängen. Gibt es da nicht ein Gesetz?« Sie stöhnte. »Louis, das Baby kommt.«

»Komm mit mir nach Hause. Ribaud auch, wenn du willst.« Er hielt sie fest, als der Schmerz seinen Höhepunkt erreichte. »Ich werde dir ein Heim schaffen. Du kannst dein Kind in Ruhe und Sicherheit aufziehen. Du mußt nicht zu John zurück.«

Sie schüttelte den Kopf. Die Wehen ließen nach. »Nein. Zum Haus in der St.-Anne-Straße.«

Louis umarmte sie. »Bleib bei mir«, flüsterte er beschwörend.

»Ich hätte sie beinahe gerettet«, murmelte Marie mit weit aufgerissenen Augen. »Damballah hat mich nicht enttäuscht.« Ihre Wehen waren mörderisch.

»Aber du hast sie doch gerettet. Es ist gegen das Gesetz, einen Menschen zweimal zu hängen.«

Sie gluckste und stöhnte, dann wandte sie ihm ihr verängstigtes Gesicht zu. »Ich habe Angst vorm Sterben.«

»Du wirst nicht sterben.«

»Was, wenn ich bei der Geburt sterbe? Wie Brigette.«

»Du wirst nicht sterben.«

»Laß mich deinen Schädel reiben, damit es mir Glück bringt.«

Louis drückte sie an sich und murmelte liebevoll: »Marie.«

Die Kutsche beschleunigte. Louis rief: »Zur St.-Anne-Straße. Wir fahren zur St.-Anne-Straße.«

Marie krallte sich an Louis' Jackett, als der Schmerz erneut ihren Leib durchzuckte. Sie sagte, und ihre Stimme war von einem leichten Staunen angerührt: »Ich habe sie wirklich gerettet. Hast du es gesehen? Damballah hat mich erhört.« Als sie auf Louis' Weste starrte, sah sie Schlangen, die sich häuteten.

»Ich erinnere mich nicht mehr, wie du mich nach Hause gebracht hast. Nein, zum Haus in der St.-Anne-Straße. Die Schmerzen waren so heftig. Mein eigenes Kind riß mir das Leben heraus. Ließ mich mit Blut für meine Sünden bezahlen.

Ich konnte es nicht ertragen, daß mich jemand berührte. Ich brüllte Nattie an: ›Geh weg von mir. Faß mich nicht an.‹ Eine Mörderkrähe. Ich wollte das Baby allein auf die Welt bringen.

Ich mußte so schwer kämpfen. Dann hörte auf einmal einfach alles auf. Alle Wehen, aller Schmerz. Es dauerte so lange, daß ich dachte, die kleine Marie wäre in mir gestorben. Hätte beschlossen, diese Welt nicht zu betreten. Ich erinnere mich, daß ich gedacht habe: Nimm mich mit.

Eine Zeitlang verlor ich den Verstand. Ich war wieder ein Kind, knipste den beleuchteten Leib eines Glühwürmchens ab, schrie, als das Licht an meiner Handfläche klebenblieb. Mir war heiß. Ich hatte schreckliche Angst, daß ich es nicht schaffen könnte, ein heiles Leben auf die Welt zu bringen. Glaubte, mein Baby wäre mißgebildet, häßlich und blau. Erinnerte mich daran, wie Grandmère rief: ›Wer ist mein Baby? Mein ach-so-hübsches Baby?‹«

»Ich war an deiner Seite, Marie. Die ganze Zeit.«

»Aber es war nicht wichtig. Nichts war wichtig außer dem Blut, das zwischen meinen Beinen herunterlief. Das Blut sprach. Es redete mit mir. Membe, Maman, Grandmère waren Geister in dem Blut – strömten an meinen Beinen herunter und strömten dann wieder (ich schwöre es) in mich hinein. Sie sagten mir, daß alles in Ordnung wäre. Sagten mir, daß Blut verbindet. ›Blut ist Leben, eine Verbindung zu allen Toten.‹ Und dann stöhnte ich, kratzte an meinem Gesicht und meinen Augen. Weil ich es nämlich wußte,

verstehst du: Ich wußte, daß Grandmère tot war. Als ich zum ersten Mal meine Monatsblutung hatte, hatte sie genau die gleichen Worte gesagt. Heute ist mir klar, daß sie von einer toten Maman und einer toten Membe gesprochen hatte, über Vorfahren. Als ich die drei Stimmen hörte, wußte ich, daß Grandmère hinübergegangen war. Sie sprach durch mein Blut, und sie war tot. Ich sah meine Prophezeiung erfüllt. Ich sah drei Körper, drei Frauen. Grandmère lag wie eine Tote da. Eine andere Frau war an einen Baum gekreuzigt, Gesicht und Brüste an moderndes Holz gedrückt, Narben streiften ihren Rücken: Maman. Dann sah ich mich selbst, älter, wie ich aus dem See aufstieg, drei brennende Kerzen mit Wachs auf meinem Kopf und meinen Handflächen befestigt. Die Vision wechselte. Vier. Ich sah mein Mädchen an meiner Brustwarze, während seine rundlichen Finger nach der Kerzenflamme zu greifen versuchten.

Meine Wehen setzten mit aller Heftigkeit erneut ein. Sie überspülten mich, verschlangen mich wie der Sumpf. Füllten meine Augen, meine Nase, meinen Mund. Erstickten mich. Es kümmerte mich nicht mehr. Das Leben hatte seine Bedeutung verloren. Es war dunkel, und ich konnte nicht atmen.

Grandmère war nicht da, um mich zu retten. Aber eigentlich war sie doch da, um mich zu retten. Ich sah sie in dem roten Blut; ich spürte, wie sich ihre Wärme auf mich legte. Hörte sie singen, um die Toten zu wecken. Sie waren alle da, drei Maries – Grandmère, Maman und das Baby –, und befahlen mir, nicht aufzugeben. Eine Generation würde es richtig machen.«

»Und als du aufwachtest, war Ostersonntag.«

»Ja. Marie war geboren. Ich riß ihr die Glückshaube vom Gesicht.«

Marie Laveau, 16. Juni 1881, Abend
(Aus Louis DeLaviers Tagebuch)

Marie öffnete die Augen. Ihr Körper fühlte sich leicht an, verloren in dem weichen Bett. Es war Morgen. Fahles Sonnenlicht machte das Zimmer dunstig. Ribaud schlief. Ein Arm war über eine Kiefernholzwiege geworfen; der andere Arm war um seinen Schlangeneimer geschlungen.

Louis saß auf dem Stuhl neben Maries Bett und betrachtete sie. Er drückte ihre Hand. »Gott sei Dank, dir geht es gut. Diese Angewohnheit, zu schlafen, wird unerträglich.«

Marie drückte Louis' Hand auf der Tagesdecke. »Grandmère ist tot«, sagte sie mit krächzender und schwacher Stimme.

Louis setzte sich aufs Bett und schaute in ihr überschattetes Gesicht. »Bist du sicher?«

»Ja. Sie hat mit mir gesprochen.« Zitternd starrte Marie zur Decke. Ausgerechnet heute mußte sie ihren Gefühlen trauen. Ihre Intuition *war* gut. Ein Geschenk der Götter. »Ja. Sie starb heute nacht. Es war ihre Stimme, die mir zurief, daß ich aufwachen sollte.« Durch Maries Bauch kam der Schmerz heraufgedonnert. Ihre Reue.

»Es tut mir leid, Marie.« Louis streichelte zärtlich ihre Wange. »Sie muß dich sehr geliebt haben.«

»Ich glaube nicht, daß ich sie genug geliebt habe.«

Louis zog sie eng an sich, ließ ihre Haare durch seine Finger rieseln und flüsterte: »Still«, während die Tränen strömten und dann allmählich versiegten.

Marie griff nach seiner Hand und drückte einen Kuß hinein. »Warum bist du hiergeblieben?« Sie legte den Kopf auf die Kissen, als Louis errötete.

»Ich wollte mich davon überzeugen, daß es dir gutging. John hatte übrigens nichts dagegen. Es hat ihm gefallen, daß du einen weißen Mann als Hebamme hattest.« Er rieb sich verlegen den Kopf. »Du warst reichlich grob zu Nattie, weißt du. Ich glaube, sie meinte, daß du es ihr schuldig wärst, bei der Geburt des Kindes zu helfen. Sie war ziemlich hartnäckig. Am liebsten hätte sie mich umgebracht. Ribaud hätte sie auch am liebsten umgebracht. Er hat sich sehr nützlich gemacht.«

»Ich erinnere mich nicht an viel. Damballah muß es so gewollt haben. Wurde das Baby mit einer Glückshaube geboren?«

»Ja. Du hast sie weggerissen. Du hast uns angewiesen, das Baby in einen blauen Stoff mit Sternen und einer Schlange zu wickeln.«

»Membes Kleid. Ich dachte, das hätte ich geträumt.« Unvermittelt fragte Marie: »Wo ist John?« Sie konnte spüren, wie Gefahr unter ihre Haut sickerte, sie frösteln ließ.

»Im vorderen Zimmer und trinkt. Du denkst doch nicht –? Er war die ganze Nacht hier. Du denkst doch nicht, daß er Grandmère ermordet hat?«

»Ich weiß noch nicht, was ich denke.«

Louis schaukelte mit dem Körper nach vorn und umschloß ihre Hände. Nach und nach schaukelte er immer aufgeregter und schob dabei ständig das Gleichgewicht zwischen ihren Armen hin und her. »Du weißt ja wohl, daß du mir schreckliche Angst eingejagt hast. Ich dachte, daß ich dich wie Brigette verlieren würde. Du wolltest mich keinen Arzt rufen lassen.«

»Armer Louis.«

»Marie, laß mich für dich sorgen. Laß mich dich lieben. Ich würde mir die allergrößte Mühe geben.«

»Das weiß ich. Aber meinst du nicht, daß ich lernen muß, für mich selbst zu sorgen? Für mein Kind?«

»Ich werde auch für das Kind sorgen.«

Marie kniff die Augen zusammen und sagte fast unhörbar: »Ich kann nicht.«

Der Schmerz durchschnitt Louis wie ein Messer. Er zog sich zurück und drehte sich etwas auf dem Stuhl weg. Er mußte sich wohl damit abfinden, daß Marie niemals ihm gehören würde. Ihm wurde klar, daß er Marie behandeln wollte wie die weißen Frauen, die er gekannt hatte. Er hatte in ihr nie etwas anderes als das hilflose, süße und schwache Geschöpf gesehen, obwohl sie ihn in jeder Hinsicht mit dem Nachweis überrascht hatte, daß sie völlig anders war. Jetzt, wo er darüber nachdachte, wurde ihm klar, daß auch Brigette nicht in sein Denkschema von einer tugendhaften, unfähigen Frau gepaßt hatte. Erst als Brigette im Sterben lag, als er wußte, daß sie eine Ehebrecherin war, hatte er mehr von der wahren Brigette gesehen. Ob er sie wohl gern gehabt hätte, fragte er sich, wenn sie genug Zeit gehabt hätten?

»Und Nattie?« Marie hob die Stimme. »Wo ist Nattie heute nacht gewesen?«

»Ich weiß es nicht. Ich meine –«

»Sie is weg«, piepste Ribaud, als er aus seinem Verlegenheitsschlaf erwachte und zum Fuß des Bettes kroch. »Sie is aus der Tür geschlüpft, als das Baby aus dir geschlüpft is.«

Louis, dem sein Liebeskummer peinlich war, ging zum Fenster und starrte hinaus. Ribaud wieselte näher ans Bett heran.

»Finde Nattie.« Marie umklammerte die Laken. »Finde sie, Ribaud.«

Der Zauberer legte den Kopf schief, als er feststellte, daß Marie mit ihren dünnen und fest zusammengepreßten Lippen gar nicht mehr so hübsch aussah.

»Finde sie.«

»Mach ich, Miz Marie.« Er wedelte feierlich mit der Hand über die Kiefernholzwiege, schob sanft seinen Eimer darunter und verließ das Zimmer.

Louis blieb am Fenster stehen und beobachtete, wie Ribaud aus der Haustür schlüpfte und nach links in die menschenleere Straße einbog. Auch Ribaud liebte Marie. Während Marie in den Wehen lag, hatte Ribaud unaufhörlich unsinniges Zeug gemurmelt und Marie feuchte Handtücher auf den Kopf gelegt.

Louis sagte mit gezwungener Herzlichkeit: »Möchtest du das Baby sehen?«

»Ja. Unbedingt.«

»Sie ist wirklich bemerkenswert«, sagte er, als er das Kind zärtlich heraushob. »So aufgeweckt. Ich könnte schwören, daß sie schon sieht, Gesichter wiedererkennt. Ich habe zufällig bemerkt, wie ihre Augen mir folgten.« Er reichte Marie das in indigoblauen Stoff gewickelte Kind. »Du mußt mich für verrückt halten. Aber es ist ein ungewöhnliches Kind.«

Marie hielt den Säugling mit einer Fülle von Gefühlen in den Armen. Am liebsten hätte sie gleichzeitig geweint, gelacht und das Baby liebkost. Es verblüffte sie, daß alles an dem Baby im Kleinformat vorhanden war. Diese vollkommenen Finger und Nägel, diese feinen Gesichtszüge und zappelnden Zehen. Das Baby weinte nicht, sondern schien sich in der Nähe und Wärme seiner Mutter zu aalen.

Marie murmelte: »Wer ist mein hübsches Baby? Mein hübsches Mädchen?«

Das Baby berührte das Gesicht seiner Mutter. Seine Finger fühlten sich wie Seide, wie die leichte, flatternde Liebkosung eines Schmetterlings an.

Marie küßte die Fingerspitzen ihres Kindes und hörte: *Sehe ich aus wie meine Maman?* Schwarzes, lockiges Haar, schwarze Augen und karamelfarbene Haut.

»Sie sieht genau aus wie du«, sagte Louis.

Der Kummer kommt mit dem vierten. Die ungebetenen Worte hallten in Maries Kopf wider. Sie glaubte es nicht. Sie schwor sich, daß sie das Kind mehr lieben würde, als Maman sie je geliebt hatte. Sie würde die beste Maman sein.

Baby Marie lächelte. Marie entblößte die Brust und ermunterte das Kind zum Saugen. Als sie es näher an sich drückte, spürte Marie die Wallungen ihres Blutes. Sie spürte, wie der winzige Mund sie umschloß.

»Wer ist mein Baby? Mein ach-so-hübsches Baby?«

»Ich«, sagte das Kind.

Marie lachte, bis sie weinte.

Das Kind zog sich von der Brust zurück und stieß lange und abgehackte Klageschreie aus. Marie raffte das Baby näher an sich und flüsterte: »Scht, mein hübsches Baby. Fais dodo.«

Sekunden, bevor John hereinkam, drehte das Baby den Kopf zur Tür.

Marie versteifte sich, als sie zusah, wie der fröhliche John auf das Bett und das Baby zuschwankte.

»Komm zu Papa«, rief er leicht betrunken, die Arme ausgestreckt, bereit, zuzupacken.

Marie konnte es nicht ertragen, das Baby herzugeben. Aber wie sollte sie sich zur Wehr setzen? Louis kam Schritt für Schritt näher, und der Gedanke, daß Louis etwas geschehen könnte, war Marie unerträglich.

»Lächle, ma petite. Lächle für Papa.« John raffte das Kind an sich, schwenkte es zur Decke, und es lachte und gluckste. Marie war eifersüchtig. Vaterliebe. Das Baby war von Johns Spitzenkragen fasziniert. Marie erinnerte sich: Es war John gewesen, der die Nabelschnur zwischen ihr und dem Baby durchtrennt hatte. Sein Messer, blutverkrustet, lag noch auf dem Nachttisch.

»Sie sieht genau aus wie ich«, brüstete sich John. Marie schauderte. Als sie schwanger gewesen war, hatte sie angestrengt über John als den Vater ihres Kindes nachgedacht. Sie würde die Folgen auf ein Minimum reduzieren müssen. Sie wußte auch schon wie (es gab eigentlich nur eine Alternative), doch erst einmal wollte sie herausfinden, wer Grandmère umgebracht hatte. Und irgend jemand *hatte* sie umgebracht. Marie verließ sich auf den Instinkt in ihrem Herzen.

»Wo ist Nattie?« fragte sie.

»Keine Ahnung. *Wiiiih*«, sagte John, als er sein Kind durch die Luft schwenkte, und drückte ihm einen Kuß auf die Stirn, als es nahe war. *»Wiiiih!«*

»Grandmère ist tot.«

John hielt inne. »Bist du sicher?«

Marie musterte ihn, suchte nach irgendwelchen Anzeichen von Schuldgefühlen. Das Baby war an Johns Schulter gedrückt. Seine Miene verriet nichts, die Narben in seinem Gesicht waren glatt.

»Ich hatte nichts damit zu tun, Marie.« Das Baby gurrte, seine Finger patschten in Johns Gesicht.

Marie schlug die Augen nieder.

»Glaub mir«, sagte John. »Ich habe, was ich will. Dich und das Kind.«

Marie konnte spüren, wie Louis sich neben ihr versteifte. Mit dem Baby wirkte John fast wie ein ehrbarer Mann. Sie hatte erwartet, daß das Baby seinen Vater hassen würde, statt dessen konnte sie bereits ein Aufglimmen der Vertrautheit sehen. Im Geiste konnte sie Bilder vor sich sehen, wie die beiden zusammen spielten, wie das kleine Mädchen dem Charme ihres Vaters mühelos erlag.

»Ich denke, wir werden sie Antoinette Claire nennen«, sagte er. »Das klingt königlich, nicht wahr? Aristokratisch.«

»Nicht nach Maman?«

»Oder nach dir?« John machte ein finsteres Gesicht. »Marie klingt so gewöhnlich.«

Marie hätte ihn am liebsten geschlagen. John machte bereits seinen Besitzanspruch geltend. Sie haßte ihn, wie er da dem Baby leicht auf den Rücken klopfte, das Kind beruhigte, als ob er schon sein ganzes Leben lang ein Kind auf dem Arm getragen hätte.

»Damballah weiß vielleicht nicht, wie er Antoinette rufen soll. Es klingt fremd. Mit dem Namen Marie hat er schon Erfahrung. Er hat drei Generationen lang üben können.«

Marie beobachtete, wie John nachdachte, Macht und Nutzen abwägte.

»Es ist sinnvoll, wenn sie Marie genannt wird. Zu Ehren von Grandmère. Damballah sagt, daß sie unsere Vorfahren, unsere Toten ehren wird. Wird dein Schuldgefühl das zulassen, John? Schließlich ist eine Seele gegangen, als eine andere kam.«

Zu ihrer Verblüffung hörte Marie Jacques' Stimme aus dem Grab: *»Sie wird genau wie du aussehen. Eine richtige Schönheit wird sie sein. Eine außergewöhnliche Schönheit. Wir werden sie nach dir nennen.«* Marie fing zu weinen an, und Louis legte die Arme um sie.

John sagte gönnerhaft: »Es ist noch zu früh nach der Geburt, als daß du irgend etwas logisch diskutieren könntest. Möglicherweise hast du Grandmères Tod nur geträumt. Warum sollte ich der Familie meiner Tochter nicht treu ergeben sein? Das ergibt doch keinen Sinn. ›Torheit‹, würde Nattie sagen. Du solltest dich an Nattie wenden, wenn du irgendwelche Antworten willst.«

Ihr Kopf schmerzte. Marie weinte heftiger. Louis drückte ihren Rücken an die Kissen. Sie wollte wieder schlafen. Fliehen. John hatte recht; es ergab keinen Sinn, wenn er Grandmère tötete. Es war unnötig. Er hatte sie, ein zu neugieriges Kind, dazu benutzt, um Grandmère weh zu tun und zu manipulieren. Jetzt hatte sie Grandmères Platz eingenommen. Es war tragisch und komisch zugleich. Jetzt konnte John die vierte Marie gegen sie benutzen.

Nattie kam ins Schlafzimmer, und Marie, auf der Hut vor einer neuen nervlichen Belastung, richtete sich mühsam auf. Sie holte tief Luft, wartete auf ein Zeichen. Auf den ersten Blick wirkte Nattie gelassen.

»Na, so was«, sagte Nattie leise. »Das Baby is da. Zeig mal. Zeig mal.«

»Warum sollte ich einer Krähe erlauben, mein Kind anzurühren?« fragte John schroff. »Ich bezweifle, daß Marie das gefallen würde.«

»Torheit. Was is denn bloß los? Erst willste nich, daß ich das Kind auf die Welt hol, dann willstes mich nich halten lassen. In deinem dicken Kopf geht's wohl nich ganz normal zu.«

Eine Hand auf die Hüfte gestützt, stand Nattie dreist da, doch ihre Stirn glänzte vor Nervosität. Ihre Augenlider zuckten gequält.

Marie stieg ein Geruch von Unzufriedenheit in die Nase. Als sie Nattie von der Seite betrachtete, sah sie etwas, das wie Blut aussah, durch Natties Rock gluckern. »Wo bist du gewesen, Nattie?«

»Laß mich das Kind halten, John«, geiferte Nattie, ohne auf Marie zu achten. »Das Kind sollt die Arme seiner Tante Nattie spürn. Is nur recht und billig.« Sie machte einen Schritt nach vorn, und die aufgehende Sonne sprenkelte ihre ausgestreckten Arme mit Licht.

»Wo bist du gewesen, Nattie?« fragte John schleppend.

Die Atmosphäre war geladen. Einerseits wußte Marie, daß sie Nattie als Ablenkung benutzte, um sich nicht mit Johns Vatergefühlen auseinandersetzen zu müssen, andererseits wußte sie jedoch auch, daß Nattie schuldig war. Die Menschen veränderten sich (wie sie sehr wohl wußte), wenn an ihren Händen Blut klebte.

»Wo bist du gewesen, Nattie?«

»Bin spazierengegangen. Hab zu Damballah gebetet.« Nattie neigte den Kopf zuerst nach links, dann nach rechts. »Habt ihr alle ein Gespenst gesehn? Fallen euch deswegen fast die Augen aus dem Kopf?«

»Ich habe ein Gespenst gesehen. Grandmère«, sagte Marie tonlos.

»Gebärende Mütter sehn immer verrücktes Zeug.« Nattie ging auf die Wiege zu. Der Eimer stand darunter. »Der dämliche Ribaud hat seinen Eimer vergessen. Wißt ihr, wo er steckt?«

»Wir haben ihn auf die Suche nach dir geschickt«, sagte Louis.

»Wozu denn das? Wo soll ich denn sonst sein? Das is auch mein Zuhaus. Stimmt's nich, John?« Sie stieß mit dem Zeh an den Eimer.

»Laß ihn in Ruhe, Nattie«, sagte John. »In diesem Eimer ist meine Zukunft.«

»Deine Zukunft?« keifte Nattie höhnisch. »Es is nich deine. Die Zukunft, Damballahs Macht, gehört Marie und ihrem Kind.«

»Ich will nicht, daß du etwas stiehlst, was dir nicht gehört.«

Nattie konterte gehässig: »Das machst du doch die ganze Zeit, John. Und mit Erfolg.«

»Was ist in dem Eimer?« fragte Marie, bemüht, etwas zu sehen. »Was hat Ribaud in den Eimer getan? Seine Schlangen?«

»Nein. Die Nachgeburt und die Glückshaube«, sagte John. »Ich habe Ribaud gebeten, darauf aufzupassen. Nattie kennt Zauberformeln, die ein Kind verhexen können. Hab ich nicht recht, Nattie? Die einem Baby zusätzliche Gliedmaßen wachsen lassen. Es blau anlaufen lassen. Du weißt, wie man das Zweite Gesicht zerstören kann, indem man die Glückshaube verbrennt.«

»Und du meinst, so was würd ich tun?« wollte Nattie wissen.

»Ich würde dich umbringen, wenn du es wagen würdest«, sagte John.

»Das muß ich mir nich gefallen lassen. Ich bin Marie und ihrem Kind treu ergeben. Grandmère treu ergeben. Damballah.«

»Halt den Mund!« schrie Marie.

»Alle behandeln mich schlecht. Alle behandeln Nattie schlecht.« Die schwarze Frau tobte, lief wie eine Wahnsinnige auf und ab. »Alle denken, daß ich keine Gefühle hab. Wann hab ich schon mal was getan, was nich zum besten Wohl von Damballah war? Voodoo? Ich bin drei Maries treu ergeben gewesen. Es gibt keinen Grund, daß ich nich auch der vierten treu ergeben bin.«

»Lügnerin«, knurrte Marie. »Lügnerin.«

Klein Marie fing zu weinen an, rang nach Luft. John wiegte sie heftig gegen seine Brust.

»Ich sag die Wahrheit. Ich lüg nich. Ich sag die Wahrheit.«

»Du hast Grandmère getötet!« schrie Marie.

Das Baby hörte auf zu jammern.

Nattie vergrub das Gesicht in den Händen. Dann schob sie sich mit verzücktem Gesicht näher an John und das Baby heran und murmelte: »Zeig's mir. Zeig's mir.« Sie berührte die Wangen des Kindes. »Son hübsches Kind is sie. Genau wie ihre Maman.«

Nattie drehte sich zu Marie um, die Hände flehentlich ausgebreitet, und jammerte: »John hat's mir aufgetragen. Er hat schon vor langer Zeit Grandmères Tod befohlen. Er hat gesagt: ›Warten wir ab, ob das Baby am Leben bleibt. Wenn ja, töte Grandmère.‹«

»Lügnerin.«

»Er wußte Bescheid, als es passiert is. Ich sag's dir, er wußte Bescheid.« Nattie, die Hüften aufgeplustert, die Hände schlaff an den Seiten hängend, machte ein mitleidheischendes Gesicht. »Er wußt Bescheid, Marie. Ich sag's dir, er wußt Bescheid.«

John nahm sein Messer vom Nachttisch. »Du bist eine erbärmliche Krähe. Willst dich aus deiner Schuld herauslügen.« Er sprach zu Natties Rücken. Mit der einen Hand hielt er das Baby fest, mit der anderen die Stahlklinge.

Als er das Messer sah, setzte sich Louis langsam in Bewegung.

»Laß sie in Ruhe, John«, sagte Marie. »Ich möchte Natties Geschichte hören.«

»Ich sag's dir, er wußt Bescheid.« Unverwandt und ohne mit der Wimper zu zucken, starrte Nattie Marie an. Die beiden Frauen belauerten sich, atmeten gleichzeitig.

»Ich spreche von dir, Nattie. Nicht von John.«

»Du bist ja so schlau«, erwiderte Nattie scharf. »Für alles gibste 'ner andern Frau die Schuld. Du hast dich dauernd von John blenden lassen. Genauso wie er deine Maman geblendet hat.«

»Hör ihr zu«, raunte Louis. »Was sie sagt, hat Hand und Fuß.«

Ohne auf Louis zu achten, murmelte Marie: »Ich möchte allein mit Nattie sprechen.«

John machte ein verdrießliches Gesicht. Nattie straffte das Rückgrat, hoffnungsvoll und auf der Hut.

»John, scher dich raus!« schrie Marie. »Du auch, Louis. Schert euch alle raus.«

»Marie«, sagte Louis.

»Laßt uns in Ruhe.« Ihr Kopf sank ins Kissen; sie schloß die Augen.

John wiegte seine Tochter und umfaßte gleichzeitig Natties Nacken. »Das wirst du büßen«, raunte er ihr ins Ohr. Und dann, an Marie gewandt, sagte er: »Ich billige das nicht.«

Louis, der an der Tür stehenblieb, fragte: »Bist du sicher, daß dir nichts passieren wird, Marie?«

Marie antwortete nicht. Louis schloß die Schlafzimmertür, sperrte sich, John und das Baby aus.

Nattie lachte schallend und schlenderte lässig zum Stuhl. »Jetzt wirste vernünftig, Marie. Keine Torheit mehr. Die Macht wird von einer Generation zur andren weitervererbt. Besondere Frauen. Von der Mutter an die Tochter. Wir zwei können John aufhalten. Damit er dich nich mehr mißbraucht, wie er deine Mutter mißbraucht hat. Ich bin deine neue Maman. John hat keine Ahnung von Babys; einem Kind so ins Ohr zu schreien, das is unvernünftig. Torheit.«

»Halt den Mund«, sagte Marie scharf und öffnete die Augen. »Halt den Mund. Setz dich hin, Nattie.«

Nattie stand unschlüssig über ihr. Es stieß ihr bitter auf, von Marie herumkommandiert zu werden.

»Setz dich hin. Du haßt mich ebensosehr wie ich dich.«

Mit wirbelndem Rock stopfte Nattie ihre ausladenden Hüften in den Sessel.

Marie drehte den Kopf auf dem Kissen und starrte in das runde, vorgereckte schwarze Gesicht. Nattie hatte gesagt, daß sie schon Freundinnen gewesen wären, als sie noch ein Kind war. Sie hätten stundenlang miteinander gespielt.

»Seltsam«, sagte Marie. »Ich kann mir nicht vorstellen, daß ich mich unter deinen Röcken versteckt haben soll.«

»Damals warste noch klein. Ein Kind.«

»Ja. Jetzt bin ich kein Kind mehr, Nattie. Es wird Zeit, daß ich aufhöre, mich zu verstecken.«

Nattie runzelte die Stirn. Sie fragte sich, ob sie sich verrechnet hatte. So wie Marie dasaß, abgestützt von den Kissen, hatte sie eine auffallende Ähnlichkeit mit Grandmère. »Sag, waste zu sagen hast. Bring's hinter dich.«

Lächelnd bohrte Marie die Fingernägel in Natties Handgelenk. »Du glaubst, daß Damballah mir Macht verliehen hat?«

»Ja.«

»Dann glaubst du also, daß ich die Voodookönigin bin? Daß meine Macht immer größer sein wird als deine?«

»Ja, ja«, krähte Nattie nervös.

»Wenn ich mit dem Gesicht zur Wand schlafe –«

»Stirbt wer. Torheit, nix als Torheit.«

»Heute nacht werde ich mit dem Gesicht zur Wand schlafen. Verstehst du mich?«

»Du weißt ja nich, was du da sagst.«

»Eins weiß ich«, sagte Marie, während sie ihre Kräfte sammelte. »Ich werde dich töten«, flüsterte sie eindringlich. »So oder so. Mit oder ohne Damballahs Hilfe.« Marie sah, daß sie ins Schwarze getroffen hatte, als sie Natties eigenen Aberglauben gegen sie ausspielte. Nattie schien vor ihren Augen zu verfallen. John sagte immer, daß ihre Macht in den Köpfen der Leute wäre; als sie sah, daß Nattie vor ihr Angst hatte, glaubte sie ihm.

»Du bist hart, Marie.«

»Ja.« Ein wunder Schmerz nagte in ihr. Es war einfacher, sich auf Nattie zu konzentrieren als auf ihre eigene Qual. Sie konnte ihre Schmerzen nicht heraussingen wie Grandmère.

»Sag mir, wie du es getan hast«, fuhr Marie unbeirrt fort. »Wie du Grandmère getötet hast und warum. Grandmère war eine Freundin von dir.«

»Ich hab Grandmère kein bißchen mehr weh getan als du.« Nattie ging wütend zum Angriff über. »Treib kein falsches Spiel mit mir. Tu nich so, als ob dir das was ausmachen würd. Im Geiste hast du doch bereits so getan, als ob Grandmère tot wär. Ich hab's nur in die Tat umgesetzt. Das sag ich dir, Grandmère war bereit zu sterben. Du hattest ihr schon das Herz gebrochen.«

»Ich werde dich auf der Stelle töten, Nattie.«

»Du machst mir keine Angst, Marie. Du glaubst, daß du mir Angst machst. Aber das tuste nich.« Hysterie schlich sich in ihre Stimme, während sie an ihrem Rock zupfte. »In Haiti hab ich mächtigere Frauen als dich, deine Grandmère und deine Maman erlebt. Mächtiger als ihr drei zusammen. An euch ist nix Besonderes. Seit drei Generationen schau ich zu, wie Damballah zu deiner Familie kommt. Und jedesmal frag ich mich: ›Warum nich ich? Warum nich ich?‹«

Nattie schlug mit grimmiger Miene auf ihre Brust ein.

»Eines Tages wird die Macht zu deinem Kind kommen. Der vierten Marie. Es gibt so wenig Grund dafür. Es spricht so wenig für dich. Besonders für dich, Marie. Ich hab's gehaßt, dich zu unterrichten. Du weißt ja nich mal was über den Glauben. Bist zufällig so geboren. Die Geschichte hat aus dir die Voodookönigin gemacht anstatt aus mir. Wenns eine Gerechtigkeit geben würd, hättst du ich sein müssen. Ich hätt du sein müssen.«

Marie schauderte, denn sie erinnerte sich, daß Ziti einmal das gleiche gesagt hatte,

»Du bist zu lang ein Kind gewesen. Bin froh, daß du dich endlich wie 'ne Frau benimmst. Froh, daß du dich wie 'ne Voodookönigin aufführst. Is gut, wenn man gerechten Zorn fühlt. Aber deiner is nur gespielt, er is nich wirklich in dir drin. Nich so in deinem Herz wie in meinem. Deine Maman war nich besser als 'ne Hure. Hat mit dem Schwanz hinter John hergewedelt. Du bist auch nich besser. Wenn du mich töten willst, dann töt mich. Aber ich glaub nich, daß du die Kraft dazu hast. Dir fehlt der Mut. Deine Grandmère hatte Respekt verdient. Aber auch sie hat Damballah enttäuscht, indem sie dich geschaffen hat. Jemanden ohne Ich. Ohne Glauben. Ohne Geschichte.«

Die Halbwahrheiten schmerzten Marie; sie kniff nach dem Blut unter ihrer Haut an ihrem Arm. »Ich habe nicht darum gebeten, hier zu sein, Nattie.«

»Das spielt keine Rolle. Es is nich gerecht. Du bist unfreiwillig zu Damballah geschleift worn. Ich wär freiwillig gegangen, wär sogar noch weiter gegangen, wenn Damballah mich mit der Macht der Besessenheit und des Sehens gesegnet hätt. Religion is unbarmherzig. Du glaubst, daß der weiße Gott rundum nur Liebe is. Das is gelogen. Auge um Auge, Zahn um Zahn, das is der weiße Gott. Weiße brauchen einen Gott, der wie sie selbst gerecht im Zorn sein kann. Zerstört, wenn's sein muß. Sogar Seinen Sohn. Sogar schwarze Menschen. Die ganze Woche haben die Leute gefeiert, daß Christus geschlagen wurd und gestorben is –«

»Nein, daß er auferstanden ist. Das ist die Erlösung.«

»Nein, die Zerstörung is es, die die Macht hat. Gott zerstört, um wieder aufzubauen. Und genau das hab ich getan. Ich hab zerstört, um dem Leben Platz zu machen.«

»Du verstehst nicht.«

»Nein, du verstehst nich, Marie. Die schwarzen Götter brauchen Soldaten, um gegen den Einfluß des weißen Gottes zu kämpfen. Sie sind auf jemanden angewiesen, der stark is. Du bist nie stark gewesen. Du warst zu weichherzig. Damballah hätt mich segnen solln. Immer und immer wieder bezahl ich die Zeche. Ich hab Dinge getan, die mir nich gefallen, aber ich hab sie getan, weil sie getan werden mußten. Ich hab's satt zuzuschauen, wie du ständig in Selbstmitleid schwelgst, weil du Grandmère weh getan hast. Ich hab sie auch geliebt. Erlaub deiner Religion, daß sie Forderungen stellt. Ich hab Grandmère Damballah zuliebe getötet. Grandmère als Opfergabe.« Nattie schlug sich befriedigt auf die Schenkel und lehnte sich im Stuhl zurück.

Marie sah sie verächtlich an. »Voodoo bedeutet nicht Tod. Er bedeutet Leben. Das spüre ich. Du würdest es auch spüren, wenn Damballah in dir wäre.«

»Aber Er is es nich«, sagte Nattie mit wütendem Blick, »also is es Seine Schuld, wenn ich unrecht hab. Ich dien Ihm, so gut ich kann.«

»Nein, genau das redest du dir ein.«

»Ich bin eine wahre Gläubige. Ich hab Zauberformeln in Haiti gelernt. Von Grandmère. Mein ganzes Leben hab ich mich vorbereitet, mich um Damballah verdient gemacht. Du weißt gar nix. Ich hab dir Elixiere beigebracht, aber du benutzt sie so gut wie nie. Deine Grandmère hat dir nur beigebracht, daß Weiße lügen.«

»Zauberformeln sind nicht nötig«, sagte Marie. »Damballah wohnt im Herzen.« Zum ersten Mal wurde Marie klar, daß sie das wußte. Es war, als ob Damballahs Versuch, die gehängten Männer zu verschonen, ihr alles verständlicher gemacht hätte.

»Christliche Verderbtheit. Abschaum.« Nattie spuckte. »Ich hab deine Grandmère getötet. Ich hab sie getötet, und du hattest keine Ahnung. Ich hab dafür gesorgt, daß sie schwach blieb, daß sie verrückt blieb. John hat mich drum gebeten. Genauso wie

John mich gebeten hat, deine Maman zu überreden, auf dem Cathedral Square zu tanzen.«

»Was redest du da?«

»Pah! Du und deine Grandmère, die großen Voodooköniginnen, ihr habt nie 'ne Ahnung gehabt. Deine Maman hatte Angst. Es war das einzige Mal, daß sie mit Johns Plan nich einverstanden war. Der Cathedral Square machte ihr Angst. John hat mit mir geredet. Ich hab mit deiner Maman geredet. Ich hab ihr gesagt, daß ich ein besonderes Zeichen von Damballah gesehn hätt.« Nattie schnalzte mit der Zunge und dehnte dann den Mund zu einem selbstgefälligen Lächeln.

Marie fragte: »Und du warst es auch, die John aufgetan hat, richtig? Nicht Maman. Du warst diejenige, die John in die Familie brachte. Du warst diejenige, die mit unserer Vernichtung begonnen hat.«

Tief atmend fuhr Nattie fort. »Er is mein Liebhaber gewesen. Sechs Monate vorher. Später hab ich begriffen, daß er mich nur benutzt hat, um an deine Grandmère ranzukommen. Deine Maman. Als deine Maman fünfzehn wurd, hat er mein Bett verlassen. Er wollt immer die jüngeren, hübscheren Frauen.«

»Ja«, sagte Marie, die wieder ihre völlige Hilflosigkeit gegenüber Johns Grausamkeit spürte.

»Marie.« Nattie streckte die Hand aus und streichelte ihr Bein. »Vergiß unsere Streitereien. Mach mit mir, was du willst. Aber laß John nich am Leben. Er wird dir ganz sicher weiter weh tun.«

Marie starrte zur Decke. *Grandmère schwebte, war tot.* Sie konnte fast hören, wie Grandmères Geist ihr ins Ohr flüsterte: ›Christliche Barmherzigkeit‹. Grandmère hatte stets die andere Backe hingehalten. Wenn sie es gewollt hätte, hätte Grandmère John schon vor langer Zeit töten können. Marie zupfte am Bettlaken.

»Törin«, sagte Nattie.

»Voodoos töten nicht.«

Nattie lachte grob und laut. »Soso. Wer is da die größere

Heuchlerin? Du oder ich? Du denkst dran, mich zu töten, aber wenn ich von John red, sagst du: ›Voodoos töten nicht.‹ Ha. Ich glaub, er bedeutet dir immer noch was. Oder es juckt dich zwischen den Beinen, weil du ihn haben willst.«

Marie hätte Nattie am liebsten geohrfeigt.

»Wie viele Katholiken haben schon getötet, töten jeden Tag. Heuchler. Deine Grandmère hat geglaubt, was man ihr gesagt hat: ›Christliche Barmherzigkeit.‹ Auf dieser Welt gibt's keine Barmherzigkeit. Jeder Mensch tötet, wenn er muß.« Übermannt vor Schmerz hielt Nattie inne. Sie beugte sich vor und legte den Kopf auf die Knie. Grandmères schmerzverzerrtes Gesicht tauchte wieder vor ihr auf. Sie hatte sich gezwungen, Grandmère anzusehen, bis ihr Körper sich nicht mehr krümmte und sie reglos dalag.

Marie war fassungslos über Natties Version der Wahrheit. Wäre ihre Wahrheit nicht so widerwärtig gewesen, hätte sie Natties Loyalität bewundern können.

»Ich hätt Grandmère am Leben gelassen«, sagte Nattie so leise, daß Marie sie kaum hören konnte. »Ich hätt John getrotzt. Aber heut nacht konnt ich deine Arroganz nich ertragen. Ich konnt's nich ertragen, daß du mich das Kind nich hast holen lassen. Du hast dir von einem Weißen, der nich mal ein Gläubiger is, helfen lassen. Du hast dir von John, der keine Macht hat, helfen lassen. Der dämliche Ribaud rennt nach den Laken und der Salbe fürs Baby. Ribaud kriegt die Glückshaube anvertraut.« Tränen strömten über Natties Wangen. »Ich *mußte* die letzte Zauberformel über Grandmère sprechen. Du hast mich dazu gezwungen. Grandmère hat gewußt, was ich da getan hab. Sie hat's verstanden. Sie hat mein mit zerstoßenem Glas gemischtes Gift dankbar gegessen.«

»Du bist eine Heuchlerin«, schrie Marie. »Du hast Grandmère getötet, weil du mich gehaßt hast, nicht, weil du Damballah geliebt hast.«

»Das is gelogen.« Nattie zuckte mit den Schultern. »Ich bin ganz durcheinander. Ich weiß nich mehr, was ich denken soll.« Ihre Augen wurden glasig.

»Du hättest es schmerzlos machen können. Warum hast du sie leiden lassen? Was hast du erreicht, indem du Grandmère zerstört hast?«

Nattie blieb stumm.

»Was hattest du vor? Hättest du die Glückshaube gestohlen?«

»Ja, ich hätt sie gestohlen«, sagte Nattie heftig. Ihre Aufmerksamkeit war gefesselt. Wie unter Zwang schlich sie zur Wiege hinüber, bückte sich und schaute in den kleinen Eimer. Die Glückshaube war eine blutige, glitschige Hülle; die Nachgeburt war ein geschrumpftes, grobkörniges blaurotes Ding. Nattie war wie versteinert.

»Ich hab geträumt, daß Visionen zu mir kommen würden, wenn ich die Glückshaube ess. Ich wär 'ne große Voodookönigin. Und wenn nich, dann hätt ich die Glückshaube und die Nachgeburt dazu benutzt, daß Klein Marie mir gehört. Hätt sie von mir abhängig gemacht. Hätt sie genauso mit meinem Blut verbunden, wie die Nachgeburt und die Nabelschnur sie mit dir verbunden hat.«

»Du würdest stehlen, was nicht dir gehört, genau wie John?«

»Ja. Sie hätt mir gehörn müssen.«

»Dann wolltest du mich also loswerden.«

»Ja. Ich wär Maries Maman. Ich würd sie sehr liebhaben. Ich wär die beste Maman.«

»Zuviel Liebe macht hart«, wiederholte Marie flüsternd Natties alte Worte.

»Is wahr.« Natties Stimme hatte einen seltsamen, singenden Tonfall bekommen. Wie in Trance schien sie mit sich selbst zu reden, nach vernünftigen Erklärungen zu suchen, ihre eigene Verwirrung zu zerpflücken. »Ich hab so wenig gefühlt, als Grandmère tot war, und das, nachdem ich sie doch so geliebt hab. Ich hab's nich verstanden. So viel is bedeutungslos geworden.«

»Und wenn das Baby dich Damballah nicht nähergebracht hätte, hättest du ihm geschadet.«

»Wenn's nich anders gegangen wär, aber nur Damballah zuliebe.«

»Genau wie du Annettes Baby geschadet hast, dem blauen, mißgebildeten Kind, für das alle Grandmère die Schuld gaben.«

»Ja. Alles für 'ne gute Sache. Ein Opfer. Wie hättst du dich denn sonst von Grandmère getrennt und wärst mit John mitgegangen?«

Marie hatte das Gefühl, einem großen Übel ins Antlitz zu blicken. Mord war nie logisch. Und Natties Logik war genauso verdreht wie ihre eigene.

»Ich werde dich töten, Nattie.« Sie beugte sich vor und grub ihre Nägel in Natties Schenkel. »Sieh mich an.«

Nattie starrte mit gleichmütiger Miene zurück.

»Ich werde dir die Wahrheit über dich erzählen. Und dann werde ich dich töten. Hörst du?«

»Da gibt's nix zu erzählen.«

»Halt den Mund. Du möchtest wissen, warum die Götter nie zu dir kommen? Ich werde dir sagen, warum.« Marie konnte kaum Luft holen. Worte und Luft strömten rachsüchtig und wütend aus ihr heraus. »Du bist böse, Nattie. Du hast Voodoo nicht groß gemacht, du hast ihn zerstört. Du hast genau dem Gott, den du zu lieben behauptest, Schaden zugefügt. Warum sollten die Geister von dir Besitz ergreifen? Was hast du zu bieten außer kleinlichem Haß und Eifersucht? Nattie, du warst es, die John Maman vorgestellt hat. Du hast die Viper in den Garten gesetzt. Du warst es, die Maman überzeugte, die Zeremonie auf dem Cathedral Square abzuhalten. Du warst es, die Maman in den Tod geschickt hat. Genauso wie du es warst, die dabei geholfen hat, daß ich mich von Grandmère abwandte, und die mich John vorgestellt hat.«

»Nein. So war's nich.«

»Doch. Doch. Du hast versucht, uns zu zerstören, richtig? Du hast Damballahs Königinnen getötet – Maman, Grandmère. Du hast beinahe mich mit deinem verdrehten Haß, deiner Leidenschaft für John getötet. Warum hast du nie erkannt, daß John das größere Übel ist? Warum hast du nicht ihn zerstört? Wenn John nicht gewesen wäre, wäre Grandmère niemals ins Bayou geflüchtet. Sie hätte hier in New Orleans in aller Ruhe den Glauben praktiziert und ihrer Tochter das Schöne an Damballah gelehrt und ihrer Enkelin, ihrer Urenkelin und so weiter und so weiter. Tausende von Menschen wären vom Geist berührt worden. Er hätte Generationen überdauert.« Marie weinte. »Das alles hast du kaputtgemacht. Voodoo wäre prächtig gediehen. Von der Mutter zur Tochter.«

Nattie war benommen. Sie taumelte aus dem Stuhl. »Ich bin nich, was du von mir behauptest. Ich zerstör den Glauben nich. Ich helf Damballah.«

»Du hast Jacques zerstört. Wie hat sein Tod dem Glauben geholfen? Du hast geholfen, ihn zu ermorden, weil du eine eifersüchtige, boshafte alte Krähe bist.«

Natties Mund verzog sich wortlos.

»Wie viele Male hat John mit dir geschlafen? Wie viele Jahre ist das schon her? Was ist so gut, so besonders, Nattie, daß du dich selbst und alles, woran du glaubst, verraten wolltest?«

»Du hast gut reden. Du bist nich besser als ich.«

»Mag sein.« Marie sank ins Kissen zurück. »Aber ich habe nie zugelassen, daß John mich für einen Mord mißbraucht. Und ich habe nicht – wie viele Jahre ist es her? Dreißig? Vierzig? – vierzig Jahre gebraucht, um festzustellen, daß er den Verrat an Damballah nicht wiedergutmachen konnte. Ja, John ist ein böser Mensch. Aber es gibt einen Punkt, an dem John aufhört und du anfängst. Du hättest tausendmal wählen können.« Marie seufzte, ihre Kraft war erschöpft. »Du glaubst, daß du Damballah immer gedient hast, aber du hast Damballah für deine Verderbtheit mißbraucht. Du hast den Glauben mit deiner Eifersucht und deinem Haß entweiht.«

Alles an Nattie war jetzt abgestumpft. Sie ähnelte einem Zombie: die Augen starr, die Haut erbleicht, die Bewegungen träge, willkürlich. Sie schien sich durch Willenskraft in einen totenähnlichen Zustand versetzt zu haben. »Ich bin müd, Marie. Kannste verstehen, wie oft ich auf Damballahs Berührung gewartet hab, während Er es nachts mit deiner Grandmère, deiner Maman und dann mit dir getrieben hat? Götter sind grausam. Ich wollt doch nix weiter als 'ne Vision, etwas, das mich erfüllt. Was andres als Bitterkeit. Damballah hat mich nich beachtet. Torheit. Ich wär mit so wenig glücklich gewesen. Der kleinsten Berührung.«

Nattie beugte sich vor und langte in den Eimer unter der Wiege. Die Glückshaube und die Nachgeburt waren noch warm. Nattie ergötzte sich am Anblick des Blutes, das ihre Hände und Arme befleckte. »Meinst du, daß Damballah mich belohnen wird?«

Marie gab keine Antwort. Ihre nackten Füßte glitten auf den Fußboden. Ihr Morgenmantel hing lose herunter. Es war kein wachsendes Kind mehr da, das sie aus dem Gleichgewicht warf. Sie baute sich vor Nattie auf. »Hat John von dir verlangt, Grandmère zu töten?«

»Haste vor, mich zu töten?« fragte Nattie.

»Ja.«

»Gut. Die Maries ham mich endlich eingeholt. Johns Glaube an Damballah is der von 'nem Feigling. Er glaubt, daß er nich glaubt, aber er tut's doch. Angst ist sein Glaube. Du machst ihm angst. Deine Wunder geben ihm das Gefühl, ein Hahn ohne Potenz zu sein. Er is enttäuscht, daß er die Macht nich vor seinen Karren spannen kann. Wir sind uns ähnlich. Nur, daß ich besser bin als er. Ich weiß, daß Damballah nur Frauen Visionen gewährt. John is ein Tor.«

»Antworte mir, Nattie. Hat John jemals Grandmères Tod befohlen?«

»Ja. Er hat mir befohlen, sie zu töten. Aber er hat nich damit gerechnet, daß es heut nacht passiert. Mein Haß hat es heut nacht passieren lassen. Er hat gesehen, wie ich weggegangen bin. Ich bin sicher, daß er gewußt hat, wo ich hin bin. Er is froh, das sag ich dir. Froh, daß Grandmère weg is.«

»Wird er mich töten?«

»Wahrscheinlich. Du bist zu fremd, zu unberechenbar. Ein heranwachsendes Kind kann man formen. Seine Vision is

Macht, weißte. Der Glaube is für ihn nur Werkzeug, um den Menschen den Willen und das Herz rauszuschneiden.« Nattie vergrub das Gesicht in der Glückshaube, atmete elastisches Fleisch und Blut ein. Die Möglichkeiten, die sie sich ausmalte, schienen sie trunken zu machen.

Maries Zorn war kaum noch zu bändigen. Daß Nattie etwas berührte, was einzig und allein ihr und dem Baby gehörte, war eine Beleidigung.

Als ob sie Maries Gedanken gehört hätte, schaute Nattie auf, das Gesicht mit Blut und salzigen Tränen beschmiert. »Es tut mir leid, daß du die Gabe, die du gehabt hast, nie hast haben wolln. Ich hab sie immer gewollt. Visionen von den Göttern sind wunderbar.«

»Hier hast du deinen Tod, Nattie«, flüsterte Marie, und dann schrie sie: »Nattie stiehlt die Glückshaube!«

Die Tür schwang auf. John hatte auf der anderen Seite gelauert. Marie blieb nur eine Sekunde, um Natties fassungsloses Gesicht zu sehen, bevor John ihr sein Messer in den Rücken jagte. Nattie hatte nicht damit gerechnet, daß Marie den Mut aufbringen würde, sie zu vernichten. Natties Mund formte sich zu einem kleinen O. Sie fiel nach vorn wie eine Krähe von ihrem Ast. Die Glückshaube glitt zu Boden.

Ribauds Gesicht spähte um die Tür.

Marie bat Louis, ihr das Kind zu bringen. Es war wunderschön.

John lächelte. Der Mord vereinfachte sein Leben. Nattie und Grandmère, damit waren es zwei Frauen weniger, um die er sich Sorgen machen mußte.

Louis sah Marie voller Trauer an und fragte sich, wo das unschuldige junge Mädchen geblieben war.

Mord war nie logisch, dachte Marie. Sie entblößte die Brust für Klein Marie. Das Kind saugte gierig. Als sie in Ribauds grinsendes Gesicht starrte, fiel Marie nichts anderes ein, als zu fragen: »Ribaud, was hast du denn bloß mit deinen Schlangen gemacht?«

DIE MITTE

1822

»Verstehst du, Louis? Geschichten sollten am Anfang beginnen. Aber bei dieser Geschichte ist die Mitte der Anfang. Johns Tod entwickelte sich zu einem Strudel. Mein Leben war die treibende Kraft für seine Ermordung, und sein Tod war die treibende Kraft für mein Leben. Für mich schraubte sich alles aus dieser Mitte nach außen. Lügen, Schmerz und Verlust suchten die Zukunft ebenso heim wie die Vergangenheit.

Ich habe Nattie verziehen. Meine Tochter hat mir nicht verziehen. Sie versteht nicht, warum ich ihren Vater ermorden mußte. Im Gegensatz zu Grandmère habe ich vor meiner Tochter nie etwas geheimgehalten. Weil Marie jedoch ohne Vater aufwuchs, idealisierte sie die Liebe eines Vaters. Manchmal denke ich, ich hätte lügen und ihr sagen sollen, daß Jacques Paris ihr Vater wäre. Doch dann, denke ich, wäre ihr Haß auf John so tief gewesen wie meiner.

Ich bin nie nach Teché zurückgekehrt. Ich denke an diese Zeit meines Lebens – die einzige Zeit, in der ich wirklich glücklich war – als eine Kursabweichung. Sie gehört nicht zur Spirale, sie ist zeitlich versetzt.

Damballah ist mir treu geblieben. Obwohl ich mir unwürdig vorkomme, ergreift Er immer noch Besitz von mir. Wenn ich jetzt einschlafe, kann ich ihn in meinen Träumen warten sehen, umgeben von Hyazinthen und Rosen. Ich habe keine Ahnung, ob ich in den Himmel oder nach Afrika kommen werde. Vielleicht fahre ich ja auch zur Hölle oder wandere heimatlos umher, wenn meine Tochter Marie mich nicht mit Opfergaben ehrt. Ich weiß nicht mehr, wo sie ist.

Das Leben ist eine Spirale. Der einzige Schutz ist, körperlos zu werden – das Ich als ein anderes zu betrachten. Unsterblich. Grand-

mère, meine Mutter, meine Tochter und ich – wir wurden alle Marie genannt.

Die Generationen überschneiden sich. Frauen vererben die Gabe des Sehens von Generation zu Generation.

Eine Generation wird es richtig machen.«

Marie Laveau, 16. Juni 1881, zwei Stunden vor ihrem Tod
(Aus Louis DeLaviers Tagebuch)

Sie waren im Garten und versuchten, sich trotz der Nachmittagssonne Abkühlung zu verschaffen. Weiden und unangenehm süß duftende Jasminranken bogen sich über ihren Köpfen. Marie wippte in dem Schaukelstuhl aus Rosenholz, den sie Grandmère kurz vor deren Tod geschenkt hatte. Daß Grandmère jemals Gelegenheit gehabt hatte, auf der Veranda des kleinen Hauses darin zu sitzen, glaubte sie nicht. Marie empfand soviel bittersüße Reue, doch das Schaukeln brachte ein wenig Trost und erinnerte sie an das Leben mit Grandmère in Teché.

Ribaud pfiff vor sich hin und häutete Katzen. Zu seinen Füßen sammelte sich Blut, und Muskeln und Knochen türmten sich in einem Eimer. Mehr als einmal hätte Marie Ribaud um ein Haar angefleht, damit aufzuhören. Doch seit Grandmères Tod war Ribaud besonders fürsorglich zu ihr, und sie brachte es nicht übers Herz, ihn zu bitten, mit dem, was ihm soviel Freude machte, aufzuhören. Es war Ribaud gewesen, der Grandmères Habseligkeiten eingesammelt und sie ihr gebracht hatte, als sie, von der Geburt geschwächt, noch ans Bett gefesselt war. Sie hatte geweint, als sie den Stuhl aus Rosenholz gesehen hatte. Sie war aus dem Bett getaumelt, hatte sich hineingesetzt und sich ungeheuer getröstet gefühlt. Und dann hatte Ribaud sie völlig aus der Fassung gebracht, als er ihr die Hochzeitsbrosche überreichte, die Grandmère ihr geschenkt hatte. Sie hielt sie für verloren, seit sie sie in das Gebüsch in Haven geworfen hatte. Sie trug die Brosche jetzt, und die Schlange, die sich um die Rose wand, erinnerte sie jedesmal an Grandmère und auch an Jacques. Ja, Ribaud konnte so viele Katzen ausweiden, wie er wollte. Außerdem, sinnierte Marie, kam ihr Ribaud, wie er da Häute für seine Trommeln machte, wie eine Mutter vor, die Kleider für ihre Kinder nähte.

Klein Marie schlief in der Wiege. Während sie schaukelte, konnte sie das süße Gesichtchen ihrer Tochter sehen und das hübsche und vollkommene braune Händchen, das sie unter dem Kinn zur Faust geballt hatte. Mit ihren fünf Monaten war Klein Marie dick und gesund und hatte gelernt zu glucksen und zur Begrüßung zu lächeln. Marie beneidete das Baby um seine Gelassenheit, seine Unschuld. Das Baby kannte das Böse auf der Welt noch nicht. Das Baby liebte John bedingungslos.

Gleich außerhalb des Gartens wütete das Gelbfieber. Es war August, und Arme und Farbige starben zu Hunderten. Marie tat, was sie konnte, um die Gesundheit des Kindes zu schützen; täglich wurde es mit Kamille und Thymian, gewürzt mit Salz, gefüttert. Marie badete es jeden Abend.

Seit der Geburt des Babys war Damballah nicht mehr zu ihr gekommen. Marie hatte keine Visionen, keine Träume gehabt, keine Zeichen erhalten. Sie sorgte sich, daß sie wegen des Mordes an Nattie bei Damballah in Ungnade gefallen war. Vielleicht hatte Damballah seine auf die Maries und die Neue Welt gesetzten Hoffnungen schließlich aufgegeben. Sie fragte sich, ob ihre Sünden sowohl für Damballah als auch für Christus mittlerweile zu groß geworden waren.

Vielleicht um Buße zu tun, half sie Pater Christophe jetzt bei der Pflege der Fieberopfer und der Gefangenen. Er hatte ihr ein Schreiben geschickt, in dem er ihr sein Beileid zu Grandmères und Jacques' Tod ausdrückte. Seine Aufrichtigkeit hatte sie gerührt, und sie hatte ihm ihre Hilfe angeboten. Sie glaubte zwar immer noch nicht, daß Qualen und Leiden Segnungen waren, die den Weg zum Himmel pflasterten. Aber sie half, weil sie glaubte, daß es Grandmère gefallen hätte. Christliche Barmherzigkeit konnte eine Segnung sein. Es verschaffte ihr ein wohltuendes Gefühl, die Kranken und Sterbenden zu pflegen. Es half ihr, ihre Sorgen ein wenig zu verbergen. Und sie mußte sich nicht wie eine Schwindlerin, ein Scharlatan vorkommen, der göttliche Inspiration vortäuschte. Wenn die Sterbenden den Rosenkranz hören wollten, dann betete sie ihn. Wenn sie Gebete zu Damballah hören wollten, dann sprach sie die. Sie bat Christus und auch Damballah, ihre Tochter vom Fieber zu verschonen.

John billigte, daß sie die Kranken pflegte. Er sagte: »Es ist gut, wenn man beliebt ist. Gut fürs Geschäft.« Die Bürger sprachen ihren Namen auf den Straßen bewundernd aus.

John gefiel es, daß seit der Geburt weder Damballah noch ein anderer Gott von Marie Besitz ergriffen hatte. Ihre Zeremonien waren eine Farce, aber für ihr Publikum schien das keine Rolle zu spielen. Besucher, die Geld, Liebe, Rache, Gesundheit, immer irgend etwas benötigten, strömten zum Haus in der St.-Anne-Straße und zu ihren Zeremonien. Marie war das alles zuwider, da nichts mehr in ihr war, was sie hätte geben können, und häufig war das, was das Publikum von ihr forderte, belanglos und widerwärtig. Johns ausgeklügeltes Netz von Spionen deckte die wunden Stellen und belastenden Geheimnisse von nahezu jedem auf, vom Feldarbeiter bis zum Sklaven, vom Koch bis zur weißen Mätresse. Bestechungen, Drohungen und Gewalt bewirkten viel. Dies war nun die einzige Macht hinter Marie Laveaus Zauberkünsten – nicht die Geister, sondern Manipulationen. Viele Fetische und Amulette wirkten auch ohne ausgeklügelte Drohungen, weil die Leute an ihre Wirkung glaubten. Krankheiten wurden geheilt; einsame Menschen fanden ihr Glück. Wenn die Leute doch nur merken würden, daß es nicht nötig war, John unverschämte Honorare zu bezahlen.

»Du gefällst mir als normale Frau«, sagte John. »Es erschwert das Geschäft, einen Glaubensheiler zu haben, der den Glauben benötigt.« Absurderweise benahm sich John auf einmal verliebter als sonst. Er neckte sie mit der Idee, ein Dutzend Kinder zu haben. Spät in der Nacht, nach einem Zechgelage, kam er ohne große Vorwarnung zu ihr. Er bewegte sich in ihr, bis er sich krümmte und erschauerte. Immer wieder stöhnte er: »Marie, Marie.« Manchmal roch er nach einer anderen Frau, ein schwerer Moschusdurft, wenn die Frau aus niederen Schichten kam, und ein Blumenduft, wenn sie eine kühne *aristo* war. Zu anderen Zeiten roch er nach Katzenfisch und Rum.

John schien äußerlich gewachsen zu sein, während sich Marie geschrumpft vorkam. Sie war sich nicht recht darüber im klaren, warum sie Johns Aufmerksamkeiten duldete. Zum Teil, weil es zu anstrengend war, sich gegen sie zu wehren. Zum Teil, weil ihr Körper ihr nicht mehr zu gehören schien. Er gehörte jemand anderem. Die Veränderungen, die das Baby herbeigeführt hatte, hatten sie von vollen, milchtropfenden Brüsten, einem weichen, nachgiebigen Bauch und schartigen Schwangerschaftsstreifen entfernt.

Marie wußte sehr wohl, daß ihre Gefühle abgestumpft waren. Seit der Nacht, in der Grandmère starb, hatte sie nicht mehr geweint. Damballahs Abkehr hatte sie zu schutzlos und unsicher zurückgelassen, um John verlassen zu können. Und wenn sie ihn verließ, würde er sie und das Kind aufspüren, und wenn die Gelegenheit günstig war, würde er sie ermorden.

John zu ermorden, war die einzige Lösung. Aber wie? John war kein Dummkopf. Oftmals, nachdem er sie geliebt, vergewaltigt hatte, lag sie im Bett und versuchte über Möglichkeiten nachzudenken, ihn zu vernichten. Jede Methode – Gift, gedungene Mörder, der Versuch, einen Zauber über ihn zu sprechen – schien unbrauchbar zu sein. Gefährlich. Aber sie hatte auch all diese Monate gebraucht, um sich darüber klarzuwerden, daß sie nach dem Mord an Antoine, Nattie und, ungewollt, auch an Jacques und Grandmère den Gedanken nicht ertragen konnte, noch mehr Blut an den Händen zu haben. Wenn Mord etwas Gutes wäre, folgerte sie, hätte ihr Damballah in diesen letzten Monaten ein Zeichen gesandt.

Marie verachtete sich. Nur das Kind erfüllte sie mit Liebe und Glück. Aber das reichte nicht.

»Brauchste was? Was zu essen? Zu trinken?«

Marie errötete. Sie hatte nicht bemerkt, daß Ribaud sie beobachtet hatte. »Nein, mir geht's gut, Ribaud. Hab nur nachgedacht.«

»Wetten, daß ich ahn, was?« Mit seiner gefiederten Kappe auf dem Kopf, seinen bis zu den Ellbogen mit Blut bedeckten Händen und Armen und mit den Unmengen vor seinen Füßen ausgebreiteten Eingeweiden sah er furchterregend und komisch zugleich aus. »Soll ich die Schlange füttern?«

Der Python lag in einer mit Stroh ausgeschlagenen Kiste neben dem Schaukelstuhl. Marie hob den Deckel hoch, langte hinein und strich der Schlange über den Kopf. Der Körper wand sich in engen Kreisen.

Vor ein paar Monaten hatte Ribaud damit begonnen, die Schlange mit Katzen zu füttern. Er genoß den Anblick, wie die Schlange ihr Opfer einfing und zu Tode quetschte. Es dauerte Minuten, bis sie die sehnige Katze geschluckt hatte, und dann war ihr Bauch tagelang aufgebläht, bis die Katze verdaut war.

»Nicht jetzt, Ribaud. Später.«

Das Baby schrie, und Marie lächelte, hob ihr Baby hoch und drückte die Nase in die entzückenden Falten am Hals des Kindes. Es roch so sauber. Rein. Wie eine blühende Sommerwiese. Der Kopf des Babys war voller schwarzer Locken, und seine Augen waren braun.

»Sie sieht genau aus wie du«, sagte Ribaud. »Gleiche Augen. Gleiche Nase. Gleicher Mund.«

Marie entblößte ihre Brust und ließ das Baby saugen.

»Nein, was für ein hübscher Anblick!«

Marie versteifte sich, als John den Garten betrat. Sie konnte spüren, wie ihre Milch versiegte.

John sah gut aus heute. Seine Haut war straff, sein Teint gesund. Wie lange es John wohl fertigbrachte, jung zu bleiben, ewig? Er hatte Nattie überlistet. Seit er sie erstochen hatte, sah er sogar noch jünger, lebhafter aus.

»Was machst du hier, John?«

»Beruhige dich. Ich werde dich an deinem Zufluchtsort nicht lange belästigen, Marie. Mach nicht so ein überraschtes Gesicht. Ich weiß sehr wohl, daß du dich hier versteckst. Jeder braucht ein ungestörtes Plätzchen.«

»Und warum gehst du dann nicht?«

»Sieh da, das Kätzchen hat Krallen. Achte auf deine Manieren. Es zahlt sich nicht aus, einen Vater vor seinem Kind zu beschimpfen.« John baute sich vor ihr auf und fuhr mit dem Finger über die Stelle, wo sich das Baby an ihrer Brust festgehalten hatte. Er liebkoste Maries Haut und die Mundwinkel des Babys. Marie spürte ein Kribbeln, und gestand sich nur höchst ungern ein, daß sie fühlte, wie ihr Unterleib sich zusammenzog. Das Baby saugte heftiger.

John trat zurück. »Ich habe gute Nachrichten. Ribaud, du wirst so viele Trommeln brauchen, wie du nur herstellen kannst. Und du wirst sie ziemlich schnell kaputtmachen. Wir werden Dutzende von Zeremonien feiern.«

Wortlos sammelte Ribaud in aller Ruhe seine toten Katzen ein. John gab ihm einen Klaps auf den Kopf und schlug ihm dabei die Federkappe herunter.

»Ich habe ein Haus gekauft. Auf halber Strecke zwischen New Orleans und Haben's Haven. Es ist etwas abgelegen, aber wiederum nicht so abgelegen, daß deine Anhänger, Marie, nicht an besonderen, exklusiven Zeremonien teilnehmen würden.«

»Wovon redest du eigentlich?«

»Begreifst du denn nicht?« Er ging vor ihr und dem Baby in die Knie. Seine Hände bedeckten Maries Schenkel. »Wir werden eine Elite schaffen. Bis jetzt sind unsere Zeremonien öffentlich gewesen – jeder konnte unentgeltlich kommen. Mit diesem Haus können wir private Zeremonien abhalten. Wir werden unverschämte Gebühren fordern. Begreifst du denn nicht? Das ist der Geist der Zeit. Alle werden Angst haben, etwas zu versäumen. Also werden sie selbstverständlich zahlen. Was auch immer ich verlange.«

Er war begeistert, trunken von seiner Idee. Zum ersten Mal

fragte sich Marie, was John wohl erreicht hätte, wenn er ein Weißer gewesen wäre.

»Was ist mit den Sklaven? Was ist mit den Armen, die es sich nicht leisten können zu kommen? Voodoo dient auch ihnen.«

»Unsinn.« Er stand abrupt auf. »Außerdem, wenn sie kommen wollen, dann sollen sie eben betteln oder stehlen. Ich will Macht, Reichtum. Und so kommt man dazu. New Orleans will mehr von dir, dafür geben wir ihnen weniger.«

Entsetzt streifte Marie mit der Handfläche die Schlange. John machte einen Schritt nach rechts, in die der Schlange entgegengesetzte Richtung.

Er beugte sich vor. »Laß mich meine Tochter sehen. Ich habe sie den ganzen Tag noch nicht im Arm gehabt.«

Nur widerwillig gab Marie das Baby her.

John schwenkte das Baby durch die Luft. »*Huii, huii!*« Sein Gesicht war voller Liebe, als Klein Marie sich vor Vergnügen kringelte und krähte. »Eine einzige glückliche Familie«, sagte John, als er sich umdrehte und Marie mit einem breiten Lächeln überraschte. »Eine einzige reiche, glückliche Familie.« Klein Marie betatschte sein Gesicht, und John griff nach ihrer winzigen Hand und küßte ihre Finger, ließ sie durch seinen Mund und zwischen seinen Zähnen hindurchgleiten. Ein paar Meter von Marie und Ribaud entfernt setzte er sich mit dem Kind auf eine Bank und drückte es an seine Brust. Er spitzte die Lippen, riß die Augen weit auf und gab alberne Gurrlaute von sich. Klein Marie war begeistert und kuschelte sich tiefer in seine Brust.

Marie konnte ihren Zorn kaum bändigen. Die Schlange rollte sich auf. Marie umklammerte die Armlehnen des Schaukelstuhls, um nicht zu schreien: Gib mir mein Baby zurück! Gib mir mein Baby zurück!

Der Python schob langsam seinen flachen S-förmigen Kopf aus der Kiste und streckte sich auf Marie zu.

Ribaud legte Marie die Hand auf die Schulter. Hin und wieder zwickte er sie, um sie daran zu erinnern, daß sie die Beherrschung nicht verlieren durfte.

John war glücklich. Ein Kind zu haben, war noch herrlicher, als er es sich vorgestellt hatte. Aus jedem Gesichtszug des Babys konnte er ablesen, daß er der Vater war. Er sah in seiner Tochter einen Spiegel. Ihre Schönheit spiegelte seine wider, wenn auch mit der ihr besonderen weiblichen Note. In seinem Kopf setzte sich der Gedanke fest, daß sie Zwillinge wären, sich sozusagen ergänzten. Da er kein einziges Mal an Kinder gedacht hatte oder daran, Vater zu sein, war John von der Heftigkeit seiner Gefühle völlig überrumpelt worden. Er ergötzte sich an dem Gedanken, jemanden zu haben, den er so wirksam, so umfassend unterrichten konnte. Er konnte seinen Herzenswunsch formen. Seine Eitelkeit spornte ihn an, das leichte, baumwollne Wickeltuch des Babys zu öffnen, damit er seine Zehen und hellen, mondförmigen Nägel sehen konnte. »Nein, was für ein niedliches Mädchen!« rief er aus. »Eine Prinzessin bist du. Eine königliche Prinzessin.« Und er war so erregt von ihren strampelnden Armen und Beinen, daß er die Schnur um ihr Kleidchen aufband, damit er ihre Brust und ihren Bauch besser sehen und ihre Beine und Schenkel streicheln konnte. Das Baby war entzückt und schien vom Gesicht ihres Vaters wie gebannt zu sein.

Der Python war auf Maries reglosen Schoß geglitten. Langsam formte er konzentrische Kreise, schob sich an sie heran. Marie atmete heftig. Sie konnte es nicht ertragen, zu sehen, wie John ihr Kind berührte.

Sonne und Schattenlaub schimmerten über John und Klein Marie. John wünschte, die Feinde, die ihn in die Sklaverei verkauft hatten, könnten ihn jetzt sehen – bald reich, schon mit Erfolg und Einfluß in New Orleans und in seinen Armen den Beginn einer Dynastie. Seine Augen und Hände konnten von dem Baby nicht genug kriegen. Er wollte sie riechen und kosten, sich des Wunders seiner Tochter voll und ganz bewußt sein. Alles, außer den Machtillusionen in seinem Kopf und der Form und dem Empfinden des warmen, seidigen Babys, trat in den Hintergrund. Er löste den Stoff zwischen den Beinen seiner Tochter und ergötzte sich an dem Anblick des Babys, das sich auf seinem Schoß streckte und krümmte. Seine Hand konnte fast den ganzen Körper des Kindes bedecken. Seine Hand senkte sich und streichelte Klein Marie mit langsamen, leichten Bewegungen von ihrem Kopf bis zu ihren Zehen. Das Baby brabbelte zufrieden, als sich seine Hand unter es schob und ihm über den Rücken, den Po und die flachen Fußsohlen strich.

Marie kam sich in dem Schaukelstuhl wie in einer Falle vor. Ribaud drückte sie mit beiden Händen auf ihren Schultern nieder. Das Gewicht der Schlange lag in der Mitte ihres Schoßes. Sie glaubte, gleich zu ersticken. Sie bekam keine Luft mehr. Sie war wieder ein zehnjähriges Mädchen im Bayou, das von Johns streichelnden Händen aus einem tiefen, traumerfüllten Schlaf geweckt wurde. Marie stöhnte leise, als sie fühlte, wie sich ihr eigener Körper bei der Erinnerung ruhelos hin und her bewegte. Noch einmal konnte sie John spüren, als er ihre unreifen Brustwarzen reizte. Genauso wie sie John jetzt sehen konnte, als er ihrem Baby Kreise auf die Brust malte.

Vater. Gatte. Sohn. Im Bayou hatte John versprochen, ihr alles zu sein, und in gewisser Hinsicht war er es auch gewesen. Der strafende Vater. Der fordernde Gatte. Der trotzige Sohn.

Die Arme des Babys strampelten nach oben auf seinen Kopf zu, seine Beine bogen sich auf. John staunte, wie niedlich, wie fein die Hautfalten zwischen den Schenkeln des Babys geformt waren. Wie voll entwickelt, wie schimmernd rosarot.

Marie fühlte sich krank; Schweiß trat ihr auf Hals und Stirn. Sie konnte die Erinnerung an Johns Hände zwischen ihren kindlichen Beinen spüren, das Gefühl der Freude und der Scham, das sie ihr bereiteten. Etwas klebrig Feuchtes war damals in ihre Pumphose gesickert. Jetzt versuchte Marie zu schreien, doch der Laut erstickte in ihrer Brust. Die Schlange lag kühl zwischen ihren Beinen, und sie konnte spüren, wie sich der Kopf des Pythons zu ihrer Brust hob.

John stand auf und schwenkte das Baby erneut durch die Luft. »*Huii, huii!*« Dann küßte er es, hielt es eng an sich gedrückt und berührte sanft seinen runden, festen Po, während sich der Kopf des Babys nach rechts drehte und seine Hände die interessante Struktur der Narben auf seinem Gesicht erforschten. *»Huii!«* rief John. *»Huii!«* rief er noch einmal, und das Baby, nackt im Sonnenschein, lachte fröhlich.

Und Maries Gefühle erreichten ihren Gipfel. Ihr ganzer Zorn und Haß kehrten zurück. John, der mit ihrer Tochter spielte – so jung, so glücklich, so voller Leben –, stand in der Nachmittagssonne da, und sein Schwanz zuckte und ergoß Sperma in seine Hosen.

Marie wandte den Blick ab.

Der Python starrte unverwandt zu ihr empor. Marie faßte ihren Plan.

Es war Abend in dem neuen Haus – eigentlich kaum mehr als ein verlassener, in eine sumpfige Landschaft gestellter Schuppen. Aber Marie war klar, warum es John zusagte; es lag so abgeschieden, daß alles mögliche geschehen konnte, ohne daß jemand etwas merken würde. Die private Zeremonie war ein Erfolg. Marie war müde. Über zwei Stunden hatte sie die Menge manipuliert, und mit Hilfe der Menge hatte sie John manipuliert.

»Heilige Marie«, rief die Menge, bettelte darum, vom Geist erfüllt zu werden. »Heilige Marie.« Körper stürmten, stolperten schreiend und kopflos nach vorn, versuchten Marie zu berühren und an dem Wunder teilzuhaben. Sie schrien nach dem Kuß der Schlange. Sie wollten spüren, wie Damballah in ihre Seelen drang. »Sainte Marie.«

Zitternd eilte Marie zum Altar. Die Falle war zugeschnappt.

»Marie.« John zog sie an den Haaren, kippte dadurch ihr Kinn nach oben und hinten und küßte sie. »Wie fühlt man sich als Heilige?«

»Du kannst ja mein Partner werden.« Sie hielt ihm die Schlange entgegen.

»Ich bin bereits dein Partner.«

Sie dachte an die Nuancen des Begriffs – Partner durch die

Paarung mit ihr, durch die Ängste, die er weckte. Gemeinsam hatten sie Voodoo zu einer Religion der Lügen und des Grauens gemacht.

»Ja«, sagte sie ernst.

»Warum sollte ich denn mehr wollen?«

»Nicht mehr.« Sie starrte auf die Narben in seinem Gesicht. »Soviel, wie dir gebührt.«

»Ich hätte lieber einen Kuß von dir.«

»Warum nicht zwei Küsse für meinen König?« Sie hielt ihm die Schlange erneut entgegen.

John wich langsam zurück. »Du versuchst doch mich hereinzulegen? Es ist gefährlich, wenn die Zauberin glaubt, daß sie zaubert.«

»Vielleicht« – sie drückte die Schlange an sich – »haben mich die Götter aber auch mehr gelehrt, als du weißt.«

John dachte nach. »Ich glaube dir nicht.«

»Versuche es«, lockte sie.

John breitete die Arme aus. »Ich habe keine Angst, Marie.« *Die Schlange glitt über ihre Arme zu seinen hinüber.* »Nicht davor. Nicht vor dir. Alle Macht, die du besitzt, kommt immer noch von mir.« *Der Schwanz der Schlange wanderte seine Brust herunter.*

»Ich habe dich geschaffen«, sagte John mit rauher Stimme. »Königin der Voudons.«

»Danke«, sagte sie, *als die Schlange zudrückte, ihn würgte.* Seine Nasenlöcher blähten sich vor Überraschung; seine Hände packten zu und ließen wieder los, als er versuchte, das Tier von seinem Spitzenkragen abzuwickeln.

Marie fiel ein, was John gesagt hatte. »Zauber wirken, weil die Leute daran glauben.« Glaubte John? Die Schlange, eine faustdicke Feder, war um seine Brust und Kehle gewunden. Sein rasselnder Atmen erregte sie; seine Arme klebten wie gefesselt an den Seiten. Er stürzte zu Boden, ein Bein lag verdreht unter ihm, seine Zunge schwoll an, seine Augen traten weit aus den Höhlen.

Ihr Kopf hob sich. *Der Kindgeist an der Fensterscheibe begann, mit hoher Stimme zu schreien.* Marie hätte sich am liebsten die Ohren zugehalten, aber niemand sonst hörte, was sie so deutlich vernahm. Das Publikum war stumm. Marie sah, daß John sich nicht mehr wehrte.

Mit lauter, klarer Stimme rief Marie: »Die Dahomener priesen die Schlange. Denn Eva kam blind zur Welt. Eine Schlange verlieh ihr – eine Schlange verlieh mir die Gabe des Sehens. Ich bin«, fügte sie heftig hinzu, »Marie Laveau.«

»Heilige Marie.« Wieder bildete ein Sprechchor den Gegenrhythmus zu den Trommeln. Marie blickte nach oben. *Eine traurige Grandmère schwebte über die Decke.*

Die Anhänger verneigten sich vor ihr; einer nach dem anderen küßte scheu ihren Rocksaum. »Marie ... Marie est Voudon ... Voudon.« Sie hätte am liebsten geweint.

John, lebte er noch, hätte ihre gemeinsame Tochter – die vierte Marie – mit gleicher Gewißheit zerstört, wie er alle anderen zerstört hatte.

»Das Blut lebt«, raunte Grandmère.

»Ja.« Marie schloß die Augen.

Als ihre Getreuen sich zerstreut hatten und der Raum still war, hob Marie eine Kerze auf und ging zum Fenster hinüber. Rote Stechmücken knallten an die Scheibe; das entsetzte Kind war verschwunden.

»Assassine.«

»Ja, Ribaud. Mörderin.«

Sie sah sein Spiegelbild grinsen.

Bald darauf hörte sie, wie er ein schweres Gewicht über den gestampften Erdboden schleifte, während sie in eine von Eulenschreien, Windraunen und ihrem eigenen Geflüster erfüllte Nacht hinausstarrte.

»Frauen haben die Gabe des Sehens von einer Generation zur anderen vererbt. Die Mutter an die Tochter.«

Marie drehte sich um und sah, wie Ribaud den Raum durchquerte, das in die seidige Baumwolle von Membes Kleid gewickelte Baby auf den Armen. Sie fragte ihn nicht, was aus Johns Leichnam geworden war. Sie wollte es nicht wissen. Dankbar drückte sie das schlafende Baby an sich.

»Brauchste was zu essen? Zu trinken?«

Marie lächelte. »Nein, Ribaud. Mir geht's gut.«

Ribaud hüpfte nervös von einem Fuß auf den anderen. »Das haste großartig gemacht heut abend. Einfach großartig.«

»Du kannst den Python füttern, Ribaud. Gibt's Katzen?«

Ribaud grinste. Sie sahen beide zu der Schlange, die zusammengerollt vor dem Altar lag. »Ich seh mal, was ich tun kann«, sagte Ribaud und wandte sich ab, um für die Schlange zu sorgen.

»Ribaud«, rief Marie leise. »Das war nicht alles Blendwerk heute nacht. Damballah hat mir Zeichen geschickt.«

Er machte ein verblüfftes Gesicht. »Kommen deine Fähigkeiten wieder?«

»Mag sein. Ich glaube, Grandmère hat mir vergeben.«

»Das is gut. Ich hab's gewußt. Sie hat dich über alles geliebt«, sagte Ribaud grimmig.

Sie starrten einander an.

»Ribaud, ich –«

»Nee, sag's nich. Is nich nötig. Ich tu nur, was 'ne Familie tun würd.«

»Ja, Familie«, murmelte Marie und sah zu, wie der Zauberer sich umdrehte und auf die Schlange zuglitt.

»Diese Schlange wird größer. Vielleicht werd ich ihr zwei Katzen zu fressen geben.« Ribaud grinste, während er das Tier halb zog und halb trug. »Wir warten im Wagen auf dich. Keine Eile. Komm, wenn's soweit is.«

»Danke, Ribaud. Ich bleibe nicht lange.«

Marie wandte sich wieder dem Fenster zu. Sie küßte das Baby auf die Stirn. Klein Marie seufzte und regte sich ein wenig. Membes Kleid eignete sich vorzüglich als Wickeltuch und ließ das Baby besonders hübsch aussehen. Auf dem Indigoblau war ein Muster von wiederkehrenden Himmeln, an denen rot, weiß und gold gemalte Sonnen, Monde und Sterne prangten. Eine riesige Schlange ringelte sich um den Saum. Das schlafende Kind schien mit dem Universum verbunden zu sein. Membe mußte das gleiche Wunder empfunden haben, als sie ihre eigene neugeborene Tochter, schreiend und stolz ihre Ankunft in dieser Welt verkündend, erblickte.

Eine Eule rief. Irgendein Tier raschelte im Unkraut.

In diesem Moment wurde Marie klar, daß das Kind am Fenster der Geist ihrer Tochter gewesen war. Eines Tages würde ihr Kind in einer Vision den Mord an seinem Vater sehen. Aus Klein Marie würde in gewisser Hinsicht das Kind am Fenster werden. Vermutlich wäre sie dann zehn.

Marie erwartete nicht, daß ihre Tochter verstand, warum ihre Mutter ihren Vater getötet hatte. Ebenso wie sie mit Grandmère gekämpft hatte, würde vermutlich auch ihre Tochter mit ihr kämpfen. Marie war sich nicht sicher, wie der Kampf enden würde. Sie konnte nicht mehr tun, als ihre Tochter zu lieben und ihr nach besten Kräften zu helfen, erwachsen zu werden.

Marie war erschöpft, ein wenig ängstlich. Sie wollte nach Hause. Sie glaubte nicht, daß sie noch nach Teché gehörte. Sie würde in das Haus in der St.-Anne-Straße gehen. Vielleicht war es jetzt, da John tot war, ja ein freundliches Haus. Keiner wäre da, der sie einschüchtern und unterdrücken konnte.

Marie trat zum Altar hinauf. Die Jungfrau Maria und das Jesuskind aus Gips standen neben den Zeichnungen von Ezili und Damballah. Die meisten Kerzen waren zu einem Stummel heruntergebrannt. Sie flackerten unstet. Sie öffnete den Deckel eines Kästchens aus Rosenholz und Perlen. Darin waren vier schneeweiße, in Samt gewickelte Talgkerzen. Sie steckte jede in goldene, wie Rosenknospen geformte Halter, stellte sie ordentlich nebeneinander auf und zündete sie langsam nacheinander an. »Gesegnet sei die Jungfrau Maria. Nimm dich meiner Grandmère an. Gesegnet sei Damballah. Nimm dich meiner Grandmère an.« Zwei Kerzen flammten funkensprühend auf und glühten.

»Diese dritte Kerze ist für dich, Grandmère.« Sie zündete sie an. »Damit du weißt, daß du nicht vergessen bist. Du bist nicht ungeliebt.« Über dem vierten Docht zögerte ihre Hand. Sie senkte den Anzünder und hob ihn dann wieder hoch. »Diese vierte Kerze ist für uns alle – Grandmère, Maman, mich und meine Tochter. Wir alle sind Maries. Kummer muß nicht mit der vierten kommen.« Die vier Kerzen strahlten hell. »Wenn ich singen könnte, Grandmère, würde ich ein Liebeslied singen.« Obwohl kein Lüftchen wehte, wurden die Flammen größer, strahlten noch heller.

Marie blies die anderen verlöschenden Kerzen, die noch von der Zeremonie übriggeblieben waren, aus. Sie betete einen Moment und sah dabei zu, wie die vier Flammen die Voodoogötter und die christlichen Heiligen beleuchteten und in rosarotes Licht tauchten.

Was sollte sie mit ihrem Leben anfangen? Leben. Großmütig, gut zu anderen sein.

Was sollte sie mit ihrem Glauben anfangen? Ihn lebendig erhalten.

Marie wandte sich zum Gehen. *Sie hörte ein durchdringendes, glockenähnliches Pfeifen.* Marie hielt den Atem an und drückte das Baby eng an sich. Hatte sie es sich nur eingebildet? Hatte sie Vergebung so verzweifelt nötig, daß sie Geister als Halluzination wahrnehmen würde?

Sie drehte sich um und schaute sich in dem leeren Raum um. Er war verlassen.

Marie küßte das Baby auf die Stirn. »Es wird Zeit, dich nach Hause zu bringen.«

Das Pfeifen war klar und stet; dann fügte es sich wie der Abendgesang einer Nachtigall zu einem harmonischen Muster.

Die Atmosphäre war von einer Helligkeit, einer Daseinsfreude erfüllt, die erstaunlich besänftigend wirkte. Marie roch Sandelholz, sattes Grün und Geißblatt. Mondlicht flutete in den

Raum. Die vier Kerzenflammen waren zu einem einzigen strahlenden Licht verschmolzen. Marie drehte sich um und sah, daß die Marienstatue lächelte und ihr Kind ebenso zärtlich im Arm hielt wie Marie das ihre. Der kohlefarbige Damballah schlitterte über das Zeichenpapier und umfaßte die Knöchel von Ezili.

»Ich bin hier.«

Marie wirbelte herum. Vor ihr stand eine junge Frau, die in ein anderes afrikanisches Gewand mit Sonnen, Sternen und Monden gekleidet war. Die Frau hatte ein ähnliches Gesicht wie Grandmère, doch ihre Hautfarbe war viel dunkler. Ihre Haut war das reinste Schwarz.

»Ich bin Membe.« Sie streckte die Hand aus.

Marie berührte sie und empfand Freude. Dies war ihre Vorfahrin.

»Nichts kann den Fluß und den Strom des Blutes aufhalten.«

»Ja.«

Membe schien körperlich und körperlos, Fleisch und Geist zugleich zu sein. Stark und wunderbar. Tot und doch ungeheuer lebendig.

Marie fiel auf die Knie. Sie kam sich im Vergleich zu ihr schmutzig und unbedeutend vor, schämte sich für ihre eigene Person und für alles, was sie getan hatte. »Ich bin so verwirrt. So verloren. Vergib mir.«

»In der Familie bedarf es nie der Vergebung.«

»Ich habe gegen dich und auch gegen Damballah gesündigt.«

»Es gibt keine Sünden. Fehler gehören zum Leben.« Membe trat vor und nahm Maries Gesicht in die Hände. Marie konnte ihr Spiegelbild in Membes braunen Augen sehen. Mehr noch: Jenseits ihres eigenen Bildes sah sie eine afrikanische Landschaft mit fruchtbaren Ebenen und üppigem Laub, ruhelosen Tieren und einer Gemeinschaft von Schwarzen, die arbeiteten, spielten und liebten. Es war verblüffend. Sie konnte sich im Vordergrund eines afrikanischen Dorfes sehen, in dem sie sich wie zu Hause vorkam.

»Ich habe Grandmère weh getan«, flüsterte Marie. »Maman gehaßt. Damballah verraten. Dich.«

Membe strich Marie über die Haare. Marie erschauerte und legte den Kopf in Membes Handfläche.

»Die Menschen machen Fehler, weil sie soviel empfinden. Haß. Zorn. Einsamkeit. Liebe. Schwarze Menschen sind in einer fremden Welt verloren, ohne Freunde. Darum hat Damballah mich geschickt – uns geschickt, alle Maries –, um die schwarzen Menschen an sich, an ihre Geschichte und ihre Schöpfung zu erinnern.« Membe pustete Marie über das Gesicht. Marie konnte spüren, wie der süße Lufthauch sie erfüllte. »Schwarze Menschen bleiben nicht die gleichen, sie müssen lernen, sich in sie verändernde Lebensweisen, in neue Welten einzufügen. Das ist nur recht und billig.«

»Aber ich habe gebetet, bete zu weißen Heiligen.«

Membe lachte und drehte sich im Kreis, bis die Schlange am Saum ihres Kleides zu wirbelnden Regenbögen wurde. »Damballah ist kein eifersüchtiger Gott. Damballah ist ein Fest des Lebens. Geburt, Wiedergeburt, Achtung vor der Familie, vor allen Menschen. Fühlst du dich wohl, wenn du zur Jungfrau Maria betest? Zu Christus? Damballah hat viele Namen. Es gibt viele Wege. Nichts schmälert den Voodooglauben. Voodoo heißt immer Ehrfurcht vor dem Leben.«

»Heute nacht habe ich einen Mord begangen.«

*»Manchmal ist das Leben hart, häßlich. Selbst die Geister*loas *kämpfen und schreien. Nicht alles ist Güte. Eine Voodookönigin zu sein, bedeutet, sich Schritt für Schritt durchzukämpfen, ein Leben mit soviel Güte wie möglich zu führen, anderen zu helfen, ein Leben mit ebensoviel Güte zu führen. Nun, da du weißt, wer du bist, deine Geschichte kennst, sollte es einfacher sein. Das Licht und der Glaube sind genau hier.« Membes Finger deutete auf Maries Herz. »Und hier.« Sie küßte das schlafende Baby auf die Stirn. »Und hier.« Blut tropfte aus Membes Fingerspitzen.*

Sie trat zurück und fing zu tanzen an, ihr Körper federte und schwebte durch die Luft. Von weither sang Grandmère.

»Du bist die Voodooienne der Neuen Welt.«

»Warte ... warte. Es gibt noch so vieles, was ich wissen muß.«

Regenbögen explodierten strahlend. Der Raum schien das Licht nicht fassen zu können. Einen Moment lang war Marie geblendet. Dann verblaßten die Regenbögen allmählich; Gelb, Blau, Rot, die Farben schimmerten, verschmolzen miteinander und wurden wieder heller. Als sie dann ganz verblaßten, verblaßte auch Membes Geist, verschwand und ließ ein Feld voller Glühwürmchen zurück.

»Membe!« rief Marie.

»Das Leben ist ein Fest. Du brauchst nichts weiter als eine Frau zu sein. Eine Frau zu sein, ist einfach schön. Marie zu sein, ist ... einfach schön.«

Dann hörte Marie eine leise Ermahnung, die durch die Dunkelheit widerhallte. »Fühle dich wohl. Du bist eine Voodooienne der Neuen Welt. Liebe dich und vertraue dir einfach, damit du dich wohl fühlst.«

Marie vergoß glückliche Tränen.

EPILOG

1881

Marie ist tot.

Sie hatte ruhig geschlafen, ihre Brust hatte sich sanft gehoben und gesenkt. Dann, kurz vor Mitternacht, wandte sie sich zu mir um und bat mich, Kerzen für sie anzuzünden. »Für den Fall, daß meine Tochter nichts von meinem Tod erfährt, bete für mich, Louis. Sag ihr, daß sie mir gefehlt hat. Wenn du sie siehst, sag ihr, daß sie sich und Damballah vertrauen soll.«

Ich versprach es.

Ihre Augen schlossen sich, und dann öffneten sie sich zum letzten Mal (was ich damals allerdings noch nicht wußte).

»Ich habe solche Angst, Louis«, sagte sie. »Sterben macht mir Angst. Ich möchte nicht verdammt werden. Mein Leben scheint mit soviel Bitterkeit angefüllt gewesen zu sein. Soviel Verlust.«

Ich beugte mich vor und nahm ihre Hand. »Hab keine Angst. Denk daran, was du mir erzählt hast. Das Leben ist eine Spirale. Alles beginnt von vorn, windet sich aus der Mitte nach außen. Deine Mitte ist gut. Du bist gut.«

»Ich habe die schrecklichsten Sünden begangen. Ich will nicht sterben.«

»Was hat Membe gesagt?« meinte ich geduldig zu ihr, als wäre sie wieder ein Kind. »Membe sagte, das Leben wäre hart. Aber sie hat mit keinem Wort etwas Schlimmes über das Sterben gesagt. Ich glaube, daß Membe, Grandmère, Maman . . . daß sie alle schon auf dich warten. Und Jacques ebenfalls. Sie sind bestimmt schon in Guinea.«

Ihre Augen leuchteten auf, als die Angst aus ihrem Gesicht flutete. Sie sah so wunderschön aus.

»Meine Liebste, meine Marie«, flüsterte ich.

»Du bist ein gläubiger Glaubensheiler geworden, Louis.«

»Und wenn, Marie, dann, weil du mich zu glauben gelehrt hast – an das Leben und an die Liebe.«

Sie sah mich eindringlich an. »Bete für die Sterbende, Louis.«

Nur ein einziges Mal wollte ich mich neben sie legen und ihren Körper ganz an meinem Körper spüren. Ich wollte mein Gesicht in ihren Haaren vergraben. Meine Liebste verließ mich.

»Louis, du bist ein Teil meiner Familie geworden. Du bist gut zu mir gewesen. Ich werde auf dich warten.«

Dann stieß sie die Luft aus und starb.

Louis DeLavier, 16. Juni 1881
(Aus Louis DeLaviers Tagebuch)

Sonderbericht für die Daily Picayune

Von Louis DeLavier

NEW ORLEANS, *17. Juni 1881 – Marie Laveau, die es vorzog, Witwe Paris genannt zu werden, starb in der vergangenen Nacht eines natürlichen Todes. Sie war eine der schillerndsten Persönlichkeiten von New Orleans. Die Angaben über ihr Alter weichen voneinander ab: siebzig bis hundertdrei. Der anwesende Arzt, M. Reims, schätzt sie auf Ende siebzig.*

Manche haben Marie Laveau (insbesondere in der zweiten Hälfte ihres Lebens) als eine engelsgleiche Katholikin in Erinnerung, die Gelbfieberopfer pflegte und Gefangenen Trost spendete. Viele haben ihre christliche Barmherzigkeit in Erinnerung, die sie in der ganzen Stadt übte, indem sie den Waisen, den Armen und allen half, die bedürftig waren. Andere sagen, daß sie eine Hexe war, eine Voodooanbeterin, die ihren Pakt mit dem Teufel nie bereute.

Viele Bürger von New Orleans haben geglaubt, daß sie schon früher gestorben sei. Die letzten acht Jahre ihres Lebens verbrachte die Laveau als Einsiedlerin. Berichte über ihren Tod sind auch deshalb irreführend, weil ihre Tochter, ihr einziges Kind (ebenfalls bekannt als Marie Laveau und eine praktizierende Voodooienne), den Leuten häufig erzählt, daß sie ihre wiedergeborene Mutter sei.

Die Beisetzung war eine spektakuläre Mischung aus katholischem Ritual, Voodootrommeln und Voodootänzen. Sie wurde in einer Gruft auf dem St.-Louis-Friedhof beigesetzt, doch geht bereits das Gerücht um, daß Marie Laveau auf See bestattet wurde. Eine Frau behauptet, sie habe gesehen, wie die Laveau nach ihrem Tod über die Wellen des Golfs nach Osten gen Afrika gewandelt sei.

Louis DeLavier

(Aus Louis DeLaviers Tagebuch)

Anmerkung der Autorin

Einen ersten Hinweis auf Marie Laveau fand ich vor vielen Jahren in einem Time-Life-Buch über kreolische und acadische Küche. Als Afroamerikanerin und Feministin war ich von der historischen Figur einer schwarzen Frau, die inmitten von Sklaverei und Unterdrückung erfolgreich war, fasziniert. Dann kamen die ›Zeichen‹. Ohne eigenes Zutun stolperte ich ein Jahr lang immer wieder über Hinweise auf die Laveau, in einem Lied, in einem Text. Ich kam zu der Überzeugung, daß ich von einem Thema ›heimgesucht‹ wurde, das weit außerhalb meiner Erfahrungen lag.

Ich begann, *Voodoo Queen* zu schreiben, und lang unterdrückte Erinnerungen an meine Kindheit und meine eigene vergessene, zaubernde Großmutter Ernestine wurden befreit. *Kratzt du an einer Wand, stirbt jemand. Wenn ein Vogel sein Nest mit Haaren aus deiner Bürste baut, werden dir die Haare ausfallen. Stelle ein Glas unter dein Bett, lege einen Brief unter dein Kopfkissen, sprich die Worte, und der Gerufene wird von den Toten auferstehen.* Meine Suche nach Erkenntnissen über die Laveau wurden gleichzeitig zur Suche nach einer Erklärung, warum ich die Macht meiner Großmutter unterdrückt und verbannt hatte.

Über Marie Laveau und ihre Einführung in Voodoo ist wenig bekannt. Volkskundler scheinen in gewissen Fakten übereinzustimmen: Sie war einmal Friseuse und römisch-katholisch; sie heiratete einen Mann namens Jacques Paris (der später verschwand); und als ›Witwe Paris‹ verwandelte sich die Laveau in eine extravagante und mächtige Voodooienne. Sie leistete den Verurteilten und Gelbfieberopfern Beistand, wobei sie häufig an der Seite von katholischen Priestern arbeitete. Einen Voodoodoktor namens John, einen Zeitgenossen der Laveau, gab es tatsächlich, obgleich unklar ist, ob zwischen ihnen irgendeine Verbindung bestand. Nach Zeitungsberichten überlebten in der Tat zwei Männer eine Hinrichtung durch den Strang unter merkwürdigen, der Laveau zugeschriebenen Umständen, nur, um Augenblicke später ein zweites Mal gehängt zu werden.

Offensichtlich hat die Tochter der Laveau, die ebenfalls Marie hieß, die Voodootradition fortgesetzt und dabei häufig behauptet, die echte Marie zu sein, sehr zur Bestürzung der Volkskundler, die versuchten, zwischen den beiden zu unterscheiden. Einige von ihnen deuten an, daß die Tochter ihre Mutter während ihrer letzten Jahre gefangenhielt, um auf diese Weise die Macht an sich reißen und Anspruch auf Unsterblichkeit erheben zu können. Darüber hinaus ist die Geschichte der Marie Laveau durch Zeit, Legende und widersprüchliche Meinungen verdunkelt.

Während ich Bruchstücke von Maries Vergangenheit enthüllte, wurde die Faszination, die sie auf mich ausübte, immer stärker. Ich fragte mich, wie eine Frau, die römisch-katholischen Glaubens gewesen war, sich in eine Voodooienne verwandeln konnte. Und ich fragte mich, warum die Wunder einer Schwarzen als Machenschaften abgetan werden, während Wunder, die Weißen zugeschrieben werden, von Heiligkeit zeugen. Ich sah die Laveau allmählich als eine heldenhafte Figur und, gestützt auf Erinnerungen an meine eigene Großmutter, wob ich in die Geschichte der Laveau ein Wissen und eine Macht ein, die in direkter Linie von der Mutter an die Tochter vererbt werden. Allmählich wurde die Suche der Laveau nach einer Wiederentdeckung ihres Ichs zur Metapher für einen umfassenderen Prozeß der Wiederentdeckung verlorengegangener Traditionen und Visionen.

Der größte Teil dieser Geschichte entsprang der Phantasie,

meiner Vorstellung von der Laveau als einer mächtigen Frau und meiner Meinung, daß Voodoo eine geistige Quelle gewesen ist und weiter sein wird, die weitaus reicher ist, als die amerikanischen Medien und populäre Klischees annehmen. Meine Zeitungsberichte und Tagebucheintragungen sind ebenso frei erfunden wie alle meine Personenporträts – Grandmère, Maman, Nattie, John und die DeLaviers. Allerdings glaube ich, daß der Geist der Laveau diese Erzählung von ihrer Legende und ihrem Vermächtnis billigen würde.

Alle Frauen sind Zauberinnen.

Möge die Macht von einer Generation zur anderen vererbt werden.